GOLDMANN

Buch

Die beiden Detektive Sam Bannister und Lenny Price sollen den zwanzig Jahre zurückliegenden Mord an einem Mädchen aufklären. Verdächtigt wird Theodore Macklin, ein ehemaliger Klassenkamerad der Toten. Doch die Ermittlungen gestalten sich schwierig, die Spuren sind längst verwischt.

Dann begeht Macklin plötzlich Selbstmord. Bannister und Price beschließen, der Sache nachzugehen, und machen eine interessante Entdeckung: Vermutlich ist Macklin nicht freiwillig in den Tod gegangen. Die Spur führt in die Praxis der renommierten New Yorker Ärztin Maggie Lyons, die selbst immer mehr in mysteriöse Vorkommnisse verwickelt zu sein scheint. Denn Macklin ist nicht der einzige von Lyons' Patienten, der auf rätselhafte Weise umkommt. Als die Todesfälle sich häufen, fürchtet Dr. Lyons um ihr Ansehen und bittet die beiden Detektive um Hilfe. Bannister und Price engen den Kreis der Verdächtigen immer weiter ein und sehen sich bald einem Psychopathen gegenüber, der auch die schöne Ärztin nicht von seiner Rache verschonen will.

Autorin

Judith Kelman ist eine der höchstgehandelten Spannungsautorinnen Amerikas. Romane wie »Kinder der Dunkelheit« oder »Wenn das Böse erwacht« haben bewiesen, daß sie den Vergleich zu Mary Higgins Clark nicht zu scheuen braucht.

Judith Kelman im Goldmann Verlag

Das Haus auf dem Hügel (41100)
Kinder der Dunkelheit (9852)
Wenn das Böse erwacht (9690)
Wenn Engel schlafen (9630)
Wo Dunkel herrscht/Wenn Engel schlafen (11606)

JUDITH KELMAN

IM FALLE MEINES TODES

ROMAN

Aus dem Amerikanischen
von Bettina Zeller

GOLDMANN VERLAG

Die Originalausgabe erschien unter dem Titel »If I Should Die«

Umwelthinweis:
Alle bedruckten Materialien dieses Taschenbuches
sind chlorfrei und umweltschonend.
Das Papier enthält Recycling-Anteile.

Der Goldmann Verlag
ist ein Unternehmen der Verlagsgruppe Bertelsmann

Deutsche Erstveröffentlichung 8/95

Umschlaggestaltung: Design Team München
Umschlagfoto: Giorgio Balmelli, Zürich
Satz: deutsch-türkischer fotosatz, Berlin
Druck: Elsnerdruck, Berlin
Verlagsnummer: 42339
RK · Herstellung: Stefan Hansen
Redaktion: Andreas Helweg
Printed in Germany
ISBN 3-442-42339-1

1 3 5 7 9 10 8 6 4 2

1. KAPITEL

Er wartete auf die Angst.

Gut ein Dutzend Schritte vor der Brücke hielt Theodore Macklin inne und ließ seinen Blick über den bedeckten Himmel schweifen. Düstere Wolken ballten sich am dunkelgrauen Horizont zusammen, und nur hier und da bahnte sich das Funkeln eines Sterns seinen Weg durch die Finsternis.

Unter der Brücke schwappte die Brandung in ständig gleichem Rhythmus gegen das Ufer. Macklin wandte sich um und betrachtete die Häuser, die sich an die Küste Rhode Islands schmiegten. Die kleinen, vorgelagerten Inseln schienen ganz nah zu sein, näher als die Häuser entlang des Strandes. Auf einer Insel, die nur halb so weit entfernt war wie das große Strandhotel, thronte ein Leuchtturm, dessen Licht sich unablässig im Kreis bewegte. Sein Schein übte auf Macklin eine beruhigende Wirkung aus. Er sog die salzig riechende Luft ein und spürte, wie die Aufregung von ihm Besitz ergriff.

Er machte einen Schritt, ballte die Fäuste und wappnete sich innerlich gegen den Schrecken, der normalerweise in so einer Situation in ihm aufkeimte. Da nichts geschah, zwang er sich, die Brücke zu betrachten: die hoch aufragenden, sandfarbenen Türme, die langen, herabhängenden Brückentrossen, an denen die Brücke selbst aufgehängt war, die blaßgrünen, seitlichen Verstärkungen. Zwei Reihen hoher Straßenlaternen warfen ausgefranste Lichtkegel auf die Straße.

Am ersten Laternenmast hing ein blauer Zettel mit der Nachricht: *Allein, deprimiert, durcheinander, selbstmordgefährdet?* Darunter stand der Name und die gebührenfreie Nummer einer Einrichtung, die sich um Selbstmordprävention bemühte. Aber weit und breit war kein Telefon zu sehen. Die Ironie dieses Hilfsangebots ließ ihn höhnisch grinsen, während er seine Taschen nach einer Zigarette durchsuchte.

Macklin war ein Mann von stattlicher Statur voller Kanten und Ecken. Seit vielen Jahren schlug er aus seiner gebieterischen Erscheinung Kapital. Das tiefe Vibrato seiner Stimme, seine rauhen, stark konturierten Züge, sein fester Blick hatten ihm immer zum Vorteil gereicht. Und durch unhöfliches und barsches Benehmen gelang es ihm immer wieder, den verängstigten kleinen Jungen zu verbergen, der in ihm schlummerte.

Nur wenige Menschen, die diesen Mann sahen oder kannten, hätten so etwas überhaupt vermutet. Seit Macklin denken konnte, stand er unter dem Einfluß unterschiedlicher unüberwindbarer Ängste, die jeden seiner Schritte beeinflußten, sein Bewußtsein leiteten und seine gesamte Existenz in eine beklemmend enge Gefängniszelle verwandelt hatten, in der er zu ersticken drohte. Auch jetzt wieder mußte er an all das denken, wovor er sich fürchtete: Käfer, tote Tiere, Blitze, Fahrstühle und Brücken.

Brücken.

Allein das Wort beschwor in ihm einen Wirbelsturm von Ängsten herauf, auf die er jetzt auch wieder voller Neugier und Anspannung wartete. Er wußte, daß in solchen Momenten sein Herzschlag dem Trampeln wilder Pferde glich und seine Kehle sich krampfartig zusammenschnürte. Er erwartete, das Gefühl für die Realität zu verlieren. Dieser Zustand überkam ihn ohne Vorwarnung und verwandelte ihn in ein Blatt, das von einem gewaltigen Sturm davongetragen wurde.

Die Angst war unerträglich, aber das Warten war noch viel schlimmer.

Macklin machte ein paar Schritte. Sein Schatten kroch über den Betonboden der Brücke. Er ging weiter, streckte die Hand aus und fuhr mit seinen Fingern über das feuchte und kalte Geländer, das ihn seltsamerweise beruhigte. Das metallene Rohr umklammernd, atmete er tief durch und wagte sich auf den furchteinflößenden Brückenkörper vor.

Die Psychiaterin in der Phobien-Klinik hatte ihm geraten, sich auf die Furcht einzustellen und mit ihr zu rechnen. Er sollte lernen, sie zu akzeptieren. Sie hatte ihn gedrängt, seinen nutzlosen Widerstand aufzugeben und die Angst zu durchleben. Der Schrecken werde nur eine oder zwei Minuten andauern, hatte sie ihm unbekümmert versichert. Und sie hatte ihm geschworen, daß die Panik nur über seinen Geist Macht habe und ihm etwas vorgaukele. Wirklich anhaben könne sie ihm nichts.

Trotz der Erleichterung und der Freiheit, die Macklin verspürt hatte, war es ihm schwergefallen, ihren Worten Glauben zu schenken. Er hatte sich in ihre fähigen Hände begeben, obwohl sie ihm viel zu jung und begehrenswert schien, um für ihn eine Leitfigur oder Autorität darstellen zu können. Anderseits hatte sie einen einwandfreien Ruf.

In Wahrheit erinnerte sie ihn an eine Frau, deren Bild auch nach Jahrzehnten noch immer in ihm lebendig war. Dieselben Augen: grüne Murmeln mit bernsteinfarbenen Einsprengseln. Wie ihr war es der Psychiaterin ohne große Mühe gelungen, seine Lust zu entfachen.

Während ihrer Sitzungen hatte sich seine Aufmerksamkeit immer wieder auf ihre üppigen Brüste, ihre verführerischen Schenkel, ihren flachen Bauch konzentriert. Wenn er auf der Ledercouch in ihrem Büro lag und ihr seine beschämenden Ängste und Schwächen gestand, sah er sie im Geist rittlings über seinem Körper knien. Auf ihm sitzen. Ihn in ihren Mund nehmen.

Aus diesem Grund hatte er beschlossen, sich gerade von dieser Ärztin behandeln zu lassen. Natürlich wußte er, wie wichtig es war, sein tödliches Verlangen im Zaum zu halten. Wenn er nur einen Moment die Übersicht verlor, endete alles möglicherweise so wie beim letzten Mal. Dann bekam die ganze Sache eine gewisse Eigendynamik, entzog sich seiner Kontrolle und verwandelte sich in einen bluttriefenden Alptraum.

Die Erinnerung an das letzte Mal half ihm, seine Begierde zu unterdrücken. Er zwang sich, die vorgefertigten Ratschläge und niedlichen Theorien der Ärztin anzuhören. Und er absolvierte das demütigende Therapieprogramm, obwohl keiner der dummen Tricks, keines der Hilfsmittel und keine Übung etwas zu bewirken schienen. Als der zehntägige Intensivkurs in der Klinik zu Ende ging, hielt er – einmal abgesehen von einer Rechnung – nichts Greifbares in Händen.

Zumindest hatte er das geglaubt.

Und dennoch fühlte er sich jetzt merkwürdig entspannt. Keine Panik. Nicht die leiseste Aufregung. Sein Atem ging langsam und gleichmäßig, sein Herzschlag glich dem zahmen Flügelschlag einer kreisenden Motte. Seine Muskeln waren locker. Kein Schwindel. Das Blut floß gemächlich in seinen Adern.

Mit ungewohnter Gewandtheit setzte er zum Marsch über die Brücke an, wurde schneller, lief einmal auf die andere Seite und eilte dann zu seinem Ausgangspunkt zurück. Seine Sinne waren geschärft. Sein Geist befand sich in freudiger Erregung.

»Ja!«

Euphorie schwang in seiner Stimme mit. Sanft strich Macklin über das Geländer und zitterte vor Freude über den Sieg. Er trommelte mit den Fingern auf den Verstrebungen wie auf einem Xylophon. Er legte den Kopf in den Nacken und betrachtete den durchbrochenen, sich verjüngenden Pfeiler. Keine Nebenwirkungen. Nicht ein Hauch von Schwindel oder Übelkeit. Keine Spur von Angst. Er stellte sich vor, ein Vogel zu sein, der seine Flügel spreizt und ungehindert der Unendlichkeit entgegenfliegt.

Macklin schlüpfte aus seinen handgearbeiteten, schwarzen Schuhen und marinefarbenen Seidensocken. Hektisch löste er die Krawatte und riß den gestärkten Kragen seines Hemdes auf. Nachdem er seine Anzugjacke abgelegt hatte, zog er sich auf das Brückengeländer hoch, saß für einen Augenblick ganz ruhig da und starrte in die undurchdringliche, schwarze Tiefe, die sich unter ihm ausbreitete.

Die Stille, die ihn umgab, entsprach seiner Stimmung. Er war eins mit sich und fühlte sich zum ersten Mal seit Ewigkeiten frei. Nur seine momentane Situation zählte, alles andere war völlig unbedeutend, selbst die vielen Probleme der vergangenen Woche. Sie hatten ihn erwischt, und nun war er dazu verdammt, sich den vernichtenden Konsequenzen zu stellen: Anklage, Verhandlung, öffentliche Ächtung und Gefängnis. Die einzige Ablenkung, die ihm eingefallen war, war diese hoffnungslose, furchteinflößende Flucht nach vorn.

Aber jetzt wurde er von einem atemberaubend guten Gefühl überwältigt. Seltsam.

Wunderbar.

Sich wieder am Geländer festhaltend, richtete er sich auf und fand das Gleichgewicht. Mit ausgestreckten Armen setzte er einen Fuß vor den anderen.

Eine sanfte Brise beflügelte seinen Tatendrang. Leichten Fußes setzte er zu einem kühnen Sprung an. Er war ein Akrobat mit Clownsnase, der auf einem Seil unter dem Zeltdach eine Vorstellung gab, seinen Schirm schwenkte und die gaffende Menschenmenge mit seiner Waghalsigkeit bezirzte.

›*Meine Damen und Herren, ich möchte Sie bitten, Ihre Aufmerksamkeit auf den Mittelkreis zu richten, wo der weltbekannte Magnificent Macklin auf dem Hochseil unglaubliche Taten vollbringen wird, die todesverachtenden Mut erfordern. Bleiben Sie dabei bitte ganz leise.*‹

Seine eigene Begleitmusik pfeifend, führte er ein paar kurze, tollkühne Pirouetten aus und landete auf den Fußballen.

»Ta – da!«

Macklin setzte zu einem übermütigen Sprung an, drehte sich vor Freude in der Luft und griff nach einem der Drahtseile. Nur noch ein kurzes Stück bis zur Straße dort hinten.

Außer Atem warf Macklin einen Blick über die Schulter und ließ seinen Blick über die Strecke schweifen, die er bereits zurückgelegt hatte. Dann blickte er zum Himmel hoch und hob herausfordernd die Faust. Als er wieder nach unten blickte, wurde er des reglosen Antlitzes der stillen Bucht gewahr.

Und plötzlich schlug wie eine Flutwelle der Schwindel über ihm zusammen. Die Wände der Welt begannen zu zittern und auseinanderzubrechen. Verzweifelt suchte er Halt, griff aber nur in die Weite des aufbrechenden Himmels.

Seine bloßen Füße führten einen verzweifelten Tanz auf.

Wo war das Geländer?

Da – er spürte hartes Metall unter seiner Ferse.

Macklin dachte über eine Möglichkeit nach, seinen rechten Fuß auf sicheren Boden zu bringen. Die Zehen vorreckend, tastete er nach dem Geländer, das ihm Sicherheit bieten konnte. Aber er trat erneut ins Leere.

Wild um sich schlagend, spürte er den eisernen Griff seiner blinden Panik. Sein Herz schlug unregelmäßig, und es schnürte ihm die Kehle zu. Die Welt um ihn herum versank in einem wirbelnden Farbenspiel, während er krampfhaft versuchte, mit Vernunft seine Angst zu besiegen.

In der letzten Sekunde klammerte er sich verzweifelt an die Worte seiner Ärztin. Die Panik werde schnell vergehen, hatte sie ihm gesagt. Sie werde nur ein oder zwei Minuten dauern.

Doch soviel Zeit blieb ihm nicht mehr.

2. KAPITEL

Jetzt war nicht der richtige Zeitpunkt, sich Sorgen zu machen.

Maggie Lyons warf die beunruhigende Notiz in ihre Schreibtischschublade, zog ihren Arztkittel aus und tauschte ihre Laufschuhe gegen ein Paar Pumps aus. Dann hetzte sie in Richtung Feuerschutztreppe, die die Psychiatrische Abteilung im zweiten Stock des East End Hospitals mit dem medizinischen Flügel auf West Drei verband. Ein Assistenzarzt mit einer Krankenakte in Händen begrüßte sie mit einem mißmutigen Blick.

»Sie ist da drinnen, Dr. Lyons. Und – offen gesagt – Sie sind herzlich willkommen, sich ihrer anzunehmen.«

Der junge Arzt, dessen Namensschild ihn als Mitchell Goldberg auswies, zeigte mit dem Finger auf einen Raum gegenüber dem Stationszimmer. Goldbergs Babygesicht spiegelte Verachtung wider.

»Die Frau ist völlig von Sinnen«, sagte er. »Durchgedreht. Hab' keine Ahnung, warum die Notarztleute sie nicht gleich in eine Irrenanstalt gebracht haben.«

Maggie, die sich alle Mühe gab, ihm keine Beachtung zu schenken, wandte sich dem Zimmer zu, aber Goldberg fuhr mit seiner endlosen Litanei von Beschwerden fort.

»Ihre Zimmergenossin mußten wir mitten in der Nacht verlegen. Die arme, alte Dame konnte das ganze Durcheinander nicht verkraften. Bekam eine Migräne von dem vielen Herumgerenne. Und immer, wenn wir glauben, daß sie endlich aufhört, geht es von vorn los. Stellen Sie sich vor, wir haben ihr viermal Valium verabreicht, und sie gibt trotzdem keine Ruhe.«

Maggie blätterte die Akte durch und krauste die Stirn. Die Patientin hatte eine Dosis Beruhigungsmittel verabreicht bekommen, mit der man sogar einen Elefanten hätte schachmatt setzen können. »Hier steht, daß sie um zwei Uhr morgens eingeliefert wurde. Warum haben Sie mich nicht früher informiert?«

Goldberg zuckte mit den Schultern. Er hatte große Augen und kleine, weiche Locken, wie ein junges Lamm. In seinen Arztkittel mußte er nach Maggies Einschätzung noch hineinwachsen. Er sah wie ein Junge aus, der Doktor spielt. Na, vielleicht war es ja auch so.

»Ich dachte, ich sollte Sie lieber schlafen lassen und erst um eine anständige Uhrzeit herrufen, weil sich an ihrem Zustand ja doch nichts groß ändern würde.«

Maggie verkniff sich den Kommentar, der ihr auf der Zunge lag. Viele ihrer Kollegen betrachteten die Seele der Patienten als weitgehend verkümmertes Organ. Offenbar erschienen ihnen psychische Probleme im Vergleich zu körperlichen Krankheiten nicht so dramatisch und daher unwichtig zu sein. Zumindest nahm sie an, daß ihre Kollegen so dachten. Schließlich blutete die Seele nicht, sie riß nicht, brach nicht und rief keine beunruhigenden Laborergebnisse hervor. Menschen, die psychische Probleme hatten, konnten nicht mit Hightech-Apparaten behandelt werden. Und die Beschäftigung mit ihnen mündete nicht in bahnbrechende Untersuchungen, die auch bei Jurys, die Preise zu verleihen hatten, Aufsehen erregten. Hinzu kam noch, daß in diesem medizinischen Bereich keine hohen Profite erwirtschaftet werden konnten.

Seit sie vor drei Jahren hier im East End eingestellt worden war, um die neue Phobien-Klinik zu leiten, hatte Maggie stur an dem Bemühen festgehalten, ihre prähistorischen Kollegen aufzuklären. Keine Medizin war so wirkungsvoll wie psychisches Wohlbefinden. Einsamkeit, Verzweiflung und Selbsthaß konnten weitaus tödlicher sein als ein erhöhter Cholesterinspiegel und Bewegungsmangel. Der Mensch war beträchtlich mehr als die Summe seiner blauangelaufenen oder abgenutzten Körperteile.

In Maggies Augen stellten Grünschnäbel wie Mitch Goldberg die Sorte Ärzte dar, die es am dringendsten zu bekehren galt. Mit dem ihr typischen und nicht kleinzukriegenden Optimismus beschloß sie, daß für den jungen Mann Hoffnung bestand. Zwar hatte dieser kleine Trottel einer Patientin stundenlang unnötigen Schmerz beschert, aber schließlich hatte er ja doch eingesehen, daß psychiatrische Hilfe vonnöten war.

»Ich bin sicher, daß Sie versucht haben, rücksichtsvoll zu handeln, Doktor«, sagte sie so neutral wie nur irgend möglich. »Aber bei einem Notfall macht es mir nie etwas aus, wenn ich gerufen werde.«

»Dachte nicht, daß das einer sei.« Goldberg zuckte mit den Achseln und marschierte davon. Als ihr sein hochnäsiger Gang auffiel, beschloß Maggie, bei ihm sobald wie möglich mit der Überzeugungsarbeit zu beginnen. Dieser Typ verfügte über eine Menge aufkeimender Blödmann-Eigenschaften, die schnell chronisch werden konnten, wenn man nicht dagegen anging.

Maggie klopfte an die Tür des Krankenzimmers, wartete einen Moment und trat ein. Auf den ersten Blick wirkte der Raum verlassen. Die heruntergezogenen Jalousien malten ein Schattennetz auf Wände und Boden. Die Leintücher waren abgezogen und das karierte Bettzeug und der gestreifte Matratzenstoff von Flecken übersät. Die dünne Baumwolltagesdecke hatte ein faustgroßes Loch, die Kopfkissenbezüge sahen aus, als ob eine Katze mit frisch gewetzten Krallen über sie hergefallen sei. Der metallene Nachttischschrank lag mit der Rückseite nach oben neben dem Heizkörper. Orangensaft, Bananenstückchen, Frühstücksflocken und ein Tablett gaben dem Nachttisch einen farbigen Anstrich.

Hatte die Frau das Zimmer verlassen?

Auf dem Weg zum Fenster ließ sich Maggie noch mal Goldbergs leidenschaftslosen Telefonvortrag durch den Kopf gehen. »Ich hab' hier eine zweiundvierzig Jahre alte Frau. Weiß. Wurde wegen möglicher Rauchvergiftung nach einem Hausbrand hier eingeliefert. Heißt Daisy Tyler, und ich würde sagen, daß die gute Daisy einen ordentlichen Sprung in der Schüssel hat. Aus diesem Grund hielt ich es für besser, Sie anzurufen.«

Goldberg hatte berichtet, daß die Frau eine schlimme Nacht hinter sich hatte: hysterische Anfälle und Phasen völliger Reglosigkeit hatten sich immer wieder abgewechselt. Niemandem und nichts, nicht einmal mit den überaus großzügig bemessenen Beruhigungsmitteln war es gelungen, die Patientin zu beruhigen oder aus ihr ein paar stimmige Antworten herauszubringen.

»Warum schauen Sie nicht mal herein und werfen einen Blick auf sie«, fragte er spontan. Er hätte sie in demselben Tonfall auch bitten können, sich ein undichtes Wasserrohr anzuschauen. Keine große Sache.

Als sie am Fußende des Bettes stand, hörte Maggie einen glucksenden Schrei, der aus der gegenüberliegenden Zimmerecke kam. Er war beinahe nicht zu hören.

»Miss Tyler?«

Als Maggie näher kam, schwoll das Jammern an und klang deutlich aufgeregter. Maggie blieb stehen und erklärte mit sanfter Stimme: »Ist schon gut. Mein Name ist Maggie Lyons. Ich bin Psychiaterin. Ich weiß, daß es Ihnen im Augenblick sehr schlecht geht. Ich möchte Ihnen helfen.«

Dem spröden Schweigen, das folgte, folgte bald wieder ein Aufschrei.

»Bringen Sie mich *heim. Bitte* bringen Sie mich nach Hause. Ich kann es nicht ertragen!« Das stundenlange Schreien hatte ihre Stimme heiser gemacht. *»Bitte!«*

Beim Näherkommen konnte Maggie erkennen, daß die Frau auf Knien hinter der Trennwand kauerte. Sie hatte die Arme verschränkt und schützend über den Kopf gelegt, als wollte sie sich gegen feindliche Angriffe schützen. Maggie kniete sich neben sie und legte ihr die Hand auf den bebenden Rücken. Das Krankenhausnachthemd war schweißgetränkt. Das lockige, graubraune Haar, das an kriechende Würmer erinnerte, ebenfalls. Daisy roch nach Rauch und nach Verzweiflung.

Maggie ließ ihre Hand sanft über den Rücken der Frau kreisen. Dr. Goldberg lag mit seiner übereilten Einschätzung falsch. Die Frau war keine Psychopathin. Für Maggie, die während der letzten zehn Jahre, in denen sie sich auf Phobien spezialisiert hatte, viele Patienten mit derartigen Störungen getroffen hatte, war das Problem offensichtlich. Daisy Tyler litt unter schwerer Agoraphobie, der Angst vor offenen Plätzen, wenn man den Begriff wörtlich übersetzte. Nachdem diese Menschen plötzlich und grundlos Anfälle von Panik durchlebt hatten, setzten sie alles daran, ihrem Gefühl nach möglicherweise gefährliche Situationen zu vermeiden. Im Lauf der Zeit verstärkte sich dieser Zustand, und das führte dazu, daß viele von ihnen nicht mehr Auto fuhren, reisten oder Besorgungen erledigten. Diejenigen, die am schlimmsten betroffen waren, fühlten sich nur noch in ihrer Wohnung sicher. Aber manche gingen sogar noch weiter und lebten ausschließlich in einem Raum. Wie Gefangene, die sich selbst eingesperrt hatten, oftmals lebenslänglich.

»Wie lange haben Sie denn Ihre Wohnung nicht mehr verlassen?«

Die Frau atmete zögernd durch. »Schon lange.«

»Zehn Jahre? Zwanzig?«

»Zweiundzwanzig.«

Maggie empfand Mitleid. Das halbe Leben lang hatte diese Frau sich vor ihren Ängsten versteckt. Und plötzlich war der einzig sichere Ort, den sie auf dieser Welt hatte, zerstört worden. Goldberg hatte Maggie erzählt, daß das kleine Vorkriegsgebäude auf der 78. Straße vollkommen ausgebrannt war, das Haus, in dem Daisy eine Dreizimmerwohnung bewohnte, in der sie sich zwei Jahrzehnte verkrochen hatte. Glücklicherweise – oder unglücklicherweise – konnte sie die nächste Zeit nicht an diesen Zufluchtsort zurückkehren. Vielleicht gar nie mehr. Damit war der schlimmste Alptraum, den eine Person wie Daisy Tyler haben konnte, Realität geworden.

»Haben Sie eine Familie? Enge Freunde? Gibt es jemanden, den Sie anrufen möchten?«

Daisy schüttelte den Kopf und zog sich tiefer in die schützende Ecke zurück.

»Ihnen wird nichts zustoßen«, beschwichtigte Maggie sie. »Egal, wie schrecklich Sie sich fühlen, Sie werden es durchstehen. Wir werden Ihnen dabei behilflich sein. Das verspreche ich.«

Die Frau hob zögernd den Kopf. Ihre tränennassen Augen funkelten vor Angst. »Ich kann nicht. Verstehen Sie denn nicht? Sie müssen mich nach *Hause* bringen. Ich werde sterben, wenn ich hier bleibe.«

»Nein, das werden Sie nicht. Es wird Ihnen gutgehen. Man hat Ihnen eine Menge Beruhigungsmittel verabreicht. Eine kleine Dosis hätte wirkungsvoll sein können, aber die Menge, die Sie eingenommen haben, erschwert Ihnen die Selbstkontrolle. Ich werde Ihnen ins Bett helfen und bei Ihnen sitzen, bis Sie eingeschlafen sind. Wenn die Wirkung der Medikamente nachläßt, werden Sie sich besser fühlen. Und dann werden wir daran arbeiten, daß Sie mit Ihren Ängsten umgehen lernen.«

»Ich kann hier nicht schlafen. Ich muß *heim. Bitte*!«

»Das ist unmöglich, Daisy. Denken Sie doch an das Feuer.«

Die Frau wollte widersprechen, konnte aber der niederdrückenden Wahrheit nicht entfliehen. »Meine Wohnung ist weg«, murmelte sie benommen.

»Ja.«

»All meine Sachen!«

»Ja, aber Dinge können ersetzt werden. Das einzige, was wirklich zählt, ist, daß es Ihnen gutgeht. Und das *tut* es, Daisy. Aber Sie müssen sich jetzt ausruhen.«

Mit sanftem Nachdruck brachte Maggie die Frau dazu, endlich aufzustehen. Daisys Beine, von der Anspannung und Erschöpfung ganz zittrig, hatten alle Mühe, ihren kurzen, gedrungenen Körper zu tragen. Sich mit dem ganzen Gewicht auf Maggie stützend, bewegte sie sich zaghaft vorwärts. Sie tasteten sich am umgekippten Nachttisch vorbei und gingen langsam zum Bett hinüber. Mit der freien Hand glättete Maggie die verrutschten und zerknitterten Laken, legte Daisy dann behutsam aufs Bett und deckte die verängstigte Frau zu.

»Gut. Versuchen Sie jetzt, ein wenig zu schlafen.«

Sobald Maggie sie losließ, versteifte Daisy sich und legte schützend die Hände auf die Brust. »Mein Herz schlägt so schnell. Oh Gott, helfen Sie mir. Ich kriege einen Herzinfarkt.«

Das Symptom paßte perfekt ins Bild. Um sicherzugehen, überprüfte die Ärztin Daisys Werte. »Das ist nur die Panik, Daisy. Wenn man Angst verspürt, produziert der Körper eine Extraportion Adrenalin. Nur die Ruhe. Atmen Sie tief durch. Langsam. Und noch einmal. So ist es gut.«

Nach einer Stunde konsequenten Beistandes sank Daisy schließlich in Schlaf. Maggie beschloß, noch eine Weile am Bett sitzen zu bleiben, da sie fürchtete, daß eine Bewegung die Frau wieder aufwecken könnte.

Im Halbdunkel sitzend, lauschte sie dem Atem ihrer Patientin. Daisys Gesicht war aufgequollen, ihre Züge blieben immer noch angespannt, da die Furcht sie nicht einmal im Schlaf aus ihrem Würgegriff entließ. Glücklicherweise gibt es einen Weg, diesem Leid ein Ende zu bereiten, dachte Maggie. Die Behandlung erforderte Zeit und war schwierig, aber die Scherben, in die Daisy Tylers Leben zerbrochen war, konnten wieder gekittet werden, Stück um Stück.

Auf einmal mußte sie an die Nachricht denken, die sie heute morgen auf ihrem Schreibtisch vorgefunden hatte. Daisy Tyler war im Moment nicht die größte Herausforderung, die sie zu bestehen hatte. Darüber war sie sich im klaren.

Alexander Ivys schnörkelige Handschrift hatte auf dem Zettel geprangt. Der Präsident der Klinik wollte Maggie Punkt fünf Uhr nachmittags in seinem Büro sprechen. Die Aufforderung klang wie ein Befehl. Eine Angelegenheit von äußerster Dringlichkeit, hatte er geschrieben. Aufgrund ihrer Erfahrungen mit diesem Mann wußte Maggie, daß es eine ganze Reihe von Gründen für eine derartige Unterredung geben konnte.

Und jeder dieser Gründe würde Schwierigkeiten bedeuten.

3. KAPITEL

Sam Bannister spähte aus dem Fenster des Leichenschauhauses. Seine Augen funkelten wütend. Drei Monate hatten sie in den verfluchten Fall gesteckt. Drei gottverdammte Monate, und jetzt, wo sie die verdiente Belohnung eigentlich schon hatten riechen können, hatte der Hauptverdächtige die Frechheit gehabt, einfach loszuziehen und sich umzubringen.

Bei dem Leichnam handelte es sich um Macklin. Daran bestand kein Zweifel. Selbst jetzt, wo er die Farbe von nassem Zement hatte und durch einen längeren Aufenthalt in der Narragansett Bay so aufgebläht war wie ein Kugelfisch, konnte man diesen Irren nicht verwechseln. Das kantige Kinn, der Frankenstein-Kopf und der aufsässige Zug um den Mund verrieten ihn auch im Tod.

»Zum Teufel mit dir, Macklin«, schimpfte Bannister. »Du ekelhafter, uneinsichtiger, häßlicher Mistkerl. Hättest du nicht warten können? Ein paar gottverdammte Wochen hätten dich sicherlich nicht umgebracht!«

Die Hand auf seiner Schulter wollte ihn beruhigen. »Vergiß es, Sam. Es ist vorbei. Er ist *tot.*«

Bannister drehte sich um und blickte in Lenny Prices freundliches, von den Jahren gezeichnetes Gesicht. Guter, alter Lenny. Egal, wie ungerecht oder nervtötend eine Situation auch war, dem Kerl gelang es immer, einen kühlen Kopf zu bewahren und die Sache vom philosophischen Standpunkt aus zu betrachten. Keine Wut. Keine Launen.

Das machte die Zusammenarbeit mit ihm wirklich einfach. Seit er vor fünf Jahren in Boston seine eigene Detektivagentur gegründet hatte, hatte er sich wenigstens ein Dutzend Male mit seinem alten Chef vom Manhattan South zusammengetan. Und Price hatte ihm nicht ein einziges Mal Schwierigkeiten gemacht. Aber Bannister wünschte wirklich, daß der Kerl sich über solchen Abschaum wie Macklin etwas mehr ereiferte.

»Du irrst dich, Lenny. Es ist nicht vorbei. Noch lange nicht. Der Dreckskerl mag tot sein, aber das heißt noch lange nicht, daß ich mit ihm fertig bin. Der hat vielleicht Nerven, mit uns so 'ne Nummer abzuziehen.«

Price seufzte. »Versuch, es nicht persönlich zu nehmen, Sam. Der Mann hat sich schließlich nicht das Leben genommen, um uns den Fall zu versauen.«

»Das ist deine Meinung.«

»Komm schon. Sei zur Abwechslung mal vernünftig. Macklin ist tot. Die Bullen haben es als Selbstmord deklariert. Dagegen können wir nichts tun. Fall abgeschlossen.«

Bannister knurrte durch zusammengebissene Zähne: »Was ist denn aus dem ›Glücklich-solange-sie-lebten‹-Schlußsatz geworden? Was ist mit unserem Lohn? Weißt du, was jetzt mit dem dicken, fetten Bonus passiert, nach dem wir gefischt haben? Auf und davon. Das passiert mit dem Scheck!«

»Du wußtest, daß du nicht fest damit rechnen kannst.«

»Natürlich hab' ich fest damit gerechnet. Wollte mit dem Scheck all meine Schulden bezahlen. Vielleicht ein paar neue Reifen kaufen. Meine Kiste ist so alt, daß zehn Mäuse mehr wert sind als der ganze Schrotthaufen.«

»Was geschehen ist, ist geschehen, Sam. Dein Problem ist, daß du nicht loslassen kannst. Mach mal ein fröhliches Gesicht. Das Leben ist viel zu kurz, um dauernd miesepetrig herumzulaufen.«

»*Ich* weiß nicht, wie man losläßt. Und außerdem beißt sich keiner so in eine Sache rein wie du, Price. Du folgst einer Spur durch eine Backsteinwand und wieder zurück, wenn's sein muß.«

»Das ist etwas anderes. Ich spreche davon, daß man weiß, wann etwas zu Ende ist.«

»Und ich spreche von fünfzigtausend Dollars Belohnung.«

»Denk lieber an deinen Blutdruck, Sammy. Bist schon ganz rot im Gesicht.«

Bannister brachte den anderen mit einem Blick zum Schweigen. Price ließ seine Schultern hängen und nahm wieder seine natürliche Haltung ein. Alles an dem Mann fiel in sich zusammen. Augen, Kiefer, Bauch, die graue Strickjacke, die abgetragenen, braunen Kordhosen.

»Versuch mal, es von der anderen Seite zu sehen, Sam. Wir kriegen wenigstens unsere Zeit und unsere Spesen bezahlt. Mrs. Rafferty hat mir erzählt, daß sie heute morgen einen Scheck wegschicken will. Ist doch was, oder etwa nicht?«

Prices unbeirrbare Gelassenheit brachte Bannisters Blut zum Kochen. Frustriert schlug er gegen die Wand ein. Vor Schreck zog der Assistent des Gerichtsmediziners den Vorhang zu, um den Leichnam vor Bannisters Wutausbruch zu schützen.

»Gott sei Dank«, sagte Price, winkte verächtlich ab und putzte lautstark seine Knollennase. »Vergiß es. Willst du meinen Rat? Mach mal Urlaub! Wie lange ist es her, seit du weggewesen bist? Drei Jahre? Würde dir guttun, mal rauszukommen. Glaub mir.«

»Ja, sicher.« Den Blick auf das verhängte Fenster gerichtet, verfiel Bannister in grimmiges Schweigen. Seine dunklen Augen wurden zu schmalen Schlitzen, sein Mund eine verkniffene Linie. Damit verwandelte er sich optisch von einem Liebling der Frauen in einen ganz normalen Widerling.

»Ist mein Ernst. Du verlangst dir zuviel ab. Hast dich dauernd unter Druck gestellt. Wäre besser, wenn du mal ausspannst. Sam, du willst doch nicht wie Macklin enden.«

Wenige Augenblicke später strahlte Bannisters Gesicht auf einmal wieder. Die plötzliche Veränderung ließ Price instinktiv ein paar Schritte zurückweichen.

»Gesegnet seist du, Lenny. Hast mich gerade auf eine tolle Idee gebracht«, sagte Bannister voller Elan.

Price schüttelte den Kopf. »Dich und deine Ideen kenne ich, Sam. Woran du auch denken magst, tu es nicht.«

»Hör doch kurz zu, ja! Bitte: Ist genau, wie du sagtest. Macklin ist unter all dem Druck die Sicherung durchgeknallt. Hat aber bestimmt 'ne Zeitlang gebraucht, bis er verzweifelt genug war, um zu springen, richtig? In der Zwischenzeit hat er sich möglicherweise um Hilfe bemüht. Sich bei einem Seelenklempner ausgekotzt, oder was in der Art.«

»Es ist vorbei, Sam. Vergiß es!«

»Siehst du denn nicht? Vielleicht hat er alles erzählt. Eventuell sogar ein Geständnis abgelegt. Irgendwie hab ich das Gefühl, daß genau das passiert ist ...«

»Du und deine Gefühle.«

»Mein Instinkt ist unfehlbar, Price. Gib es zu.«

»Manchmal ja und manchmal so fehlbar wie bei jedem anderen.« Price mußte über seine eigene Bemerkung lachen.

Aber Bannister blieb hartnäckig. »Wir können jetzt nicht aufgeben, Lenny. Nicht nach all dem, was wir in diese Sache reingesteckt haben.«

Price schüttelte wieder den Kopf. »Ich habe Ruthie versprochen, mich auf keine unmöglichen Missionen mehr einzulassen.«

»Was ist mit dir los? Mußt du die Erlaubnis deiner kleinen Frau einholen, bevor du aufs Klo gehst, oder was?«

Price strich sich sein feines graues Haar aus dem Gesicht und zog die Schultern hoch. »Absolut nicht. Sie hat mir eine Blankoerlaubnis zu unserer Silberhochzeit gegeben.«

»Kneifen diese Schürzenbänder nicht nach einer gewissen Zeit? Ich könnte wetten, du bist schon ganz wundgescheuert.«

»Spotte, solange du willst. Zufälligerweise haben Ruthie und ich eine gute Beziehung. Wir lieben uns und unterstützen einander. Und – egal, was du denkst – sie hält mich nicht an der kurzen Leine.«

»Woran dann?«

»Ist eine Schande, daß du seit deiner Scheidung einen so schlechten Eindruck von der Ehe hast. Du hast dir die Falsche ausgesucht, das ist alles. Ruthie hat sich mir nie in den Weg gestellt.«

Ein böses Funkeln leuchtete in Bannisters Augen auf. »Gut zu hören, Lenny. Denn ich brauche dich bei dieser Sache. Wir werden alles brauchen, was wir zu bieten haben, Partner. Aber wir werden's schaffen.«

»Ich sagte nein, Sam. Kommt nicht in Frage!«

Bannister legte seinen Arm um Prices Schulter und schob ihn aus dem Gebäude in Richtung Wagen. »Ich hab' bei dieser Sache wirklich ein gutes Gefühl, Kumpel, wart's nur ab. Macklins Selbstmord könnte genau der Knackpunkt sein, nach dem wir suchen.«

Resigniert hob Price die Hände. »Hör zu. Als ich heute morgen mit Mrs. Rafferty gesprochen habe, hat sie ihren Standpunkt deutlich gemacht. Nachdem wir nun sichergestellt haben, daß Macklin als Wasserleiche aus dem Meer gefischt wurde, ist sie draußen. Keine Belohnung mehr, keine Spesen. Ich laß nicht zu, daß du einen neuen Schildhauer anleierst. Dieses Fiasko hat uns eine schöne Stange Geld gekostet.«

Bei der Erinnerung an jenen Fall lief Bannister vor Wut rot an. Moe Schildhauer war ein schmieriger Ganove, der Hunderte von alten Leuten mit einem groß angelegten Versicherungsschwindel um ihre Lebensersparnisse gebracht hatte. Das personell unterbesetzte Büro des Staatsanwaltes hatte zahllose Beschwerden erhalten und den Fall Bannister übertragen, der sich gleich an den pensionierten Price wandte und ihn zur Zusammenarbeit überredete.

Die beiden Männer hatten sich vor zwanzig Jahren in New York City kennengelernt, als Bannister Price unterstellt wurde, der mit einer Spezialeinheit den Mord an Martha Rafferty untersuchte.

Obwohl sie völlig gegensätzliche Charaktere waren, hatten sich die beiden Männer perfekt ergänzt. Bannister hatte Nerven wie Drahtseile und konnte sich auf seine Intuition verlassen. Price verfügte über ein unglaublich weites Netzwerk an Kontakten und eine nie versiegende Quelle an Hinweisen und Informationen. Außerdem konnte Price Bannisters loses Mundwerk stopfen. Bei der Untersuchung eines Falles hatte Bannister gewöhnlich den Rammbock gespielt, während Price sich langsam, methodisch und oft auf Umwegen der Lösung genähert hatte. Als die Spezialtruppe aufgelöst wurde, verband die beiden eine tiefe und enge Freundschaft.

Selbst nachdem sie der New Yorker Polizei den Rücken gekehrt hatten, fanden sie immer wieder Gründe zur Zusammenarbeit. In den Schildhauer-Fall hatten sie sechs Monate Zeit und Energie gesteckt. Im Lauf der Ermittlungen fand Price heraus, daß Moe an einer einträglichen Kinderpornoproduktion in Brasilien beteiligt war. Daß sie dieser Sache nachgegangen waren, hatte sie entscheidende Wochen gekostet. Als sie schließlich genug Fakten gesammelt hatten, um dem Mistkerl den Versicherungsschwindel anzuhängen, hatte er von ihrem Interesse an seiner Person Wind bekommen und war mit dem verfluchten Beweismaterial nach New Hampshire gezogen.

Wegen der äußerst komplizierten Lage – in diesem Fall ein neues Gesetz – verlor der Staat das Interesse und beschloß, den Fall ad acta zu legen. Aber Sam Bannister war bei weitem nicht so praktisch veranlagt und versöhnlich gestimmt wie der Bundesstaat Massachusetts. Und sein Naturell ließ nicht zu, daß er die Flinte ins Korn warf.

Als Moe Schildhauer neun Monate später vor Gericht stand, war Bannister endlich zufrieden, aber dieser Triumph hatte ihn eine Menge Zeit, Kunden und eine ordentliche Stange Geld gekostet. Gutmütig wie immer hatte Price ihm angeboten, die Hälfte der Schulden zu übernehmen, die sich im Lauf der Ermittlungen angehäuft hatten. Trotzdem wurde Bannister nur äußerst ungern an diesen Fall erinnert.

»Das war eine Frage des Prinzips, Lenny.«

»Ich weiß, Sam. Aber allzu oft können wir uns das nicht leisten.«

Bannister klopfte Price auf den Rücken. »Habe ich gesagt, daß wir die Kosten tragen müssen? Mrs. Rafferty wird uns liebend gern finanziell unterstützen. Sie weiß es nur noch nicht.«

»Sie hat sich eindeutig dazu geäußert. Jetzt, wo Macklin tot ist, ist sie draußen.«

»Bis jetzt hat sie meine unglaubliche Überredungskraft noch nicht kennengelernt.«

»So wie es sich angehört hat, dürfte es damit nicht getan sein.«

Bannister rutschte hinter das Lenkrad seines betagten Camaros. Erst vor kurzem war eine Scheidungsvereinbarung mit seiner Exfrau zum Tragen gekommen: Sie hatte das funkelnagelneue Cabriolet erhalten, das Schnellboot, das fast schuldenfreie Haus in Newton Highlands, einem Vorort von Boston, und das traumhafte Ferienhäuschen an einem See in den Berkshires.

Bannister hatte sich auf den Kuhhandel eingelassen, weil er Angst hatte, daß ihm das liberale Besuchsrecht gestrichen werden könnte. Außerdem hatte er seine dreizehnjährige Tochter Chloe vor zusätzlichen Streitigkeiten bewahren wollen, was seine Exfrau – halb Italienerin, halb Piranha – voll ausgenutzt hatte.

»Bitte, mach aus dieser Sache keinen zweiten Schildhauer, Sam. Meine Rücklagen sind fast aufgebraucht.«

»Okay, geht klar. Wenn du willst, daß Macklin das letzte Wort hat, dann halte ich die Klappe.«

Price seufzte. »Du weißt ganz genau, daß ich das nicht möchte. Mir hat viel an der Bestrafung dieses Schurken gelegen. Vielleicht sogar noch mehr, aber ...«

»Und jetzt kommt er nach all diesen Jahren mit dem Mord davon. Keine große Sache. Der Kerl war ein richtig kluger Bursche, oder nicht? Hat mir besonders gut gefallen, wie er versucht hat, die ganze Sache diesem zurückgebliebenen Jungen in die Schuhe zu schieben. Hat Behinderte eingestellt und so weiter. Vielleicht sollten wir einen Kranz zur Beerdigung schicken.«

Price seufzte wieder, und diesmal konnte Bannister hören, daß er zum Einlenken bereit war.

»In Ordnung, Sam. Du hast gewonnen. Aber nur, wenn Mrs. Rafferty zustimmt. Ruthie spielt immer wieder darauf an, daß wir mit meiner Pension diese Ferienwohnung in den Keys hätten kaufen können. Hast du eine Ahnung, wie viele Golf-Matches ich in den vergangenen fünf Jahren verpaßt habe?«

»Ich hab' schon verstanden, Lenny! Überlaß Mrs. Rafferty mir. Wenn ich erst einmal ihre Zustimmung habe, dürften uns die Ermittlungen nicht mehr als ein paar Wochen kosten. Höchstens drei. Außerdem könnte der Zeitpunkt gar nicht besser gewählt sein. Im Augenblick gibt es in der Agentur nicht gerade viel zu tun. Schätze, daß das Wetter zu gut ist. Im Augenblick kommt niemand darauf, einen herumstreunenden Ehemann oder Angestellten, der was mitgehen läßt, zu überwachen. Und das Wetter soll so bleiben.«

»Du greifst vor, Sam. Wir werden nur etwas unternehmen, wenn Mrs. Rafferty ihre Zustimmung gibt. Vergiß das ja nicht!«

»Die kriege ich. Kannst dich drauf verlassen.«

Price seufzte und stierte mißmutig durch die verdreckte Windschutzscheibe, während Bannister rückwärts von dem Parkplatz zurücksetzte. »Ich habe keine Ahnung, wie du die Frau überreden willst. Macklin ist tot. Die Belohnung bezog sich auf die Verhaftung und Verurteilung des Schuldigen.«

»Dann bringen wir sie eben dazu, ihre Meinung zu ändern. Sie ist eine vernünftige Frau. Solange wir die Ware liefern, kann sie sich doch freuen.«

Price verdrehte die Augen. »Vielleicht ist Macklin nicht der einzige, der einen Sprung in der Schüssel hat.«

»Ich bin ganz normal und so zurechnungsfähig wie eh und je.«

»Genau das wollte ich damit sagen.«

Bannister schaltete das Uralt-Radio ein. Beschwingt von den neuen Aussichten stimmte er in das rhythmische Rauschen ein.

»Verflucht, wieso lasse ich mich immer wieder von dir zu derartigen Albernheiten überreden, Sam?«

»Weil das Leben aus mehr als Kursen und Büchern und Treffen mit irgendwelchen Leuten und Golf-Matches besteht. Es reicht nicht, jeden und alles auf dieser Welt zu kennen. Ab und zu brauchst du ein bißchen Aufregung. Bringt ein bißchen Farbe in dein Gesicht.«

»Ruthie hat ganz recht mit dir. Du bist klug und siehst gut aus, aber du bedeutest Ärger.«

»Die gute Ruthie. Immer zu Scherzen aufgelegt.« Bannister boxte Price in die Seite. »Mach dir keine Sorgen, Lenny. Wird alles so ablaufen, wie du gesagt hast. Wir werden einen Weg finden, diesen verdammten Fall zu lösen. Und dann können wir ihn vergessen.«

4. KAPITEL

Ordnung war das Allerwichtigste. Im Leben kam es vor allem auf Präzision an, auf Anstrengungen, die in regelmäßigen Abständen aufeinander folgten. Das Leben mußte einem ordentlichen Kleiderschrank gleichen, in dem die Kleiderbügel in gleichmäßigen Abständen aufgereiht waren.

Jede Veränderung der gewohnten Routine erforderte detaillierte Vorbereitungen. Die Anrufe waren mit äußerster Sorgfalt getätigt worden, vor einer Woche, genau einen Tag nachdem das Päckchen im City-Büro von Federal Express abgeliefert worden war. Die Nachrichtensendungen hatte er genauso sorgfältig verfolgt. Das Paket war als Eilsendung verschickt worden, was garantierte, daß die Lieferung am folgenden Geschäftstag vor zehn Uhr morgens eintraf. Insofern war es berechtigt gewesen, daß er baldige Ergebnisse erwartete.

Jetzt gingen jeden Morgen exakt um zwei Minuten vor halb zehn die Anrufe im Büro des Mannes ein, zehn Minuten nach dem Eintreffen der Sekretärin. Der Anruf bei der Lokalredaktion der hiesigen Zeitung erfolgte um zehn vor zwölf, kurz vor dem

Redaktionsschluß der Nachmittagsausgabe. Um vier Uhr nachmittags erhielt der Gesellschaftskolumnist, der auch für die Todesanzeigen zuständig war, einen Telefonanruf. Ab vier Uhr wurden keine Anzeigen mehr angenommen.

Die Falle hätte eigentlich gleich zuschnappen sollen. Aber bis jetzt hatte sich nichts Ungewöhnliches ereignet, einmal abgesehen davon, daß der Mann die Stadt überraschend verlassen hatte. Laut Aussage der Sekretärin hatte er vor zwei Tagen eine Geschäftsreise angetreten.

Unmöglich.

Die Störung des normalen Ablaufs bewirkte ein leises Unwohlsein, ganz so, wie wenn man etwas schwer Verdauliches zu sich nimmt.

Warum dauerte es so lange? Nach dem so sorgfältig ausgearbeiteten Plan müßte der erste Anschlag inzwischen längst ausgeführt sein. Ja, eigentlich müßte der nächste schon in Vorbereitung sein. Vielleicht sogar bereits der übernächste.

Es war unfaßbar, daß der Plan nicht funktionierte. Bei Tierversuchen hatte die Droge eine erstaunliche Wirksamkeit bewiesen. Macklin, das erste menschliche Testobjekt, hatte jetzt über mehrere Wochen hinweg die notwendige Dosis erhalten. Mit dieser Menge Drogen im Körper verlor er bestimmt jegliche Hemmung. Er würde sicherlich eine besonders wagemutige Tat begehen, wahrscheinlich so kühn, daß die Medien sich dafür interessierten. Im besten Falle würde er sich so rücksichtslos verhalten, daß er seiner nutzlosen Existenz ein Ende bereitete.

Wie auch immer. Theodore Macklin war das erste in einer ganzen Reihe von tollkühnen Opfern. Die unfaßbare Unbesonnenheit dieser Menschen würde sicherlich der Behandlung von Dr. Maggie Lyons zugeschrieben werden. Sie allein mußte dann die Konsequenzen für das unbesonnene Verhalten ihrer Patienten tragen, für die Unfälle und Verletzungen, die damit einhergingen. Der Gedanke an diese unausweichlichen Folgen genügte, um die Belastungen, die dieses Unterfangen für ihn bedeutete, abzuschwächen. Und diese Frau dabei jeden Tag zu sehen und zu wissen, daß sie keine Ahnung von dem Verhängnis hatte, das auf sie wartete, erfüllte ihn mit besonderer Freude.

Zuerst würde Dr. Maggie Lyons mit ihrer Klinik bezahlen müssen. Sie würde die Arbeit verlieren, die ihr so sehr am Herzen lag. Ihr Ruf würde vernichtet, ihre Zukunft ein leeres Blatt werden. Maggie Lyons mußte mit Ächtung und Schande rechnen, vielleicht mit finanziellem Ruin und Strafandrohung. Aber egal, welchen Preis sie bezahlte, er war nichts im Vergleich zu all dem Schmerz und Leid, das sie heraufbeschworen hatte.

Und dennoch bestand die Notwendigkeit, sich an die Reihenfolge zu halten. Eins nach dem anderen. Zuerst mußte Dr. Lyons alles verlieren, was ihr wichtig war, bis nur noch Verzweiflung und Verwirrung übrigblieb. Wenn das erreicht war, war die Zeit gekommen, diese Hexe von ihrem Leiden zu erlösen.

5. KAPITEL

Die Büroräume des geschäftsführenden Vorstandes des East End Hospitals waren in der fünften Etage eines Backsteingebäudes untergebracht, direkt gegenüber dem Krankenhaus, das einen ganzen Block in Manhattans Yorkville-Viertel einnahm. Maggie beendete die Therapiesitzung, die um vier Uhr begonnen hatte, diktierte eine kurze Notiz für die Patientenakte und verließ das Büro.

Im Flur wurde sie von Francis Kennedy aufgehalten, einem jungen Mann mit roten Haaren und dazu passender Gesichtsfarbe, der am Phobien-Programm mitarbeitete. Als er sie sah, trat er einen Schritt von den Bildern zurück, die er gerade zurechtgerückt hatte. Für Maggie ein Beweis für Francis' ausgeprägtes Bedürfnis, den Korridor in Ordnung zu halten. Die Pflanzen standen parallel zu den Bildern. Im Wartezimmer waren die Zeitschriften alphabetisch geordnet und in exakten Abständen ausgelegt. Die Nachrichten am Brett hingen vollkommen gerade. Im

Vergleich zu Francis Kennedy wirkte Maggies Assistent Henry, ein Muster an Ordnung, geradezu schlampig.

»Guten Tag, Maggie. Ist das Wetter heiß genug für Ihren Geschmack?«

»Dürfte wohl für jeden heiß genug sein. Entschuldigen Sie mich. Ich muß mich beeilen.«

Er wich ihr nicht von der Seite. »Wie wäre es mit einem Drink, wenn Sie hier fertig sind? So gegen sieben?«

»Nein, danke. Ich habe heute abend etwas vor.«

»Für einen kleinen Schluck müßten Sie doch Zeit haben?«

Maggie zwängte sich an ihm vorbei. »Gute Nacht, Francis.«

Bemüht, den halsstarrigen Mr. Kennedy zu vergessen, eilte sie über die Straße.

Es war ein brütend heißer Tag. In der Stadt herrschten etwas mehr als 35 Grad, und die Luftfeuchtigkeit erinnerte an einen tropischen Regenwald. Die Luft glich feuchten Handtüchern und lastete schwer auf den Straßen. Kaum zwei Minuten draußen, begann Maggie zu schwitzen. Ihre Schuhe drückten, ihr beiges Leinenkostüm glich einer zerknitterten, braunen Einkaufstüte. Der Schwall klimatisierter Luft, der ihr entgegenschlug, als sie die reich verzierte Eingangstür öffnete und in die elegante Halle des Backsteingebäudes trat, tat ihr unendlich gut.

Das ehemalige Wohnhaus mit seiner luxuriösen Innenausstattung war vor zwei Jahren dem Krankenhaus vermacht worden. Der mit Intarsien versehene Marmorboden im Foyer funkelte im Lichtschein des venezianischen Kristalleuchters. Farbige Tiffanyglasfenster verliehen dem Ganzen subtile Eleganz. Ein antiker Aubusson-Läufer in Pfirsich und Türkis war auf der imposanten Treppe ausgelegt.

Maggie hatte nicht die Zeit, auf den alten, klapprigen Fahrstuhl am Ende der Halle zu warten. Sie eilte die Stufen hoch und stand Punkt fünf Uhr vor dem Büro des Präsidenten. Atemlos schenkte sie Vivian, der blassen, ältlichen Sekretärin, ein Lächeln. Die Sekretärin, das Büro und die Stellung waren vor einem Jahr vom Vater auf den Sohn übergegangen.

»Guten Tag, Viv. Würden Sie ihm bitte sagen, daß ich hier bin.«

Die Sekretärin warf ihr über die rahmenlose Brille einen Blick zu und meldete ihr Eintreffen an. Nachdem sie den Hörer aufgelegt hatte, lächelte sie Maggie entschuldigend an. »Ist besser, wenn Sie Platz nehmen. Es scheint noch etwas zu dauern.«

Das überraschte Maggie nicht. Alexander Ivy war wirklich jedes Mittel recht, um seine Macht zu demonstrieren. Er bestand auf Pünktlichkeit, damit er genug Zeit hatte, den Betreffenden warten zu lassen. Rief niemals persönlich an. Wartete wenigstens drei Tage, bevor er zurückrief. Manchmal meldete er sich sogar noch später oder überhaupt nicht, je nachdem, welchen Platz auf seiner Abschußliste man belegte.

Wie schnell und mühelos Ivy im East End akzeptiert worden war, hatte sie ziemlich überrascht. Ein Großteil der Angestellten schien gewillt zu sein, seine rüpelhaften Umgangsformen und sein hyperaktives Ego zu übersehen. Oder – diese Vermutung hatte einmal einer von Maggies Assistenten geäußert – vielleicht hatten sie diese Seite des Mannes einfach nie kennengelernt.

Warum also war ihr dieses Glück beschert?

Maggie betrachtete ihr Spiegelbild im gerahmten Foto von Vivians Enkeln, das auf dem Schreibtisch stand. Dasselbe alte Gesicht. Mit dem kurzgeschnittenen kupferfarbenen Haar, den großen grünen Augen und der kleinen, doofen Nase, die sich geweigert hatte, mit dem restlichen Körper mitzuwachsen, konnte sie immer noch als Peter Pans Schwester durchgehen. Keine Warzen, keine krummen Zähne, keine durchscheinenden Adern. Nichts, was die Animositäten des neuen Krankenhauspräsidenten rechtfertigte. Mit anderen Menschen kam sie sonst eigentlich ganz gut zurecht.

Unglücklicherweise bildete der junge Mr. Ivy da eine rühmliche Ausnahme. Es war Abscheu auf den ersten Blick gewesen, und danach war es nur noch schlimmer geworden.

Ironischerweise war Alex' Vater, Lawrence Ivy, seit ihrer ersten Begegnung auf einer Psychologen-Konferenz in San Francisco über zehn Jahre ihr Freund und Mentor gewesen. Der alte Ivy hatte Maggie von ihrem Job als stellvertretende Direktorin im Johns Hopkins Hospital weggelotst, um im East End ein Programm zur Behandlung von Angstzuständen zu entwickeln. Mit seiner Ermunterung und unablässigen Unterstützung hatte Maggie hier eines der ersten Behandlungszentren für Phobien in Amerika aufgebaut.

Schwere gesundheitliche Probleme hatten Lawrence Ivy gezwungen, in Pension zu gehen, und der kleine Alex trat wie selbstverständlich in die Fußstapfen seines Vaters. Das Krankenhaus war von Lawrence Ivys Vorfahren gegründet worden und zu einem erheblichen Prozentsatz immer noch abhängig von der finanzkräftigen Ivy-Stiftung. Als einziger Nachkomme des Clans, war es die natürlichste Sache der Welt, daß Alexander die Position seines Vaters einnahm. Die Ahnentafel verlieh dem jungen Alex eine gewisse Selbstgefälligkeit. Wo es ihm gefiel, da nistete er sich ein. Und nun gefiel es ihm, Maggie das Leben schwerzumachen.

Die Giftspritze Ivy!

Sie hatte sich schon öfter mit ihrem Freund und Assistenten Henry Most über dieses Problem unterhalten. Henry glaubte, daß Eifersucht die Quelle allen Übels war. Nach seiner Meinung mißgönnte Ivy Maggie die Zuneigung, die sein Vater ihr entgegenbrachte. Daran hatte auch die schwere Krankheit ihres Gönners nichts geändert.

Doch diese Erklärung war für Maggies Geschmack zu einfach. Als langjährige Beobachterin des menschlichen Verhaltens wußte sie, daß die Dinge selten so einfach waren. Ebenso gut möglich war es, daß sie einer von Alexanders Kinderfrauen glich, die nicht nett zu ihm gewesen war, oder einer sadistischen Lehrerin, die ihm in der siebten Klasse in Mathematik eine schlechte Note gegeben hatte. Aber egal, wodurch die Animosität ihres Chefs entstanden war, sie würde um keinen Preis zulassen, daß dies schlechte Verhältnis ihre Arbeit behinderte. Die Klinik war für viele Patienten außerordentlich wichtig. Und natürlich auch für sie.

Das Telefon klingelte. Vivian hob den Hörer ab, lauschte und nickte dann Maggie zu.

Als sie das Büro betrat, beugte sich der Präsident des Krankenhauses gerade über seinen antiken Chippendale-Schreibtisch und studierte einen Stapel Computerausdrucke. Der Raum war mit dunklem Walnußholz getäfelt. In einem Bücherschrank mit Glastüren, der eine ganze Wand einnahm, standen zahllose Erstausgaben und feines Porzellan. Seidenbrokatvorhänge in Rosa- und Goldtönen schmückten die Fenster. Eine Reihe kleiner Sofas und Stühle war mit dem gleichen Stoff bezogen. Grußlos bedeutete Alexander Maggie, sie solle Platz nehmen.

Der Mann war ein moderner Napoleon. Gerade mal einsfünfundsechzig groß trotz der erhöhten Absätze seiner Krokodilslipper. Wie üblich trug er einen Armani-Anzug und ein Hermes-Hemd. Sein espressofarben-getöntes Haar war exzellent frisiert. Und das Lächeln, mit dem er sie bedachte, als er sie endlich anschaute, wirkte sorgfältig einstudiert.

»Danke, daß Sie gekommen sind«, sagte er. »Ich hoffe, das Treffen macht Ihnen keine Umstände.«

»Kein Problem.«

Er blickte ihr tief in die Augen. »Unglücklicherweise *gibt* es hier ein Problem.«

Ivy drehte den Stapel Computerausdrucke in ihre Richtung und zeigte auf eine Reihe Zahlen. »Die Phobien-Klinik zeigt seit längerem enttäuschende Ergebnisse. Offen gesagt, ich hatte gehofft, endlich ein paar Fortschritte erkennen zu können.«

Maggie überflog die Aufstellung aller Einnahmen, die dieser Bereich erwirtschaftet hatte. »Neunzig Prozent unserer Patienten melden, daß sich ihre Lebensqualität nach unserer Behandlung entschieden verbessert hat, Mr. Ivy. Fünfundachtzig Prozent geht es auch noch zwei Jahre nach Beendigung der Therapie wesentlich besser. Ich möchte meinen, daß das ausgezeichnete Ergebnisse sind.«

Ivy blinzelte verschlagen. Seine saphirblauen Kontaktlinsen verrutschten, und Maggie stellte fest, daß seine Augen eigentlich jauchegrubenbraun waren. »In diesen wirtschaftlich schwierigen Zeiten können wir nicht darauf verzichten, die Einkünfte, die jeder Bereich erwirtschaftet, genau zu betrachten, Dr. Lyons. Wir führen hier ein Unternehmen und keinen Kreuzzug.«

Maggie verspürte das dringende Bedürfnis, ihrem Gegenüber an die Gurgel zu gehen. »Das ist wahr, und zufälligerweise ist Gesundheit unser Geschäft. Meine Abteilung mag vielleicht keine Goldgrube sein, aber wir liefern unseren Patienten wertvolle, dauerhafte Hilfe. Und außerdem haben wir einen nicht unwesentlichen Beitrag zum guten Ruf dieses Krankenhauses geleistet.«

Ivy kicherte höhnisch. »Wenn Sie auf Ihre schamlose Eigenwerbung anspielen, Dr. Lyons, dann bin ich, ehrlich gesagt, nicht beeindruckt. Sie haben eine gute Werbekampagne geführt, na und?«

»Ich habe keine Werbekampagne geführt, ich habe nur ein Programm erstellt, das die Menschen von schwerem Leid befreien kann. Der einzige Grund, weshalb ich Interviews gebe, ist der, daß ich so besser an die Menschen herankomme, die dringend Hilfe benötigen. Außerdem werden Sie wohl nicht behaupten wollen, daß die positive Presse, die wir erhalten haben, East End schadet, oder?«

Er winkte gelangweilt ab. »Ich habe Sie nicht hierher gebeten, um mit Ihnen zu diskutieren. Mit geht es allein darum, daß die Phobien-Klinik sich nicht selbst trägt, was ich aber von jeder Abteilung verlange. Sie haben sechs Monate, um das Ruder herumzureißen. Wenn Sie dann nicht mit Ergebnissen aufwarten können, werden wir die Räume anderweitig nutzen. Ambulante Rekonstruktion bringt saftige Gewinne, auf die wir dringend angewiesen sind, um expandieren zu können.«

Maggie stockte der Atem. Nicht im Traum war sie dazu bereit, sich über die Notwendigkeit von kosmetischen Operationen wie das Abflachen von Bauchdecken oder das Anheben von Pobacken zu unterhalten.

»Was genau möchten Sie in sechs Monaten erreicht sehen?« fragte sie in betont gelassenem Tonfall, der ihr einiges an Schauspielkunst abverlangte.

»Eine zwanzigprozentige Gewinnsteigerung. Mindestens.

Und einen realisierbaren Plan für ein kontinuierliches Wachstum im nächsten Geschäftsjahr. Wenn Sie mir das liefern, bin ich durchaus bereit, die Kliniktüren offen zu halten. Wenigstens fürs erste.«

Zwanzig Prozent. Er hätte genausogut von ihr verlangen können, ein Programm für eine Weltraumstation auszuarbeiten oder von nun an nur noch buddhistische Mönche zu behandeln, die eine unerklärliche Angst vor Ziegenkäse haben. Die Klinik arbeitete schon mit einer unvorstellbar knappen Finanzierung und war deshalb auf freiwillige Mitarbeiter und Spenden angewiesen. Maggie leistete soviel Überstunden, daß sie nur selten Zeit für einen Luxus wie Schlaf und Nahrungsaufnahme erübrigen konnte. Insgeheim hatte sie darauf gehofft, zusätzliches Personal einstellen zu können, was dringend gebraucht wurde.

Wie, um alles in der Welt, sollte es ihnen gelingen, einen zusätzlichen Profit von zwanzig Prozent zu erwirtschaften? Mit Kuchenverkauf am Straßenrand? Auftragsmorden? Maggie wußte ganz genau, wem sie zuallererst ein Paar Betonschuhe verpassen würde. Nach einem kurzen Blick auf seine Krokodil-Guccis taxierte sie diese auf Größe sieben. Ziemlich klein, genau so kleingeistig wie der Mann.

»Alex, ich bitte Sie, seien Sie vernünftig! Sie wissen doch selbst, daß es keine Möglichkeit gibt, einen derartigen Profit aus der Klinik zu schlagen.«

»Ich bin ganz sicher, daß es Möglichkeiten gibt, die allgemeinen Kosten zu senken. Zuallererst könnten Sie ja wieder in den 15. Stock ziehen, dort sind Räume frei. So viele Patienten haben Sie nun wieder nicht. Es besteht kein Grund, wertvolle Quadratmeter zu belegen. Das würde Ihre Raumkosten erheblich senken. Also, raus aus dem Erdgeschoß.«

Er wollte sie ködern, aber Maggie weigerte sich, anzubeißen. »Sie *wissen*, daß das unmöglich ist. Einige unserer Patienten haben Höhenangst, andere können keinen Fahrstuhl besteigen. Darüber haben wir uns schon mal unterhalten.«

»Ich versuche ja nur, Ihnen zu helfen, Dr. Lyons. Sie behandeln

Erwachsene. Wenn die Angst vor dem schwarzen Mann haben, muß ich dann eine Wache im Flur aufstellen? Diese Menschen wie rohe Eier zu behandeln kann doch nicht förderlich sein, ihr unsinniges Verhalten zu verändern. Wenn die Phobien-Klinik in den 15. Stock ziehen würde, kämen auch die Patienten irgendwie dorthin. Es sei denn, die Klinik ist ihnen nicht so wichtig, wie Sie sich das einbilden.«

Maggie sah keinen Sinn darin, ihm zu widersprechen. Er hatte ja recht, Phobien konnte man rational nicht erklären. Aber dennoch waren sie ebenso wirklich und belastend wie jede andere Krankheit. Vielleicht sogar noch schlimmer.

»Wir können nicht in den 15. Stock ziehen. Das ist unmöglich. Und es ist auch unmöglich, Ihren Forderungen nachzukommen.«

Langsames, bedächtiges Nicken. »Nun gut. Dann werde ich demnächst bekanntgeben, daß wir das Programm einstellen. So oft, wie Sie in den Medien erschienen sind, dürften Sie keine Probleme haben, einen neuen Job zu finden.«

»Das wollte ich damit nicht sagen.« Maggie, die diese Klinik gegründet und aufgebaut hatte, hatte selbstverständlich ein sehr starkes Interesse daran, daß die Programme hier fortgeführt wurden. Sie konnte nicht zulassen, daß die Klinik geschlossen wurde. Sie *wollte* es nicht zulassen. »Sechs Monate«, sagte sie mehr zu sich selbst. »In sechs Monaten werden Sie Ihre zwanzigprozentige Profitsteigerung haben.«

»Na gut. Und wenn nicht, dann können Sie einpacken, Dr. Lyons. Guten Tag.«

Maggie stürmte aus dem Büro und warf die Tür hinter sich ins Schloß. Sie hatte alles, nur keinen guten Tag.

6. KAPITEL

Vorsichtig, Jessie!

Jason Childs stand am Fenster und beobachtete seine kleine Schwester. Sein Atem beschleunigte sich, und ein eiskalter Schreckensschauer lief ihm den Rücken hinunter. Ohne an die lauernden Gefahren zu denken, rannte sie wie ein Wirbelwind durch den Garten. Ihr dünnes, blondes Haar schwebte wie ein Seidenschal durch die Luft. Als sie stehenblieb, um den Kopf in die Büsche zu stecken, konnte er an der Art und Weise, wie sie ihren Kopf neigte, erkennen, mit welcher Konzentration sie an die Arbeit ging. Ihre Lippen waren geschürzt. Jetzt, wo endlich ihre Schneidezähne rausgekommen sind, übt sie wahrscheinlich pfeifen, dachte er. Mit Volldampf rauschte sie durchs Leben und würde ihn – eher als es ihm recht war – weit hinter sich lassen. Und sich über ihn lustig machen, wie all die anderen.

Er klammerte sich an ihren Anblick, als wäre sie ein Samenkorn, das jeden Augenblick aus der Kapsel fallen mußte, um vom Wind weggetragen zu werden. Auf ihrem Kleid, einem formlosen Hauch aus blaßrosa Baumwolle, prangten winzige Blüten. Weil es schon ein Jahr alt und deshalb viel zu klein war, bedeckte der Saum kaum ihre molligen kleinen Oberschenkel.

Ihre Beine waren von einem Muster aus Kratzern und blauen Flecken überzogen. Dieses Kind hatte die unbändige Gier, andauernd etwas Neues und Gefährliches auszuprobieren: Rollschuhfahren, Fahrrad, Skateboard. Die Gefahr schien ihr nichts auszumachen. Oder vielleicht war sie noch viel zu jung, um sich ihrer bewußt zu sein.

Jason versuchte, sich daran zu erinnern, wie er in ihrem Alter gewesen war. War er auch mit dieser Leichtfüßigkeit und Unbedachtheit vorgegangen? Leider war die Erinnerung in dem dunklen schwarzen Loch vergraben, das sein Leben seit Jahren bestimmte. Niedergeschlagen kehrte er in die angsterregende Gegenwart zurück.

Sie lief barfuß herum. Ihre Füße waren eigentlich hübsch. Die Zehen glichen pinkfarbenen Perlen, die Fersen waren glattpolierte Vollgummibälle. Weil die Bodenplatten zu heiß waren, flitzte sie flink wie ein Wiesel über das verdörrte, braune Gras neben dem Gehweg. In regelmäßigen Abständen steckte sie den Kopf in die Hecke vor dem Haus. Für einen kurzen Moment verlor er sie aus den Augen.

Gütiger Gott. Was, wenn dort etwas lauert? Nimm dich in acht!

Jessie! Vorsicht, du kleiner Hitzkopf.

Dort. Sie war wieder draußen. Sah bekümmert aus. Mit dem Saum ihres Kleides wischte sie sich den Schweiß von der Stirn. Der dünne Stoff war voller Schmutzflecken.

An diesem Morgen hatte sie mit der betörenden Autorität einer Sechsjährigen verkündet, daß die Hitzewelle, unter der sie zu leiden hatten, rekordverdächtig war. Mürrisch mußte Jason sich eingestehen, daß sie ein kluges, kleines Ding war. Jess hatte stillschweigend die Familientradition übernommen und informierte ihn über alles. Sie brachte die Welt zu ihm, damit er nur dann, wenn es absolut notwendig war, hinaustreten und sich den Monstern stellen mußte.

Sieht sogar heiß aus, ging es ihm mißmutig durch den Kopf. Für eine Minute ließ er sie aus den Augen. Sie zu beobachten war fast genau so schlimm, als wäre er selbst dort draußen, ungeschützt und verletzbar. Und als würde er riskieren, einem von *ihnen* über den Weg zu laufen.

Um diese unerträgliche Vorstellung abzuschütteln, richtete er den Blick auf den schattigen Vorhof. Sie wohnten in Bayside in Queens, kaum eine halbe Stunde von Manhattan entfernt, obwohl man es dem verschlafenen Viertel nicht anmerkte. Ihr Block bestand aus sechs hübschen, gut in Schuß gehaltenen Häuschen, in denen nette, freundliche Menschen wohnten. Gepflegte Rasenflächen und gestutzte Hecken. Immer und immer wieder versicherte er seiner Familie, daß es ihm reiche, sich im Haus aufzuhalten. Mehr wollte er gar nicht. Warum begriffen sie das nicht? Warum hörten sie nicht auf, ihn zu piesacken und zu drängen.

Warum ließen sie ihn nicht in Ruhe?

Jason genoß den gleichbleibenden Rhythmus der Nachbarschaft, die beruhigende Routine, die hier herrschte. Hinter seinem Fenster fühlte er sich sicher. Von hier aus beobachtete er die Menschen, die bei Sonnenaufgang in ihren Autos davonfuhren und jeden Abend wieder heimkehrten. Er sah den Kindern zu, die sich jeden Nachmittag zum Spielen versammelten. Er bekam mit, wie Mrs. Gavin mit dem Baby spazierenging und wie Mr. Loring allmorgendlich die Post austrug. Wenigstens einmal pro Tag fuhr der UPS-Wagen durch die Straße und lieferte bei Mrs. Hauptmeyer Pakete mit Dingen ab, die ihr im Fernsehen in einem der zahlreichen Einkaufsprogramme ins Auge gestochen waren.

Wenn er wollte, konnte er die Gleichförmigkeit des Bildausschnittes ändern, indem er sich woanders hinstellte. Von einem strategisch günstigen Punkt aus gelang es ihm sogar, Paul Haskel und Susie Weiss dabei zu beobachten, wie sie auf der Verandaschaukel knutschten. Und die gedrungenen Ziegans-Zwillinge, die auf dem Hof miteinander kämpften und sich wie Dschungelalligatoren anfauchten, konnte er ebenfalls sehen. Ein paar Meter weiter tranken sich Dr. und Mrs. Ziegans mit ihren Martini-Gläsern zu und fütterten sich gegenseitig mit aufgespickten Oliven. Obwohl sich niemals etwas Seltsames oder Unerwartetes oder auch nur vage Gefährliches ereignete, spürte Jason unterschwellig das unsichtbare Böse. Ja, selbst hier.

Auch jetzt.

Selbst in dieser Sekunde konnte einer dort draußen lauern. Im Schatten warten. Keuchen. Mit eingezogenem Schwanz, der die böse Absicht verriet.

Und sie warteten nur darauf, daß er ihnen in die Falle lief.

Die Blätter der Bäume raschelten nicht. Die Luft hing wie ein öliger Teppich vor dem Fenster. Wahrscheinlich schlecht für die Lungen, dachte Jason griesgrämig. Zuviel Ozon oder Kohlenmonoxid oder irgendein anderes unsichtbares Gift, das tödlich war. Eine Hitze wie diese mußte für Menschen mit Herz- oder Lungenproblemen kritisch sein, sonst würde der Mann vom Wetterdienst sie nicht auffordern, im Haus zu bleiben. Wie sollte er wissen, ob er nicht unter einer dieser Krankheiten litt? Vielleicht gehörte er zu der Gruppe von Menschen, die gefährdet waren, und wußte nichts davon. Seine letzte medizinische Untersuchung lag Jahre zurück. Nun drängten sie ihn, einen Arzt aufzusuchen, aber er betete zu Gott, daß sie ihm erlaubten, diesen dummen Termin abzusagen.

Sie mußten ihm unbedingt die Erlaubnis dazu geben!

Seine Schwester stand inzwischen auf Zehenspitzen vor der Garage und spähte durch eines der kleinen, quadratischen Fensterchen in der Tür. Sein Herz machte einen Satz, als ihm Bilder von einem böse funkelnden Augenpaar durch den Kopf schossen, das im Dunkeln in einem Hinterhalt auf sie wartete. Still. Lauernd.

Mach die Tür nicht auf, Jess! Um Gottes willen, sei vorsichtig!

Am liebsten hätte er das Fenster aufgerissen und ihr eine Warnung zugerufen, aber er konnte sich nicht bewegen. Er war wie gelähmt.

Jessie bückte sich und legte die Hand auf den angerosteten Türgriff. Mit verkniffenem Gesicht schob sie die schwere Tür nach oben. Selbstgefällig nickend wischte sie ihre Hände ab und marschierte hinein.

Ihre Unachtsamkeit schnürte ihm die Kehle zu. *Laß dich nicht von ihm erwischen, Jessie! So renn doch!*

Aber das Mädchen ging äußerst gelassen vor, kreiste einmal um den Chevy-Kombi, riß die Türen auf und kniete sich hin, um einen Blick unter das Fahrwerk zu werfen. Aus Gewohnheit hob sie die Deckel der Abfalleimer hoch. Er konnte sich sehr wohl vorstellen, daß sich einer von ihnen darin versteckte. Bereit, jeden Moment anzugreifen!

Beim Blick in die letzte Tonne rümpfte Jessie ihre Stupsnase angeekelt. Dann rannte sie zum Haus hinüber und gab Jason ein

Zeichen, daß er zu ihr nach draußen kommen solle. Er las ihr die Worte von den Lippen ab.

»Los, komm schon, Jay. Ist alles in Ordnung.«

Aber die Angst ließ ihn nicht los. Sein Magen rebellierte. Ein stechender, schneidender Schmerz zuckte durch seinen Bauch, so daß er sich zusammenkrümmte. Er wußte, daß er es nicht durchstand. Heute nicht. Wahrscheinlich war er auf dem besten Wege, krank zu werden. Seine Mutter sollte doch Verständnis haben. Plötzlich spürte er, daß sie hinter ihm im Durchgang stand. Als er sich umdrehte, sah er die Handtasche über ihrer Schulter. An ihrem Handgelenk baumelte die Einkaufstasche. Er versuchte aus dem Wissen, daß präparierte Armbanduhren darin verstaut waren, ein gewisses Maß an Sicherheit zu ziehen. Auf jedes der Armbänder hatte er etwas von seinem Geheimmittel gestrichen. Aber, verflucht nochmal, was sollte ihm das jetzt nützen?

Seine Mutter klimperte mit den Schlüsseln. Ihr Blick verriet grimmige Entschlossenheit.

»Komm, Jason. Du willst doch nicht gleich bei der ersten Gruppensitzung zu spät kommen, oder, Liebling?«

Mit flehendem Blick wandte er sich an sie. »Leg mal deine Hand auf meine Stirn, ja? Ich glaube, ich werde krank.« Warum zwangen sie ihn, das hier zu tun? Begriffen sie denn nicht? Sie trugen die Schuld, wenn etwas Scheußliches passierte.

Seine Mutter legte die Stirn in Falten. »Habe ich nicht gehört, wie Jessie draußen alles kontrolliert hat?«

»Ja, aber ...«

»Dann laß uns gehen. Ich werde neben dir gehen. Das verspreche ich.«

Energisch schüttelte er den Kopf. »Heute nicht. Es ist zu heiß. Und dieser Kerl vom Radio, der den Straßenzustandsbericht durchgibt, sagte, daß auf der FDR gebaut wird. Kilometerlange Staus in beide Richtungen. Wir werden es wahrscheinlich eh nicht rechtzeitig schaffen.«

Hör doch endlich auf. Du mußt aufhören, bevor es zu spät ist.

Mit ausladenden Schritten durchquerte seine Mutter den

Raum und packte ihn am Ellbogen. »Wir werden es nicht länger hinausschieben, Jason. Du mußt befolgen, was die Ärztin ausgearbeitet hat. Sieh doch. Jessie gibt das Zeichen, daß alles in Ordnung ist.«

»Himmel nochmal, was weiß sie schon? Sie ist doch noch ein kleines Kind.«

Seine Mutter seufzte entnervt. »Nun gut. Ich werde alles nochmal kontrollieren. Aber dann fahren wir. Das kannst du drehen und wenden, wie du willst.«

Wie angewurzelt beobachtete Jason, wie seine Mutter energisch den Plattenweg im Hof abmarschierte. Seine kleine Schwester folgte ihr auf den Fersen. Die Einkaufstasche hatte seine Mutter im Haus zurückgelassen. Jason warf einen verstohlenen Blick hinein, bevor er sich abwandte.

Wenn sie ihn zwangen, das Haus zu verlassen, war er für die Konsequenzen nicht verantwortlich. Was auch immer geschah, es war ihr Fehler und nicht seiner.

Seine Mutter und Jessie wiederholten das Ritual: Sie schauten hinter die Büsche, überprüften die Garage. Spähten in die Ecken. Inspizierten den Müll. Jason versuchte nicht daran zu denken, was danach kam. Mit aller Kraft lenkte er seine Konzentration darauf, wie Mutter und Tochter, die nebeneinander standen, aussahen. Ihre Ähnlichkeit war verblüffend. Seine Mutter hatte ihre blonden Haare und den blassen Teint Jessie vererbt. Jessie verfügte über derlei fremdartige Charaktereigenschaften wie Unverwüstlichkeit und ausgeprägte Willenskraft, die sie ebenfalls der Mutter zu verdanken hatte. Das kleine Ding war ganz erpicht darauf, zuzusehen, was die Erwachsenen taten. Sie imitierte ihr Verhalten, vor allem seins. Jessie tat alles, was in ihrer Macht stand, um so schnell wie möglich erwachsen zu werden. Jason hingegen favorisierte den Stillstand. Veränderungen und Herausforderungen ging er aus dem Weg. Sein Vater, die Maus, war ihm von Anfang an näher gestanden, vertrauter gewesen.

Gut einsfünfundachtzig groß, überragte er seine Mutter. Jessie reichte ihm mal gerade bis zum Schenkel. Aber Jason wußte, daß in Wirklichkeit er der Kleine war. Nutzloser, kleiner Nichtsnutz. Wenn er sich nur seinem Alter und seiner Größe entsprechend verhalten könnte. Mit zusammengekniffenen Augen versuchte er sich vorzustellen, wie er das Haus verließ und sich nonchalant hinters Lenkrad setzte. Wegfuhr, um einen Burger und ein Bier reinzupfeifen. Unterwegs ein paar Gleichaltrige einsammelte.

Vielleicht würde er sogar Rina Latham abholen, das hübscheste Mädchen in seiner Klasse. Rina hatte langes schwarzes Haar und türkisfarbene Augen. Er träumte davon, wie sie mit tanzenden Hüften, die nur von einem knappen Paar Shorts verhüllt wurden, auf ihn zukam. In seiner Phantasie sah er ihre prallen Brüste, die sich unter dem T-Shirt abzeichneten. Ein Lächeln umschmeichelte ihre vollen Lippen, als freue sie sich darüber, ihn zu sehen. Mit hochrotem Kopf spürte er, wie sein Penis sich regte.

Blöde Phantasie.

Rina würde er niemals etwas bedeuten. Und auch keinem anderen. Sich mit Freunden zu amüsieren oder so etwas wie ein normales Leben zu führen, das alles war ihm unmöglich, und daran würde sich auch in Zukunft nichts ändern. Er erlaubte sich nicht einmal mehr, davon zu träumen. Was nutzte das? Er konnte ja nicht einmal ganz normale, durchschnittliche Dinge tun. Selbst seine sechsjährige Schwester war ihm überlegen.

Seit einem Jahr war er alt genug, den Führerschein zu machen, aber dazu fehlte ihm einfach der Mut. Um Unterricht zu nehmen, müßte er seine Sicherheitszone verlassen. Unterricht. Fahrstunden. Was, wenn sie ihn anfielen, wenn er gerade hinter dem Steuer saß? Was, wenn einer durch die Windschutzscheibe sprang? Es schauderte ihn. Er sah zerberstendes Glas, ein Monster, das mit aufgerissenem Maul auf ihn zukam. Mit seinen Krallen auf ihn einschlug.

Warum konnten sie ihn nicht in Ruhe lassen. Verdammt! Wußten sie denn nicht, welchen Druck sie auf ihn ausübten?

Sein Herz krampfte sich zusammen. Jason wußte wohl, daß er immer verrückter und immer verzweifelter wurde und mehr und mehr den Bezug zur Realität verlor. Andererseits fehlte ihm die Kraft, die Verschlimmerung seines Zustandes einzudämmen. In den Monaten, die seit dem Schulende vergangen waren, war er nur daheim herumgehangen und hatte aus dem Fenster gestarrt. Einmal abgesehen von seiner Erfindung, hatte er seine Zeit sinnlos verschwendet. Die einzigen Gefühle, die er kannte, waren blinde Angst und Wut.

Früher hatten seine Eltern ihn wenigstens gezwungen, den Unterricht zu besuchen. Jeden Morgen hatte seine Mutter den Garten kontrolliert, ihn dann mit dem Auto zur Schule gefahren und ihn zum Eingang des Gebäudes begleitet.

Während des Unterrichts war er so beschäftigt, daß er manchmal seine Angst vergaß. Er war ein guter Schüler gewesen, vor allem in Mathe und Physik. Ja, da war er sogar so gut gewesen, daß die anderen ihn Dr. Frankenstein nannten. Aber ihre Sticheleien waren an ihm abgeprallt. Es gab viel Schlimmeres, wie er nur zu gut wußte. Und außerdem freute er sich darüber, daß er wenigstens in einem Bereich gut war.

Es war sogar getuschelt worden, daß er anschließend auf ein Super-College wie das MIT gehen werde. Möglicherweise sogar ein Stipendium erhalten könnte. Doch wie um alles in der Welt sollte es ihm gelingen, aufs College zu gehen, wo er nicht zur Garage hinunter spazieren konnte?

Seine Eltern gaben die Hoffnung nicht auf. Er müßte in Behandlung gehen, sagten sie, und danach werde alles besser sein. Er mußte noch ein bißchen mehr Zeit und Energie reinstecken. Vielleicht bin ich soweit, wenn die Hölle zufriert, dachte Jason verbittert. Oder ein paar Wochen danach.

Nach sechs Monaten in Behandlung ging es ihm schlechter denn je. Vor ein paar Monaten hatten sie ihm erlaubt, diese Therapie aufzugeben. Die Ärzte und Betreuer waren nicht mehr aufgetaucht und hatten ihn endlich in Frieden gelassen.

Jason hatte sich eingebildet, daß er von nun an in Ruhe gelassen würde, aber nach ein paar Wochen fingen seine Eltern wieder an, auf ihn einzureden, daß er sich einer Klinikgruppe anschließen solle. Das ging so lange weiter, bis er das Gefühl hatte, in ihrem Wortschwall zu ertrinken. Und dann hatte er schließlich eingewilligt, nur um ihnen den Mund zu stopfen.

Aber in Wirklichkeit konnte er die Therapie gar nicht durchziehen. Wenn es ihm nicht gelang, sich vor den Ärzten und Sitzungen und Erwartungen, die wie Bleigewichte an ihm hingen, zu drücken, dann verlor er garantiert den Verstand.

Früher war die Angst wie ein kalter, lauernder Schatten gewesen, der sich manchmal in Luft auflöste und verschwand. Diese Erleichterung war ihm jetzt nicht mehr vergönnt. Inzwischen mußte er unablässig an die Biester denken, die knurrend, mit sabbernden Mäulern darauf warteten, ihm an die Gurgel zu gehen, ihm das Fleisch von den Knochen zu ziehen.

Nachts zwängten sich Horden von ihnen in seine Träume und kreisten mit fletschenden Zähnen um seinen hilflosen Körper. Dann wachte er schreiend auf und konnte die Angst vor ihren Bissen, ihren fauligen, moderigen Gestank nicht mehr abschütteln. Seine Eltern hatten sich daran gewöhnt und hörten ihn nicht mehr. Oder vielleicht hörten sie ihn doch noch, aber hatten es satt, seinetwegen mitten in der Nacht aus dem Bett zu springen.

Ist doch nur ein Hund, hatten sie ihm immer und immer wieder gesagt. Dieses dumme, kleine Ding wird dir nichts tun, Jason. Sieh ihn dir doch an, er ist harmlos.

Von wegen harmlos. Eines Tages würden sie begreifen, wie gefährlich sie waren. Tödlich. Aber dann war es für ihn zu spät. Dann war es überhaupt zu spät.

Die Tür fiel ins Schloß, und er hörte seine Mutter und seine Schwester ins Haus treten.

»Beeil dich, Jason. Wir sind spät dran.«

»Beeil dich, Jay«, wiederholte Jessie. »Können wir bei einem dieser Straßenstände eine Brezel kaufen, Mami? Und eine Dose Limonade? Bitte, bitte.«

»Pssst. Ja, Schätzchen. Laß uns gehen, Jason.«

Er war zu schwach, um zu protestieren. Seine Mutter hob die Einkaufstasche auf und drängte ihn zuerst in den Flur und dann aus dem Haus. Er wollte »Nein!« schreien, bekam das Wort aber nicht heraus. Laß die Tasche hier, wollte er sagen. Setz dem allen doch ein Ende, bevor es zu spät ist. Aber da waren sie schon unterwegs zum Wagen.

Auf dem Weg zur Garage legte sich die Hitze wie ein schwerer Mantel auf seine Schultern.

Sie waren dort drinnen. Egal, wie sorgfältig seine Schwester und Mutter die Garage kontrolliert hatten, er wußte, daß sie auf ihn warteten. Er hörte ihr kehliges Knurren. Spürte ihren lauernden Blick.

Jason wollte sich zusammenreißen, aber sie waren stärker. Selbst Jessie war stärker. Er glich einem Ballon, dem die Luft ausging. Kraftlos und schwach.

Die Luft knisterte. Jason riß die Augen auf. Plötzlich bewegte sich ein Schatten. Ganz deutlich hörte er ihr alarmierendes Gebell. Er konnte sich nicht bewegen, konnte nicht denken.

Die keuchende Masse kam auf ihn zugesprungen. Legte die Fänge um seine Kehle. Riß an ihm. Quälte ihn. Er war vollkommen reglos und erstickte fast unter dem Gewicht des Tieres.

»Siehst du. Kein Problem, Jason. Schnall dich an, Jessie.«

»Hab' ich schon, Mami. Kannst du das Radio anschalten?«

Jason spürte, wie seine Mutter seine Hand berührte. Er zwang sich, die Augen zu öffnen. Der besorgte Blick seiner Mutter ruhte auf ihm. Der Motor lief. Nach kurzem Zögern lenkte seine Mutter den Wagen auf die Straße hinaus.

Wieder berührte sie seine Hand und versuchte ihn mit einem Lächeln zu beruhigen. »Jetzt sind wir auf dem Weg, Jason, mein Liebling. Du wirst sehen, dieses Programm wird dein ganzes Leben ändern.«

7. KAPITEL

Als Maggie in die Klinik zurückkehrte, war ihr Assistent gerade damit beschäftigt, den Konferenzraum für die neue Phobien-Gruppe vorzubereiten. Henry hatte den langen Tisch vor die Fensterwand geschoben und darauf Limonadenkrüge und einen Teller mit Keksen verteilt. Neben der Tür stand ein Tisch, auf dem Plastikschildchen lagen, die die Namen der sechs jungen Patienten trugen.

Das Zimmer war in den gleichen langweiligen Farben gehalten wie die anderen Räume der Psychiatrie: in neutralem Armee-Beige und einem lustlosen Blauton. Die Möbel, eine Standardausführung, wie sie in allen öffentlichen Einrichtungen zu finden waren, bestanden aus gegossenen Plastikschalen und billigen Furnierteilen, die auf Stahlrohr montiert waren. An den Wänden hingen nichtssagende Stilleben und Landschaften, die nur mit viel gutem Willen als Kunst zu erkennen waren.

Anfang des Jahres war die ganze Etage renoviert worden. Auf die Vorschläge der Belegschaft war die Inneneinrichtungsfirma, die Alexander Ivy beauftragt hatte, jedoch nicht eingegangen. Anfänglich fand Maggie die neue Ausstattung deprimierend, aber Henry hatte hier und dort Hand angelegt, um die düstere Ausstrahlung der Räume zu beheben. Und ihm war es tatsächlich gelungen, eine fast behagliche Atmosphäre zu schaffen.

Strahlende Aquarelle aus der Malgruppe der Kinderabteilung prangten an den Wänden und verliehen den Fluren Farbe. Frische Blumen aus Henrys Ziergarten lockerten die grenzenlose Monotonie auf. Die ausgemusterten Teppiche, die er im Lager gefunden und auf den weißgesprenkelten PVC-Kacheln ausgelegt hatte, wirkten wie fröhliche Farbtupfer. Mit Futterstoffen, Klebeband und Heftzwecken fabrizierte Henry Vorhänge für die Fenster. Maggie hatte sich nicht getraut, ihren Assistenten zu fragen, wo er die ansprechend bedruckten Baumwollstoffe aufgetrieben hatte. Irgend etwas sagte ihr, daß sie das nicht wissen mußte.

Guter Henry. Der Mann hatte eine sanfte Natur und war unglaublich loyal. Nett, umsichtig und vollkommen uneigennützig. Als Maggie ihn dabei beobachtete, wie er von Stuhl zu Stuhl wanderte und ein paar kleine Veränderungen vornahm, spürte sie wieder die Zuneigung, die sie für ihn empfand.

»Sieht großartig aus, Henry. Danke.«

»Maggie, hallo. Habe Sie gar nicht hereinkommen hören. Bin hier fast fertig. Wie verlief die Unterredung mit Präsident Ivy?«

»Er war ganz er selbst.«

»Ist 'ne Schande. Wollte er Sie wegen etwas Bestimmtem sprechen?«

»Da liegen Sie ganz richtig. Ich werde Ihnen später die Details verraten. Die Sitzung fängt gleich an.« Sie griff nach einem Keks. »Köstlich. Haben Sie die gebacken?«

»Nein. Gail Weider.«

»Hätte ich mir denken können. Sind die besten Schokoladenkekse auf der ganzen Welt.«

Henry nickte zustimmend. »Sie ist ungefähr vor einer Stunde vorbeigekommen. Sagte, daß die Plätzchen ihr Beitrag zur neuen Gruppe seien.«

»Das ist großartig.« Maggie machte sich wegen Gail Sorgen. Ihre ehemalige Patientin und Assistentin besuchte seit gut einem Monat nicht mehr die Treffen der Selbsthilfegruppe. Für ihr plötzliches Wegbleiben fand Maggie keine Erklärung, und leider gehörte Gail, eine sehr zurückhaltende und außerordentlich sensible Frau, nicht zu den Menschen, die Erklärungen für verändertes Verhalten abgaben. Maggie hegte den Verdacht, daß sie sie unbeabsichtigt irgendwie gekränkt hatte. Hoffentlich waren die Plätzchen ein Zeichen dafür, daß sie Maggie verzieh.

Henry rückte seine schwarzgerahmte Brille zurecht, strich seine Weste glatt und bürstete ein unsichtbares Staubkorn von seiner anthrazitgrauen Hose. Der Mann hatte weiche Gesichtszüge und war von kräftiger Statur. Er hatte gerade seinen sechzigsten Geburtstag gefeiert. Es fiel einem nicht schwer, sich diesen Mann als eigenartigen kleinen Jungen vorzustellen. Mit offenem Mund machte er sich im Gruppentherapieraum zu schaffen, während Maggie noch einmal die Akten der einzelnen Teilnehmer überflog.

Natürlich hatte sie die Akten mehrmals gründlich studiert und die meisten Gruppenmitglieder persönlich befragt, aber sie wollte ihre Erinnerungen auffrischen, um über jeden von ihnen genau Bescheid zu wissen. Heute bot die Klinik zum ersten Mal eine Gruppe an, die ausschließlich jungen Menschen offenstand. Sie wußte, daß das eine wertvolle Ergänzung zum herkömmlichen Programm darstellte. Aber jede auch noch so kleine Veränderung der Therapieformen, die sie anbot, ließ leise Zweifel in ihr aufkeimen, was nach der Unterhaltung mit dem Präsidenten besonders verständlich war.

Für die Pilotgruppe hatte sie sechs Personen ausgewählt, vier Frauen und zwei Männer. Diese Mischung entsprach dem Geschlechterverhältnis: ein Drittel Männer, zwei Drittel Frauen litten unter extremen Angstvorstellungen. Maggie glaubte, daß das Verhältnis in Wirklichkeit fünfzig-fünfzig war, aber Männer weigerten sich viel beharrlicher, überhaupt zuzugeben, daß sie Angst verspürten. Sie widersetzten sich einer Behandlung so lange, bis die Angst ihren männlichen Stolz besiegte. Was in Maggies Augen eine Erklärung dafür war, daß die Männer, die sie behandelte, unter extrem schweren Störungen litten.

Sie mußte daran denken, wie lebensunfähig Henry gewesen war, als er vor drei Jahren zum ersten Mal im East End aufgetaucht war. Seine Mutter, eine außerordentlich unbeugsame Frau, hatte Maggie dazu überredet, sich seiner anzunehmen, obwohl er sich mit Händen und Füßen gegen eine Behandlung wehrte. Laut Mrs. Mosts Schilderung hatte Henry die Brooklyner Nachbarschaft, in der sie lebten, seit ungefähr vierzig Jahren – seit seinem Abschluß an der Universität – nicht mehr verlassen. Davon hatte er dreißig Jahre in ihrem Haus und Garten zugebracht.

Es erforderte unzählige Hausbesuche und die vereinten Anstrengungen seiner Mutter und seiner Ärztin, um Henry zu einem Besuch der Klinik zu bewegen. Bei den meisten Gruppensitzungen hatte er darauf bestanden, daß seine Mutter anwesend war. Ein Jahr verstrich, bis er die ersten Erfolge erzielte. Von da an machte er, mit Maggies Unterstützung und der Hilfe eines Assistenten, Fortschritte. Langsam entwickelte er die Fähigkeit, sich seinen Ängsten zu stellen und sie damit zu bannen. Nach einer gewissen Zeit war er endlich in der Lage, sich wie ein ganz normaler Erwachsener zu verhalten. Und inzwischen bewegte er sich frei in der Stadt und war in der Lage, sich um sich selbst zu kümmern. Der Tod seiner Mutter vor einem Jahr hatte Maggie beunruhigt, aber offenbar war er damit den Umständen entsprechend gut zurechtgekommen. Er wirkte ziemlich selbstsicher und schien das Alleinsein ertragen zu können.

Tagtäglich fuhr er mit dem Wagen von seinem Haus in Brooklyn zum Krankenhaus. Inzwischen hatte er den Patientenstatus abgelegt und arbeitete als Maggies Assistent. Und wirklich hätte niemand diese Aufgabe besser erfüllen können. Sein hervorragendes Organisationstalent lenkte ihren Hang zur Planlosigkeit in geordnete Bahnen. Mit seinem Einfühlungsvermögen und seiner Vorsicht gelang es ihm, sie im Zaum zu halten, vor allem, wenn sie – im Eifer des Gefechts – verbal um sich schlug. Henry war großmütig, warmherzig und väterlich, also all das, was ihr Vater nie gewesen war. Maggie konnte sich nicht vorstellen, daß es ihr ohne seine Hilfe und Unterstützung gelungen wäre, dieses Programm aufzubauen, und sie hoffte deshalb, daß er ihr noch lange zur Seite stand.

»Es ist jetzt sechs Uhr«, sagte er mit einem Blick auf seine Uhr. »Ich möchte sie nicht warten lassen.«

»Na, dann bitten Sie sie herein. Jetzt sind Sie dran.«

»Ich weiß nicht, Maggie. Sind Sie sich dieser Sache ganz sicher?«

»Natürlich. Sie werden sich hervorragend machen. Gehen Sie nur, sonst fühle ich mich gezwungen, Sie mit Komplimenten zu überschütten, bis Sie ganz rot anlaufen.«

Er lief auch so rot an und senkte den Blick. So ein lieber Mensch, dachte Maggie. Daß sie ihn eine Gruppe leiten ließ, war seit langem überfällig. Alle Gruppen in der Klinik wurden von ehemaligen Patienten geführt. Die anwesenden Therapeuten hielten sich im Hintergrund und überwachten die Sitzungen nur. Trotz Henrys Zurückhaltung, die tief in seinem Charakter verwurzelt war, war er bestimmt in der Lage, diese Verantwortung zu tragen. Keiner hatte ein tieferes Wissen um die Mittel, die es brauchte, um die lähmenden Fesseln der Angst abzuschütteln. Und sicherlich gab es niemanden, der einen derartigen Durchbruch mehr zu schätzen wußte als er. Schon vor einiger Zeit hatte Maggie deutlich gemacht, daß sie ihn einem besonders schwierigen Patienten zur Seite stellen wollte.

»Nur zu, Gruppenleiter. Es ist an der Zeit, anzufangen.«

Er verschwand im Korridor und kehrte ein paar Minuten später mit einer Gruppe widerspenstiger Patienten zurück. Als stünde der Raum in Flammen, harrten sie vor der Tür aus. Henry drängte sie in das Zimmer und forderte sie auf, sich einen Platz zu suchen. Sekunden später war der Kreis Stühle in Unordnung geraten, weil die Patienten darauf bedacht waren, in der Nähe der Tür zu sitzen.

Maggie lächelte denjenigen zu, die Blickkontakt suchten. Bis auf zwei der Anwesenden kannte sie alle neuen Patienten. Da war Tracy, ein blasses, schreckhaftes Mädchen von zweiundzwanzig Jahren. Sie litt unter Angst vor sozialen Kontakten, und daher stellte der Besuch der Gruppentherapie für sie gleichzeitig eine besondere Herausforderung und eine potentielle Chance dar. Andrea, die einen Pferdeschwanz trug und auffallend hübsch war, hatte Angst vor Fahrstühlen. Und da war die schöne und zurückhaltende Melissa, die krankhafte Angst vor dem Ersticken hatte, was dazu führte, daß sie in Anwesenheit von anderen – ihre Familie eingeschlossen – nichts Eßbares zu sich nehmen konnte. Die junge Frau war gezwungen gewesen, das College zu verlassen, nachdem sie sich ein Jahr lang geweigert hatte, etwas anderes als Cracker und Marmelade zu essen, die sie in ihrem Schlafraum versteckt hatte. Und Lauren mit ihrer üppigen Haarpracht und überschwenglichen Art fürchtete sich vor eingebildeten und realen Insekten.

Die beiden jungen Männer waren als letzte ins Zimmer getreten. Sie waren von ihren Kollegen befragt und ausgewählt worden. Maggie kannte keinen von beiden. Sie vermutete, daß der mißmutige, pickelige Jugendliche mit der schlecht gepflegten, schulterlangen Haarmähne Stephen sein mußte. Ein begabter Violinist, der unter einer krankhaften Furcht vor Stürmen und anderen extremen Wetterlagen litt. Als er sein Namensschildchen herausfischte, wußte sie, daß sie richtig geraten hatte. Dann war also der schlaksige, weißhäutige Junge mit den grünen Augen Jason Childs. Er hatte Platzangst und eine übersteigerte Furcht vor Hunden.

Jasons Eltern hatten sich vor etwa acht Monaten mit der Klinik in Verbindung gesetzt. Weil der junge Mann nicht gewillt war, ins Krankenhaus zu kommen, hatten sich einer der Assistenzärzte und eine Psychiaterin bereit erklärt, ihn anfangs zu Hause zu therapieren. Die Psychiaterin Pamela Richards, eine gute Freundin von Maggie, hatte die wöchentlichen Therapiestunden per Telefon abgeleistet, und Francis Kennedy hatte sich bereit erklärt, als Berater zu fungieren und wiederholt nach Queens hinauszufahren, um die nötigen praktischen Sitzungen durchzuführen.

Trotz all dieser Anstrengungen machte Jason kaum Fortschritte, was alle Beteiligten enttäuschte. Vor drei Monaten hatten Maggie und Pam Richards den Fall erneut besprochen und Jason für die Gruppentherapie vorgeschlagen, um auf diesem Wege einen Durchbruch zu erzielen.

Nachdem sich alle Patienten gesetzt hatten, holte Henry eine Reihe von Infoblättern und Broschüren aus seiner Aktentasche und verteilte sie. Darunter befand sich auch eine kurze Darstellung der Geschichte des Krankenhauses und der verschiedenen medizinischen Dienste, in der auch die Belegschaft vorgestellt wurde. Auch ein Papier über die Ursache und Heilungschancen von Phobien, das Maggie erstellt hatte, wurde ausgeteilt. Außerdem erhielten die Patienten einen ersten Fragebogen, der in sechs Wochen, nach dem letzten Gruppentreffen, mit einem zweiten Bogen verglichen werden sollte.

Henry verteilte eine Bücherliste, Informationen über Selbsthilfeorganisationen und über die fünf Schritte zur therapeutischen Gesundung, auf deren ständiger Wiederholung die Behandlung basierte: Akzeptanz, Zielsetzung, Vorbereitung, Übung und Einprägung.

Mit einem verschmitzten Lächeln räusperte Henry sich und verschränkte die Arme auf dem Rücken.

»Mein Name ist Henry Most. Ich werde diese Gruppe unter der Leitung von Dr. Lyons führen. Vor drei Jahren bin ich ebenso verängstigt und unsicher wie Sie in dieses Zimmer getreten. Vielleicht ging es mir sogar noch schlechter. Aber Dr. Lyons hat mein Leben verändert.«

»Nein, Henry. Sie haben Ihr Leben verändert. Ich habe Ihnen nur dabei geholfen herauszufinden, wie Sie es anstellen müssen.«

Henry schüttelte den Kopf. »Sie mag es abstreiten, aber Dr. Lyons ist für das verantwortlich, was ich heute bin. Für mein Leben, wie ich es heute führe. Wenn Sie bereit sind, ihr Programm zu befolgen, dann werden die Veränderungen, die schon in Kürze eintreten, Sie überraschen. Jeder von Ihnen wird diese Veränderungen erfahren.«

Maggie bemerkte, daß seine Augen feucht wurden. Der alte Mr. Softie schien kurz vor einem Zusammenbruch zu stehen. Aber er gab sich einen Ruck und fuhr fort.

»Lassen Sie uns damit beginnen, daß jeder von Ihnen kurz umreißt, warum sie oder er in die Phobien-Klinik gekommen ist. Die Akzeptanz unserer Ängste ist der erste Schritt des Programms. Wir werden diesen Ängsten ins Auge sehen und lernen, wie man sie verliert.«

Lauren erklärte sich bereit, als erste zu sprechen. Gute fünfzehn Minuten lang beschrieb sie ihre alptraumhaften Begegnungen mit Kakerlaken, die so groß wie Reisebusse waren, und mit teuflischen Spinnen, die jede Nacht loszogen, um sie fertigzumachen. Die junge Frau war so etwas wie eine Ausnahme bei dieser Art von Patienten, denn sie konnte über sich selbst lachen und war sich darüber im klaren, daß ihre Ängste grundlos und übertrieben waren. Dennoch gelang es ihr nicht, sie zu überwinden. Hin und wieder geriet sie in nahezu ausweglose Situationen. Anfang letzter Woche krabbelte ein Käfer aus dem Abfluß ihrer Küchenspüle. Völlig aufgelöst floh Lauren aus ihrer Wohnung. Unfähig, nach Hause zurückzukehren, schlief sie drei Nächte auf einer Bank im Gramercy Park. Offenbar war die Gesellschaft von Junkies und Pennern weniger angsteinflößend als die Produkte ihrer Einbildungskraft.

Mit gesenktem Blick erzählte Andrea von ihrer Jugend, in der sie ihrer Meinung nach viel versäumt, viele Möglichkeiten ausgelassen hatte. Freunde, die nicht ebenerdig wohnten, konnte sie nicht besuchen. Die Penthouse-Suite im 28. Stockwerk eines Hotels – ein Geschenk an die Königin des Studentenballs – war für sie unerreichbar. In ihren Augen war ein Fahrstuhl ein an Seilen aufgehängter Sarg. Die Furcht, darin zu ersticken, bestimmte ihr Leben.

Sicher und geschickt begleitete Henry die jungen Männer und Frauen durch die schwierige Situation. Keinem fiel es leicht, sich vor den anderen zu offenbaren. Doch die Akzeptanz ihrer Phobie war der erste und überaus wichtige Schritt, den sie leisten mußten. Sie alle hatten ein ernstes Problem. Aber sie waren damit nicht allein. Es bestand kein Grund, sich dessen zu schämen oder sich deshalb zu verstecken. Mit Hilfe der Behandlung und spezieller Übungen konnten sie ihre Furcht überwinden.

Nachdem der dritte Teilnehmer seine Geschichte dargestellt hatte, legte sich die Anspannung. Das war auch in vielen anderen Gruppensitzungen der Fall gewesen. Langsam dämmerte es allen, daß sie im selben Boot saßen. Sie waren nicht allein.

Jason Childs sprach zuletzt. Dem Teenager fiel es besonders schwer, sich auszudrücken. Er hielt sich immer noch ziemlich bedeckt. Sein ganzes Verhalten war von Unsicherheit und Zurückhaltung geprägt. Sein Blick wanderte hektisch durch den Raum, als rechne er jeden Augenblick damit, angefallen zu werden. Seltsamer Junge, dachte Maggie. Andererseits stand nirgendwo geschrieben, daß jemand, der unter Zwangsvorstellungen litt, normal war. Als Jason verstummte, warf Henry ihm einen erwartungsvollen Blick zu. Nach einer langen Pause bückte sich der Junge und zog eine Einkaufstasche unter seinem Stuhl hervor.

»Hier.« Er reichte Henry die Tasche. »Die Versicherungsfirma, bei der mein Vater arbeitet, hat einen Vertrag mit einem Unternehmen, das alle Arten von Geschenkartikeln produziert, die fast nichts kosten.«

Henry verteilte den Inhalt: T-Shirts, auf deren Rücken ›Der Lyons Club trifft sich Donnerstag abends‹ gedruckt war, und Sportuhren, die von kleinen Plastiklöwen eingerahmt waren.

»Als ich mit Jason über seine Teilnahme an der Gruppe gesprochen habe, fiel ihm auf, wie passend Ihr Name ist, Maggie. Dr. Lyons, die Königin der feigen Löwen. Und da dachten wir, daß diese Clubidee inspirierend wirken könnte. Deshalb hat Jason diese Geschenke mitgebracht. Und das hier ist eine Kleinigkeit von mir.«

Henry verteilte kleine, weiße Schachteln, in denen ein Medaillon in der Form eines Löwen lag. Die der Patienten baumelten an einer Silberkette, während das für Maggie aus Gold war. Ihr Löwe hatte auch winzige saphirblaue Augen. Auf der beiliegenden Karte stand: »Für Maggie. Ich werde nie vergessen, was Sie für mich getan haben!«

Während Maggie die Kette umlegte, kämpfte sie gegen die aufsteigende Rührung an. Als sie sich umschaute, merkte sie, daß es den anderen genauso erging. Die jungen Menschen lächelten und unterhielten sich auf einmal enthusiastisch. Als sie das Programm ausarbeitete, hatte sie nicht im Traum daran gedacht, so etwas Altmodisches wie Schmeichelei und Belohnung zu berücksichtigen. Andererseits war sie immer äußerst pragmatisch vorgegangen: Wenn es von Nutzen war und funktionierte, dann her damit. Offenbar hatte der gute, alte Henry nicht nur ein Händchen für die Dekoration der Räume, sondern konnte auch gut mit Menschen umgehen.

Die Gruppe löste sich auf. Bei Erfrischungen lernten die einzelnen Patienten ihre Berater kennen. Zusätzlich zu den wöchentlichen Treffen sollte jeder der Patienten eine Reihe praktischer Übungen durchführen, die persönlich für ihn ausgearbeitet worden waren. Dazu stand ihm oder ihr ein speziell dafür ausgebildeter Berater zur Seite, der früher einmal ebenfalls Patient gewesen war. Henry und Maggie stellten die Anwesenden einander vor.

Nach dem Ende der Sitzung berührte Maggie das Medaillon. »Das war sehr, sehr nett von Ihnen, Henry. Jedermann war von Ihrer Idee begeistert.«

»Das war eigentlich Jasons Idee. Ich habe nur mitgespielt.«

»Sind Sie eigentlich nie darauf erpicht, ein Lob einzuheimsen?«

Sein Blick wurde unruhig. »Ich stehe in Ihrer Schuld, Maggie. Und ich weiß gar nicht, wie ich Ihnen das, was Sie für mich getan haben, jemals vergelten kann.«

Sie versagte sich eine Erwiderung. Schon oft hatte sie versucht, ihm klarzumachen, daß er für seine Heilung selbst verantwortlich war. Aber Henry bestand darauf, all seine Fähigkeiten und Leistungen anderen zuzuschreiben. Wahrscheinlich ist das genau das, was Henry ausmacht, dachte sie. Und sie mochte diesen Mann, egal, was für Fehler – wenn man das überhaupt so nennen konnte – er hatte.

»Die erste Sitzung ist wirklich sehr gut verlaufen. Irgendwie habe ich das Gefühl, daß Ihre Gruppe in einem rekordverdächtigen Tempo vorankommen wird.«

»Das hoffe ich. Wirklich, das hoffe ich. Kann ich Sie heimfahren?«

»Nein, vielen Dank. Ich muß noch ein paar Akten vervollständigen, bevor ich abhaue.«

»Nehmen Sie die übrigen Kekse mit, ja? Ich versuche gerade ein paar Pfunde loszuwerden.«

»Ist mir ein Vergnügen.« Maggie liebte Gail Weiders Schokoladenplätzchen über alles. Glücklicherweise machte die gute Frau diese Kekse nur hin und wieder. Außerdem weigerte sie sich, das Rezept weiterzugeben, wofür Maggie ihr dankbar war.

Die kommende Stunde diktierte Maggie einen Bericht über den Verlauf der ersten Gruppensitzung für ihre Akten. Als sie an ihre sechs Patienten dachte, mußte sie lächeln. Diese Menschen bei den ersten Gehversuchen zu beobachten machte die ganze Mühe wert, selbst die unerfreulichen Unterredungen mit Präsident Ivy.

Uneinsichtiger Schleimer!

Nie und nimmer würde sie zulassen, daß er die Leistungen der Klinik beeinträchtigte oder schmälerte. Ihr mußte etwas einfallen. Und ihr würde etwas einfallen, daran hegte sie nicht die geringsten Zweifel.

Sie packte ihre Sachen und warf einen kurzen Blick in das angrenzende Büro, in dem Pamela Richards arbeitete.

»Hallo, Pam. Heute abend habe ich deinen schwierigsten Patienten kennengelernt«, sagte Maggie.

»Jason Childs ist tatsächlich aufgetaucht? Na, das nenn' ich ein Wunder der Medizin.«

»Ein Wunder ist es erst, wenn wir gewisse Fortschritte mit ihm erzielen. Hatte nicht gerade den Eindruck, daß er sich über die Gruppe freut.«

»Die Gruppe muß dem Jungen helfen, Maggie. Ich habe überhaupt nichts bei ihm erreicht. Und Francis auch nicht.«

Nicht einmal das Stirnrunzeln konnte Pam Richards' Schönheit etwas anhaben. Die große Blondine mit Augen, die Opalen glichen, hatte aristokratische Gesichtszüge und den Körper einer Göttin. Insofern entsprach sie nicht dem Bild, das man sich gemeinhin von einer Ärztin machte. Obwohl sie auf Make-up verzichtete und eine strenge, dunkle Brille trug, hielt man sie oft für eine Schauspielerin oder ein Fotomodell. Fremde mit freudig erregten Mienen kamen auf sie zu und sagten: »Habe ich Sie nicht in dem Film mit Soundso gesehen? Oder sind Sie nicht die –?«

Bei ihrer ersten Begegnung hatte Maggie ähnlich ehrfürchtig und außerordentlich neidisch auf die schöne Blondine reagiert. Die beiden Frauen hatten sich auf der Psychiatrischen Abteilung im John Hopkins Krankenhaus kennengelernt. Obwohl Maggie normalerweise keine mißgünstige Seele war, hatte Pams Aussehen ihr Schwierigkeiten gemacht. Die ersten beruflichen Treffen schürten Maggies irrationales Ressentiment nur noch. Mit welchem Recht sah diese Person so gut aus? Und mußte sie außerdem auch noch nett und brillant sein?

Aber als sie Pam näher kennenlernte, legte sich Maggies Neid sehr schnell. Inzwischen mochte sie ihre Kollegin, vertraute ihr und bewunderte sie. Seltsamerweise war Pam eine eher schüchterne Person. Obwohl sie sich ihres Aussehens bewußt war, litt sie unter den negativen Auswirkungen, die Schönheit mit sich brachte. Männer waren von Pam überwältigt und fragten sie deshalb nie, ob sie mit ihnen ausgehen wollte. Die, die ihre Gesellschaft suchten, taten das oft aus Gründen, die der jungen Frau nicht behagten. Meistens endeten die flüchtigen Beziehungen nach kurzer Zeit. Pam hatte daher im zwischenmenschlichen Bereich eine Unmenge von Katastrophen erlebt.

Die beiden Frauen verband inzwischen eine enge Freundschaft, und sie arbeiteten gut zusammen. Nachdem Maggie das Angebot, im East End zu arbeiten und ein Phobien-Programm zu erstellen, angenommen hatte, überredete sie Pam, ebenfalls zu wechseln und mit ihr zu arbeiten. Es überraschte sie nicht, daß Dr. Richards zu den gesuchtesten und fähigsten Mitarbeitern an diesem Programm wurde.

»Ich hoffe auch, daß die Gruppe hilft, Pam. Aber da du bei Jason nichts erreicht hast, bin ich nicht sonderlich optimistisch.«

»Man kann nie wissen. Sieh dir Henry an. Wer hätte sich vorstellen können, daß er jemals so weit kommt?«

Maggie grinste. Pam war eine ausgesprochene Optimistin. In dieser Hinsicht war sie Maggie mehr als überlegen. Der einzige Fehler, den Maggie an ihrer Freundin entdecken konnte, war der, daß sie fast nie das Verlangen verspürte, über die Stränge zu schlagen und sich richtig vollzustopfen.

»Ich bin am Verhungern. Gehen wir zusammen was essen?«

»Würde ich liebend gern, Maggie. Aber ich habe mir geschworen, die Akten auf dem laufenden zu halten.«

»Gute Idee. Wie ich gehört habe, nimmt es der Chef der Klinik mit dem Papierkram besonders ernst.«

Pam lächelte. »Da hast du recht. Dann bis morgen.«

Außer Pam Richards war nur noch Dr. Drew Paulson in seinem Büro. Paulson war ein treuer Freud-Anhänger und publizierte leidenschaftlich gern. Er verbrachte so viel Zeit in seinem Büro, daß Maggie sich oft fragte, warum er nicht gleich im Krankenhaus übernachtete. Es wunderte sie, daß er nicht genausoviel Zeit auf der anderen Seite des Schreibtisches verbrachte, um seine Wutausbrüche in den Griff zu kriegen. Schließlich waren Psychiater nicht vor Wahnsinn gefeit.

Als Maggie an seinem Büro vorbeikam, blickte Paulson von seinem fein säuberlich aufgestapelten Manuskript auf, das er gerade lektorierte, und rieb sich die Augen. Seine Haut hatte die Farbe und Beschaffenheit von altem Pergament. Sein Haar erinnerte an ein Flickwerk aus vergilbten Baumwollsträngen.

»Wie ich sehe, haben Sie heute anscheinend lange gearbeitet, Dr. Lyons. Ich hoffe, es ist nichts schiefgegangen.«

»Überhaupt nicht. Ganz im Gegenteil. Alles läuft wie am Schnürchen. Heute abend hat sich zum ersten Mal die neue Gruppe getroffen. Henry leitet sie. Die Sitzung war ein Volltreffer.«

Paulsons Gesichtsausdruck veränderte sich nicht. »Das von Ihnen entwickelte System ist faszinierend. Wirkung ohne Einsatz. Reaktionen ohne Stimuli. Gleiche Behandlung für alle, egal, was der einzelne braucht. Zweifelsohne unverantwortlich, aber niemand kann Ihnen vorwerfen, undemokratisch vorzugehen.«

Maggie lächelte süßlich. »Es schmeichelt mir, daß Sie sich über mein Programm Gedanken gemacht haben, Dr. Paulson. Jetzt mache ich mich mal lieber auf den Weg und überlasse Sie Ihren bahnbrechenden Untersuchungen. Schließlich wartet die Welt darauf.«

Auf dem Weg nach draußen schaltete sie die Lampen aus und schloß die Tür des Konferenzzimmers ab. Als sie an den Räumen der Patienten vorbeikam, beschloß sie, einen Blick auf Daisy Tyler zu werfen. Mit schweren Lidern schaute ihre Patientin fern.

Sie wirkte müde und entspannt. Wahrscheinlich ging es ihr schon viel besser.

»Brauchen Sie noch etwas, bevor ich gehe, Daisy?«

»Nein, danke, Dr. Lyons. Mir geht es gut. Ich sehe Sie dann morgen.«

Als Maggie aus dem Gebäude trat, stellte sie erfreut fest, daß die Hitze nachgelassen hatte. Und ihre Laune hatte sich gebessert. Schon seltsam, wie das Blatt sich manchmal wendete, obwohl man schon gar nicht mehr damit rechnete.

8. KAPITEL

Leona Rafferty wohnte in einem schönen, zweistöckigen Haus in der Nähe des Hafens auf Newports exklusivem Goat Island. Entgegen Prices heftigen Einwänden fuhr Bannister vom Büro des Gerichtsmediziners in Providence direkt dorthin, ohne sie zuvor telefonisch anzumelden. Während Price darauf wartete, daß ihre Klientin die Tür aufmachte, verlagerte er, wie eine aufgeregte Taube, das Gewicht von einem Fuß auf den anderen.

»Wir hätten sie anrufen sollen, Sam. Ich kann es nicht leiden, jemanden einfach so zu überfallen. Vielleicht ist sie nicht darauf eingerichtet. Vielleicht ist sie gar nicht daheim.«

Bannister sparte sich die Antwort. Er hatte das Gefühl, daß sie, was den Macklin-Fall betraf, schon mehr als genug Hindernisse überwunden hatten. Die gute Frau mußte ganz einfach zu Hause sein und seinen Plan gutheißen. Eine Alternative zog er erst gar nicht in Betracht.

»Wirklich, Sam. Ich schaue nicht gern bei jemandem vorbei, ohne mein Kommen zuvor anzukündigen.«

»Mrs. Rafferty«, flötete Bannister in Richtung Haus. »Na, da hörst du's. Ich rufe sie jetzt. Endlich zufrieden?«

»Quatsch, nein.«

Bannister ging noch mal seinen Schlachtplan durch. Mit einem riesigen Strauß Blumen, freundlichem Lächeln und eindringlichem Blick mußte es ihm doch gelingen, die Frau von seinem Vorhaben zu überzeugen.

Entsprechend motiviert konnte Bannister seinen Charme wie ein aufgedrehter Wasserhydrant versprühen. Und im Augenblick war er mehr als motiviert. Fünfzigtausend Dollar und drei Monate Arbeit hingen von diesem Kurzbesuch ab. Sein kaum zu stillender Rachedurst ebenfalls. Wenn er nur daran dachte, daß Theodore Macklin es wieder geschafft haben sollte, sich seiner gerechten Strafe zu entziehen, kochte das Blut in seinen Adern. Der Tod dieses elenden Mistkerls konnte einfach nicht das Ende sein.

Endlich hörte er im Haus Schritte, die sich langsam der Eingangstür näherten. Eine Sekunde später ging die Tür einen Spaltbreit auf.

»Ich habe Ihnen versprochen, den Scheck noch heute wegzuschicken, Mr. Price. Ich möchte meinen, daß Sie inzwischen wissen, daß ich pünktlich zahle.«

Bannister kicherte. »Uns geht es nicht um die Begleichung der Außenstände, Mrs. Rafferty. Lenny und ich wollten nur kurz vorbeischauen und uns persönlich bedanken. Für Sie zu arbeiten ist uns eine wahre Freude gewesen.«

Mrs. Rafferty schloß die Tür, um die Sicherheitskette abzulegen. Als sie die Tür wieder aufmachte, zeichnete sich ihre Silhouette gegen den strahlenden Sonnenschein ab, der durch die breiten Terrassentüren einfiel. Die blauäugige Frau war Mitte Siebzig und fiel durch ihr aristokratisches Benehmen auf. Gewelltes weißes Haar rahmte ihr strenges Gesicht ein, das bei genauerem Hinsehen von einem Hauch Melancholie gezeichnet war. Sie trug einen marineblauen Rock, eine weiße Seidenbluse und antiken Schmuck. Eine Lesebrille, die an einer Kette baumelte, verriet, womit sie gerade beschäftigt gewesen war: *Jane Austens gesammelte Werke*. Ihr Blick wanderte von Bannisters Gesicht zu den Blumen und wieder zurück, und ihr Mund verwandelte sich in eine dünne Linie.

»Was wollen Sie wirklich, Mr. Bannister? Für ein Tänzchen bin ich nun wirklich zu alt.«

Bannisters Lächeln löste sich in Luft auf. »Und viel zu klug.«

»So ist es. Wenn Sie mir etwas sagen wollen, dann heraus mit der Sprache. Aber reden Sie bitte nicht um den heißen Brei herum.«

Bannister wandte sich an Price. »Ich würde mich gern mit Mrs. Rafferty unter vier Augen unterhalten, Lenny. Laß uns doch eine halbe Stunde allein.«

»Aber, Sam ...«

»Geh schon, Lenny. Bitte.«

»Nur zu, Mr. Price. Wenn ich ihn jetzt nicht anhöre, wird er mich so lange bearbeiten, bis ich nachgebe. Ein paar Blocks weiter unten, auf der linken Seite, gibt es ein nettes Frühstücksrestaurant, das für seine exzellenten Plunderstückchen bekannt ist.«

Nachdem Price sich zögernd auf den Weg gemacht hatte, führte Mrs. Rafferty Bannister durch ein geschmackvoll eingerichtetes Wohnzimmer, das in hellen Holz- und Pastelltönen gehalten war, auf eine von Betonpfeilern getragene Terrasse, die sich über die wilde Meeresbucht spannte. Bannister atmete die frische Salzluft ein und betrachtete die kleinen Segelboote, die sich träge am Horizont bewegten.

Plötzlich mußte er an seinen Traumurlaub denken. Seit vielen Jahren hegte er den Wunsch, mit einer gecharterten Yacht die Karibischen Inseln abzufahren. Leicht verbittert legte er die Stirn in Falten, als ihm aufging, daß er sich diesen Traum wohl nie erfüllen konnte. Ihm blieb nur, die Klippe der Sollbeträge auf seinem Konto zu umschiffen.

Leona Raffertys Stimme riß ihn aus seinen trüben Gedanken. »Kaffee?«

»Wenn es Ihnen keine Umstände macht.«

»Doch, das tut es, aber ich werde trotzdem welchen aufbrühen.«

Sie drängte ihn, auf einem der geflochtenen Weidenstühle Platz zu nehmen, und verschwand im Innern des Hauses. Kurz darauf kehrte sie mit einer geblümten Porzellankanne, passenden Tassen und einer Platte mit Früchten und Plunderstückchen zurück.

Höflich am Kaffee nippend, schaute Bannister fasziniert den kräftigen Wogen der Brandung zu. Der Ausblick von der Terrasse wirkte derart beruhigend, daß er beinah den Grund für sein Kommen vergaß. Aber eben nur beinah.

»Ich möchte ehrlich mit Ihnen sein, Mrs. Rafferty. Ich bin gekommen, weil ich noch nicht bereit bin, diesen Fall ad acta zu legen. Ich meine nicht, daß mit Macklins Tod alles zu Ende sein muß. Ganz im Gegenteil, ich vertraue darauf, daß sein Selbstmord unsere Fragen beantworten kann.«

»Ich habe aber eine Entscheidung getroffen, Mr. Bannister. Soweit es mich betrifft, ist der Fall damit abgeschlossen.«

»Das kaufe ich Ihnen nicht ab. Sie wollten die Wahrheit über den Mord an Ihrer Tochter erfahren, obwohl der über zwanzig Jahre zurückliegt. Falls es mir gelingen sollte zu beweisen, wer der Mörder ist, was sollte es Sie kümmern, ob er noch lebt oder nicht?«

Sie stieß einen langen Seufzer aus. »Weil man einen Leichnam nicht bestrafen kann.«

»Nein, aber Sie wissen dann endlich Bescheid. Sie hätten die Sicherheit, daß Macklin tatsächlich der Täter war. Und damit kann man dann vielleicht besser leben.«

Die Frau schwieg.

»Geben Sie uns noch ein paar Wochen«, drängte Bannister. »Höchstens drei, und dann werden wir den Fall endgültig geklärt haben. Das spüre ich.«

»Ich fürchte, daß jede Obsession einmal ein Ende haben muß, Mr. Bannister, selbst wenn es die einer so alten und sturen Frau ist, wie ich es bin. Endlich bin ich an einem Punkt, wo ich gewillt und in der Lage bin, loszulassen. Und ich möchte Ihnen dringend raten, dasselbe zu tun.«

Bannister durchforstete ihre Miene nach einem Zweifel an dem eben Gesagten. Aber er fand nichts.

»Ja, sicher. Schließlich ist es Ihre Tochter gewesen. Wenn Sie in der Lage sind, ihre Ermordung zu vergessen, dann sollte es für mich auch kein Problem sein.«

Ihr frostiger Blick durchbohrte ihn. »Das war ziemlich billig, Mr. Bannister.«

Eine lange und beklemmende Pause stellte sich ein. »Sie haben recht. Tut mir leid.«

»Ich denke, es ist besser, wenn Sie jetzt gehen.«

»Bitte, Mrs. Rafferty. Ich kann jetzt nicht aufgeben, wo ich so kurz vor dem Ziel bin. Das entspricht einfach nicht meinem Charakter.«

Sie blinzelte. »Dann machen Sie weiter. Ich kann Sie nicht davon abhalten.«

»Das Problem ist, daß Sie das doch können. Die Wahrheit herauszufinden kostet eine Stange Geld. Und Geld habe ich keins. Wenn Sie nicht mitmachen, muß ich den Fall abschließen. Ob es mir gefällt oder nicht.«

Sie blickte aufs Wasser hinaus. »Die Wahrheit herauszufinden kostet leider beträchtlich mehr als nur Geld. Das habe ich auf die harte Tour erfahren müssen.«

Bannister verstand nicht, warum sie die Flinte ins Korn schmeißen wollte. Wie konnte sie so weit gehen und dann auf die Bremse treten? Er versuchte sich vorzustellen, was in ihr vorging. Wie würde er fühlen, wenn Chloe das Opfer gewesen wäre?

Der Gedanke ließ ihn erschauern. Wie konnte jemand mit so etwas leben? Das einzige Kind, gerade achtzehn Jahre alt. Sie ist ein gutes Mädchen. Freundlich, hübsch, klug. Eine Menge Freunde, eine Zukunft, wo alles möglich ist. Eines Abends geht sie auf eine Party in der Nachbarschaft. Eine nette, ordentliche Party. Die Eltern sind zu Hause. Als Eltern kennt man einen Großteil der Jugendlichen von klein an.

Das Mädchen verläßt die Party mit ein paar Freunden um halb eins. Um eins soll sie daheim sein, und sie gehört zu der Sorte Mädchen, die sich daran halten. Sie denkt von sich aus an Geburtstage, kriegt gute Noten in der Schule und bedankt sich schriftlich für Geschenke, ohne daß man sie laufend daran erinnern muß, und sie hält nichts von Sex ohne Liebe. Sie ist genau die Sorte Kind, die einen innehalten und daran denken läßt, wie glücklich man sich schätzen kann. Und genau dieser Gedanke macht einen mehr als nervös.

Nur ein paar Häuser von dem schicken Park Avenue Apartmenthaus mit den freundlichen Nachbarn und dem wachsamen Portier entfernt verabschieden sich die anderen Jugendlichen und schlagen eine andere Richtung ein. Sie braucht etwa zwei Minuten, bis sie daheim ist. Doch statt dessen führt sie ihr Weg durch den schwarzen Bauch der Hölle und verschluckt sie für alle Ewigkeit.

Zehn Tage später wird Martha Raffertys nackter Leichnam von einem Sportfischer aus dem Wasser gezogen. Sie wurde vergewaltigt, stranguliert, in den Norden von Greenwich in Connecticut gefahren und bei Long Island ins Wasser geworfen. Die schwer berechenbare Strömung treibt ihre sterblichen Überreste wieder Richtung Great Neck im Staate New York.

Die nachfolgenden Ermittlungen zeichnen sich durch Dummheit aus. Von Anfang an wurde im Rafferty-Fall eine ganze Reihe schwerer Fehler gemacht. Wichtiges Beweismaterial ging verloren. Notwendige Befragungen wurden vollkommen falsch angegangen und verhunzt. Schlüsselinformationen drangen zu den Medien durch, was zahllose falsche Geständnisse und zeitraubende Ermittlungen nach sich zog, die zu nichts führten.

Ein anonymer Anrufer beschuldigte einen Jungen, der nur zwei Häuser entfernt wohnte. Weil es dem ermittelnden Beamten nicht gelang, den jungen Mann ausfindig zu machen, wurde der potentielle Tatverdächtige zum Ausreißer und damit auch zum Täter abgestempelt. Die Polizei brauchte einen ganzen Monat, bis sie aus ihrem Winterschlaf aufwachte und feststellte, daß ihr Hauptverdächtiger ziemlich zurückgeblieben und aus diesem Grund in einem Heim in Queens untergebracht war.

Selbst die Autopsieergebnisse brachten nichts, weil die Leiche des jungen Mädchens versehentlich einbalsamiert worden war.

Sechs Monate nach Marthas Tod beauftragten die örtlichen Behörden, die die Schuld an dem beschämenden Durcheinander nicht auf sich nehmen wollten, Lenny Price, einen betagten Beamten von der Mordkommission, damit, eine Sondereinheit zu bilden, um dem Rafferty-Fall wieder Leben einzuhauchen. Price wurde für diese schwierige Aufgabe ausgewählt, weil es ihm noch fast immer gelungen war, seine Fälle zu lösen und die Schuldigen hinter Schloß und Riegel zu bringen.

Price suchte sich die Mitglieder der Sondereinsatztruppe sorgfältig aus. Bannister wählte er in der Hoffnung, daß die Freunde von Martha Rafferty ihm aufgrund seines Alters und Aussehens Vertrauen schenken könnten. Die Sondereinheit gab ihr Bestes, aber bei diesem Fall gab es nicht viel, was zu retten gewesen wäre.

Sie hatten den Kreis der Verdächtigen auf drei Personen eingeengt. Dazu gehörte ein Landstreicher namens Willie Dean, der sich in der Nachbarschaft herumgetrieben hatte. Des weiteren wurde ein Hausmeister verdächtigt, der im Haus nebenan arbeitete und sich gleich zu Anfang der Untersuchungen freiwillig als Zeuge gemeldet hatte. Und Theodore Macklin, ein Klassenkamerad von Martha, stand unter Verdacht, weil er an jenem Abend, nachdem die anderen abgezogen waren, bei dem Mädchen geblieben war, um sich noch kurz mit ihr zu unterhalten.

Nach ausgedehnten Verhören und eingehender Überprüfung waren die Mitglieder der Sondereinheit davon überzeugt, daß Macklin der Täter war, aber alle Bemühungen, ihm die Tat auch nachzuweisen, scheiterten. Es gab keine unwiderlegbaren, physischen Beweise und keine Zeugen. Und der Portier des Wohnhauses, in dem Macklin lebte, bestätigte die hieb- und stichfeste Geschichte, die der junge Mann auftischte. Er behauptete felsenfest, nur Sekunden später, nachdem er die Gruppe verlassen hatte, ohne Kratzer und ohne Blutspuren zu Hause eingetroffen zu sein. Sechs Monate später blieb Price nichts anderes übrig, als öffentlich zu verkünden, daß es keine neuen Spuren gab und die Sondereinheit aufgelöst würde.

Eine Gruppe von Anwohnern raffte sich auf und setzte zwanzigtausend Dollars Belohnung für Informationen aus, die zur Verhaftung und Verurteilung des Mörders führen konnten. Natürlich entfachte diese Summe das Interesse erneut, aber der Fall wurde nicht geknackt. Zu jener Zeit drang Mrs. Rafferty bei ihrem Mann darauf, die Belohnung zu erhöhen, aber der alte Herr, der so schnell wie möglich über die Tragödie hinwegkommen wollte, weigerte sich nachdrücklich.

Zwanzig Jahre später starb der Mann. Mit den Millionen, die Mrs. Rafferty erbte, unternahm sie einen zweiten Versuch, den Tod ihrer Tochter zu rächen und die schrecklichen Erinnerungen auszulöschen. Sie stellte für Informationen, die zur Verhaftung und Verurteilung des Mörders führen würden, fünfzigtausend Dollars Belohnung aus und heuerte Bannister und Price an, um den Fall zu untersuchen. Inzwischen waren beide Männer in die Gegend von Boston gezogen, wo zufällig auch der Hauptverdächtige lebte.

Price stürzte sich sofort auf den Fall. Mittlerweile gab es ganz neue gerichtsmedizinische Techniken, die es ermöglichten, alte Informationen neu auszuwerten. Bannister war ebenfalls darauf erpicht, den Fall neu aufzunehmen, wenn auch aus ganz anderen Gründen. Von Anfang an hatte dieser Mord sein Interesse geweckt und es all die Jahre am Leben gehalten. In den zwei Jahrzehnten, die seit Marthas Ermordung verstrichen waren, hatte er es nicht geschafft, die Sache zu vergessen.

Da Mrs. Rafferty eingewilligt hatte, die beiden Männer für ihre Arbeit zu bezahlen, stocherten sie in der längst kalten Asche herum und folgten jedem auch noch so kleinen Fitzelchen an Information. Sie sichteten das alte Beweismaterial, unterhielten sich mit Freunden, Nachbarn und Verwandten und trugen die Erinnerungen zusammen. Nach und nach kam ein Puzzleteilchen zum anderen.

Die Fasern, die zum Zeitpunkt des Mordes den Fußmatten von Teddy Macklins Auto entnommen worden waren, wurden mit Luminol getränkt, einer Substanz, die selbst kleinste Blutmengen im Dunkeln zum Leuchten bringt. Bingo! Die Blutspuren wurden analysiert und entsprachen Martha Raffertys Blutgruppe.

Die neuen Beweise waren eindeutig, reichten aber trotzdem nicht aus, um eine Verhandlung anzusetzen. Price ging davon aus, daß Martha Rafferty möglicherweise irgendwann mit Macklin eine Spritztour in seinem Wagen unternommen hatte. Wahrscheinlich hatte sie sich am Finger geschnitten oder aus Versehen auf ihre Lippe gebissen. Deshalb die Blutspuren auf der Automatte. Aber kurz darauf paßte plötzlich eins zum anderen.

Teddy und Martha waren beide auf die exklusive Harper Schule gegangen. Einige ihrer Klassenkameraden, die bei der ersten Ermittlung zu schockiert oder berührt gewesen waren, rückten nun mit der Sprache heraus. Offenbar war Teddy in Martha verliebt gewesen. Sie erinnerten sich, daß er ihren Namen in seine Klassenhefte gekritzelt und sie permanent beobachtet hatte. Außerdem berichteten ein paar Personen, daß es damals Gerüchte gegeben habe, Gerüchte, die Macklin mit einem grauenvollen Unfall in Verbindung brachten, bei dem einer von Marthas Freunden, Ricky Bates, schwer verletzt worden war.

All das trug sich in den ersten Wochen von Marthas Abschlußjahr auf der High-School zu. Anscheinend hatte der Bates-Junge versucht, seinen Freund samt Wagen in einen knappen Parkplatz einzuweisen. Ricky stand dabei vor einer Backsteinmauer. Als der Freund vorsichtig Gas gab, beschleunigte der Wagen unerklärlicherweise. Ricky, der zu entkommen versuchte, stürzte und wurde gegen die Mauer gedrückt und schwer gequetscht. Allein sechs Operationen waren nötig, um das Gesicht des jungen Mannes wieder herzustellen. Sein linkes Knie konnte nicht mehr gerichtet werden und blieb steif.

Bei der folgenden Untersuchung fand man heraus, daß sich jemand an dem Wagen zu schaffen gemacht hatte. Gegen Teddy Macklin gab es keine stichhaltigen Beweise, aber jeder wußte, daß er über mechanisches Geschick verfügte. Macklin liebte es, an Motoren herumzufummeln. Der Siebzehnjährige hatte seinen alten Oldsmobile von Grund auf restauriert.

So ging es immer weiter. Bannister und Price gelang es, einen Großteil von Marthas Freunden zu sprechen. Als sie einen ganzen Stapel von Beweisen zusammengetragen hatten, die vor Gericht zwar nicht unbedingt standhielten, beschlossen sie, den Mistkerl damit zu konfrontieren. Vielleicht konnten sie ihn damit in die Enge treiben und ein Geständnis entlocken.

So machten sie einen Termin mit ihm ab und trafen ihn in seinen schicken Büroräumen in der Commonwealth Avenue. Macklin betreute ausschließlich finanzkräftige Kunden mit einem Portfolio ab einer Million Dollars. Bannister und Price, die vorgaben, eine Riesensumme investieren zu wollen, taten so, als interessiere sie, wie er vorzugehen gedachte. Das entsprach wenigstens der Wahrheit, mit der kleinen Einschränkung, daß sie nicht an Anlagemöglichkeiten dachten.

Mit den Beweisen konfrontiert, die die beiden Detektive zusammengetragen hatten, reagierte Macklin wie der Fisch an der Angel. Zu Anfang tat er überrascht und gab sich empört, dann stritt er alles konsequent ab, und schließlich stürzte er sich verzweifelt auf fadenscheinige Anschuldigungen. Bannister registrierte die typischen Anzeichen von Schuld: große Pupillen, schweres Atmen, Schweißränder unter den Achseln verfärbten. Trotzdem war der Mann nicht zu knacken gewesen.

Leona Rafferty atmete auf einmal tief durch, und das holte Bannister in die Gegenwart zurück. »Seit Marthas Tod bin ich nur an der Bestrafung ihres Mörders interessiert gewesen. Falls Ted Macklin meine Tochter umgebracht hat, ist meine Chance auf Gerechtigkeit auf Null gesunken. In den vergangenen Monaten haben Sie meine Hoffnungen genährt, Mr. Bannister. Und das ist weitaus schlimmer gewesen, als ich mir vorgestellt hatte. Mein Gatte hat recht gehabt. Ich hätte die Finger davon lassen sollen.«

Bannister trank einen Schluck von seinem Kaffee, der inzwischen lauwarm war und bitter schmeckte. »Ich kann Ihnen nicht vorschreiben, was Sie zu tun haben, Mrs. Rafferty. Aber wenn Sie die Wahrheit erfahren wollen, dann glaube ich, daß wir sie Ihnen liefern können.«

Ihre Augen wurden feucht. »Martha war ein Kind, das einem Freude schenkte. Sie war überall beliebt. Jeder liebte sie. Und das ist ihr nie zu Kopf gestiegen. Sie blieb offenherzig und bescheiden. Hat sich immer mit jungen Menschen angefreundet, die Schwierigkeiten hatten, sich anzupassen. Immer gelang es ihr, etwas Gutes im Menschen zu finden, selbst bei einem so schwierigen und aggressiven Jungen wie Teddy Macklin.

Teddy dagegen hatte kaum Freunde. Er erschreckte die Menschen. Martha nahm ihn unter ihre Fittiche und forderte die anderen auf, ihn nicht länger auszuschließen. Ironie des Schicksals, nicht wahr, Mr. Bannister. Wahrscheinlich ist die Warmherzigkeit meiner Tochter ihr zum Verhängnis geworden.«

Scheint meiner Chloe ähnlich zu sein, dachte Bannister. Das Mädchen war umwerfend. Charmant, klug, voller Anteilnahme. Hatte das Beste von ihrer Mutter und ihm geerbt. Das Aussehen, die Persönlichkeit. Glückliches Ding. Es hätte auch ganz anders kommen können. Dann wäre sie eine rachedurstige Hexe wie seine Exfrau geworden oder eine sture, hitzköpfige Mistsocke wie ihr alter Herr. Bis jetzt war ihr das Schicksal hold gewesen. Nicht einmal im Traum wagte er sich vorzustellen, was er tun würde, wenn jemand sie umbrächte.

Ist schon fast eine Woche her, seit ich mit ihr gesprochen habe, fiel Bannister schuldbewußt ein. Da hatte sie sich in ihrem jugendlichen Leichtsinn gerade tierisch über irgend etwas aufgeregt. Er beschloß, sie später anzurufen, um zu erfahren, wie es ihr ging.

»Warmherzigkeit hat Ihre Tochter nicht getötet, Mrs. Rafferty. Irgendein kranker Dreckskerl hat es getan und ist damit davongekommen. Zumindest bis jetzt.«

Die Türglocke ertönte. Bannister, der mit Price rechnete, ging zur Tür. Mit einem zufriedenen Grinsen, einem Schnurrbart aus Puderzucker und ein paar Marmeladeklecksen im Gesicht stand Lenny auf den Stufen und hielt fröhlich eine braune Papiertüte hoch.

»Großartige Donuts. Hab' dir ein paar davon mitgebracht,

Sam. Erzähl bitte Ruthie nichts davon. Sie drängt mich andauernd, daß ich auf mein Gewicht achte.«

»Wenn du so weitermachst, zerreißt es dich noch.«

Mrs. Rafferty war von der Terrasse ins Haus getreten. Als sie Prices Gesicht sah, holte sie ihm eine Serviette, die er so selbstverständlich entgegennahm, als sei er es gewohnt, daß man sich um ihn kümmerte. Bannister fiel auf, daß die Gesichtszüge der alten Dame weicher wurden. Um sie nicht zu rasch auf den Boden der Tatsachen zurückzuholen, wandte er sich schnell ab.

»Kannst dich gleich verabschieden, Lenny. Ist an der Zeit, uns auf den Heimweg zu machen.«

»Meinetwegen brauchen Sie sich nicht zu beeilen«, warf Mrs. Rafferty ein. »Vielleicht möchten Sie eine Tasse Kaffee trinken, Mr. Price?«

Bannister spürte, daß sie mit sich kämpfte und haderte. »Nein, vielen Dank. Wir müssen wirklich los. Und außerdem versucht Lenny, auf sein Gewicht zu achten. Ist es nicht so, Partner?«

Er wußte ganz genau, wie er das Spielchen spielen mußte. Noch einen Augenblick, und dann konnte er sie an der Leine einholen. Ohne zu zögern, drängte er Price aus der Tür und über den Parkplatz zum Camaro. Dem Bedürfnis, sich umzudrehen, widerstand er. Höflich hielt er seinem Partner die Wagentür auf und blieb stehen, bis er den Sicherheitsgurt angelegt hatte. Als er zur Fahrerseite ging, spürte er den Blick der alten Dame im Rücken.

O nein, er würde es jetzt nicht vermasseln. Unter keinen Umständen, nicht für soviel. Er biß die Zähne zusammen, rutschte hinter das Lenkrad und wollte die Tür schließen.

»Mr. Bannister?«

Er wartete und genoß den Moment. Tat so, als habe er sie nicht gehört, und fummelte an seinem Gurt herum.

»Mr. Bannister?«

Er legte die Hand hinters Ohr und drehte sich langsam zu ihr hinüber.

»Sie werden mich doch wissen lassen, was Sie herausfinden?«

»Verstehe ich Sie richtig, Mrs. Rafferty?«

Sie gab ihm ein Zeichen, zu ihr herüberzukommen. Bannister unterdrückte ein hämisches Grinsen und bat Price, kurz sitzen zu bleiben. Mit ausladenden Schritten eilte er zu Mrs. Rafferty. Er rechnete mit bedingungsloser Aufgabe, aber die alte Dame, die ihn zunehmend mehr an einen Hai erinnerte, machte schnell deutlich, daß ihr Kampfeswille ungebrochen war.

Keine fünf Minuten später setzte er eine überaus optimistische Miene auf. Kaum im Wagen, fiel Price über ihn her und fragte ihn aus.

»Und? Hast du sie überzeugen können?«

»Ist alles geregelt.«

»Was genau hat sie gesagt, Sam? Ich habe dir gesagt, daß ich mich nicht nochmal auf einen Schildhauer einlasse.«

»Du hast mich doch gehört, Lenny. Ich sagte, daß alles geregelt ist.«

»Ich meine es ernst, Sam. Ich bezahle den Aufwand nicht mit meinen Ersparnissen.«

Bannister klopfte auf seine Tasche. »Brauchst du auch nicht.«

»Willst du damit sagen, daß sie uns einen Vorschuß gegeben hat, Sam?« Price warf ihm einen mißtrauischen Blick zu. Aber nach und nach stahl sich ein Lächeln auf sein Gesicht. Lenny konnte in den meisten Menschen lesen wie in einem offenen Buch, aber Bannister war ihm noch um Längen voraus. »Du faszinierst mich immer wieder aufs neue, Sam. Du könntest Königin Elizabeth die Unterhosen abschwatzen, das schwöre ich.«

»Liz ist aber nicht mein Typ.«

»Da kann sie sich glücklich schätzen.«

Bannister steuerte den Wagen vom Parkplatz, fuhr über die Goat Island Brücke und schlängelte sich behend durch die verstopften Straßen Westports in Richtung Autobahn. Mrs. Raffertys Abschiedsworte wollten ihm nicht aus dem Kopf gehen. Wenn er den Macklin-Fall zu ihrer Zufriedenheit lösen könnte, würde er die ausstehende Belohnung erhalten. Aber er mußte das volle Risiko tragen: keine Bezahlung, keine Erstattung der Spesen, nichts, nur eine riesige Herausforderung.

Diese gottverdammte Sache lief nicht, wie er es gehofft hatte. Aber wann war das je der Fall?

9. KAPITEL

Das einfallende Sonnenlicht weckte Maggie auf. Müde blinzelnd wandte sie das Gesicht ab und betrachtete das beschriebene Blatt auf ihrem Nachttisch. Während einer Supervision hatte sie sich angewöhnt, nachts aufzuwachen und ihre Träume niederzuschreiben, um sie tags darauf zu analysieren. Während sie das Geschriebene überflog, mußte sie daran denken, daß ihre ehemalige Therapeutin, Caroline Grayboys, sicherlich ganz schöne Probleme haben würde, die Bilder der vergangenen Nacht zu interpretieren.

In einem Traum hatte sie sich beim Rasieren geschnitten, was schmerzhaft gewesen war. Ihr Blut versickerte im Abfluß. Aber ihr Bein im Traum war kurz, sehr muskulös und mit harten, dicken Haaren überzogen. Ein Männerbein. Mit dem Rasierer stimmte auch irgend etwas nicht. Er war ein relativ altmodisches Ding mit einem Perlmuttgriff und einem vergoldeten Klingenhalter. So einen besaß sie nicht. Auch das Badezimmer war ihr fremd. Das aus ihrem Traum war ein kleiner, gekachelter Kubus, in dem es eine Wanne mit Löwentatzen gab. Und ein verrostetes Handwaschbecken, neben dem ein Rasierpinsel und ein Becher mit Rasierseife stand. Beide Gegenstände waren blutrot und rochen nach Beeren. Aus irgendeinem Grund fand Maggie das rasend komisch. Im Traum mußte sie aus vollem Herzen lachen, bis ihr die Tränen kamen. Als sie in den kleinen, gerahmten Spiegel blickte, war der Spiegel leer.

In einem anderen Traum stolperte sie durch so dichten Nebel, daß sie nicht mal mehr ihre Gliedmaßen erkennen konnte. Ein

Arm verschwand, als sie ihn ausstreckte, und ihr Bein endete dicht über dem Knie. Sie spürte eine unsichtbare Bürde, die an einem über die Schulter geworfenen Lederriemen befestigt war und schwer auf ihr lastete. Die Last wurde immer schwerer, bis der Riemen tief ins Fleisch einschnitt. Der Schmerz war unerträglich, aber aus einem unerfindlichen Grund konnte sie das Paket nicht abwerfen. Sie lief einfach weiter und wurde vom Nebel geschluckt. Und schließlich brach sie unter der Last zusammen.

Maggie schüttelte den Kopf. Um die Bilder zu deuten, war sie nicht auf Dr. Grayboys angewiesen. In ihren Träumen ging es um Unsicherheit und Versagensängste. Ihr brauchte niemand zu sagen, daß sie sich in Wirklichkeit weit mehr um die Zukunft der Klinik sorgte, als sie zuzugeben bereit war. Alex Ivy, dieser verdammte, größenwahnsinnige Zwerg, verfolgte sie selbst noch im Schlaf.

Aber der nächste Traum hatte nichts mit ihrem Chef oder der Klinik zu tun, und er war der beunruhigendste von allen. Dieser Alptraum begleitete sie schon seit Jahren. Vor etwa fünf Jahren hatte sie den Fenstertraum zum letzten Mal geträumt. Natürlich hatte sie gehofft, daß er ein und für alle Mal aus ihrem Leben verschwunden sei, aber anscheinend war das nicht so, wie die vergangene Nacht bewiesen hatte.

Die Szene war immer gleich: Maggie ist ein kleines Mädchen und steht in einem Zimmer mit zwei Betten, auf denen Tagesdecken liegen. Aus demselben Stoff sind auch die Vorhänge genäht. Auf dem Boden liegt ein ausgeblichener blauer Teppich, der mit einem geblümten Band eingefaßt ist. Maggie kniet sich zum Beten auf ein Kissen mit rosa Rosen und voll erblühten, gelben Fresien. Sie faltet die Hände zum Gebet und schließt die Augen fest.

Jetzt leg ich mich zum Schlafen
und bitte dich, o Herr, meine Seele zu bewachen.
Sollte ich sterben vor dem Erwachen …

Musik dringt durch die Wände. Die feuchte Hitze ist schwer wie ein nasses Laken und hat den betörenden Geruch überreifer Früchte.

Sie schiebt das Fenster mühelos hoch.

Ein Schwall kalter Luft dringt ins Zimmer. Sie hört das durchdringende Gekrächze eines aufgebrachten Adlers. Plötzlich sitzt sie auf dem Vogel, der schwindelerregende Kreise zieht. Um sich festzuhalten, greift sie nach den schwarzen Federn, doch die lösen sich auf einmal. Die Schwingen verwandeln sich in Ventilatorflügel, die ohrenbetäubend laut quietschen. Sie wird weggetragen. Und fällt. Der Wind schluckt ihre Schreie.

Faules Stück, brüllt sie. *FAULES STÜCK!*

Maggies Herz schlug laut gegen die Rippen. Zahllose Stunden hatte sie schon damit zugebracht, die Bedeutung dieses schrecklichen Traumes herauszufinden und den unsinnigen Ausruf zu deuten, der ihr noch nach dem Aufwachen im Kopf herumging. Aber bis heute hatte sie keine Ahnung, wofür diese Traumbilder standen.

Sie zerknüllte das Blatt Papier und glitt aus dem Bett. Für derlei Unsinn hatte sie weder die Zeit noch die Energie. Heute standen wichtigere Dinge an. Ihr schrilles Unterbewußtsein mußte eben warten. Während sie duschte, schob sie die lästigen Traumbilder beiseite. Dann kleidete sie sich an und kochte eine Kanne höllisch starken Kaffee.

Maggie wohnte in einem guterhaltenen älteren Haus mit dem wohlklingenden Namen Sutton Arms, das an der Kreuzung 81. Straße und East River lag. Nach der Scheidung hatte Maggies Mutter ihr die Wohnung in der neunten Etage überlassen. Ihre Eltern hatten das Apartment kurz vor dem Ende ihrer Beziehung gekauft, zu Anfang der siebziger Jahre, also zu einem Zeitpunkt, als die Wohnungspreise gerade drastisch gefallen waren. Für gute dreißigtausend Dollars ergatterten sie drei Zimmer, zweieinhalb Bäder, einen riesigen Balkon samt eingebauten Balkonmöbeln und Pflanzen und – wenn gerade kein Smog herrschte – mit einem Panoramaausblick auf das Sanatorium auf Ward's Island.

Im Frühjahr und Sommer blühten auf dem Balkon Blumen in allen möglichen Farben, die ihre Mutter mit viel Liebe gepflanzt hatte, wohl wissend, daß Maggie keinen grünen Daumen hatte und mit Pflanzen nicht viel anfangen konnte. Joe, der Hausmeister, kümmerte sich um die notwendigen Reparaturen, die in den Wohnungen anfielen. Außerdem gab es in Sutton Arms einen livrierten Portier, der Pakete entgegennahm, Besucher anmeldete oder abwimmelte und Taxis heranwinkte. Da der monatliche Unterhalt gering war, kostete Maggie die Wohnung kaum etwas.

Maggies Freunde, Pam allen voran, machten aus ihrem Neid keinen Hehl. Pam hatte die letzten drei Jahre dreimal die Wohnung gewechselt, auf der Flucht vor lärmenden Nachbarn oder einem Besitzer, der nicht im Traum daran dachte, die Zentralheizung anzuschalten. Die letzte Wohnung hatte ihre Freundin und Arbeitskollegin aufgeben müssen, weil sie viel zu dicht neben einer Feuerwehrstation lag und daher höllisch laut war.

Aber wie alle Dinge, die man umsonst bekommt, hatte auch Maggies Wohnung ihre zwei Seiten. In dem Apartment lauerten die Geister, die die bittere Scheidung ihrer Eltern heraufbeschworen hatten. Und in regelmäßigen Abständen tauchten zwei dieser Geister samt Gepäck auf und quartierten sich für ein paar Wochen im Gästezimmer ein.

Was ging ihr nun schon wieder im Kopf herum? Maggie schob auch diese Gedanken beiseite. Wenn sie Alexander Ivys übertriebene Ansprüche erfüllen wollte, mußte sie ihre gesamte Energie auf den Entwurf eines Schlachtplans konzentrieren.

Die nächsten zwei Stunden verbrachte sie in dem ehemaligen Schlafzimmer, das sie zu einem Arbeitszimmer umfunktioniert hatte. Bei der Durchsicht der einzelnen Posten im Budget der Klinik fiel ihr nichts auf, was abgespeckt werden konnte. Alle Sonderleistungen wurden sowieso schon von Henry, von anderen Mitgliedern der Belegschaft oder von ihr erbracht. Nur die Grundkosten wurden gedeckt, in diesem Bereich konnte schlichtweg nichts mehr eingespart werden. Kurzum – Personal konnte nicht gekürzt, Material nicht eingespart und Ausrüstung nicht reduziert werden.

Die Sekretärinnen, die Berater und Therapeuten machten Unmengen von unbezahlten Überstunden. Insgesamt verdiente das

Personal im East End weniger als sonstwo und arbeitete dafür härter. Maggie war durchaus bereit, ihr Gehalt auf ein notwendiges Minimum zu kürzen, aber die daraus resultierenden Einsparungen machten den Kohl auch nicht fett.

Die Zahlenreihen verschwammen ihr vor den Augen, und sie bekam leichte Kopfschmerzen. In der Hoffnung, daß ein ordentlicher Dauerlauf ihre Phantasie anheizte, zog sie Shorts und ein T-Shirt über.

Pete, der gewöhnlich die Tagesschicht übernahm, stand in der Tür. Maggie tauschte ein paar freundliche Worte mit ihm aus. Am liebsten hätte sie ihm aufgetragen, jeden unangemeldeten Gast fernzuhalten, aber dann fiel ihr ein, daß das nicht nötig war. Ihre Mutter, die eine Einzimmerwohnung in der Nähe des Gramercy Parks gemietet hatte, verbrachte das Wochenende in Stamford, Connecticut, bei Tante Hannah. Maggies Vater hatte sich seit Montag nicht mehr gemeldet, woraus sie schloß, daß es eine neue Herzdame in seinem Leben gab und er für die nächsten dreißig Tage – solange dauerte bei ihm gewöhnlich eine Beziehung – beschäftigt war. Nach einer ganzen Reihe seiner kurzen Affären hatte sich Maggies Neugier gründlich gelegt. Die Kurzbeziehungen, die ihr Vater einging, betrachtete sie als geruhsame Urlaube, in denen sie sich von seiner Gegenwart erholen konnte.

Durch einen glücklichen Zufall hatte sie an diesem Wochenende auch Urlaub von Ethan. Seit sie sich im Sezierkursus in der Cornell Medical School einen Leichnam geteilt hatten, verband sie eine lockere Beziehung. Die perverse Anziehungskraft, die sie aufeinander ausübten, war ihnen unerklärlich und nicht besonders angenehm. Ethan arbeitete als Orthopäde im Hospital for Joint Diseases. Er hatte sich auf künstliche Knie- und Hüftgelenke spezialisiert. In seinen Augen bestimmten Schlappschwänze und Heulsusen Maggies Alltag. Maggie hingegen brachte kein Verständnis für seine Liebe zur Restauration von Körperteilen auf, und genauso verständnislos begegnete er ihrem Interesse für »Seelenklempnerei«, wie er es nannte. Aber das war erst der Anfang der Unterschiede zwischen ihnen.

Sie mochte normales Essen: Italienisch und Chinesisch. Seine kulinarischen Vorstellungen waren exotisch und oft auch außerordentlich bizarr. Er haßte Ballett, während sie sich liebend gern die Tänzer und Tänzerinnen anschaute. Maggie konnte Boxen nicht ausstehen, ein Sport, den Ethan über alles liebte. Sie gab offen zu, ein Feigling zu sein, und er strotzte geradezu vor Wagemut. Ethan hatte schon alles ausprobiert, was riskant war: Hubschrauberfliegen, Bergsteigen, ein Disneyworldbesuch während der Weihnachtsfeiertage. Wann immer Maggie über ihre Gemeinsamkeiten nachdachte – was nur sehr, sehr selten vorkam –, fand sie, daß sie nur eins gemein hatten: Sie waren voneinander schnell entflammt. Das und die Tatsache, daß sie beide eine Vorliebe fürs Anknabbern von Ohrläppchen hatten.

Die Promenade am East River bestand aus einem verschlungenen Netz von Fußwegen und Überführungen, die über den Franklin Delano Roosevelt Drive führten. Wie üblich nutzte Maggie die Strecke bis zur 71. Straße, um sich aufzuwärmen. Dort angekommen, erklomm sie mühelos die steile Treppe.

Auf der Brücke blieb sie stehen, streckte und reckte sich und begann mit dem eigentlichen Dauerlauf in Richtung Nordmanhattan. Es war zu heiß, um sich richtig zu verausgaben, aber das kam ihr gerade recht. Bevor sie den Entschluß gefaßt hatte, sich im Sport nicht sonderlich anzustrengen, hatte körperliche Ertüchtigung ihr überhaupt keinen Spaß gemacht. Was nicht heißen sollte, daß sie jetzt erpicht darauf war.

Sonnenanbeter, Zeitungsleser und dösende Obdachlose belegten die Bänke am Flußufer. Einem Mann, der ein Rudel reinrassiger Welpen spazieren führte, folgte mit gewissem Abstand eine uniformierte Kinderfrau, die in einem Doppelbuggy Zwillinge herumschob. Maggie blieb kurz stehen, um die beiden Zwerge zu bewundern. Normalerweise übten die Kinder von Fremden keine Anziehungskraft auf sie aus, aber Zwillinge hatten etwas Magisches an sich.

»Wie heißen sie denn?«

»Jennifer und Jocelyn.«

»Sie sind wunderschön.«

»Um drei Uhr morgens nicht mehr, meine Liebe. Das können Sie mir glauben. Auch um vier oder fünf sind sie alles andere als süß.«

Als Maggie sich die nächste Treppe hochquälte, begegnete ihr eine Gruppe ernsthafter Läufer. Offenbar Marathonläufer. Sie trugen diese unverkennbare Miene zur Schau. Maggie fand einfach, daß sie aussahen, als kämen sie gerade aus einer Saftpresse.

Niemals würde sie dafür Verständnis aufbringen können. In ihren Augen war Sport eine Frage der Gesundheit. Der religiöse Aspekt ging ihr ab. Sie joggte, um ihr schlechtes Gewissen zu beruhigen und die Sünden der Naschkatze, die in ihr steckte, auszugleichen.

Nachdem sie von den im Trend liegenden Fitneß-Studios in East End die Nase voll hatte, hatte sie das geringere Übel gewählt und sich fürs Laufen entschieden. Ein paar Probestunden in den verschiedenen Sportstudios in ihrer Nachbarschaft hatten ihre Vorurteile nur bestärkt. Die Orte wurden von gertenschlanken Frauen in modischen Outfits und von Männern besucht, die ihre Muskeln geölt zur Schau stellten. Beim Anblick dieser gesundheitsstrotzenden Horden, die sich an Geräten mit Gewichten und in Gymnastikkursen abrackerten, war Maggie die Lust vergangen. Keiner schwitzte. Keiner hatte den Anstand zu stöhnen oder zu jammern. Da hatte Maggie sich geschworen, falls sie je gern Sport treiben sollte, die ganze Sache abzublasen und sich statt dessen eine sitzende Tätigkeit zu suchen, bei der sie völlig verweichlichte.

Nach einem einstündigen Lauf kehrte sie mit roten Wangen energiegeladen und zufrieden zur 71. Straße zurück. Während des Joggens war ihr eine vage Idee gekommen, wie das Problem mit Ivy gelöst werden konnte. Je länger sie darüber nachdachte, desto vielversprechender erschien ihr der Gedanke. Sie konnte es nicht erwarten, heimzukehren und die nötigen Telefonate zu erledigen.

Unterwegs kaufte sie sich Proviant für die Schlacht ein: Bagels,

Hühnchen in Barbecuesoße, Reispudding, Popcorn für den Mikrowellenherd, Diätcola und Eistee. Sollte an ihrer Idee tatsächlich etwas dran sein, dann würden die nächsten Tage hektisch werden.

Allein der Gedanke daran beschleunigte ihren Kreislauf. Als sie in die Halle von Sutton Arms lief, arbeitete ihr Verstand auf vollen Touren.

»Soll ich Ihnen mit den Tüten behilflich sein, Dr. Lyons?«

»Nein, danke, Pete. Ich komme schon zurecht. Kein Problem.«

»Freut mich zu hören, weil …«

Aber Maggie war schon in den wartenden Fahrstuhl gehetzt und drückte auf den Knopf. Je eher sie anfing, desto besser. Auf dem Weg nach oben überlegte sie, wie sie am besten vorgehen sollte. Zuerst mußte sie sich mit den Leitern der verschiedenen Abteilungen auseinandersetzen.

Ihre Ungeduld steigerte sich mit der Länge der Liste, die sie im Kopf durchging. Der Fahrstuhl brauchte ewig, bis er oben ankam, weil er in jeder Etage anhielt. Das ging auf das Konto dieses frechen Bengels, Mickey Glover, der – wer wollte die Bewohner nur so bestrafen? – auch hier wohnte. Seit er groß genug war, den Rufknopf des Fahrstuhls zu erreichen, rannte er alle Stockwerke hinauf und hinunter und brachte den Lift an jeder Etage zum Halten. Das kleine Monster liebte es außerdem, die Bewohner zu beißen, mit Gegenständen um sich zu werfen, Obzönitäten zu brüllen und den Cockerspaniel der Familie gnadenlos zu quälen, so daß das arme Tier einen nervösen Tick entwickelt hatte. Seine Mutter, ein zierliches Persönchen namens Gretchen, tat nichts, um ihn im Zaum zu halten oder wenigstens Einhalt zu bieten. Sie gehörte zu jenen Müttern, die ernsthaft glauben, daß alles, was ihr kleiner Liebling anstellt, einfach zauberhaft ist. Maggies Zukunftsprognose lautete, daß Gretchen Glover in ein paar Jahren eine Menge Zeit im Besucherraum von Sing Sing verbringen würde.

Endlich erreichte sie ihr Stockwerk. Ein gemusterter, beiger Läufer führte direkt zu ihrer Wohnungstür am Ende des Flurs.

Mit der Sporttasche und den Einkaufstüten auf dem Arm machte Maggie sich an den drei Türschlössern zu schaffen. Eins der Dinger spielte dauernd verrückt. Wenn ihre auf Sicherheit erpichte Mutter nicht Einspruch erhoben hätte, hätte Maggie das verfluchte Schloß schon vor Jahren entfernen lassen. Maggie verspürte große Lust, gegen die Tür zu treten, als das Schloß endlich ein Einsehen hatte und die Tür auffiel.

»Da bist du endlich, Maggie. Ich war schon krank vor Sorge. O Gott! Sieh dich doch nur an. Dein Gesicht ist rot wie eine Tomate.«

»Mom? Was treibst du hier? Ich dachte, du besuchst Tante Hannah.« Wie konnte sie ihr das nur antun?

Ihre Mutter seufzte. »Hannah hat mal wieder keine Zeit, wie du dir denken kannst.«

O ja, Maggie wußte Bescheid. Früher hatte Tante Hannah drei Etagen unter ihnen gewohnt. Maggie und ihre drei Cousinen hatten miteinander gespielt und gekämpft, sich wieder zusammengerauft und sich wie Geschwister nahegestanden. Dieser Umstand hatte Maggie wenigstens zum Teil mit der Tatsache ausgesöhnt, daß sie als Einzelkind aufwachsen mußte. Was die mütterlichen Pflichten anbelangte, schöpften Hannah und Maggies Mutter Francine aus dem vollen. Maggie und ihre Cousinen wurden abwechselnd begluckt. Damit schlugen die neurotischen Schwestern zwei Fliegen mit einer Klappe: Sie konnten ihren Kindern vorsichtiges Verhalten eintrichtern und ihrem Hang frönen, sich wegen nichts und wieder nichts Sorgen zu machen.

Die beiden Frauen sahen sich sogar ähnlich, obwohl Maggies Mutter drei Jahre älter oder jünger war, je nachdem, welche Schwester man fragte. Beide hatten schöne Beine, große, grüne Augen, einen blassen Teint und zierliche Stupsnasen, die sie an die Kinder vererbt hatten. Ihr Lächeln wirkte entwaffnend und absolut bezaubernd. Maggie vermutete, daß das daran lag, daß beide Frauen nur selten lachten.

»Warum ziehst du nicht deine verschwitzten Sachen aus, Maggie? Du wirst dich erkälten, so aufgeheizt, wie du bist.«

»Mir geht es gut. Hör mal! Ich möchte ja nicht ungastlich erscheinen, aber dieses Wochenende habe ich eine Menge Arbeit zu erledigen. Für gesellschaftliche Verpflichtungen bleibt mir schlichtweg keine Zeit.«

»Natürlich. Dafür habe ich doch Verständnis. Kümmere dich nicht um mich. Du wirst nicht mal merken, daß ich da bin.«

Maggie hatte gehofft, daß ihre Mutter verschwand, brachte es aber nicht übers Herz, ihr die Tür zu weisen. Sie liebte diese Frau, egal, wie unmöglich sie sein konnte.

Tatsächlich hätte Maggie viel drum gegeben, ihre Mutter wieder glücklich und aktiv zu sehen. Aber inzwischen hatte sie die Hoffnung fast aufgegeben. Nach der Scheidung hatte ihre Mutter eigentlich aufgehört zu existieren. Seit damals widmete sie sich ihren Rachegefühlen und Erinnerungen. Hin und wieder gönnte sie sich zur Abwechslung eine eingebildete Krankheit oder eine Angstattacke.

»Kann ich etwas für dich tun, Maggie? Du wirkst ein wenig erschöpft. Vielleicht arbeitest du zu hart.«

»Nein, es ist alles in Ordnung. Bitte entschuldige mich jetzt, ja? Ich muß ein paar Telefonate erledigen.«

Seufzer. »Selbstverständlich. Tu, was du tun mußt. Ich bin es weiß Gott gewohnt, allein zu sein.« Den ganzen Weg bis zum Gästezimmer stöhnte ihre Mutter. Seufzend riß sie die Schubladen der Kommode auf und verstaute ihre Kleider darin. Der Koffergröße nach zu urteilen, hatte ihre Mutter vor, sie länger zu belagern. Seltsam, da glaubte man allen Ernstes, die Lage wäre schlimm, und dann kam es noch dicker.

Aber Maggie hatte keine Lust, sich davon nerven zu lassen. Nachdem sie die Tür ihres Arbeitszimmers geschlossen hatte, wählte sie die erste und wichtigste Nummer. Wenn sie sich nicht an die Vorschriften hielt und den Gang durch die offiziellen Kanäle scheute, würde Ivy ihren Skalp einfordern.

Eine Stunde später verließ sie ihr Zimmer und vertilgte eine gehörige Portion von Gail Weiders Schokoladenplätzchen und einen Becher Eistee, um Energie nachzuladen. Zuerst hatte sie in der Zentrale angerufen, aber das hatte nichts gebracht. Ein Großteil ihrer Kollegen im East End wechselte sich an den Wochenenden ab, und wie es der Zufall wollte, hatten alle Personen, die sie sprechen mußte, ausgerechnet an diesem Wochenende frei. Daraufhin hatte sie die entsprechenden Leute daheim angerufen, aber nur Anrufbeantworter, Fernsprechauftragsdienste und kooperative Verwandte erwischt, die versprochen hatten, ihre wichtige Nachricht so schnell wie möglich weiterzuleiten. Wenn es ihr nicht gelang, mit jemandem zu sprechen, der auf dem richtigen Stuhl saß, mußte sie die Vorbereitung ihres brillanten Plans erst einmal aufschieben.

Ihre Mutter saß auf dem Balkon und sprach leise mit den Pflanzen. In der Sonne nahm Francines Haut den Ton von elfenbeinfarbenem Porzellan an. Ihr Haar glänzte, und ihre grünen Augen funkelten. Mit der Grazie und Vitalität einer zwanzig Jahre jüngeren Frau zupfte sie verblühte Iriskelche ab. Diese Frau war so talentiert, klug und attraktiv, daß Maggie bei ihrem Anblick das unwiderstehliche Bedürfnis verspürte, nach draußen zu gehen und ihr einen gehörigen Tritt zu versetzen.

Maggie wußte, daß das schon vor vielen Jahren, lange bevor die Depression zum Dauerzustand geworden war, notwendig gewesen wäre. Aber sie hatte gehofft, daß ihre Mutter von allein ihr Leben in die Hand nehmen würde. Sie hatte viel zu lange gewartet. Mit ein paar Keksen ging sie quer durch das Wohnzimmer zu der Balkontür. Vielleicht war es noch nicht zu spät.

Verzweifelt suchte sie nach den passenden Worten. Die anstehende Unterhaltung erforderte die richtige Mischung aus Besorgnis, Unterstützung, Konfrontation und schnellen Reflexen, um nötigenfalls blindem Zorn auszuweichen. Ihr Vorhaben stimmte sie nicht gerade fröhlich.

Kurz vor der Tür wurde Maggie auf einmal schwindelig. Ihr Mund war staubtrocken, und das Atmen fiel ihr schwer. Halt suchend, stützte sie sich auf die Armlehne des Sofas. Sie hatte das Gefühl, krank zu werden. Alles Einbildung. Sie mußte sich auf etwas anderes konzentrieren, bis der Augenblick vorbei war.

Ihr Fenstertraum fiel ihr wieder ein. Die zweijährige Maggie, wie sie vor dem Bett kniet. Mit gefalteten Händen und geschlossenen Augen. Das Fenster wird geöffnet.

Jetzt lege ich mich schlafen ...

Ruhig. Tief durchatmen. Es wird besser. Ist gleich vorbei.

Was sollte der Mist?

Reglos wartete Maggie, bis das merkwürdige Gefühl verschwunden war, und eilte in den Flur. Mußte an der beruflichen Überbeanspruchung liegen. Seit sie vor Jahren ihre Höhenangst abgelegt hatte, hatte sie keinen solchen Anfall mehr gehabt. Das war auch der Grund dafür, daß sie ihre Patienten so gut verstand: Auch sie hatte unter diesen Panikattacken gelitten, unter dieser Angst, die Kontrolle zu verlieren, kurz vor dem Abgrund zu stehen.

Sie kannte die irrationale Furcht und die Anziehungskraft gut, die solche Angst perverserweise ausübte. Es hatte Monate konzentrierter Arbeit und therapeutischer Behandlung gebraucht, daß sie diese schrecklichen Episoden, die sich in ihrem Kopf abspielten, endgültig loswurde.

Es gibt kein Zurück, Maggie Lyons. Das ist das letzte, was du im Moment gebrauchen kannst.

Sie reckte sich und fühlte sich allmählich wieder besser. Vielleicht wollte ihre innere Stimme sie nur davor warnen, sich nicht noch ein Problem aufzuhalsen, bevor die Schwierigkeiten in der Klinik beseitigt waren. Vielleicht ist es klüger, daß ich mich erst um Mutter kümmere, wenn ich mich ihr voll und ganz widmen kann, dachte Maggie. Soweit sie ihre Mutter kannte, war das eh eine Aufgabe, die eine Menge Zeit und Geduld erforderte.

Hoffentlich konnte sie sich in ihr Arbeitszimmer zurückschleichen, bevor ihre Mutter sie entdeckte. Kaum gedacht, glitt schon die Balkontür auf.

»Maggie?«

Die zittrige Stimme verriet ihr, was auf sie zukam. Maggie drehte sich nicht um. Ihre besorgte Miene würde sie verraten. Auf einfühlende Anteilnahme konnte sie gut und gern verzichten.

»Tut mir leid, Mutter. Ich bin gerade mittendrin. Muß mich beeilen.«

»Ja, meine Liebe. Ich habe mich nur gefragt, ob du etwas von unserem Herzensbrecher gehört hast. Ich frage mich, was er im Schilde führt. Oder wen er ausführt?«

»Ehrlich, Vater hat sich seit Tagen nicht gemeldet. Offenbar ist er beschäftigt.«

»Kann ich mir gut vorstellen. Robert ist schon immer ein beschäftigter Junge gewesen. Selbst als ich noch nichts ahnte. Seltsam, wie blind man doch sein kann.«

Maggie lief in Richtung Arbeitszimmertür. Sie wollte die Verletztheit, die sich im Gesicht ihrer Mutter spiegelte, um keinen Preis sehen. Wenn ihre Mutter nur losließe. Wenn sie endlich die Verantwortung für ihr eigenes Leben übernehmen würde.

»Maggie, bitte. Falls er sich mit jemandem trifft, würde ich es lieber …«

Das Läuten des Telefons ermöglichte Maggie die Flucht. Schnell trat sie in ihr Büro und schloß die Tür hinter sich.

Hoffentlich meldete sich eine der Personen, die sie zu erreichen versucht hatte. Irgend etwas mußte heute klappen. Bis jetzt verlief dieser Tag nicht so, wie sie es geplant hatte.

Die Stimme am anderen Ende der Leitung brachte nicht die erhoffte Erleichterung. Der Mann wies sich als Detective Frank Fazio von der Rhode Island Staatspolizei aus. Wie er sagte, wollte er mit ihr über einen Selbstmord sprechen. Das Opfer war einer ihrer Patienten.

10. KAPITEL

Bannisters Detektivagentur lag im Finanzviertel von Boston, in der Federal Street. Um nach seiner teuren Scheidung die Ausgaben niedrig zu halten, hatte er seine geräumige, vierzimmerige Bürosuite in der nahegelegenen Milk Street aufgegeben. Jetzt teilte er sich ein Büro mit Willy James, der Freilassungen gegen Kautionen erwirkte, und der Versicherungsgesellschaft Shatzkin, Shatzkin, Mulrooney und Glick.

Sein kleines, fensterloses Zimmer lag zwischen dem von Willy James und dem von Shatzkin Sr., dem Gründungsvater der Versicherungsfirma und Sänger des einzigartigen Radio-Werbesongs, der stündlich wiederholt wurde.

Die Umgebung war alles andere als luxuriös. Der Lärm aus den mit Linoleum ausgelegten Fluren war so laut wie einschlagende Mörsergranaten und hallte von den Metalldecken wider. Glücklicherweise lag es in der Natur seiner Arbeit, daß er nicht viel Zeit im Büro zubrachte. In seinen Augen machte es wenig Sinn, mehr als das Minimum für einen Raum zu bezahlen, der in Wirklichkeit kaum mehr als ein Briefkasten und Fernsprechauftragsdienst war. Und Myra, die Sekretärin, die ihm ein Siebtel ihrer Zeit, Loyalität und Aufmerksamkeit zur Verfügung stellte, war ein Genie, wenn es darum ging, Klienten, die nach Aufmerksamkeit gierten, und anhängliche Gläubiger abzuwimmeln.

Bannister saß am Schreibtisch, Price belegte den unbequemen Besucherstuhl und telefonierte. Als er einhängte, verschränkte er die Arme vor der Brust, um sich gegen die Kälte im Raum zu wappnen.

»Ich erfrier' hier, Sammy. Kannst du das verdammte Ding nicht abschalten?«

»Tut mir leid. Es gibt nur zwei Möglichkeiten: Sauna und Gefrierkühltruhe. Soll ich Myra bitten, neuen Tee zu kochen?«

»Nein, danke. Die letzte Tasse ist mir an den Lippen festgefroren.«

»Halte durch, Lenny. Wir landen bald einen Volltreffer. Ich spür's schon in den Knochen.«

»Das ist gut. Denn meine Gliedmaßen sind abgestorben. Ich fühle rein gar nichts.«

Die Aufgabe, die vor ihnen lag, nahm Bannister so gefangen, daß er die Kälte nicht spürte. Die Jagd ging ihm über alles. Einmal abgesehen vom Kassieren des Lohns, gefiel ihm dieser Teil seiner Arbeit immer am besten. Er liebte es, eine Fährte zu verfolgen, den Haufen Müll zu umzingeln und ihn dann auf der Deponie abzuliefern. Das Größte war der Augenblick, in dem die verstreuten Puzzleteilchen auf einmal zusammenpaßten. Nicht einmal Sex – und daran konnte er sich kaum noch erinnern – verhalf ihm zu einer derartigen Befriedigung.

Einen Fall mit Price zu bearbeiten, das gefiel ihm besonders gut. Der Verstand dieses Mannes war so scharf wie eine frisch geschliffene Klinge. Noch das winzigste Detail wertete er aus. Nur sein Kleidungsstil ging Bannister gewaltig gegen den Strich. Als Entschädigung rechnete, daß er auf Lenny zählen konnte, egal, was passierte. Und außerdem war Price ein zäher Hund, der nicht so ohne weiteres aufgab. Wenn er sich erstmal festgebissen hatte, dann mußte man ihn praktisch mit einem Stemmeisen bearbeiten, damit er wieder die Finger davon ließ. Diese Eigenschaft wußte Bannister zu schätzen, weil er auch so war.

Den ganzen Nachmittag hatten die beiden Männer in Bannisters Tiefkühlschrank gesessen und versucht, Theodore Macklins Krankenakte aufzutreiben und herauszufinden, ob der Mann sich während des letzten Jahres irgendwo in psychiatrische Behandlung begeben hatte. Mit der Hilfe eines Kontaktmannes von Price gelang es ihnen, sich Kopien von Macklins Schecks und Steuerrückvergütungen aus den letzten zwei Jahren zu beschaffen.

An Macklins Geschäftsberichte heranzukommen war nicht ganz so einfach, weil seine Machenschaften in einem Durcheinander von getürkten Unternehmen untergingen, die auf dem Papier eigenständig, in Wirklichkeit aber alle miteinander vernetzt waren. Doch schließlich trieb Price die Schwester eines Freundes auf, die als Sekretärin beim Staat arbeitete und ihnen zu den entsprechenden Handelsregisterakten verhalf. In diesen Akten wiederum waren sie auf den Namen der Krankenversicherung gestoßen, bei der Macklin Kunde war.

Problematisch war leider der Umstand, daß Macklins Kasse alle Forderungen direkt bezahlte. Bannister rief Macklins ehemalige Sekretärin und die Buchhalterin der Firma an, um herauszukriegen, ob sich eine der beiden Frauen daran erinnerte, daß ihr Chef etwas über Therapeutenbesuche hatte verlauten lassen, aber der überraschende Tod des Mannes hatte eine besondere Wirkung auf die Angestellten: Ihre Hilfsbereitschaft war gleich Null, und sie litten unter Gedächtnisverlust.

Die Sachbearbeiterin der Mass Mutual Insurance half ihnen auch nicht weiter. Die gute Frau informierte Bannister mit gräßlich näselnder, jammeriger Stimme, daß die Bestimmungen der Gesellschaft ihr untersagten, irgendwelche Auskünfte an Dritte weiterzugeben. Krankenakten aus vergangenen Jahren wurden zentral aufbewahrt und waren nur mit Sondererlaubnis erhältlich. Falls Mr. Macklin Kopien seiner Akte anfordern wolle, müsse er sich schon an den vorgeschriebenen Ablauf halten.

Diese Auskunft ärgerte Bannister. Er hatte nichts dagegen, sich als Macklin auszugeben, um an die Akten heranzukommen, aber sich an den vorgeschriebenen Ablauf zu halten kostete viel Zeit. Nur um die verantwortliche Person in der Forderungsabteilung an den Apparat zu kriegen, hatte man ihn dreimal weiterverbunden und fünf Minuten mit musikalischer Untermalung in der Warteschleife hängen lassen. Wenn das das durchschnittliche Tempo seiner Ermittlungen war, dann konnte er sich ausrechnen, wie lange dann das Melken dieser bürokratischen Einrichtung dauern würde. Außerdem lief er dann Gefahr, daß in der Zwischenzeit jemand herausbekam, daß Macklin verstorben war.

Bannister gingen die Ideen aus, was wie üblich zu einem kurzen, aber heftigen Wutanfall führte.

»Verflucht, Lenny. Ich hasse große Firmen und Akten und Sachbearbeiter und Bestimmungen. Ich hasse es, am Telefon wie ein Pingpongball herumgeschubst zu werden, bis denen endlich einfällt, wer einen abwimmeln oder falsch verbinden soll.«

Price nickte verständnisvoll. »Immer raus damit, Sam. Dann geht es dir gleich besser.«

»Und Computer. Wenn ich den Idioten, der diese Dinger erfunden hat, in die Hände kriegen würde, dem würde ich, ohne mit der Wimper zu zucken, den Hals umdrehen. Erst letzte Woche hat eines dieser Dinger meine Kreditkarte geschluckt, und ein anderer hat dem Jungen an der Exxon-Tankstelle verklickert, daß ich nicht mal für fünf Dollars tanken kann. Jetzt frage ich dich, Lenny, was gehen diesen Jungen meine Finanzen an?«

Price nickte immer noch, aber seine Miene hatte sich verändert. Stirnrunzelnd hob er den Zeigefinger und bat um Ruhe.

Bannister kam seiner Forderung nach, aber leicht fiel ihm das Schweigen nicht. Wenn sein Blut erst einmal in Wallung gekommen war, gab es so schnell keine Möglichkeit, es wieder auf Normaltemperatur zu bringen.

Kurz darauf fragte er: »Und?«

»Als du die Computer erwähnt hast, hat es bei mir geklickert, Sam. Wenn mich meine Erinnerung nicht trügt, habe ich in einer Fachzeitschrift einen Artikel über eine zentrale Datenbank gelesen, die Versicherungsgesellschaften benutzen, um Schadensansprüche abzuchecken. Selbstverständlich wollen sie nicht, daß die Öffentlichkeit das erfährt. Der Staat wollte wissen, ob die Datenbank gegen ein Antitrustgesetz oder gegen die Marktfreiheit verstößt. Auf der anderen Seite hilft diese Datenbank den Versicherern. Schwindler fliegen schneller auf, und die Gesellschaften vermeiden das Risiko, kostenintensive Kunden aufzunehmen. Deshalb haben sie darum gekämpft, diese Datenbank auch weiterhin benutzen zu dürfen.«

Bannister griff nach dem Telefon. »Großartig. Wie ist ihre Nummer?«

»Du kannst nicht einfach anrufen. Man muß Mitglied werden, sonst kommt man nicht an die Informationen ran. Als Abonnent wendet man sich direkt an den Großrechner und benutzt einen Zugangscode und eine Nummernfolge, mit der man dann weiterkommt.«

»Du willst mir also sagen, daß deine großartige Idee uns trotz allem nichts nützt?«

»Nein. Ich kenne nämlich, glaub' ich, eine Möglichkeit, wie wir illegal an die Informationen rankommen.«

Zehn Minuten später hatte Price mit der entsprechenden Person telefoniert.

»Er heißt Harry Horgan, Sam. Ein Golfkumpel von mir. Ist Präsident von Compcom, einer kleinen, aber sehr erfolgreichen Computer-Hardware-Firma. Der hat immer ein Telefon dabei, selbst wenn er – wie jetzt gerade – am 17. Loch in Fairview den Rasen malträtiert. Er hat sich bereit erklärt, uns in einer Stunde in seiner Firma zu treffen.«

Bannister steuerte den Camaro in Richtung Westen und nahm dann die Mass Pike, um auf die Route 128 zu gelangen, America's Technology Highway genannt. Moderne Gebäudekomplexe mit glatten Fassaden, in denen High-Tech-Firmen mit Cyberpunk-Angestellten und Techno-Namen untergebracht waren, säumten die Straße. Die Sonne spiegelte sich in den Stahl-und-Glas-Konstruktionen und verbrannte die gepflegten, unbenutzten und unnötigen Rasenflächen, auf denen die Gebäude standen. Ein paar Meilen und Billionen von Microchips später bogen sie in die lange Zufahrtsstraße, die den Highway mit Compcom Industries verband.

Die Büroräume des Vorstandes befanden sich in der zweiten Etage. Horgans Sekretärin, eine junge Frau mit barschen Umgangsformen und ewig langen Beinen, führte sie in das riesige Büro. Die Rauchglasfenster, die über Eck gingen, boten einen verschleierten Ausblick auf einen künstlich angelegten Ententeich und die dahinterliegenden Notstromgeneratoren. Die ultramodernen, schwarzen Schleiflackmöbel hätten aus einem Spielberg-Film stammen können.

In der Mitte des Raumes stand der Chef des Unternehmens in karierten Knickerbockern und dokterte gerade an seinem Golfschläger herum. Der Mann hatte einen dicken Walroßschnauzbart und braune, wettergegerbte Haut. Er nickte ihnen zur Begrüßung zu und schlug einen weiteren Ball.

»Das verdammte Spiel lief schlecht, Lenny. Hatte tierische Schwierigkeiten am 14. Loch. Habe an Arnie Simpson, diesen arroganten Mistkerl von Paqsystems, hundert Dollars verloren.

Wäre nicht so schlimm gewesen, aber gegen Arnie verlieren zu müssen, das ist einfach grausam.«

»Nimm den Schläger gerade zurück, Harry«, riet Price. »Du knickst das Handgelenk zu früh ab.«

Horgan holte mit dem Schläger aus und warf Price einen erwartungsvollen Blick zu.

»Schon besser. Konzentriere dich auf den Bogen, den der Schläger beschreibt, und auf den Vektor des Schwungs. Mach dir den natürlichen Bewegungsablauf zunutze, das steigert deine Geschmeidigkeit. Besser. Jetzt ganz sachte.«

Nach ein paar Probeschlägen hatte Horgan von der Trockenübung genug. Er zog seine fingerlosen Handschuhe aus und bedeutete ihnen, auf den dick gepolsterten Stühlen Platz zu nehmen, die vor seinem eindrucksvollen Schreibtisch im Halbkreis aufgebaut waren.

Price stellte die beiden Männer einander vor. »Harry, das hier ist Sam Bannister. Er ist Privatdetektiv. Hin und wieder arbeite ich mit ihm zusammen. Sam, Harry weiß alles, was Computer betrifft, und wenn ich alles sage, dann meine ich alles.«

»Und Lenny hat mir mehr über Golf beigebracht als jeder Profi, den ich kennengelernt habe, Sam«, führte Horgan aus. »Er ist der einzige, dem ich je begegnet bin, der das Spiel auf Geometrie und Physik reduziert. Also in eine Sprache übersetzt hat, die normale Menschen verstehen. Nun, was kann ich für euch Jungs tun? Wie steht es mit einem Drink?«

Price lehnte ab und erzählte ihm, hinter was sie her waren. Horgan wollte die notwendigen Einzelheiten erfahren, unter anderem Macklins Sozialversicherungsnummer, den Namen der Firma und der Versicherungsgesellschaft und die Nummer der firmeneigenen Versicherungspolice.

Compcoms Chef drückte auf ein paar Computertasten, woraufhin der Monitor zum Leben erwachte. Als er in der richtigen Datei war, drückte er erneut auf ein paar Tasten, wartete und wiederholte die ganze Prozedur. Mit zusammengekniffenen Augen las er die Information vom Bildschirm ab.

»Verdammt. Die Datenbank verfügt über ein Transprotect Cover.«

»Über ein was?« fragte Bannister.

»Sicherheitssystem. Elektronische Sperre. Garantiert nicht zu knacken. Tut mir leid.«

Price winkte ab. »So geht es manchmal. Na, dann ist es wohl an der Zeit, wieder auf Los zurückzugehen und von vorn anzufangen. Danke, daß du es versucht hast, Harry.«

»Himmelnochmal. Es muß doch eine Möglichkeit geben, da reinzukommen«, knurrte Bannister.

»Immer mit der Ruhe, Sam. Harry ist der Beste. Wenn er es nicht schafft, dann geht es eben nicht.«

Harry runzelte die Stirn. »Wie wichtig ist diese Sache hier, Lenny?«

»Sehr wichtig.«

»Na gut. Aber nur dieses eine Mal und nur, weil du es bist.« Horgan drückte auf eine andere Taste auf seinem Schreibtisch, woraufhin die Gegensprechanlage piepte. »Rufen Sie Levitt. Sagen Sie ihm, daß ich ihn sofort brauche.« Er schaute auf. »Sollte nicht allzu lange dauern.«

»Wer ist Levitt?« hakte Bannister nach.

»Mit Vornamen heißt er David, aber er zieht es vor, Levitt genannt zu werden. Ist ein Computergenie. Der Beste, den ich je getroffen habe. Hin und wieder arbeitet er für uns als eine Art Berater, aber nur zu besonderen Gelegenheiten. Die Nachfrage nach ihm ist riesengroß, und er steht nur begrenzt zur Verfügung.«

Horgan widmete sich wieder seinem Eisen und übte unter Prices Anleitung ein paar Schläge. Zehn Minuten später steckte die Sekretärin mit den ewig langen Beinen den Kopf zur Tür herein.

»Levitt ist da, Mr. Horgan.«

»Großartig. Schicken Sie ihn herein.«

Ein hagerer, bebrillter Junge in einer Pfadfinderuniform trat ins Büro. Bannister schätzte ihn auf neun, höchstens auf zehn Jahre. Für sein Alter war er ziemlich klein. Der Junge warf einen

Blick auf seine Micky-Maus-Uhr und kaute schmatzend auf einem Riesenkaugummi herum.

»Worum handelt es sich bei diesem Notfall, Harry? Ich habe um fünf Uhr ein Gruppentreffen, das ziemlich wichtig ist.«

»Das hier sind Mr. Price und Mr. Bannister. Sie brauchen Zugang zu einem National Network mit einem Transprotect Cover. Ich weiß, daß man sagt, die seien nicht zu knacken, aber ...«

Der Junge nickte ungeduldig und rutschte auf Horgans Bürostuhl vor den Computer. »Okay, geben Sie mir die Spezifikationen.«

Während Horgan Macklins persönliche und Geschäftsdaten ablas, flogen die Finger des Jungen über die Tastatur. Nach einem Blick auf den Monitor legte er die Stirn in Falten und rieb die Brillengläser mit einem Taschentuch sauber. Er beobachtete den Monitor, während er geduldig wartete.

Kurz darauf setzte der Junge sich aufrecht hin und schürzte die Lippen.

»Kein Glück?« fragte Horgan.

Wieder drückte der Junge auf eine Taste, worauf Daten in unglaublicher Geschwindigkeit über den Monitor schossen. Levitt griff unter den Schreibtisch und zog ein Blatt Papier heraus.

»Hier sind Ihre Daten. Ist es in Ordnung, wenn ich jetzt abhaue? Ich bin heute für die Marshmallows zuständig.«

Prices Miene hellte sich auf, als er das Papier überflog. »Eine komplette Liste von Macklins Arztbesuchen aus den letzten fünf Jahren. Das ist wunderbar. Vielen Dank, Levitt. Soviel zu garantiert nicht knackbaren Sicherheitssperren, hm, Harry?«

Horgan fuhr dem Jungen durch die Haare. »Hast recht, Lenny. Diese Typen von der Mass Mutual sollten eigentlich ihr Geld zurückverlangen.«

11. KAPITEL

Detective Fazio weigerte sich, am Telefon irgendwelche Einzelheiten zu besprechen. Er verriet Maggie nicht einmal den Namen des Opfers oder warum der betreffende Selbstmord überhaupt polizeilich untersucht wurde. Daß es sich um Selbstmord handelte, war die einzige Information, die er preisgab. Die Polizei ermittelte in diesem Fall, weil es ein paar ungeklärte Fragen gab. Laut einer nicht genannten Quelle hatte Dr. Maggie Lyons vom East End Hospital den Toten vor einigen Monaten behandelt. Fazio sagte zwar, daß er ihre Zurückhaltung zu schätzen wisse. Aber seinem Tonfall entnahm Maggie, daß es klüger war, wenn sie mitspielte, anderenfalls konnte sie sich auf etwas gefaßt machen.

So nahm sie seinen Vorschlag an und willigte ein, ihn gegen drei Uhr zu empfangen. Bis dahin war sie noch ausreichend beschäftigt. Und sollte sie vor seinem Eintreffen mit ihrer Arbeit fertig sein, konnte sie sich immer noch vor Sorge den Kopf zerbrechen.

Selbstmord.

Das war *der* Alptraum eines jeden Psychiaters. Das endgültige Versagen. Bis jetzt hatte Maggie Glück gehabt. Während ihrer zehnjährigen Berufspraxis hatte sich keiner ihrer Patienten das Leben genommen.

Bis jetzt.

Ihr gingen die Personen durch den Kopf, die sie in den vergangenen Monaten behandelt hatte. Keiner war ihr wie ein potentieller Selbstmörder vorgekommen. Hatte sie bei irgendeinem übersehen, daß er ernste Depressionen hatte? Oder schlimmer noch, bestand die Möglichkeit, daß ihre Therapie diesen besonderen Patienten – wer immer es sein mochte – zu einem Akt der Verzweiflung getrieben hatte?

Bis jetzt war sie davon ausgegangen, daß ein Patient, der seine Phobie ablegte, sich frei fühlte und eine lebensbejahende Einstellung gewann. Aber wenn es sich um menschliche Gefühle handelte, gab es viele Varianten, und einige gingen weit über das konventionelle Wissen hinaus. Im Gegensatz zu ihren dogmatischeren Kollegen hatte Maggie niemals grenzenlos darauf vertraut, daß sich mit einer Therapie alle Probleme lösen ließen. Jede Art von Behandlung beinhaltete ein gewisses Maß an Risiko. Wenn man einen Verteidigungsmechanismus abbaute oder eine gewohnte Reaktion ersetzte, hatte man noch lange nicht die Gewähr, daß der Betreffende über das notwendige Selbstvertrauen und die entsprechende Widerstandskraft verfügte. Normalerweise funktionierte eine Behandlung so, aber natürlich gab es auch immer die berühmte Ausnahme von der Regel. Die sogenannte Heilung konnte – im übertragenen Sinn – einen Nerv freilegen. Der Patient erlitt dann unaussprechliche Qualen.

Sie erschauderte. Es war sinnlos, einfach zu spekulieren. Möglicherweise stand der Selbstmord nicht mit Maggies Behandlung in Verbindung. Bestimmt war die Saat wesentlich früher gesät worden. Oder die Verzweiflungstat resultierte aus plötzlichen Veränderungen, denen der Patient nach ihrer Behandlung ausgesetzt war. Auf der Stelle fielen ihr gleich mehrere plausible Erklärungen ein: schwere Krankheit, chemische Instabilitäten, finanzielle Probleme, plötzlicher Tod oder Verlust einer nahestehenden Person.

Noch eine Stunde, bis Detective Fazio auftauchen würde. Vielleicht sollte sie ihre Mutter aus der Wohnung locken, bevor der Mann kam. Die Frau hatte schon genug Sorgen.

Als Maggie die Wochenendausgabe der Times durchblätterte, stieß sie auf die perfekte Ablenkung. Wohl wissend, daß ein direkter Vorstoß zu nichts führte, schlug sie die entsprechende Zeitungsseite auf, ließ sie wie zufällig auf dem Sofa liegen und zog sich auf leisen Sohlen in ihr Arbeitszimmer zurück.

Die Falle war ausgelegt. Sekunden später hörte sie, wie die Terrassentür aufgeschoben wurde und ihre Mutter ins Wohnzimmer trat.

»Maggie, meine Liebe«, rief Francine. »Du solltest die Zeitung nicht auf dem Sofa liegen lassen, sonst hast du nachher Flecken auf den Polstern. Druckerschwärze läßt sich nicht so leicht entfernen.«

Maggie hörte, wie das Zeitungspapier raschelte und die Schritte ihrer Mutter sich in Richtung Küche bewegten. Die absolute Berechenbarkeit, mit der Obsessionen und Besessenheiten auftraten, war in diesem Fall wirklich prima. Ihre Mutter hatte die Gewohnheit, die Zeitung am Küchentisch zu lesen, wo die Druckerschwärze problemlos weggewischt werden konnte. Und ihre Mutter widmete sich zuerst allen Artikeln zum Thema Garten. Es dauerte exakt fünf Minuten, bis sie ein Klopfen an der Tür vernahm. Genau wie Maggie vorausberechnet hatte.

Francine wirkte verlegen. »Die Mid-Hudson-Orchideen-Gesellschaft veranstaltet heute eine Ausstellung samt Verkauf, meine Liebe. Möchtest du mich vielleicht begleiten?«

»Tut mir leid, Mom. Ich habe dir ja schon erzählt, daß ich einen Berg Arbeit zu erledigen habe. Aber geh doch allein.«

»Macht es dir wirklich nichts aus? Ich wollte eigentlich hierbleiben und ein Abendessen für uns beide zubereiten. Aber sie zeigen eine ganz neue Züchtung. Es fällt mir schwer, mir diese Gelegenheit entgehen zu lassen.«

»Geh nur! Viel Spaß!«

Maggie unterdrückte ihr Lächeln, bis ihre Mutter das Zimmer verlassen hatte. Endlich hatte mal etwas geklappt. Vielleicht war das ein erstes Anzeichen dafür, daß sich das Blatt wendete. Frohgemut marschierte sie in die Küche und gönnte sich ein paar von Gail Weiders Schokoladenplätzchen, die selbst eiskalt köstlich schmeckten. Wieder im Arbeitszimmer, setzte sie sich ans Telefon und erledigte die restlichen Anrufe. Während sie darauf wartete, durchgestellt zu werden, klingelte das zweite Telefon.

Voller Erwartung, daß eine der Personen zurückrief, bei denen sie eine Nachricht hinterlassen hatte, nahm sie ab. Aber sie hatte sich gründlich geirrt.

»Maggie? Hier ist Francis Kennedy. Ich dachte, daß heute ein schöner Tag für ein Picknick ist. Was halten Sie von heute abend?«

Ihr fiel es schwer, sich die Genervtheit nicht anmerken zu lassen. Maggie mußte daran denken, daß der Mann ein alter Schulfreund von Alex Ivy war. Nichts lag ihr ferner, als dem kleinen Cäsar einen weiteren Grund zu liefern, ihr die Hölle heiß zu machen.

»Ich bin beschäftigt, Francis. Und außerdem habe ich Ihnen schon einmal ausführlich erklärt, daß ich mich mit Betreuern unseres Programms nicht privat treffe. Das verstößt gegen die Regeln.«

»Regeln sind dazu da, gebrochen zu werden, Maggie. Was bedeutet schon ein kleines Picknick? Ich kümmere mich ums Essen. Wie klingt das?«

»Nach einem Verstoß gegen die Regeln. Wie ich schon sagte! Bitte rufen Sie mich nicht mehr daheim an, Francis! Dafür wäre ich Ihnen sehr verbunden.«

Gerade als sie den Hörer auflegte, klingelte es an der Tür.

»Zwei – äh – Gentlemen möchten Sie sprechen, Dr. Lyons.«

»Danke, Pete. Schicken Sie sie hoch.«

Der Tonfall des Portiers hatte sie darauf vorbereitet, daß die beiden Besucher offenbar seltsam waren, und Maggie wurde nicht enttäuscht. Aus dem Fahrstuhl traten ein grobschlächtiger, bewaffneter Riese in Uniform und ein Skelett im Anzug mit einem Aktenkoffer in der Hand. Der leichenfahle Bürohengst hatte offenbar das Kommando. Maggie drückte die ausgemergelte Hand, die er ihr entgegenstreckte, und las die eingeschweißte Karte, die ihn als Detective Frank Fazio von der Rhode Island State Police auswies.

»Das ist Nelligan«, stellte Fazio seinen riesigen Begleiter vor. »Er arbeitet hier im 19. Revier.«

An seinen Hosenbeinen zupfend, nahm Fazio auf dem Sofa Platz, öffnete seinen Aktenkoffer und zog einen dicken Hängeregisterordner hervor.

»Theodore Macklin«, sagte er, als erkläre das alles. »Laut seiner Akte haben Sie ihn im Februar behandelt. Erinnern Sie sich?«

Was Maggie tat. Wenn auch nicht gerne. Ted Macklin war ein

herrischer, barscher Mann gewesen, der sich für einen Intensivkurs eingeschrieben hatte, die die Klinik für akute Fälle und Patienten von außerhalb anbot. Gut eine Woche lang hatte Maggie unter seiner Aggressivität und seinem Zynismus zu leiden gehabt und sich gefreut, als er beschloß, seinen Kurs abzubrechen.

»Theodore Macklin hat sich das Leben genommen?«

»Vor ein paar Tagen.«

»Haben Sie eine Ahnung, wieso? Er schien mir gar nicht der Typ dafür zu sein.«

Maggie mußte an seine Selbstgefälligkeit, seine Taktlosigkeit und seinen Mangel an Umgangsformen denken. Einmal abgesehen von seiner Phobie, hatte sie bei ihm starke emotionale Verkümmerung diagnostiziert.

»Offen gesagt, Dr. Lyons, der Staat interessiert sich nicht für seine Motive. Wir brauchen jemanden mit der entsprechenden Kompetenz, der seinen Selbstmord bestätigt, damit wir an Mr. Macklins Holding rankommen.«

Fazio führte aus, daß Macklin mehrere Staatsbeamte auf wichtigen Posten überredet hatte, ihn mit der Verwaltung eines stattlichen Pensionsfonds zu betrauen. Seine Vorstellung war derart grandios gewesen, daß man ihn weitere Staatskonten hatte verwalten lassen.

Dann, vor etwa einer Woche, meldete sich ein anonymer Anrufer im Büro des Gouverneurs und behauptete, daß Macklin an zwielichtigen Geschäften beteiligt sei. Der Informant warnte davor, daß die illegalen Transaktionen der Investmentgesellschaft im Rahmen einer bundesbehördlichen Nachforschung ans Licht kommen würden.

Bis zur endgültigen Untersuchung des Schwindels froren die Behörden Macklins Vermögen fürs erste ein, weil man ganz genau wußte, daß jeder Staatsfonds, den er verwaltete, für alle Ewigkeit beschlagnahmt wurde, wenn erst das FBI den Mann durchleuchtete.

Unglücklicherweise nahm Macklin sich das Leben, bevor die notwendigen Papiere bearbeitet werden konnten.

»Wie Sie sich vorstellen können, ist der Gouverneur natürlich darauf bedacht, die Interessen des Staates zu schützen, Dr. Lyons. In diesen schweren Zeiten möchte er verhindern, in der Öffentlichkeit als Verlierer dazustehen.«

»Ich sehe nicht, wie ich Ihnen behilflich sein könnte.«

»Ganz einfach. Gehen Sie Ihre Aufzeichnungen durch, hören Sie Ihre Bänder ab, was auch immer. Es muß doch einen Hinweis darauf geben, daß Macklin unter Depressionen litt, möglicherweise am Rand des Abgrunds stand. Wenn Sie uns das bestätigen und wir den Coroner dazu bringen, sofort den Totenschein auszustellen, können wir unsere Ansprüche beschleunigen. Wir wollen doch nur das Geld unserer Steuerzahler sichern.«

»Das, was Sie suchen, werden Sie in meinen Akten nicht finden. Mr. Macklin mag vieles gewesen sein, aber er war weder depressiv noch selbstmordgefährdet.«

Fazio schüttelte seinen kurzgeschorenen Kopf. »Ich fürchte, Sie verstehen nicht, Dr. Lyons. Der Mann ist tot. Sie müssen nur sagen, daß sein Selbstmord Sie nicht überrascht, und dann kommen wir an das Geld heran, das von Rechts wegen den braven Bürgern des Staates Rhode Island gehört. Ich spreche von Pensionen, von besonderen Fonds, mit denen kranke und alte Menschen unterstützt werden, von Programmen für Schwangere und Kinder. Betrachten Sie es als Dienst an der Gesellschaft.«

»Tut mir leid, aber in meinen Augen ist das Schwindel. Ich werde nicht für Sie lügen, Detective. Ganz egal, wie ehrenhaft Ihr Anliegen ist.«

Fazio runzelte die Stirn. »Holen Sie mir bitte ein Glas Wasser, Nelligan.«

Der große Bulle nickte und schleppte sich in die Küche. Fazio beugte sich zu Maggie hinüber. Sein Atem roch schal und abgestanden.

»Ich habe gehofft, daß wir in dieser Sache eine freundschaftliche Einigung erwirken können, Dr. Lyons. Aber ich werde erreichen, was ich mir in den Kopf gesetzt habe. Bringen Sie mich nicht dazu, meine Verbindungen spielen zu lassen.«

Maggie hätte fast laut herausgelacht, aber die aufsteigende Wut kühlte ihr Mütchen. »Ich lasse mich nicht dazu zwingen, meine persönlichen und beruflichen Moralvorstellungen zu revidieren, Detective. Mir sind keine Anzeichen aufgefallen, die für eine Selbstmordgefährdung sprechen. Und sollte ich dazu öffentlich befragt werden, werde ich genau das sagen.«

Fazio versuchte, mit Blicken Überzeugungsarbeit zu leisten, und gab auf, als Nelligan mit einem Glas Wasser in der Riesenpranke ins Wohnzimmer zurückkehrte. Er hatte Mühe, das randvolle Glas gerade zu halten. Tropfen um Tropfen sickerte in den Stoff seiner Hose.

»Dann wollen wir mal verschwinden, Nelligan. Ich bin hier fertig.«

Der große Mann hielt inne und musterte irritiert das Wasserglas.

»Stellen Sie es hin, ja? Wenn Sie weiter soviel verschütten, dann werden Sie noch wie Macklin ertrinken.«

Die Worte ließen Maggie aufhorchen. »Macklin ist ertrunken? Ich dachte, Sie hätten von Selbstmord gesprochen.«

»Er sprang von der Brücke in Newport, Dr. Lyons«, zischte Fazio. »Es war entweder Selbstmord, oder der Kerl hatte eine ziemlich skurrile Vorstellung von einem Sprungbrett.«

Fazio verstaute die Macklin-Akte im Koffer und erhob sich. Maggies Blick schweifte von ihm zur Terrasse. Wieder beschlich sie dieses scheußliche Gefühl. Der Himmel bebte. Und sie bekam die fliegende Hitze. Ihr Puls raste, die Welt geriet aus den Fugen. Sie sah sich draußen stehen und hinunterspringen. Mit wirbelnden Armen hinunterfallen.

Zum Glück hielt das Gefühl nicht lange an. Wenn die Panik einen fest im Griff hatte, dauerte eine Sekunde eine ganze Ewigkeit, aber in Wirklichkeit war die Attacke nach einer oder zwei Minuten vorüber. Als Maggie endlich wieder angstfrei war, standen King Kong und das Skelett schon an der Tür. Fazio drückte auf die Türklinke und trat in den Hausflur. Nelligan wollte ihm gerade folgen, als Maggie ihre Stimme wieder fand.

»Warten Sie, Detective.«

Fazio drehte sich um und lächelte ihr gehässig zu. »Na, regen sich Zweifel?«

Sie sagte ihm, was sie dachte. Jetzt war sie sich noch sicherer, daß Theodore Macklin nicht Selbstmord begangen hatte.

12. KAPITEL

Während Maggie sprach, veränderte sich Fazios Miene. Erst wirkte er nur mißmutig, aber bald war er richtiggehend erbost.

Sie berichtete, daß Theodore Macklin niemals freiwillig von der Newport Brücke gesprungen wäre. Macklin litt unter einer tiefsitzenden Angst vor Brücken. Ganz egal, wie verzweifelt er gewesen sein mochte, den Sprung von einer Brücke hätte er niemals gewagt. Insofern wußte sie, daß ein Mord geschehen sein mußte. Macklins Vermögen blieb bis zur Klärung gesperrt. Währenddessen würden die FBI-Agenten genug Zeit haben, genau so zu verfahren, wie es ihnen behagte. Fazio versuchte, sie dazu zu bringen, aus den Fakten einen anderen Schluß zu ziehen.

»Welcher Mörder macht sich die Mühe, dem Opfer die Schuhe, Socken und Anzugjacke auszuziehen, bevor er ihn übers Geländer wirft? Und nimmt ihm Uhr und Ringe nicht ab? Die Taucher haben ein paar von seinen Sachen gefunden.«

Maggie zuckte mit den Achseln. »Ich bin kein Polizist, Detective.«

»Und warum stand Macklins Wagen ordentlich abgestellt und abgeschlossen auf dem bewachten Parkplatz? Das schreit doch geradezu nach Selbstmord. Verdammt, warum sollte ein Mörder den Wagen abschließen?«

»Vielleicht legte er es darauf an, daß es nach Selbstmord aussieht«, gab Maggie zu bedenken. »Obwohl mir genauso unbegreiflich ist, warum ein Mensch, der sich umbringen will, die Wagentüren abschließen sollte.«

Fazio grinste höhnisch. »Da haben Sie recht, Doktor. Aber andererseits ist an einem Selbstmord nichts rational. Was wiederum bedeuten könnte, daß Macklin seine Angst kurz vergessen hat und von der Brücke gesprungen ist.«

»Auf gar keinen Fall. Er fürchtete sich vor nichts mehr als vor Brücken. Nicht einmal der Tod machte ihm so viel Angst.«

Fazio gab nicht auf. »Vielleicht hat er sich einer speziellen Behandlung unterzogen, nachdem er Ihren Kurs absolviert hat.«

»Wieder muß ich Ihnen antworten, daß ich kein Polizist bin.«

»In Ordnung. Ist mir klar. Wenn das der Fall gewesen wäre, wären wir sicherlich auf etwas gestoßen, als wir seine Sachen durchgesehen haben. Außerdem gibt es bestimmt Tausende von Phobien-Programmen. Vielleicht hat er eins besucht und hat die Rechnung noch nicht bezahlt. Oder sie zwar bezahlt, aber von einem Konto, das wir noch nicht gefunden haben. Ich bin sicher, daß Sie nicht die einzige Spezialistin in der Stadt sind.«

Maggie lächelte süßlich. »Da haben Sie verdammt recht. Es gibt viele ähnliche Programme. Eigentlich Hunderte. Ich werde Ihnen gern eine Liste zuschicken.«

Als sie ihn und seinen überproportionierten Kollegen zur Tür brachte, freute sie sich tierisch. Obwohl sie mit Erleichterung feststellte, daß sie höchstwahrscheinlich keine Schuld am Tod eines Patienten traf, hatte Fazio die Art, sie unterschwellig wie eine Schuldige zu behandeln, was seine Wirkung nicht verfehlt hatte.

Nachdem die beiden Polizisten gegangen waren, wartete sie noch ein paar Minuten, verließ dann die Wohnung und fuhr ins Hospital. Mittlerweile hatte sich Daisy Tyler sicherlich von den Beruhigungsmitteln erholt.

Maggie marschierte schnurstracks ins zweite Geschoß, doch ihre Patientin war noch nicht in einen ihrer Räume verlegt worden. Daisys Zimmer im dritten Stock war leer. Wegen des Schichtwechsels traf sie auf dem Flur keine Schwester, die sie nach Daisys Verbleiben hätte befragen können. Maggie beschloß, sich eigenhändig auf die Suche zu machen. Hoffentlich kauerte die arme Frau nicht irgendwo unter einem Bett.

Um Gelassenheit bemüht, spazierte sie von Zimmer zu Zimmer. Von Daisy keine Spur. Eigentlich hatte sie auch nicht damit gerechnet, daß ihre Patientin sich mit anderen zu einem Plauderstündchen zusammensetzte.

Aber irgendwo im Haus mußte sie sich aufhalten. Maggie bezweifelte, daß Daisy Tyler den Mut hatte, das Stockwerk oder gar das Krankenhaus zu verlassen. Selbst wenn sie die Zustände hier im Krankenhaus unerträglich fand, zog sie den Aufenthalt hier sicherlich den vermeintlichen Schrecken vor, die draußen auf der Straße lauerten.

Im Aufenthaltsraum lächelte Maggie den Patienten und Besuchern zu, die die Köpfe ihr zuwandten. Keine Daisy. Ihre Sorge steigerte sich von Minute zu Minute. Nachdem sie jeden Schrank, jede Nische und jedes Untersuchungszimmer kontrolliert hatte, kehrte sie in das Zimmer der Patientin zurück und warf einen Blick in den Kleiderschrank und die Duschkabine.

Mittlerweile stufte sie Daisys Verschwinden als Notfall ein. Mit bekümmerter Miene klopfte sie an die Tür des Schwesternzimmers, wo gerade die Übergabe stattfand. Laut Aussage der Krankenschwestern hatte Daisy ihr Zimmer seit ihrer Einweisung nicht verlassen. Jeder, der in den vergangenen acht oder zehn Stunden nach ihr gesehen hatte, sagte, daß sie schlafend im Bett gelegen habe.

Die Oberschwester half Maggie bei der Suche. Die beiden Frauen schlugen entgegengesetzte Richtungen ein und kämmten erneut die ganze Etage durch. Falls die Suche ergebnislos verlief, wollten sie den Sicherheitsdienst informieren.

Wieder überprüfte Maggie die Zimmer der Patienten. Dabei ging ihr Daisys verzweifelter Zustand nicht aus dem Kopf. Vielleicht hätte man sie nicht allein lassen dürfen. Man hätte zur Aufsicht eine Schwester an Daisys Bett postieren müssen. Sie hätte die ganze Nacht dort verbringen müssen.

Auf dem Weg in den anderen Gebäudeteil kam Maggie am Fahrstuhl vorbei. Gerade als sie im Begriff war, in das erste Patientenzimmer zu gehen, hörte sie eine Stimme.

»Dr. Lyons? Sind Sie das?«

Maggie drehte sich um. Mitch Goldberg, der junge Assistenzarzt, geleitete Daisy Tyler aus dem Fahrstuhl. Daisy hatte sich bei dem jungen Mann eingehängt. Sie strahlte übers ganze Gesicht. Ihr Auftreten zeugte von einem gewissen Stolz. Hätte sie nicht den Krankenhausmorgenmantel getragen, wäre sie als Mutter des Bräutigams durchgegangen.

Maggie kam aus dem Staunen nicht heraus. »Daisy, guten Tag. Ich habe überall nach Ihnen gesucht. Wo haben Sie denn gesteckt?«

Daisy zupfte an dem blauen Bademantel herum und lächelte. »Dr. Goldberg hat mich nach unten in die Cafeteria gebracht.«

»Miss Tyler hat fürs erste genug mitgemacht«, sagte Goldberg. »Ich hielt es nicht für richtig, daß sie diese Pampe, die sie als Mittagessen ausgeben, zu sich nimmt.«

»Und ich bleibe Ihnen ein Sandwich schuldig, Doktor«, sagte Daisy. »Aber mein Geld ...« Ihre Lippen bebten.

Goldberg setzte zu einer galanten Verbeugung an. »Kommt nicht in Frage. Erstens waren Sie mir eine charmante Gesellschaft, und zweitens konnte ich mich vor einer Sitzung drücken.«

Mit einem Augenzwinkern in Maggies Richtung gab er zu verstehen, daß er sich kurz mit ihr besprechen wollte. Sie nickte und brachte Daisy in ihr Zimmer.

»Bin in einer Minute wieder bei Ihnen«, versicherte Maggie ihr.

»Kein Problem, Dr. Lyons. Ich werde nirgendwohin gehen.«

Goldberg wartete am Ende des Flurs auf Maggie. Seine Arroganz hatte sich in Luft aufgelöst, ein unsicheres Lächeln umspielte seine Lippen. In Maggies Augen eine eindeutige Verbesserung.

»Ich hoffe, daß es okay war, sie mitzunehmen«, sagte Goldberg. »Ich habe vor ein paar Stunden nach ihr gesehen, da ging es gerade wieder mit ihr los. Darum hielt ich eine kleine Ablenkung für angemessen. Habe versucht, Sie daheim anzurufen und Ihre Erlaubnis einzuholen, aber da hat sich nur Ihr Anrufbeantworter gemeldet.«

»Nein, alles in Ordnung. Um ehrlich zu sein, ganz wunderbar. Sie haben sie zu etwas gebracht, wozu sie in den letzten zweiundzwanzig Jahren nicht in der Lage gewesen ist. Vielleicht spielen Sie mit dem Gedanken, in unsere Abteilung überzuwechseln und diese Ben-Casey-Rolle abzulegen.«

»Wer ist Ben Casey?«

Für eine Sekunde hatte sie Goldbergs Alter außer acht gelassen. »Eine Fernsehfigur. Lief wahrscheinlich erst, als Sie schon im Bett waren. Oder vielleicht sogar, bevor Sie überhaupt fernsehen durften.«

»Ich bin nicht ganz so jung, wie ich mich manchmal gebe, Dr. Lyons.«

»Nennen Sie mich Maggie. Und ich finde, Sie haben sich einfach großartig verhalten. Danke, Doktor. Das ist mein voller Ernst. Ich bin Ihnen etwas schuldig.«

»Ich heiße Mitch. Und ich werde es nicht vergessen. Nichts gefällt mir besser, als wenn jemand tief in meiner Schuld steht.« Beim Weggehen zwinkerte er ihr zu. Maggie ließ sich einen Moment gehen und zwinkerte zurück. Schon eine Sekunde später war ihr das peinlich. Da tat sie so, als habe sie etwas im Auge. Heutzutage sind diese jungen Hüpfer ganz schön altklug, dachte sie. Lag bestimmt an der angereicherten Milch.

Die nächste Stunde erklärte Maggie Daisy Tyler ausführlich das Programm, das die Klinik anbot. Pro Tag würden sie sich eine Stunde unter vier Augen treffen, um Fortschritte, Probleme und Strategien durchzusprechen. Wenigstens zweimal pro Tag würde Daisy mit einem ihr zugeordneten Berater an bestimmten Punkten arbeiten.

Eine Verbesserung ihres Zustandes hing von geplanten, in regelmäßigen Abständen folgenden Konfrontationen mit Dingen oder Situationen ab, vor denen sie sich fürchtete. Schritt um Schritt erfolgte eine Desensibilisierung des Patienten, der dadurch in die Lage versetzt wurde, zunehmend schwierigere Aufgaben zu erfüllen.

»Falls Sie sich vor Schlangen fürchten, beginnen wir damit, daß wir Sie dazu auffordern, über sie nachzudenken. Beim nächsten Schritt sehen Sie sich Bilder von Schlangen an«, führte Maggie aus. »Nachdem Sie das durchgestanden haben, werden wir Sie wahrscheinlich bitten, eines der Bilder zu berühren oder eine Gummischlange in die Hand zu nehmen. Dann besuchen Sie eine Tierhandlung, wo es Schlangen in Terrarien gibt. So nähern Sie sich der Quelle Ihrer Angst, bis die Erfahrung keine wirkliche Furcht mehr bei Ihnen auslöst. Schließlich lernen Sie, eine Schlange anzusehen oder gar, ein Tier ohne Furcht zu halten.«

Daisy schauderte. »Warum sollte ich das wollen?«

»Ist doch nur ein Beispiel. Ein Teil Ihrer Behandlung zielt darauf ab, herauszufinden, welche Ängste bei Ihnen am schlimmsten ausgeprägt sind. Aber Sie werden diejenige sein, die die einzelnen Schritte bestimmt. Wenn Sie einen Zauberstab hätten, um Ihre Ängste zu vertreiben, welche würden Sie abschütteln wollen?«

Daisy überlegte lange. »Ist wahrscheinlich einfacher, wenn ich Ihnen erzähle, wovor ich mich *nicht* fürchte.«

»Können Sie sich an eine Zeit erinnern, wo Sie keine Angst hatten?«

»Vor meiner Blinddarmoperation bekam ich eine Anästhesie. Während der Betäubung hatte ich keine Angst.«

Daisy schilderte die typische Phobien-Geschichte. Sie war bei einer überbesorgten Mutter und einem Vater aufgewachsen, der als Vertreter arbeitete und nur selten daheim war. Ganz normale Kindheitsängste hatten sie begleitet: die Furcht vor Dämonen, vor der Dunkelheit, vor Trennung, davor, in Menschenmengen verlorenzugehen. Aber im Gegensatz zu anderen Kindern hatte sie diese Ängste in den kommenden Jahren nicht abgelegt.

Ganz im Gegenteil, die Ängste wuchsen schneller als sie. Wie ein außer Kontrolle geratenes Feuer trieben sie sie in die Enge, in eine kleine und schrumpfende Sicherheitszone. Daisy war sozusagen lebendig begraben.

»Nach dem Tod meiner Mutter hat mein Vater mich praktisch aus der Wohnung getrieben«, erzählte Daisy. »Ich konnte keine

Arbeitsstelle halten, konnte nicht ausgehen, keine Menschen treffen. Aber jeden Sonntag, selbst wenn es schneite, zwang er mich, mich anzuziehen. Dann gingen wir zusammen zur Kirche und kehrten in ein Restaurant ein.

Seine Halsstarrigkeit quälte mich unendlich. In der Kirche glaubte ich schreien oder in Ohnmacht fallen zu müssen. Oder mich zu blamieren. Ich mußte in der hintersten Bank sitzen, rechts vom Mittelschiff. Die ganze Zeit über behielt ich den Notausgang im Auge. Nach dem Gottesdienst mußte ich als erste die Kirche verlassen. Anderenfalls saß ich in der Falle, davon war ich hundertprozentig überzeugt. Ich fürchtete auch, zu Tode getrampelt zu werden.

Hinterher, im Restaurant, wurde ich so nervös, daß ich keinen Bissen hinunterbekam. Aber solange Daddy lebte, gab es kein Entrinnen. Jeden Sonntag dieselbe Tortur. Ich flehte ihn an, mich nicht zu zwingen, aber er war sehr beharrlich. Schimpfte mich eine Prinzessin auf der Erbse.«

»Und als er starb?« wollte Maggie wissen.

Daisy kamen die Tränen. »Ich schaffte es nicht einmal, zu seiner Beerdigung zu gehen. Er hätte sich für mich geschämt. Ich bin eine Enttäuschung, Dr. Lyons. Vor allem für mich.«

Beim Zuhören fielen Maggie die Parallelen zwischen Daisy und ihr auf. Auch Maggies Mutter gehörte zu den ängstlichen Frauen, die die Welt als feindlich und unsicher einstuften. Auch ihr Vater war nur selten zu Hause gewesen. Dämonen verfolgten sie durch die Kindheit. Glücklicherweise hatte Maggie nur unter Höhenangst gelitten, der sie mit einer Therapie beigekommen war, ohne größeren Schaden zu nehmen. Allerdings war sie in Ethans Augen arg behindert, weil sie sich weigerte, mit dem Fallschirm abzuspringen oder Steilhänge zu erklimmen. Aber Ethan regte sich ja sogar noch darüber auf, daß sie keine eingelegten Riesenkraken oder gerösteten Jak aß.

»Nur die Zukunft ist wichtig, Daisy. Sie werden Ihre Ängste überwinden und schließlich in der Lage sein, das Leben zu führen, das Sie sich wünschen.«

»Kann ich mir kaum vorstellen.«

Maggie hatte mit dieser Vorstellung keine Schwierigkeiten. Sie hatte es schon mehrmals erlebt, bei Henry und vielen anderen Patienten, deren Qualen und Einschränkungen sich nicht von Daisys unterschieden.

Daisys Stimme wurde leiser. Ihre Lider senkten sich. Als sie ruhig und gleichmäßig atmete, verließ Maggie das Zimmer und schloß die Tür hinter sich. Die Frau brauchte Ruhe. Sie hatte den ersten Schritt getan, aber die vor ihr liegende Strecke war lang und hart.

13. KAPITEL

Der Computerausdruck der Versicherungsdaten bestätigte Bannisters Vermutung. Danach hatte Macklin vor sechs Monaten zehn Tage in der Psychiatrischen Abteilung eines Krankenhauses in Manhattan verbracht. Die gestellte Diagnose bescheinigte ihm eine unspezifische, krankhafte Angst. Von Horgans Büro aus rief Price einen ihm bekannten Psychologie-Professor an, der sagte, daß alles Mögliche unter diesen Begriff fiele. Unspezifische, krankhafte Angst umfasse ein ganzes Spektrum, angefangen von Schlaflosigkeit und Beziehungsproblemen bis hin zu einem Nervenzusammenbruch.

Nachdem sie mehrmals im East End, dem Krankenhaus, in dem Macklin behandelt worden war, angerufen hatten, wußten sie auch nicht mehr als zuvor. Keiner der Angestellten erklärte sich bereit, auf eine telefonische Anfrage aus Boston Informationen über Patienten weiterzugeben. Ihnen blieb also nichts anderes übrig, als in den brodelnden Schmelztiegel zu fahren.

Bannister brauchte nur fünf Minuten, um seine Sachen zu packen, die notwendigen Unterlagen zusammenzusuchen und zu Price und dem vor einer Bushaltestelle mit laufendem Motor abgestellten Camaro zurückzukehren.

Sein Einzimmerapartment lag über einem italienischen Lebensmittelladen auf der Hanover Street in Nord-Boston. Im Austausch für gelegentliche Ermittlungen, die er für seinen paranoiden Vermieter übernahm, mußte er keine Miete bezahlen, wodurch er – wenn man den Statistiken Glauben schenken konnte – ein Viertel seines Monatseinkommens einsparte.

Danach steuerten sie Prices behagliches Tudorhäuschen im Bostoner Vorort Watertown an, das in einem ruhigen, gepflegten Viertel lag. Ruthie, eine bodenständige, liebenswerte Frau mit paprikarotem Haar und lachenden Augen kam aus dem Haus gelaufen und begrüßte sie schon in der Auffahrt. Sie gluckte um Price herum, als hätte sie ihn seit Monaten nicht gesehen. Zusammen mit ihrem Mann ging sie nach oben, um zu packen.

Wohl wissend, daß es eine ganze Zeit dauern konnte, bis sie ihrem Schatz den Koffer gepackt und die entsprechenden Ratschläge verpaßt hatte, setzte Bannister sich mit einer Cola und den Unterlagen aufs Wohnzimmersofa.

Alle Begleitumstände des Falles deuteten direkt auf Macklin. Daran gab es nichts zu rütteln. Die Aussagen von Martha Raffertys Schulfreunden hatten Price und Bannister mit der Nase darauf gestoßen, daß Martha Rafferty und Ricky Bates in dieser Schulklasse nicht die einzigen waren, die vom Unglück verfolgt worden waren.

Im Abschlußjahr war ein erstklassiger Baseballspieler namens Andy Gorman im Swimmingpool eines privaten Country-Clubs ertrunken. Ein paar Monate später starb Marthas Mitschüler Jerry Seiden offenbar an einer Überdosis, was ziemlich seltsam anmutete, zumal keiner seiner Mitschüler den jungen Mann mit Drogenkonsum in Verbindung gebracht hatte. Kurz darauf schlug Robby Mercer, der in der Gunst der jungen Damen der Harper School sehr hoch stand, mit dem Kopf auf dem Marmorboden in seiner Wohnung auf und fiel in ein Koma, aus dem er nicht mehr aufwachen sollte.

Damals war niemand auf die Idee gekommen, die tragischen Ereignisse in Zusammenhang zu bringen, aber Price kamen die vielen Zufälle spanisch vor. Alle männlichen Opfer hatten sich für Martha Rafferty interessiert oder sich außerhalb der Schule mit ihr getroffen. Und es war durchaus möglich, daß Macklin an jedem dieser sogenannten Unfälle beteiligt gewesen war.

Macklins Familie war Mitglied in dem Country-Club, wo Andy Gordon ertrunken war. Da der Pool nur selten benutzt wurde, war es nicht schwierig, sich zum Pool zu schleichen, während Gordon im Wasser seine morgendlichen Bahnen zog, und sich, ohne Aufmerksamkeit zu erregen, wieder davonzuschleichen, nachdem der Junge ertrunken war.

Vielleicht hatte Jerry Seiden seine Überdosis Macklin zu verdanken, dessen Vater Besitzer einer Apothekenkette war, in der es haufenweise Narkotika gab. Als Sohn des Besitzers hatte Teddy bestimmt Zugang zu den verschlossenen Räumen gehabt, in denen kontrollierte Substanzen lagerten.

Mercers Apartment lag unter Macklins Wohnung. Zum Zeitpunkt des Unfalls war keiner von Macklins Familie daheim. Möglicherweise hatte Teddy sich nach unten geschlichen, Robby den Schädel eingeschlagen und war wieder ins elterliche Wohnzimmer zurückgekehrt. Das alles konnte sich innerhalb weniger Minuten abgespielt haben. Der junge Ted wog gute fünfzig Pfund mehr und war zehn Zentimeter größer als der Mercer-Junge. Gegen ihn hatte Robby keine Chance.

Verdachtsgründe für Macklins Schuld tauchten nach und nach auf. Ehemalige Lehrer der Harper School berichteten über Teddy Macklins gelegentliche Wutausbrüche. Ein paar von ihnen hatten den Macklins vorgeschlagen, Teddy zu einem Psychologen zu schicken, doch die Eltern hatten ihren Rat nicht befolgt.

Bannister besuchte sogar Macklins Eltern, die inzwischen im schicken Teil von Palm Beach wohnten. Er gab sich als ein alter Freund von Ted aus. Keiner der beiden stellte ihm Fragen oder wich vor seiner unverhohlenen Neugier zurück. Ganz im Gegenteil, sie schienen sich über die Möglichkeit zu freuen, sich ihre Sorgen von der Seele zu reden.

Macklins Vater erzählte bereitwillig, daß Ted das jüngste von fünf Kindern war und sich charakterlich schon früh sehr stark vom Rest der Familie unterschieden habe. Die anderen Kinder waren fröhlich, ausgelassen und sportlich. Ted hingegen stellte sich als exzentrischer, fordernder und schwieriger Junge heraus.

Mit Tränen in den Augen gestand Mrs. Macklin, daß das Kind weder geplant noch erwünscht gewesen war. Ihre vorherigen Schwangerschaften waren sehr schwierig und daher auch ruinös für ihre Gesundheit gewesen. Als sie zum fünften Mal schwanger wurde, war sie schon über Vierzig gewesen, und ihr Arzt hatte mit Bestürzung reagiert. Trotzdem war er nicht bereit gewesen, aus therapeutischen Gründen eine Abtreibung vorzunehmen. Ein zweiter Arzt, der hinzugezogen wurde, verhielt sich nicht anders. Zu jener Zeit war eine Abtreibung nur dann legal, wenn das Leben der Mutter auf dem Spiel stand. Einem Arzt, der gegen das bestehende Abtreibungsgesetz verstieß und erwischt wurde, wurde damals die Approbation entzogen.

Die Macklins beschlossen, ihr Schicksal in die eigene Hand zu nehmen. Jemand empfahl ihnen eine Klinik in Puerto Rico, doch das klappte nicht. Inzwischen war die Schwangerschaft schon ziemlich weit fortgeschritten. Der Junge kam gesund zur Welt, aber Macklins Eltern gaben sich für jedes Problem und jede Macke, die ihr Sohn hatte, die Schuld.

Ja, natürlich war ihnen aufgefallen, daß der Junge oft abwesend war und unter heftigen Stimmungsschwankungen litt. Ja, rückblickend gesehen, wünschten sie, sie hätten die von der Schule vorgeschlagene professionelle Hilfe in Anspruch genommen. Aber damals waren ihre Schuldgefühle zu stark gewesen, als daß sie die Probleme ihres Sohnes hätten einmal ruhig bei Licht betrachten können. Später, als ihnen klarwurde, daß er emotional zurückgeblieben war, hatte er sich längst aus ihrem Einflußbereich entfernt. In den letzten Jahren hatte gar kein Kontakt mehr bestanden.

Bannister hatte Macklins Eltern in der Tasche, bis er Martha Rafferty erwähnte. Dieser Name löste eine sofortige Blockade aus. Kalte Augen, leere Mienen. Was Bannister nicht störte, denn ihr Schweigen war beredt genug. Selbst die Eltern hielten ihren Sohn für schuldig.

Aber er und Price mußten die Vermutungen mit knallharten Beweisen untermauern. Und – ob am Leben oder tot – der einfachste und wirkungsvollste Beweis von Macklins Schuld war ein Schuldgeständnis des Mannes. Der Instinkt sagte Bannister, daß die Therapeutin, die Macklin behandelt hatte, am ehesten etwas wußte und deshalb ihre größte Chance war.

Langsam riß ihm der Geduldsfaden. Nach einem Blick auf die Uhr bellte er nach oben: »Bist du bald mal fertig, Lenny?«

»Bin gleich soweit. Glaubst du, daß es in dem Hotel, in dem wir absteigen, einen Haarfön gibt?«

»Einen was?«

»Na, ich denke, ich nehme meinen lieber mit. Hast du ein Reisebügeleisen eingepackt?«

»Komm schon, es reicht jetzt.«

»Immer mit der Ruhe. Ich bin in ein paar Minuten fertig.«

Bannister widmete sich wieder seinen Unterlagen und begann nochmal von vorn. Je mehr er las, desto wütender wurde er. Vergewaltigung, Mord. Ein arroganter Mistkerl erdreistete sich, anderen das Leben zu nehmen oder kaputtzumachen. Wusch einfach das Blut von den Händen und kam ungestraft davon.

Schuld daran war nur das gottverdammte System. Es gab einfach zu viele Gesetze, an die man sich halten mußte, zu viele technische Aspekte, die erfüllt werden mußten. Zu viele Schlupflöcher und zu viele Ausnahmen. Die Gesetze konnten unendlich strapaziert und unterschiedlich interpretiert werden, so daß mancher Schuldige davonkam. Unter anderen Theodore Macklin.

Genau aus diesem Grund hatte Bannister vor fünf Jahren seinen Abschied bei der Polizei genommen. Es hatte einen Teddy-Macklin-Fall zuviel gegeben, und er war nicht mehr in der Lage und bereit gewesen, sich an die Regeln zu halten. Er hatte die Schnauze gestrichen voll gehabt. Er wollte eigene Regeln aufstellen, flexiblere. Fünf Jahre waren inzwischen vergangen, und er hatte die Grenzen immer noch nicht eindeutig festgelegt.

An seiner jetzigen Situation gefiel ihm vor allem, daß man die Regeln im Verlauf des Spiels ändern konnte. Aber das konnte man nur, wenn man selbständig arbeitete.

14. KAPITEL

Die Fahrt nach New York dauerte gute drei Stunden. Und es schien ebensolange zu dauern, bis sie einen Parkplatz fanden, der etwa so groß wie ein Nadelöhr war. Das Straßenschild sagte, daß hier morgen die Müllabfuhr die Tonnen leeren würde. Bannister mußte also früh aus den Federn springen und sich dann erneut auf die Suche machen. Prima.

Weil ihn die lange Fahrt rastlos gemacht hatte, stapfte er mit Riesenschritten den Block hinunter. Price, schwer mit Gepäck beladen und wie gewohnt lahmarschig, hatte alle Mühe, mit seinem Partner Schritt zu halten, und schnaufte wie eine Diesellokomotive. Ruthie hatte ihrem Mann, der wie eine ganze Pizzeria stank, ein Knoblauch-Salami-Sandwich für die Fahrt zurechtgemacht.

»So warte doch, Sam. Die Taschen sind ziemlich schwer.«

»Liegt wahrscheinlich am Haarfön.«

Mit einem Blick auf die Adresse, die er auf einen längst fälligen Strafzettel gekritzelt hatte, blieb Bannister vor einem heruntergekommenen Gebäude nahe der Second Avenue stehen.

»Was für ein Hotel ist das denn, Sam? Sieht ziemlich abgeranzt aus, oder?«

»Das ist kein Hotel. Ich kenne da einen Typen, der Apartments wochenweise vermietet. Ist viel komfortabler. Du wirst schon sehen. Fühlt man sich gleich wie zu Hause.«

Price zog eine Schnute. »Nicht wie in meinem Zuhause.«

»Vertrau mir. Habe ich dich je aufs Glatteis geführt?«

»Um ehrlich zu sein, ja. Zum Beispiel mit dem Schildhauer-Fall, falls du dich erinnern solltest.«

»Du bist doch permanent ausgeschert, Lenny.«

»Vielleicht, aber du hast den Fall an Land gezogen und mich zur Mitarbeit überredet.«

»Und außer dem Schildhauer-Fall?«

Price versank in nachdenkliches Schweigen. »Was ist mit der Sache im Dezember vor zwei Jahren? Da hast du mich angerufen, damit ich dir mit den Zwillingen helfe, die beschuldigt wurden, es auf das Erbe dieses alten Knackers abgesehen zu haben? Wie hießen sie gleich nochmal? Yummy und Tasty Divine? Hatten sich richtig feinsinnige Pseudonyme zugelegt.«

»In diesem Fall ging es um Wohltätigkeit.«

»Ach, wirklich? Wie kommt es dann, daß sie ihre Arbeit nicht von der Steuer absetzen konnten?«

»Manche Dinge tut man des guten Gefühls wegen, Lenny.«

»Ja, darauf waren vor allem der alte Lustmolch und du aus.«

Die Eingangshalle des Gebäudes hatte den Charme einer Gefängniszelle. Alles war mit Ketten angeschlossen. In der Luft hing der einnehmende Geruch von billigem Wein und schwachen Blasen. Vor sich hinmurrend, stieg Price hinter Bannister die steile Treppe hoch. Ihre Wohnung lag in der zweiten Etage, wie Bannister von dem schnarchenden Portier erfahren hatte. Die Tür war mit mehreren Schlössern ausstaffiert, die es vor dem Eintreten zu überwinden galt.

»Oh du schönes, behagliches Loch. Sieh dich um, Lenny. Ist gar nicht so schlimm. Ehrlich.«

Die Wohnung war so groß wie eine Puppenstube, aber wenigstens sauber und ordentlich. Jemand hatte die Kissen aufgeschüttelt und die Polstermöbel mit einem Plastikschutz überzogen. Unglaublich, wie famos alles aussah, wenn man das Alter der Möbel in Betracht zog. Der winzige Schrankfernseher war in Prices Geburtsjahr vom Band gerollt. In den Bücherregalen stapelten sich Reader's Digest Sammelbände, die vor Christi Geburt gedruckt sein mußten.

Hinter den schmalen Türen an der gegenüberliegenden Wand verbargen sich ein Badezimmer ohne Badewanne und ein winziges Schlafzimmer mit einem Einzelbett, auf dem eine pinkfarbene Chenille-Tagesdecke lag. Die beiden anderen Türen gehörten zu einem Wandschrank voller Besen und Schrubber und zu einer mit Uraltgeräten vollgestopften Küche. An der Rückwand des Kühlschranks klebten von grünem Schimmelpilz durchzogene Eisschollen. Im Ofen hatte sich eine muntere Kakerlaken-Familie eingenistet. Verlegen grinsend machte Bannister die Ofentür zu. In den eigenen vier Wänden ein preiswertes und köstliches Mahl zuzubereiten, dieser Gedanke war damit gestorben.

»Vergiß die Küche. Da alles auf Mrs. Rafferty geht, können wir genausogut auswärts essen. Richtig, Lenny?«

»Was immer du sagst.«

»Möchtest du die Couch nehmen?«

Price griff instinktiv nach hinten und massierte die unteren Rückenwirbel. »Mein Rücken. Du weißt schon.«

Bannister nickte. Seit Jahren litt sein Partner unter heftigen Rückenschmerzen. Wenn man ihm einen kameradschaftlichen Klaps verpaßte, krümmte sich der arme Kerl und schnitt eine schmerzverzerrte Grimasse. Price jammerte nie herum, was Bannister in den Wahnsinn trieb. Märtyrer konnte er um nichts in der Welt ausstehen.

Dann schlief Lenny eben nicht auf der Couch.

Bannister ließ sich auf die Polster fallen, die mit leisem Zischen in sich zusammenfielen. Keine Federn im Bezug und darunter nur Sprungfedern. Bannister rang sich ein Lächeln ab. Wenn das so weiterging, bekam er noch spitze Lippen. »Richtig bequem.« Man kriegt das, wofür man bezahlt, dachte er voller Reue. Und manchmal etwas weniger.

»Dann wollen wir mal in die Startlöcher gehen, Price. Je früher wir anfangen, desto eher kann ich dich wieder in die Arme deiner Sexy-Frau verfrachten.«

»Soll mir recht sein.«

Bannister und Price verließen die Müllhalde und spazierten einen Block hinter, der vor Lokalkolorit strotzte: Da gab es eine Methadonklinik, ein rattenverseuchtes Lagerhaus und ein Filmstudio, das garantiert keine Hollywood-Verbindungen hatte. Im Vorbeigehen spähte Bannister durch einen Türspalt und ergatterte einen Blick auf eine Frau mit Monsterbrüsten in einem Strumpfhalter und farblich passender Maskara.

Ein Stück weiter die Straße hinunter parkte der Camaro, unter dessen Scheibenwischer eine Werbebroschüre klebte. Bannister zupfte das Flugblatt heraus und las es interessiert. Für zweihundert Dollars konnte man sich den Wagen mit einem Q-Tip waschen lassen. Offenbar ein Zwangscharakter. Hatten die hier überhaupt noch alle Tassen im Schrank? Der ganze Wagen war keine zweihundert Dollars wert.

Das Krankenhaus lag ein paar Blocks die Straße hinunter. Obwohl die Besuchszeit längst vorbei war, wollte Bannister den Therapeuten sprechen, der Macklin behandelt hatte. Er war sicher, daß er die richtigen Antworten erhalten würde.

Aber Price blieb skeptisch. »Ich weiß nicht, Sammy. Wenn Macklin die ganzen Jahre über den Mund gehalten hat, warum sollte er plötzlich ein Risiko eingehen und alles seinem Psychiater erzählen?«

»Weil so eine Sache mit den Jahren zusehends schwerer auf der Seele lastet, deshalb. Und da Ärzte zum Stillschweigen verpflichtet sind, ist das kein großes Risiko.«

»Vielleicht hast du recht, aber was bringt dich auf die Idee, daß der Arzt seinen Eid bricht und uns etwas erzählt?«

»Darum kümmern wir uns, wenn es soweit ist, Lenny. Nur nichts überstürzen.«

Sie bogen um die Ecke, traten durch einen Seiteneingang des Krankenhauses und mischten sich unter die Besucher in der mit Automaten ausstaffierten Eingangshalle. Bannister sah sich kritisch um. Er konnte Krankenhäuser nicht leiden. Das einzige, was ihm an ihnen gefiel, war der Ausgang.

Eine personell unterbesetzte Abendschicht war an den Auskunftstheken im Erdgeschoß beschäftigt. Zwei betagte Frauen bewachten die Patientenakten am Empfang. Ein junger Pseudo-Bulle, mit einem Walkie-talkie bewaffnet, zog seine Kreise. Die

Aufnahme war nicht besetzt. Die Zahlstelle ebenfalls nicht. Eine einzelne Frau in einer Schürze arbeitete hinter der Restaurant-Theke. Der Geschenkeladen hatte noch geöffnet. Bannister ging hinein und kaufte eine Schachtel billige Pralinen, deren Verpackung ein bißchen angeschlagen aussah, die deshalb aber gut zu ihm paßte.

Dann gingen er und Price zum Empfang hinüber und erbaten ein Paar Besucherausweise für Mr. Brown.

»Möchten Sie zu Nicholas oder zu Christopher Brown?«

Bannister entschied sich für Christopher und eilte in Richtung Treppe. Im zweiten Stockwerk folgten sie dem beigefarbenen Korridor bis zum Zimmer der Oberschwester.

Die Psycho-Station entsprach nicht dem, was man aus Spielfilmen kannte. Hier gab es keine wild um sich schlagenden Verrückten, keine schlurfenden Zombies. Hinter den offenstehenden Türen hielten sich normal aussehende Menschen auf, die fernsahen oder mit Besuchern schwatzten. Na gut, ein oder zwei unterhielten sich mit sich selbst, aber das, was Bannister aufschnappte, klang ziemlich vernünftig.

Er blieb vor dem Schwesternzimmer stehen. »Überlaß mir die Sache, Lenny. Abgemacht?«

»Solange du mir nicht auf die Füße trittst, Sam.«

Bannister entdeckte eine Schwester mit weißer Haube und stimmte sich ein. Auf dem Weg zu ihr dachte er sich schnell eine Geschichte aus und versuchte, die Frau mit seinem umwerfenden Lächeln zu bezirzen.

»Jetzt verstehe ich, warum Onkel Ted immer noch in den höchsten Tönen von dieser Station spricht. Hier gibt es so viele nette, attraktive Menschen«, flötete er.

Die offenbar geschmeichelte Krankenschwester mit blonder, hochtoupierter Haarpracht erwiderte sein Lächeln dennoch mißtrauisch. Die Frau war so dick, daß ihre Haut straff gespannt war. Bannister fiel auf, daß sie großartige Zähne hatte. Ihr Gebaren verriet, daß mit ihr nicht gut Kirschen essen war.

»Onkel Ted?«

»Ted Macklin. Ist vor ein paar Monaten hier gewesen. Hört nicht auf, von hier zu schwärmen.« Schwärmen paßte nicht. War eine schlechte Wortwahl, aber sie ging ohnehin nicht darauf ein.

»Macklin? Tut mir leid. Wir betreuen hier eine Menge Menschen, und die meisten bleiben nur kurz.«

Er spürte ihren Widerstand und beschloß, den Köder auszulegen. »Macht nichts. Onkel Ted hat mich gebeten, das hier vorbeizubringen, als Zeichen seiner Dankbarkeit. Dachte, daß die Schwestern sich darüber freuen. Sie haben ja keine Vorstellung davon, was Sie für ihn getan haben. Er spricht unablässig von dieser Klinik.«

Sie warf einen langen Blick auf die Schachtel. »Wie nett. Ich werde sie im Schwesternzimmer auf den Tisch legen.«

»Und er wollte, daß ich seinem Arzt einen Gruß ausrichte. Oh, verflucht. Wie lautete noch der Name seines Doktors, Lenny?«

Bannister wandte sich um. Price zuckte wie erwartet mit den Achseln. »Du weißt, daß ich mir Namen nicht merken kann, Sam.«

»Onkel Ted wird mir niemals verzeihen«, jammerte Bannister. »Könnten Sie das für mich vielleicht in Erfahrung bringen? Ich möchte Ihnen keine Umstände machen, aber ich habe es versprochen.«

»Ach, das macht keine Mühe.« Leicht gelangweilt trat sie vor einen Schrank und sah die Akten durch, auf denen ein M-Reiter steckte.

»Da haben wir sie ja. So wie es aussieht, wurde Mr. Macklin von Dr. Lyons behandelt. Hätte ich mir denken können. Ich weiß nicht genau, was sie macht, aber es scheint zu funktionieren. Hat eine ganze Heerschar dankbarer Patienten.«

»Sie sollten Onkel Ted hören«, feuerte Bannister sie an.

»Hoffe, daß Ihnen das weiterhilft«, sagte die Krankenschwester und zog einen Kalender heraus, auf dem die Schichten der Ärzte eingetragen waren. »Dr. Lyons hat heute abend keinen Dienst, aber gewöhnlich schaut sie kurz herein, um nach ihren Patienten zu sehen. Möchten Sie ihr eine Nachricht hinterlassen?«

»Um ehrlich zu sein, in diesem Fall möchte ich sie lieber anrufen. Haben Sie ihre Nummer?«

»Tut mir leid. Es ist uns untersagt, Privatnummern weiterzugeben.«

»Natürlich. Das verstehe ich. Wird Lyons mit Y geschrieben?«

»Genau.«

»Danke. Wo ist das nächste öffentliche Telefon? Ich werde versuchen, ihren Fernsprechauftragsdienst zu erreichen.«

Die Schwester beschrieb ihnen, wo die Telefonzellen standen. Price rief einen Freund an, der Makler war und über ein entsprechendes Verzeichnis verfügte. Auf diese Weise bekam er die Adresse und Telefonnummer der Ärztin heraus. Leider gelang es ihm nicht, Dr. Lyons dazu zu bringen, mit ihnen zu kooperieren. Nur sie war im Besitz der Privatpatienten-Akten, und sie dachte nicht im Traum daran, Informationen weiterzugeben. Kaum hatte Price erklärt, daß er mit ihr über einen ehemaligen Patienten sprechen wollte, wies sie ihn in seine Schranken. Das war eine der wenigen Situationen, in denen ihm all seine Kontakte nicht mehr weiterhalfen.

»Ich spreche nicht über meine Patienten.«

»Aber Sie verstehen nicht. Das hier ist ...«

»Ist mir egal. Derlei Auskünfte unterliegen der Schweigepflicht. Wenn Sie mich jetzt bitte entschuldigen würden.«

Price hängte ein. »Tut mir leid, Sam. Habe nichts erfahren. Sie klang ziemlich angenervt. Scheint ein ganz schön harter Brocken zu sein. Klang so, als sei es ihr schon zuviel, daß ich anrufe.«

Bannister kniff die Augen zusammen. »Folge mir.« Zusammen mit Price kehrte er zu der blonden Krankenschwester zurück.

»Haben Sie die Frau Doktor erreicht?« fragte sie.

»Kein Problem. Könnte ich Ihnen vielleicht noch einen Gefallen abringen?«

»Sicher.«

»Großartig. Ich möchte gern einen Termin bei Dr. Lyons. Sie sagte, daß hier jemand über ihren Dienstplan Bescheid weiß.«

»Kein Problem. Ist der Termin für Sie selbst?«

»Ja. Offenbar werden diese Marotten weitervererbt.«

Als sie wegging, um den Terminkalender zu holen, warf sie ihm einen seltsamen Blick zu. Bannister hoffte nur, daß Macklin nicht wegen Kindsmißhandlung oder Sodomie Rat gesucht hatte.

Als sie zurückkehrte, versuchte er, den schlechten Eindruck, den er möglicherweise gemacht hatte, wiedergutzumachen. »Es geht mir nur um eine Beratung. Ich möchte wissen, ob Dr. Lyons eine Behandlung für nötig hält. Dafür wird doch nichts berechnet, oder?«

»Ein Einführungsgespräch ist kostenlos. Jedenfalls, soweit ich weiß.«

»Gut. Wie steht es mit Montag?«

Dr. Lyons fing montags früh an. Bannister schrieb sich ein und ging. Während der nächsten zwei Tage hatte er hoffentlich genug Zeit, sich für das Gespräch in die richtige geistige Verfassung zu bringen.

15. KAPITEL

Sie parkte ihren Honda auf der Auffahrt und verpestete mit den Auspuffgasen die Luft. Sie warf einen Blick in den Rückspiegel und besserte ihr Make-up auf. Jason verbarg sich hinter den Gardinen und beobachtete, wie sie mit spitzen Fingern ihr hochgespraytes Haar zurechtzupfte, eine zweite Schicht scharlachroten Lippenstift auftrug und den Mund auf ein Kosmetiktüchlein drückte.

Gleich von der ersten Sekunde an, als sie nach dem Treffen der Phobiengruppe einander vorgestellt worden waren, hatte er sie auf den Tod nicht ausstehen können. Er hatte inständig gehofft, mit dem Berater weiterarbeiten zu können, der ihn immer daheim besucht hatte, aber da Henry nun die Gruppe leitete, hatte Dr. Lyons ihn mit dieser Kreatur zusammengebracht. Die Frau erinnerte ihn an einen Strandball. Rund, fleischig, drinnen nichts

Wichtiges. Sie hatte tierisch lange Fingernägel, winzige, von dickem Eyeliner eingerahmte Augen. Außerdem liebte sie Klamotten in Farben, die seine Augen beleidigten: schreiendes Pink und Rottöne. Ihre Stimme war schlicht und einfach unerträglich. Außerdem roch sie wie ein Kaugummi.

Und dann hieß sie auch noch Binnie. Um Gottes willen. Das setzte dem Faß die Krone auf. Was für ein Name war das denn? Warum taten sie ihm das an? Was hatten sie mit ihm vor? Der andere Berater war wenigstens dezent gewesen. Eigentlich war Jason mit ihm ganz gut zurechtgekommen. Sie hatten sich miteinander angefreundet. Auch der junge Doktor, der ihn – wie es das Programm erforderte – untersucht hatte, war nett gewesen. Selbst die Psychiaterin war in Ordnung. Drängte einen nicht allzusehr und sah ziemlich gut aus.

Aber diese Person hier gab dem Wort ›hoffnungslos‹ eine völlig neue Bedeutung.

Jesus, jetzt stieg sie aus. Kam die Zufahrt zum Haus hoch. Diese blöde Person hatte einen Gang wie Jessies alte Aufziehpuppen. Wabber-wabber. Auf ihrer Handtasche prangten die Initialen der Firma, die das Ding produziert hatte. War aber kein echtes Statussymbol, sondern eines dieser nachgemachten Dinger, die an Straßenecken billig verkauft wurden.

Jason wich vom Fenster zurück und rannte die Treppe hoch. Als er an Jessies Zimmer vorbeikam, sah er seine Schwester im Schneidersitz auf dem Teppich sitzen, mit dem Rücken zu ihm. Sie spielte mit ihrer Barbiepuppe.

»Jess«, flüsterte er. »Du mußt mir einen Gefallen tun.«

Die Kleine hörte ihn nicht, denn sie war wie üblich in eine ihrer kindlichen Phantasien abgetaucht. Normalerweise war sie immer in seiner Nähe, folgte ihm auf Schritt und Tritt und beobachtete ihn. Wie oft schon hatte er sie beim Ausspionieren erwischt. Aber jetzt, wo er sie dringend brauchte, war sie in ihre eigene Welt versunken.

Die Fliegentür quietschte, und die Türglocke ertönte.

»Jessie, zum Teufel nochmal! Ich rede mit dir«, keuchte er.

Das Mädchen zuckte mit keiner Wimper. Sie tat so, als sei er stumm und unsichtbar. Jason stürmte in das Kinderzimmer und packte sie fest am Arm. Vor lauter Schreck stieß Jessie einen Schrei aus und versuchte loszukommen.

»Jay-son«, wimmerte sie. »Du hast mir angst gemacht.«

»Geh nach unten an diese verfluchte Tür. Sag ihr, ich bin krank.«

Es klingelte wieder. Zum Glück war seine Mutter einkaufen gegangen.

»Geh jetzt endlich. Beeil dich.«

Sie riß sich los und streckte das Kinn energisch vor. »Du mußt diese Dame reinlassen, Jay. Das hat Mami gesagt.«

»Ist mir schnurzegal, was Mami sagt, Fräulein Großmaul. Geh jetzt endlich nach unten und tu, was ich dir gesagt habe.«

Jessie strich ihr T-Shirt glatt und stemmte die Hände in die Seiten. »Du bist doof.«

»Bist wohl auf Streit aus, du kleiner Mistkäfer. Beweg dich, oder du kriegst was drauf.«

Binnie klopfte laut an die Tür und rief mit ihrer alles durchdringenden Stimme: »Jason? Ist jemand da?«

»Geh jetzt endlich runter und sorg dafür, daß sie verschwindet, Jessie. Das ist mein Ernst.«

»Vor dir habe ich keine Angst, Jason. Und ich werde petzen.«

Kalte Wut packte ihn. Plötzlich wußte er, daß er sie töten *könnte.* Er könnte ihr die Hände um den zierlichen Hals legen und so lange zudrücken, bis die Knochen zerbarsten. Er könnte ihr die Arme ausreißen. Sie zweiteilen. Er raste innerlich. Das Blut pochte in seinen Schläfen. Seine Wut steigerte sich, bis er nichts mehr anderes fühlte.

»Jason?«

Die Stimme drang zu ihm durch. Mit einem Mal war seine Wut verschwunden. Seine Mutter rief nach ihm. Wieso war sie schon wieder zurück? Sie hätte doch noch ein wenig länger im Einkaufszentrum mit dem Wagen rumschieben können.

»Verschwinde aus meinem Zimmer, du großes Stinktier. Ich werde nie wieder mit dir sprechen!«

Jessies Stimme verriet, daß sie mit den Tränen zu kämpfen hatte. Ihre Unterlippe zitterte. Allmächtiger, hatte er den Verstand verloren und ihr wehgetan? War es soweit gekommen? Panisch inspizierte er sie. Keine blauen Flecken am Hals. Keine Striemen, nichts. An der Stelle, wo er ihren Arm gehalten hatte, war die Haut gerötet, aber nur leicht.

Dann fiel sein Blick auf die Gliedmaßen in der Mulde ihres Rockes. Er hatte nur ihre blöde Puppe kaputtgemacht. Barbie hatte den Kopf verloren. Und einen Arm.

»Heh, ich hab' es nicht so gemeint, Jess. Das Ding ist einfach auseinandergefallen. Ist nicht gut zusammengesteckt gewesen, das ist alles. Siehst du, sie wird nur von diesen kleinen Drähten und ein paar elastischen Bändern zusammengehalten. Ich werde dir eine neue kaufen.«

»Geh weg. Ich will dich hier nicht mehr haben.«

»Verdammt, Jessie. Ich sagte doch, daß es mir leid tut. Na, wie wäre es, wenn ich dir eine Astronauten-Barbie kaufen würde? Du hast doch gesagt, daß du gern eine hättest, erinnerst du dich noch?«

»Ich *hasse* dich, Jason. Und ich werde *nie, nie* wieder mit dir sprechen.«

Seine Mutter stand jetzt auf der Treppe, von wo aus sie ihre beiden Kinder beobachten konnte. Schweigend verfolgte sie den Streit. Jessie hatte gerötete Wangen und Tränen in den Augen. Die Puppe war kaputt. Und er. Wie er aussah! Ähnelte fast irgendeiner wilden Kreatur aus *Krieg der Sterne.* Aber sie beschloß, sich rauszuhalten.

»Jason? Binnie ist hier. Hast du nicht gehört, wie sie geklingelt hat? Komm bitte herunter.«

»Mami, ich muß mit dir reden. Ganz nötig«, jammerte Jessie.

»Gleich, Jessie. Laß mich nur schnell nach Binnie und deinem Bruder sehen.«

»Gut. Aber komm gleich hoch. Bitte. Es ist wirklich sehr, sehr wichtig.«

Jason saß in der Falle. Ihm blieb nichts anderes übrig, als nach unten zu gehen. Er wich dem prüfenden Blick seiner Mutter aus. Binnie wartete in der Halle auf ihn. Ihre Schuhe waren unaussprechlich scheußlich: spitze Dinger, die für ihre Füße viel zu klein waren und das Fett auf dem Rist hochdrückten.

»Fertig, Jason? Ich bin die Liste der einzelnen Schritte durchgegangen, die wir beide nach dem Treffen zusammengestellt haben, und hielt es für richtig, daß wir in der ersten praktischen Stunde einen kleinen Spaziergang hier in der Nachbarschaft machen.«

Er hatte die ganze Nacht über wach gelegen, hatte das kommen sehen und sich seine Panik ausgemalt, bis ihm ganz schlecht vor Angst wurde. Vielleicht würde er gleich auf den Teppichboden kotzen. Vielleicht bekam er auch einen Herzinfarkt und fiel auf der Stelle tot um. Wenigstens hätte die Qual dann ein Ende.

Sein alter Berater hatte ihn nie so gedrängt. Sie hatten nur rumgesessen und geplaudert. Sich über Jasons Experimente unterhalten. Die Daten durchgesehen. Offenbar war der Mann wirklich beeindruckt gewesen. Er hatte ihm eine Million Fragen gestellt. Der junge Arzt ihm ebenfalls.

Aber diese dusselige Kuh verhielt sich wie eine Dampfwalze. Sie überrollte ihn einfach. Jason hätte ihr am liebsten gesagt, sie solle sich zum Teufel scheren. Er wollte sie warnen und ihr von der Gefahr erzählen, die da draußen lauerte. Aber er spürte nur eine dumpfe Benommenheit, als hätte ihn jemand auf Eis gepackt.

»Herrlicher Tag für einen Spaziergang«, sagte seine Mutter. »Die Hitze hat endlich etwas nachgelassen.«

»Komm, Jason«, ermunterte Binnie ihn. »Es ist gar nicht so schwer, wie du dir vorstellst. Glaub mir.«

Warum in aller Welt sollte er ihr glauben? Binnie hatte ihm bis jetzt nur einen Haufen Mist erzählt. Hatte behauptet, daß es ihr vor zwei Jahren nicht anders als ihm gegangen sei. Daß sie Angst gehabt habe, das Haus zu verlassen. Daß sie nicht in der Lage gewesen sei, in ein Geschäft, ein Restaurant oder in die Kirche zu gehen. Sie habe eine Heidenangst vor hohen Gebäuden gehabt und habe sich entsetzlich davor gefürchtet, von einem herunterfallenden Stück Glas oder Beton erschlagen zu werden. Wäre das doch nur der Fall gewesen, dachte er. Die Frau sah wie Miss Piggy aus. Hatte sogar so einen Steckdosenrüssel.

»Ich bitte dich ja nur darum, es zu versuchen, Jason«, sagte Binnie. »Wir können umkehren, wenn du keine Lust mehr hast.«

»Soll ich einen Kontrollgang machen«, wollte seine Mutter wissen.

Binnie winkte ab. »Warum versuchen wir es nicht ohne? In Ordnung, Jason? Ich bin bei jedem Schritt dicht neben dir.«

Er spürte den Blick seiner Mutter und glaubte darin Enttäuschung und Abscheu zu erkennen. Normalerweise war bei ihm das Bedürfnis nach ihrer Anerkennung schwächer als die Panik. Aber diesmal war es anders. Er war innerlich tot.

Jason zuckte mit den Schultern. »Okay. Laß uns gehen.«

»Großartig.«

Binnie stürmte nach draußen, und Jason folgte ihr. Die Tür fiel hinter ihm ins Schloß. Eine Sekunde lang irritierte ihn das grelle Sonnenlicht, aber dann machte sich eine gewisse Erleichterung bemerkbar. Es war ein Gefühl, als wäre er an einem glühendheißen Tag in einen kalten Pool gesprungen. Wie lange war es her, seit er das gemacht hatte? Wie lange war es her, seit er überhaupt irgend etwas gemacht hatte?

Binnie watschelte neben ihm her und plauderte wie eine aufgeregte Gans. Am Ende der Zufahrt trat er auf die Straße hinaus. Komisch, er fühlte nichts. Vielleicht hatten seine blöden Dämonen beschlossen, heute einmal Urlaub zu nehmen.

Um diese Tageszeit fuhren keine Wagen durch die Nachbarschaft. Die Berufstätigen waren schon seit Stunden weg, und die Hausfrauen und Mütter drängelten sich in den Supermärkten. Briefe und Pakete wurden erst in einer Stunde ausgeliefert, und die meisten Kinder waren im Ferienlager, hatten einen Aushilfsjob oder besuchten die Sommerschule. Außer Binnies losem Mundwerk gab es also keine Ablenkungen.

»Was für eine hübsche Straße«, brabbelte sie. »Wie auf dem Land, mit all den Bäumen und Grün. Ich wohne in LeFrak City.

Bist du schon mal dort gewesen? Da wohnen an die fünfzig Millionen Menschen. Vielleicht mehr. Es gibt Schulen, Kirchen, Geschäfte. Es gibt alles. Nur keinen Platz.«

So ging es weiter und weiter. Wie eine Biene, die sich in seinem Ohr eingenistet hatte und laut summte. Am liebsten hätte Jason ihr eine gescheuert. Sie kamen am letzten Haus in seiner Straße vorbei, und er ging einfach weiter und legte sogar Tempo vor.

Die nächste Straße war ebenfalls menschenleer, aber er blieb kurz an der Ecke stehen, um sich umzuschauen. Wie luftig es hier draußen war. Er hatte das Gefühl, in einem Ozean aus kühler Luft zu schwimmen. Ihm wurde fast schwindelig. Die Luft roch nach geschnittenem Gras, nach Blumen und Autoabgasen. Über den leichten Schwindel, der ihn befiel, freute er sich. Seine Handrücken kribbelten. Zufrieden schlenkerte er mit den Armen. Er war wirklich draußen und ging spazieren. Er schlenderte durch die Nachbarschaft wie ein ganz normaler Mensch. Ihm wäre ein Lächeln über die Lippen gekommen, hätte die Ziege nicht wieder zu quatschen angefangen.

»Nun, jetzt sind wir an einer Kreuzung, nicht wahr? Diese kleinen Entscheidungen fallen mir immer besonders schwer. Mit großen Dingen wie Krieg oder Frieden habe ich keinerlei Probleme. Aber wenn ich mich zwischen Hähnchen- oder Thunfischsalat entscheiden muß, drehe ich durch. Was ist dort unten?«

Die Quasselstrippe interessierte sich für die Straße, die nach links abbog: Hillandale. Rechts lag die Magruder, die zur Schule, den Geschäften und ein paar anderen Plätzen führte, die Jason im Verlauf der letzten fünf Jahre kaum noch zu Gesicht bekommen hatte.

»Nichts Besonderes. Ist ein gewöhnlicher Block.«

»Sieht schattiger aus. Macht es dir etwas aus, wenn wir da lang gehen?«

Ja, es machte ihm was aus, aber nicht genug, als daß er es zugegeben hätte. Und es schien ihm im Moment unwichtig zu sein, welche Richtung er einschlug. Er bog in die Hillandale ab. Wenn er es nicht durchstand, konnten sie ein anderes Mal wiederkommen. Er war kein Gefangener. Diese großmäulige Nuß konnte ihm nichts gegen seinen Willen aufzwingen. Das hatte sein früherer Berater ihm mehrfach versichert.

»Wie geht es, Jason? Fühlst du dich gut?«

»Ja. Kein Problem.« Ihn überraschte, daß er die Wahrheit sprach.

»Überhaupt keine Angst? Ist in Ordnung, wenn du sie spürst, weißt du. Diese Praxisübungen sind dazu gedacht, die Panik an die Oberfläche zu bringen. Nur so kannst du lernen, mit ihr umzugehen. Dazu haben wir die Übungen und alles. Damit es dir leichter fällt.«

»Tja, mir geht es gut. Tut mir leid.«

Sie lachte. Ein kleines Kichern, das ihn an billige Glasperlen erinnerte. Der Spaziergang ging ihm nicht an die Nieren, dafür sie um so mehr. Er stellte sich vor, ihren Kopf unter Wasser zu drücken, bis keine Bläschen mehr aufstiegen, und sein Lächeln kehrte zurück.

»Das ist großartig, wirklich. Ich wollte dir nicht einreden, daß du etwas falsch machst. Jeder reagiert unterschiedlich. Und was immer du fühlst, es ist richtig. An manchen Tagen geht es gut, an anderen nicht. So ist das Leben.«

»Ja, richtig.« Die Worte sprudelten aus ihr heraus wie Durchfall. Eigentlich müßte diese doofe Frau doch irgendwann mal ausgeblutet und leer sein.

Jason ging schneller. Es fühlte sich gut an, die Beine richtig auszustrecken und zu bewegen. Das Haus war eigentlich viel zu klein. Winzige, mit Möbeln vollgestopfte Zimmer, die man mit wenigen Schritten durchqueren konnte.

Noch ungefähr sechs Häuser, bis die Hillandale die Somerset kreuzte. Dort bog er links ab. Der Kreis, den sie damit schlugen, würde sich nach zwei Blocks schließen. Also nicht mehr lange, und dann waren sie wieder beim Haus seiner Eltern.

Nicht schlecht, Jason. Wirklich nicht schlecht, Mann.

Gleich hinter der Straßenecke veränderte sich die Gegend abrupt. Nervös verlangsamte Jason sein Tempo. Es kostete ihn einige Mühe, an dem leeren, mit Müll übersäten Grundstück und der Autowerkstatt vorbeizugehen. Gleich dahinter schloß sich ein schäbiges, viktorianisches Gebäude an, das in ein Apartmenthaus umgebaut worden war. Daneben stand ein winziges Haus, das von einem Stacheldrahtzaun umgeben war. Er spürte, daß Binnie neben ihm zögerte, und dann hörte er sie.

Ein tiefes, kehliges Knurren. Noch eins. Und Gebell, so laut wie Maschinengewehrfeuer. Der Schreck fuhr ihm in die Glieder. Auf einmal war ihm eiskalt.

Drei Riesenbiester sprangen am Zaun hoch. Wie angewurzelt beobachtete Jason die Hunde, die sich gegen das Drahtgeflecht warfen und ihn fixierten. Ihre Augen waren von einem dumpfen Schwarz.

Er konnte nicht mehr an sich halten und schrie wie am Spieß. Die Erde bebte. Die Geräusche und das Tageslicht wurden schwächer. Mit einem Mal war alles ganz weit weg. Jason wußte, was kommen würde. Sie waren dort draußen. Sie würden ihn kriegen. Mit ihren Fängen über ihn herfallen und seine Knochen brechen.

»Keine Sorge, Jason, es ist alles in Ordnung. Sie sind jetzt hinter Schloß und Riegel. Siehst du? Sie können gar nicht in die Nähe kommen. Aber, Junge, die sehen vielleicht schlimm aus, nicht wahr? Das sind Rottweiler, oder? O Gott, da ist jeder heilfroh, wenn die eingesperrt sind, nicht nur du. Und genau aus diesem Grund schließt man sie weg. Laß uns weitergehen. Komm schon. Für heute reicht es.«

Er steckte in einem schwarzen Loch fest und konnte sich nicht von der Stelle rühren. Aber ehe er sich versah, waren sie bei ihm daheim. Binnie hielt ihm die Außentür auf und drängte ihn in den Flur. Seine Mutter wartete im Wohnzimmer auf sie.

»Er hat sich prima gehalten«, plauderte Binnie drauflos. »Wir haben eine ganz schöne Strecke zurückgelegt. Sind sogar an drei Hunden vorbeigekommen, und Jason ist nicht ausgerastet. Da hattest du ein bißchen Angst, oder, Jason? Aber du hast durchgehalten. Du hast mich erstaunt.«

Als er an die knurrenden Monster dachte, glaubte er plötzlich ohnmächtig zu werden. Sein Gesicht nahm die Farbe von reifen Tomaten an. Diese dumme Nuß war schuld daran, daß er fast gestorben wäre. Sie hatte ihn gezwungen, mit ihr spazieren zu gehen.

Er nickte benommen.

Wie üblich konnte Binnie kein Ende finden. »Bist du jetzt okay? Manchmal fühlt man sich so gut, daß man sich etwas zu weit vorwagt. Aber wir machen einen Schritt nach dem anderen, junger Mann. Wir werden dich desensibilisieren und dir beibringen, wie du mit deiner Angst umgehen kannst, wenn sie dich packt. Ich habe eine Menge Ratschläge in meiner Trickkiste, die dir helfen werden. Du siehst schon viel besser aus. Geht es dir gut?«

Wie gelähmt nickte er. Es hatte keinen Sinn, mit ihr zu diskutieren. Er wußte, was er zu tun hatte.

Was immer es erforderte, er würde diese Sache durchstehen.

16. KAPITEL

Schweren Herzens legte Bannister den Hörer auf. Gestern abend hatte er ausgiebig mit seiner Tochter telefoniert und diesen Morgen nochmal, aber sie weigerte sich beharrlich, ihm zu verraten, was sie bedrückte. Chloe gestand sich selbst offenbar nicht mal ein, daß sie ein Problem hatte. Ihm war gleich aufgefallen, daß ihre Stimme anders als sonst geklungen hatte. Das Mädchen klang so deprimiert, als bekäme sie vor lauter Schwierigkeiten keine Luft.

Er hatte alles probiert, sich nach ihren Freunden, der Schule, nach Jungs erkundigt. Ja, er hatte sogar überlegt, ob es an ihm lag, daß es ihr schlecht ging.

»Liegt es daran, daß ich diesen Monat unser Treffen verschieben mußte, Schätzchen?« hatte er sie gefragt. »Das hätte ich nie gemacht, wenn es nicht absolut unumgänglich gewesen wäre, weißt du.«

»Das ist es nicht.«

»Was dann?«

»Nichts. Das habe ich dir doch schon gesagt!«

»Nun, was auch immer dich plagt, ich bin für dich da. Egal, worum es sich dreht, zu jeder Tages- und Nachtzeit. Nur damit du Bescheid weißt.«

»Sicher, Daddy. Macht es dir was aus, wenn ich jetzt auflege? Ich möchte eine Fernsehsendung sehen.«

Price versuchte, ihn zu beschwichtigen. »Das sind die Hormone, Sammy. Wenn sich die Hormone bilden, dann kannst du die nächsten acht, neun Jahre vergessen. Das haben Ruthie und ich mit allen dreien durchgemacht. Du nimmst es viel schwerer als sie. Glaub mir.«

Bannister bemühte sich, seinem Freund zu glauben. Aber er konnte das Gefühl, daß es sich um etwas weitaus Schlimmeres als die Pubertät handelte, einfach nicht abschütteln. Er kannte seine Tochter. Zumindest hatte er das bis eben geglaubt.

»Ich bin spät dran, Lenny. Wirst du Punkt zehn dort anrufen?«

»Ich sagte, daß ich das tun werde, und dann tue ich es auch. Aber ich muß dir sagen, daß sich meiner Meinung nach die ganze Sache ziemlich blöd anhört. Und vergiß nicht, es handelt sich um eine Straftat.«

»Richtig. Drum halt den Mund.«

Price bestand darauf, von der Wohnung aus ein paar Telefonate zu führen und zu sehen, was dabei herauskam. Er beabsichtigte, Theodore Macklins letzte Tage zu rekonstruieren. Er mußte wissen, welche Personen der Mistkerl getroffen hatte.

Diese Aufgabe reizte Bannister nicht im geringsten. Prices Gründlichkeit komplizierte eine Sache manchmal und machte aus einem netten, kleinen Fall ein Riesending mit Tausenden von Aspekten. Im Grunde genommen waren sie ausschließlich daran interessiert, Macklins Schuld im Rafferty-Fall nachzuweisen. Warum sollten sie ein Risiko eingehen, indem sie nach der ganzen Wahrheit suchten?

Bannister beschloß, allein loszuziehen. Als er die Wohnungstür öffnete, stolperte er über einen Penner, der die Nacht auf ihrem Fußabtreter verbracht hatte. Bannister stieg über ihn hinweg, stürmte die Treppen hinunter und durch die Halle, in der vier weitere heruntergekommen gekleidete Menschen dösten. Bei ihrem Anblick mußte er unwillkürlich an den Stapel unbezahlter Rechnungen auf seinem Nachttisch denken, an die überzogene Kreditkarte und das gesperrte Konto. Sein finanzielles Kartenhaus stand seit mehreren Monaten vor dem Zusammenbruch, schon sehr viel länger, als ihm lieb war. Die Lösung dieses Falles würde ihn entweder in die glückliche Lage versetzen, seine desolate Situation zu entschärfen oder endgültig den Bankrott zu erklären.

Er schob diese unangenehmen Gedanken beiseite und verließ das Gebäude. Wegen des Telefongesprächs mit Chloe blieben ihm nur noch zehn Minuten Zeit, um ins East End Krankenhaus zu gelangen.

Er lenkte den Camaro aus dem engen Parkplatz und fuhr die Straße hinunter, bis er auf der anderen Seite einen erlaubten Parkplatz ausmachte. Kurz vor der Ecke Third Avenue rollte gerade ein schicker, roter Sportwagen auf die Straße. Mit ein bißchen Glück gehörte dieser kostbare Platz ihm. Vor ihm fuhr kein einziges Auto. Aber gerade als er in die Lücke fahren wollte, stieß ein schwarzer Porsche zurück und versperrte ihm den Weg.

Ein geduldiger und vernünftiger Bannister stieg aus und marschierte zum Feind vor. Der Typ am Steuer trug ein schäbiges Toupet und hatte ein Killerlächeln drauf.

»Entschuldigen Sie, Sir«, flötete Bannister. »Ich glaube, Sie haben mich nicht gesehen. Ich habe auf diesen Parkplatz gewartet.«

»Verpiß dich.«

Diese Mistsocke hatte von Umgangsformen offenbar nicht die leiseste Ahnung. Dem würde er es zeigen.

Bannister blieb ruhig. »Glauben Sie mir, ich würde mich normalerweise nicht mit Ihnen um diesen Parkplatz streiten, aber ich habe es eilig. Wären Sie also bitte so freundlich wegzufahren.«

»Leck mich am Arsch.«

»Sicher. Wie es Ihnen beliebt, Sir.« Er kehrte zum Camaro zurück, setzte sich hinter das Steuer, warf einen Blick in den Rückspiegel und legte den Gang ein. Den Porschefahrer würde er schon das Fürchten lehren. Er malte sich die eingedellte Stoßstange, die zersprungenen Rücklichter, die staunende Fresse des Fahrers aus. Bannisters Auto war zwar nur noch ein Schrotthaufen, dafür aber eine erstklassige Planierraupe.

Er stieß zurück und gab Vollgas. An guten Tagen klang der Motor wie ein mißmutiger Elefantenbulle. Bannister ließ Mr. Porsche ausreichend Zeit, sich zwischen seinem teuren Wagen und seiner Chauvi-Nummer zu entscheiden.

Der Wagen machte das Rennen.

Triumphierend stellte er den Camaro ab und flitzte in Richtung Krankenhaus. Auf dem Weg redete er sich ein, gut vorbereitet zu sein. Wenigstens hatte er seine Hausaufgaben gemacht.

Über das Wochenende hatten er und Price viele Stunden in der Midtown Bibliothek verbracht. Zuerst sammelten sie Informationen über Dr. Lyons, die in einem Fachbuch als anerkannte, auf krankhafte Ängste und Phobien spezialisierte Psychiaterin beschrieben war. Nach dem Datum ihres Universitätsabschlusses schätzte er die Frau auf sechsunddreißig. Lyons hatte an der Brown und Cornell Medical School Diplome erworben, am Johns Hopkins das praktische Jahr absolviert und dort die nächsten drei Jahre bis zu ihrer neuen Anstellung im East End Krankenhaus gearbeitet.

Bannister machte sich sogar die Mühe, etwas über ihr Spezialgebiet nachzulesen. Die Therapeuten waren sich über die richtige Behandlungsmethode von Patienten mit Phobien nicht einig. Die traditionellen Freudianer gingen davon aus, daß die krankhaften Angstzustände von einem verborgenen Trauma oder unterschwelligen Konflikt herrührten. Der klassische Fall war ein jugendlicher Patient von Freud, Kleiner Hans, dessen unermeßliche Angst vor Pferden offenbar einen ungelösten ödipalen Konflikt anzeigte.

Die Psychiater, die sich an Freud anlehnten, griffen auf eine individuelle Analyse zurück, um das Problem bei der Wurzel zu packen. Ohne Analyse, glaubten sie, würden die Patienten die alte Phobie durch eine neue ersetzen. Und dabei bestand die Gefahr, daß die neue sie noch stärker belastete.

Vor etwa zwanzig Jahren brach dann eine Gruppe Ärzte mit den Freudschen Theorien, weil sie es für praktischer und produktiver hielten, die Phobie direkt anzugehen. Rupf sie aus wie Unkraut und vergiß die Wurzel! Sie behaupteten, daß das Entstehen neuer Ängste kein Problem darstelle.

Übers ganze Land verstreut entstanden Zentren, in denen Phobien behandelt wurden. Bei manchen Programmen wurden Beruhigungsmittel in Verbindung mit Therapien eingesetzt. Andere halfen ihren Patienten dabei, ihr Wahrnehmungsvermögen neu zu strukturieren, um Angst-Situationen in einem neuen und weniger bedrohlichen Licht zu sehen.

Ein paar Ärzte gingen sogar davon aus, daß die Phobien durch sensorische Störungen ausgelöst würden, und versuchten sie deshalb mit klassischen medizinischen Mitteln zu kurieren. Doch die meisten Programme funktionierten wie jenes, das im East End angeboten wurde: Man setzte den Patienten bewußt seiner Angst aus, aber unter kontrollierten Bedingungen. Außerdem zeigte man ihm, wie er seine Angst überwinden konnte.

Die Liste von Phobien war unglaublich lang. Wie Bannister feststellte, konnte der Mensch sich praktisch vor allem fürchten: vor Vögeln, Blitzen und öffentlichen Reden, vor Zahnärzten, vor dem Schwimmen und vor Ballons, vor dem Anblick von Blut. Stark betroffene Patienten litten unter einer ganzen Reihe von Ängsten, die ihren Lebensraum stark einengten und sie manchmal zwangen, sich ausschließlich daheim aufzuhalten.

Zum Krankheitsbild gehörten Panikattacken und Augenblicke intensiver, physischer Reaktion. Inzwischen kannte Bannister die Symptome auswendig: beschleunigter Herzschlag, Schweißausbrüche, flaches oder schnelles Atmen, kribbelnde Handflächen, Schwindel oder Übelkeit, das Gefühl von Unwirklichkeit.

Obwohl die Anfälle kurz waren und vorübergingen, glaubten

die Panikopfer, ernsthaft krank zu sein oder sterben zu müssen. Sie entwickelten eine unglaubliche Angst davor, die Kontrolle zu verlieren und sich zum Narren zu machen. Hier schloß sich der Kreis. Die Angst vor der Angst entwickelte ein Eigenleben und eine gewisse Eigendynamik.

Bannister fand es komisch, daß Ted Macklin unter Angstzuständen gelitten haben sollte. Schwer vorstellbar, daß dieser Riesengorilla vor einer eingebildeten Bedrohung den Schwanz einzog. Soweit Bannister sich erinnerte, war der Mann selbstgefällig und großkotzig. Einer von diesen Typen mit kantigem Kinn und herausfordernder Miene. Aber möglicherweise hatte er Dr. Lyons wegen etwas aufgesucht, das nichts mit ihrem Spezialgebiet zu tun hatte. Vielleicht litt er unter Depressionen oder einem ausgeprägten Todeswunsch. Oder er hatte eine irrationale Angst als eine Art Schutzschild entwickelt, hinter der er die Vergewaltigung und Ermordung Martha Raffertys versteckte.

Bannister blieb vor dem Krankenhauseingang stehen und atmete tief durch, bevor er – innerlich gerüstet – zum Empfang schritt und um einen Ausweis für die Phobien-Klinik bat. Um seinem neuen Status als psychisch kranker Mensch gerecht zu werden, sprach er mit gesenkter Stimme und blickte stur zu Boden.

Man schickte ihn zum Hauptbüro, wo er der Schwester seinen Namen nannte. Sie erklärte ihm, wie er Dr. Lyons' Sprechzimmer finden konnte, und meldete ihn telefonisch an.

Sein Unbehagen verstärkte sich, als er an den anderen Sprechzimmern vorbeikam, in denen Ärzte und Patienten sich mit ernsten Mienen unterhielten. Was er da beobachtete, kam ihm seltsam vor. Er bildete sich ein, daß alte Verletzungen und indiskrete Fragen wie schaler Rauch in der Luft hingen. Eine Therapie war bestimmt nichts für ihn. Sicher war er ebenso durchgedreht wie jeder andere auf der Straße, aber er sah keinen Sinn darin, sich darüber mit einem Profi zu unterhalten, vor allem dann nicht, wenn ihn eine Minute dieses zweifelhaften Privilegs einen Dollar kostete.

Auf sein Klopfen hin öffnete eine schlanke, grünäugige Blondine mit jungenhaftem Kurzhaarschnitt die Tür.

»Guten Tag, ich bin Maggie Lyons. Mr. Bannister?«

Er nickte. Das Aussehen der Ärztin überraschte und irritierte ihn ziemlich. Er hatte mit einer strengen und oberlehrerhaften Frau gerechnet, die orthopädisches Schuhwerk und einen Haarknoten trug. Dr. Lyons hatte Feuer in den Augen und Temperament. Wenn er Frauen nicht auf immer und ewig abgeschworen hätte, wäre dieses Exemplar in die erste Wahl gekommen.

Sie deutete auf das Sofa, auf dessen Kante er Platz nahm. Hinlegen würde er sich nie und nimmer. Dr. Lyons zog ihren Stuhl heran und setzte sich ihm gegenüber.

»Was führt Sie her, Mr. Bannister?«

Gleich zur Sache. Standardfrage. Weil Bannister ein Buch von Lucy Freeman gelesen hatte, einer Autorin, die den Verlauf von Psychoanalysen ausführlich beschrieben hatte, wußte er, was er antworten mußte.

»Ich muß mich wirklich schämen, Doktor. Aber ich habe dieses Problem, was Höhen anbelangt. Hat urplötzlich vor ein paar Monaten angefangen. Und ich arbeite im Baugewerbe. Großaufträge. Ist schwierig, als Bauleiter zu arbeiten, wenn man nicht aufs Gerüst klettern kann.«

»Was passiert, wenn Sie es trotzdem versuchen?«

»Mein Herzschlag beschleunigt sich, mir wird schwindelig, ich kriege schweißnasse Hände. Und ich habe das Gefühl, gleich einen Herzinfarkt zu erleiden. Außerdem scheint mir alles unwirklich.«

Ihr neugieriger Blick wurde intensiver. »Und wie lange hält dieses Gefühl an?«

»Oh, vielleicht ein oder zwei Minuten. Aber mir kommt es viel länger vor. Und ich habe den Eindruck, als seien alle Blicke auf mich gerichtet, als mache ich mich vor aller Welt zum Narren.«

Sie unterdrückte ein Lächeln. Da saß er nun und gestand dieser Frau seine frei erfundenen Ängste, und sie hatte die Dreistigkeit, das amüsant zu finden. Wirklich professionell!

»Und tun Sie das, Mr. Bannister?«

»Tue ich was?«

»Machen Sie sich zum Narren?«

»Was, zum Teufel auch, soll das heißen?«

Nachdenklich legte sie die Stirn in Falten. »Das müssen Sie mir schon sagen. Ich wollte unseren Termin verschieben und habe mehrmals versucht, Sie unter der Nummer zu erreichen, die Sie hinterlassen haben. Aber diese Nummer existiert überhaupt nicht. Die Manhattaner Telefonauskunft führt Sie nicht. Und die Baufirma, für die Sie zu arbeiten vorgeben, existiert zufälligerweise auch nicht. Meine Diagnose läuft darauf hinaus, daß Sie hier eine Riesennummer abziehen und dazu meine Hilfe brauchen. Worum dreht es sich, Mr. Bannister, falls Sie so heißen. Versicherungsschwindel? Arbeitslosengeld? Sind Sie hinter einer berufsbedingten Schwerbeschädigung her? Können Sie mir das sagen?«

Bannister war verblüfft. Als er die Sprache wieder fand, klang seine Stimme ziemlich dünn. »Ich bin Privatdetektiv, und ich brauche ein paar Informationen über einen Ihrer Patienten.«

»Warum hatten Sie nicht den Anstand, mich wegen dieser Sache geradeheraus zu fragen?«

»Hat mein Partner schon versucht. Aber Sie haben sich geweigert, mit ihm zu sprechen.«

»Sie hätten es besser dabei bewenden lassen.«

Ihr Telefon läutete. Mit einem müden Blick in seine Richtung nahm sie den Hörer ab.

»Wer? Na, das ergibt überhaupt keinen Sinn. Könnten Sie unten anrufen und sich dann nochmal bei mir melden. Richtig, danke.« Die Falten auf ihrer Stirn wurden tiefer. »Sie stecken nicht zufälligerweise hinter diesem Unsinn, oder doch?«

Bannister fühlte sich wie ein beim Lügen ertapptes Kind. »Nein, es sei denn, jemand hat Sie in einem Notfall zu Hilfe gerufen.«

Sie schürzte die Lippen. »Glauben Sie allen Ernstes, daß ich so ohne weiteres aus meinem Büro spaziere und Sie hier sitzen lasse, damit Sie meine Akten stehlen können?«

»Nicht stehlen, borgen. Hören Sie, es tut mir leid. Ich meine, ich war ziemlich verzweifelt.«

»Auf Wiedersehen, Mr. Bannister.«

Bannister wußte, daß das Spiel gelaufen war, aber davon ließ er sich nicht abhalten. Heute nicht und auch sonst nie.

»Bitte, Dr. Lyons. Dieser Typ darf einfach nicht ungestraft davonkommen.«

»Ich sagte ›Auf Wiedersehen‹.«

»Wir sprechen über menschlichen Abfall. Das Niederste vom Niedersten. Macklin ist es nicht wert, daß Sie sich an Ihren Eid halten, und er hat es nicht verdient, geschützt zu werden.«

Ihr stählerner Blick veränderte sich. »Schon wieder Macklin?«

»Was?«

»Am Wochenende hatte ich eine Unterhaltung mit einem Polizisten aus Rhode Island, der aus mir ebenfalls Informationen über Macklin herausquetschen wollte.«

»Wieso das?«

Die Ärztin wollte schon weitersprechen, hielt dann aber inne. »Warum erzählen Sie mir nicht erst, weshalb Sie sich für diesen Mann interessieren?«

Und Bannister erzählte seine Geschichte, beschrieb die Jahrzehnte zurückliegende Ermordung von Martha Rafferty und beteuerte Macklins Schuld, auch wenn die bis heute nicht bewiesen war. Über Mrs. Raffertys saftige Belohnung verlor er natürlich kein Wort. Die Meinung, die die Ärztin von ihm hatte, war schon schlecht genug.

»Warum hat sich denn der Rhode Island-Bulle nach Macklin erkundigt?«

Dr. Lyons zögerte, bevor sie wiedergab, was Detective Fazio über die illegalen Machenschaften von Macklins Investmentfirma berichtet hatte und darüber, daß dem Staat daran gelegen war, den Tod des Mannes als Selbstmord bestätigt zu bekommen.

»Und was haben Sie ihm erzählt?«

»Das geht Sie nichts an.«

»Wieso nicht? Ist der Polizist auch ein Patient von Ihnen?«

Jetzt kochte sie vor Wut. »Na gut, Mr. Bannister. Ich wies ihn darauf hin, daß ich meine berufsbezogene Ethik und meine Einstellung Patienten gegenüber nicht verrate. Nicht einmal für das Anliegen des Staates Rhode Island. Und auch nicht für Sie, falls Sie es noch hören wollen.«

Bannister wurde hellhörig. »Wollen Sie damit sagen, daß Sie Macklin nicht zutrauen, daß er von einer Brücke gesprungen ist?«

»Ich möchte damit sagen, daß Sie jetzt gehen sollen.«

»Warum glauben Sie, daß kein Selbstmord vorliegt?«

»Auf Wiedersehen, Mr. Bannister.«

»So warten Sie doch. Ich muß es wissen.«

»Wollen Sie aus freien Stücken gehen, oder soll ich einen Sicherheitsbeamten rufen?«

»Bitte, Dr. Lyons. Geben Sie mir diese winzige Information.« Ihm fiel auf, daß ihr Blick weicher wurde und daß sie wunderschöne Augen hatte.

»Nun gut. Theodore Macklin ist mir einfach nicht wie ein Selbstmordkandidat vorgekommen. Und selbst wenn er es gewesen wäre, hätte er eine andere Todesart gewählt, weil er unglaubliche Angst vor Brücken hatte. Wenn Sie mich nun entschuldigen würden, ich habe zu arbeiten.«

»Ich bitte Sie, Frau Doktor. Wenn ich nur einen kurzen Blick in Macklins Akte werfen könnte. Unter Ihrer Aufsicht, ganz nach Ihren Bedingungen. Der Mann ist tot. Was kann ihm das schaden?«

»Auf Wiedersehen, Mr. Bannister.«

Bannister kritzelte seine derzeitige Adresse und seine Telefonnummer auf die Rückseite des Flugblattes, das unter seinem Scheibenwischer geklebt hatte, und legte es auf ihren Schreibtisch.

»Unter dieser Adresse bin ich hier in der Stadt zu erreichen. Bitte denken Sie nochmal über die Sache nach. Er hat einer jungen Frau das Leben genommen. All die Jahre mußte ihre Mutter mit dieser Ungewißheit leben. Vielleicht haben Sie die Antworten, die sie braucht, um Ruhe zu finden. Sie ist eine alte Frau, Dr. Lyons. Sie will doch nur ein bißchen Frieden.«

Sie zerknüllte den Zettel und warf ihn in den Mülleimer. Diese Frau war unglaublich attraktiv, wenn sie wütend wurde. Bannister hatte es auf einmal überhaupt nicht eilig, ihr Sprechzimmer zu verlassen.

»Hören Sie, Dr. Lyons. Es tut mir aufrichtig leid, daß ich nicht gleich von Anfang an mit der Wahrheit rausgerückt bin. Besteht eine Möglichkeit zur Wiedergutmachung?«

»Wenn Sie sofort von hier verschwinden, wäre das sicher ein Anfang.«

»Ach, kommen Sie. Macklin hat es nicht verdient, abtreten zu können, ohne Federn zu lassen.«

»Auf Wiedersehen, Mr. Bannister.«

»Denken Sie darüber nach. Es hätte Ihre Tochter sein können! Es hätte Sie treffen können!«

»Geben Sie auf, Mr. Privatdetektiv. Ihr Gerede führt zu nichts.« Bannister stand auf und warf ihr einen flehenden Blick zu.

»Sie können dafür sorgen, daß dieser Abschaum nicht davonkommt, Dr. Lyons. Sie können in diesem Fall für Gerechtigkeit sorgen.« Ein kleiner Köder muß schon sein, dachte Bannister.

Aber damit hatte er dann auch seine Munition verschossen. Und das, ohne wenigstens ein einziges Mal das Ziel zu treffen. Dr. Lyons erinnerte ihn an eine fürs Auge angenehme, aber außerordentlich stabil gebaute Ziegelwand.

Auf dem Weg zum Fahrstuhl siegte Bannisters Sturheit. Von dieser Niederlage ließ er sich nicht beirren. Wenn so viel auf dem Spiel stand, dann ließ er sich nicht so schnell in die Knie zwingen.

17. KAPITEL

Maggies Terminkalender war bis auf die letzte Minute ausgebucht. Zwischen zwei therapeutischen Sitzungen fand sie endlich Zeit, Richmond Steele, den Vizepräsidenten des Krankenhauses, anzurufen. Kommentarlos hörte er sich ihren Vorschlag an. Mit blumigen Worten umriß Maggie ihre Idee: Das East End sollte ein landesweites Symposium über die Behandlung von Phobien veranstalten.

»Ich bin sicher, daß ich einige der Spitzenleute auf diesem Gebiet dazu bringen kann, einen Vortrag zu halten«, sagte sie. »Wir legen das Symposium auf ein Wochenende, dann kommen sie aus dem ganzen Land. Diese Aktion wäre gut für den Ruf des East End und hervorragend für die Phobien-Klinik.«

Steele hakte gleich bei den offensichtlichen Knackpunkten nach, aber Maggie versicherte ihm, daß sie sich um die notwendigen Genehmigungen und um die Versicherung kümmern werde. Die Klinik würde die finanzielle Last tragen, die sich aus dem Druck von Broschüren, der Öffentlichkeitsarbeit und anderen Kosten ergab. Optimistisch wie immer ging Maggie davon aus, daß genug zahlende Gäste kommen würden. Mit den Teilnahmegebühren würden die Ausgaben gedeckt und ein ansehnlicher Profit erwirtschaftet werden, der dann dem gefährdeten Phobien-Programm zugute kommen könnte.

Während Steele sich ein paar Notizen machte, hing Maggie faszinierenden Zukunftsvisionen nach. Sollte das Symposium ein Erfolg werden – womit sie rechnete –, dann wollte sie es in den kommenden Jahren wiederholen. Falls nicht, könnte sie in Zukunft statt dessen des öfteren regionale oder lokale Treffen organisieren. Vielleicht bestand sogar die Möglichkeit, ein Trainingsinstitut zu gründen. Jetzt brauchte sie nur noch Steeles Segen, um die von Alex Ivy anvisierte zwanzigprozentige Gewinnsteigerung in die Realität umzusetzen. Möglicherweise konnte sie seine Forderungen sogar noch übertrumpfen.

»Die Idee klingt interessant«, gab Steele zu. »Ich werde sie ein paar Leuten vorlegen und mich wieder mit Ihnen in Verbindung setzen.«

»Können Sie mir nicht einfach ein Okay geben? Ich dachte, daß Sie der Mann sind, der die diesbezüglichen Entscheidungen trifft.«

Er kicherte. »Eigentlich ja, aber hierbei handelt es sich um ein großes Projekt. Das müßte ich mit Präsident Ivy durchsprechen, aber ich gehe davon aus, daß Sie grünes Licht kriegen. Leider muß ich mich an den Dienstweg halten. Dafür haben Sie bestimmt Verständnis.«

Maggies Hoffnungen schwanden. »Ja. Leider habe ich Verständnis.«

»Ich werde Ihnen baldmöglichst Bescheid geben.«

Am liebsten hätte sie ihm vorgeschlagen, daß es keine Eile hatte. Maggie kannte die Antwort schon. Ivy dachte nicht im Traum daran, ihr das Leben leicht zu machen. Garantiert fand er einen Grund, ihre Bitte abzulehnen. Sie mußte einen Weg finden, ihr Projekt durchzuziehen, und wenn das bedeutete, daß sie ihren Boß umging.

Den ganzen Tag über wälzte sie das Problem im Kopf herum und betrachtete es aus den unterschiedlichsten Blickwinkeln. Es fiel ihr schwer, sich während der Sitzungen auf ihre Patienten zu konzentrieren.

Die letzte Patientin auf ihrer Liste war Daisy Tyler. Maggie entging nicht, daß die Frau einen viel entspannteren Eindruck machte. Heute war Daisy in der Lage, ihr in die Augen zu schauen. Ihre Hände lagen ruhig gefaltet im Schoß. Ein Hauch Optimismus machte sich in ihrer Wortwahl bemerkbar. Ein paarmal sagte sie: »Wenn es mir besser geht.« Nicht »falls«. Wenn Maggie genug Zeit, Hingabe und Hartnäckigkeit aufbrachte, konnte diese Frau bestimmt geheilt werden. Aber wenn es nach Alex Ivy ging, blieb ihr die nötige Zeit eben nicht.

Leider war Maggie nicht in der Lage, eine eigene Praxis zu eröffnen. Wenn sich im East End für sie die Tore schlossen, mußte sie sich nach einer anderen Anstellung umtun. Vielleicht sogar in einer anderen Stadt. Patienten wie Daisy Tyler wären dann gezwungen, von vorn anzufangen, was ziemlich schmerzhaft war und weshalb ein großer Teil sich wieder zurückziehen würde.

Jemand klopfte an Maggies Tür. Zur Abwechslung fragte Pam Richards, ob sie nicht zusammen essen gehen sollten.

»Ich habe von einem neuen Italiener in der Nähe von Bloomingdale's gehört, und außerdem hat Bloomie's einen Ausverkauf angesetzt«, verkündete sie in freudiger Erregung. »Wir könnten unsere patriotische Pflicht erfüllen und die Wirtschaft ankurbeln.«

»Klingt verführerisch, aber ich glaube, ich kann nicht mitkommen.«

Pams riesige Augen verwandelten sich in schmale Schlitze. »Bist du in Ordnung?«

»Laß ich dich in ein oder zwei Tagen wissen.«

»Willst du darüber sprechen?«

»Eigentlich schon, aber heute habe ich mir schon den Mund fusselig geredet.«

»Na gut, dann eben nicht.« Zögernd blieb Pam in der Tür stehen. »Meine Schulter steht dir jederzeit zur Verfügung, aber das weißt du ja sicherlich.«

»Danke. Betrachte sie als reserviert.«

Obwohl Maggie nicht im Traum daran dachte aufzugeben, war ihre Energie für den heutigen Tag aufgebraucht. Sie sehnte sich nach einem heißen Bad und acht Stunden erholsamem Schlaf. Und sie wollte Alex Ivy, East End, Selbstmorde und komische Detectives aus ihren Gedanken verbannen. Glücklicherweise besuchte ihre Mutter Cousine Kathy in Roslyn und blieb gleich über Nacht.

Cousine Kathy war eine von Tante Hannahs Töchtern. Sie hatte sich sofort bereit erklärt, Maggie etwas Ruhe zu verschaffen und sich einen Abend lang um ihre Mutter zu kümmern. Der Austausch von derartigen Hilfsdiensten hatte Tradition. Vor ein paar Jahren hatte Maggie sich geopfert und ihre Mutter und Tante

Hannah für einige Tage nach Miami Beach eingeladen, damit Kathy in Frieden ihr zweites Kind zur Welt bringen konnte.

Kathy und Tante Hannahs andere Kinder waren Maggie immer sehr nah gestanden, fast wie eigene Geschwister. Aber seit Maggie denken konnte, sehnte sie sich nach einer richtigen Schwester, nach jemandem, in dessen Adern das gleiche Blut floß, nach jemandem, der im Kindesalter die gleichen Erfahrungen gemacht hatte. Noch heute empfand sie ihr Dasein als Einzelkind als Mangel. Ein kleiner Platz in ihrem Herzen blieb leer und erinnerte sie daran, daß ihr dieser Wunsch nicht mehr erfüllt werden würde.

Tony, der Nachtportier, begrüßte sie am Eingang. Er war ein Prachtstück von einem Mann, mit einem langen Pferdeschwanz, der unter seiner Mütze hervorschaute, und einer auf den Unterarm tätowierten Schlange, deren Kopf aus der Hemdmanschette blitzte.

»Guten Abend, Dr. Lyons. Sehen Sie sich heute das Spiel an?«

»Nein, ich bin viel zu müde.«

Der Fahrstuhl brauchte ewig. Mickey Glover hatte einen neuen Spaß ausgeheckt und drückte ab und an auf den Notfallknopf, woraufhin der Lift zwischen zwei Stockwerken steckenblieb. Auf dem Weg in die neunte Etage versuchte Maggie, auf andere Gedanken zu kommen. Eines Tages würde dieser Glover-Schlingel alt genug sein und ausziehen. In ein paar Minuten würde sie schon in der Badewanne liegen und sich entspannen!

Zur Abwechslung sprangen die Türschlösser gleich auf. In der Wohnung brannten die Lampen. Anscheinend hatte ihre Mutter ihre Furcht vor Sicherungen und Glühbirnen, die möglicherweise durchbrannten, plötzlich verloren. In Francines Augen lauerte überall im Haushalt Gefahr, und normalerweise verhielt sie sich entsprechend.

Vielleicht kriegt Mutter doch noch die Kurve, dachte Maggie in einem Anfall von übertriebenem Optimismus. Und vielleicht gibt es einen Mann im Mond.

Sie drehte im Badezimmer den Wasserhahn auf und zog sich

aus. In Frotteebademantel und Hausschuhen watschelte sie durchs Wohnzimmer und sah die Post durch. Wie üblich eine ganze Reihe von Rechnungen und einige Monatszeitschriften. Nichts, was eilig gewesen wäre. Fünf Nachrichten warteten auf dem Anrufbeantworter auf sie. Dr. Goldberg hatte angerufen und nachgefragt, ob er Daisy Tyler noch einmal in die Cafeteria ausführen dürfe. Ihre Mutter verkündete, daß sie sicher bei Kathy angekommen war. Ethan hatte sich zum ersten Mal seit Wochen wieder gemeldet. Er hatte zwei Karten für den Boxkampf im Madison Square Garden ergattert und wollte wissen, ob Maggie ihn begleiten wolle.

Sie wußte genau, wie der Abend verlaufen würde: Jedesmal aßen sie zuerst eine Kleinigkeit in einem Café, das auf peruanisches Schaschlik oder kandiertes Wurzelgemüse spezialisiert war. Danach schauten sie zu, wie zwei hirnlose Riesen aufeinander im Ring eindroschen, und hinterher schlug Ethan etwas wirklich Romantisches vor, um den Abend ausklingen zu lassen. Vielleicht Bungee-Jumping vom World Trade Center. Oder einen Spaziergang in der städtischen Kanalisation.

Francis Kennedy hatte eine Nachricht für sie hinterlassen. Er hatte gefragt, ob sie mit ihm essen gehen wollte. Seine Stimme jagte ihr einen kalten Schauer den Rücken hinunter. Wieso war der Mann so hartnäckig? Mit freundlicher Ablehnung war ihm nicht beizukommen, ihn an die Krankenhausregeln zu erinnern half auch nicht. Klang ganz so, als entwickele er eine Art Besessenheit. Das war so ungefähr das letzte, womit sie sich im Moment auseinandersetzen mochte.

Die letzte Nachricht schließlich stammte von diesem widerlichen Privatdetektiv Sam Bannister. Er erklärte noch einmal, er hoffe, daß sie seine Bitte, Theodore Macklins Akte einsehen zu dürfen, doch noch erfüllen könnte. Seiner Meinung war sie im Besitz wichtiger Informationen, die den Mordfall betrafen. Würde sie sich noch einmal persönlich mit ihm über die Angelegenheit unterhalten, vielleicht morgen bei einem zwanglosen Mittagessen?

Maggie schüttelte den Kopf. Der Mann war die Frechheit in Person.

Wie sie wußte, hatte der Mann den ganzen Tag über versucht, doch noch Theodore Macklins Akte einsehen zu können. Um sein Ziel zu erreichen, war ihm jedes Mittel recht gewesen, angefangen von charmantem und interessiertem Nachfragen bis hin zu unverhohlenem Schwindel. Gütiger Gott!

Er war sogar in Pams Büro geplatzt und hatte sich als Journalist ausgegeben, der für einen Artikel über Phobien-Programme recherchieren wolle.

Pam fand sein Getue amüsant. »Die Reporter-Nummer habe ich in der ersten Sekunde durchschaut, Maggie, aber er ist sehr attraktiv und sexy und hat offensichtlich einen Narren an dir gefressen, falls du meine Meinung hören willst.«

»Der will nicht mich, sondern meine Akten, das ist ein Riesenunterschied.«

»Das ist nicht alles, Maggie. Glaube mir. Der ist nicht nur hinter dieser Akte her.«

»Na, wie auch immer, er kann mir den Buckel runterrutschen.«

Pam seufzte. »Wenn du diesen Fisch in den Teich zurückwerfen willst, wirf ihn doch bitte in meine Richtung, ja?«

»Mit Vergnügen.«

Maggie blieb noch einen Moment vor dem Telefon stehen und schnitt eine Grimasse. Da der Kerl sein Ziel nicht erreicht hatte, versuchte er jetzt, sie mit seinem Charme für sich zu gewinnen. Keine Chance. Sie hatte auf diesem Gebiet die besten Lehrerinnen gehabt, unter anderen Francine, und sich bisher nicht ins Bockshorn jagen lassen.

Es ärgerte sie, daß Sam Bannister ihre Geheimnummer herausgekriegt hatte. Aber dafür hatte sie ja auch seine Telefonnummer. Der Mann sah gut aus und wußte es. Einmal abgesehen von Pams Urteil war er wahrscheinlich ein Narzist erster Güte mit dem Einfühlungsvermögen eines Brühwürfels. Im Großstadtdschungel trieben sich Hunderte dieser reißenden Wölfe herum, nur darauf aus, ein Schaf zu reißen. Bevor sie das Spiel durchschaut hatte, war Maggie auch ein- oder zweimal blindlings in die Falle getappt.

Als sie das Band löschte, fühlte sie sich auf einmal richtig wohl. Wenn nur alles so leicht zu beseitigen wäre wie diese Nachrichten.

Das warme Bad tat ihr gut. Maggie trieb auf einer aus Badeschaum bestehenden Wolke dahin und träumte. Es dauerte einige Zeit, bis sie das Geräusch wahrnahm.

Schritte.

Furcht beschlich sie. Jemand war in ihrer Wohnung. Mit pochendem Herzen versuchte sie, möglichst leise aus der Wanne zu steigen. Als sie das Bein hob, schlug das Wasser gegen den Badewannenrand. Hatte sie sich verraten? Sie hielt den Atem an und lauschte. Woher kamen die Schritte? Vom anderen Ende des Korridors. Aus dem Wohnzimmer oder der Küche.

Sie schlüpfte in den Bademantel und schlich zur Badezimmertür, die sie einen Spaltbreit öffnete, um nach draußen zu spähen. Niemand zu sehen. Aber auf den Küchenbodenkacheln klapperten Ledersohlen.

Da ihr dies Haus sicher schien, war sie bis jetzt noch nie auf die Idee gekommen, die Alarmanlage zu benutzen, die ihre übervorsichtige Mutter in der Wohnung installiert hatte. Aber in diesem Moment freute sie sich über die Alarmknöpfe, die überall versteckt waren. Der nächste befand sich im Arbeitszimmer. Sie mußte sich nur ins nächste Zimmer schleichen und einmal draufdrücken, dann würde die Sirene laut losplärren und die Polizei rufen.

Als sie sich aus dem Badezimmer stahl, krampfte sich ihr Herz vor Angst zusammen.

Bitte, ich muß es schaffen.

Auf einmal knarrte eine Diele unter ihrem Fuß. Wie angewurzelt blieb sie stehen und wartete, ob der Eindringling reagierte. Ein paar Sekunden später zwang sie sich weiterzugehen.

Du bist gleich da, Maggie. Nur noch ein paar Schritte.

Ihr Herz raste, ihre Kehle schnürte sich so fest zu, daß sie nicht schlucken konnte. Um die Panik in den Griff zu kriegen, konzentrierte sie all ihre Gedanken auf den Alarmknopf. Das Geheul der Sirene würde den Einbrecher aus ihrer Wohnung treiben, das war klar. Sie mußte ihn nur drücken.

Die Arbeitszimmertür war geschlossen. Als sie vorhin vorbeigekommen war, hatte sie offen gestanden. Was, wenn jemand im Arbeitszimmer auf sie wartete?

Sie zauderte. Hörte wieder die Schritte aus der Küche. Möglicherweise waren sie zu zweit.

Sie wog das Risiko ab und griff nach dem Türknauf. Wenn sie die Tür öffnete und jemand im Raum war, saß sie in der Falle. Es war zwar jemand in der Küche, aber wenn sie in diese Richtung floh, konnte sie den Alarmknopf im Flur drücken oder aus der Wohnung rennen, bevor der Eindringling sie erwischte.

Nach einigem Zögern flitzte Maggie den Korridor hinunter in die Halle und drehte am Knauf. Die Tür ging nicht auf.

Verfluchte Schlösser. In ihrer Panik konnte Maggie sich nicht daran erinnern, welches sie abgeschlossen und welches sie offen gelassen hatte. Verzweifelt machte sie sich an den Riegeln zu schaffen.

Geh doch auf, verdammt nochmal! Ich will hier raus!

»Maggie? Wo kommst du denn her? Wir glaubten, du seist ausgegangen. Ich wollte dir gerade eine Nachricht hinterlassen.«

Sie glaubte ihren Augen nicht zu trauen, als sie ihren Vater mit einem Füller und einem Block in der Hand in der Küche stehen sah. Mit einem verschwörerischen Grinsen legte er den Arm um eine hübsche, braunhaarige Frau.

»Tina Brodsky, das ist meine Tochter, Maggie Lyons.«

»Hallo, Maggie. Ich freue mich, Sie kennenzulernen. Robbie spricht die ganze Zeit von Ihnen.«

Robbie?

Als die Furcht sich langsam legte, kam Maggie aus dem Staunen nicht mehr heraus. Tina hatte das Gesicht eines kleinen Mädchens. Superglatte Haut, keine Falten, keine Krähenfüße, nichts. Ihr straffer kleiner Körper, an dem kein überflüssiges

Pfund haftete, steckte in einem schwarzen, enganliegenden Oberteil und knapp geschnittenen, weißen Jeans. Das Mädchen war blutjung, frisch geschlüpft. Großer Gott!

»Ich hoffe, wir stören dich nicht, Liebling«, sagte ihr Vater. »Wir wollten dich überraschen.«

»Na, das ist euch gelungen. Wartet einen Augenblick, ja, ich ziehe mich nur schnell an.«

Sie ging den Flur hinunter ins Badezimmer, trocknete sich mit einem wehmütigen Blick auf das dampfende Badewasser ab und zog ein Sweat-Shirt an. Während sie kurz ihr Haar durchbürstete, dankte sie Gott, daß ihre Mutter zu Cousine Kathy gefahren war. Francine wertete den Hang ihres Ex-Ehemannes zu jüngeren Frauen als persönlichen Angriff. Und die, die er heute dabei hatte, war wirklich jung.

Innerlich gewappnet, kehrte Maggie zu ihrem Besuch zurück. Ihr Vater und seine Freundin saßen auf der Couch und turtelten miteinander. Tinas winzige Füße lagen auf dem Schoß ihres Vaters. Hätte ihr alter Herr ein Kinderlied geträllert, wäre sie nicht erstaunter gewesen, als sie es eh schon war.

Ihr Vater war dreiundsechzig Jahre alt. Tina war höchstens Mitte Zwanzig. Was hatten die beiden – außer dem Vaterland – gemeinsam?

»Wo habt ihr euch kennengelernt?« wollte Maggie wissen. *Beim Sesam-Straße-Schauen?*

»Ist einfach so passiert«, kicherte Tina. »Sie wissen schon.«

Ich weiß gar nichts.

»Ich war mit einem Kunden zum Mittagessen in einem Restaurant«, erzählte Maggies Vater. »Tina saß mit einer Freundin am Nebentisch. Wir kamen ins Gespräch.«

Worüber gesprochen? Daß sie lernt, aufs Töpfchen zu gehen. Wie man sich den Schnuller abgewöhnt?

»Möchtet ihr etwas trinken?«

»Nein, Liebling. Wir haben etwas vor. Habe im Bella Vista einen Tisch reserviert. Wir haben gehofft, du würdest uns begleiten.«

»Danke, aber heute abend paßt es mir nicht.«

»Vielleicht morgen?«

Maggie warf ihm einen unheilvollen Blick zu. »Morgen unternehme ich etwas mit Mom.«

»Das ist aber schade. Ich würde mich wirklich freuen, wenn ihr euch kennenlernen würdet. Wie steht es mit kommenden Samstag?«

Sie sah ein, daß sie ihn nicht abwimmeln konnte. »Das geht in Ordnung, denke ich.« *Wenigstens wird Tina bis dahin ein paar Tage älter sein.*

»Und was halten Sie davon, wenn wir uns in der Zwischenzeit einmal zum Mittagessen verabreden? Nur wir zwei?« schlug Tina vor.

Mädchen, wo lebst du denn? »Tut mir leid. Da kann ich leider nicht vorausplanen, das hängt immer von meinem Terminkalender ab.«

In ihrem Eifer wirkte Tina wie eine aufgezogene Puppe. »Macht nichts«, sagte sie fröhlich. »Ich schaue einfach mal im East End vorbei, wenn ich gerade in der Gegend bin. Falls Sie dann Zeit haben sollten, großartig.«

»Oh, ich möchte nicht, daß Sie sich Umstände machen.« *Oder mir.*

»Es wäre mir eine Freude.«

Darauf sagte Maggie nichts mehr. Sie würde sich bestimmt nicht freuen.

»Dann sehen wir dich am Samstag. Bring jemanden mit, wenn du willst«, sagte Dad. »Komm, Tina, mein Schätzchen. Wir sind spät dran.«

Er drängte seine kleine Freundin aus der Wohnung, drehte sich um und warf Maggie einen besorgten Blick zu. »Ruh dich aus, ja. Du wirkst ziemlich niedergeschlagen.«

Sie warf die Tür zu und schloß ab. Tinas zwitschernde Stimme drang durch den Korridor. Auf dem Weg ins Schlafzimmer fragte Maggie sich, ob sie wirklich fertig aussah. Vielleicht wirkte sie nur im Vergleich zu Lolita Brodsky alt und abgearbeitet.

Ganz egal, wie sie aussah, sie mochte es nicht, wenn jemand sagte, sie wirke angeschlagen. Zumal ihr gerade eine Idee gekommen war, wie sie das Blatt wenden konnte. Und wenn sie sich beeilte, konnte sie ihr Problem noch an diesem Abend lösen.

Während sie sich ankleidete, telefonierte sie kurz mit der Person, die sie aufsuchen wollte, und machte sich dann auf den Weg.

18. KAPITEL

»Du hast nichts gegessen, Jason. Geht es dir nicht gut?«

»Doch, Mom. Ich bin einfach nicht hungrig.«

»Sicher nicht? Heute gibt es nur deine Lieblingsspeisen.«

»Himmelnochmal, na gut. Sieh her, ich esse. Ich stopfe mir etwas in den Mund. Bist du nun zufrieden?«

Er zwang sich zu kauen. Seine Kehle war furztrocken, und er hatte das Gefühl, den Mund voller Kieselsteine zu haben. Normalerweise liebte er gegrillte Steaks, Mais, gedünsteten Paprika und gemischten Salat mit einem Ranch-Dressing. Aber heute hatte er einfach keinen Appetit. Er fühlte sich beschissen.

Dem eindringlichen Blick seiner Mutter ausweichend, schaute er seinen Vater an, der ihm gegenüber saß. Dieser Kerl besteht nur aus Haut, Knochen und Brillengläsern, schoß es Jason in einem Anfall von Überheblichkeit durch den Kopf. Alles an ihm war unerträglich unauffällig. Die Klamotten hingen wie lappige Vorhänge an seinem dünnen Körper. Seine Haarfarbe unterschied sich kaum von der seines Gesichts. Alles an dem Mann war blaß. Durchschnittliche Gesichtszüge, regengraue Augen. Der hinterließ keine Spuren, nirgendwo. Du meine Güte! Jasons Vater bemerkte den musternden Blick seines Sohnes, schaute ihm unverwandt in die Augen und blinzelte langsam wie ein alter Frosch.

»Na, was treibst du diesen Sommer, Sohn«, fragte sein Vater. »Arbeitest du eigentlich an deinen Experimenten weiter?«

»Ein bißchen.«

»Tust du nicht«, höhnte Jessie und reckte vorwitzig ihr Kinn vor. »Du bist seit Wochen nicht unten gewesen.« Mit einem verschwörerischen Grinsen wandte sie sich an ihre Eltern: »Er hat *Angst* vor dem Keller. Er glaubt wohl, daß sich dort Ihr-wißt-schon-was verstecken.«

Ihr Gepetze erstickte jede Unterhaltung. Betreten schnitt Jasons Vater ein Stück Fleisch ab. Dann fuchtelte er mit der Gabel in der Luft herum und plauderte mit vollem Mund drauflos.

»Ich bin wirklich froh, daß du an diesem Gruppenprogramm der Klinik teilnimmst, mein Sohn. Ich könnte mir denken, daß du, wenn du das Problem vom Hals hast, vielleicht einen Job annehmen wirst. Du könntest ja bei der Mutual Life anfangen.«

Jasons Magen krampfte sich zusammen. »Nein, aber trotzdem danke, Dad.«

»Na, na, nicht so hastig, Junge. Versicherungen zu verkaufen, das ist keine leichte Arbeit, aber es gibt massig Aufstiegsmöglichkeiten. Du könntest dich einarbeiten, und wer weiß? Vielleicht stellt sich heraus, daß du dafür ein Händchen hast, wie dein alter Herr. Ist jedenfalls einen Versuch wert. Was hältst du davon, daß ich für dich ein gutes Wort einlege, wenn ich das nächste Mal mit Mr. Pavia von der Hauptverwaltung spreche?«

Jasons Wangen kochten. Das letzte, was er in seinem Leben brauchte, war das miese Versicherungsgeschäft, in dem sein Vater tätig war, oder seine Fürsprache. Der sollte ihn lieber in Ruhe lassen! Er war doch der Versager vor dem Herrn! Mußte immer die Drecksarbeit erledigen, die in der Firma liegenblieb. Hatte seit Menschengedenken Schwierigkeiten, die vorgegebenen Quoten einzuhalten. Schlimmer noch, er konnte seine dummen Policen nur Nachbarn und Familienangehörigen andrehen, also Menschen, denen er leid tat und die sich schämten, seine Vorschläge abzulehnen.

»Hör mal, Dad, ich bin gerade dabei, die Bewerbung fürs College auszufüllen. Ich habe mich entschieden, doch Chemie zu studieren. Vielleicht mache ich sogar ein Diplom.«

»Sicher. Das wäre prima.« Sein Vater stierte auf den Teller, weil er sich seine Skepsis nicht anmerken lassen wollte.

»Und ich arbeite an den Experimenten. Meistens bin ich unten, wenn du gerade in deinem Kindergarten oder schon im Bett bist, Fräulein Großmaul. Du weißt eben doch nicht alles. Zufälligerweise will ich mich nach dem Abendbrot wieder dransetzen. Und du läßt mich in Ruhe, wenn ich arbeite, verflucht nochmal, sonst dreh' ich dir den Hals um. Ich habe es endgültig satt, daß du mir auf Schritt und Tritt folgst und mich ausspionierst.«

»Mami«, jammerte Jessie. »Ihm *gehört* der Keller doch nicht, oder? Leben wir nicht in einem *freien* Land?«

Das Lächeln seiner Mutter wirkte gequält. »Experimente erfordern höchste Konzentration, mein Liebes. Und außerdem sollst du mir nach dem Abendessen in der Küche helfen. Du bist doch meine Chefabtrockenhilfe, nicht wahr?«

Das Mädchen strahlte. »Können wir nachher Kekse backen?«

»Gute Idee. Wir werden selbst etwas zusammenbrauen, während Jason unten im Labor arbeitet.«

Nun saß Jason in der Falle. Nachdem der Tisch abgeräumt war, saßen sie alle untätig herum und warteten darauf, daß er aufstand und nach unten ging. Mist. Die Kellertür lag dem Küchentisch direkt gegenüber. Es gab also keine Ausflüchte mehr.

»Muß kurz nach oben und ein paar Sachen holen«, sagte er.

»Ich wollte sowieso nach oben«, warf sein Vater ein. »Was brauchst du?«

»Ein paar Unterlagen. Sind überall im Zimmer verstreut. Ist einfacher, wenn ich selbst hochgehe.«

»Ich weiß, wo deine Sachen sind, Jay. Soll ich sie für dich holen?« zwitscherte Jess hinterhältig.

»Jetzt setzt es gleich was, du neugierige kleine Kröte«, murrte Jason.

»Laß sie in Ruhe, Jason«, mischte seine Mutter sich ein.

»Sie macht mich wahnsinnig. Ich habe es satt, daß sie sich andauernd in meine Angelegenheiten einmischt.«

»Jetzt mach aber mal halblang, Sohn«, rügte sein Vater ihn.

»Wann laßt ihr mich endlich in Ruhe?«

Jason sprang auf, rannte auf sein Zimmer und warf die Tür mit einem Knall zu. Verzweifelt lehnte er sich gegen die Wand, bis sein Atem wieder normal ging. Im Keller lauerten beängstigende Schatten und unbeschreibliche Gefahren. Er konnte nicht nach unten gehen. Unmöglich!

Ein Klopfen riß ihn aus seinen Gedanken. »Jason, Liebling. Bist du in Ordnung?«

»Ja. Ich hab's dir schon mal gesagt. Muß nur ein paar Sachen zusammensuchen.«

»Möchtest du, daß Dad mit dir nach unten geht und alles kontrolliert? Es würde ihm nichts ausmachen.«

»Nein, verflucht nochmal. Ich sagte, daß ich runtergehe, und dann tue ich es auch.«

Seine Wut war so stark, daß sie ihn aus seinem Zimmer und in die Küche trieb, wo Jessie gerade die Packungsrückseite der Keksmischung durchlas. Diese kleine Mistgöre konnte lesen, als sei ihr diese Fähigkeit angeboren. Ihr war schon immer alles ganz leichtgefallen. Das kleine Fräulein Perfekt!

»Zwei geschlagene Eier. Eine halbe Tasse Wasser. Das Ganze gut miteinander verrühren, bis ein feuchter Teig …«

Jason riß die Kellertür auf und stieg nach unten. Die Holzstufen knarzten unter seinen Füßen. Sein Schatten fiel auf die Kellertreppe und ergoß sich über den fleckigen Betonboden. Die Stimme seiner Schwester war nur noch ein dumpfes Brummen.

»Den Teig in eine gut gefettete Form füllen …«

Mit großen Schritten durchquerte er den Keller und schaltete die nackten Glühbirnen an, die ein fahles, ungleichmäßiges Licht erzeugten. Im Treppenverschlag tropfte Wasser. Der moderige Geruch ließ seine Augen tränen.

Zwei oberflächlich angestrichene Sägeböcke bildeten den Unterbau von Jasons improvisiertem Labor, das er sich letztes Jahr hier unten im Keller eingerichtet hatte, um sich auf die Westinghouse Science Talent Search vorzubereiten. Sein ehemaliger Chemielehrer, Otto Allen, hatte ihn gedrängt, an dem Wettbewerb teilzunehmen. Mr. Allen hatte ihm die neuesten Fachpublikationen und wissenschaftlichen Fachzeitschriften geliehen und ihn mit der entsprechenden Ausrüstung und den notwendigen Chemikalien versorgt. Eigentlich war der Mann ziemlich unerträglich, aber er lobte und ermunterte Jason so lange, bis er nachgab. Immer wieder hatte Allen ihm gesagt, daß er begabt sei. Nach einer gewissen Zeit glaubte Jason tatsächlich daran, einen der begehrten und angesehenen Preise ergattern zu können.

Viele Monate lang brachte Jason jede Sekunde mit der Entwicklung und Ausarbeitung eines besonderen pharmazeutischen Mittels zu. Das Ergebnis testete er an einem Dutzend weißer Mäuse, die Mr. Allen bei einer Firma bestellte, die Tiere für Laborzwecke züchtete und für ihre gewissenhaften genetischen Kontrollen bekannt war. Alles lief wesentlich besser, als Jason erwartet hatte.

Aber dann stieg er eines Morgens in den Keller, um seine Ergebnisse abzulesen, und da mußte er feststellen, daß eine der Mäuse gestorben war. Der Leichnam war blutverkrustet, der Schädel des Tierchens zerknüllt wie eine Papiertüte.

Welche Kreatur war zu solch einer grausamen Tat fähig?

Jason setzte alles daran, den Vorfall zu vergessen und weiterzuarbeiten, als ob nichts gewesen wäre. In einer Woche mußte er die Versuchsergebnisse einreichen, und er mußte noch eine letzte Versuchsrunde mit seiner neuen Rezeptur durchführen, der er die Bezeichnung Mut-Droge gegeben hatte. Wenn er mit den übrigen Mäusen die Wirksamkeit dieses Mittels dokumentieren konnte, würde er einen Preis gewinnen, dessen war er sich sicher.

Am nächsten Morgen wachte er früh auf und ging gleich ins Labor runter, um nach den Mäusen zu sehen. Auf den ersten Blick sah alles ganz normal aus, aber dann fiel sein Blick auf eine verstümmelte, tote Maus in der hinteren Käfigecke.

Es gab nur eine Tierrasse, die so etwas tun konnte. Es mußte einer von ihnen gewesen sein.

Jason glaubte, die Klauen zu sehen, den Geruch der blutdürstigen Viecher zu riechen. Und er schrumpfte innerlich und verwandelte sich in ein winziges, gequältes Opfer. In jeder einzelnen Faser seines Körpers spürte er die tödliche Angst, die von ihm Besitz ergriff. In seinem Kopf hallten Schreie wider, so laut und schrill, daß er meinte, es würde ihm die Schädeldecke wegreißen.

Und damit war alles zu Ende. Wie sehr er sich auch bemühte, er konnte sich nicht dazu überwinden, wieder in den Keller zu gehen. Sein Berater drängte ihn, mit dem Experiment fortzufahren, und seine Ärztin gab ihm ebenfalls diesen Rat. Beide versicherten ihm, daß es eine ganze Reihe von Erklärungen für den gewaltsamen Tod der Mäuse gab. Vielleicht hatten die Tiere zu stark auf die Droge reagiert, die ihnen Mut verleihen sollte. Vielleicht hatten sie sich gegenseitig umgebracht, als sie versucht hatten, aus dem Käfig zu fliehen. Oder die Formel rief ein unerwartetes kannibalistisches Verhalten bei den Tieren hervor. Es bestand sogar die Möglichkeit, daß die Todesfälle mit der Droge nicht in Verbindung standen. Möglicherweise hatten die Tiere an einer Krankheit gelitten, die mit Gewaltausbrüchen einherging.

Obwohl Jason sich bemühte, einen anderen Schluß aus den Vorfällen zu ziehen, gelang es ihm nicht, die rationalen Schlußfolgerungen zu akzeptieren. Irgend etwas Böses lauerte im Keller, eine Gefahr, der er sich nicht aussetzen wollte.

So fälschte er eine Arztnotiz, die besagte, daß er von den Chemikalien, die er für seinen Versuch verwenden mußte, krank wurde. Er wies auf extreme Hautreaktionen hin, die offenbar von den Dämpfen der Chemikalien stammten. Um den Schwindel zu untermauern, gab er vor, krank zu sein. Eine vorgetäuschte Grippe fesselte ihn ans Bett, bis der Abgabetermin verstrichen war.

Danach bezahlte er Neil Ziegans, der in seiner Straße wohnte, dafür, daß er die übrigen Mäuse abholte und bei Mr. Allen ablieferte. Und seit jener Zeit gammelten im Keller die Reagenzröhrchen in ihren Korkhaltern vor sich hin.

Die Wirkung der Mut-Droge – sein Meisterstück – blieb unbewiesen. Das Gefäß, das die Flüssigkeit enthielt, war in der hintersten Ecke seines Kleiderschranks verstaut. Da ihm der Mut fehlte, die Probe und all die Arbeit, die darin steckte, wegzuschmeißen, wurde ihm sein Versagen täglich vor Augen geführt.

Jason wollte nicht darüber nachdenken. Das war reine Zeitverschwendung. Niemand würde ihm abnehmen, daß die Formel funktionierte, wenn er keine stichhaltigen Beweise vorlegte. Und jetzt änderte das auch nichts mehr. Der Wettbewerb war schon lange vorbei. Und er hatte haushoch verloren.

Er trat vor die verstaubten Regale mit den Reagenzgläsern und fuhr mit dem Zeigefinger vorsichtig über die Korken. Nachdenklich schob er die einzelnen Röhrchen hin und her. Wie nah er seinem Ziel gewesen war! Er mußte Zeit schinden. Wenn er jetzt schon wieder nach oben ging, wußten alle, daß er es hier unten nicht aushielt. Damals war er voller Hoffnung gewesen, ja, er hatte das Feuer der Erregung gespürt. Er entsann sich, wie er seinem Berater und seinem Arzt die Daten gezeigt hatte. Beide Männer hatten Interesse an seinen Forschungen gezeigt. Und waren beeindruckt gewesen. Und Jason hatte sich in ihren Komplimenten gesonnt. Man hatte ihn für klug und kreativ gehalten.

Kreativ, daß ich nicht lache, dachte er. Ich bin nur ein Haufen unnützer, menschlicher Müll. Nie im Leben würde es ihm gelingen, über seinen Vater, diesen unfähigen, pathetischen Versager, hinauszuwachsen.

Einen Augenblick lang spielte er mit dem Gedanken, die Röhrchen zu entkorken und den Inhalt zu schlucken. Er stellte sich vor, wie seine Familie seinen blau angelaufenen und kalten Körper auf dem Kellerboden finden würde. Steif und blutverschmiert wie seine toten Mäuse. Er hörte schon ihr Wehgeschrei und ihr Gejammer, hörte, wie sie über den tragischen Verlust Tränen vergossen.

Oh, Jason. Unser lieber Sohn. Wie sollen wir ohne ihn weiterleben?

Wie? Sehr gut, vielen Dank! In Wirklichkeit würden sie bestimmt feiern. Wenn er abkratzte, hätten sie eine Sorge weniger, wären sie ein schwieriges, lebensuntüchtiges Kind los, das keine Zukunft hatte.

Dann hätten sie endlich Zeit, sich über ihre kostbare, perfekte Tochter zu freuen, die tapfer und brillant und ganz normal war. Wenn Jessie was zustieße, würden sie sich garantiert vor Kummer die Haare ausreißen.

Aber konnte er es ihnen verdenken, daß er ihnen gleichgültig war? Schließlich war er nichts wert. Hatte er je etwas getan, worauf sie stolz sein konnten? Wenn er nur diesen gottverdammten Talentwettbewerb gewonnen hätte. Dann würde seine Zukunft strahlend und rosig verlaufen: Er würde die Schule besuchen, Karriere machen, alles auf die Reihe kriegen. Selbst Rina Latham würde von ihm Notiz nehmen.

Während sein Blick über die Reagenzgläser schweifte, wünschte er sich sehnlichst eine zweite Chance, einen Neuanfang. Diesmal würde er nicht weglaufen und alles vermasseln. Sich nicht drücken, ganz egal, was passierte.

Und dann kam ihm der Gedanke, daß er gar nicht von vorn anfangen mußte. Es gab mehr als eine Möglichkeit, den Erfolg seiner Erfindung zu beweisen. Den ersten Schritt hatte er schon gemacht. Und er war gewillt, weiterzugehen. Was es auch kostete.

Es war noch nicht zu spät.

19. KAPITEL

Sie hatten sich für sechs Uhr verabredet. Kurz nach sechs schleppte Bannister seine müden Glieder in den kleinen Park und ließ sich neben Price, der die Überreste eines Hotdogs an eine Schar gurrender Tauben verfütterte, auf die Holzbank fallen.

»Du darfst diese Mistdinger nicht füttern, Lenny. Das sind doch nur Ratten mit Flügeln.«

»Das sind auch Kreaturen Gottes, Sam. Genau so wie du und ich.«

»Ach ja? Wann hast du das letzte Mal jemandem auf den Kopf geschissen?«

In Lennys Blick lag Mitgefühl. »Kein Glück gehabt?«

»Oh, massig! Unglück!«

Immer darauf bedacht, Dr. Lyons nicht über den Weg zu laufen, hatte Bannister den restlichen Tag im East End Hospital damit zugebracht, auf andere Weise Zugang zu Theodore Macklins Akte zu kriegen. Er hatte sein Glück in jeder Abteilung versucht: in der Aufnahme, der Rechnungsstelle, der Forschung, in der Buchführung, sogar im Labor. Jedesmal zeigte er kurz die Metallmarke der Sondereinheit vor, die noch von der Ermittlung im Schildhauer-Fall stammte, und gab sich als Polizist aus Boston aus, der den Auftrag hatte, Theodore Macklins zweifelhaften Tod zu untersuchen.

Aber jeder einzelne dieser Schreibtischtäter hatte ihn am ausgestreckten Arm verhungern lassen. Mit den Krankenschwestern, Ärzten und Bürohengsten war es ihm nicht anders ergangen. Keiner war willens, ihm auch nur ein Fitzelchen Information zu stecken. Ohne Ausnahme verwiesen sie ihn an die Verwaltung, deren Büros im Backsteinhaus auf der anderen Seite der Straße untergebracht waren. Die Regeln, die das Krankenhaus bezüglich der Informationsweitergabe über ehemalige Patienten erlassen hatte, seien außerordentlich streng, trällerte ihm die Horde wohltrainierter Papageien vor. Er konnte also nur mit einer offiziellen Genehmigung des Präsidenten oder seines Stellvertreters etwas herausfinden.

Bannister war schockiert. Wo steckten all die laschen und faulen Arbeiter? Wo waren die guten, alten »Hau-den-Boß-in-die-Pfanne«- und »Was-sollen-Regeln«-Haltungen geblieben? Du lieber Gott, wo war der gute alte Corpsgeist geblieben? Waren diese Leute etwa keine Patrioten, die ihn freudig bei seinem Feldzug unterstützen wollten?

Als ihm keine andere Möglichkeit mehr blieb, trat er den Gang nach Canossa an und ging ins Verwaltungsgebäude hinüber. Die Büros waren in einem umgebauten Herrenhaus untergebracht. Ziemlich schicker Schuppen. Hatte eine gewisse Atmosphäre. Der Portier in der Empfangshalle musterte Bannisters getürkte

Marke mit augenscheinlichem Desinteresse und erklärte ihm lakonisch den Weg zum Büro des Präsidenten. Fünfter Stock.

Eine angenehme Mittfünfzigerin saß hinter dem Chefsekretärinnen-Schreibtisch. Geduldig hörte sie seine Bitte an, meldete ihn per Telefon an und bat ihn, einen Augenblick Platz zu nehmen. Der Augenblick dauerte eine gute Stunde. Die Sekretärin tat alles, um ihm das Warten so angenehm wie möglich zu machen. Sie bot ihm Kaffee an, plauderte mit ihm, verwies auf die ausliegenden Zeitschriften, erklärte sich bereit, ihm einen Sourball zu mixen und ihm Fotos von ihren Enkeln zu zeigen. Doch Bannister marschierte lieber leise vor sich hin fluchend auf und ab.

Als er endlich ins Büro des Obergurus gebeten wurde, hatte er tiefe Rillen in den Teppich getreten. Wie vorauszusehen war, handelte es sich bei dem knallharten Präsidenten um einen Zwerg in Designerpuppenklamotten. Während er Bannister genau inspizierte, verzog sich sein Mund zu einem angewiderten Grinsen. Komisch, daß kleine Männer ihrem größeren Gegenüber immer mit ausgeprägter Antipathie begegneten. Ein Gefühl, das Bannister vollkommen fremd war, selbst wenn er es mit einem so pompösen, wichtigtuerischen, von sich selbst eingenommenen Wicht wie dem hier zu tun hatte.

Der Präsident hieß Alexander Ivy. Ivy verzog keine Miene, als Bannister sich als Kriminalbeamter der Bostoner Polizei vorstellte und seine Marke hervorzog. Gerade als er das Ding wieder in der Jackentasche verstauen wollte, gab ihm der kleine Prinz mit einem Fingerzeig zu verstehen, daß er die Marke aus der Nähe anschauen wollte. Bannister glaubte schon, daß damit das Spiel gelaufen wäre. Es war schließlich ein schweres Verbrechen, sich unrechtmäßig als Polizist auszugeben. Wenn er erwischt wurde, mußte er nicht nur mit einer saftigen Geldstrafe und Gefängnis rechnen, sondern auch mit öffentlicher Blamage, was in seinen Augen fast noch schlimmer war.

Glücklicherweise war der Kerl hinterm Schreibtisch blind wie ein Maulwurf und zu eitel, die auf der Schreibunterlage liegende

Brille aufzusetzen. Statt dessen betrachtete er mit zusammengekniffenen Augen die Marke und gab sie kommentarlos zurück.

»Schwein gehabt«, sagte Price.

»Ja, aber ich hatte eigentlich mit mehr gerechnet, als nur damit, dem Gefängnis zu entgehen.«

Price schaute ihn überrascht an. »Wenn er die Bullennummer gekauft hat, warum hat er dich dann abgewiesen?«

»Hat er ja nicht. Er fragte sogar, wie East End mir behilflich sein könnte«, erzählte Bannister. »Ich sagte, daß ich eine Patientenakte einsehen wolle, und erklärte, daß möglicherweise wichtige Informationen darin enthalten sein könnten. Kein Problem, sagte er, und da dachte ich natürlich, ich hätte es geschafft.«

»Also nenne ich ihm den Namen. Er hängt sich ans Telefon und bellt Anweisungen in den Hörer. Ein paar Minuten später kommt die Sekretärin mit einer Kurznotiz. Der Typ liest das Papier und trägt ihr auf, die 8502 anzurufen und Bescheid zu geben, daß er jemanden wegen der Macklin-Akte rüberschickt.«

Bannister wurde nachdenklich. »So eine nette Frau, diese Sekretärin. Ist dir schon mal aufgefallen, daß die miesesten Typen immer die nettesten Sekretärinnen haben?«

Price nickte zustimmend. »Diese Myra, die für dich arbeitet, ist auch sehr nett.«

»Komm mir nicht so, Lenny. So nett ist Myra nun auch wieder nicht. Wie auch immer, die Sekretärin bittet mich, eine Sekunde zu warten, bis sie den notwendigen Schein für die Person ausgestellt hat, die ich treffen soll. Und erst als ich schon auf halbem Wege bin, fällt mir auf, daß sie mich zu Dr. Lyons zurückschickt.«

»Autsch«, lautete Prices mitfühlender Kommentar.

»Ja, ganz deiner Meinung. Bist du sicher, daß du niemanden kennst, den du wegen dieser Sache anrufen kannst?«

»Wie ich schon sagte, Sam. Ich kenne eine Menge Leute, aber niemanden, der an diese Akten rankommt.«

Bannister zuckte mit den Achseln. »Es muß doch eine Möglichkeit geben, diese Frau rumzukriegen.«

»Wie ist sie denn?«

»Zweibeiniger Maulesel. Stur. Abgebrüht. Uneinsichtig.«

Price grinste. »Klingt gerade so, als sei sie dein Typ, Sammy.«

»Könnte sein. Und wie ist es bei dir gelaufen?«

»Nicht schlecht.«

Unter Zuhilfenahme der Kontoauszüge war es Price gelungen, Macklins Hausmeister und den Chef der Gebäudereinigung, die für die Büroräume der Investmentfirma zuständig war, ausfindig zu machen. Beide Männer hatten Macklin vor einer Woche, also fünf Tage, bevor sein Leichnam in der Narragansett Bay angeschwemmt wurde, zum letzten Mal gesehen.

Am selben Tag hatte er die Stadt verlassen. Die Buchungen auf seiner Mobil-Card verrieten, daß er auf dem Weg nach Newport einmal getankt hatte. Und dort hatte er im Double Inn ein Zimmer genommen, wie die American Express Card seiner Firma verriet. Er bestellte alle Mahlzeiten – immer nur für eine Person – aufs Zimmer und tätigte ein paar Anrufe.

Price überredete einen Bekannten an der richtigen Stelle, die Telefonnummern, die auf der Hotelabrechnung standen, zu überprüfen. Ein paar von Macklins Gesprächspartnern lebten in Boston, die anderen in der Umgebung von New York.

»Ed Simek, ein Freund von mir, der Polizist ist, schaute die Bostoner Nummern nach«, sagte Price. »Sind alle sauber. Klienten von Macklin. Die Liste der Nummern aus dieser Gegend können wir nach dem Abendessen durchgehen.«

»Nur, wenn du mir versprichst, alles, was nicht unmittelbar in Zusammenhang mit dem Rafferty-Fall steht, ad acta zu legen.«

»Hast du Lust auf einen Burger?«

»Keine wilden Spekulationen, Lenny. Ist mein Ernst.«

»Das ist so ein Charakterzug von dir, Sam. Du meinst es immer ernst.«

Bannister lehnte sich auf der Parkbank zurück. Bis jetzt hatte ihre Reise nach New York nichts gebracht. Sie wußten noch nicht mal mit Gewißheit, ob Macklins Tod Selbstmord oder Mord gewesen war.

Wenn man von Dr. Lyons Meinung einmal absah, bestand immerhin die Möglichkeit, daß Macklin absichtlich von der Brücke gesprungen war. In Bannisters Ohren klang das logisch. Falls ihn jemand von der Brücke geschubst hatte, mußten die beiden großen Fragen nach dem Wer und Warum geklärt werden. Und dann war die Chance groß, daß sein Tod nichts mit Martha Rafferty zu tun hatte.

Das durfte einfach nicht sein!

Bannister wollte ein paar schnelle und stichfeste Antworten, damit er diesen alten Fall endlich beiseite legen konnte. Um seinetwillen und für Leona Rafferty.

»Wir sind hinter Macklins Skalp her, alles andere ist uns schnurzegal, Lenny.«

Price schüttelte den Kopf. »Du glaubst immer, daß die Dinge so laufen, wie es dir in den Kram paßt, Sam. Das ist dein Problem.«

»Warum ist das ein Problem?«

»Weil die Wirklichkeit nicht so ist. Du kannst nur das finden, was da ist. Und wenn du dich mit Scheuklappen an die Arbeit machst, findest du vielleicht nicht mal das.«

Price verfütterte die letzten Brotkrumen an die Vögel, wischte die Hände am Hosenbein ab und stand auf. Mit großen Schritten spazierte er durch den Park. Bannister holte ihn kurz darauf ein.

»Du meine Güte, Lenny, wieso mußt du immer so verdammt logisch sein?«

20. KAPITEL

Maggies Taxi hielt auf der Straßenseite zum Park hin. Auf dem Bürgersteig drängelten sich Spaziergänger in der sommerlichen Abenddämmerung, deren sanftes, pinkfarbenes Licht die Stadt erglühen ließ. An der Straßenecke warteten Pferdekutschen geduldig auf Fahrgäste. Eine wohlriechende Brise zerzauste Maggies Haare. Sie ging an den gelben Taxis vorbei, durchmaß mit ausladenden Schritten den südlichen Teil des Central Park und steuerte auf das prächtige Foyer des Apartmenthauses zu, in dem Lawrence Ivy lebte.

Eine betagte Concierge meldete sie über die Gegensprechanlage an und eskortierte sie nach hinten zu einem Privatfahrstuhl neben dem üppig bepflanzten Innenhof. Beim Anblick des Steingartens mit seinen gedämpften Farben und der wohltuenden Ruhe mußte Maggie an ihre Mutter denken.

Francine brachte jede Pflanze zum Blühen und Gedeihen. Wie oft hatte Maggie beobachtet, wie ihre Mutter Wunder bewirkte und aus einem winzigen Ableger eine in Blüte stehende Pflanze zog. Aber warum gelang es ihrer Mutter nicht, ihr eigenes Leben auf die Reihe zu bringen und Glück zu finden?

Der Lift kam prompt. In einem so vornehmen Wohnhaus wurden bestimmt keine kleinen Übeltäter von der Sorte Mickey Glover geduldet. Wahrscheinlich wohnte hier ein Hausmeister, der vierundzwanzig Stunden pro Tag darüber wachte, daß alles reibungslos funktionierte und niemand den Lauf der Dinge störte.

Im Fahrstuhl bekam Maggie plötzlich wieder einen Panikanfall. Ein Kribbeln lief ihr den Rücken hinunter. Ihr Blick wurde unscharf, der Fahrstuhl verschwamm vor ihren Augen. Sie setzte alles daran, sich nicht von ihrer Furcht überwältigen zu lassen, und konzentrierte sich auf die verschnörkelten Spiegel und fein gearbeitete Wandverkleidung. Sie zwang sich, die Linien und Tupfer in dem Teppichmuster zu zählen. Ablenkung konnte in so einem Fall Wunder bewirken. Selbst die schlimmsten Ängste lösten sich in Luft auf, wenn es einem gelang, an etwas anderes zu denken. Bilder eines alten Zimmers gingen ihr durch den Kopf. Musik drang durch die Wände. Maggie kniete auf einem mit Blumen gemusterten Teppich. Ihr kleiner Mund bewegte sich. Sie sagte ihr allabendliches Gebet auf. Das ist sehr wichtig, sagte Mami. Es war so wichtig, daß es Maggies ganze Konzentrationsfähigkeit beanspruchte. Um alles andere zu vergessen, schloß sie die kleinen Augen: *Und bitte dich, o Herr, meine Seele zu bewachen ...*

Als oben im Penthouse die Türen leise aufglitten, hatte ihre Angst sich wieder gelegt. Dennoch war sie durch das ständige Aufflackern der Traumbilder verunsichert.

Maggie erinnerte sich an ihren letzten Besuch bei Lawrence Ivy. Vor ungefähr einem Jahr hatte er sie um ein Treffen unter vier Augen gebeten. Er wollte sie über seinen altersbedingten Rücktritt in Kenntnis setzen, bevor er die restliche Krankenhausbelegschaft über seinen Schritt informierte.

Maggies erste Reaktion war ziemlich töricht gewesen. Sie hatte sich beharrlich geweigert, die unabwendbaren Fakten zu akzeptieren, weil sie wußte, daß sie ihren Chef vermissen würde, seine guten Manieren, seine freundliche Art. Sein umfangreiches Wissen und seine einfühlsamen Ratschläge. Seine nie enden wollende Unterstützung. Seine durch nichts zu beirrende Loyalität.

Trotzdem konnte sie die Wahrheit auf Dauer nicht leugnen. Lawrence war körperlich nicht mehr in der Lage, die beträchtliche Verantwortung zu tragen, die als Präsident zu seinem Berufsalltag gehörte. Er brauchte die ganze ihm noch verbleibende Kraft, um gegen die Lou-Gehrig-Krankheit anzukämpfen, obwohl er auch wußte, daß er niemals gewinnen konnte. Andererseits gehörte Lawrence nicht zu den Menschen, die kampflos abtraten. Dazu war er einfach nicht der Typ.

Heute nahm eine attraktive blonde Krankenschwester Maggie in der Halle in Empfang und führte sie in den Wintergarten, von dem aus man einen atemberaubenden Ausblick auf den Central Park hatte, der von hier oben aus wie Lawrences Privatgarten wirkte.

Maggies Freund saß in einem mit Paisley-Muster bedruckten Seidenmorgenmantel im Rollstuhl. Ein tragbares Beatmungsgerät, dessen Plastikröhrchen in einen Einschnitt in seinem Hals mündete, versorgte den kranken alten Mann mit Luft. Seit ihrem letzten Treffen war Lawrence schrecklich dünn und blaß geworden. Selbst seine Haare hatten ihre Spannkraft verloren und waren in dünnen, farblosen Strähnen über den fleckigen Schädel gekämmt. Bei seinem Anblick regte sich ihr Mitleid.

Darum bemüht, sich den Schrecken über sein Aussehen nicht anmerken zu lassen, lief Maggie zu ihm hinüber und küßte seine Wange. Seine Haut war unnatürlich kalt und schien für seinen ausgemergelten Körper viel zu groß zu sein. Der süßliche Geruch des körperlichen Verfalls umgab ihn. Seit seiner Pensionierung hatte Maggie mehrmals mit ihm telefoniert und darum gebeten, ihn besuchen zu dürfen, aber bis jetzt hatte er ihre Bitte immer abgewiesen.

»Guten Abend, Eure Exzellenz. Wie geht es?« begrüßte sie ihn.

»Es geht, wie Sie sehen. Setzen Sie sich, meine Liebe. Ist schon Monate her, seit ich eine hübsche junge Frau gesehen habe, die keine Spritze oder Bettpfanne in Händen hält.« Die Worte kamen einzeln wie aufgereihte Perlen über seine Lippen und wurden vom Rauschen des Beatmungsgeräts untermalt.

»Wie geht es Ihnen, Lawrence? Erzählen Sie mir, was Sie in den vergangenen Monaten getrieben haben.«

»Mein Leben verläuft zu langweilig, als daß es sich lohnte, darüber zu reden. Ich fürchte, mein Alltag besteht nur aus Fieberkurven und Medizin, die mir verabreicht wird. Mein Leben ist auf den körperlichen Verfall reduziert. Mich interessiert viel mehr, was Sie zu mir führt, meine liebe Maggie. Ich freue mich sehr über Ihren Besuch. Ich hätte mich wirklich früher aufraffen sollen, Sie zu empfangen. Erst jetzt fällt mir auf, wie töricht ich gewesen bin.«

Sie zögerte kurz. »Ich dürfte Sie eigentlich nicht mit meinen Problemen belästigen, aber es ist so, daß ...«

»Unsinn. Ich kann Ihnen ja nicht sagen, wie sehr es mich freut, wieder einmal nützlich zu sein, wenn auch nur für einen Augenblick. Ich denke, es ist kein Geheimnis gewesen, daß ich mich während der letzten Monate freiwillig in die Abgeschiedenheit zurückgezogen habe. Ich scheute mich davor, unschuldige Menschen mit meinem Anblick zu beleidigen und sie nur mit der Gegenwart eines mitleiderregenden alten Mannes entlohnen zu können.«

»Das sind Sie nicht. Sprechen Sie nicht so.«

Er kicherte. »Meine liebe Maggie. Immer zur Verteidigung des Glaubens und zerbrechlichen Egos bereit. Ich habe Sie vermißt. Und mir bis zu Ihrem Anruf nicht eingestanden, wie sehr Sie mir gefehlt haben. Jetzt erzählen Sie mir, wie dieser Haufen menschlicher Verweigerung Ihnen behilflich sein kann.«

Maggie umriß ihr Vorhaben: das East End Hospital sollte ein landesweites Symposium zur Phobien-Behandlung veranstalten. Die Spannungen, die zwischen ihr und seinem Sohn bestanden, ließ sie dabei außer acht. Während sie ihre Pläne darlegte, wurde sie zunehmend enthusiastischer. Ihre Überzeugung, daß das Vorhaben ein riesiger Erfolg sein würde, wuchs beim Erzählen. Einmal abgesehen von dem zu erzielenden Profit bestand die aufregende Möglichkeit, alle Experten dieser Richtung zu einem wertvollen Austausch über praktische Erfahrungen und neu entwickelte und erprobte Strategien zusammenzubringen.

»Klingt ausgezeichnet, wenn Sie mich fragen«, sagte Lawrence. »Und wo liegt das Problem?«

»Ich befürchte, daß von seiten ... der Administration mit ... äh, Widerstand zu rechnen ist.«

Er kniff die Augen zusammen. »Macht mein Sohn Ihnen immer noch das Leben schwer? Was ist nur mit dem Jungen los, Maggie?«

»Offenbar verfügt er nicht über Ihren hervorragenden Geschmack, was Menschen anbelangt.«

Er winkte grimmig ab. »Unsinn. Ich weiß, daß es Alex an Erfahrung fehlt, aber es gibt keine Entschuldigung dafür, daß er sich bei beruflichen Entscheidungen von persönlichen Gefühlen leiten läßt. Er braucht Sie nicht zu mögen, obwohl nur Gott weiß, was ihn daran hindert, aber er sollte Ihrer Arbeit Respekt zollen und Sie fair behandeln. Das Symposium, das Sie organisieren möchten, brächte dem Krankenhaus eine Menge Renommee. Denken Sie nur mal an die kostenlose Werbung!«

»Ich bin nicht gekommen, um mich zu beklagen oder schmutzige Wäsche zu waschen, Lawrence. Und ich bitte Sie auch nicht darum, meine Probleme mit Alex zu lösen. Das werde ich schon selbst auf die Reihe kriegen. Mir liegt nur daran, daß er mir keine Knüppel zwischen die Beine wirft, damit ich ungestört die Konferenz planen und organisieren kann.«

Sein Gesicht lief vor Zorn rot an. »Am liebsten würde ich den Jungen übers Knie legen.«

Maggie lachte. »Dann möchte ich aber in der ersten Reihe sitzen und zuschauen. Nun mal im Ernst. Ich wollte Sie vor allem darum bitten, mir etwas den Rücken zu stärken. Mein Vorschlag ist für East End gut. Bringen Sie ihn dazu, darüber nachzudenken und das Projekt nicht sofort zu verdammen. Aber sprechen Sie ihn bitte ganz allgemein auf die Lage im East End an.«

Die Falten in seinem Gesicht wurden tiefer. »Erlauben Sie mir, mit Alex so zu verfahren, wie ich es für richtig halte, ja, meine Liebe? Auch mein Sohn hat ein paar Schwächen, auf die ich anspielen kann. Ich bin es ihm und dem Krankenhaus schuldig, diese Fehler anzusprechen, bevor ich sterbe. Natürlich werde ich diplomatisch vorgehen.«

Sie nickte. »Ich kenne niemanden, der diplomatischer ist als Sie.«

Ein schelmisches Funkeln leuchtete in seinen trüben Augen auf. »Und falls ich mit Diplomatie nichts erreiche, kann ich ja immer noch auf einen Schuß zwischen die Augen zurückgreifen. Gott weiß, wie sehr ich meinen Sohn liebe. Aber oftmals reagiert er auf subtiles Vorgehen überhaupt nicht. Morgen kommt Alex zum Mittagessen vorbei. Ich werde mich gleich mit ihm über Ihr Projekt unterhalten und mich dann nachmittags bei Ihnen melden.«

Insgeheim machte Maggie sich Sorgen. Hoffentlich vertiefte Lawrences Intervention nicht die Animositäten zwischen ihr und Alex. Auf der anderen Seite konnte sie sich nicht vorstellen, wie sich ihr Verhältnis noch verschlechtern sollte.

Wie dem auch sei, falls dieser Plan zum Scheitern verurteilt war, hatte sie nichts mehr zu verlieren.

21. KAPITEL

Bannister und Price aßen in Sergio's Café auf der First Avenue miserabel zu Abend.

Bei Sergio's erfreute sich der Gast eines kulinarischen Erlebnisses, das das Produkt von offener Rebellion in der Küche, mißmutigem Service und beängstigender Geschmacksverirrung war. Aber Bannister bekam immerhin, was er von einer Mahlzeit erwartete: riesige Portionen zu niedrigen Preisen. Seit ihrer Ankunft speisten sie hier wenigstens einmal pro Tag. Price umgaben mittlerweile drei unterschiedliche Düfte: Er roch nach Sergios Burgern, nach altem Pommes-Fett und nach dem flüssigen Insektenvernichter, den sie hier als Diätcola verkauften.

An diesem Abend beschloß Price sein Mahl mit einem Stück von Sergios ›weltbekanntem‹ Apfelkuchen, den zu bestellen zweifellos ein Riesenfehler gewesen war. Derweil beglich Bannister schon die Rechnung.

Die erste Nummer auf der Liste, die Macklin von Newport aus angerufen hatte, gehörte zu Brighton Beach, einem Unterbezirk von Brooklyn. Bannister benutzte Sergios Münzfernsprecher und rief die Nummer an. Eine Frau mit schwerem Akzent meldete sich. Wegen des Lärms im Hintergrund – schreiendes Baby, Geschirrgeklapper, laufende Wasserhähne, ärgerliche Stimmen und ein eingeschalteter Fernsehapparat – war schwer einzuordnen, woher sie kam.

Bannister erklärte ihr, er müsse ein Paket ausliefern und wolle sich zuvor vergewissern, daß jemand daheim war. Kurz darauf eilten sie zur U-Bahn-Station an der Lexington Avenue, Ecke 77. Straße, und nahmen einen Zug Richtung Downtown Local. An der Haltestelle Lafayette stiegen sie in die D-Linie nach Brooklyn um.

In den verdreckten Abteilen drängelten sich Fahrgäste mit leerem Blick dicht an dicht. Hin und wieder wurde die Stille durch Gelächter unterbrochen. Eine Gruppe streitlustiger Jugendlicher tobte wie eine Büffelhorde durch den Wagen. Mit geballten Fäusten, kurz vor der Explosion. Verschreckt senkten die Menschen den Blick.

Bannisters geschultem Polizistenblick fielen noch weitere Beweise von städtischem Terrorismus auf: ein Taschendieb, der es auf Einkaufstüten abgesehen hatte, ein Mann, der seinen Unterleib gegen den Po einer Frau drückte, ein kleiner Junge, der Koks aus einer MacDonald-Schachtel leckte. Der Polizist am Ende des Wagens ließ sich durch das kriminelle Treiben nicht vom Ausfüllen seines Lottoscheins abhalten.

An der Station Brighton Beach stiegen sie aus und schlenderten gemächlich zu der Adresse nahe der Kreuzung Surf Avenue und Ocean Parkway. Die Gegend war unter dem Namen Klein-Odessa bekannt, weil hier vorwiegend russische Immigranten wohnten. Das Gebäude, das sie suchten, fanden sie daher auch neben einem Supermarkt, dessen Schild und Angebotstafel mit kyrillischen Buchstaben beschrieben war. Bannister entdeckte ein Dutzend unterschiedlicher Wodkasorten im Schaufenster.

Sie betraten die mit Kinderwagen und Dreirädern vollgestopfte Eingangshalle und folgten dem Lärm, den Bannister schon übers Telefon vernommen hatte. Die Familie wohnte im dritten Stock.

Auf ihr Klopfen hin erschien eine junge Frau an der Tür. Ihre Miene und ihr Verhalten waren undurchsichtig. Während sie die beiden Männer auf dem Flur anstarrte, wischte sie die Hände an einer Küchenschürze ab.

»Ja?«

»Wohnt hier die Familie Popow?« erkundigte sich Price.

»Popow, ja«, antwortete sie in stark akzentuiertem Englisch. Hinter ihrem Rücken stritten sich lautstark zwei Kinder. Die junge Frau drehte sich blitzschnell um und rief über ihre Schulter: »Reuben, hör auf, deine kleine Schwester zu schlagen. Bella, wechsele bei der Kleinen die Windel, wie ich es dir gezeigt habe.«

»Ist Ihr Mann da?« fragte Bannister.

»Mein Mann? Warten Sie.« Mit der Schürze wedelnd drängte

sie die beiden Männer aus der Wohnung und schloß die Tür. Kurz darauf kam ein grimmig wirkender Mann in schwarzem Mohairanzug und mit Hut an die Tür.

Bannister zog seine Wundertütenmarke heraus. »Mr. Popow? Mein Name ist Sam Bannister. Das hier ist Mr. Price. Wir untersuchen den Tod von Theodore Macklin.«

»Ich bin Anatoli Popow. Aber der Name, den Sie da nennen, kenne ich nicht.«

Da Bannister dem Mann in die Augen sah, wußte er, daß er log.

»Stört es Sie, wenn wir eine Minute hereinkommen?«

»Ich wüßte nicht, was das bringen sollte, Mr. Bannister. Ich habe Ihnen doch schon gesagt, daß ich ...«

Bannister drängte sich an ihm vorbei in die Wohnung. Price folgte ihm nach einem kurzen Zögern, denn es fiel ihm nie leicht, seine guten Manieren zu vergessen. Selbst dann nicht, wenn die Situation es erforderte.

Popow regte sich auf, aber nicht wie ein aufrechter Privatmann, der von den Handlangern des Staates belästigt wird. Sein Blick wanderte unruhig im Zimmer umher, als suche er etwas Bestimmtes. Seine Frau hatte sich ins hintere Schlafzimmer zurückgezogen, wo ihre Kinder und ein unsichtbarer Gast vor Schreck kein Wort mehr herausbrachten.

»Nur ein paar Fragen«, sagte Bannister und ließ sich auf eine schwere grüne Couch fallen und zog einen Notizblock hervor. »Wo arbeiten Sie?«

»Weshalb möchten Sie das wissen?«

»Ich bin eben neugierig.«

»Ihre Fragen muß ich nicht beantworten.«

»Nein, es sei denn, Sie hätten etwas zu verbergen.«

»Haben Sie einen Durchsuchungsbefehl?«

Bannister lachte höhnisch. »Zu dumm. Den muß ich in der anderen Brieftasche vergessen haben.«

»Ich bitte Sie jetzt zu gehen, Officer. Das hier ist meine Wohnung. Und meine Wohnung ist mein Schloß.«

»Wollen Sie damit sagen, daß Sie sich weigern, mit uns zusammenzuarbeiten?«

Popow errötete und zwirbelte nervös an einem Fädchen am Jackenärmel herum. »Wie soll ich denn mit Ihnen zusammenarbeiten? Ich habe Ihnen gesagt, daß ich diesen, diesen – wie hieß er noch – nicht kenne.«

»Macklin, Theodore Macklin. Wenn Sie ihn nicht kennen, möchte ich wissen, warum er Sie anruft.«

»Er ruft mich an?«

Im Hinterzimmer meldeten die Kinder sich wieder zu Wort, doch sie wurden schnell zurechtgewiesen.

Bannister nickte. »Wir haben die Abrechnungen der Telefongesellschaft.«

Popows Blick wurde stählern. »Sie müssen sich irren. Solche Anrufe hat es nicht gegeben. Ich sage Ihnen, ich kenne keinen Mann namens Macklin.«

Price stand neben der Tür und hielt sich zurück, während Bannister den Mann befragte. Er setzte sich nicht neben seinen Partner auf die Couch, sondern ging nervös auf und ab. Plötzlich lächelte er den beiden Männern beschwichtigend zu.

»Du hast gehört, was er gesagt hat, Sam. Er weiß von nichts. Entschuldigen Sie unser Eindringen, ja, Mr. Popow? Sie wissen sicherlich, wie solche Hinweise laufen. Wahrscheinlich hat jemand eine Nummer falsch aufgeschrieben.«

Popow sprang auf die Theorie an. »Natürlich.« Der Russe kicherte und wischte sich den Schweiß mit einem Taschentuch von der Stirn. »Ich verstehe. Kein Problem, meine Herren. Tut mir leid, daß Sie umsonst gekommen sind.«

»Los, komm schon, Sam. Lassen wir diese netten Leute in Ruhe.«

Bannister stand jedoch nicht gleich auf. Er begriff nicht, was Price im Schilde führte. »Na, ich weiß nicht, Lenny.«

»Aber ich. Auf Wiedersehen, Mr. Popow. Tut mir leid, daß wir einfach so hereingeplatzt sind. Richten Sie Ihrer Frau einen Gruß aus, ja?«

Price verließ die Wohnung. Bannister folgte ihm mürrisch. Schweren Schrittes stiegen sie ins zweite Stockwerk hinunter und versteckten sich hinter einem Vorsprung vor einer Nische.

»Gib es mir«, forderte Bannister, dem inzwischen ein Licht aufgegangen war.

Price zog einen drahtlosen Empfänger heraus. Das dazugehörige, kieselsteingroße Mikrofon hatte er an einem Lampenfuß neben Popows Sofa angebracht.

So wie Popow reagiert hatte, glaubte Bannister nicht, daß sie lange auf eine Reaktion des Mannes warten mußten. Und er sollte recht behalten. Alle hatten sich in Popows Wohnzimmer versammelt und unterhielten sich aufgeregt. Der Tonfall der Stimmen war eindeutig.

»Du lieber Himmel«, schimpfte Bannister. »Ich wußte, daß wir nur unsere Zeit verschwenden.«

»Haben sie nicht angebissen?« fragte Price.

»Oh, doch, sie hängen an der Angel. Sind völlig aus dem Häuschen. Willst du mal hören?«

Price drückte den Empfänger an sein Ohr. Stirnrunzelnd lauschte er. »Na ja, wir wollten sie zum Reden bringen, und das ist uns gelungen, oder etwa nicht?«

»Ja, richtig, Lenny. Nur verstehe ich kein Russisch.«

Price kramte einen Kassettenrecorder hervor und schnitt die nächsten fünfzehn Minuten Unterhaltung aus der Wohnung über ihnen mit.

»Das Russisch ist nicht das Problem. Das habe ich erwartet«, flüsterte er nach ein paar Minuten. »Dumm ist nur, daß sie alle auf einmal quatschen. Ich kenne jemanden, der das für uns übersetzen kann, aber das wird bei dem Gequassel eine Menge Arbeit machen.«

»Möchtest du, daß ich hochgehe und ihnen sage, daß sie schön nacheinander reden sollen?« spottete Bannister ärgerlich.

»Eigentlich ja. Aber wie ich dich kenne, machst du es tatsächlich.«

Als sie in ihre Mietbehausung zurückkamen, läutete gerade das

Telefon. Price ging ran. Bis jetzt hatten sie eine Menge Anrufe von Telefonverkäufern, von Leuten, die sich verwählt hatten, und natürlich noch von Ruthie erhalten. Aber diesmal hielt Price den Hörer in Sams Richtung.

»Ist für dich, Partner. Chloe.«

Bannister wurde ganz aufgeregt. »Hallo, mein Schätzchen. Wie geht es dir?«

Nach ein paar Worten wirkte er wesentlich entspannter. Seine Tochter erzählte ihm in allen Einzelheiten von ihrem Wochenende als Babysitter, ein Job, den sie gerade angefangen hatte, und daß der kleine, kluge Junge namens Timmy sie offenbar gut leiden könne. Obendrein schnatterte sie etwas von einer bevorstehenden Reise zu ihrer Großmutter in den Berkshires, auf die ihre Mutter sie begleiten würde.

»Wir fahren Sonntag ab. Omi sagt, daß sie es gar nicht erwarten kann, zu sehen, wie ich mich entwickelt habe.«

»Hört sich großartig an, Schätzchen. Und es freut mich, daß du wieder zu deinem alten Ich zurückgefunden hast.«

Und von diesem Moment an veränderte sich der Tenor des Gesprächs abrupt. Chloe beklagte sich auf einmal, daß ihr Leben langweilig, ihre Freunde doof und das Wetter beschissen sei, daß sie von ihrer Mutter wie ein Kleinkind behandelt werde und außerdem unglücklicherweise zugenommen habe und jetzt fett wie ein Walroß sei.

Fett? Gütiger Gott, das Mädchen war dünn wie eine Bohnenstange.

»Du bist nicht fett. Das ist lächerlich.«

»Ich bin ungeheuer dick, Daddy. Du hast mich in letzter Zeit nicht gesehen. Mein Gesicht ist ein aufgeblasener Ballon. Und meine Schenkel sind echt wuchtig. Wenn ich gehe, klatscht das Fleisch laut gegeneinander. Voll schrecklich! Am liebsten würde ich tot umfallen!«

»Jetzt mach aber mal halblang. Ich habe dich erst vor zwei Wochen gesehen.«

»Ich bin ein Pferd.«

»Ein sehr, sehr dünnes Pferd.«

»Warum hört mir denn niemand zu?«

In Windeseile wechselte ihre Stimmung von Irritation über Entrüstung zu schäumender Wut. Mit jeder Bemerkung verschlimmerte Bannister die Lage nur noch. Alles, was er sagte, war Öl ins Feuer. Es nutzte nichts, sie zu beruhigen. Ihr Selbstbewußtsein stärken – keine Chance. Komplimente brachten sie auf die Palme. Und als er an ihren Menschenverstand appellierte, drehte sie völlig durch. Ein paar Minuten später legte Bannister deprimiert auf. Er hatte das Gefühl, zehn Runden mit einem hungrigen Alligator gekämpft zu haben. Und laut Price war das auch der Fall gewesen.

»Das sind die Hormone, Sam. Ich sage es dir. Alle Kinder machen so eine Phase durch.«

»Chloe ist nicht wie andere Kinder.«

»Du solltest dem Herrn auf Knien danken, daß sie sich nicht von den anderen unterscheidet. Du glaubst nicht, was Kinder in dem Alter schon alles haben können, Wachstumsstörungen, Krebs, Knochenschwund. Erst neulich habe ich einen Artikel über diesen Jungen gelesen, der ...«

Bannister brachte seinen Partner mit einem Blick zum Schweigen.

»Ist ja gut, Sam, ist ja gut. Ich dachte, du bräuchtest etwas Aufmunterung.«

Das Telefon läutete wieder. Bannister wußte nicht, ob er abnehmen oder flüchten sollte, beschloß dann aber, sich dem Ungeheuer zu stellen. Schließlich hatte er dieses Ungeheuer produziert.

Vorsichtig nahm er den Hörer ab, murmelte Beschwichtigungen und nickte hin und wieder zustimmend. Mit sanfter Stimme sagte er: »Ist schon in Ordnung, Liebling. Ich verstehe doch.«

Während des Gesprächs ließ Price ihn nicht aus den Augen. »Geht es dir jetzt besser?« wollte er wissen, als Bannister den Hörer endlich auflegte.

»Ich weiß nicht, Lenny. Du solltest sie hören. Sie hat mir erzählt, daß sie Stimmungsschwankungen hat. Die Kleine weiß manchmal nicht, was sie mit sich anfangen soll. Das macht mich krank vor Sorge.«

»Das ist normal, Sam. Ganz normal.«

»Ach ja? Und was ist mit Jugendlichen, die Selbstmord begehen? Was ist mit Magersucht und Drogenkonsum und Kindern, die Kinder kriegen?«

Price kniff die Augen zusammen. »Hast du dir wieder ›Oprah‹ angeschaut?«

»Mir gefällt nicht, wie sie klingt. Ich möchte sie nicht mit Samthandschuhen anfassen und mich sorgen müssen, daß sie durchdreht. Die ganze gottverdammte Angelegenheit stinkt zum Himmel.«

»Ist besser, wenn du dich daran gewöhnst, Sam. Sie ist gerade erst in die Pubertät gekommen, das wird noch eine Weile anhalten.«

Aber trotz aller Beschwichtigungen wollten Bannister die Worte seiner Tochter nicht aus dem Kopf gehen. Ihre Stimme hatte so niedergeschlagen und bedrückt geklungen. Niemand und nichts konnte ihn dazu bewegen, einfach zu vergessen, was sie gerade durchmachte, und so zu tun, als ob nichts gewesen wäre. Er wußte sehr wohl, daß ein einziger falscher Schritt die Zukunft seiner Tochter beeinflussen konnte. Wenn sie nur einmal falsch reagierte, einmal der falschen Person Vertrauen schenkte, endete sie möglicherweise wie Martha Rafferty.

Was Chloe betraf, wollte er nicht das geringste Risiko eingehen. Für seine kleine Tochter war er bereit, bis an die Grenzen des Möglichen zu gehen.

22. KAPITEL

Sie trat aufs Gaspedal.

Meilenstein sechs. Zehn. Fünfzehn.

Dahinjagende Telefonmasten. Wie schwarze Schatten vorbeirauschende Bäume. Vorbeiflitzende Strommasten. Die Geschwindigkeit nahm ihr den Atem.

Unvorstellbar.

Meilenstein zwanzig. Fünfundzwanzig. Die Hölle auf Rädern. Sie raste durch die Welt. Sie raste zum Sieg.

Wer hätte das gedacht? Laut lachend drückte sie den Fuß fester auf das Gaspedal. Beschleunigte noch. Berauschte sich an der Geschwindigkeit, die sie erreichen konnte.

Meilenstein dreißig. Vierzig.

Sie konnte es selbst kaum glauben. Die ganze Fahrt kam ihr vor wie ein Traum in einem alten Schwarzweißfilm. Aber es war kein Traum. Es war wirklich und real. Und schöner, als sie sich in ihren kühnsten Träumen vorgestellt hatte.

Alles hatte am späten Nachmittag mit einem Überraschungsbesuch ihrer Schwester Alice begonnen. Nach vielen Wochen der Halsstarrigkeit und des Widerstandes war Alice endlich zu einem Arzt gegangen. Und nun war ihnen die Sorge genommen. Der Knoten hatte sich als harmlos herausgestellt. Kein Krebs, keine Chemotherapie. Nur eine unschuldige Zyste, die eine winzige Narbe hinterlassen würde.

Sie köpften die halbe Flasche Champagner, die ihre Schwester mitgebracht hatte. Und aßen Erdbeeren und ein Schälchen Pralinen dazu, um den Anlaß auch wirklich würdig und opulent zu feiern.

Das perlende Getränk war ihr in den Kopf gestiegen. Gleich nach dem ersten Schluck hatte sie die Veränderung gespürt. Ihr Herz begann laut und rhythmisch zu schlagen. Ungewohnt, aber überhaupt nicht unangenehm. Als sie ihr Glas wegstellte, beschloß sie, Alice nichts darüber zu erzählen. Sie hätte eh nicht die richtigen Worte gefunden. Statt dessen stopfte sie Unmengen von Pralinen in sich hinein, um den prickelnden Schwindel aufzufangen, aber ihr war immer noch schwummerig.

Als ihre Schwester ging, war sie richtig beschwipst. Die glühenden Wangen versuchte sie mit kaltem Wasser zu kühlen. Und sie legte ein feuchtes Handtuch in den Nacken. Aber das alles führte nur dazu, daß der Schwindel stärker wurde.

Sie verspürte den Drang, sofort hinauszugehen, drehte ein paar Runden um den Block und spazierte dann spontan die Rampe zur Parkgarage hinunter.

Oswaldo, der dunkle Parkwächter mit den großen, weißen Zähnen, begegnete ihr wie üblich voller Zurückhaltung. Aber heute ließ sie sich von seinem Blick nicht aufhalten. Ausdruckslos wartete sie darauf, daß er ihr den Chevy brachte und die Schlüssel überreichte.

»Ist Wochen her, daß Sie den Wagen gefahren haben, Lady. Der Motor ist kalt. Fast schon eingefroren«, warnte er sie.

»Dann werde ich dafür sorgen, daß er warm wird, oder was meinen Sie?« erwiderte sie und grinste spöttisch. »Na, dann werde ich mich mal um den Wagen kümmern.«

»Ja, tun Sie das.« Er kicherte.

Mit gemäßigter Geschwindigkeit fuhr sie die Rampe hoch. Oswaldos Verblüffung hatte ihre Stimmung angeheizt und gab ihr einen positiven Schub.

Als sie durch das Straßengewirr zur 96. Straße fuhr, um auf den FDR-Drive Richtung Norden abzubiegen, teilte sich der Verkehr vor ihr auf magische Weise, so daß sie schnell vorankam.

Nur einen Augenblick später hatte sie die Straße hinter sich gelassen. Die Vororte von Westchester rasten an ihr vorbei und wurden von menschenleeren Landstraßen durchschnitten, die sich durch die Weite schlängelten. Auf dem Asphalt gab es nur sie in ihrem flotten Wagen. Das Tempo nahm ihr abermals den Atem. Die Geschwindigkeit erfüllte sie mit tiefer, vollkommener Zufriedenheit.

Meilenstein fünfzig. Fünfundsechzig.

War das wirklich? Jahrelang war Geschwindigkeit ihr größter Feind gewesen. Aus Angst hatte sie sich langsam wie eine Schnecke bewegt und war nicht von der Stelle gekommen.

Bis heute hatte sie keinen Ausweg gesehen, obwohl ihr jedes Mittel recht gewesen war: Drogen, die ihren Verstand zunebelten, Hypnose, Meditation, Akupunktur. Jede Therapieform hatte sie ausprobiert. Einzelanalyse. Neue linguistische Programmierung. Selbsthilfegruppen. Unmengen von Geld und Zeit hatte sie darauf verschwendet, ihre Angst abzuschütteln. Ihr ganzes Leben hatte sie der Heilung gewidmet und nichts erreicht.

Sie hatte nichts unversucht gelassen. Und als sie es nicht mehr aushielt, machte sie zur Abwechslung sogar einen großen Bogen um die Klinik, obwohl sie damit rechnete, für immer verloren zu sein. Für sie gab es keine Heilmethode, keine Wahl mehr.

Und jetzt hatte sich ihre Angst urplötzlich in Luft aufgelöst. Die Klammer, die ihre Bewegungsfreiheit auf ein Minimum reduziert hatte, war verschwunden. Zum ersten Mal seit Ewigkeiten fühlte sie sich frei. Ab heute gab es keine Grenzen, keine Beschränkungen mehr.

Weiter, immer weiter!

Meilenstein hundert.

Sie wuchs über sich selbst hinaus. Sie wollte bersten vor Freude. Das Krankenhaus und alles andere konnten ihr gestohlen bleiben. Aus eigenem Antrieb hatte sie ihre Angst überwunden!

Die Straße schoß in den Himmel. Wand sich dann wieder kurvenreich durch die Landschaft. Aufregend! Noch ungläubig schoß sie an einer Reihe gelber Straßenschilder vorbei, die die schmale Landstraße säumten. Pfeile. Hinweisschilder, die sie aufforderten, langsamer zu fahren.

Nie wieder. Langsam – das war etwas für dahinvegetierende Sterbliche. Sie war der Wind. Frei und unaufhaltbar.

Meilenstein einhundertundeinundzwanzig.

Einundzwanzig war ihre Glückszahl. Ihr Geburtstag war der einundzwanzigste Juni. In der einundzwanzigsten Straße war sie aufgewachsen. Am einundzwanzigsten hatte ein Mann sie zum ersten und einzigen Mal um ihre Hand gebeten. Damals hatte sie abgelehnt, weil sie natürlich nicht wußte, daß das nie wieder passieren würde.

Zu jener Zeit wußte sie noch nicht, daß sie in grenzenloser Dunkelheit ertrinken sollte. Ein Leben ohne Liebe, ohne Freund, ohne Arbeit. Eins nach dem anderen war schiefgelaufen. Sie wurde vertröstet, abgeschoben, weitergereicht. Ihre Seele nahm Schaden. Irgendwann gab sie auf und stellte die Suche ein. Danach verbrachte sie die meiste Zeit in den eigenen vier Wänden, im schützenden Kreis der Familie. Eine gute Köchin war sie, eine großartige Bäckerin. Ihre Kekse und Brownies waren so lecker, daß man ihr vorschlug, ein Geschäft zu eröffnen. Aber dazu fehlte ihr das Talent. Sie hatte nur die Begabung, sich zu fürchten und zu sorgen.

Bald verwandelten sich die Sorgen in Widerwillen und der Widerwille in Furcht. Die Furcht nahm vollständig von ihr Besitz, bis sie nichts anderes mehr spürte.

Das Mädchen im Schneckenhaus. Gefangen. Erstarrt. Lebendig dem Tod geweiht. Mit Bergen von Essen versuchte sie, die Leere zu füllen.

Aber jetzt war sie frei. In den steil abfallenden S-Kurven standen wieder gelbe Straßenschilder. Rechts von ihr schützte eine Leitplanke aus Blech die Autofahrer vor dem Abgrund. Weit und breit war kein anderer Wagen in Sicht.

Der Chevy beschleunigte auf der Talfahrt. Sie ließ die vor ihr liegenden Kurven nicht aus den Augen und klammerte sich am Lenkrad fest. War die nächste Kehre eine Rechts- oder eine Linkskurve? Warum konnte sie sich nicht erinnern? Sie versuchte, sich das letzte Straßenschild mit dem Pfeil vorzustellen – nichts.

Gott, nein!

Die Angst kehrte zurück. Sie drohte sie zu verschlingen, so daß sie keinen klaren Gedanken mehr fassen konnte.

Aber sie würde diesen Anfall von Panik durchstehen! Sie mußte nur auf die Bremse treten. In die Sicherheit zurückkehren und sich nicht mehr bewegen.

Die Knöchel ihrer Hände, die sich um das Lenkrad krampften, traten weiß hervor. Ihre Muskeln waren angespannt. Verzweifelt tastete sie mit dem Fuß nach dem Bremspedal. Der Wagen schlingerte. Mit aller Kraft drückte sie auf die Bremse. Sie mußte den Wagen anhalten, um jeden Preis. Jetzt!

Das Tempo verringerte sich. Sie spürte, wie die Bremsen griffen, und hörte das beruhigende Quietschen. Langsamer, bitte! So bleib doch stehen!

Vor ihr lag eine scharfe Kurve. Mit diesem Tempo würde sie es nicht schaffen. Großer Gott! Sie biß die Zähne zusammen, bis es weh tat, und verlagerte ihr ganzes Körpergewicht auf das Bremspedal. Die Nadel auf der Geschwindigkeitsanzeige sackte herunter. Aber doch nicht schnell genug.

Mit jeder Faser ihres Körpers wappnete sie sich. Nur noch wenige Meter bis zur Kurve. Ihr Herz raste, und ihr Atem stockte.

Du kannst es schaffen. Du kannst es. Laß dich einfach darauf ein. Konzentrier dich. Ignoriere die Furcht. Denk an etwas anderes, lenk dich ab.

Jetzt rollte der Chevy in die Kurve. Sie riß am Lenkrad. Glitt hinein. Hatte die Hälfte schon hinter sich.

Du kannst es schaffen! Bist fast durch!

Lenk in die andere Richtung! Nun konnte sie sich an das Straßenschild erinnern. Es leuchtete schrill auf, aber nicht so hell, daß es das Schwarz der Angst durchdringen konnte, die sie geschluckt hatte, die sie reglos, staunend und steif im Wagen festhielt.

Es gab einen Ausweg! Es mußte einen geben!

Aber bevor sie ihn fand, krachte sie durch die Leitplanke und donnerte über den Rand der Welt hinaus in die Tiefe.

23. KAPITEL

Jason konnte sie unten sprechen hören. Binnies nasales und gleichzeitig schrilles Geplappere und den tiefen, ruhigen Stimmfall seiner Mutter. Wahrscheinlich unterhalten sie sich über mich, überlegte Jason mit einem Anflug von Verärgerung. Aber er mußte jetzt über viel wichtigere Dinge nachdenken.

Als seine Betreuerin gegen neun Uhr zur praktischen Übung aufgetaucht war, hatte er sich schlafend gestellt. Diese List war für sein Experiment notwendig. Mit äußerster Sorgfalt hatte er alles berechnet. Die Wirkung der Substanz, mit deren Zusammensetzung er experimentiert hatte, müßte – wenn er sein Gewicht und seinen Stoffwechsel berücksichtigte – in fünfzehn Minuten einsetzen und etwa eine halbe Stunde lang anhalten. Da Binnie fast nie pünktlich kam, durfte er die nötige Dosis erst einnehmen, wenn sie über die Türschwelle trat.

Sobald er sie klingeln hörte, trug er die Uhrzeit in sein Tagebuch ein und schlich sich auf leisen Sohlen ins Badezimmer.

Er wog knapp achtzig Kilo. Nach den Berechnungen aus den Mäuseexperimenten schüttete er genau zwei gestrichene Teelöffel der Mutdroge in den Zahnputzbecher und schluckte den Inhalt. Vor allem mußte er eine Überdosierung vermeiden. Andererseits bestand die Gefahr, daß er eine zu geringe Dosis einnahm und damit das selbstgesteckte Ziel eventuell nicht erreichte. Bei anderen wäre er nicht so vorsichtig vorgegangen. Obwohl er sich oftmals nutzlos und verzweifelt fühlte, hegte er jedoch nicht einmal unterschwellig den Wunsch, sich unberechenbaren Risiken auszusetzen.

Die Flüssigkeit war dick und klebrig und süß. Jason hatte sie absichtlich so zusammengemischt, um sie den Nagetieren schmackhaft zu machen. Nur mit einer Unmenge von Süßstoff gelang es ihm, den Geschmack zu überdecken. Er dachte an die Muffins auf der Küchenanrichte, aber er wußte nicht, wie er die entsprechende Menge auf ein Kilo Kuchenteig berechnen sollte.

Am liebsten hätte er den scheußlichen Nachgeschmack mit einem Glas Wasser weggespült, aber er hatte keine Ahnung, ob das die Wirkung der Substanz schmälern würde.

»Bist du noch nicht fertig, Jay?«

»Muß verschlafen haben. Komme gleich nach unten.«

Am Handwaschbecken drehte er das heiße Wasser voll auf und sah zu, wie der Badezimmerspiegel beschlug. Konzentriert wartete er auf die ersten Anzeichen, daß die Wirkung seiner Erfindung einsetzte. Den Blick auf den Sekundenzeiger seiner Armbanduhr gerichtet, maß er seinen Puls am Handgelenk. Keine Abweichungen, ganz normal.

Immer noch keine Veränderungen.

Er beschloß, die nächsten zehn Minuten herumzutrödeln. Also kehrte er in sein Zimmer zurück, öffnete eine Reihe von Schubladen, knallte sie wieder zu und betrat seinen begehbaren Kleiderschrank. Seine Hemden und Hosen hingen ordentlich aufgereiht an der Stange. Nur Beige- und Grautöne oder andere Nicht-Farben. Auch die Schuhe und das Regal mit den Winterpullovern in Plastikschutzhüllen fielen nicht durch Farbigkeit auf.

Jason hatte immer viel Wert darauf gelegt, nicht aufzufallen, keine Aufmerksamkeit auf sich zu ziehen. Er, das größte Nichts aller Zeiten, war eigentlich nie Gefahr gelaufen, im Rampenlicht zu stehen. Um wirklich ganz sicherzugehen, lief er mit gesenktem Blick, hängenden Schultern und langweiligen Klamotten durch die Gegend, gab sich uninteressiert und uninteressant.

Aber jetzt sollte alles anders werden. Wenn dieses Experiment funktionierte, konnte die Welt ihn getrost herausfordern. Und er würde die Herausforderung erfreut annehmen. Schon sah er sich auf einer Bühne, unter sich ein Meer von Bewunderern. Der Applaus war ohrenbetäubend. Jason, der Tapfere, der Kühne, der Fabelhafte. Die Vorstellung trieb ihm die Röte auf die Wangen und zauberte ein unwiderstehliches Lächeln auf seine Lippen.

»Danke, vielen Dank«, murmelte er mit ausgestreckten Händen, während seine Fans ihn zu berühren versuchten. »Das ist wirklich zuviel des Guten. Sie sind sehr freundlich zu mir.«

»Jason. Jetzt komm endlich. Binnie wartet auf dich.«

Er warf einen Blick auf die Uhr und stürmte die Treppe hinunter in den Flur. Seine Mutter und die Betreuerin saßen erwartungsvoll im Wohnzimmer. Jason konnte es nicht mehr erwarten, daß die Veränderung einsetzte.

»Tut mir leid. Ich hab' den Wecker nicht gehört. Kommt bestimmt nicht wieder vor«, log er. Es klang sehr glaubhaft.

Voller Anteilnahme neigte Binnie den Kopf. »Schlimme Nacht gehabt, mein Lieber? Meine war jedenfalls grauenhaft. Bei dieser Hitze kann ich einfach nicht schlafen. Wegen der Klimaanlage habe ich einen Schnupfen eingefangen und kriege jetzt kaum Luft. Wenn du fertig bist, könnten wir uns ja langsam auf den Weg machen.«

»Ich glaube schon.«

»Großartig. Ich schlage vor, daß wir zum Boulevard fahren und einen kleinen Schaufensterbummel machen. Vielleicht ist es dort auch ein bißchen kühler.«

Jason unterdrückte seine Einwände. Sein Experiment schrie geradezu nach so einer Herausforderung. »Ist mir recht.«

Seine Mutter lächelte. »Möchtet ihr beide einen kleinen Imbiß im Luncheonette nehmen? Geht auf meine Rechnung.«

»Gegen eine kalte Erfrischung habe ich nichts einzuwenden. Was meinst du, Jason?« fragte Binnie.

Jay nahm den Geldschein an, den seine Mutter aus ihrer Brieftasche kramte, und folgte Binnie nach draußen.

Der Himmel war blaßblau. Die Luft flimmerte. Die Stille der Straße wurde nur von einem Lastwagen und einem Rasenmäher, dem Husten seines altersschwachen Motors, unterbrochen. Jasons Nase lief. Er hatte alle Mühe, seine zittrigen Gliedmaßen zu kontrollieren. Schlimmer Morgen. Hatte eine gefährliche Aura. Falls er die nächsten Stunden durchstand, war die Droge ein wirkliches Wunder. Größer, als er zu hoffen gewagt hatte.

Durch seine Gedanken abgelenkt, war Jason hinter Binnie zurückgefallen. Als er wieder in die Wirklichkeit zurückkehrte, stand seine Betreuerin schon vor ihrem Wagen und kramte die

Umhängetasche nach den Schlüsseln durch. Am Rand des Bürgersteigs blieb er wie angewurzelt stehen. Ein Berg eingebildeter Gefahren trennte ihn von Binnie. Ganz allein und verwundbar stand er hier draußen im Freien.

»Los, komm, Jason. Schnupfen hin oder her, wenn du einsteigst, drehe ich die Klimaanlage voll auf. Du meine Güte, hier draußen ist es unerträglich heiß.«

Er wich ihrem erwartungsvollen Blick aus und versuchte, einen Fuß vor den anderen zu setzen. Nein, er mußte kurz ins Haus zurück, um sich zu sammeln. Aber die Panik nagelte ihn fest. Sein Herz hämmerte wie wild gegen den Brustkorb.

»Stimmt was nicht, Jason?«

Er konnte nicht antworten. Heiliges Kanonenrohr, warum wirkte die Substanz nicht? Vielleicht hatte er die Dosis doch falsch angesetzt. Aber nein, er hatte seine Berechnungen ein dutzendmal überprüft. Zwei Teelöffel. Nicht mehr und nicht weniger. Nur ein Tropfen mehr konnte ihn schachmatt setzen.

Nervös befingerte er die Kette an seinem Hals. Das Löwen-Medaillon war nach hinten gerutscht. Mit zittrigen Fingern zog er es nach vorn. Plötzlich hatte er das Gefühl, elektrisch geladen zu sein.

Komm schon, Jason. Setz dich in Bewegung. Verdammt, was ist denn los mit dir?

»Ich werde mal den Motor anlassen und den Wagen auf eine erträgliche Temperatur runterkühlen, okay?« rief Binnie. »Laß dir Zeit.«

Sie stieg in den Wagen und schloß die Tür. Der Motor sprang sofort an, und giftige Abgase bullerten aus dem Auspuff. Binnie nutzte die Zeit, um einen Blick in den Rückspiegel zu werfen und frischen Lippenstift aufzutragen. Zu dumm, daß sie nicht aus Versehen Kleber draufschmierte. Vielleicht würde sie dann endlich mal die Klappe halten.

Diese Vorstellung erheiterte Jason. Er spürte, wie die Furcht langsam nachließ. Um den Vorgang zu beschleunigen, konzentrierte er sich voll und ganz auf das Experiment. Er warf einen

Blick auf die Uhr. Noch ganze drei Minuten, bis die Droge richtig wirkte. Der Versuch mußte einfach klappen!

»Mutdroge.« Ja, der Name war in diesem Fall Programm. Jasons Mixtur war darauf ausgerichtet, Menschen die Angst zu nehmen. Sie mutig zu machen. Damit sie nicht mehr unter Phobien leiden müssen. Nie mehr Anfällen von Panik oder lähmenden Ängsten ausgeliefert sind, die ihnen das Leben zur Hölle machen.

Er hatte Studien über posttraumatische Störungen gelesen. Diese Artikel hatten ihn bei seiner Arbeit für den Talentwettbewerb inspiriert. Die betroffenen Patienten litten unter extremer Reizbarkeit, Schlafstörungen, häufigen Alpträumen und schrecklichen Flashbacks, in denen sie die traumatische Situation wieder und wieder durchlebten.

Gerade bei Vietnam-Veteranen tauchte dieses Problem besonders häufig auf. Erst als man das festgestellt hatte, waren die Mediziner aufmerksam geworden und hatten sich verstärkt in die Forschung gestürzt. In letzter Zeit waren dann physiologische Unterschiede bei diesen Patienten entdeckt worden. Bei einem Experiment löste Yohimbine, eine stimmungsverändernde Droge, bei den Patienten zusätzliche Panikzustände und Flashbacks aus, bei gesunden Teilnehmern war das nicht der Fall.

Eine andere Studie besagte, daß Patienten mit posttraumatischen Störungen körpereigene Substanzen wie z. B. Endorphin im Übermaß produzieren. Dadurch wurde vermeintlicher Schmerz gelindert, aber die Patienten litten unter einem Gefühl von Unwirklichkeit und Orientierungslosigkeit.

Bei einem anderen Experiment wurde nachgewiesen, daß die Hirnanhangdrüse der betroffenen Patienten Unmengen des adrenotropen Hormons ausschüttete, das die gleichen Symptome wie das ursprüngliche Trauma produzierte: Frösteln, Zittern, Angstzustände.

Mit diesen Erkenntnissen ausgerüstet, forschte Jason nach einem Mittel oder einer Droge, die fähig war, die reaktive Produktion von Körperchemikalien zu stoppen, die durch die posttraumatischen Störungen hervorgerufen wurden. Sein Vorgehen basierte auf der Annahme, daß Menschen, die unter Phobien leiden, das gleiche durchmachen wie Kriegsveteranen. Für ihn und andere Phobiker waren die eingebildeten Gefahren ebenso traumatisch und beängstigend wie die Verteidigung einer Frontlinie im Krieg.

Sein Ziel war es, eine Pille zu entwickeln, die den Schrecken ausschaltete, seine hyperaktive Phantasie im Zaum hielt und ihm erlaubte, ein normales Leben zu führen. Seine Experimente waren ziemlich erfolgreich gewesen. Erste Versionen der Formel hatten seine Labormäuse so mutig gemacht, daß sie leichte Stromschläge in Kauf nahmen, um an Nahrung zu kommen.

Mit leichten chemischen Veränderungen war es ihm gelungen, das zunehmend risikoreiche Verhalten der Mäuse in überschaubare Bahnen zu lenken. Er verbesserte die Substanz so lange, bis er seine Mutdroge entwickelt hatte, die dem Probanden offenbar totale Furchtlosigkeit ohne sichtbare Nebenwirkungen bescherte.

Während der ersten Versuche reagierten die Mäuse, denen die Droge verabreicht worden war, nicht auf extrem laute Geräusche. Außerdem verloren sie ihre instinktive Furcht vor ihren naturgegebenen Feinden. Jason steckte die Mäuse in einen durchsichtigen Behälter, vor den er eine fauchende Katze setzte. Seine Labormäuse reagierten nicht. Die Bedrohung schien sie nicht zu stören. Voller Zufriedenheit registrierte er, wie beeindruckt sein alter Betreuer, jener junge Arzt war, als er ihnen die Wirkung der Droge an seiner Lieblingsmaus demonstrierte, die er nach dem berühmten General Schwartzkopf benannt hatte.

Jason war sicher, daß er ein Heilmittel gegen Angst gefunden hatte. Jetzt mußte er seinen Fund nur noch durch weitere Untersuchungen bestätigen und dokumentieren. Und dann konnte er sich an ein pharmazeutisches Labor wenden, das in der Lage war, großflächige Studien mit Probanden durchzuführen. Solch eine Studie war nötig, um eine staatliche Zulassung zu bekommen.

Die Einsatzmöglichkeiten seines Mittels waren atemberaubend. Eine zugelassene Mutdroge würde Phobien und andere Ängste heilen können. Würde kriegsbedingten Streß eliminieren und Soldaten, die gefährliche Aufgaben auszuführen hatten, die Angst nehmen.

Testpiloten, Stuntmänner, Polizisten, Feuerwehrmänner und andere Menschen in Risikoberufen würden seine Droge nehmen können, um die Angst auszuschalten, die ein beträchtliches Risiko darstellte. In einer Nation von Helden würde er, Jason Childs, der größte Held von allen sein. Respektiert. Bewundert.

Tief durchatmend trat er vom Bürgersteig. Auf einmal fühlte er sich ganz leicht. Sein Schritt war schwungvoll, seine Bewegungen sicher und geschmeidig wie die einer Katze. Das Mittel wirkte.

Das Großmaul Binnie hörte endlich auf, sich anzumalen, und öffnete ihm die Wagentür.

»Du siehst jetzt viel besser aus. Ich dachte mir, ich sollte dich besser nicht drängen, Jason. Manchmal braucht man ein paar Minuten, um sich zu sammeln, findest du nicht auch?«

»Ja.«

»Genau so ging es mir früher«, plauderte sie heraus.

Ihm ging es tatsächlich viel besser. Er fühlte sich so gut, daß er nicht glauben konnte, gerade eben noch der Feigling auf dem Gehweg gewesen zu sein. Was für ein Unterschied! Nur drei Minuten hatte die Verwandlung gebraucht. Sein Puls ging langsam und gleichmäßig. In regelmäßigen Abständen pumpte sein Herz das Blut durch seine Adern. Sein Verstand funktionierte blendend. Sprang mit Leichtigkeit und Klarheit von einem Gedanken zum anderen. Nicht der leiseste Hauch von Selbstzweifeln. Kein Zaudern, kein Zögern.

Freudig erregt stieg Jason in den Wagen und schloß die Tür mit einem lauten Knall. Er konnte alles tun und überall hingehen. Und wenn das Mittel bei ihm diese Wirkung zeigte, dann hatte es bestimmt bei allen Phobikern den gleichen Effekt. Bald würde er sehen können, wie es den anderen Gruppenmitgliedern erging.

Natürlich hatte er nicht die volle Dosis auf ihre Uhrenarmbänder getupft, aber wahrscheinlich machten sich trotzdem Unterschiede in ihrem Verhalten bemerkbar. Er konnte es gar nicht erwarten, sie am kommenden Donnerstag wieder in der Gruppe zu treffen.

»Dann laß uns mal losfahren«, sagte er. »Ich habe diese Rumhängerei endgültig satt.«

Binnie lachte. »Mein Gott, deine Stimmungen ändern sich aber schnell. Nun gut. Dann wollen wir mal losfahren.«

Nur zu, wollte er schreien. *Halte dich bereit, alte Welt, ein neuer Stern ist im Begriff aufzugehen.* Seine Mixtur übertraf wirklich seine kühnsten Hoffnungen. Sagenhaft.

24. KAPITEL

Zum wiederholten Mal schaute Maggie auf die Uhr, deren Sekundenzeiger aufreibend langsam weiterkroch. Lawrence Ivy hatte versprochen, sich am frühen Nachmittag zu melden. Sobald sie das Okay bekam, würde sie das genaue Datum für das Symposium festlegen, die entsprechenden Räumlichkeiten anmieten und die wichtigsten Sprecher einladen können. Eine Konferenz von der Größe, wie sie sie anvisierte, war kein kleines Unterfangen, und sie konnte es kaum noch erwarten, endlich loslegen zu können. Im Augenblick brauchte sie dringend eine Ablenkung.

Der Fenstertraum verfolgte sie immer noch. Tagsüber tauchten verwaschene Traumbilder auf und erinnerten sie an den Film, der nachts in ihrem Kopf ablief. Mehrmals pro Nacht befand sie sich in jenem Zimmer, kniete sich pflichtschuldig auf den geblümten Teppich und sagte ihr Gebet auf.

»Und bitte dich, o Herr, meine Seele zu bewachen.«

Jedesmal glitt das Fenster hoch, und sie flog auf dem Rücken des Adlers davon, bis sie schließlich hinunterfiel und in weiten Kreisen abstürzte.

»Sollte ich sterben …«

Dahinter muß sich eine Menge gravierender Probleme verstecken, spekulierte sie. Extreme psychische Anspannung brachte manchmal seit langem vorhandene, aber gut verdrängte Symptome an die Oberfläche. Die einzige Möglichkeit, mit ihnen umzugehen, verlangte die Anwendung jener Techniken, die sie sich während ihrer Therapie angeeignet hatte. Es waren die gleichen, die sie jetzt ihren Patienten anbot.

Heute morgen hatte sie zwei Privatpatienten behandelt und ein Sondierungsgespräch mit einer Frau geführt, die schreckliche Angst vor dem Fahren hatte. Maggie fand sie liebenswert und attraktiv und sagte sich, daß sie gut zu den fünf anderen Phobikern passe, die Maggie einer Gruppe zugeteilt hatte, die in zwei Wochen beginnen sollte. Es hatten sich noch vier zusätzliche Personen gemeldet. Damit war die Gruppe voll.

Maggie mußte nur noch einen Leiter auswählen, eine Aufgabe, die sie möglichst schnell erledigen wollte.

Von denjenigen auf der Betreuerliste, die ihr zur Verfügung standen, entschied sie sich gegen jene, die erst vor kurzem eine Gruppe geleitet hatten. Aus den verbleibenden Kandidaten strich sie wiederum alle aus, die während des achtwöchigen Programms in Urlaub fuhren. Natürlich fielen die Introvertierten und Unsicheren als Kandidaten weg. Ein paar Betreuer hatten sich bei der Einzelbetreuung als wenig zuverlässig erwiesen und konnten nun selbstverständlich nicht mit einer Gruppe betraut werden.

Und dann fiel Maggie ihr durch nichts zu entmutigender Verehrer ein. Nein, Francis Kennedy kam einfach deshalb nicht in Frage, weil sie ihn möglichst wenig in ihrer Nähe haben wollte. Ihr lag viel daran, daß der Mann nicht noch ermutigt wurde.

Nach längerem Überlegen blieben fünf Namen übrig. Zuerst spielte Maggie mit dem Gedanken, Beverly Magida zu fragen, eine ehemalige Patientin, die früher unter Klaustrophobie gelitten hatte. Beverly hatte ein einnehmendes Wesen und verfügte über einen wunderbaren Humor. Trotzdem blieb Maggies Blick immer wieder an Gail Weiders Namen hängen.

Seit sich Gail vor zwei Jahren bei einer Phobiengruppe eingeschrieben hatte, war sie eine Art fester Bestandteil der Klinik geworden. Sie arbeitete als Beraterin, besuchte fortlaufend Selbsthilfesitzungen und unterstützte alle Projekte, bei denen es um Spendensammlungen für das East End ging. Sie gehörte zum Kern einer kleinen Gruppe zuverlässiger, allzeit bereiter Freiwilliger. Seltsamerweise hatte sie sich in den letzten Monaten rar gemacht.

Anfänglich hatte Gails plötzliches Wegbleiben Maggie beunruhigt, hatte sie sich schweren Herzens entschlossen, die Frau erstmal in Ruhe zu lassen. Vielleicht trug es zu Gails Heilung bei, wenn sie sich vom East End distanzierte. Im Verlauf der Behandlung hatte Gail viel erreicht, aber sie litt immer noch unter der Angst vorm Autofahren, vor allem auf Landstraßen. Frustrierte Patienten, die vor einer scheinbar schier unüberwindbaren Mauer standen, wurden ermutigt, auch einmal andere Strategien auszuprobieren. Es gab kein Patentrezept, das jeden und alles kurierte. Manchmal half die herkömmliche Methode, und manchmal konnten Patienten mit den verrücktesten, ausgefallensten Mitteln von ihrer Phobie befreit werden.

Vor wenigen Wochen war Maggie Gail zufällig über den Weg gelaufen. Auf der First Avenue. Die Frau hatte kurzangebunden, fast eisig reagiert. Maggie hatte sich ihr Verhalten nicht erklären können. Plötzlich wurde ihr klar, daß ihre ehemalige Patientin wegen irgendeiner Sache verstimmt war. Obwohl sie sich lange Zeit den Kopf zerbrach, hatte sie keine einleuchtende Erklärung für Gails Verhalten finden können.

Erst jetzt fiel ihr ein möglicher Grund für Gails Eingeschnapptsein ein. Vielleicht war sie wütend, weil man sie bis jetzt nicht darum gebeten hatte, eine Gruppe zu leiten.

Maggie rügte sich stumm für ihre Blindheit. Unglücklicherweise gehörte Gail Weider zu jenen Menschen, die sich blendend einfügen und dadurch fast unsichtbar werden. Allein vom Äußeren her war sie ganz durchschnittlich: normales Gewicht, normale Größe, braune Haare, braune Augen, keine hervorstechenden Charaktereigenschaften. Es fiel einem unheimlich leicht, sie zu übersehen. Und dennoch war sie genau so befähigt und hingebungsvoll wie alle anderen Leiter, die sich lange nach ihr dem Programm angeschlossen hatten und noch vor ihr ausgewählt worden waren, eine eigene Phobiengruppe zu leiten.

Darauf bedacht, den Fehler wiedergutzumachen, rief Maggie Gail an, und als niemand abnahm, hinterließ sie eine ausführliche Nachricht auf dem Anrufbeantworter.

»Ich freue mich schon darauf, von Ihnen zu hören«, schloß sie. »Ich weiß, daß Sie sich als Gruppenleiterin hervorragend machen werden.«

Hinterher fühlte Maggie sich viel besser. Ihr war, als habe man ihr einen unsichtbaren Stachel gezogen. Erst als ihr Magen laut knurrte, stellte sie fest, daß sie nicht nur Gail Weiders Interessen vernachlässigt hatte.

Um die Mittagszeit tummelten sich sehr viele Angestellte und Besucher in der Krankenhaus-Cafeteria. Nach fünfzehn Minuten in der Warteschlange wurde Maggie ungeduldig und wollte gerade ausscheren, als sie eine bekannte Stimme hörte.

»Maggie? Dr. Lyons? Gesellen Sie sich doch zu uns, wir haben Ihnen einen Platz freigehalten.«

Sie ging an den Anfang der Schlange, wo Mitch Goldberg und Daisy Tyler darauf warteten, bedient zu werden.

Den mißmutigen Blicken ausweichend, schüttelte sie den Kopf. »Das geht doch nicht.«

Daisy schaute ihr unverwandt in die Augen. »Bitte, Frau Doktor. Ich würde mich wirklich freuen, wenn Sie sich uns anschließen könnten.«

Ein paar Krankenschwestern, die hinter den beiden standen, machten Maggie Platz. »Geht schon in Ordnung, Dr. Lyons. So eilig haben wir es auch wieder nicht mit dem Essen.«

»Danke, das ist sehr nett von Ihnen.« Maggie stellte sich neben Daisy und nahm ein Tablett.

Als sie in einer sonnenbeschienenen Nische am Fenster Platz nahmen, fiel Maggie auf, daß Daisy sich frisiert und kunstvoll

Make-up aufgetragen hatte. Über ihren Augen schimmerte blaßgrauer Lidschatten, die Wangen glühten in einem zarten Pfirsichton, und die Lippen waren auch angemalt. Die Farben verliehen Daisys hübschem Gesicht Kontur. Der Gefängniszellenlook war mit einigen Handgriffen ausgemerzt worden. Daisy trug eine weiße Bluse und schwarze, enge Hosen, die eine der Krankenschwestern für sie bei Macy's besorgt hatte. Zusammen mit dem geblümten Seidenschal und den roten Ohrringen sorgte dieses schmeichelnde Outfit für eine frische und fröhliche Ausstrahlung.

»Sie sehen großartig aus«, sagte Maggie.

Daisy senkte den Blick. »Finden Sie?«

»Natürlich. Wie geht es Ihnen?«

»Ganz gut, denke ich.«

Goldberg grinste. »Na, na, Miss Tyler. Diese falsche Bescheidenheit zieht bei uns nicht.« Er wandte sich an Maggie. »Heute morgen ist sie mit ihrem Betreuer ganz vor bis zur Ecke gelaufen. Dann sind sie nach unten in die Geschenk-Boutique gefahren, und Daisy hat ein paar Sachen eingekauft.«

Daisy befingerte den Schal. »Gefällt er Ihnen? Die Ohrringe waren heruntergesetzt.«

»Perfekt. Sie haben ein Gespür für Stil.«

Ihr Gegenüber errötete. »Früher habe ich davon geträumt, irgendwann einmal in einer Boutique zu arbeiten. In einem dieser eleganten Geschäfte auf der Madison Avenue. Ziemlich verstiegen, oder was meinen Sie?«

»Überhaupt nicht«, entgegnete Maggie. »Wenn es Ihnen besser geht, können Sie das immer noch tun.«

Doch plötzlich zog Daisy sich zurück und starrte wie gebannt auf ihren Salatteller.

»Ich meine, nachdem Sie eine Menge an sich gearbeitet haben und geheilt sind, Daisy. Ein Ziel für die nähere Zukunft. Niemand wird Sie zu etwas zwingen, bevor Sie bereit sind.«

Aber es gab offenbar keine Möglichkeit, die Frau davon zu überzeugen, daß sie eine derart große Herausforderung bestehen könnte. Maggie sah, daß Goldberg Daisy beobachtete, und warf ihm einen Blick zu, der ihn zur Vorsicht rief. Drängen Sie sie nicht, stand in Großbuchstaben in ihren Augen geschrieben. Mit kleinen Schritten würde Daisy vorankommen, soviel war sicher.

Schweigend widmeten sie sich ihrem Essen.

Kurz darauf brach Goldberg die bedrückende Stille mit einer seiner abgedrehten Geschichten. Der junge Arzt war ein geborener Komiker, hatte ein instinktives Gefühl für Pointen und konnte perfekt Menschen nachahmen. Seine Wiedergabe von George Bush war so gut, daß der Präsident daneben wie ein langweiliger Abklatsch wirken mußte.

Daisys Lachen wirkte ansteckend. Maggie genoß es, ihre Patientin zu beobachten, wie sie sich wenigstens im Moment des Lebens freute. Und sie war Goldberg zutiefst dankbar. Der Arbeitsalltag der Assistenzärzte war bis auf die letzte Minute durchgeplant. Eigentlich hätte der junge Mann seine knapp bemessene Pause mit anderen Dingen verbringen können. Daß er jetzt hier saß und eine verstörte Patientin aufheiterte, ging weit über herkömmliches Pflichtbewußtsein hinaus.

Nach dem Essen begleitete Goldberg sie in den zweiten Stock und brachte Daisy auf ihr Zimmer.

»Morgen habe ich frei«, erzählte er ihr. »Aber übermorgen werde ich bei Ihnen hereinschauen, und ich erwarte, daß Sie dann von mindestens zwei Abenteuern berichten können.«

»Ich werde es versuchen, Doktor.«

»Zufälligerweise gibt es gleich um die Ecke die besten Falafel in ganz New York. Wenn Sie mit mir dorthin gehen, werden Sie mir ein Leben lang dankbar sein, das garantiere ich Ihnen«, versprach Goldberg.

Wieder senkte Daisy den Blick. »Ich werde mein Bestes geben.«

»Darauf wette ich.« Er begleitete Maggie zu ihrem Büro. »Sieht aus, als käme sie bald ganz gut zurecht.«

»Den Eindruck habe ich von Ihnen auch.«

Er grinste verschwörerisch. »Und woran liegt es dann, daß ich immer noch darauf warten muß, daß Sie Ihre Schuld bei mir begleichen?«

»Hab' ich schlicht vergessen. Wenn wir das nächste Mal bei ›Chez Ivy‹ speisen, geht die Rechnung auf mich. Versprochen.«

»Tut mir leid, Dr. Lyons. Wenn Sie sich für meinen selbstlosen Einsatz und meinen erstaunlichen Witz erkenntlich zeigen wollen, dann muß schon etwas mehr als eine mickrige Einladung in der Krankenhaus-Cafeteria drin sein.«

Maggie mußte grinsen. Der Kerl war unheimlich gerissen. Vielleicht war sie aber auch nur dieser Meinung, weil sie von Zeit zu Zeit ihren mütterlichen Gefühlen freien Lauf ließ.

Und das brachte sie dann auch auf eine teuflische Idee.

»Was ist mit nächstem Samstag? Ich bin mit meinem Vater und einer Freundin zum Abendessen verabredet. Wenn Sie vielleicht Lust hätten, mich zu begleiten, würde ich mich freuen.«

Er zögerte kurz. »Wäre mir eine Freude.«

»Großartig. Ich werde Sie wissen lassen, wo und wann wir uns treffen.«

Nachdem sie die Tür hinter sich geschlossen hatte, kostete sie den Moment voll aus. Vielleicht kam ihr Vater wieder zu Sinnen, wenn er Tina in Gegenwart eines Gleichaltrigen erlebte. Vielleicht freundeten sich die beiden Küken sogar miteinander an und beschlossen, eine eigene Kindergartengruppe zu gründen.

Allein die Vorstellung freute sie schon, obwohl sie damit rechnen mußte, daß das Ego ihres Vaters Schaden nahm. Doch Maggie vertraute darauf, daß er diese absurde Beziehung bald vergaß und sich erneut mit einem riesigen Netz auf die Suche nach der nächsten unpassenden Partnerin machte.

Es klopfte an der Tür. Weil sie den nächsten Termin erst in einer Stunde hatte, rechnete sie mit jemandem von der Belegschaft.

»Herein.«

Zu spät. Wieder stand dieser unerbittliche Bannister in ihrem Büro.

»Was gibt es jetzt schon wieder, Detective?«

»Hören Sie, das mit gestern tut mir wirklich leid. Ich hätte offen mit Ihnen darüber reden sollen, was ich von Ihnen will. Ich weiß nicht, was mich da geritten hat.«

Maggie hingegen wußte ganz genau, was in dem Mann vorgegangen war, hielt sich aber mit einer Diagnose zurück. Statt dessen beschloß sie, vernünftig und direkt ihre Meinung zu sagen. Es mußte doch eine Möglichkeit geben, trotz seiner Sturheit zu ihm durchzudringen.

»Wie ich schon sagte, werde ich Ihnen weder die Macklin-Akte noch sonst etwas geben, Mr. Bannister. Und es paßt mir nicht, daß Sie hier herumschnüffeln und versuchen, bei der Belegschaft etwas über ihn oder mich in Erfahrung zu bringen. Wenn Sie damit nicht aufhören, werde ich den Sicherheitsdienst des Krankenhauses darum bitten müssen, Sie nicht mehr ins Gebäude zu lassen.«

Die Drohung bewirkte gar nichts.

»Ich würde ja sofort aufgeben, wenn es nicht so wichtig wäre, Dr. Lyons. Glauben Sie mir, nichts liegt mir ferner, als Sie zu belästigen. Aber ich muß Einblick in diese Akte erhalten.«

»Glauben Sie mir, Detective. Sie gehen mir gehörig auf die Nerven. Und das bringt Sie Ihrem Ziel nicht näher.«

Maggie erwartete eine Entgegnung, aber er änderte unvermittelt die Marschrichtung und schnitt ein anderes Thema an.

»Haben Sie je Teenager behandelt, Dr. Lyons?«

»Warum fragen Sie?«

»Das hat jetzt ehrlich nichts mit dem Macklin-Fall zu tun. Ich glaube, daß meine Tochter ein Problem hat. Sie will mir nicht sagen, worum es sich handelt, aber sie ist nicht wie sonst. Ich habe gehofft, daß wir zusammen zu Mittag essen und uns dabei darüber unterhalten könnten.«

»Falls Ihre Tochter ein Problem hat, sollte ich mit ihr sprechen und nicht mit Ihnen.«

»Ich weiß, aber sie wohnt in Boston. Ich möchte ja nur, daß Sie die Lage einschätzen. Mir raten, was zu tun ist.«

Maggie ließ alles, was mit dem Mann zu tun hatte, Revue passieren und kam zu dem Ergebnis, daß sie es mit einem Roßtäuscher zu tun hatte. Der Mann würde alles tun, selbst eine fingierte Krise auftischen, um das zu kriegen, worauf er aus war. Es würde sie nicht einmal überraschen, wenn es gar keine Tochter gab. »Netter Einfall, Mr. Bannister. Aber wenn ich nicht erlaube, daß Sie Ihren Fuß in meine Tür kriegen, werde ich auch nicht zulassen, daß Sie durch ein Hintertürchen reinkommen.«

»Das versuche ich ja gar nicht, Dr. Lyons. Wenigstens im Augenblick nicht. Mir liegt wirklich an Ihrer Meinung, was möglicherweise in meiner Tochter vorgeht. Wenn Sie nicht mit mir essen wollen, was hielten Sie dann von einem kleinen Drink nach Feierabend?«

»Ich bin beschäftigt.«

»Abendessen? Frühstück? Was auch immer.«

»Ich habe klar und deutlich nein gesagt, und dabei bleibt es, Mr. Bannister.«

Er drehte den Kopf in Richtung Tür. »Haben Sie Angst, daß Ihr Freund etwas dagegen einzuwenden hat?«

Sie runzelte die Stirn. »Ich weiß nicht, wovon Sie sprechen, und ehrlich gesagt, es interessiert mich auch nicht.«

»Ich werde Sie anrufen, Dr. Lyons.«

»Drohungen bringen nichts, Detective.«

Kaum war er verschwunden, klingelte auch schon das Telefon. Als sie den Hörer abnahm, hörte sie das Rauschen von Lawrence Ivys Beatmungsgerät.

»Ich habe mich mit Alex unterhalten, Maggie. Legen Sie los, und planen Sie Ihr Symposium. Mein Sohn wird Sie nicht daran hindern.«

»Ist das Ihr Ernst? Das ist wunderbar. *Sie* sind wunderbar. Erzählen Sie mir, was passiert ist. Ich möchte alles ganz genau wissen.«

Er kicherte trocken. »Dazu fehlt mir die nötige Energie, Maggie. Vielleicht ein anderes Mal.«

»Natürlich. Ruhen Sie sich aus. Und vielen Dank. Ich kann Ihnen gar nicht sagen, wieviel mir die Zustimmung bedeutet.«

»Gern geschehen. Auf Wiederhören.«

Maggies Hochstimmung wurde allerdings dadurch getrübt, daß ihr Gönner hörbar sehr erschöpft war. Natürlich wollte sie die Klinik retten, aber nicht auf Kosten von Lawrence Ivys Gesundheit. Verstört wählte sie seine Nummer und unterhielt sich mit seiner Krankenschwester. Die Frau versicherte Maggie, daß der alte Mann nach einem Besuch immer sehr erschöpft sei, vor allem nach einem Besuch von seinem Sohn.

»Er war begeistert, Ihnen für Ihre Konferenz behilflich sein zu können, Dr. Lyons«, sagte die Schwester. »Seit Sie gestern abend gegangen sind, hat er von nichts anderem gesprochen. Ich habe ihn seit Monaten nicht so engagiert gesehen. Ihre Bitte hat ihm gutgetan, ehrlich, Dr. Lyons.«

Erleichtert hängte Maggie ein und bat dann Henry in ihr Büro, damit er ihr bei den Konferenzvorbereitungen zur Hand gehen konnte. Nur eine Minute später trat er mit einem Schreibblock und einem zufriedenen Lächeln in ihr Zimmer.

»Das muß ich Ihnen schon lassen. Keine Sekunde habe ich daran gezweifelt, daß Sie eine Möglichkeit finden, Präsident Ivy davon zu überzeugen, daß Ihr Symposium wichtig ist.«

»Na, sagen wir mal lieber, ich habe ihn umgangen, um mein Ziel zu erreichen.«

Henry nickte. »So sind Sie nun mal, Maggie. Wenn Sie sich etwas in den Kopf gesetzt haben, geben Sie nicht auf, bevor Sie Ihr Ziel erreicht haben.«

»Ich glaube, in diesem Fall haben Sie recht. Diese Einrichtung ist viel zu wichtig, welches Gewicht haben da kleinliche Tagespolitik oder persönliche Animositäten? Ich vertraue darauf, daß wir mit dem Symposium unsere finanziellen Probleme lösen können, aber die Planung erfordert eine Menge Arbeit.«

»Dann fangen wir besser gleich an. Sagen Sie mir ganz genau, was getan werden muß.«

Zwanzig Minuten später verließ er das Büro mit einer ellenlangen Liste von Aufgaben. Er hatte darauf bestanden, sich um das meiste selbst zu kümmern, und Maggie widersprach ihm nicht. Sie kannte Henrys unfehlbare Effizienz und Detailversessenheit und rechnete damit, daß die Konferenzplanung unter seiner Leitung fehlerlos und zügig vonstatten gehen würde.

Als ihr Zwei-Uhr-Patient kam, war sie seit Tagen endlich einmal wieder in der Lage, alles andere zu vergessen und sich voll und ganz auf die ausgeprägte Höhenangst des Mannes einzulassen.

Sein Name war Phil Lustberg. Er war ein großer, eher schlaksiger Mann mit Blumenkohlohren und großen, gutmütigen Augen. Vom Alter her konnte man ihn auf Mitte Vierzig schätzen. Als er seine Höhenangst genauer beschrieb, mußte Maggie zwangsläufig an früher denken, als es ihr ähnlich ergangen war.

»Ich habe das Gefühl, gleich etwas Verrücktes zu tun, Dr. Lyons. Aus dem Fenster zu springen oder über das Geländer einer Theaterempore. Es ist fast eine Art Zwang. Ich stehe Todesängste aus, und gleichzeitig fühle ich mich davon angezogen. Ich weiß, das klingt ziemlich überdreht.«

»Überhaupt nicht. Was Sie empfinden, ist nicht so ungewöhnlich, wie Sie vielleicht denken.«

Dieses zweifelhafte Gefühl, diese Zerrissenheit kannte Maggie nur zu gut. Vor ihrer Therapie hatte sie unter denselben zwiespältigen Gefühlen gelitten. Damals hatte die Angst sie wie eine verführerische Sirene angezogen und sie in die verlockend wirkende Selbstzerstörung zu treiben gedroht.

›Falls ich sterben sollte …‹

Maggie zuckte innerlich zusammen. »Phantasie und Einbildungskraft können sehr stark sein, Mr. Lustberg. Jetzt, in diesem Augenblick, in diesem Büro, wissen Sie, daß Sie nicht aus dem Fenster springen werden, aber wenn Sie einen Panikanfall haben, lassen Sie sich von Ihrer Phantasie überwältigen und verlieren den Bezug zur Realität.

In unserem Programm werden Sie lernen, wie man diese Situationen durchsteht. Wenn Sie erst einmal Ihre Furcht verstanden und akzeptiert haben, gibt es Möglichkeiten, sich abzulenken, bis das Schlimmste vorbei ist und Sie die Lage wieder unter Kontrolle haben. Um das zu lernen, braucht man Zeit und Übung, aber auch Sie werden einen Punkt erreichen, wo die Angst Sie nicht mehr beherrscht.«

»Ich hoffe ehrlich, daß Sie recht haben, Dr. Lyons. Ich kann nicht mehr arbeiten, meine Frau und meine Freunde verlieren langsam die Geduld, und mich macht es wahnsinnig.«

»Wir sind da, um Ihnen zu helfen. Sie werden lernen, mit Ihrer Furcht umzugehen und Ihr Leben wieder so zu führen, wie es Ihnen gefällt.«

»Dafür werde ich alles geben!«

»Es braucht nur Zeit und Einsatz.«

Maggie schüttelte seine Hand. Sie gab sich optimistisch, bis er zur Tür draußen war.

Alles wird in Ordnung kommen, dachte sie. Auf die eine oder andere Art.

25. KAPITEL

Bannister mußte unablässig an seine Tochter denken. Er wartete, bis sie zum Babysitten das Haus verlassen haben mußte, wappnete sich und rief seine Exfrau an, um mit ihr zu sprechen.

Als er von seiner Besorgnis sprach, reagierte Lila wie üblich. Sie platzte mit zahllosen Vorschlägen heraus. Falls er etwas an der Art auszusetzen habe, wie sie das Kind erziehe, solle er sich zum Teufel scheren. Und auf dem Weg dorthin könne er gleich noch den fälligen Unterhaltsscheck in den Briefkasten werfen. Er sei mit seiner Zahlung schon drei Tage im Rückstand, und sie habe es endgültig satt. Sie habe seine Schlamperei so sehr satt, daß sie mit dem Gedanken spiele, ihn beim Sozialamt zu melden.

Nach Lilas Meinung war mit Chloe alles in bester Ordnung. Falls das Mädchen ein Problem hatte, lag es wahrscheinlich an ihrem verantwortungslosen, wenig einfühlsamen Vater.

Aber wenigstens war ihr eine perfekte Mutter vergönnt.

Eine perfekte Hexe.

Nachdem er eingehängt hatte, dachte er über Lilas Anschuldigungen nach. Seit er vor vielen Jahren zum ersten Mal an Scheidung gedacht hatte, hatte er sich gleich Gedanken darüber gemacht, welche Auswirkungen eine Trennung auf seine Tochter haben könnte. So lange es ging, hielt er durch und spielte den Ehemann. Um keinen Preis wollte er, daß Chloe der Wut und dem Haß, der im Vorfeld einer Scheidung üblicherweise in der Luft hängt, ausgeliefert war. Vor den Drohungen und den gegenseitigen Beschuldigungen mußte er sie, so gut es ging, schützen. Chloe sollte nicht zwischen die Fronten geraten. Punktum.

Er kannte all das gut genug. Zwar hatten seine Eltern sich nicht scheiden lassen, aber dafür bis zum bitteren Ende miteinander in Feindschaft gelebt. Und bitter waren all die Jahre gewesen, gütiger Gott. Vor fünf Jahren hatte sein Vater einen Herzinfarkt erlitten und war daran gestorben. Seine Mutter feierte den Tod ihres Gatten mit der Inbrunst einer befreiten Geisel. Bannister wußte, daß ihre Liebe füreinander gut dreißig Jahre zuvor zu Grabe getragen worden war, aber dennoch schmerzte ihn die Reaktion seiner Mutter.

Im Teenageralter hatte er davon geträumt, daß es seinen Kindern völlig anders ergehen solle. Immer hatte er sich vorgestellt, gleich eine ganze Horde lärmender Bälger zu haben. Ein richtiges Heim, eine richtige Familie. Liebe, Licht und Energie. Er träumte davon, mit seiner zukünftigen Lebenspartnerin den Kindern einen festen, sicheren Rahmen zu schaffen und für Untersützung und Geborgenheit zu sorgen. Zwei liebende Elternteile, die sie vor der Härte des Lebens, vor der Unwirtlichkeit des Alltags schützen könnten. Schöne Vorstellung! Leider war er nicht in der Lage gewesen, seine Phantasien in die Realität umzusetzen.

»Laß uns an die Arbeit gehen, Sam«, schlug Price vor. »Du kannst dir nicht den ganzen Tag lang Sorgen machen.«

»Wer sagt das?«

Die nächste Telefonnummer auf Macklins Liste gehörte der Alter Ego GmbH, einer Firma, die – wie sich herausstellte – auf dem Lower Broadway Theaterkostüme produzierte.

Die Läden im Erdgeschoß des Gebäudes waren an ein Imbißcafé, ein Schreibwarengeschäft und einen Schuster vermietet. In den darüberliegenden Etagen waren Tanzstudios und Probenräume untergebracht. Die Kostümfirma belegte den neunten und zehnten Stock des heruntergewirtschafteten Gebäudes und war nur über einen unzuverlässig wirkenden Lastenaufzug erreichbar.

Als Price in den alten Fahrstuhl trat, der gemächlich nach oben zuckelte, wurde er blaß um die Nase.

»Ist was, Lenny?«

»Hörst du die Geräusche? Klingt so, als ob jede Sekunde die Seile reißen müßten. Hast du einen Blick auf die Inspektionsmarke geworfen?«

»Seit wann hast du Angst vor Fahrstühlen?«

»Ich habe keine Angst vor Fahrstühlen. Ich benutze sie nur nicht gern, das ist alles.«

»Komisch. Ist mir bis jetzt nie aufgefallen!«

»Glaub mir, Sam. Daran ist nichts komisch!«

»Verflucht. Du hättest Doc Lyons einen Besuch abstatten sollen. Schließlich hättest du bei ihr keine Show abziehen müssen.«

Price nickte steif. »Sind wir bald oben?«

Mit einem harten Ruck kam der Lift zum Stehen und entließ sie in einen kellerartigen Tunnel mit Unmengen von Regalen, in denen sich eigenartige Stoffe und bizarre Accessoires stapelten. Da gab es künstliche Gliedmaßen, futuristische Waffen, Gummimasken von gemeinen Kreaturen und Perücken in allen Farbschattierungen. Mehrere Personen waren damit beschäftigt, das Inventar zu überprüfen, einzutüten und mit beschrifteten Etiketten zu versehen. Bannister und Price zwängten sich durch eine enge Schneise zwischen zwei Kleiderstangen auf Rollen und gelangten schließlich zu den Büros am Ende des Korridors.

Zwischen den Regalen war es ziemlich staubig, und Stoffflusen und winzige Federn wirbelten durch die Luft. Als sie endlich nach hinten vorgestoßen waren, kribbelte Bannisters Nase, und es kitzelte ihn in der Kehle. Nach dreimaligem Niesen fühlte er sich endlich etwas besser.

Er klopfte an die Tür des nächstbesten belegten Büros und

wurde von einem plumpen, kahlköpfigen, eigenartig humpelnden Mann mit weit auseinanderstehenden Augen in Empfang genommen. Der Kerl erinnerte an einen Frosch und konnte getrost auf ein Kostüm verzichten.

Bannister erläuterte den Grund für ihr Kommen, doch der Frosch verzog keine Miene, als Macklins Name fiel.

»Der Name kommt mir nicht bekannt vor. Ich kümmere mich um die Buchhaltung der Firma. In welcher Branche ist dieser Macklin tätig?«

»Investitionen«, sagte Bannister.

»Hat wahrscheinlich etwas für eine Privatparty ausgeliehen. Nehmen Sie Platz. Ich werde mich mal sachkundig machen.«

Das Namensschild auf dem Schreibtisch wies ihn als Howard Storch aus. Ein Foto an der Wand zeigte Howard im Kreis seiner Frau und dreier Kinder auf dem Rasen eines ausgedehnten Anwesens. Bannister beobachtete, wie der Mann ein riesiges Register durchging.

»Eigenartig. Ein Macklin steht nicht in unserer Kundenkartei. Aber vielleicht weiß ja Elva Bescheid, unsere Büromanagerin. Die Gute weiß alles.«

Howard nahm den Hörer ab, wählte eine dreistellige Nummer, und Sekunden später tauchte eine Frau mit grobem Gesicht und blonder, toupierter Hochfrisur auf.

»Elva, meine Liebe. Diese Detectives sagen, daß jemand namens Macklin vor einer Woche hier angerufen hat. Sagt dir der Name etwas?«

»Nö. Mit wem hat er gesprochen?«

»Das versuchen wir ja gerade herauszufinden.«

Elva klimperte mit ihrem Satz falscher Wimpern. »Tut mir leid. Über eingehende Anrufe führen wir nicht Buch.«

Price wurde sofort hellhörig. »Heißt das, daß Sie Ihre sonstigen Anrufe auflisten? Oder Nachrichten von Anrufern?«

»Machen wir beides. Aber ich sehe nicht, wie ...«

»Zeig sie ihnen, Elva«, bat Howard. »Alter Ego ist den Jungs in Blau immer gern zu Diensten.«

Die nächste Stunde schauten Bannister und Price eine Kiste mit Durchschriften von Nachrichten durch. Nichts von Theodore Macklin, keine Anrufe aus Newport, Rhode Island. Schließlich brachte die hilfsbereite Elva ihnen einen Ausdruck aller Ferngespräche, die von Alter Ego aus geführt worden waren. Jedes Büro verfügte über eine Code-Nummer, damit die Rechnungen der richtigen Abteilung zugeteilt werden konnten. Persönliche Telefongespräche wurden grundsätzlich aufgelistet und den Angestellten in Rechnung gestellt, erläuterte Elva. Die angehenden Schauspieler, die sie des öfteren tageweise beschäftigten, telefonierten gern und hielten Kontakt zu einer erstaunlich großen Anzahl von Menschen.

Auf der zweiten Seite stieß Price endlich auf die Nummer des Doubletree Inns. »Ich hab' sie, Sam. Wem gehört der Code 28?«

Elva schaute die Nummer nach und brachte sie in das letzte Büro auf der rechten Seite. Ein Mann Mitte Dreißig mit platinfarbenem Haar und wie in Plastik gegossenen Gesichtszügen begrüßte sie mit einer altmodischen Verbeugung. Seine Zähne waren unnatürlich weiß, und seine Stimme schien nicht gottgegeben zu sein.

»Clint Traynor«, stellte er sich vor und hob die fein gezeichneten Augenbrauen. »Falls die Herren den *besonderen* Look suchen, um eine unvergeßliche Nacht in dieser Stadt zu verbringen, dann sind Sie an den richtigen Mann geraten.« Mit unverhohlenem Interesse begutachtete er Bannisters Körperbau. »Hat man Ihnen schon mal gesagt, daß Sie einen *fabelhaften* Piraten abgeben würden?«

»Laß das, Clint. Das sind Bullen. Sie interessieren sich für jemanden, mit dem du telefoniert hast.«

Stirnrunzelnd las Clint die Nummer. »Das bin ich nicht gewesen, Elva. Ich kenne niemanden mit der Vorwahl 401.«

»Vielleicht war es ein geschäftliches Gespräch? Überleg mal, Liebling. Der Anruf wurde von deinem Apparat aus geführt.«

Er überflog die Liste. »O nein, nicht schon wieder. Letzten Monat hat Howard mir zehn Dollars für Anrufe in Rechnung gestellt, die ich nicht geführt habe. Im Monat davor sind es zwölf gewesen. Mit diesen Anrufen habe ich nichts zu tun, und ich denke nicht im Traum daran, dafür aufzukommen.«

Elva beruhigte ihren Kollegen. »Schon gut, schon gut. Reg dich nicht auf. Ich werde mich darum kümmern.«

»Ist auch besser so. Ums Geld geht es mir nicht, sondern ums Prinzip«, erklärte er verschnupft.

Elva runzelte die Stirn. »Ich werde mich darum kümmern und Sie informieren, meine Herren.«

Price gab ihr seine Nummer.

»Ich habe eine Ahnung, um wen es sich handeln könnte«, sagte sie. »Also gut, ich melde mich in jedem Fall.«

Price konnte es nicht erwarten, dem Besitzer der nächsten Telefonnummer auf der Liste einen Besuch abzustatten. So, wie die Dinge sich entwickelten, hatte Bannister es jedoch gar nicht eilig, dem nächsten vagen Hinweis zu folgen. Die wenigen handfesten Ergebnisse, die sie in New York bisher zusammengetragen hatten, und die Sorge um seine Tochter brachten ihn auf die Idee, die Sachen zu packen und heimzukehren. Vielleicht kehrte Chloe wieder zur Normalität zurück, wenn er eine Woche freinahm und die Zeit mit ihr verbrachte. Im Leben gab es wichtigere Dinge als diesen verflixten Fall und das verfluchte Geld.

»Ich finde, daß du von Anfang an recht gehabt hast, Lenny. Warum brechen wir die Sache nicht einfach ab? Ich könnte Chloe überraschen. Sie ein paar Wochen zu mir nehmen.«

»Aber sie freut sich darauf, nächste Woche zu ihrer Großmutter zu reisen.«

»Stimmt.«

»Und hast du mir nicht erzählt, daß sie gern babysittet und den Rest der Woche damit ausgebucht ist?«

»Ja.«

»Meinst du nicht, daß du ein paar Wochen warten solltest, anstatt sie so plötzlich zu bitten, auf die Dinge, die sie gern tut, zu verzichten?«

»Wohin geht's als nächstes?«

Nach ihrem gestrigen Kurzbesuch bei den Popows hatte sich Price mit einem Freund in Verbindung gesetzt, der bei der Einwanderungsbehörde arbeitete. Dieser Kontakt verfolgte den Popow-Clan bis zu seinem Ursprung in der Stadt Staritsa, nördlich von Moskau, zurück.

Dort hatten Anatoli, seine Ehefrau Luta, seine beiden Kinder und drei seiner Brüder vor fünf Jahren Ausreisevisa beantragt. Ihre Einreise in die Vereinigten Staaten wurde genehmigt, nachdem Lutas Onkel sich bereit erklärt hatte, den Wunsch ihrer Familie nach Gewährung der amerikanischen Staatsbürgerschaft zu sponsern.

Der Onkel, Micha Nemichew, hatte den Popows eine vorübergehende Unterkunft besorgt und unterstützte sie finanziell. Nachdem die Erwachsenen eine Arbeitserlaubnis erhalten hatten, stellte Onkel Micha sie in seiner Firma ein: Nemichew und Söhne, Juwelier.

Das Finanzamt bestätigte, daß Luta und die Gebrüder Popow – Anatoli, Arkadi und Danik – derzeit bei diesem Juwelier angestellt waren, zusammen mit vierunddreißig weiteren Beschäftigten. Ihre Produkte verkauften sie am Stand 27 der Metallica Exchange im Diamantenbezirk in Midtown.

Als sie an den Schaufenstern vorbeigingen, mußte Bannister seine Augen vor dem Funkeln und Glitzern der üppigen Auslagen schützen. In den Auslagen wurden Ringe mit Steinen von Taubeneiergröße präsentiert, opulente Ohrgehänge und weißglänzende Ketten, die sicherlich nur an privilegierten Hälsen funkeln konnten. Die üppigen Schaufensterdekorationen standen in starkem Kontrast zu den düster wirkenden Geschäftsinhabern, die wie Anatoli Popow dunkle Anzüge trugen und mißmutig dreinschauten.

Die Metallica Exchange bestand aus einem Labyrinth dichtgedrängter Stände, die jeweils den Namen des Firmeninhabers trugen und von ein paar lächelnden Untergebenen geführt wurden, die gelernt hatten, die erlesenen Waren nicht aus den Augen zu lassen. Viele Stände waren leer. Nur vereinzelt beäugten Kunden die samtbezogenen Tabletts oder hielten Ausschau nach Angeboten und feilschten um Preisnachlässe.

Bannister und Price eilten schnurstracks zum Stand 28 und neigten dort die Häupter über die Auslagen. Eine geschwätzige junge Frau mit Piepsstimme wandte sich an die beiden Männer.

»Kann ich Ihnen helfen, meine Herren?«

»Ich hatte vor, eine Kleinigkeit für meine Frau zu erstehen«, gab Price Auskunft. »Ihr Geburtstag steht vor der Tür.«

»An was haben Sie gedacht? An ein Armband, einen Anhänger, eine Halskette?«

»Vielleicht ein Ring.«

»Edelstein oder Halbedelstein? Etwas Sportliches oder Elegantes? Vierzehn oder achtzehn Karat?«

Kurze Zeit später inspizierten sie an die zehn Tabletts mit Ringen, angefangen von leicht übertriebenen bis hin zu richtiggehend protzigen. Ruthie, eine Frau von bodenständigem Gemüt, der Großkotzigkeit fremd war, würde mit keinem dieser Ringe etwas anfangen können, darauf hätte Bannister schwören können. Zum Glück, denn der billigste kostete soviel wie eine Dreizimmerwohnung in den Florida Keys, selbst wenn die Immobilienpreise auch anderswo in den Himmel schossen.

Aber Price machte sich als potentieller Käufer hervorragend. Von der Verkäuferin borgte er sich eine Lupe und warf mit Fachfloskeln nur so um sich.

»Ich würde schätzen, daß die Farbe topvesselton ist, kaum Einschlüsse.«

Er gab die Lupe zurück. Die Verkäuferin riß erstaunt die Augen auf. »Ganz genau.«

Bannister bekam Kopfweh. Liegt wahrscheinlich an der Höhe der Preise, dachte er bei sich. Während die Verkäuferin weiter flötete und zirpte, wanderte sein Blick immer wieder zum Stand 27 hinüber, der gleich daneben lag.

Obwohl die meisten Stände nichts verkauften, herrschte bei Nemichew und Söhne reger Betrieb. Ein Kunde nach dem anderen betrachtete die Auswahl, entschied sich für ein bestimmtes

Stück, zahlte und verschwand. Zwei junge Männer mit Pferdeschwänzen, ein properes junges Paar in pastellfarbenen Jogginganzügen und ein Trio schwer mit Schmuck behängter Frauen, die sich bestimmt nur von Mineralwasser ernährten, besuchten nacheinander den Schmuckstand.

Bannister wurde auf ein paar seltsame Vorgänge aufmerksam. Die Waren, die die Ponyfritzen erstanden, waren in einfaches, braunes Packpapier eingewickelt und wurden nicht in aufwendige Samtschächtelchen und buntbedruckte Tüten eingepackt, wie das bei den anderen Kunden der Fall war. Ihm fiel auf, daß die gebräunten Jungs Onkel Mischa nicht bezahlten. Auch keine Unterschrift auf einen Kreditkartenausdruck kritzelten. Kein Bargeld, keine Rechnung, keine Plastikkarte, nichts. Nur das zufriedene Grinsen der beiden Kunden, als sie sich trollten, und ein breites Lächeln auf Onkel Mischas Gesicht, der die Rolle des Chefs von ganzem Herzen genoß.

Irgend etwas war da ganz offensichtlich nicht koscher. Aber Bannister bezweifelte ernsthaft, daß die Vorgänge mit Martha Raffertys Ermordung in Zusammenhang standen. Und er ahnte, daß Price wieder auf dem besten Wege war, einen Schlenker zu machen und die Fährte aufzunehmen.

»Können wir gehen, Lenny?«

»Ich weiß nicht, Sam. Soll ich den runden nehmen, oder den Smaragd? Der rundgeschliffene Brillant dürfte die bessere Investition sein, aber ich kann mir nicht vorstellen, daß Ruthie dieser klassische Stil gefällt.«

»Ist deine Sache.«

»Ja. Aber die Entscheidung fällt mir schwer. Na, ich denke bis morgen nochmal darüber nach. Haben Sie morgen geöffnet?«

»Den ganzen Tag.«

»Großartig. Wir kommen wieder.«

Ihr Blick sagte ihm, daß sie ihn durchschaut hatte. Gleichmütig packte sie die Auswahl weg.

Auf der Straße atmete Bannister tief durch. Ein Juwelenkauf war ihm schlicht und einfach zu extravagant. »Wenn du mich fragst, steuern wir hier in die falsche Richtung. Lenny, was meinst du?«

»Willst du die Wahrheit hören? Ich glaube, Ruthie würde vor Freude überschnappen, wenn ich ihr einen Solitär und einen Memoryring mitbringen würde. Kein allzu auffälliges Stück, Gott bewahre, ...«

»Meinem Eindruck nach hat das hier nichts mit Martha Rafferty zu tun. Stimmst du mir zu?«

Prices Gesichtsausdruck war ziemlich verträumt. »Ich könnte wetten, sie würde mich umbringen, wenn ich mit den Ringen auftauchen würde. Aber von Ruthie ermordet zu werden ist keine Bestrafung im herkömmlichen Sinn.«

»Hör mir doch mal zu, Lenny. Ich schlage vor, daß wir diese andere Sache, in die Macklin verwickelt war, links liegen lassen und uns auf den Rafferty-Fall konzentrieren.«

»Sollen wir das, was wir wissen, wieder vergessen, Sammy? Hab' ein wenig Geduld, ja? Du kennst ja meinen Leitspruch: Nimm dir Zeit, dann kommst du eher am Ziel an.«

26. KAPITEL

Maggie stellte den Ordner mit den Symposiumunterlagen weg und ließ ihren Kopf kreisen, um die Verspannungen im Nacken zu lösen. Henry kümmerte sich um einen Großteil der Konferenzpläne, und Pam hatte sich bereit erklärt, ihre Hilfe zur Verfügung zu stellen. Aber Maggie mußte die Leute, die die wichtigsten Vorträge halten sollten, und die Moderatoren persönlich einladen. Die letzten neunzig Minuten hatte sie am Telefon verbracht, und bis jetzt lief alles besser, als sie zu hoffen gewagt hatte.

Fast jeder, den sie angerufen hatte, wollte an dem Symposium teilnehmen. Die Menschen reagierten enthusiastisch auf ihr Projekt. Ein paar ihrer Kollegen boten ihre Hilfe an und machten sinnvolle und praktische Vorschläge. Ein Direktor eines Phobienprogramms in Ohio hatte freiwillig angeboten, sich um die nötige Publicity zu kümmern.

Maggie mußte jetzt einfach davon ausgehen, daß die Konferenz ein Erfolg werden würde. Henry hatte die Kosten und eventuellen Honorare zusammengerechnet, und es sah ganz danach aus, als würden sie einen saftigen Gewinn einstreichen können.

Grund genug, den Stand der Dinge zu feiern. Unglücklicherweise war Pam zur Geburtstagsparty ihrer Nichte eingeladen, und Henry hatte sich schon vor Wochen für heute mit einem Nachbarn verabredet. Ethans Gesellschaft war ihr derzeit zu anstrengend, und ein paar andere Freunde, die sie anrief, waren entweder nicht zu erreichen oder anderweitig beschäftigt.

Sie wählte ihre eigene Nummer. Vielleicht war ihre Mutter auf die Idee gekommen, noch einen Tag bei Cousine Kathy zu bleiben. Lieber feierte sie allein als mit einer derart überzeugten Trauerweide. Doch das Glück hatte sie verlassen. Francine nahm nach dem dritten Läuten ab und meldete sich wie gewöhnlich mit jammerndem Tonfall. Es kostete Maggie einige Mühe, ihre Enttäuschung zu verbergen und sich einigermaßen fröhlich zu geben.

»Mom? Was hältst du davon, wenn wir uns aufputzen und im Grifone zu Abend essen?«

Das elegante italienische Restaurant auf der 46. Straße East gehörte zu Maggies Lieblingsrestaurants. Wunderbares Essen, behagliche Atmosphäre, erstklassiger Service. Also der perfekte Ort, um den Anlaß zu feiern.

»Ist das dort, wo wir Tante Hannahs Geburtstag gefeiert haben? Das Essen war da doch unverschämt teuer.«

»Geht auf meine Rechnung. Ich bin in der Laune für einen ganz besonderen Abend.«

Seufzer. »Dann zählst du lieber nicht auf mich, meine Liebe. Ich fürchte, ich wäre dir keine gute Gesellschaft.«

Maggie schluckte ihren Verdruß hinunter. Wenn man ihre Mutter zu einem Picknick einlud, brachte sie Regen und Gewitter mit. »Was ist denn los?«

Längerer Seufzer. »Oh, nichts. Ich habe deinen Vater gerade

eben wegen einer finanziellen Angelegenheit angerufen. Irgendeine junge Frau meldete sich. Tat gerade so, als gehöre die Wohnung ihr.«

Immer das gleiche. Wenigstens einmal pro Woche fand ihre Mutter einen Grund, ihren Vater anzurufen. Und hinterher versank sie in tiefes Selbstmitleid, aus welchem Grund auch immer.

»Warum tust du dir das nur immer wieder an? Du weißt, wie schlecht es dir immer geht, wenn du mit Vater gesprochen hast.«

»Es gab ein finanzielles Problem, das ich mit ihm durchsprechen mußte. Nach all den Jahren zusammen kann man einen Menschen nicht einfach aus seinem Leben streichen. Du hättest mir von seiner neuesten Flamme erzählen sollen, Maggie. Dann hätte ich mich nicht so blöd gefühlt.«

Nun war es Maggie, die seufzte. »Bitte, geh mit mir essen. Wir werden uns amüsieren!«

»Nein, ich möchte nicht. Ich bin erschöpft und habe keinen Appetit. Wäre reine Geldverschwendung. Wie alt ist diese Frau überhaupt? Ihre Stimme klingt wie die eines jungen Mädchens.«

Soviel zur Aufmunterungsstrategie! Wenn ihre Mutter deprimiert war, gab es kein Erbarmen. Vielleicht sollte sie ein Hühnchen und Salat in Eddie's Edel-Imbiß besorgen und – wie es sich für eine brave Tochter gehörte – mit ihrer Mutter daheim essen. Und ihr zum Dessert den Kopf waschen.

Ja, Mutter, ich bin dir keine gute Tochter! Natürlich hätte ich dir von Daddys neuester Freundin erzählen sollen. Wenn du nicht darauf zählen kannst, daß deine Kinder dich fertigmachen, auf wen kannst du dich dann verlassen?

Plötzlich hatte Maggie es nicht mehr eilig, das Büro zu verlassen. In aller Seelenruhe räumte sie den Schreibtisch auf. Zum Schluß warf sie noch einen Blick in ihren Kalender. Vielleicht konnte sie noch etwas Zeit vertrödeln und ein paar Sachen, die es morgen zu erledigen galt, schon heute aufarbeiten.

Ihr fiel ein, daß der Leiter der neuen Gruppe noch nicht ernannt worden war. Gail Weider hatte sie nicht zurückgerufen. Vielleicht brauchte sie eine gehörige Portion Überredungskunst, damit Gail den Job übernahm. Kurzentschlossen wählte Maggie ihre Nummer.

Sie ließ das Telefon lange klingeln. Niemand daheim. Seltsam. Gail hatte ihr erzählt, daß sie davon besessen war, immer erreichbar zu sein, falls einer ihrer vielen Verwandten mit ihr in Kontakt treten wollte. Die Weider-Familienmitglieder standen sich sehr nahe und hielten zusammen wie Pech und Schwefel. Doch soweit Maggie wußte, stellten sie, was Krankheit, Verschwinden und Todesfälle anbelangte, den Weltrekord auf.

Gail hatte sich angewöhnt, immer den modernsten Anrufbeantworter zu haben, um für alle Eventualitäten gerüstet zu sein. Wenn sie nicht daheim war, rief sie stündlich die gespeicherten Nachrichten ab. Darum konnte Maggie sich nicht vorstellen, warum sie ihren Apparat jetzt nicht eingeschaltet hatte.

Es sei denn, es hatte sich wirklich ein Notfall ereignet. Was, wenn Gail krank war oder sich verletzt hatte und nicht in der Lage war, ans Telefon zu kommen? Was, wenn sie von einem Einbrecher oder einem Vergewaltiger in ihrer Wohnung überwältigt worden war?

Laß den Mist, Maggie. Du fängst ja schon an, deiner Mutter nachzueifern.

Wahrscheinlich gab es eine ganz einleuchtende Erklärung. Gail stand unter der Dusche und hörte das Läuten nicht. Oder sie brachte gerade den Müll in den Hof oder die Wäsche in die Waschküche. Gail wohnte nur ein paar Blocks von ihr entfernt. Auf dem Nachhauseweg wollte sie bei ihr vorbeifahren und ihr persönlich den Gedanken, die Gruppe zu leiten, schmackhaft machen.

Kaum hatte sie ihr Büro abgeschlossen, stieß sie mit Francis Kennedy zusammen, der wie üblich aus dem Nichts auftauchte.

»Entschuldigung, Francis.«

»Ist schon gut«, sagte er mit breitem Grinsen und rückte eine Topfpflanze einen Zentimeter weiter, damit sie den richtigen Abstand zu den anderen hielt. »Sie dürfen mich jederzeit anrempeln, meine liebe Frau Doktor.«

Der Kerl roch nach Schnaps. Seine blaugeäderten Wangen

leuchteten in einem schreienden Rot. »Sie wissen doch, daß Sie betrunken nicht hierherkommen sollen. Bitte, gehen Sie.«

»Mit Ihnen? Nichts täte ich lieber.«

»Ich meinte, Sie sollen allein gehen. Wenn Sie weiterhin gegen die geltenden Regeln verstoßen, kann ich Sie in Zukunft nicht mehr als Berater einsetzen.« Ob er nun Alex Ivys Kumpel war oder nicht, dieses Verhalten ließ Maggie sich nicht gefallen.

Er fuhr mit den Fingern durch sein karottenrotes, gelocktes Haar und rückte seine Krawatte zurecht. »Wollen Sie wirklich nicht mit mir zu Abend essen?«

»Nein, das möchte ich nicht.« Im Weggehen meinte Maggie seine Wut deutlich zu spüren. Der Mann ist harmlos, sagte sie sich mehrfach. Harmlos.

In den Straßen stand die Hitze. Der Himmel war von einem aschfarbenen Grau. Jeden Moment konnte ein Gewitter aufziehen. Mit ausladenden Schritten marschierte Maggie die York Avenue hoch. Wenn sie sich beeilte, konnte sie Gail einen kurzen Besuch abstatten, ein paar Kleinigkeiten zum Abendbrot einkaufen und vor dem Regen daheim sein.

Das sandfarbene Backsteinhaus, in dem Gail wohnte, lag zwischen einer Feuerwehr und einem leerstehenden Gebäude, das der Stadt gehörte. Gerade als Maggie durch die Eingangstür trat, fielen die ersten Tropfen. In dem winzigen Foyer hing ein Mieterverzeichnis, auf dem zwei Weiders aufgeführt waren. Gail wohnte offensichtlich im Apartment 4-J.

Maggie klingelte.

Nach einer kurzen Pause klingelte sie erneut. Niemand öffnete ihr die Tür. Soviel zu den plausiblen Erklärungen, daß Gail duschte oder Wäsche wusch. Aber Maggie glaubte fest daran, daß es eine andere, logische Erklärung geben mußte, die ihr im Augenblick nicht einfiel.

Ohne groß nachzudenken, drückte sie auf die andere Klingel, die mit Weider beschriftet war. Nur eine Sekunde später meldete sich eine männliche Stimme über den Lautsprecher.

»Ja?«

»Guten Abend. Mein Name ist Maggie Lyons, ich bin eine Freundin von Gail, aus dem East End. Ich bin ...«

»Ich weiß. 8B. Kommen Sie hoch.«

Mit einem Summen öffnete sich die innere Tür, hinter der ein großzügiger Flur lag. Zögernd blieb Maggie stehen. Die Stimme hatte geklungen, als hätte man sie erwartet. Entweder verwechselte man sie, oder Gail war durch einen glücklichen Zufall gerade in 8B auf Besuch.

Bestimmt war der andere Weider ein Verwandter von ihr. Maggie wußte, daß es Hunderte von Weiders gab.

Als in der achten Etage die Fahrstuhltüren leise aufglitten, wurde Maggie von einem Stimmengewirr empfangen, das aus Apartment B drang, der letzten Wohnung auf der rechten Seite. Die Wohnungstür stand einen Spaltbreit offen. Da wurde ganz offensichtlich eine Party oder ein Fest gefeiert. Einerseits wollte Maggie nicht stören, aber jetzt, wo sie schon mal hier war, konnte sie kurz reinschauen und sich vergewissern, daß es Gail gutging.

Als sie vorsichtig an die Tür klopfte, wandten sich die Blicke der Leute im Wohnungsflur ihr zu. Alle sahen einander ziemlich ähnlich. Ein Familientreffen, schloß Maggie irritiert. Die Weiders waren einander wie aus dem Gesicht geschnitten, hatten etwa die gleiche Größe und Statur. Und keiner sagte ein Wort.

Maggie räusperte sich und machte sich mit den Anwesenden bekannt. »Ich bin Maggie Lyons, eine Freundin von Gail aus dem East End. Ich möchte nicht stören, aber ...«

Ein Mann Mitte Vierzig trat vor. »Keineswegs. Ich bin Don Weider, Gails Cousin. Ich werde Sie nach hinten bringen. Die anderen sind dort im Wohnzimmer.«

Er nahm Maggie am Arm und steuerte zielbewußt den Flur hinunter, dessen Wände mit Familienfotos geschmückt waren. Verwandte von Gail standen zu zweit oder dritt zusammen und unterhielten sich leise. Kein Wunder, daß die gute Gail ihren Anrufbeantworter nicht stündlich abrief. Jeder, absolut jeder Weider hielt sich in diesem Apartment auf, dessen war Maggie sich hundertprozentig sicher.

Sie zögerte wieder. »Vielleicht sollte ich ein anderes Mal vorbeischauen.«

»Nicht doch. Treten Sie ein.« Er hielt sie immer noch am Arm fest, blieb vor der Tür stehen und klopfte vorsichtig an.

»Estelle? Marion? Ich bringe euch eine Freundin von Gail aus dem Hospital.«

In dem Zimmer saß eine Reihe von Gails Verwandten auf einem L-förmigen Sofa. Ein paar standen vor dem Fenster und unterhielten sich mit gedämpfter Stimme. Zuerst konnte Maggie ihre Freundin unter den vielen ähnlichen Gesichtern nicht entdecken. Aber dann fiel ihr Blick auf ihre ehemalige Patientin.

Maggies Knie wurden weich wie Butter. Alle Farbe wich aus ihren Wangen. Ein paar Gesichter, angespannt vor Besorgnis, kamen auf sie zu.

»Geht es Ihnen nicht gut? Bitte, setzen Sie sich.«

Die Gruppe auf dem Sofa rückte zusammen, um für Maggie Platz zu machen. Am ganzen Körper zitternd ließ sie sich fallen, versuchte durchzuatmen und wartete darauf, daß die Wände nicht mehr wackelten.

»Ist es besser so? Kann ich Ihnen ein Glas Cognac holen? Oder eine Kleinigkeit zu essen?«

»Nein, es geht mir gut. Es war nur ein Schock für mich.«

»Das war es für uns alle.«

Maggies Blick wanderte zu dem offenen Sarg neben dem Fenster zurück. Die Menschen, die davor standen, traten beiseite, so daß Maggie Gails aschfahles Gesicht sehen konnte.

»Was ist passiert?«

Eine junge Frau erklärte es. »Ein schlimmer Unfall. Nördlich von New York. Tante Gail ist in der Kurve über eine Klippe gerast. Der Wagen schoß durch die Leitplanke. Die Polizei sagte, daß sie die Geschwindigkeitsbegrenzung weit überschritten hatte. Aber das ist das Verrückteste, was ich je im Leben zu Ohren gekriegt habe. Da Sie eine Freundin aus dem Krankenhaus sind, wissen Sie bestimmt, daß Gail Angst vor dem Fahren hatte. Gewöhnlich setzte sie sich nicht mal hinters Steuer. Während der letzten Monate hat sich das allerdings etwas gebessert. Sie hat sogar Tante Grace an ihrem Geburtstag in Merrick besucht, was viel heißen will. Aber wir wußten alle, wie langsam und vorsichtig sie war. Gail, die Schnecke, nannten wir sie. Ihr Bruder Jeff sagte immer, daß sie, wenn sie noch langsamer fahren wolle, den Rückwärtsgang einlegen müßte.«

Maggie konnte nicht fassen, was sie da hörte. Mit ungläubigen Augen starrte sie in die Runde. Gail Weider wäre niemals zu schnell in eine Kurve gefahren! Unter keinen Umständen wäre sie auf die Idee gekommen, wirklich zu rasen. Dieses Verhalten war ebenso unverständlich wie das von Theodore Macklin, der anscheinend leichtsinnig auf eine Brücke gelaufen und in den Abgrund gesprungen war.

Irgend etwas Bizarres ging hier vor. Und merkwürdigerweise wußte Maggie auf einmal, daß diese eigenartigen Vorgänge auch in Zukunft geschehen würden.

27. KAPITEL

Elva von Alter Ego hielt ihr Wort und verfolgte den Anruf nach Newport zurück. Weil sie wußte, daß jemand nach Büroschluß von Clint Traynors Apparat aus Telefongespräche führte, blieb sie an diesem Abend länger im Büro, um den Missetäter zu erwischen. Und gleich beim ersten Mal hatte sie Erfolg.

»Es handelte sich genau um die Person, die ich in Verdacht hatte, dieses Miststück«, erzählte Elva Price am Telefon, der mächtig die Ohren spitzen mußte, weil der Regen sehr laut gegen die einfach verglasten Fenster ihrer schäbigen Unterkunft trommelte.

Elva berichtete, daß Howard, der Frosch, seit mehreren Monaten mit dieser Frau ein Techtelmechtel hatte. Jeder wußte davon, mit Ausnahme von Howards armer Frau, May Ellen, die sehr nett und eine Heilige war und solch eine schäbige Behandlung sicherlich nicht verdient hatte.

»Männer«, hetzte Elva und brachte damit ihre Einstellung zum anderen Geschlecht auf den Punkt.

Laut Elvas Auskunft war das Miststück eine Cabaret-Sängerin namens Fern Compton Harlow, die auf der ganzen Welt in Clubs auftrat. Wenn Fern in der Stadt war, ließ sie sich bei Alter Ego sehen, aber immer erst nach Geschäftsschluß. Mehrere Angestellte, die Überstunden machten, meldeten Elva, wann und wie lange das Miststück sich im Hause aufhielt. Sie vermutete, daß Howard eine der Schneiderinnen abends länger dabehielt, damit sie neue Bühnenkleider für die unglaublich unbegabte Miss Harlow fertigte.

Elva beschrieb die Sängerin als großspurige Schlampe mit einem Riesenkleiderschrank voll reich bestickter Abendkleider. Da die Übeltäterin gerade eine dieser Roben trug, als Elva sie beim Telefonieren erwischte, konnte man davon ausgehen, daß sie an diesem Abend einen Auftritt hatte. Wo, das würde Price sicherlich durch ihren Agenten erfahren können. Die übereifrige Elva gab ihm seinen Namen und seine Nummer.

»Was soll das Ganze, Lenny?« nörgelte Sam. »Was sollen Howard und diese Cabaret-Sängerin mit der Ermordung von Martha Rafferty zu tun haben?«

»Es gibt nur eine Möglichkeit, das herauszufinden, Sam.«

»Dann mach dich allein auf die Socken. Mich interessiert das nicht die Bohne.«

»Du brauchst dich auch nicht dafür zu interessieren. Du mußt nur den Wagen fahren und etwas von Mrs. Raffertys Vorschuß auf den Tisch legen, das ist alles. Der Club ist irgendwo Downtown, und von da kriegen wir nie im Leben ein Taxi zurück, bei diesem Mistwetter schon gar nicht.«

»Wenn wir nicht hingehen, brauchen wir auch keins.«

»Hierher zu kommen und in diesem Fall weiter zu ermitteln, das war doch deine Idee, falls ich dich daran erinnern darf, mein lieber Sam.«

»Ich versuche gerade, das zu vergessen.«

Nachdem er zum fünften Mal um den Block gefahren war, gab

Bannister die Parkplatzsuche auf und stellte den Wagen auf einem gebührenpflichtigen Parkplatz auf dem West Broadway ab. Der zahnlose Mann in dem Kassiererhäuschen verlangte die Gebühren im voraus. Als der Typ endlich das Kleingeld rausgezählt hatte – jede einzelne Münze drehte er um, bevor er sie in die Schale legte –, war Bannister bis aufs Unterhemd durchgeweicht. Seine Hosenbeine klebten an den Schenkeln fest, und die Schuhspitzen bogen sich wegen der Feuchtigkeit nach oben.

Der Coco Loco Club befand sich in TriBeCa, einem Dreieck auf Manhattan, das südlich der Canal Street lag.

Der Laden mit dem Tropen-Flair lag im Erdgeschoß eines Bürogebäudes. Die Wände im Eingangsbereich waren mit einem Stoff im Leopardenmuster bespannt. Samtaffen und falsche Kokosnüsse hingen zwischen grünen Kunstpalmenwedeln. Von irgendwoher kam der dumpfe, synthetische Beat von Dschungeltrommeln.

Eine stattliche Frau in der Verkleidung eines Höhlenmenschen bewachte die Eingangstür. Ihre Beine waren ewig lang, und ihre Brüste waren so hochgeschnürt, daß sie wie ein aufgeplusterter Kragen wirkten. Sie beäugte Price und Bannister, als wären sie Ausschußware in einem Kaufhausregal, und trat dann langsam beiseite, um sie hineinzulassen.

Sie zwängten sich durch einen Vorhang aus unechtem Efeu und Schmetterlingen und hatten den Eindruck, ungebeten bei einer Bar-Mizwa gelandet zu sein.

Eine Horde keuchender, unbegabter Tänzer drängte sich auf der Tanzfläche und verrenkte die Glieder. Überdimensionierte Körperteile hüpften hinter winzigen Kunstfellfetzen auf und ab. Hier waren die Wände mit indirekt beleuchteten Mückennetzen dekoriert. Baumstämme aus Pappmaché dienten als Tische. Verliebte Pärchen küßten sich auf Bänken, die so aussahen, als wären sie aus Treibholz zusammengezimmert worden. Ein Kellner in einem Neandertalerkostüm quälte sich mit einem Tablett voller Getränke in Ananashälften und Kokosnußschalen durch die Menschenmenge. Während sie sprachlos dastanden und das Theater beobachteten, packte ein anderer Neandertalkellner, der ein Löwenfell übergeworfen hatte, Bannister am Handgelenk.

Der reagierte gelassen. »Falls du an deiner Hand hängst, läßt du mich besser sofort los.«

Die gespielte Tapferkeit des Kerls schmolz wie Kerzenwachs. Prompt ließ er Bannister los und stemmte die Hände in die Hüften.

»Das hier ist zufälligerweise ein privater Club. Ich muß die Herren bitten zu gehen.«

»Wir werden gehen, wenn wir mit Fern Harlow gesprochen haben.«

»Tut mir leid, nur Mitglieder.«

Bannister packte den Kerl beim Kragen und drückte ihm die Gurgel zu. »Aber bei uns wirst du sicher eine Ausnahme machen, stimmt's?«

Der Neandertaler knurrte.

»War das ein Ja?«

Kurzes Nicken.

Bannister ließ von ihm ab. Der Mann stolperte einen Schritt zurück und massierte seinen Hals.

»Nun, wo steckt Fern Harlow?«

»Gleich dort drüben.«

Die Lampen wurden gelöscht, und eine atemberaubende Frau trat ins Scheinwerferlicht. Ihr helles Haar fiel in weichen, glänzenden Wellen auf die Schultern. Ihre Augen waren von einem eindringlichen Lila. Sie steckte in einem bodenlangen Samtkleid, das seitlich bis zum Schenkelansatz geschlitzt war. Das Bein, das man sehen konnte, war umwerfend gut geformt. An ihren Ohrläppchen, Handgelenken und ihrem Hals funkelten Millionen Straßsteine. Bannister schätzte sie auf wenigstens einsachtzig und viel zu teuer, als daß er sie sich leisten könnte, wenn er es darauf anlegen würde.

Aber Gucken kostete nichts.

Sie trat in die Mitte der Bühne und warf ihr Haar in den

Nacken. Die Männer im Publikum hielten vor Aufregung den Atem an. Die Musik setzte ein, und dann begann sie zu singen.

Ihre Stimme glich warmem Sirup, ihre Bewegungen einer jungen Schlange. Ihre Lieder waren langsam und verführerisch: ›The Man I Love‹, ›Just My Bill‹, ›Stranger in Paradise‹. Während sie die einzelnen Noten hauchte, bewegte sie sich selbstverliebt.

Bannister war alt genug, um diesem glatten Äußeren nicht auf den Leim zu gehen. Offenen Auges war er einmal in eine derartige Falle getappt. Lila hatte sich ihn auf diese Weise geangelt. Noch bevor er richtig nachdenken konnte, hatte er sich schon in sie verliebt. Damals war er nicht auf die Idee gekommen, nur einen Augenblick darüber nachzudenken, was später einmal sein würde.

»... let's fa-a-a-all in love«, trällerte Fern Harlow und beendete damit ihre letzte Nummer. Die Lampen gingen an. Bevor Price und Bannister zur Bühne gelangen konnten, tummelte sich eine Gruppe Tänzerinnen auf der Tanzfläche, damit die Sängerin unbehelligt ihren Abgang machen konnte. Bannister stürzte sich auf den Neandertaler.

»Wohin ist sie gegangen?«

Der Mann wich vor ihm zurück. »In den Umkleideraum. Gleich hinter der Grashütte.«

Die beiden Detectives drängelten sich durch die Tänzerinnen und verschwanden hinter der Dschungelhütte. Gleich daneben lag eine mit einem Stern verzierte Tür.

Fern Compton Harlow beantwortete ihr Klopfen mit einer rauchigen Einladung. Aus der Nähe betrachtet wirkte sie weitaus weniger anziehend. Ihre Haut lag unter einer dicken Make-up-Schicht verborgen. Die perfekten Züge und den wundervoll geformten Körper verdankte sie der plastischen Chirurgie. Ihre Augen und ihr Gesichtsausdruck zeugten von innerer Kälte.

Das Umkleidezimmer war vollgestopft mit einem Schminktisch, einem Kleiderständer, einer kleinen Couch und einem freistehenden Schrank, in dem glitzernde Abendkleider hingen. Zwei Koffer und eine Kleidertruhe standen auf dem Boden.

Price stellte die Fragen. Fern Harlow gab sich freundlich und hilfsbereit. Sie gab zu, daß sie Clint Traynors Büro an den Abenden benutzte, die sie bei Alter Ego verbrachte. Howard Storch war ein Fan, nichts weiter. Er erlaubte ihr, die Annehmlichkeiten der Firma in Anspruch zu nehmen, wenn sie in der Stadt war. Da sie meistens in Hotels wohnte, mangelte es ihr an Faxgeräten, Kopierern, Telefonen und anderen Gerätschaften, die sie brauchte, um im Geschäft zu bleiben. Kleider wurden für sie bei Alter Ego niemals angefertigt. Sie leugnete auch, Macklin zu kennen. Falls sie vor einer Woche das Doubletree Inn angerufen haben sollte, dann bestimmt aus einem anderen Grund.

»Ich bin permanent auf Reisen, Detective. Wenn ich ein Motel in Newport anrufe, dann wahrscheinlich, weil ich dort einen Auftritt habe. Ich buche meine Zimmer gern selbst, denn ich möchte nicht neben Fahrstühlen oder Eismaschinen einquartiert werden.«

Price gab nicht auf. Die Frau wirkte sehr überzeugend, aber der Zufall mit Newport war zu augenfällig, als daß er mit ein paar plausiblen Antworten vom Tisch gefegt werden konnte. Macklin telefoniert mit Alter Ego, Fern Harlow ruft am selben Tag wenig später das Doubletree Inn an. Zwei und zwei ergibt immer noch vier, dachte sich Price.

Die Frau setzte ein vorgefertigtes Lächeln auf und fuhr sich immer wieder mit der Zunge über ihre vollen Lippen. Langsam spreizte sie die Beine und gewährte ihnen einen Blick auf ihr Spitzenhöschen. Bannister fiel auf dieses Ablenkungsmanöver nicht herein. Doch seine Hormone fanden die Vorstellung ansprechend.

»Ich denke, das wäre es dann«, sagte Price und griff nach der Türklinke. »Vielen Dank, Miss Harlow.«

»Möchten Sie sich nicht noch den zweiten Teil meiner Show ansehen? Es rentiert sich.«

»Nein, aber vielen Dank«, sagte Bannister. Nach seiner Überzeugung hatte sie ihnen schon zwei halbwegs künstlerische Auftritte geboten.

Der Regen hatte noch nicht nachgelassen. Mit eingezogenen Köpfen rannten sie zum Parkplatz hinüber. Auf dem Weg nach Uptown setzte Price die Puzzleteilchen zusammen.

»Da gibt es also Anatoli Popow und diese zwielichtigen Transaktionen des Juweliers Nemichew. Und es gibt Fern Harlow, die reisende Diva, und ihren Freund Howard bei Alter Ego. Was hat das alles zu bedeuten?«

»Falsche Richtung, Lenny. Wir sind wegen Martha Rafferty hier. Alles andere kann uns egal sein.«

»Ist dir am Kleiderschrank der Diva nicht etwas aufgefallen, Sam? Und hast du die Anhänger der Fluggesellschaften an den Koffern gesehen?«

Price war aufgefallen, was für seltsame Orte Fern Harlow besucht hatte. Länder der Dritten Welt. Hinterwäldlerische Inseln. Orte, an denen man nicht unbedingt mit einem Nachtclub oder Cabaret rechnet. Und außerdem stimmte etwas nicht mit der Art und Weise, wie ihr Abendkleid genäht war. Seine Frau Ruthie, eine ambitionierte Heimschneiderin, hatte vor Jahren für ein Theaterstück an der Schule ein Abendkleid für ihre Tochter Rebecca genäht. Bannister begriff nicht, worauf Price mit diesem Beispiel hinauswollte. Price redete munter weiter, ohne daß sein Partner ihm folgen konnte.

Bannisters Gedanken kehrten zu Chloe zurück. Mit einem Schubs in die falsche Richtung konnte man ein Kind aus der Bahn werfen, selbst wenn es so klug und bodenständig war wie seine kleine Tochter.

Vatis Mädchen.

Er dachte an die besonderen Vormittage, die sie früher zusammen verbracht hatten. Vor der Scheidung pflegten sie sich auf leisen Sohlen aus dem Haus zu schleichen, während Lila noch schlief. Bannister lud Chloe zu einem Pancake-Frühstück in ein Restaurant ein. Gewöhnlich unterhielten sie sich über alles mögliche, bis ihnen nichts mehr einfiel. Und sie konnten wirklich unbeschwert lachen.

Hand in Hand spazierten sie dann über Wiesen und Felder.

Chloes kleines Händchen lag samtweich und warm in seiner Hand. Wie ein kleiner, zerbrechlicher Vogel, der aufgeregt mit den Flügeln flatterte.

Von Geburt an hatte er den Eindruck gehabt, daß Chloe zu schnell groß und erwachsen wurde. Mit weit aufgerissenen Augen und rot angemalten Lippen posierte sie in Lilas Stöckelschuhen vor dem Spiegel. Bannister fürchtete sich vor dem Zeitpunkt, wo sie zur Frau reifen und ein eigenständiges Wesen mit einer selbständigen Persönlichkeit werden würde. Eine Frau, die ihr Leben lebte, liebte und den Gang der Dinge allein bestimmte.

Aber bis jetzt hatte er glücklicherweise nie über die schrecklichen Alternativen nachgedacht.

28. KAPITEL

»Und dann stand ich in der Cafeteria der Firma und konnte gar nicht anders, als das Gespräch dieser beiden Frauen zu belauschen, die sich am Tisch nebenan unterhielten. Sie beschrieben dieses Mädchen, das ein Verhältnis mit ihrem Zahnarzt hatte. Ich sah sie mit offenem Mund auf dem Behandlungsstuhl sitzen, während der Kerl Zahnstein abkratzt. Nicht gerade meine Vorstellung von einem romantischen Intermezzo, das ist mal sicher. Jedenfalls hatte ich das ganze Sandwich aufgefuttert, bevor ich wußte, wie mir geschah.«

Melissa, die blauäugige Schönheit mit der Phobie, in der Öffentlichkeit zu essen, beendete ihren Vortrag vor der Gruppe. Sie gehörte dem Donnerstagabend-Treff an. Sie war die dritte Teilnehmerin, die von einem bemerkenswerten Erfolg berichten konnte, der sich seit dem letzten Gruppentreffen – also innerhalb einer kurzen Woche – eingestellt hatte. Die anderen spendeten Applaus, und das Mädchen lehnte sich mit strahlendem Gesicht bequem auf dem Stuhl zurück.

»Das ist wunderbar, Melissa. Du kannst wirklich stolz auf dich sein«, lobte Henry, bevor er sich einem anderen Teilnehmer widmete.

»Stephen? Möchten Sie uns auch kurz schildern, was sich letzte Woche bei Ihnen zugetragen hat?«

Der Musiker rutschte auf seinem Stuhl herum und fixierte nervös das Fenster. Der Gewittersturm letzte Nacht muß für ihn die Hölle gewesen sein, dachte Maggie. Nachdem sie sich von den Weiders verabschiedet und auf den Heimweg gemacht hatte, hatte es gedonnert und geblitzt wie seit langem nicht mehr.

Der gewaltige Sturm paßte hervorragend zu ihrer Stimmung. Gail Weiders überraschender Tod hatte sie sehr aufgewühlt, und sie war für jede Ablenkung dankbar gewesen. In ihrer Wohnung wartete dann ihre Mutter mit endlosen Tiraden über Maggies hinterhältigen Vater auf. In den Augen ihrer Mutter war ihr Vater ein durch und durch boshafter Mann, der nur darauf aus war, sie zu verletzen und zu beleidigen, was ihm – wie Maggie fand – auch gelang.

Maggie war gar nicht auf die Idee gekommen, Einwände zu erheben oder mit ihrer Mutter zu diskutieren. Diese Unterhaltung hatten sie in den vergangenen Jahren schon unzählige Male geführt. Und sie endete immer genau dort, wo sie angefangen hatte – nämlich nirgendwo. Also hörte sie gelangweilt zu und gab sich in den kurzen Sprechpausen teilnahmsvoll. Und doch war sie ganz gern bei ihr gesessen, weil das Geschimpfe ihrer Mutter sie von Gail Weiders rätselhaftem Tod abgelenkt hatte.

Stunden später, als sie im Bett lag, war ihr der tragische Unfall nicht aus dem Kopf gegangen und hatte sie am Einschlafen gehindert. Es war ihr unvorstellbar, daß Gails Chevy mit quietschenden Reifen durch die Leitplanke über die Klippe gerauscht sein sollte, obwohl sie sich alle erdenkliche Mühe gab, die Tatsachen nüchtern zu betrachten. Nein, diesem Unfall haftete etwas Unglaubwürdiges an.

Gütiger Gott, was spielte sich eigentlich ab?

Tracy sprach als nächste. Sie konnte die Gesellschaft anderer Menschen nicht ertragen. Als Henry sie nach ihren Fortschritten befragte, klammerte sich die junge Frau an ihrer Handtasche fest, als ob sie kurz vor dem Ertrinken wäre. Henry drängte sie nicht, und die anderen Gruppenmitglieder warteten geduldig auf ihre Antwort. Jeder im Zimmer verstand, welche Überwindung es Tracy kostete, mit mehreren Menschen in einem Raum zu sein.

»Am schwierigsten ist es für mich, hier zu sein«, rückte sie schließlich mit der Sprache heraus. »Fünfzehn Minuten lang bin ich im Flur gestanden und habe mich nicht getraut, in diesen Raum zu gehen.« Ihre Stimme klang dünn und verunsichert. »Am liebsten wäre ich davongelaufen.«

»Aber Sie sind nicht weggegangen«, hob Henry hervor. »Und nur das zählt. Es wird Ihnen zunehmend leichter fallen. Würden Sie uns jetzt etwas von Ihrer praktischen Übung mit Rosalie erzählen?«

Tracy wirkte unglaublich angespannt, wie ein Bogen, der jeden Moment reißen mußte. »Wir hatten uns für Samstag im Einkaufszentrum verabredet. Ich war rechtzeitig da, aber von Rosalie keine Spur. Ich wollte schon kehrtmachen und heimgehen, aber dann dachte ich mir, daß sie vielleicht im Stau steht oder so. Sie kam ganze fünfzehn Minuten zu spät. Sie hatte wohl vor Macy's gestanden und dort auf mich gewartet.«

»Und was passierte dann?« hakte Henry nach.

Tracy grinste schüchtern. »Ich habe ihr gesagt, sie soll verschwinden. Sie soll mir doch helfen und mich nicht im Stich lassen. Ich habe mich fast zu Tode gefürchtet. Sie gab zu, daß sie einen Fehler gemacht hat. Hat sich auch bei mir entschuldigt, aber so einfach geht das doch nicht. Ich fürchte, ich habe sie mit meiner Reaktion ganz schön vor den Kopf gestoßen.«

»Ist doch richtig«, mischte sich Laura ein. »Ich muß dir sagen, Tracy, du wirkst nicht so, als ob du energisch auftreten könntest. Das hast du gut gemacht.«

Tracy kicherte. »Nein, ich bin nicht energisch. Um ehrlich zu sein, ich traute meinen Ohren selber nicht. Aber ich fühlte mich einfach großartig.«

Henry nickte enthusiastisch. »Es ist immer gut, wenn man seinem Ärger Luft macht. Sonst frißt er einen auf.«

Maggie legte sich die Hand vors Gesicht, damit die Patienten nicht sahen, daß sie grinsen mußte. Henry war die Nachgiebigkeit in Person. Wenn man ihm auf den Fuß trat, entschuldigte er sich dafür, daß er den Schuh, der ihn getreten hatte, möglicherweise beschädigt hatte.

»Jason? Möchten Sie als nächster sprechen? Wie ist Ihre Sitzung mit Binnie verlaufen?« Henry warf dem jungen Mann, der lässig auf dem Stuhl hing, einen erwartungsvollen Blick zu.

»Es waren zwei Sitzungen«, begann Jason achselzuckend. »Sie verliefen ganz okay, denke ich. Beim ersten Mal sind wir in meiner Nachbarschaft spazieren gegangen. Gestern morgen fuhren wir zum Boulevard und haben einen Schaufensterbummel gemacht. Und eine Cola getrunken. Keine große Sache.«

»Hört sich für mich aber nach einem Riesenfortschritt an«, meinte Henry. »Ist das hier wirklich der Jason Childs, den man noch vor einer Woche mit einem Kreuzschlüssel aus der Wohnung losschrauben mußte?«

»Ich kann mir gar nicht vorstellen, daß du einfach spazieren gehst«, sagte Lauren. »Ich kann mich noch gut daran erinnern, daß du letzte Woche erzählt hast, daß du immer Angst hast, hinter der nächsten Ecke warte ein Hund auf dich. So geht es mir mit Käfern. Deshalb muß ich immer im voraus wissen, was auf mich zukommt. Damit ich nicht einer Spinne oder so was über den Weg laufe. Ich mache einen Riesenbogen um dunkle Ecken, das kann ich euch sagen.«

Jason zuckte wieder mit den Achseln. »Keine große Sache.«

Maggie wurde langsam aufmerksam. Wie konnte er eine so gravierende Veränderung einfach abtun? Der junge Mann sah sogar ganz anders aus als beim letzten Treffen. Seine Augen strahlten. Keine Anzeichen von Angst. In seiner Stimme und seinem Verhalten lag eine Spur Autorität. Statt der langweiligen Beige-Töne von vergangener Woche trug er heute ein helles, bedrucktes Hemd und Turnschuhe mit neon-orangen Streifen.

Während ihr Blick über die Runde schweifte, führte sie sich vor Augen, welche Fortschritte die einzelnen Gruppenmitglieder gemacht hatten. Sie alle hatten innerhalb einer Woche viel erreicht. Vielleicht zuviel? Ging das alles vielleicht zu schnell? Gab es bei diesen unschuldig anmutenden Fortschritten etwas, das die Patienten dazu brachte, tödliche Risiken einzugehen?

Schnell schob sie den schrecklichen Gedankengang beiseite. Die Logik erlaubte es ihr nicht, der Klinik die Schuld für das zu geben, was Gail Weider und Theodore Macklin zugestoßen war. Hunderte von Patienten hatten an einer derartigen Gruppentherapie teilgenommen. In anderen Zentren hatten Tausende ein ähnliches Programm absolviert. Nein, hier wurde nicht mit Schwarzer Magie, mit geheimnisvollen und düsteren Mitteln gearbeitet, sondern mit Einsatzfreude und anerkannten Techniken.

Nachdenklich trank Maggie ihren Eistee aus. Ihre Zunge fühlte sich rauh und belegt an. Reiß dich zusammen, Maggie. Gails Unfall und Macklins Tod haben nichts miteinander zu tun. Es handelt sich um einen grausamen Zufall. Für die beiden Todesfälle mußte es eine logische und glaubwürdige Erklärung geben.

Laut dem Bericht des Detectives von der Rhode Island Police bestand Grund zu der Annahme, daß Theodore Macklins Firma in illegale Machenschaften verwickelt war. Warum sollte Macklin nicht einen bestimmten Punkt überschritten haben, so daß er zum Tode verurteilt worden war. Falls die Mörder von seiner Phobie wußten, war es durchaus möglich, daß sie seine Ermordung so gedeichselt hatten, daß es nach Selbstmord aussah.

Bei Gails Unfall hatte es keine Zeugen gegeben. Die Polizei vermutete nur, daß sie zu schnell in die Kurve gefahren war. Die Bremsspuren, die sie gefunden hatten, konnten aber auch von einem anderen Wagen stammen. Vielleicht hatten die Bremsen versagt. Oder sie war in eine Öllache oder eine Regenpfütze geraten und hatte die Kontrolle über den Wagen verloren. Dabei spielte die Geschwindigkeit keine so große Rolle.

Einen glaubhaften Grund dafür zu finden, daß Gail sich so weit von ihrer Wohnung entfernt hatte, fiel Maggie wesentlich schwerer. Andererseits hatte sie sie schon eine Weile nicht mehr gesehen. War es möglich, daß die Frau ihre Schranken überwunden und beschlossen hatte, niemandem davon zu erzählen, bevor sie sich nicht vollkommen sicher war? Es waren schon seltsamere Dinge passiert.

Von den rationalen Interpretationen beruhigt, richtete Maggie ihre Aufmerksamkeit wieder auf Henry, der gerade die Sitzung beendete.

»Sie alle hatten einen prima Anfang. Ich möchte Sie bitten, ab jetzt Tagebuch zu führen und alle Situationen aufzuschreiben, die Ihnen Schwierigkeiten bereiten. Vergessen Sie angesichts Ihrer Erfolge aber nicht, auch die Momente aufzuführen, in denen Sie mit Ihrer Phobie nicht umgehen konnten. Es ist wichtig, daß Sie später einmal zurückblicken und nachlesen können, wie weit Sie gekommen sind.« Er zog ein kleines Ringbuch aus seiner Jackentasche und hielt es hoch. »Ab und an werfe ich einen Blick in mein Büchlein, um mich daran zu erinnern, wie es früher war.«

»Und bringen Sie nächstes Mal bitte Ihre Tabellen mit. Wir werden sie einsammeln und bis zur letzten Sitzung aufheben«, sagte Maggie. Jeder Patient wurde gebeten, die phobischen Reaktionen, die während der praktischen Übungen auftraten, grafisch festzuhalten. Mit Hilfe der Tabellen konnte der individuelle Fortschritt besonders gut deutlich gemacht werden. Phobiker hatten den Hang, ihre Fortentwicklung nicht richtig zu würdigen. Die grafische Darstellung sollte das mangelnde Selbstbewußtsein stärken, das war einer der wichtigsten Punkte des Programms.

Als die eigentliche Sitzung vorbei war, trat die Gruppe an den Tisch, auf dem Henry Krüge mit Eistee und eine Platte Brownies angerichtet hatte. Der Anblick der dunklen Kuchenstückchen erinnerte Maggie an Gail Weiders Kekse, die Henry nach dem Treffen vor einer Woche herumgereicht hatte. An den restlichen Plätzchen, die Henry ihr aufgeschwatzt hatte, hatte sie sich die ganze Woche über erfreut. Selbst jetzt lagen noch zwei oder drei in ihrem Kühlschrank. Die Vorstellung, daß Gail den Keksteig zusammengerührt und geformt und die fertig gebackenen Kekse zum Auskühlen auf einen Rost gelegt hatte, befremdete Maggie.

Die Gruppe löste sich auf. Drei der jungen Frauen standen in einer Ecke zusammen und unterhielten sich angeregt. Lauren und Stephen tranken Eistee und sprachen am Fenster miteinander. Jason hielt sich etwas abseits und beobachtete die anderen aufmerksam. Ein merkwürdiger Junge.

Seelenruhig machte Henry sich am Tisch zu schaffen. Er trug seinen Anzug für besondere Gelegenheiten: einen formlosen, blauen Zwirn. Maggie fiel ein, daß er in der Mittagspause Gails Familie seine Aufwartung gemacht hatte.

Sie ging zu ihm hinüber und wartete, bis er die Krümel vom Tischtuch gebürstet hatte. »Wie war es bei den Weiders?«

Vor Aufregung blinzelte er hektisch, beruhigte sich dann aber wieder. »Es geht ihnen den Umständen entsprechend, denke ich. Muß ein schwerer Schlag für sie gewesen sein.«

»Ja. Aber ich wollte wissen, wie es für Sie gewesen ist.«

Maggie vermutete, daß Henry auf schmerzliche Weise an den Tod seiner Mutter erinnert worden war, der er ungewöhnlich nahegestanden hatte. Sie hatten eine Menge Interessen geteilt: Gärtnern, Kochen, im Kabelfernsehen alte Spielfilme anschauen. Henry weigerte sich beharrlich, über den Verlust zu sprechen, aber der Tod seiner Mutter hatte in seinem Leben bestimmt eine große Lücke hinterlassen.

»Mir geht es gut, Maggie. Sie brauchen sich meinetwegen keine Sorgen zu machen.«

»Natürlich sorge ich mich. Ich bin Ihre Freundin. Daran läßt sich nichts ändern.«

Ihr ehemaliger Patient hielt sich sehr bedeckt, was Privatangelegenheiten betraf. Manchmal verglich Maggie ihn mit einem lange verschlossenen Raum. Von ganzem Herzen wünschte sie, einen Zugang zu ihm finden zu können, um ihn zu öffnen und frische Luft reinzulassen.

Sie vermutete, daß sein Besuch bei den Weiders alte Wunden aufgerissen hatte. Henry traf sich äußerst selten mit anderen, aber es war ihr nicht entgangen, daß er sich um Gail Weider bemüht hatte. Als Psychologin konnte sie die Zeichen lesen. Funkelnde Augen, schüchterne Blicke. Neue Klamotten. Als Gail noch regelmäßig in die Klinik gekommen war, hatten die beiden ab und an zusammen zu Mittag gegessen.

»Wirklich, es geht mir gut.«

Sie spürte die Mauer zwischen ihnen. Seine Verärgerung. Manchmal ging sogar Mr. Immerversöhnlich in die Offensive. Höchste Zeit, einen Schritt zurückzutreten und seine Grenzen zu respektieren.

»Dann sehen wir uns morgen wieder, Henry. Übrigens, die Sitzung lief großartig.«

Beim Verlassen des Zimmers wurde sie von Tracy aufgehalten, die eine Frage bezüglich ihrer Krankenkassenleistungen hatte und wissen wollte, ob die Gebühr für die Therapie übernommen wurde. Danach verstrickte Lauren sie in eine Diskussion darüber, ob es begründet war, sich vor roten Trauben zu fürchten, da vor kurzem in einigen Supermärkten Spinnen in der Obstlieferung entdeckt worden waren.

Als Maggie diese Gespräche beendet hatte, hatten die anderen Gruppenteilnehmer den Raum schon verlassen. Ein attraktiver blonder Mann in Khakihosen und marineblauem Blazer wartete auf dem Flur. Wahrscheinlich der Freund von einem der Mädchen aus der Gruppe, dachte Maggie. Neugierig trödelte sie herum, weil sie wissen wollte, auf wen er wartete.

Als alle gegangen waren und der Fremde immer noch im Korridor wartete, gab Maggie sich einen Ruck und ging auf ihn zu.

»Kann ich Ihnen helfen?« erkundigte sie sich.

Er las ihr Namensschild. »Sie sind Dr. Lyons?«

»Ja.«

»Um ehrlich zu sein, ich suche Sie.«

»Worum geht es?«

Er warf einen Blick in den Gruppenraum, in dem Henry immer noch mit dem Aufräumen beschäftigt war. »Es wäre besser, wenn wir uns unter vier Augen unterhalten könnten.«

»Worum es sich auch handeln mag, Sie können gleich hier mit der Sprache rausrücken.«

Er nickte kurz, zog einen Ausweis hervor und fuhr fort: »Mein Name ist Dean Connell. Ich gehöre dem Ermittlungsdezernat des Gesundheitsamtes an. Bei uns wurden schwere Beschuldigungen gegen Sie erhoben, Dr. Lyons. Ich habe den Auftrag erhalten, mir ein Bild von Ihnen und der Situation zu machen und zu überprüfen, ob die Vorwürfe berechtigt sind.«

Maggie glaubte in Ohnmacht zu fallen. »Beschuldigungen? Soll das ein Scherz sein?«

Ein Muskel an seinem Kinn zuckte leise. Ansonsten war er gefühllos wie ein Stein, die Personifizierung staatlicher Kontrolle. »Ich kann Ihnen versichern, daß ich nicht zum Scherzen aufgelegt bin, Doktor. Zwei Personen, die früher einmal von Ihnen behandelt wurden, sind unter fragwürdigen Umständen zu Tode gekommen. Falls sich unser Verdacht bestätigt, dürfte der Entzug Ihrer Approbation Ihre größte Sorge sein.«

Das konnte einfach nicht wahr sein! Jeden Augenblick mußte jemand hinter der nächsten Ecke hervorspringen und seine Urheberschaft für diesen niederträchtigen Scherz gestehen.

Wo steckte derjenige nur?

Maggie blickte ihrem Gegenüber in die strahlend blauen Augen und suchte nach einem Hinweis, daß es sich um einen großen Irrtum handelte. Nichts.

»Das darf nicht wahr sein!«

»Ich fürchte, daß dem so ist, Dr. Lyons. Können wir uns jetzt unter vier Augen unterhalten?«

Wie betäubt führte sie ihn in ihr Büro. Nach dem Eintreten schaute sie sich um und vergewisserte sich hilfesuchend, daß alles beim alten war. Nichts hatte sich geändert: Da standen die Bücherregale und ihr Schreibtisch, da lagen die Akten, an den Wänden hingen die Bilder. Selbst die Unordnung, die ihr zu eigen war, erinnerte sie an die Normalität. Aber all das änderte nichts daran, daß ihr die Angst in den Gliedern saß.

29. KAPITEL

In Jasons Bauch summte eine Schar verrückter Hummeln, und sein Verstand arbeitete mit glasklarer Schärfe. Eine derartig überschwengliche Freude war für ihn ein fremdes Gefühl. Einfach überwältigend! Die Welt war von magischer Hand auf Hochglanz poliert worden. Alles wirkte unglaublich klar und deutlich. Ein Wunder war geschehen! Er konnte sein Glück nicht fassen. Nicht mal Jessie mit ihrer vorlauten, aufdringlichen Arroganz konnte ihm heute auf den Wecker fallen.

»Ich gehe nach draußen und spiele mit Allison, Jay. Zum Mittagessen bin ich zurück, falls ich für dich den Hof kontrollieren soll.«

»Ist nicht nötig, darauf bin ich nicht mehr angewiesen«, sagte er mit einem stolzen Lächeln. »Bleib, solange du willst. Tu, was dir gefällt. Mach dir den schönsten Tag, den es je in der Geschichte der Menschheit für jemanden gegeben hat.«

Sie kniff die Augen zusammen. »Mami, Jay nimmt mich schon wieder auf den Arm«, brüllte sie die Treppe hinunter.

»Jason?« rief seine Mutter besorgt nach oben.

»Ich habe ihr nur gesagt, daß sie das Leben in vollen Zügen genießen soll, das ist alles. Oder stimmt das etwa nicht?«

»Jessie? Hat er das gesagt?«

»Ja, aber es klang gemein. Mach, daß er aufhört.«

Er hörte seine Mutter seufzen. »Allison wartet im Hof auf dich, mein Liebling. Bist du fertig, oder soll ich ihr sagen, daß sie später wiederkommen soll?«

»Ich bin fertig.« Das Mädchen hüpfte in den Flur und warf ihrem Bruder einen strengen Blick zu. Kurz vor der Treppe blieb sie stehen und blickte mißmutig zu Boden.

»Hör auf damit, Jay. Du gehst mir auf den Keks.«

Er wedelte mit dem Zeigefinger. »Amüsiere dich gut, kleine Schwester. Lach und spiel und freu dich über diesen schönen Tag.«

»Ich sagte, hör auf. Und wehe, du gehst in mein Zimmer, während ich weg bin. Ich weiß genau, wie viele Bonbons in der Schachtel sind, die Omi mir geschickt hat.«

»Ja, du bist eben ein kluges Kind. Du solltest dankbar sein, daß dein Verstand so gut funktioniert. Das wird dir im Leben vieles erleichtern.«

»Jetzt reicht es. Das ist mein Ernst.«

Er sah zu, wie sie mit wehendem, blondem Haar die Treppe hinunterhüpfte. Gesegnet sei dieser kleine Hüpfer! Natürlich ging sie ihm tierisch auf die Nerven, aber sie sprühte vor Energie und Abenteuerlust. Ja, sie hatte alles, was ein Kind in ihrem Alter haben sollte.

Und er hatte sich vorgenommen, auch wieder zum Kind zu werden. Voller Leben und Neugier. Oder war er überhaupt jemals so gewesen? Er wußte es nicht.

Nun, egal. Das war Vergangenheit, Schnee von gestern. Diese Zeit war endgültig vorbei. Der Feigling, der noch vor einer Woche in ihm gesteckt hatte, hatte nichts mit dem neuen, weiterentwickelten Jason Childs gemein. Jetzt war er furchtlos und zu allem fähig. Die Herausforderungen und Rückschläge, die das Leben bereithielt, konnten ihn nicht in die Enge treiben. Nein, es drängte ihn vorwärts. In Zukunft würde er tapfer und mutig sein, völlig anders aussehen und handeln. Nachdem er endlich aus dem Schatten herausgetreten war, hatte er keine Lust, zurückzublicken und den schüchternen Zwerg zu analysieren, der er in einem früheren Leben gewesen war.

Der Blick in die Zukunft faszinierte ihn weitaus mehr. Beim letzten Gruppentreffen hatte er erfahren, daß schon kleine Mengen der Mutdroge Wunder bewirkten. Jeder seiner Leidensgenossen hatte Riesenfortschritte gemacht. Und er hatte nur einen Tropfen seiner Spezialformel auf ihre Armbänder getupft.

Nun mußte er die Mutdroge nur noch ein paarmal an sich selbst ausprobieren, die Ergebnisse in einer glaubwürdigen Studie zusammenfassen und seinem alten Lehrer und Mentor, Otto Allen, einen Besuch abstatten.

Jason malte sich Mr. Allens überschwenglichen Empfang aus: Die langweilig grauen Augen des Lehrers würden vor Stolz über Jasons lange verborgenes und nun wiedererwachtes Talent aufleuchten. Mr. Allen hatte ihn auserwählt, hochgepäppelt und an ihn geglaubt. Mit der Studie würde der alte Mann den Beweis dafür erhalten, daß die Hoffnungen, die er in Jason gesetzt hatte, durchaus berechtigt waren.

Die Chemie war Otto Allens Leben. Der Mann lebte in der Welt der Moleküle, Katalysatoren und Reagenzen. Unermüdlich informierte er sich in Fachzeitschriften über die neuesten Entdeckungen und Theorien. Er kannte jeden Chemiker, angefangen von denen, die in winzigen Labors zugange waren, bis hin zu denjenigen, die für den Nobelpreis nominiert wurden. Mr. Allen würde Jason einem pharmazeutischen Labor empfehlen können, wo die Mutdroge flächendeckend getestet werden würde, damit er eine Zulassung für das Mittel erhielt.

Hinzu kam noch, daß der Mann Jason dabei behilflich sein konnte, die Erfindung anzumelden und eintragen zu lassen, was fast noch wichtiger war. Vergangene Nacht war Jason eingefallen, daß das notwendig war. Danach hatte er nicht mehr einschlafen können. Bestimmt wußte Mr. Allen, ob die Mutdroge als Patent angemeldet oder als Warenzeichen eingetragen werden mußte und wie man dabei am besten vorging. Jason wollte nicht das Risiko eingehen, daß seine Formel gestohlen wurde. Falls das passierte, bekam er nicht seinen Teil der Anerkennung, die er verdiente.

Eine derart wichtige Erfindung mußte mit äußerster Vorsicht verwaltet werden. Jeder x-beliebige Wissenschaftler war sicherlich darauf erpicht, sich Jasons Wunderdroge unter den Nagel zu reißen. Allein die Rechte mußten ein Vermögen wert sein. Möglicherweise bestand Aussicht, mit dieser Erfindung internationale Anerkennung zu erlangen. Der Erfolg würde nicht ausbleiben.

Auf einmal kam Jason jedoch der Gedanke, daß ein kleiner Niemand wie Otto Allen ebenso verführbar war wie jeder andere. Diese Vorstellung machte ihm angst. Vielleicht war Allen sogar noch viel mehr auf Ruhm erpicht als andere Chemiker und würde dem Teufel seine Seele verkaufen, um Jasons Mittel als seine eigene Arbeit auszugeben.

Falls der Chemielehrer so tat, als habe er die Mutdroge erfunden, wer würde ihm, dem Feigling Jason, überhaupt glauben, daß das Ganze auf seinem Mist gewachsen war? Schließlich wußte jedermann, daß der alte Allen sein Leben der Chemie verschrieben hatte. Es war kein Geheimnis, daß er tage- und nächtelang im Schullabor seine Experimente durchführte. Daß er die Wochenenden und Ferien da verbrachte.

Nein, Jason durfte niemandem, nicht mal seinem alten Chemielehrer, sein Geheimnis anvertrauen. Wenigstens im Augenblick noch nicht. Zuerst mußte er eine Möglichkeit finden, seine Entdeckung zu dokumentieren.

Aber wie sollte er erreichen, daß ihm die Erfindung nicht gestohlen wurde?

Sein Verstand arbeitete auf Hochtouren. Er mußte einen Weg finden, logisch denken. Zuerst die anvisierte Testserie durchzuführen, das war durchaus sinnvoll. Und während er damit beschäftigt war, konnte er die nächsten Schritte planen, um seine Erfindung zu schützen.

Onkel Fred war Rechtsanwalt. Auch ohne ihn in die Einzelheiten einzuweihen, konnte Jason ihn sicherlich um rechtlichen Beistand bitten.

Zufälligerweise waren Onkel Fred und Tante Irene für nächsten Samstag zum Abendessen eingeladen. Bis dahin würde er einen Schlachtplan aushecken können, wie er die wichtigsten Fragen in die Unterhaltung einfädeln konnte. Wenn er wußte, wie und wo er die chemische Formel seiner Droge registrieren lassen mußte, war das Wichtigste geschafft.

Völlig aufgelöst vor freudiger Erwartung ging Jason ins Badezimmer und maß eine Dosis der Mutdroge ab. Während er sie schluckte, warf er einen Blick auf seine Armbanduhr. In fünfzehn Minuten konnte das nächste Experiment beginnen.

»Jason, Liebling? Ich gehe ein paar Sachen einkaufen. Brauchst du etwas?«

Perfekt. Selbstverständlich hätte er seine Mutter austricksen können, aber so war es viel einfacher.

»Nein, Mom. Ich habe alles, was ich brauche. Laß dir Zeit. Tschüß.«

»Kümmerst du dich um Jessie?«

»Natürlich.«

»Bis dann.«

Er hörte die Tür ins Schloß fallen und das Klappern ihrer Absätze auf dem Hof. Kurz darauf hörte er die Garagentür, und dann wurde der Motor angelassen. Er warf wieder einen Blick auf die Uhr. Noch zehn Minuten, bis die Wirkung einsetzte. Diese Zeit brauchte er, um sich vorzubereiten.

Die Krankenhausunterlagen und Infoblätter lagen in einem Briefumschlag auf dem Schreibtisch. Beim Lesen der Langzeitziele, die er und Binnie zusammen ausgeknobelt hatten, mußte er höhnisch lachen. Vor einer Woche hätte er allein keinen Spaziergang durch die Nachbarschaft unternehmen können. Heute konnte er es kaum erwarten, den nächsten Schritt zu machen und ganz allein loszuziehen.

Am liebsten hätte er den nächsten Punkt auf der Liste übersprungen, aber er hielt es für besser, sich daran zu halten. Experimente erforderten nun mal unendliche Geduld und Nervenstärke. Und sein Ziel war viel zu wichtig, als daß er es durch Hast oder Ungeduld gefährden durfte.

Die ersten drei Punkte auf der Liste hatte er schon mit seiner Betreuerin abgehakt: das Haus verlassen, einen Spaziergang um den Block machen und einen längeren Marsch durch eine Gegend, die weiter weg lag. Das entsprach etwa dem Schaufensterbummel.

Punkt vier verlangte, daß Jason diverse Hundefotos betrachtete. Desensibilisierung nannte die Ärztin das. Die Psychologen gingen davon aus, daß Ängste vermindert und ganz abgebaut werden konnten, wenn der Betroffene systematisch zunehmend bedrohlicheren Situationen ausgeliefert wurde. Binnie hatte ihm eine Menge Fotos mitgebracht. Jason zog den verschlossenen

Umschlag aus der Schreibtischschublade, riß ihn auf und legte die Fotos umgedreht auf die zerkratzte Platte.

In fünf Minuten war es soweit.

Laut Behandlungsplan sollte Jason nach den Fotos ein Videoband ansehen, das Binnie extra für ihn gemacht hatte. Mit ihrem Camcorder hatte sie schlafende Hunde, spielende Welpen und laut bellende Riesenviecher eingefangen, die wie wild an der Leine zerrten.

Jason mußte an die verrückten Tiere hinter dem Zaun denken, die ihn am liebsten angefallen hätten. Die blöde Binnie hatte ihn sicherlich absichtlich dorthin geführt und dafür gesorgt, daß seine Alpträume beinah Realität geworden wären. Aber sein Wundermittel malte jetzt einen rosigen Schleier vor die grauenvolle Erinnerung.

Mit einem Blick auf die Uhr vergewisserte er sich, daß das Mittel inzwischen wirkte. Zeit, sich der anstehenden Aufgabe zu stellen.

Er drehte die Fotos um und sah sie langsam durch. Ohne die leiseste Anspannung betrachtete er die Bilder von einem verspielten Schnauzer, einem grimmig dreinblickenden Cockerspaniel und einem fetten Rottweiler, der die Eckzähne fletschte.

Danach ging er nach unten ins Wohnzimmer und schob Binnies Videoband in den Rekorder. Breitbeinig auf dem Sofa sitzend, verfolgte er das Treiben auf dem Bildschirm. Ein kleiner Terrier schlummerte im Schatten einer hohen Eiche. Ein Köter rannte hechelnd einem Frisbee hinterher. Ein frisch gestutzter Pudel führte ein paar antrainierte Kunststückchen vor.

Binnies Amateurfilm ließ in der Qualität zu wünschen übrig. Die Kameraführung war ziemlich schlecht, und die Bilder zitterten. Hin und wieder war überhaupt nichts zu sehen. Jason meckerte stumm über das schlechte Bild. Der knurrende Dobermann, der gerade ins Bild sprang, erregte sein Interesse nicht im geringsten. Das Tier spannte die Muskeln an und starrte geradewegs in die Kamera. Ein tiefes Knurren rumpelte tief in seiner Brust.

Jason kicherte wie ein kleiner Schuljunge und knurrte zurück. »Blöder Hund, bist nur ein Bild, das ist alles. Wenn du echt wärst, ließ' ich mich auch nicht von dir ins Bockshorn jagen, sondern würde dich so erschrecken, daß du den Schwanz einziehst und wegläufst.« Er klatschte in die Hände, und das gefilmte Tier wedelte mit dem Schwanz, als ob es ihm antworten wollte. »Puh, dummes Vieh. Verschwinde.«

Das Band endete. Jason stellte den Apparat ab und nahm zwei Stufen auf einmal, als er die Treppe hochlief. Die nächste Übung wartete schon. Binnie hatte ihm eine kleine Schachtel mit Stoffhunden gebracht. Sie hatte behauptet, daß die Dinger ihm schon einen kleinen Schrecken einjagen würden.

Damals hatte ihm dieser absurde Plan eingeleuchtet, aber jetzt ... Als er die winzigen Kreaturen mit den Miniaturschnauzen in Händen hielt, fühlte er sich auf einmal wie ein Vollidiot.

Nächster Punkt.

Er legte die Tierchen in die Schachtel zurück. Aus der Papiertüte unter seinem Bett zog er die lebensgroße Nachbildung eines Hundes hervor, die ebenfalls von Binnie stammte. Als er seinen Arm in einen Schlitz im Bauch führte, fühlte er sich plötzlich komisch. Erfreut fand er heraus, daß er sich nur bei der Vorstellung ekelte, seinen Arm in die vermeintlichen Gedärme zu schieben. Aber Angst hatte er keine.

Leicht angewidert streichelte er über das echt wirkende Fell, fuhr er mit den Fingern über das angedeutete Maul. Um was für eine Rasse es sich handelte, konnte er nicht sagen. Mußte wohl eine Kreuzung zwischen einem deutschen Schäferhund, einem Collie und einem englischen Hirtenhund sein. Ein großes, struppiges Tier. Kein Fünkchen Angst, kein Hauch Respekt, so sehr er sich auch bemühte. Nichts.

»Was hast du da, Jay?«

Jessies Flötenstimme schreckte ihn auf. »Kannst du nicht anklopfen, du kleines Luder?«

»Die Tür stand offen. Und du sollst mir keine Schimpfwörter an den Kopf schmeißen.« Vorsichtig trat sie näher und kraulte den Stoffhund zwischen den Ohren. »Wie heißt er, Jay? Er ist ganz weich.«

Er steckte die Finger in die Schnauze des Hundes und tat so, als wolle das Tier seiner kleinen Schwester in die Backe beißen. Dann liebkoste die Schnauze ihren zarten Hals.

»Junge, bin ich hungrig. Was soll ich nur essen? Hmmm. Vielleicht ein Weizentoastsandwich mit Erdnußbutter und Kleine-Mädchen-Aufschnitt«, knurrte er leise.

Jessie lachte aus vollem Herzen. »Das ist lustig, mach doch weiter, mach doch weiter.«

Er setzte sich auf den Fußboden, nahm ihre weichen Zehen in die Schnauze und machte laute Schmatzgeräusche. »Oder vielleicht einen Fuß von einem kleinen Mädchen auf einem frischen Brötchen, mit Senf und Mayonnaise. Das würde mir schmecken.«

Jessies Gekichere wirkte ansteckend. Mit einem breiten Lachen und glänzenden Augen kniete sie sich hin und umschlang den großen Stoffhund. Er spürte ihre Hitze durch das Fell. So glücklich hatte er sich seit Ewigkeiten nicht mehr gefühlt.

Endlich war er jemand. Ein charmanter, liebenswerter, vollwertiger Mensch. Der schwarze Schleier hatte sich gelüftet. Noch ein paar Experimente, und dann konnte er ins strahlende Licht hinaustreten.

Und dann, so schwor er sich, würde sich ihm nichts und niemand mehr in den Weg stellen.

30. KAPITEL

Maggies Leben glich einer kompletten Sonnenfinsternis. Alles hatte damit angefangen, daß der Beamte des Gesundheitsministeriums ihr seinen Besuch abstattete. Kaum hatten sie einen Fuß in ihr Büro gesetzt, legte der junge Mr. Connell die guten Manieren ab, wetzte die Messer und zeigte ihr leeren Blickes seinen Dienstausweis.

Er verlangte Einsicht in die kompletten Behandlungsakten von Gail Weider und Theodore Macklin. Als sie ihn um ein bißchen Zeit bat, weil sie die Unterlagen ordnen wollte, schlug er ihre Bitte rundweg ab und erklärte, daß sie – falls er ihr die entsprechende Gelegenheit einräumte – sie ja zu ihren Gunsten verändern könnte. Selbstverständlich hatte sie das Recht, einen Anwalt zu konsultieren, sagte er. Aber jeder Anwalt in New York würde ihr ohnehin raten, die vom Ministerium erbetenen Unterlagen sofort auszuhändigen.

Maggie wollte nicht mit ihm diskutieren. Sie hatte nichts zu verbergen und wollte auch nicht den Anschein erwecken. Nachdem sie die Akten herausgesucht und Mr. Connell übergeben hatte, informierte er sie darüber, daß damit die Untersuchung noch nicht beendet sei. Das Amt beabsichtige, ihr berufliches Verhalten genauestens zu analysieren, sich mit Kollegen und Vorgesetzten zu unterhalten und notfalls auch mit Patienten.

In einem oder zwei Monaten, wenn das Bündel an Informationen zusammengestellt sein würde und sein erster Bericht vorläge, würde das Ministerium eine formelle Anhörung ansetzen. Connell verwies Maggie wiederholt auf die ernste Natur des gegen sie erhobenen Vorwurfs und riet ihr nachdrücklich, professionellen Beistand zu suchen. Bis auf Handschellen und eine Eisenkugel am Bein war Maggie nichts erspart geblieben, aber Connell versprach, schon bald wieder vorbeizuschauen.

Nachdem der Mann gegangen war, sehnte sie sich nach Ruhe und Einsamkeit, zwei Dinge, die sie dringend brauchte, um sich ihrer Sorgen bewußt zu werden. Aber als sie die Wohnungstür aufschloß, fand sie ihre Mutter leise weinend auf dem Wohnzimmersofa. Maggie konnte ihrem zusammenhanglosen Gemurmel entnehmen, daß Daddy und Tina vorbeigeschaut hatten, um Maggie mit ins Kino zu nehmen. Wenig feinfühlig, wie ihr Vater nun mal war, hatte er die Gelegenheit beim Schopf gepackt und seine Exfrau seiner überschwenglichen, jungen Liebhaberin vorgestellt. Unglücklicherweise hatte Tina geglaubt, daß es sich bei Francine um die Mutter ihres Freundes handele.

»Sie nannte mich *Großmutter,* Maggie. Und dein verhurter Vater fand die ganze Sache äußerst komisch.«

Nach einer knappen Stunde gelang es Maggie mit leisen, vernünftigen Argumenten und wiederholt vorgebrachtem Zuspruch, das Feuer des Zorns einzudämmen, aber in der Zwischenzeit war in ihrem Wohnhaus ein Brand ausgebrochen. Der kleine Mickey Glover hatte diesen Abend dazu auserwählt, um Brandstiftung als besonders kreatives Element zu entdecken. Der Junge hatte einen Papierkorb mit Zeitungen in den Fahrstuhl gestellt und ihn angezündet. Dann war er flink aus der Kabine gesprungen und hatte noch dafür gesorgt, daß der Lift zwischen zwei Etagen steckenblieb. Als es der Feuerwehr endlich gelungen war, das Durcheinander zu beseitigen, stand in den Fluren und Treppenhäusern der Rauch so dick wie Nebel, was dazu führte, daß das gesamte Gebäude evakuiert werden mußte.

Die Nacht war wunderschön lau, aber Maggies Mutter verbrachte die Zeit auf der Straße damit, apokalyptische Visionen zu beschwören und herumzunörgeln. Die Luft auf der Straße sei schlecht und versmogt, verkündete sie mit hochgezogenen Augenbrauen. Da sie nur mit Hausschuhen und Bademänteln bekleidet waren, würden sie sich unter aller Garantie erkälten. Inzwischen war Maggie so wütend, daß sie am liebsten mit Gegenständen um sich geworfen und laut gebrüllt hätte.

Um zwei Uhr nachts wurde ihnen schließlich erlaubt, in ihre Wohnung zurückzukehren, aber Maggie war inzwischen übererregt. An Schlaf war nicht zu denken. Sie starrte an die Schlafzimmerdecke und ging jedes einzelne Wort durch, das während Macklins kurzer Behandlung gefallen war.

Sie erinnerte sich an die erste Sitzung: Macklin kam in ihr Büro gestürmt, bis an die Zähne mit Floskeln zur Selbstverteidigung bewaffnet. Teuer gekleidet und vor Selbstvertrauen strotzend, erzählte er ihr, daß er den Berufsstand, dem sie angehörte, für ausgemacht dumm halte, ihr aber die Chance geben wolle, seine Meinung zu ändern.

Es war Antipathie auf den ersten Blick. Alles an dem Mann

stieß Maggie ab: sein unwirsches Verhalten, seine aufdringliche Persönlichkeit, die Tatsache, daß er keinen Abstand wahrte und ihr auf den Pelz rückte. Die folgenden Treffen verstärkten den ersten Eindruck nur: Theodore Macklin verfügte über den Charme und die Feinsinnigkeit eines B-52-Bombers.

Trotzdem hatte Maggie ihr Bestes als Therapeutin gegeben. Während sie im Geist die einzelnen Stunden durchging, fand sie keine einzige Situation, in der sie ihrem Zorn erlaubt hatte, ihre Neutralität zu beeinträchtigen. Nie hatte sie den Mann Abscheu oder Ablehnung spüren lassen. Sie mußte einen Patienten nicht mögen, um ihm die Fürsorge und Hilfe angedeihen zu lassen, die er verdient hatte. Sie hatte sich auf ihre Ausbildung verlassen und in aller Objektivität auf Macklins Problem konzentriert. Daran bestand nicht der Hauch eines Zweifels.

Ihre Beziehung zu Gail Weider war wesentlich komplizierter. Maggie kannte diese Frau seit Jahren: zuerst als Patientin, dann als freiwillige Helferin, als Bekannte und als Kollegin. Aber auf einmal mußte sie zugeben, daß sie Gail doch nicht so gut kannte, wie sie geglaubt hatte.

In vieler Hinsicht ähnelten sich Gail und Henry. Sie war reserviert gewesen, hielt sich gern im Hintergrund, war unaufdringlich gewesen und hatte nur sehr selten über ihre Gefühle gesprochen. Aber die Behandlung, die sie im East End erfahren hatte, hatte nichts mit dem tragischen Unfall zu tun, der sich ereignet hatte. Die Klinik hatte ihr geholfen, einige ihrer tiefliegenden Ängste abzubauen. Das war alles.

Wie konnte jemand glauben, daß Maggie die beiden Todesfälle verschuldet haben könnte?

Sie versuchte sich vorzustellen, daß sie Ted Macklin über das Brückengeländer warf oder Gail Weiders Fuß aufs Gaspedal drückte, aber die Szenen waren viel zu bizarr. Ihre Phantasie spielte da nicht mit. Die ganze Angelegenheit war nichts anderes als ein kranker Alptraum. Schwermütig stellte sie fest, daß die Wirklichkeit den scheußlichen Fenstertraum, den sie vergangene Nacht gleich mehrmals gehabt hatte, noch übertrumpfte.

Maggie kniet auf dem geblümten Teppich. Lauscht einer Melodie, die von fern zu hören ist. Faltet ihre Hände zum Gebet und schließt die Augen.

»Jetzt lege ich mich schlafen.«

»Faules Mädchen. Faules, faules Mädchen!«

Der Traum ließ sie nicht los und verfolgte sie auch in dieser Nacht. Nicht einmal morgens nach dem Aufwachen konnte sie ihn vergessen. Sie stand auf und ging verschlafen ins Wohnzimmer. Ihre Mutter war wegen der Begegnung mit Tina und ihrem Vater immer noch aufgelöst. Während des gemeinsamen Frühstücks brach Francine mehrmals in Tränen aus.

»Großmutter«, jammerte sie. »Diese kleine Göre nannte mich Großmutter. Kannst du dir das vorstellen? Und dein Vater hat nur gelacht.«

Mit viel Mühe gelang es Maggie irgendwann, ihre Mutter auf das Thema Pflanzen zu bringen. Die Gärtnerei war ein traditionelles Beruhigungsmittel. Das Ablenkungsmanöver klappte, ihre Mutter begab sich auf den Balkon und kümmerte sich um die Topfpflanzen. Endlich hatte Maggie einmal ein paar Minuten für sich.

Kurz nachdem Maggie die Arbeitszimmertür geschlossen hatte, begann das Telefon zu läuten. Mit jedem Anruf häuften sich die schlechten Neuigkeiten. Maggie wußte nicht mehr, wo ihr der Kopf stand. Insgeheim fragte sie sich, wie sie das alles durchstehen sollte.

In der Nacht hatte Daisy Tyler wieder einen Anfall gehabt und eine gehörige Dosis Beruhigungsmittel verabreicht bekommen. Zwei Mitglieder der neu zu bildenden Phobiengruppe hatten sich die Sache nochmal durch den Kopf gehen lassen und sich abgemeldet. Francis Kennedy wollte sich bei Maggie für sein schlechtes Benehmen entschuldigen und sie zur Versöhnung zum Essen ins ›21‹ einladen.

Danach erhielt sie einen Anruf von Lawrence Ivy, der ihr schwer zu schaffen machte. Ihr früherer Mentor weihte sie ein, daß sie mit zusätzlichen Problemen rechnen müsse.

»Alex ist zum Frühstück gekommen, Maggie. Er hat mir von den Vorwürfen erzählt, die gegen Sie erhoben werden. Offenbar hat ihn gestern abend ein Beamter des Gesundheitsministeriums angerufen, gleich nachdem er Sie verlassen hat. Ich fürchte, Alex besteht darauf, daß Sie Ihre Symposiumpläne bis auf weiteres verschieben. Zuerst muß diese Sache geklärt werden.«

»Aber diese Anschuldigungen sind völlig haltlos!«

»Daran hege ich keine Zweifel, meine Liebe. Aber ich kann den Standpunkt meines Sohnes auch verstehen. Das letzte, was das East End im Moment gebrauchen kann, sind Gerüchte, und dazu noch im Vorfeld einer großen Konferenz. Das wäre denkbar schlechte Publicity. Und obwohl der Verdacht unbegründet ist, könnte das für Sie und das East End schädlich sein. Bitte, haben Sie Verständnis.«

Maggie atmete tief ein. »Habe ich eine Wahl?«

»Ich gehe davon aus, daß das Mißverständnis schon bald aufgeklärt sein wird. Und dann können Sie mit der Planung der Konferenz in aller Ruhe fortfahren.«

»Sicher.«

Keine Chance, wollte sie laut herausbrüllen. Schon bei der kleinsten Verzögerung bestand die Möglichkeit, daß sie das festgelegte Datum nicht einhalten konnten. Falls sie das Symposium später veranstalteten, würde der erwirtschaftete Profit nicht mehr helfen können, die Abteilung zu retten.

Was konnte sonst noch schieflaufen?

Ihre Frage wurde durch ohrenbetäubenden Lärm im Korridor beantwortet. Lautes Krachen, Klappern von Geschirr, das zerbrach. Maggie stürzte aus ihrem Zimmer und folgte dem Lärm auf die Terrasse. Als sie die Glastür aufschob, sah sie ihre Mutter vor Schreck wie angewurzelt am Abgrund stehen. Ein leiser Schrei entwich ihr. Ihr Gesicht war leichenblaß.

»Was ist passiert, Mom? Woher kommt der …«

Als sie dem starren Blick ihrer Mutter folgte, verschlug es ihr die Sprache. Ein Stück des üppig verzierten, schmiedeeisernen Geländers war weggebrochen. Die senkrechten Verstrebungen waren umgeknickt. Nichts schützte ihre Mutter vor dem Abgrund, der neun Stockwerke weiter unten lag.

Wimmernd stand ihre Mutter neben dem Geländerstück, das stehengeblieben war. Maggie kämpfte gegen den Schwindel an, der sie befiel.

»Mach einen Schritt nach hinten, Mutter. Komm herein.« Zitternd streckte sie ihr die Hand entgegen.

»Ich kann nicht.« Francines Stimme war kaum zu hören. »Ich kann mich nicht von der Stelle rühren.«

»Doch, du kannst«, sagte Maggie. »Ich werde dir helfen.« Überaus vorsichtig trat sie auf den Balkon hinaus. Ihre Beine bewegten sich hölzern. Angstschweiß trat ihr aus allen Poren. Ihr Atem kam stoßweise und schmerzte.

Denk nicht darüber nach. Laß dich nicht von deiner Furcht überwältigen.

»O Gott, sieh nur. Beeil dich, Maggie. Bitte. Laß sie nicht fallen. Laß sie nicht los.«

Sie?

Ihre Mutter konnte offenbar nicht mehr klar denken. Sie halluzinierte, um sich von ihrer Angst zu distanzieren. Sich Zentimeter um Zentimeter vorwärts schiebend, konnte Maggie die Panik ihrer Mutter durchaus nachvollziehen. Auf einmal kam ihr die ganze Szene auf der Terrasse ziemlich unwirklich vor. Ihr Kopf drohte zu platzen. Die Zeit verstrich unglaublich langsam. Wie in Zeitlupe. Vielleicht bildete sie sich das alles nur ein.

Ihr Blick wanderte zum Rand der Terrasse. Nichts war leichter, als einen Schritt zu weit zu gehen, als hinunterzuspringen. Der Gedanke war verführerisch. Sie sah sich springen, auf dem Rücken eines Adlers davonfliegen. In der Luft weite Kreise beschreiben. *»Falls ich sterben sollte ...«*

Wie ein überdimensionaler Magnet zog der Schrecken sie in seinen Bann. Warum dagegen ankämpfen? Es war viel leichter, sich gehenzulassen. So viel leichter.

Aufhören!

Verzweifelt kämpfte sie sich in die Wirklichkeit zurück und klammerte sich an den Tatsachen fest. Das Verlangen, einfach aufzugeben, war eine trügerische Falle. Sie ging diesem Bedürfnis nicht auf den Leim. Das durfte sie einfach nicht. Ablenkung tat not. Sie begann, von hundert an rückwärts zu zählen. Das beruhigte sie und ließ sie durchhalten.

»Keine Sorge, Mom. Ich bin gleich bei dir.«

Achtundachtzig, fünfundachtzig, zweiundachtzig …

Maggie stand mitten auf der Terrasse. Wie durch ein Vergrößerungsglas sah sie ihre Mutter am Rand des Abgrundes stehen. Ein Windstoß konnte sie hinunterstoßen.

Vorsichtig, Maggie. Erschreck sie nicht. Gütiger Gott, nimm dich in acht!

Kreischend zeigte ihre Mutter mit dem Zeigefinger auf etwas. »Nein, Maggie. Tu es nicht. Laß sie nicht fallen!«

Instinktiv senkte Maggie ihre Stimme und plauderte langsam drauflos. »Werde ich nicht, Mom. Keine Angst. Bleib dort, wo du bist. Beweg dich nicht!«

»Sie fällt. Gott, nein!«

Francine legte die Hände um den Hals. Aus voller Kehle wehklagte sie und begann wie ein Bäumchen im Wind zu schwanken. Wie gebannt beobachtete Maggie ihre Mutter. Die taumelte nach hinten und versuchte, mit einem Schritt nach vorn das Gleichgewicht zu erlangen. Entsetzt machte Maggie einen Sprung nach vorn und erwischte ihre Mutter einen Sekundenbruchteil, bevor sie hinunterstürzte.

Am ganzen Körper zitternd kehrten Mutter und Tochter ins Wohnzimmer zurück. Francine nahm benommen auf der Couch Platz, während Maggie mit weichen Knien die Terrassentür schloß. Der Alptraum war vorbei, sie hatten es geschafft.

Aber Francine hatte einen Schock. Ihre Pupillen waren vergrößert, ihre Haut war von einem kalten Schweißfilm überzogen. Maggie legte die Füße ihrer Mutter auf einen Kissenberg und knöpfte ihre Bluse und ihren Rock auf, damit sie richtig durchatmen konnte.

»Ist ja gut, Mutter. Jetzt ist alles gut. Atme ganz tief durch, ich bitte dich.«

»Ruf jemanden. Einen Krankenwagen«, kreischte Francine. »Sie müssen ihr helfen. Sie darf nicht tot sein. Das darf einfach nicht sein.«

»Schhht. Es wird dir gleich wieder bessergehen. Auf der Couch bist du in Sicherheit.«

Ihre Mutter starrte sie aus weit aufgerissenen, ungläubigen Augen an. »Maggie?«

»Es ist vorbei, Mom. Es ist vorbei.«

»Ich hätte hinunterstürzen sollen. Das habe ich verdient. Es ist alles meine Schuld. Alles.«

»Hör auf.« Maggie tupfte die Tränen von den aschfahlen Wangen ihrer Mutter. »Du hast dich schwer erschrocken, das ist alles. Versuch nun, dich auszuruhen.«

Im Kielwasser des Schreckens legte sich ein Mantel der Stille über die Wohnung. Maggie sah zu, wie ihre Mutter sich langsam entspannte und wegschlummerte. Und während sie ihre elfenbeinfarbene Haut und die feingeschnittenen Gesichtszüge studierte, empfand sie tiefe Zuneigung.

Ja, diese Frau trieb sie in den Wahnsinn. Aber konnte sie ihre Mutter dafür verdammen? Francine hatte als Mutter ihr Bestes gegeben, Maggie mit dem Wichtigsten, was ein Kind brauchte, versorgt: mit Liebe, Wärme und Schutz. Und ein Leben lang war ihre Mutter eine Art Hafen gewesen. Natürlich überspannte Francine hin und wieder den Bogen. Aber wer war schon perfekt?

Der scheußliche Zwischenfall führte dazu, daß Maggie ihre anderen Probleme in einem neuen Licht sah. Daisy Tyler würde es nach einer gewissen Zeit bessergehen. Sie fanden bestimmt andere Patienten, die in die neue Gruppe einstiegen. Wenn nicht, dann würde die Gruppe trotzdem starten. Irgendwann mußte sich auch der Fenstertraum auf Nimmerwiedersehen verabschieden. Maggie würde eine Lösung finden, und wenn sie diesen verdammten Adler erschießen mußte, um ruhig schlafen zu können, dann würde sie eben das tun. Falls das Symposium abgeblasen werden mußte, fand sie garantiert eine andere Möglichkeit, Alexander Ivys übertriebene Vorstellungen zu erfüllen. Es gab verschiedene Möglichkeiten, eine Katze zu häuten. Und Maggie war entschlossen, eine zu finden.

Was die Untersuchung des Gesundheitsministeriums betraf, fühlte Maggie sich sicher. Sie hatte sich nichts zuschulden kommen lassen. Und genau das wollte sie diesem Beamten beweisen.

Während sie nachdachte, stieß sie auf eine Reihe neuer Fragen: Wer hatte eigentlich diese närrische Anschuldigung gegen sie erhoben? Bot die ganze Angelegenheit vielleicht eine weitere Möglichkeit, die Arbeit der Phobien-Klinik ins falsche Licht zu rücken? Das würde sie nicht im mindesten überraschen. Alex Ivy gehörte nicht zu der Sorte Mensch, die sich von so frivolen Themen wie Ethik, Fairneß oder Wahrheit beirren ließen.

Gerade als sie so richtig in ihrem Zorn schwelgte, klingelte das Telefon erneut. Wieder war dieser halsstarrige Detective aus Boston am Apparat, der sie zum x-ten Mal zu einem Treffen zu überreden versuchte, indem er ihr diesen Unsinn mit seiner emotional verwirrten Tochter auftischte.

Während sie seinen Ausführungen zuhörte, kam sie auf eine neue Idee. Alexander Ivy war nur einer von vielen, denen daran gelegen war, sie auszuschalten. Vielleicht hatte Detective Sam Bannister sie angezeigt, um auf diese Weise an die Macklin-Akte ranzukommen. Vielleicht handelte es sich bei dem Beamten vom Gesundheitsministerium um einen Schauspieler, den Bannister angeheuert hatte. Vielleicht lag gar keine Anzeige gegen sie vor. Vor lauter Schreck hatte sie gestern dem Ausweis des Beamten keine größere Beachtung geschenkt und ihm, ohne zu zögern, die Akten ausgehändigt. Bannister. Dieser Mann machte vor nichts und niemandem halt. Nun gut, dann zog sie eben die Notbremse.

Die Flut hatte den Höhepunkt überschritten. Der Dreck, der an Land geschwemmt worden war, würde bei Ebbe wieder dahin zurückgebracht werden, wo er herstammte.

31. KAPITEL

»Gefällt mir nicht, Lenny.«

»Braucht dir auch nicht zu gefallen, Sam. Aber leben mußt du damit, daran kannst du nichts ändern.«

Bannister würgte den letzten Bissen von einem englischen Muffin hinunter, während Price allem Anschein nach genüßlich Sergio's Spezialpfannkuchen mit Pilzen und eine Scheibe gebutterten Toast aß.

»Nein, muß ich eben nicht. Ich weiß nicht, was für eine Nummer Lila abzieht, aber ich werde nicht dafür geradestehen.«

Gestern abend hatte Bannister versucht, mit Chloe zu sprechen, aber seine Exfrau hatte behauptet, das Kind schlafe bereits. Er hatte seine frühere Familie gegen zehn Uhr angerufen, weil er wußte, daß seine Tochter nie vor Mitternacht ins Bett ging. Daß sie um zehn schon im Bett sein sollte, hörte sich für ihn nach einer Ausrede an.

Heute morgen hatte er es wieder versucht, und Lila hatte die Dreistigkeit gehabt, zu behaupten, daß Chloe noch nicht aufgestanden sei. Eine halbe Stunde später tischte seine Ex ihm auf, daß Chloe schon aus dem Haus gegangen sei, um wie üblich Babysitter zu spielen. Kurzentschlossen rief Bannister dort an. Die Mutter der Kinder informierte ihn, daß sie mit Chloe erst in einer Stunde rechne.

»Falls Lila sich einbildet, sie kann mich davon abhalten, mit meiner Tochter zu telefonieren, dann hat sie sich gründlich geschnitten.«

»Mach mal halblang, Sam. Warum sollte sie das tun? Das ergibt keinen Sinn.«

»Um mir ein Messer in den Bauch zu jagen, deshalb. Um mich leiden zu lassen. Das ist ihr Lebenssinn.«

»Vielleicht, Sam. Aber ich glaube nicht, daß Lila dahintersteckt. Mädchen in Chloes Alter sind nun mal schwer zu erreichen, das ist alles.«

»Willst du etwa sagen, daß Chloe nicht mit mir sprechen will? Das kaufe ich dir nicht ab. Weil das nicht zu ihr paßt, basta!«

»Reg dich nicht auf, Sam. Deine Lunte wird von Tag zu Tag kürzer.«

Wieso sollte er sich nicht aufregen? Bannister hatte das Gefühl, daß sich eine tiefe Kluft zwischen ihm und seiner Tochter auftat, und malte sich aus, daß sie sich eines Tages nichts mehr zu sagen hatten. Die Vorstellung quälte ihn unglaublich.

»Was kann ich tun, Lenny? Von einer Sekunde auf die andere verstehe ich mein eigenes Kind nicht mehr.«

»Das erwartet auch niemand von dir, Sam. Ich habe es dir schon mal gesagt. Teenager sprechen eine Sprache, die wir nicht verstehen.«

»Gibt es dafür kein Fremdwörterbuch oder so was?«

Price tätschelte seinen aufgeblähten Magen. »Laß uns gehen, ich habe dem Mann versprochen, daß wir rechtzeitig kommen.«

Für acht Uhr dreißig hatte Price einen Termin bei Kenneth Abby abgemacht. Abby war Kunsthändler der Winslow & Gray-Galerie auf der Madison Avenue, Ecke 57. Straße. Die Galerie hatte einen hervorragenden Ruf, und nur die Privatnummer des Kunsthändlers stand auf Theodore Macklins Telefonabrechnung vom Doubletree Inn. Als Price mit Abby telefonierte, gab der unumwunden zu, mit Macklin an besagtem Abend gesprochen zu haben, und erklärte sich bereit, die beiden Detectives an diesem Morgen zu empfangen.

Wunder über Wunder!

Als sie bei der Galerie ankamen, war das Sicherheitstor aus Eisen noch geschlossen. Über ihren Köpfen bewegte sich eine Kamera und fing jede Bewegung auf der Straße ein.

»Er ist nicht da, Lenny. Erst macht der Kerl sich fast ins Hemd, daß wir ja rechtzeitig auftauchen, und dann kommt er zu spät. Ich schlage vor, wir verschwinden.«

»Sei vernünftig. Es ist erst zwei nach halb.«

»Zu spät ist zu spät. Diese ganze Sache ist sowieso pure Zeitverschwendung, Lenny.«

Sekunden später bog eine graue Limousine um die Kurve. Ein livrierter Chauffeur stieg aus und hielt einem schick gekleideten Mittvierziger die Tür auf. Abby trug einen silbergrauen italienischen Anzug, ein frisch gebügeltes und gestärktes weißes Hemd und auf Hochglanz polierte Schuhe. Sein angegrautes Haar war in der Mitte gescheitelt und mit Brillantine nach hinten gekämmt.

»Ich muß mich entschuldigen, meine Herren. Der Verkehr war einfach grauenvoll.« Der Mann klang, als öle er jeden Morgen seine Stimme mit besonderer Sorgfalt.

»Kein Problem. Wir sind eben erst eingetroffen«, wehrte Price ab.

»Treten Sie ein. Ich möchte Sie in der Winslow & Gray-Galerie willkommen heißen.«

Abby schloß Metalltor und Tür auf, schaltete die Alarmanlage aus, lief geschäftig in den Galerieräumen umher und knipste die Lampen und Thermostate an.

Unterdessen betrachteten Price und Bannister die Exponate in den Ausstellungsräumen. An den Wänden im Hauptraum hingen moderne Klassiker. Price schwelgte in frühen impressionistischen Arbeiten von Berthe Morisot und Mary Cassatt und in den Bildern der amerikanischen Realisten William Merritt Chase, Winslow Homer und Thomas Eakins. Aufgeregt wie ein kleiner Junge an Heiligabend lotste er Bannister durch die Nebenräume, die den Postimpressionisten Seurat, Pissaro, Cezanne und Vuillard gewidmet waren.

»Siehst du den Derain, Sammy? Dieser Mann hat als erster mit den Fauvisten gebrochen. Hat damals großes Aufsehen erregt.«

»Sicher, Lenny. Kann ich mir vorstellen.«

Nach Beendigung des morgendlichen Rituals gesellte Kenneth Abby sich zu ihnen. »Nun denn. Würde es die Herren stören, wenn ich während unserer Unterhaltung unsere Neuerwerbungen katalogisiere?«

Im Kellergeschoß lag ein riesiger Raum, in dem die Neuankäufe untergestellt waren: Ölgemälde, Aquarelle, Pastellzeichnungen, Konstruktionen, Mixed-Media-Exponate, Stein- und Marmorskulpturen, Graphiken, Skizzen und Fotografien. Ein Großteil der Arbeiten war in Holzkisten verpackt. Während Kenneth Abby das teure Durcheinander sichtete, verbreitete er weltmännisch seine Ansichten über den zeitgenössischen Kunstmarkt.

Leicht verächtlich äußerte er sich über Mary Boone und Leo Castelli und die anderen bekannten Kunstgalerien, die in den siebziger und achtziger Jahren gegründet worden waren und jene Künstler vertraten, die er als Hula-Hoop-Modernisten bezeichnete.

»Salle, Basquiat, Hockney, Motherwell«, spottete er. »Alles Müll. Möchtegern-Maler. Blinde Hühner.«

Er zog über alle Maler der Gegenwart her, auch über die renommiertesten. Abby behauptete, daß sie ausschließlich von Yuppies gekauft würden, die nur über zu dicke Brieftaschen und schlechten Geschmack verfügten.

Winslow & Gray dagegen repräsentierten seiner Meinung nach das Jahrhundert des kreativen Bewußtseins und Fortschritts. Sie stellten nur die besten Mitarbeiter, Katalog-Sachbearbeiter und Restauratoren ein und widmeten sich ausschließlich den besten Künstlern, weil sie sich einer exklusiven Kundschaft und inhaltlich und formal exquisiten Ausstellungen verpflichtet fühlten.

»Niemals würde ich zulassen, daß meine Arbeiten von Hans und Franz erworben werden«, sagte er und unterstrich seine Worte mit einer abfälligen Geste. »Diese Bilder sind sozusagen meine Kinder. Jeden Kauf betrachte ich als Adoption. Ein Kunstwerk muß in eine entsprechende Umgebung gehängt werden, wo es die Liebe, Sorgfalt und Aufmerksamkeit erhält, die es selbstverständlich verdient hat.«

Bannister fiel es nicht leicht, den Kommentar, der ihm auf der Zunge lag, ungesagt hinunterzuschlucken. Price nickte eifrig, als stimme er Kenneth von ganzem Herzen zu. Allerdings ließ sich Lenny auch nicht auf eine Diskussion ein.

»Sie sagten, Sie hatten geschäftlich mit Macklin zu tun?« fragte Bannister.

»Ja, und zwar sehr oft. Ted war ein sehr gewiefter Investor. Allein die letzten Monate verkaufte ich ihm eine atemberaubende Lipchitz-Plastik und ein fabelhaftes Ölgemälde von Juan Gris.«

»Dann war Ihre Verbindung also ausschließlich geschäftlich?« hakte Price nach.

»Anfänglich ja, aber im Lauf der Zeit entwickelten wir gegenseitigen Respekt und eine Art Freundschaft. Ich fungierte als persönlicher Berater«, antwortete Abby. »Wenn Ted ein Kunstwerk fand, das ihm gefiel, oder er auf einen neuen Künstler traf, den er bewunderte, dann suchte er für gewöhnlich meinen Rat. Ich begleitete ihn auch auf Ausstellungen und Auktionen. Was seinen Geschmack betraf, da waren wir uns sehr ähnlich.«

»Wurde Ihre Beratung entlohnt?« Bannister stellte sich vor, daß ein Mann, der seine Kinder verkaufte, seine Zeit sicherlich nicht einfach so vertrödelte.

Der Kunsthändler reagierte pikiert. »Ich erhielt eine Provision für jeden Ankauf, der mit meiner Beratung zustande kam, und den normalen Stundensatz. Das ist in diesem Geschäft Usus, wie ich Ihnen hoffentlich versichern darf.«

Bannister versagte sich abermals einen seiner Meinung nach passenden Kommentar.

»Können Sie sich erinnern, aus welchem Grund Ted Macklin Sie vor etwa einer Woche angerufen hat?« fragte Price.

Der Kunsthändler legte die Finger auf die Lippen und summte nachdenklich. »Um ehrlich zu sein, an diese bestimmte Unterhaltung kann ich mich jetzt nicht erinnern. Im Durchschnitt telefonierten wir ein- oder zweimal pro Woche, manchmal öfter. Wenn ich raten sollte, würde ich sagen, daß es um die nächste Auktion bei Christie's ging. Ted und ich stimmten in der Annahme überein, daß der Zeitpunkt günstig sei, ein paar Schnäppchen zu ergattern. Es geht das Gerücht, daß in den nächsten Wochen ein köstlicher kleiner Monet zum Verkauf steht.«

Während Kenneth sprach, studierte Price die gelagerten Arbeiten und Verpackungen. »Was schätzen Sie, wie viele Bilder haben Sie Macklin insgesamt verkauft?«

»Oh, Gott. Hunderte. Vielleicht mehr.«

»Dann war er also ein guter Kunde?«

»Absolut«, sagte Abby. »Wir werden Ted sowohl persönlich als auch geschäftlich sehr vermissen. Sein Tod hinterläßt eine tiefe Lücke. Ich kann mir einfach nicht vorstellen, was ihn zu solch einer Tat getrieben haben könnte.«

»Können Sie sich vorstellen, daß jemand anderer daran beteiligt war?« fragte Price.

»Sie meinen Mord? Himmel, nein«, rief Abby aus. »Glauben Sie, daß es sich um Mord handelt?«

»Wir möchten nur alle Möglichkeiten in Betracht ziehen«, lautete Prices Antwort.

Langsam packte Bannister die Ungeduld. Inzwischen war Chloe sicherlich längst bei dem Kind, auf das sie aufpaßte. Es drängte ihn, die Stimme seiner Tochter zu hören und die Risse zu kitten, die es in ihrer Beziehung seit neuestem gab. Er wollte Price ein Zeichen geben, aber der Kerl war voll und ganz damit beschäftigt, den Lagerraum auszuschnüffeln. Bannister kannte Price gut genug, um zu wissen, daß er warten mußte, bis sein Partner seine unermüdliche Neugier gestillt hatte.

»Ich denke, das wäre es dann, Mr. Abby. Vielen Dank, daß Sie uns empfangen haben«, sagte Price, gerade noch rechtzeitig, sonst hätte Bannister einen Tobsuchtsanfall gekriegt.

»Ja, das war wirklich besonders nett«, flötete Bannister erleichtert.

»War mir eine Ehre, meine Herren.«

Auf der Straße herrschte drückende Hitze. Der Himmel war blaßblau, und die Luft stank nach Auspuffgasen. Price zog seinen karierten Trenchcoat aus und warf ihn über die Schulter. Bannister lockerte seine Krawatte und krempelte die Ärmel hoch.

»Das war ja eine Type«, spottete Price. »Aber eins ist sicher: Kenneth Abby hat Ted Macklin keine Kunst verkauft.«

»Woher weißt du das?«

»Erinnerst du dich an die Büroräume dieser Investment-Firma? Macklin hatte billige Kunstdrucke an der Wand. Und ein paar Bilder von unbekannten Hungerkünstlern. Wenn der ein Kunstkenner war, dann bin ich der Osterhase.«

»Zum Teufel, Lenny, ich habe dir gleich gesagt, daß wir hier unsere Zeit verschwenden …«

»Das würde ich nicht sagen. Ganz im Gegenteil, dieses Lügengebilde macht Abbys Beziehung zu Macklin noch viel interessanter für mich.«

»Und wie kommt es dann, daß es mich einen feuchten Kehricht interessiert?«

Price schnalzte mit der Zunge. »Du schreibst die Dinge zu schnell ab, Sammy. Nimm ausnahmsweise mal deine Phantasie zu Hilfe. Es besteht durchaus die Möglichkeit, daß uns dieser Umweg die Antwort liefert, wer Martha Rafferty ermordet hat.«

»Wie?«

Price setzte zu einem Höhenflug an Einfallsreichtum an. Er nahm einmal an, daß Macklin bei der Ermordung Martha Raffertys einen unbekannten Partner gehabt hatte. Die Polizei hatte damals keine hieb- und stichfesten Beweise zusammentragen können, die die Existenz eines Mittäters ausschlossen oder bewiesen. Aber durch die Existenz eines Komplizen würde man einige Lücken in der Beweisführung schließen können.

Laut dem Portier bei Macklins war der junge Ted ungefähr fünfzehn Minuten, nachdem Martha sich von ihren Freunden verabschiedet hatte, daheim eingetroffen. Es war gut möglich, daß zwei Jugendliche diese Zeit zusammen verbracht hatten. Ein Komplize hätte den Leichnam beseitigen und damit Macklin ermöglichen können, rechtzeitig und unbeschadet in der Wohnung seiner Eltern aufzutauchen.

Im Verlauf der Jahre häuften sich die Beweise gegen ihn, und da wäre es durchaus logisch, daß Macklin zu seinem ehemaligen Komplizen Kontakt gehalten haben könnte, um Hilfe, Rat und Unterstützung zu suchen. Und vielleicht hatte dieser Komplize nun Macklin getötet, um sich selbst zu schützen.

»Ist das dein Ernst?« kicherte Bannister.

»Könnte so gewesen sein.«

»Ja, und vielleicht bist du der Osterhase.«

Auf dem Weg zurück in ihr Apartment schwitzte Bannister wie in der Sauna. Das Hemd klebte naß an seinem Rücken. Price war rot angelaufen und keuchte schwer.

Kaum in dem Loch von Zimmer angekommen, schalteten sie den Deckenventilator auf die höchste Stufe, um die drückende Hitze ertragen zu können. Price wollte gleich ein paar Anrufe tätigen und in Erfahrung bringen, was es mit Kenneth Abby und der Winslow & Gray-Galerie auf sich hatte, aber Bannister kam ihm zuvor und stürzte sich auf den Apparat wie ein Ertrinkender, der sich an einen Rettungsring klammert.

Chloe ging endlich ran. Als Bannister ihre Stimme hörte, hatte er plötzlich einen dicken Kloß im Hals.

»Hallo, Schätzchen, wie geht es dir?«

»Was ist denn, Daddy? Warum rufst du mich hier bei meinem Job an?«

»Einfach nur so. Ich wollte mich mit dir unterhalten und nachfragen, wie es dir geht?«

Ihr Ton wurde scharf und ungeduldig. »Du weißt doch, daß ich hier zu arbeiten habe, oder?«

Die Unterhaltung klang wie aus dem Drehbuch einer billigen Seifenoper: *Ich habe dir gesagt, du sollst mich nicht im Büro anrufen. Was willst du jetzt schon wieder?*

»Als wir das letzte Mal miteinander gesprochen haben, klangst du so deprimiert. Ich wollte nur nachfragen, ob es dir inzwischen bessergeht.«

»Ich bin kein kleines Baby mehr.«

»Das denkt auch niemand.«

»Warum telefonierst du mir dann andauernd hinterher?«

»Das tue ich nicht. Ich sorge mich deinetwegen, das ist alles.«

»Na gut, ich passe auf Timmy auf, Dad. Und ich feiere hier keine wilden Partys, falls du das denkst.«

»Ich weiß. Du hast nur so niedergeschlagen geklungen. Machst du dir Sorgen, weil du nächstes Jahr auf die High School wechseln wirst? Oder hast du Schwierigkeiten mit Mami?«

Bannisters Worte waren Schall und Rauch. Er erreichte gar nichts. Sie wollte nicht mal seine Fragen beantworten.

»Kannst du mir nicht sagen, was dich bedrückt, Chloe? Was immer es auch sein mag, ich helfe dir gern.«

Er versuchte auf Price zu hören, der ihn wiederholt zu beruhigen suchte. Hormone, die durchdrehten, temporäre, zeitlich begrenzte Stürme, die vorbeizogen, ohne die geringsten Schäden zu hinterlassen. Aber all das ließ Bannister kalt.

»Ich habe keine Sorgen, Daddy. Das habe ich dir schon tausendmal gesagt. Immer und immer wieder. Würdest du mich nun bitte endlich in Ruhe lassen?«

Und dann hängte sie ein.

Schweigen in der Leitung.

Bannister brauchte eine Minute, bis er begriff, was sie getan hatte. Sie ließ ihn draußen in der Kälte stehen und erfrieren. Seine kleine Tochter! Ohne mit der Wimper zu zucken! Ungläubig und fassungslos starrte er den Hörer an und wählte dann nochmal.

Price legte ihm die Hand auf den Unterarm. »Tu das nicht, Sam. Gib ihr wenigstens fünf Minuten, um sich zu sammeln.«

»Ich rufe nicht Chloe an.«

Jetzt hatte sie endgültig den Bogen überspannt. Er würde alles tun, was sie von ihm verlangte, um den professionellen Rat dieser starrköpfigen, sturen Psychologin aus dem East End zu kriegen, und wenn er einen Kopfstand machen und gleichzeitig in die Hände klatschen mußte. Falls sie sagte, daß Chloe eine Therapie brauchte, würde er einen Weg finden, Lila zu umgehen und das notwendige Geld aufzutreiben. Seine beschissene Versicherung trug garantiert nur die Hälfte der Kosten für eine psychiatrische Behandlung, aber wenn es um Chloes Wohlbefinden ging, war ihm nichts zu aufwendig oder zu teuer.

Ein Sekretär stellte ihn zu Dr. Lyons durch. Aus Furcht, daß sie gleich auflegen könnte, platzte Bannister mit allem, was ihm auf dem Herzen lag, heraus. Seine Tochter unterlag starken Stimmungsschwankungen und gab sich unnahbar. Er mußte wissen, ob es sich hierbei um normale Teenagermarotten oder um etwas

Gravierenderes handelte. Seltsamerweise begriff die Frau sofort, wie wichtig ihm ihre Meinung war. Sein Instinkt sagte ihm, daß er ihr vertrauen konnte.

Während er ihre Erklärung anhörte, weiteten sich seine Augen vor Verwunderung. Er hatte mit einer ganzen Reihe von Antworten gerechnet, aber nicht mit dieser.

Wenigstens konnte er sich nicht darüber beklagen, daß das Leben keine Überraschungen für ihn bereithielt.

32. KAPITEL

Der Handwerker stellte eine zusammengezimmerte Barrikade vor das Loch im Terrassengeländer und versprach, sich so schnell wie möglich um die Reparatur zu kümmern.

»Es dauert eine Weile, das entsprechende Material zu kriegen«, klärte er Maggie auf. »Die Schmiedeeisenproduktion dauert manchmal ewig, und das Stück, das ich brauche, ist im Augenblick nicht vorrätig. Eigentlich will es mir auch nicht in den Kopf gehen, daß das Geländer an der Stelle durchgerostet sein soll. Das restliche Geländer sieht doch prima aus.«

»Aber so ist es ganz schön gefährlich, Joe. Können Sie denen nicht sagen, daß es sich um einen Notfall handelt?«

»Oh, das werde ich bestimmt, Maggie. Keine Sorge. Ich muß immer wieder daran denken, was für ein Glück es war, daß Sie Ihrer Mutter helfen konnten. Und daß das abgebrochene Teil im Gebüsch gelandet ist. Ich danke dem Herrn, daß niemand verletzt wurde. Sie können Gift drauf nehmen, daß mir viel daran liegt, daß das auch in Zukunft so bleibt.«

Joe Gerard war der hauseigene Handwerker. Seit Maggie sich erinnern konnte, arbeitete er schon hier in diesem Wohnhaus. Im Lauf der Zeit hatte sich sein rabenschwarzes Haar grau gefärbt, und die Jahre hatten seinem ehemals rundlichen Gesicht Konturen verliehen. Mittlerweile mußte er über sechzig sein. Seine aufrechte Haltung war dahin, und sein kraftstrotzender Körper wirkte jetzt manchmal müde und verbraucht. Aber trotzdem war er immer sofort zur Stelle, wenn es am Haus etwas zu reparieren gab oder einer der neunzig Bewohner seine Hilfe brauchte.

Als Maggie klein gewesen war, hatte Joe sich auch um die aufgeschürften Knie und das angeschlagene Selbstwertgefühl der Kinder gekümmert, die hier wohnten. Onkel Joe – so hatte Maggie ihn früher genannt – war immer unglaublich geduldig und verständnisvoll gewesen. Jedermann, selbst Maggies Mutter, mochte diesen Mann und vertraute ihm.

»Wie geht es Mrs. Lyons?« Mit einem Stirnrunzeln betrachtete er Maggies Mutter, die auf dem Sofa lag. Francine schlief seit dem Vorfall tief und fest. Nicht einmal Joes Hämmern hatte sie aufzuwecken vermocht.

»Sie hat sich schlimm erschrocken, das ist alles. Hat einen bösen Schock gekriegt. Aber der Schlaf wird ihr guttun.«

»Zu dumm, daß es gerade ihr passiert ist. Ihre Mutter ist eine großartige Frau. Aber vielleicht nicht gerade das, was man umgänglich nennt.«

»Da haben Sie recht.«

Die unablässigen Warnungen und unheilvollen Vorahnungen von seiten ihrer Mutter hatten Maggies Jugend geprägt. Francine war allgegenwärtig, immer ängstlich und eine hingebungsvolle Vertreterin des Lyonsschen Gesetzes gewesen, das besagte, daß das Pech hinter jeder Ecke lauert. Alles, was einem an Schlimmem in den Sinn kam, konnte auch eintreten. Jeder Schrecken holte einen früher oder später doch noch ein. Die Welt war ein unwirtlicher Ort, gepflastert mit augenfälligen und unsichtbaren dunklen Löchern, in die man fallen konnte, wenn man sich nicht vorsah. Seltsamerweise litt Francine dabei nicht unter einer ausgeprägten Phobie wie beispielsweise Daisy Tyler.

»Hören Sie, Joe. Es fällt mir schwer, Sie zu fragen, aber ich muß mich um etwas Berufliches kümmern. Ich würde Tante Hannah bitten, zu uns zu kommen, aber es dauert eine Stunde, bis sie von Stamford hier ist.«

»Kein Problem. Ich kümmere mich gern um Ihre Mutter. Ist mir eine Freude.«

Maggie atmete erleichtert auf. Joe hatte ihr eine schwere Last von den Schultern genommen. »Ich muß schon sagen, Sie sind wirklich ein Helfer in der Not.«

Mit einer abwertenden Handbewegung überging er das Kompliment. »Kümmern Sie sich jetzt um Ihre Angelegenheiten. Mit all den Verrückten, die in New York frei herumlaufen, können Sie es sich nicht leisten, Urlaub zu nehmen.«

Maggie eilte ins Hospital. Vor dem angesetzten Treffen wollte sie schnell noch ein paar Sachen überprüfen. Zuerst stürmte sie in den zweiten Stock. Daisy Tyler lag friedlich in ihrem Bett und schaute fern. Betreten und beschämt blickte die Patientin zu ihr auf.

»Geht es Ihnen besser, Daisy? Wie ich hörte, haben Sie eine schlimme Nacht hinter sich.«

Daisy seufzte schwer. »Ich weiß einfach nicht, was plötzlich in mich gefahren ist, Dr. Lyons. Beim Abendessen ging es mir gut. Ich hatte Appetit wie ein Maulesel und habe Unmengen von Nachtisch in mich hineingestopft. Danach habe ich geduscht und mir die Haare gewaschen. Es ging mir gut, ich habe gesungen und all so was. Und auf einmal dreh' ich wieder durch und schrei' wie verrückt. Drei Krankenschwestern waren nötig, um mich abzutrocknen, anzukleiden und ins Bett zu bringen.«

»Versuchen Sie, das alles schnell zu vergessen«, riet Maggie ihr. »Jeder erlebt mal einen Rückfall. Aber das kommt immer seltener vor, das verspreche ich Ihnen.«

»Ich schäme mich so. Wenn ich nur daran denke, wie ich nackt und naß dastand und wie eine Wahnsinnige gebrüllt habe. Was müssen die anderen von mir denken?«

»Sie denken, daß Sie eine mutige Frau sind, die sich bemüht, ein sehr ernsthaftes Problem in den Griff zu kriegen, das ist alles. Ruhen Sie sich jetzt aus. Das ist eine Anordnung!«

»Ich bin aber mit Dr. Goldberg um halb eins zum Mittagessen verabredet. Eigentlich hatte ich vor, mich anzuziehen und allein nach unten zu gehen. Aber heute steht mir der Sinn nicht danach.«

»Ich werde ihm Bescheid geben. Machen Sie sich keine Sorgen, und lassen Sie es ganz ruhig angehen.«

»Auf den Tag, wo ich mir keine Sorgen mehr mache, freue ich mich schon«, sagte sie mit zitternder Stimme. »Vielleicht sollte ich ein Mittagsschläfchen halten.«

»Gute Idee. Ich schaue später wieder bei Ihnen herein.«

Noch eine halbe Stunde bis zum Treffen. Beunruhigt ging Maggie in ihr Büro. Henry begrüßte sie mit einem angespannten, besorgten Blick.

»Ich habe von dieser Ermittlung des Gesundheitsministeriums gehört. Es tut mir leid, Maggie.«

Maggie telefonierte mit dem Gesundheitsdezernenten von gestern abend, um sich zu vergewissern, daß er echt war. Natürlich hatte sie weder mit ihrem Assistenten noch sonst jemandem über die Anklage gesprochen, die gegen sie vorgebracht wurde. Aber anscheinend verbreiteten sich solche Neuigkeiten schneller als eine Grippe.

Henry konnte nicht an sich halten. »Man stelle sich vor, daß die glauben, Sie würden einem Ihrer Patienten schaden. Denen würde ich gern mal ein oder zwei Sachen unter die Nase reiben.«

»Sie sind mir ein guter Freund, Henry. Danke.«

»Wie geht es Ihnen? Kann ich etwas für Sie tun?«

»Machen Sie sich keine Sorgen. Das wird alles wieder in Ordnung kommen. Und zwar bald.«

»Natürlich. Kaffee?«

»Danke. Das wäre nett.«

Wegen des überraschenden Besuchs dieses Dezernenten war sie gestern abend nicht dazu gekommen, ihren Bericht über das Donnerstagstreffen auf Band zu diktieren. Nachdem sie eine neue Kassette eingelegt hatte, begann sie mit dem Diktat.

Selbst im nachhinein mußte sie sich noch über die unglaublichen Fortschritte der einzelnen Patienten wundern. Die Augen der Gruppenmitglieder hatten vor Aufregung gefunkelt. Mit erröteten Gesichtern hatten sie eifrig von ihren Erlebnissen erzählt. Wie Kinder, die Fangen spielen und sich gegenseitig ermuntern, die Grenzen ihres herkömmlichen Verhaltens zu überwinden.

Aber darum ging es schließlich bei diesem Programm. Mit der Unterstützung der Gruppe sollten die einzelnen Phobiker dazu gebracht werden, über sich hinauszuwachsen. Die kleinen Schritte, die sie wagten, gehörten zum Lernprogramm. Der Ansatz, den die Klinik gewählt hatte, barg keine Risiken. Nein, es gab nichts, das sie bereute oder wofür sie sich entschuldigen mußte.

Aber, zum Teufel nochmal, warum haderte sie insgeheim mit sich selbst? Sie wußte doch, daß es sich bei der Untersuchung um ein Mißverständnis handeln mußte.

Nachdem sie ihre Eindrücke vom Tag zuvor aufgezeichnet hatte, machte sie sich auf den Weg zu ihrer Verabredung. Prew Paulson, der Chef der Abteilung, blickte von seinen Akten auf, als sie an seinem Büro vorbeikam. Mit den dicken Brillengläsern sah er wie eine Blindschleiche in einem Terrarium aus. Sein Lächeln gab den Blick auf seine braunen Zähne frei.

»Tut mir leid, daß Sie Probleme haben, Dr. Lyons.«

»Was für Probleme?«

Sie erwiderte sein aufgesetztes Grinsen. Der Mann würde alles geben, um sie in der Bredouille sitzen zu sehen. Aber Maggie dachte nicht im Traum daran, ihm diese Genugtuung zu gewähren.

Paulson vertrat die Meinung, daß Phobiker über mehrere Jahre hinweg einer intensiven Analyse unterzogen werden mußten, wenn man sie heilen wollte. Er hatte nie ein Hehl daraus gemacht, daß er an Maggies Ansatz starke Zweifel hegte, und sie bei jeder Gelegenheit mit einer Reihe von bösen Anschuldigungen darauf hingewiesen.

Maggie konnte sich lebhaft an die letzte Auseinandersetzung erinnern. »Das ist unverantwortlich, Dr. Lyons. Ihre sogenannte Therapie setzt den Patienten einer nicht zu berechnenden Gefahr aus. Der Schaden, den er erleidet, ist nicht zu beheben. Ärzte sind dazu da, um zu heilen, wissen Sie das noch?«

Von seinem Standpunkt aus konnte sie seine Kritik an ihrer Methode durchaus nachvollziehen. Wenn man den Freudschen Ansatz zu Hilfe nahm, lag die Erklärung für Drew Paulsons idiotische Wutausbrüche auf der Hand. Der Mann war nie über das anale Stadium hinausgekommen und ließ sich bei seinem Tun und Denken allein davon leiten.

Aber das war sein Problem. Maggie hatte genug mit ihren Schwierigkeiten zu tun.

»Falls das Gesundheitsministerium etwas gegen Sie in der Hand hat, können Sie Ihren Beruf an den Nagel hängen.«

»Tut mir leid, daß ich Sie enttäuschen muß, Dr. Paulson. Aber das wird nicht passieren.«

Als sie das Krankenhaus verließ, schlug ihr die Hitze wie eine undurchdringliche Wand entgegen. Innerhalb von Sekunden klebte Maggies Rock an ihren Schenkeln, und ihre Bluse scheuerte über ihre Haut. Wie ihr auffiel, hatten sich die anderen Frauen auf die Temperatur eingestellt und trugen kurze Hosen, tief ausgeschnittene T-Shirts und Riemchensandaletten. Maggies Unbehagen paßte ganz gut zu ihrer Stimmung.

Nach sechs Uhr tummelten sich die Angestellten des East End im Intensive Care Saloon auf der First Avenue. An diesem Ort setzten sie alles daran, dem arbeitsbedingten Streß mit flüssigen Beruhigungsmitteln auf Eis beizukommen. Um elf Uhr morgens waren an einem Werktag jedoch nur wenige Tische belegt.

Bannister saß an einem Tisch im hinteren Bereich, las die Times und trank Kaffee. Aus der Ferne betrachtete sie seine rauchig-grauen Augen, sein stark konturiertes Gesicht und sein wildes Haar. Auf den ersten Blick wirkte der Typ arrogant, was er durch sein Verhalten ja noch unterstrich.

Sie nahm ihm gegenüber Platz, faltete die Hände auf dem Tisch und legte mit kontrollierter Stimme los.

»Ich möchte Sie darüber aufklären, daß ich bis jetzt nie das Verlangen hatte, jemanden umzubringen, Mr. Bannister. Aber dank Ihnen verspüre ich nun diesen Drang.«

Er warf ihr einen verunsicherten Blick zu. »Jetzt machen Sie aber mal halblang. Als ich heute morgen mit Ihnen telefonierte, sagten Sie, Sie würden sich gern mit mir treffen. Sie sagten sogar, daß Sie neugierig seien, was ich Ihnen zu sagen hätte.«

»Das bin ich auch. Aber zuerst möchte ich meine Akten zurückhaben. Dann verlange ich, daß Sie mir schriftlich eine Erklärung geben, in der Sie die krumme Tour, wie Sie daran gekommen sind, detailliert schildern. Und dann werde ich mich mit den Behörden in Verbindung setzen. Wenn ich erst dafür gesorgt habe, daß Sie Ihre Lizenz verlieren und Sie angeklagt werden, bin ich durchaus bereit, mir das anzuhören, was Sie zu sagen haben.«

Er verdrehte die Augen. »Verstehen Sie mich bitte nicht falsch, Doktor. Aber ich glaube, Sie haben sich bei Ihren Patienten was eingefangen.«

»Hören Sie auf, das Spiel ist vorbei. Und Sie haben verloren. Ich will die Weider- und die Macklin-Akte zurück. Jetzt. Heute. Entweder Sie schaffen sie innerhalb der nächsten dreißig Minuten herbei, oder ich werde Sie anzeigen. Ich erwarte Sie in meinem Büro.«

Maggie stand auf, um zu gehen, doch Bannister packte sie am Handgelenk. »So hören Sie doch! Ich weiß, verflucht nochmal, nicht, wovon Sie reden! Der einzige Grund für meinen Anruf war, daß ich Ihren Rat bezüglich meiner Tochter einholen wollte. Mit ihr stimmt etwas nicht, und sie läßt mich nicht so nah an sich heran, daß ich rausfinden könnte, worum es sich dreht.«

Maggie kam aus dem Staunen nicht heraus. Obwohl das Boot im Sinken begriffen war und er jeden Augenblick über Bord gespült werden konnte, wollte der Kerl einfach nicht aufgeben.

»*Es reicht*, Mr. Bannister. Ich habe Ihnen gesagt, daß ich nicht zu solchen Spielchen aufgelegt bin. Was wollen Sie mit diesem Unsinn eigentlich erreichen?«

»Ich möchte nur meiner Tochter helfen. Und außerdem käme ich im Leben nicht auf die Idee, mir so was auszudenken.« Er holte seine Brieftasche heraus und öffnete sie. »Sehen Sie, was für ein wunderbares Kind sie ist? Sie hatte auch immer einen äußerst angenehmen Charakter. Aber jetzt hat sie sich verändert. Sie ist verschlossen und mürrisch. Und schnappt bei der kleinsten Kleinigkeit ein. Ich mache mir große Sorgen, daß sie was Verrücktes anstellen wird oder sich in Schwierigkeiten bringt.«

Maggie suchte in seinem Blick nach einer Spur Unsicherheit, entdeckte aber keine. Nachdenklich beäugte sie das Foto. Der Detective war darauf mit einem Mädchen zu sehen, um dessen Schulter er seinen Arm gelegt hatte. Die Ähnlichkeit zeugte davon, daß es sich um Vater und Tochter handelte.

»Es ist Ihnen ernst«, sagte sie.

»Vergessen Sie es. Wenn Sie mir nicht helfen wollen, werde ich jemand anders finden, der dazu bereit ist.« Er gab dem Kellner ein Zeichen, daß er zahlen wollte. Während er darauf wartete, daß der Mann an ihren Tisch kam, schnaubte er vor Wut und Verzweiflung. Mit zusammengepreßten Zähnen ballte er die Fäuste, bis sie weiß anliefen.

Langsam akzeptierte Maggie die Wahrheit. Bannister hatte ihre Akten nicht mitgehen lassen. Er spielte keine perversen Spielchen und zog keine fiese Ulknummer ab. Dean Connell und die Untersuchung waren echt, und damit gab es für sie keinen leichten Ausweg, kein problemloses Entkommen. Maggies Arbeit und Zukunft und die Klinik, die sie mit aufgebaut hatte, standen auf dem Spiel.

Und vielleicht noch mehr.

Bannister warf einen Geldschein auf den Tisch und schob den Stuhl zurück.

»Warten Sie, Mr. Bannister. Ich habe mich geirrt und möchte mich entschuldigen.«

Sein Zorn flammte erneut auf. »Nein, ich habe mich geirrt. Ich dachte, Sie seien klug und würden es ernst meinen, und ich dachte, Ihnen läge ehrlich daran, Menschen in Not zu helfen. Ich dachte, Sie könnten mir helfen, herauszufinden, was ich mit meiner kleinen Tochter anstellen soll, damit sie wieder normal wird.«

»Vielleicht kann ich das ja.«

Er beäugte sie argwöhnisch. »Treiben Sie jetzt Ihre Spielchen mit mir? Die Sache ist mir zu wichtig, als daß ich mich von Ihnen auf den Arm nehmen ließe.«

»Das sehe ich.«

»Sie erwarten von mir, daß ich Ihnen auf einmal abnehme, daß Sie es ernst meinen? Vergessen Sie es, Lady. Ich bin nicht ganz so dumm, wie Sie meinen.«

»Ich möchte Ihnen aber helfen.«

»Und wieso auf einmal?«

»Weil ich sehe, daß Ihnen viel an Ihrer Tochter liegt, und das macht Sie mir sympathisch.«

Er starrte sie an. Seine Augen waren eiskalt und funkelten herausfordernd. »Und?«

»Und weil ich mich schäme, daß ich Sie falsch eingeschätzt habe.«

»Und?«

»Reicht das immer noch nicht?«

»Selbst Mutter Theresa handelt nicht selbstlos«, knurrte Bannister sie an. »Was ist für Sie drin?«

»Ich habe das Gefühl, daß Sie mir im Gegenzug helfen könnten.«

Es entstand eine unangenehme Pause. Wie eine Katze, die eine Maus fangen will, ließ er sie keine Sekunde aus den Augen. »Wie?«

Maggie weihte ihn in die Vorgänge im Gesundheitsministerium ein, berichtete von der anstehenden Untersuchung und ihrer Angst, die Approbation zu verlieren. Sie sprach auch von den ungeklärten Umständen, die Ted Macklins und Gail Weiders Tod begleiteten, und von den schrecklichen Verdächtigungen, die die Todesfälle ausgelöst hatten.

»Der Dezernent, der in dieser Sache ermittelt, hat mich wie Jack the Ripper behandelt. Die gehen davon aus, daß die beiden Todesfälle zusammenhängen und daß ich sie verschuldet habe. Ich möchte wissen, was da vorgeht und wie ich aus dieser Sache wieder rauskomme.«

Während des Erzählens fielen ihr zum ersten Mal ein paar Ungereimtheiten auf. Gail Weider war erst vor wenigen Tagen verstorben. Die Behörden in Albany konnten von diesem Unfall eigentlich noch gar nichts wissen. Und woher hatten sie die Information, daß Maggie Ted Macklin behandelt hatte? Das mußte ihnen jemand aus dem East End gesteckt haben.

Vielleicht steckte Alex Ivy hinter dieser scheußlichen Angelegenheit und versuchte auf diese Weise, sie und die Abteilung loszuwerden. Oder einer ihrer Kollegen hatte beschlossen, sie auszuschalten. Als erster fiel ihr Drew Paulson ein. Aber Maggie wußte, daß sie andere Kritiker hatte. Was, wenn einige ihrer kameradschaftlich auftretenden Kollegen in Wirklichkeit eine tiefe Abneigung hegten? Gütiger Gott! Außerdem bestand immer die Möglichkeit, daß ein ehemaliger Patient verärgert war und zu einem Rachefeldzug rüstete. Man mußte nicht paranoid sein, um sich die grotesken Möglichkeiten auszumalen. Schon vor langer Zeit hatte sie gelernt, daß man sich auf die Irrationalität seiner Mitmenschen immer verlassen konnte.

Bannisters grimmige Miene wurde durch sein selbstgefälliges Grinsen aufgeheitert. »Falls ich zustimme, Doc, werden Sie mir dann Zugang zu allen Informationen geben, die ich benötige?«

»Kriegen Sie, abgemacht.«

»Auch Macklins Akte?«

»Ich fürchte, daß das nicht möglich ist. Der Ermittler vom Gesundheitsministerium hat alle Akten mitgenommen. Und ich besitze keine Kopien.«

Bevor Bannister wieder eingeschnappt reagieren konnte, warf Maggie schnell ein, daß sie einen Großteil von Macklins Akte auswendig kenne und den Rest mittels Kassetten und Notizzetteln zusammentragen könne.

»Ich habe schon stundenlang über die Sitzungen mit diesem Mann nachgedacht, Detective. Aber, um ganz ehrlich mit Ihnen zu sein, ich kann mich nicht daran erinnern, daß er auch nur ein Wort über einen Mord verloren hat.«

»Aber Sie haben auch nicht nach so etwas Ausschau gehalten.

Ich möchte ja nur eine faire Chance, Dr. Lyons, das ist alles. Und ich werde dafür alles tun, was in meiner Macht steht.«

»Dann sind wir uns einig.«

Maggie hatte sich entschlossen, nicht untätig darauf zu warten, daß man sie fertigmachte. Irgend jemand war dort draußen und wollte ihr ans Leder, und sie sah nicht ein, warum sie demjenigen sein Vorhaben leichtmachen sollte.

33. KAPITEL

Von Maggies Büro aus rief Bannister seine Tochter bei ihrem Babysitting-Job an. Während er darauf wartete, daß am anderen Ende jemand den Hörer abnahm, wirkte er wie ein Mann, der auf einer Zeitbombe sitzt.

Auf Maggies Vorschlag hin erklärte er Chloe, daß eine Bekannte von ihm mit ihr sprechen wolle, und vergewisserte sich zuvor, daß sie einen Moment Zeit hatte. Glücklicherweise sie das Kind, auf das sie aufpaßte, gerade schlafen gelegt. Mit flehendem Blick reichte Bannister Maggie den Hörer weiter.

Zuerst klang das Mädchen ziemlich zurückhaltend, was in den Augen der Ärztin auch normal war. Maggie erklärte ihr, wer sie war und weshalb Bannister ihr vorgeschlagen hatte, sich mit Chloe zu unterhalten. Dabei wählte sie ihre Worte sorgsam. Sie wollte das Mädchen am anderen Ende der Leitung nicht erschrecken, sondern zur Mitarbeit ermuntern. Darum äußerte sie keinen Vorwurf, keine väterlichen Bedenken oder Verdächtigungen. Dieses Gespräch diente der Kontaktaufnahme und dem Zusammentragen erster Informationen.

Maggie erläuterte, daß sie sich in ihrem Beruf um Menschen kümmere, die Probleme hätten, mit schwierigen Gefühlen und Erfahrungen fertigzuwerden. Und ihrer Meinung nach tue es jedem gut, sich ab und an auszusprechen. Das habe nichts mit Schwäche oder Abnormalität oder Unfähigkeit zu tun.

Während das Mädchen antwortete, hörte Maggie aufmerksam zu und suchte nach unterschwelligen Hinweisen, nach kleinen Rissen in der glatten Oberfläche. Vorsichtig fragte sie nach und bemühte sich, die Schutzmechanismen des Mädchens zu überwinden und einen Blick hinter die Fassade zu werfen. Über jede Kleinigkeit, die Chloe äußerte, versuchte sie sich klarzuwerden, ohne sie direkt anzusprechen. Und sie las zwischen den Zeilen, weil sie keine vorschnelle Einschätzung abgeben wollte. Als sie auflegte, war Bannister kurz davor zu explodieren.

»Wie war sie? Was hat sie gesagt? Was denken Sie? Hat Sie Ihnen gesagt, was los ist?«

»Nein. Und ich habe eher den Eindruck, daß alles in Ordnung ist.«

Er war vollkommen verwirrt. »Aber begreifen Sie denn nicht? Ich kenne Chloe besser als jeder andere. Sie ist nicht wie früher. Sie müssen mir glauben! Wenn dem Kind etwas zustößt, weiß ich nicht, was ich tun werde. Sie ist die einzige Person, an der mir etwas liegt! Sie bedeutet mir alles!«

»Ich begreife das sehr wohl. Und ich habe auch keinen Zweifel daran, daß sie Ihnen verändert vorkommt. Wahrscheinlich ist sie wirklich verändert. Kinder ihres Alters durchlaufen tiefgreifende Veränderungen, physisch und emotional. Das kann für die Eltern oder einen Elternteil sehr schwierig sein, besonders für einen, der sein Kind nicht jeden Tag sieht.«

»Aber das ist nicht alles! Irgend etwas stimmt nicht!«

»Meiner Meinung nach klingt sie normal, aber nach einem fünfzehnminütigen Gespräch kann ich dafür natürlich nicht die Hand ins Feuer legen. Ich werde Ihnen einen fähigen Kollegen in der Bostoner Gegend heraussuchen. Nach einer oder zwei Sitzungen kann ein guter Therapeut sicherlich sagen, ob ein tiefgreifendes Problem vorliegt oder nicht.«

Sie zog ein Nachschlagewerk aus dem Bücherregal und blätterte es durch.

»Warum können Sie das nicht selbst tun?« fragte Bannister ungehalten.

»Weil ich hier bin und Chloe in Boston lebt.«

»Aber Sie hatten einen Draht zu ihr. Besteht nicht die Möglichkeit, die Sitzungen per Telefon durchzuführen?«

»Ja, aber es ist sinnvoller, wenn sie direkt, von Angesicht zu Angesicht, mit jemandem arbeitet.«

Er streckte die Hand aus und schlug das Buch zu. »Ich möchte, daß Sie es tun. Mir gefiel die Art, wie Sie mit ihr gesprochen haben. Außerdem hat sie Sie nicht abgeblockt, und sie ist nicht auf die Palme gegangen. Wer sagt, daß sie sich mit jemand anders ebensogut versteht?«

»Ich arbeite nicht mit geheimnisvollen Zaubertricks, Mr. Bannister, das möchte ich klarstellen.«

Er blickte ihr tief in die Augen: »Bitte!«

Maggie ließ eine Minute verstreichen, bevor sie ihm antwortete. »Nun gut, aber falls sie eine Behandlung braucht, müssen Sie in Boston einen Therapeuten für sie finden.«

»Abgemacht. Was wäre ein guter Zeitpunkt, um sich wieder mit ihr zu unterhalten? Dann kann ich Chloe anrufen und etwas mit ihr ausmachen.«

Maggie schlug eine Uhrzeit am späten Nachmittag vor. Sie und Bannister verabredeten sich für später wieder in ihrem Büro. In der Zwischenzeit wollte Maggie damit beginnen, die Macklin-Akte zu rekonstruieren. Bannister versprach, gleich die Ermittlung des Gesundheitsministeriums in Angriff zu nehmen.

Zufrieden ginste er sie an. »Sieht so aus, als würden wir beide nun doch zusammenarbeiten, Doc.«

»Aber nur für eine bestimmte Zeit, Detective.«

Im Foyer des Krankenhauses entdeckte Maggie Mitch Goldberg, der auf dem Weg in die Cafeteria war. Sie zeigte Bannister den Ausgang und ging zu dem jungen Assistenzarzt hinüber, um sich mit ihm zu unterhalten. Dabei entging ihr, daß Bannister am Eingang herumlungerte und sie beide im Auge behielt, bis er vor Neid das Gebäude verlassen und frische Luft schnappen mußte.

»Sie warten nicht zufällig auf Daisy Tyler?« fragte Maggie Mitch.

Er warf einen Blick auf seine Armbanduhr. »Doch, um ehrlich zu sein, ja. Aber ich glaube, sie versetzt mich.«

»Tut mir leid, das ist meine Schuld. Sie hat mich gebeten, Ihnen auszurichten, daß sie heute nicht zum Mittagessen kommt. Ist mir leider entfallen.«

Er griente wie ein Honigkuchenpferd. »Dann haben Sie meiner Meinung nach die moralische Verpflichtung, ihre Verabredung einzuhalten.«

Maggie überlegte. Sie mochte Mitchs Gesellschaft. Und sie wußte ganz genau, was sie daheim erwartete: Tante Hannah und ihre Mutter. Hysterie im Gleichklang. Die schwermütigen Schwestern, die sich im Leid der Welt suhlten. Aber ihr Schuldgefühl riet ihr eindringlich, nach Hause zu gehen.

»Tut mir leid. Ich würde gern mitkommen. Aber heute paßt es mir nicht.«

Ihre Enttäuschung entging ihm jedoch nicht. »Sind wir immer noch für morgen abend verabredet?«

»Morgen? O ja, richtig. Bei mir um sieben?«

»Klingt gut.«

Die Verabredung zum Abendessen war ihr ebenfalls entfallen. Auch das noch! Sie mußte ihren Vater anrufen und den Abend planen. Ein paar Kleinigkeiten einkaufen. Als sie an Tina dachte, überlegte sie, was zu Shirley Temple paßte. Ihr Vater bestimmt nicht.

Und ihre Mutter schon gar nicht.

Bis morgen abend mußte sie sich eine Ausrede einfallen lassen, mit der sie ihre Mutter aus der Wohnung verbannen konnte. Selbst wenn sie sich mit ihrem Vater und seiner neuen Freundin erst im Restaurant traf, konnte sie davon ausgehen, daß Francine ihr Treffen mit dem Feind als Hochverrat auslegte.

Als sie ihre Wohnung betrat, sah sie Tante Hannah und ihre Mutter niedergeschlagen am Küchentisch sitzen. Die Schwestern tranken Tee und seufzten schwer.

»Geht es dir besser, Mom?«

»Was meinst du, wie ich mich fühle?«

»Du kannst dich glücklich schätzen, daß du dir nichts gebrochen hast.«

»Wie redest du denn mit deiner Mutter?« schimpfte Hannah sofort los.

»Ich sage ehrlich, was ich denke.«

»Sprich nicht so mit mir, Maggie«, wies Francine ihre Tochter zurecht.

Hannah schnalzte mit der Zunge. »Wie konnte das nur passieren? Schlimmer hätte es kaum kommen können!«

»Ach, komm schon, Tante Hannah. Mom ist nichts passiert. Glücklicherweise hat niemand Schaden genommen. Niemand wurde verletzt. Das ist doch nicht das Ende der Welt.«

Beide Schwestern warfen ihr mißmutige Blicke zu. Normalerweise reagierte Maggie darauf und hielt den Mund, aber die Anspannung der letzten Tage und die schlaflosen Nächte hatten ihre Geduld aufgezehrt, so daß sie heute ihre Gedanken nicht für sich behielt.

»Man möchte meinen, daß gerade jemand wie du Verständnis aufbringen sollte«, raunzte Tante Hannah.

»Da irrst du dich aber gewaltig!«

Ihre Mutter riß die Augen auf. »Margaret Lyons, was ist nur in dich gefahren? Entschuldige dich auf der Stelle bei deiner Tante.«

»Wofür?«

»Ich bin schockiert«, stotterte ihre Mutter. »Schockiert und sehr enttäuscht von dir.«

»Das weiß ich, Mutter. Das ist deine Antwort auf alles. Du bist immer schockiert und enttäuscht. Ich wünschte mir, du würdest sehen, daß du eine Wahl hast. Du kannst wirklich wählen und dich auch entscheiden, glücklich zu sein. Du kannst wählen und vielleicht einmal beschließen, deine Wut und Frustration abzulegen. Du könntest dich sogar entschließen, zur Abwechslung mal dein Leben zu genießen.«

»Das kannst du leicht sagen! Du hast nicht das erlebt, was mir widerfahren ist!«

»Was denn?« fragte Maggie. »Welche schlimmen Dinge sind dir denn widerfahren?«

»Achte auf deinen Ton, junge Dame.«

»Zum Teufel nochmal, Mom. Wann wirst du endlich damit aufhören?«

»Du hast Nerven, Maggie. Was glaubst du, wer du bist? So kannst du nicht mit mir reden! Laß uns gehen, Hannah!« Ihre Mutter stürmte ins Gästezimmer, und Tante Hannah folgte ihr auf den Fersen. Schubladen wurden aufgerissen und zugeworfen, Koffer wurden geschlossen. Aus Gewohnheit war Maggie kurz davor, zu ihnen zu gehen und sich für ihr Vergehen zu entschuldigen, obwohl sie gar nicht wußte, was sie verbrochen hatte, aber an diesem Tag bekämpfte sie dieses selbstzerstörerische Verlangen.

Solange sie denken konnte, hatte sie unter den zahllosen Anforderungen und der Schwäche ihrer Mutter gelitten. Schon als Kind hatte sie begriffen, daß sie ihre Mutter mit Samthandschuhen anfassen mußte. Und seit damals lebte sie mit der Last, stärker als ihre Mutter zu sein und die Verantwortung für ihr Wohlbefinden zu tragen.

Während der Analyse, die zu ihrer Ausbildung gehörte, hatte sie gelernt, einen Teil dieser Pflichten abzulegen. Sie konnte nicht ihr ganzes Leben lang Mutter für ihre Mutter spielen. Sie mußte auch lernen, daß sie nicht in der Lage war, die Wunden ihrer Mutter zu heilen und ihr die Last des Lebens abzunehmen. Francine mußte ihr Leben selbst in die Hand nehmen, sich allein um Gesundheit und Glück kümmern. Sie mußte endlich das Bedürfnis verspüren, ein besseres und glücklicheres Leben zu führen, und dafür kämpfen.

Im Flur fiel eine Zimmertür ins Schloß. Schritte waren zu hören. Die Schwestern standen in der Küchentür. Hannah umklammerte ein feuchtes Taschentuch. Francines Mund zitterte wie Espenlaub. »Ich werde jetzt gehen, Maggie. Wenn du dich bei mir entschuldigen möchtest, weißt du, wo du mich erreichen kannst.«

»Tut mir leid, daß du dich aufregst, Mom. Aber ich werde mich nicht entschuldigen.«

Hannah schnalzte wieder mit der Zunge. »Früher bist du so ein liebes Mädchen gewesen, Maggie. Ich weiß nicht, was in dich gefahren ist!«

»Vielleicht bin ich zu Verstand gekommen«, murmelte Maggie.

Ihrer Mutter traten Tränen in die Augen. »Du wirst langsam wie dein Vater. Weißt du das, Maggie? Du bist auf dem besten Wege, genau so gedankenlos und gefühllos wie dieser Mistkerl zu werden.«

Normalerweise brachte so ein Vorwurf Maggie dazu, sich wieder mit ihrer Mutter zu versöhnen, aber heute richteten die Worte ihrer Mutter nichts aus. Ganz im Gegenteil! Ihr dämmerte, warum ihr Vater aufgehört hatte, Francine zu lieben. Daß er sie verlassen hatte, war für Maggie immer Verrat gewesen. Aber jetzt sah sie zum ersten Mal, daß es für ihn vielleicht der einzige Weg gewesen war, überhaupt zu überleben. Wenn du auf einem sinkenden Schiff ausharrst, mußt du damit rechnen, mit ihm unterzugehen.

»Tschüß, Mom«, verabschiedete sie sich benommen.

»Komm, Fran.« Tante Hannah stützte ihre Schwester wie ein lahmes Vögelchen. »Du wirst bei mir wohnen. Und dich ein paar Tage ausruhen.« Auf dem Weg zur Haustür strich Hannah ihrer Schwester übers Haar und flüsterte ihr beruhigende Worte ins Ohr.

»Da sieht man es mal wieder, wie selbstsüchtig die jungen Leute von heute sind. Aber sie ist ein gutes Mädchen. Sie wird ihren Fehler bestimmt einsehen.«

Die Haustür fiel ins Schloß.

Als es klopfte, ging Maggie mürrisch zur Tür. Was wollten die beiden nun schon wieder, dachte sie und öffnete.

Draußen auf dem Flur stand Francis Kennedy mit einer Papiertüte in den Händen. Bei seinem Anblick regte Maggie sich furchtbar auf. Seine Augen waren blutunterlaufen, und sein Mund wirkte verkniffen und böse.

»Sie sollten nicht hierherkommen, Francis!«

»Ich habe dem Portier gesagt, ich müßte etwas abgeben. Klug, hm?«

»Was wollen Sie?«

»Ich möchte endlich mal erfahren, was ich Ihnen getan habe, Maggie? Ich bin immer freundlich und nett, und Sie bürsten mich andauernd ab.«

Er wollte sich in die Wohnung drängen, doch Maggie baute sich entschlossen vor ihm auf.

»Bitte, gehen Sie, Francis! Es paßt mir nicht, daß Sie mich hier so einfach überfallen.«

»Ihnen paßt überhaupt nichts. Sie sind eine ganz arrogante Ziege, damit Sie es wissen!«

»Jetzt reicht es mir. Verschwinden Sie, oder ich rufe die Polizei. Und lassen Sie sich ja nicht mehr in der Klinik blicken. Ich würde Ihnen raten, sich behandeln zu lassen, damit Sie wieder normal werden.«

»Was wissen Sie schon!«

Er ging auf sie zu. Mit einem harten Stoß verfrachtete sie ihn hinaus auf den Korridor und schloß schnell die Tür. Am ganzen Leib zitternd, kehrte sie in die Küche zurück, setzte sich an den Tisch und wartete darauf, daß er gegen die Tür hämmerte. Glücklicherweise unterließ er das.

Lange Zeit saß Maggie starr da und blickte vor sich hin, während sich Stille über die Wohnung legte.

34. KAPITEL

Mit klappernden Holzpantinen trug Jessie eine Tasche mit Strandspielzeug zum Wagen. Die Rüschen an ihrem Badeanzug wippten wie ein Entenschwanz auf und ab. Die Haare hatte sie zu Zöpfen geflochten und zu Affenschaukeln gebunden.

Jason stand im Wohnzimmer am Fenster, und so entging ihm

die Ungeduld seiner Mutter nicht, die in der Auffahrt neben dem Kombi stand und ungehalten mit dem linken Fuß auf den Boden klopfte. Mrs. Childs nahm Jessie die Spielsachen ab und stellte sie zu der Kühlbox, einer Tasche mit Sonnenlotion, Kleidern zum Wechseln und einem Stapel buntgestreifter Badehandtücher in den Kofferraum. Während sie sich den Schweiß von der Stirn wischte, klappte sie den Kofferraumdeckel zu.

»Spring rein und schnall dich an, Jessie. Ich bin gleich wieder da.«

Seine Mutter kam aufs Haus zu. Im grellen Sonnenlicht erinnerte ihre Haarfarbe an ein vertrocknetes Weizenfeld. Die Hitze verlangsamte ihre Bewegungen. Mit schleppenden, schweren Schritten, hängenden Armen und zusammengekniffenen Augen lief sie durch den Vorgarten.

Leicht beschämt fiel Jason auf, wie müde und abgearbeitet sie aussah. Wie ungepflegt. Er sollte ihr unter die Arme greifen, Geld verdienen und ihr das Leben etwas leichter machen. Seine Mutter hatte eines von Dads alten Hemden über einen schäbigen, alten, schwarzen Badeanzug geworfen. Ihre Beine waren ganz weiß und von heraustretenden Äderchen überzogen. Ein Riemen ihrer Sandalette war kaputt und flatterte beim Gehen.

Als sie in den Flur trat, atmete sie erleichtert auf. »Gott, ist es heiß da draußen. Hier im Haus ist es wenigstens schön kühl.«

»Es soll heute 38 Grad geben, vielleicht mehr. Man spricht von einer Rekordhitze«, sagte Jason.

»Am Strand dürfte es etwas kühler sein, Jay. Möchtest du uns wirklich nicht begleiten?«

»Nö. Fahrt nur ohne mich. Ich bleibe lieber im Wohnzimmer und dreh' die Klimaanlage voll auf.«

»Das ist eines der wenigen Male, wo ich es dir nicht verdenken kann, daß du daheim bleibst. Wenn ich Jessie und ihren Freundinnen nicht versprochen hätte, mit ihnen ans Meer zu fahren, würde ich liebend gern hierbleiben. Wahrscheinlich gibt es Schlimmeres, als bei 38 Grad auf drei Mädchen aufzupassen, aber im Augenblick fällt mir ehrlich nichts ein.«

»Stell dir vor, es wären 38 Mädchen bei drei Grad unter Null.«

Seine Mutter lachte aus vollem Herzen. »Wenn ich nachher kurz vor dem Nervenzusammenbruch bin, wird dieser Gedanke mich aufrichten, mein Liebling.«

»Bis später dann!«

»Wir werden wohl so gegen fünf Uhr zurück sein, je nachdem, wie es mit dem Verkehr wird.«

Er zuckte mit den Achseln. »Geht klar. Kommt, wann ihr wollt.«

Kaum war der Wagen aus der Auffahrt gerollt, riß Jason triumphierend die Faust hoch. Zwei Hindernisse waren aus dem Weg geräumt. Jetzt mußte er sich nur noch um eine Sache kümmern, und dann konnte er loslegen.

Er wählte die Nummer seiner Beraterin. Anscheinend liebte Binnie es, den Hörer liegen zu lassen und sich über den Lautsprecher zu unterhalten. Die Frau keuchte wie eine Dampflokomotive.

»Hallo?«

Ihre Stimme klang verzerrt und hatte ein Echo. Jason fiel das Telefonat gleich nach der ersten Sekunde auf den Wecker. Binnie konnte tun und lassen, was sie wollte, aber rechtmachen konnte sie es ihm nicht.

»Hallo, Binnie. Ich bin's, Jason. Sie klingen ziemlich angestrengt.«

»Ich strampele mich gerade auf meinem Heimfahrrad ab«, japste sie. »Sehr gut für Herz und Kreislauf. Noch zwei Meilen, dann springe ich schnell unter die Dusche und verschwinde von hier. Keine Sorge, ich werde pünktlich sein.«

»Um ehrlich zu sein, ich rufe an, um den Termin abzusagen. Mir geht es nicht besonders gut.«

»Oh, das ist ja blöde! Hast du Fieber?«

»Nein, nur eine Erkältung.«

»Vielleicht solltest du ein bißchen nach draußen gehen?«

Er hätte ihr am liebsten eine Kugel verpaßt. »Heute nicht. Ich fühle mich echt lausig. Und da draußen ist es abartig heiß.«

Ihr Lachen klang ziemlich durchgeknallt. »Na, da hast du recht, mein Lieber. Ich denke, wir lassen es für heute. Wir können ja morgen früh miteinander telefonieren und sehen, wie es dir dann geht.«

»Gut.«

»Also, tschüß. Behalte einen kühlen Kopf. Hoffentlich geht es dir bald besser!«

»Ja, das hoffe ich auch.«

Als er einhängte, ging es ihm wirklich schon viel besser. In der Küche fiel er über Schokoladen-Donuts her, die er mit einem Schluck Orangensaft direkt aus dem Karton hinunterspülte.

Dann stürmte er – immer zwei Stufen auf einmal nehmend – in sein Zimmer. Den letzten Rest seiner Mutdroge hatte er hinten im Schrank zwischen seinen Pornoheftchen, den eingeschweißten Kondomen und den Fotos von Rina Latham versteckt. Die Fotos hatte er im vergangenen Jahr geschossen, als Rina zu den Cheerleaders gehörte.

Immer wieder mußte Jason an ihre auf und ab hüpfenden Brüste denken, an ihre samtigen, schlanken Beine, an den kurzen Rock, der bei jeder Drehung hochflog und das weiße Unterhöschen freilegte, das ihre Scham bedeckte.

Gerade das Höschen hatte es ihm angetan. Wie im Fieberrausch spielte er alle Möglichkeiten durch, die ihm beim Gedanken an dieses Höschen in den Sinn kamen. Dort war es warm. Nach diesem Ort sehnte er sich mit jeder Faser seines Körpers. Das war das Mittel, um die Unschuld zu verlieren. Selbst nach all diesen Monaten hatte die Anziehungskraft des weißen Höschens nicht nachgelassen. Ganz im Gegenteil. Auch jetzt wieder war sein Verlangen nach Rina so stark, daß ihm Tränen in den Augen standen. Aber heute gab er dem Drang, sich Erleichterung zu verschaffen, nicht nach. Zuerst mußte er sich und seine Mixtur unter Beweis stellen. Der Rest kam dann bestimmt von ganz allein. Wenn er diese Beweise erbracht hatte, war alles möglich.

Als er seine kostbare Erfindung herauskramte, sah er, daß das Reagenzröhrchen nur noch halbvoll war. Seltsam. Ihm war nicht aufgefallen, daß er so viel verbraucht hatte. Wenn es so weiterging, mußte er in Kürze eine neue Portion zusammenmixen, und das bedeutete, daß er in eine Apotheke gehen und die einzelnen Bestandteile kaufen mußte. Außerdem mußte er Otto Allen einen Besuch abstatten, um andere, wichtige Substanzen abzuholen, und es würde eine gute Stunde dauern, bis das Gebräu im Keller zusammengerührt war.

Die Vorstellung trieb seinen Puls hoch und nahm ihm den Atem. Aber es gelang ihm, die aufkeimende Furcht einzudämmen und zu kontrollieren, bevor sie ihn übermannte und schachmatt setzte. Er redete sich ein, daß er alles tun konnte, alles. Mit seiner Mutdroge blieb ihm nichts verwehrt.

Er konnte alles sein.

Jason nahm die entsprechende Dosis ein, trat unter die Dusche und drehte den Wasserhahn voll auf. Genüßlich hielt er den Kopf unter den harten Strahl, drehte sich dann um, damit das Wasser auf seinen Rücken und seine Schultern trommeln konnte. Klitzekleine Nadeln massierten sein Rückgrat, seine Kopfhaut, seine Hinterbacken.

Auf dem Weg in sein Zimmer trocknete er sich ab. Voller Energie schnitt er die Hosenbeine einer alten Jeans ab und trennte die Ärmel seines T-Shirts heraus. Nachdem er sich angezogen hatte, kämmte er das nasse Haar glatt nach hinten und spritzte eine gehörige Portion After-Shave auf seine Wangen. Mit einem kurzen Blick in den Spiegel hinter der Zimmertür befand er, daß er für seine erstaunliche neue Rolle im Leben mehr als bereit war: Jason Childs, der MENSCH.

Auf der Türschwelle kniff er die Augen zusammen und gab sich einen Ruck. Die Straße war wie ausgestorben. Die sengende Mittagshitze fiel bleischwer auf den Asphalt. Sein Haar trocknete in Windeseile, und er begann zu schwitzen. Kaum draußen, hatte er schon das Bedürfnis, wieder unter der Dusche zu stehen, aber dazu hatte er an diesem Tag keine Zeit.

Langsam spazierte er den Block hinunter und folgte seinem hart konturierten Schatten.

»Vorhang auf«, flüsterte er. »Ein neuer Stern ist im Steigen begriffen: Jason Childs. Früher war er ein Mensch, der sich am liebsten versteckte, aber jetzt hat er den Mut, auf die Bühne ins Scheinwerferlicht zu treten. Mit zittrigen Fingern hebt er den Zaubertrank an seine Lippen und nimmt einen Schluck. Auf einmal gibt es einen ohrenbetäubenden Knall, und Rauch steigt auf und legt sich gleich darauf wieder. Und Sie sehen den jungen Mann nach der Verwandlung. Er bewegt sich mit der Eleganz eines Raubtiers. Seine Augen funkeln magisch und signalisieren Gefahr.«

Jason lachte laut. Er war schon immer sein treuestes Publikum gewesen. Hatte sich selbst oftmals Beifall gespendet. Aber diese Vorstellung schrie geradezu nach stehenden Ovationen. Ganz allein spazierte er durch die Straßen, ohne sich zu fürchten. Und er ging weiter.

Aber wohin?

Bald darauf erreichte er die Kreuzung am Ende des Blocks. Zögernd hielt er inne. Er mußte an seinen Spaziergang mit Binnie denken. An die großen Hunde mit den gefletschten Zähnen und dem ehrfurchtgebietenden Gebell, die – ehe er sich versah – am Zaun gehangen hatten und über ihn hatten herfallen wollen.

Aber wenn er es sich richtig überlegte, hatte kein Anlaß zur Besorgnis bestanden. Der Zaun bestand aus dickem Stahldraht und war zweieinhalb Meter hoch. Das Tor war abgeschlossen und mit einer dicken Kette gesichert. Sein schwachsinniges Hirn hatte ihn wieder einmal in die Falle gelockt und ihn das Fürchten gelehrt.

Jason bog nach links ab. Die Straße hielt eine gewisse Herausforderung für ihn bereit. Die Häuschen hinter den schmalen Bürgersteigen wurden nicht gut in Schuß gehalten. An der nächsten Kreuzung hielt er wieder kurz inne, atmete tief durch und wappnete sich innerlich. An dieser Ecke änderte sich die Gegend grundlegend.

Mit dem roten Kabrio, das auf ihn zugerast kam, als er um die Ecke biegen wollte, hatte er nicht gerechnet. Lautes Hupen und höhnische Stimmen rissen ihn aus seinen Gedanken.

»Heh, Jason!«

»Seht euch das an, da ist ja das Childs-Monster.«

»Heh, Frankenstein, alter Kumpel, wie geht's denn so?«

Mike Marchand saß am Steuer, Brad Smith hing auf dem Beifahrersitz, und Allison Hutt und Nancy Pearce saßen wie Bücherstützen auf der Rückbank. Den letzten Fahrgast konnte Jason erst erkennen, als der Wagen gemächlich neben ihm ausrollte: Rina Latham.

Jason wurde es ganz schwer ums Herz, und er lief vor Überraschung rot an.

»He, Rina, sieh doch nur. Da läuft dein treuester Anhänger«, höhnte Brad.

»Na, komm schon und gib deinem Traummädchen einen kleinen Kuß, Dr. Frankenstein«, forderte Allison ihn heraus.

In Jasons Kopf pochte das Blut tierisch laut. Sein Herzschlag setzte hin und wieder aus. Wie angewurzelt stand er da und brachte kein Wort heraus. Die Sticheleien setzten ihm schwer zu.

»Seht euch das an, der Junge schämt sich tatsächlich«, stellte Mike fest.

Und dann legte Brad wieder los. »Du brauchst dich nicht zu schämen, Childs-Monster. Rina wirkt auf viele Typen so. Da bist du keine Ausnahme. Haben wir dir schon erzählt, daß sie beim nationalen Wettbewerb der feuchten Träume zum Postermädchen des Jahres auserkoren wurde. Prima, nicht wahr?«

»Und sie würde erstklassig zu Jason Childs, dem König der Alpträume passen. Stimmt's, Rina-Baby?« Mikes Stimme triefte vor Sarkasmus.

»Wie kommst du denn da drauf, Mike? Ich dachte, du bist der König der Alpträume.«

Jason hörte ihre Erwiderung, wurde aber noch unsicherer.

»Was ist das denn? Er hat sich einen kleinen Löwen um den Hals gehängt. Ist das nicht süß?« warf Nancy ein und klimperte mit den Wimpern.

»Sehr süß«, erwiderte Brad. »Kommt, laßt uns von hier verschwinden, bevor ich kotzen muß.«

Seine Worte gingen in einer Auspuffwolke unter, da Mike aufs Gaspedal getreten war und die Straße hinunterjagte.

Erzürnt und gedemütigt stand Jason da. Trotz der Hitze zitterte er am ganzen Leib. All die Situationen, die dieser aufs Haar glichen, fielen ihm wieder ein. Die unablässigen Beleidigungen und Verletzungen. Die vielsagenden Blicke und geflüsterten Kommentare. Die Wand, die sie errichtet hatten, um ihn von sich fernzuhalten.

Solange er denken konnte, hatten andere Kinder sich über ihn lustig gemacht und ihre Spielchen mit ihm getrieben. Und damit das letzte Quentchen Hoffnung und Selbstbewußtsein ausgerottet, das ihm geblieben war. Wann immer und wo immer er auftauchte, steckten sie die Köpfe zusammen und machten sich über ihn lustig, höhnten über seine Steifheit, Unsicherheit und Schüchternheit. Nicht einmal seinen hervorragenden Noten in Mathe und Physik zollten sie Respekt. Dr. Frankenstein nannten sie ihn. In ihren Augen war er ein durchgeknallter Wissenschaftler.

Er kochte vor Zorn. Diese Mistkerle hatten kein Recht, sich über ihn zu mokieren oder ihn kleinzumachen. Sahen sie denn nicht, was wirklich in ihm steckte? Er stand auf der Schwelle zur absoluten Größe!

Zur Hölle mit ihnen! Rina Latham eingeschlossen. Wenn sie nur etwas Charakter hätte, hätte sie nicht zugelassen, daß die anderen so über ihn oder sie redeten. Wahrscheinlich gefiel ihr dieses Getue noch. Sie bildete sich bestimmt etwas darauf ein, daß jeder Typ mit ihr gehen wollte und daß ihr jeder Kerl wie ein läufiger Hund nachhechelte. Schließlich trug sie immer enganliegende T-Shirts, knappe Shorts und superkurze Röcke, die nichts verbargen, und forderte damit die Reaktion der Jungs heraus.

Ja, sie legte es darauf an. Angeekelt malte er sich ihren reifen, provokativen Körper aus, wie er von Geschlechtskrankheiten geschwächt wurde.

Zur Hölle mit ihr!

Er würde es ihnen zeigen! Auf einmal fiel ihm wieder ein, daß er sich eine Aufgabe gestellt hatte. Diese Arschlöcher konnten ihm nichts mehr anhaben. Nein, Jason Childs würde ihnen allen eine Lektion verpassen, die sich gewaschen hatte.

Er bog in die Somersetstraße ein. Das unbebaute Grundstück war mit leeren Flaschen, alten Spritzen, zerknüllten Pappbehältern und Glasscherben übersät. Wie benommen riß er seine Kette vom Hals und schleuderte zornig den kleinen, silbernen Löwenanhänger auf den Müllberg.

Dann lief er entschlossen weiter. In der Autowerkstatt wurde geschäftig gehämmert und lackiert. Als er an dem verfallenen viktorianischen Haus vorbeikam, dachte er an das eingezäunte Haus, das sich daran anschloß.

Es gab nichts zu fürchten.

Diese Hunde waren nur dumme Tiere.

Vorsichtig näherte er sich dem eingezäunten Hof. Sofort kamen die drei knurrenden Biester an den Zaun gerannt. Haß trieb diese Monster an, aber Jason empfand keine Furcht.

Er blieb stehen und sah zu, wie die Tiere sich immer wieder gegen den Zaun warfen. Die waren nun wirklich saudoof. Begriffen sie denn nicht, daß das nichts nutzte? Wie kann man nur so dumm sein, schoß es ihm durch den Kopf. Nach zahllosen Sprüngen zogen sie sich benommen und wimmernd zurück, um sich für einen Augenblick auszuruhen und dann wieder von vorn zu beginnen.

Jason kicherte. »He, Bozo. Komm schon, fang mich!«

Hämisch feuerte er die Tiere an. Die Hunde versuchten, den Zaun zu überwinden, immer und immer wieder, bis sie müde und außer Atem waren. Schließlich gaben sie auf, wandten sich ab und legten sich in den Schatten einer Ulme, um zu schlafen.

»He, ihr blöden Köter! Kommt sofort wieder hierher! Ich bin noch nicht fertig mit euch!«

Einer der Hunde schloß die Augen und legte die Vorderpfoten über die Schnauze. Die anderen lagen wie sorglos hingeworfene Fußmatten herum und wedelten matt mit den Schwänzen.

»Hört ihr mich? Ich sagte, ich bin noch nicht fertig mit euch.«

Keine Reaktion.

»Wagt es nicht, mich zu ignorieren, ihr blöden Fellmonster! Kommt sofort wieder her!«

Sie behielten ihn im Auge, machten aber keine Anstalten, zum Zaun zurückzukehren.

»Nicht? Na gut! Ich werde euch zeigen, wer hier der Boß ist!«

Das Schloß stellte ihn nicht vor große Probleme. Mit seinem Haustürschlüssel konnte er das Vorhängeschloß an der schweren Gliederkette aufkriegen. Mit einem leisen Quietschen sprang das Tor auf.

Jason malte sich aus, daß Binnie ihren Camcorder auf ihn richtete und seine Heldentat aufzeichnete.

»Kamera an ... Action! Wagemutig schreitet unser Held auf die schlafenden Giganten zu. Furchtlos nähert er sich dem Rudel und weckt die dummen Viecher auf.«

Neben dem ersten Rottweiler blieb er stehen. Der Hund mit den trägen Augen bewegte seine rosafarbene Zunge. Mit der Spitze seines Turnschuhs stieß Jason dem Tier mutwillig gegen die Brust.

»Steh auf, du fauler Hundesohn. Wag es nicht, mich noch länger zu ignorieren.«

Jason nahm eine Boxstellung ein. Mit geballten Fäusten schlug er wild um sich, während er mit kleinen Schritten leichtfüßig um die Biester herumtänzelte.

»Rechter Schwinger, linker Haken.«

Der Hund neben ihm hob den schweren Kopf und stand langsam auf. Die anderen folgten seinem Beispiel. Zum ersten Mal spürte Jason so etwas wie Angst. Er bewegte sich nicht mehr und versuchte, mit einem Witz die aufsteigende Panik zu verscheuchen. Aber ihm fiel nichts Lustiges mehr ein. Plötzlich war seine Furcht so stark, daß er ihrer nicht mehr Herr wurde.

Die Hunde umkreisten Jason wie hungrige Löwen, die gerade ein schwächeres Tier gerissen haben. Dabei bemühte er sich mit aller Kraft darum, die überwältigende Furcht zu beherrschen, in der er unterzugehen drohte. Natürlich wußte er, daß es dann um ihn geschehen war.

Denk in Ruhe nach, Jason. Reiß dich zusammen.

Auf einmal kam ihm eine Idee. Er mußte einfach nur wegrennen. Nichts leichter als das! Durch das Zauntor flüchten und die Tiere in ihrem Gehege einschließen. Ja, das war ein Ausweg! Falls es ihm endlich gelang, seine toten Beine in Gang zu setzen.

Du schaffst es, Jason. Du mußt es hinkriegen!

Sein Verstand funktionierte endlich wieder. Aber da spürte er schon, wie die Biester ihre Fänge in sein Bein bohrten. Er versuchte zu entkommen, aber eines der Tiere warf sich auf ihn und schmetterte ihn zu Boden.

35. KAPITEL

Summend verließ Bannister das Krankenhaus. Die Dinge entwickelten sich eindeutig zum Positiven. Über einen von Prices zahllosen Kontakten würde er an die Details des Gesundheitsministeriums herankommen, die Maggie Lyons belasteten. Als Gegenleistung dafür half die Psychiaterin ihm herauszufinden, was seine Tochter neuerdings umtrieb. Und dafür erhielt er wiederum einen Einblick – wenn auch aus zweiter Hand – in Theodore Macklins degenerierte Psyche.

Bannister war zuversichtlich, daß Macklins Enthüllungen auf der Therapeutencouch versteckte Hinweise auf seine Schuld an Martha Raffertys Ermordung enthielten. Nach seiner Einschätzung der Lage war Mrs. Raffertys Belohnung zum Greifen nah. Noch etwas harte Arbeit und Energie, und er würde sich genüßlich und zufrieden zurücklehnen und darüber freuen können, daß er diesem Mistkerl Macklin auf die Schliche gekommen war. Bannister glaubte seit jeher an eine Symmetrie der Gerechtigkeit. Wenn man sich lange genug hinter eine Sache klemmte, wurde man mit Erfolg belohnt.

Aber manchmal mußte man dennoch kräftig draufzahlen, wenn man sich in eine Sache verbiß. Als er an seinem Camaro vorbeilief, fiel sein Blick auf einen Strafzettel unter dem Scheibenwischer, auf dem stand, daß der Parkplatz, den er gestern nach stundenlanger Suche ergattert hatte, nur Diplomatenwagen mit entsprechender Sondererlaubnis zur Verfügung stand. Einen halben Block weiter stand das Schild, das darüber Auskunft gab. Jetzt mußte er fünfzig Dollar Strafe abdrücken und einen neuen Parkplatz suchen. Prima.

Nachdem er zum zweiten Mal um den Block kroch, blinkte plötzlich ein Lämpchen grellrot auf. Die Kühlung versagte, der Camaro war überhitzt. Eine Dampfwolke stieg aus den Ritzen der Motorhaube auf. Als er endlich zehn Blocks weiter oben einen legalen Parkplatz fand, schäumte Bannister vor Wut.

Auf dem Marsch zurück in das schäbige Apartment, das sie angemietet hatten, dinierte Bannister an einem Imbißstand. Der Hotdog war im Kern zu Eis gefroren, und das Brötchen hatte die Konsistenz eines Felsens. Nur ein paar Meter vor der Wohnung trat er schließlich versehentlich in einen Hundehaufen. An manchen Tagen lohnte es einfach nicht, sich aus dem Bett zu quälen.

Ziemlich entnervt zog er seine Schuhe aus und ließ sie auf dem Flur stehen, bevor er die heruntergekommene Butze betrat. Price saß in der Unterhose auf der Couch und las die Zeitung.

»Hallo, Liebling, ich bin wieder da«, rief Bannister.

»Hallo, Sam. Wie geht es?«

Wie üblich war Price bester Laune und hatte außerdem noch einen äußerst produktiven Morgen hinter sich. Ein Bekannter von ihm, der für die Zollbehörde arbeitete, überprüfte für Price die Ein- und Ausfuhrbelege der Winslow & Gray-Galerie. Der Freund eines Freundes, angestellt in einer Nachrichtenagentur, zeichnete für sie Fern Compton Harlows beruflichen Werdegang nach. Nemichew, Anatoli Popow, Howard, der Frosch, und Alter Ego wurden ebenfalls von einem Kontaktmann durchleuchtet. Und natürlich konnte Price auf eine ganze Reihe von Bekannten bei Telefongesellschaften und Banken zurückgreifen, die ihre jeweiligen Unterlagen nach versteckten Transaktionen und Verbindungen zwischen den einzelnen Personen und Firmen sichteten, die auf Macklins Telefonliste aus Newport standen.

»Klingt ganz so, als wärst du heute ziemlich beschäftigt gewesen«, resümierte Bannister. »Und was habe ich zustande gebracht? Nur die Einwilligung zur Kooperation von Macklins Therapeutin.«

Price war sehr beeindruckt, was Bannister an der Art und Weise erkennen konnte, wie sein Partner von der Sportseite zur Kultur umblätterte und sich gleichzeitig hinterm Ohr kratzte.

»Ist mein Ernst. Dr. Lyons wird uns alles geben, was sie über Macklin weiß.«

Diesmal war Price so angetan, daß er die Zeitung weglegte und laut gähnte. »Und was mußt du dafür tun, Sam?«

»Nichts. Ein paar Telefonate, eine halbe Stunde Arbeit, höchstens.«

»Was für Arbeit? Wen sollst du anrufen? Komm schon, Sam. Diese Sache ist viel größer geworden, als wir zu Anfang erwartet haben. Meinem Eindruck nach riechen unsere Ermittlungen allmählich nach Schildhauer.«

»Reg dich bitte nicht auf! Ich werde mich um alles kümmern. Du mußt nur herausfinden, wer Anzeige erstattet hat. Und dann kriegen wir die Macklin-Akte. So einfach ist das.«

Price runzelte die Stirn. »Ich glaube, wir bellen den falschen Baum an, mein Lieber. Ich glaube nie und nimmer, daß Macklin dieser Dame oder sonst jemandem etwas über den Rafferty-Mord erzählt hat.«

»Danke, Lenny. Ich wußte gleich, daß du mitziehst.«

»Wann habe ich das gesagt?«

Bannister wedelte mit dem Zeigefinger. »Siehst du, das kommt davon, wenn man nicht immer bei der Sache ist.«

Und dann schilderte er Price die Anschuldigungen gegen Dr. Lyons und den Besuch, den Dean Connell vom Gesundheitsministerium der Ärztin so überraschend abgestattet hatte.

Price machte ein ernstes Gesicht. »Ist doch ziemlich komisch, daß so kurz hintereinander zwei ihrer Patienten ums Leben gekommen sind, findest du nicht?«

»Das ist purer Zufall, Lenny. Niemand kann mich davon überzeugen, daß Maggie Lyons dafür verantwortlich sein soll. Das glaubst du doch auch nicht, oder etwa doch?«

Price hob beschwichtigend die Hand. »Immer mit der Ruhe, Junge. Ruhig Blut, sage ich. Ich wollte überhaupt nichts andeuten, damit das klar ist.« Plötzlich wirkte er ziemlich verschlagen. »Andererseits kann ich mich des Eindrucks nicht erwehren, daß da jemand ein Auge auf besagte Dame geworfen hat.«

»Jetzt mach aber mal halblang, Lenny. Das hier ist rein geschäftlich.«

Price grinste höhnisch. »Sicher, Sam. Sicher!«

»Das ist mein Ernst, Price. Ich habe dir schon oft gesagt, daß ich kein Interesse mehr an Frauen habe. Außerdem hat sie einen Freund. So einen gerissenen, gutaussehenden Assistenzarzt, der andauernd an ihrem Rockzipfel hängt. Kann nicht begreifen, was sie an dem findet. Nicht, daß es mich etwas anginge!«

Price schüttelte den Kopf. »Natürlich nicht. Schließlich ist eure Beziehung rein geschäftlich!«

»Richtig. Also, was hältst du nun von dieser Ermittlung des Gesundheitsministeriums?«

»Meiner Meinung nach ist es seltsam, daß der Ermittler sofort die Akten verlangt und mitgenommen hat«, grübelte Price.

»Kam mir auch komisch vor. Vielleicht will dieser Connell hoch hinaus und schlägt deshalb gleich hart zu.«

Price dachte eine Weile nach. »Es ist auch möglich, daß dieser Fall aus irgendeinem unerfindlichen Grund für wichtig gehalten wird. Klingt alles so, als wäre dem Ermittler daran gelegen, daß nichts durchsickert. Und nun geht er besonders eifrig vor, so eifrig, daß er das Risiko nicht scheut, über Dr. Lyons' Rechte hinwegzusehen und dafür eventuell gerichtlich belangt zu werden.«

»Aber wieso sollte er das tun? Wir sprechen schließlich nicht von einem Serienmörder oder dem Tod eines Vanderbilts.«

»Keine Ahnung, Sammy. Aber das Verhalten dieses Mannes weckt meine Neugier.«

»Großer Gott, nein, Lenny. Laß die Finger davon, okay? Wir haben schon genug Probleme!«

Aber Price hängte sich gleich ans Telefon. Er hatte zwar keine Kontakte zum New Yorker Gesundheitsministerium, aber das hinderte ihn an nichts. Nach einigen Anrufen hatte er einen Freund ausgegraben, der in seiner Schuld stand und sich gern revanchieren wollte.

Prices Beliebtheit blieb Bannister ein Rätsel. Je mehr Menschen er selbst kennenlernte, desto mehr Personen gab es, die ihn nicht leiden konnten. Price hingegen war es gelungen, sich überall und bei jedermann beliebt zu machen. Die Leute schienen nur darauf zu warten, ihm in irgendeiner Form behilflich zu sein.

Etwas über die Ermittlungen der Gesundheitsbehörde in Erfahrung zu bringen schien für Price eine große Herausforderung zu sein. Nach Bannisters Armbanduhr brauchte er dann knapp siebzehn Minuten, um ein paar hieb- und stichhaltige Hinweise zusammenzutragen.

Ein William Weider, der Vater einer verstorbenen Patientin, hatte Maggie Lyons der beruflichen Inkompetenz beschuldigt. Eben dieser Mr. Weider warf Dr. Lyons vor, seine einzige Tochter manipuliert und einer Gehirnwäsche unterzogen zu haben, was dazu geführt habe, daß seine Tochter sich besonders rücksichtslos verhalten hatte und auf tragische Weise ums Leben gekommen war.

Als Price aufhängte, wirkte er sehr zufrieden.

»War ein nettes Gespräch, Sam. Habe seit Jahren nicht mehr mit Carl Blake von der Bundesanwaltschaft gesprochen.«

»Wer ist der Mann?«

»Ein alter Freund. Bevor Ruthie und ich nach Boston gezogen sind, hatten wir mit den Blakes zusammen ein Ballettabonnement. Und außerdem spielten wir Bridge mit ihnen.«

»Meine Güte, du hast eine Menge Freunde, Lenny. Wie schaffst du es nur, mit allen in Verbindung zu bleiben?«

Price zuckte mit den Achseln. »Bin wahrscheinlich ein Mensch, der gut mit anderen zurechtkommt.«

»Da dürftest du recht haben.«

Jedem das, was er verdiente. Bannister war sicherlich nicht drauf aus, den nationalen Beliebtheitsorden verliehen zu bekommen. Aber es war eindeutig von Vorteil, wenn man geschätzt wurde und viele Leute kannte. Während Price in der kühlen Wohnung bleiben und herumtelefonieren konnte, mußte Bannister wieder in die Hitze hinaus und bei den Weiders vorbeischauen und kondolieren.

Auf dem Weg zu Gail Weiders ehemaligem Apartment spielte er in Gedanken verschiedene Möglichkeiten der Annäherung durch. Da er nur sehr wenig über die Verstorbene wußte, konnte er sich nicht als Freund ausgeben. Von Dr. Lyons wußte er, daß Miss Weider früher Patientin im East End gewesen war und danach als Beraterin fungiert hatte. Maggie hatte ihm die Todesanzeigen in der Times gezeigt, in denen zahllose Verwandte ihren Verlust beklagten. In der Zeitung wurden auch die Uhrzeit und der Friedhof genannt, auf dem Gail Weider bestattet werden sollte. Da er nicht viel mehr wußte, mußte er improvisieren.

Über die Gegensprechanlage stellte er sich als ein Bekannter aus dem Krankenhaus vor. Im Fahrstuhl beschloß er dann, ganz pragmatisch vorzugehen und sich als Berater-Kollege vorzustellen. »Dr. Sam Bannister« klang zwar ganz gut, kam aber nicht in Frage.

Wie sich herausstellte, hatte er sich umsonst den Kopf zerbrochen. Weder mußte er schwierige Fragen beantworten, noch wurde er kritisch und eindringlich unter die Lupe genommen. Man begrüßte ihn mit offenen Armen und hielt ihm gleich Platten mit hübsch dekorierten Häppchen unter die Nase. Da er nicht unhöflich erscheinen wollte, ließ er sich von einer Cousine, deren Namen er bald wieder vergessen hatte, einen Berg Schokoladenkekse aufdrängen. Mit gerunzelter Stirn knabberte er die süßen Köstlichkeiten weg. Es fiel ihm nicht leicht, betroffen zu wirken und gleichzeitig zum Umfallen hungrig zu sein.

Irgendeine Tante nahm ihn dann an der Hand und stellte ihn den anderen Trauergästen vor. Gail Weiders Verwandte sahen einander so ähnlich, daß der Gedanke nahelag, daß sie geklont sein könnten. Bannister verlieh dem Wunsch Ausdruck, Gails Eltern sein Beileid auszudrücken, woraufhin die Tante ihn zu einer weinenden Frau auf dem Sofa führte.

»Evelyn, meine Liebe. Das hier ist Sam Bannister. Er kannte Gail von der Klinik.«

»Es tut mir sehr leid für Sie, Mrs. Weider«, sagte Bannister mit gekonnt belegter Stimme.

Gails Mutter schniefte und tupfte die Augen mit einem Taschentuch ab, und der mondgesichtige Mann rechts neben ihr legte seinen Arm um ihre Schultern.

Bannister nickte ernst. »Mr. Weider, ich kannte Ihre Tochter aus dem East End. Es tut mir aufrichtig leid!«

Der Mann schüttelte den Kopf. »Gail war meine Nichte. Ihr Vater verstarb vor vielen Jahren.«

Bannister verschlug es die Sprache. Für gewöhnlich zeigten Tote niemanden beim Gesundheitsministerium an. So weit reichte besagter langer Arm nun auch wieder nicht. »Tut mir leid, das wußte ich nicht.«

Gails Mutter sprach mit tränenerstickter Stimme: »Macht nichts, junger Mann. Wir alle haben das Gefühl, daß Thomas noch bei uns ist. Und auch Gail.«

Bannister zog sich vorsichtig zurück und setzte sich neben eine Frau namens Alice, die – wie sich herausstellte – Gails jüngere Schwester war. Soviel zu dem Vater, der das tragische und unfaßbare Schicksal seiner einzigen Tochter rächen wollte und Dr. Lyons die Schuld gab.

»Wir werden Gail im East End sehr vermissen«, gab Bannister zum besten.

Alice schneuzte ihre Nase. »Sie hat das Krankenhaus auch sehr vermißt. Um ehrlich zu sein, sie spielte gerade mit dem Gedanken, dorthin zurückzukehren, als dieser Unfall passierte.«

»Zurück?«

»Ich habe ihr immer wieder gesagt, daß sie sich nicht künstlich fernhalten soll. Gail war dem Krankenhaus tief verbunden. Außerdem hatte sie dort eine Aufgabe. Aber wenn sie sauer war, dann dauerte es Ewigkeiten, bis sie verzeihen konnte.«

»Und auf wen im East End war sie so sauer?«

Alice warf Bannister einen kritischen Blick zu. »Wußten Sie das nicht? Sie war so böse, daß ich annahm, jedermann wüßte darüber Bescheid.«

Da Bannister sich entschieden hatte, nicht den Doktor zu spielen, wußte er im Augenblick nicht, was er sagen sollte.

»Mir gegenüber hat sie nichts erwähnt. Auf wen war sie denn sauer?« hakte er vorsichtig ein.

Alice zuckte mit den Achseln. »Gail hat mir den Namen nicht gesagt. Meinte, er würde mir eh nichts sagen. Sie sagte nur, daß sie die ewigen Beleidigungen endgültig satt habe.«

»Handelt es sich möglicherweise um Dr. Lyons?«

»Machen Sie Witze? Gail betete den Boden an, auf den die Frau ihren Fuß setzte. Dr. Lyons hat meiner Schwester das Leben gerettet. Keine Frage! Bevor sie in die Klinik ging, hing Gail nur daheim herum, schaute Seifenopern an und buk Kekse.«

Bei diesem Stichwort schaute Bannister sich kurz im Zimmer um. »Wenn die Kekse nur etwa denen glichen, die ich gerade gekostet habe, dann war das Backen eine sinnvolle Aufgabe.«

»Ja, die wurden nach Gails Rezept gebacken. Das unterlag früher der höchsten Geheimhaltungsstufe. Nicht mal einem Familienangehörigen verriet Gail die Zutaten. Sie träumte immer davon, eines Tages professionell Kekse zu backen und sie zu verkaufen. An Delikatessengeschäfte oder Restaurants. Aber zuerst mußte sie ihre Angst vor dem Autofahren verlieren.«

Alice wimmerte leise. »Gail vertraute darauf, daß all ihre Probleme beseitigt wären, wenn sie erst diese Angst überwunden hätte.«

Behutsam lenkte Bannister die Unterhaltung in eine andere Richtung. »Und Sie haben tatsächlich keine Ahnung, mit wem aus dem Krankenhaus Gail solchen Streit hatte?«

»Nur, daß es sich um einen Mann handelte. Ich weiß noch, wie sie sagte: ›Der hat Nerven, mich so zu behandeln! Knallt mir all diese Dinge an den Kopf, dabei ist er nicht mal Arzt!‹« Die Erinnerung setzte Alice offenbar schlimm zu.

»Es ist schwer, ich weiß«, bekundete Bannister seine Anteilnahme.

»Wissen Sie, was mich am meisten schmerzt? Ihr ganzes Leben lang hatte Gail ein Gewichtsproblem. Vor drei Monaten fand sie endlich eine Diät, die funktionierte. Sie fing an, Sport zu treiben, und hörte mit dem Keksebacken auf. Sie verteilte sogar ihr kostbares Rezept an ein paar Leute, damit man sie in Ruhe ließ und nicht andauernd zu überreden versuchte, diese Kekse zu backen. Am Tag des Unfalls habe ich meine Schwester sogar noch gesehen. Als ich ging, dachte ich so bei mir, daß sie besser aussah als je zuvor.«

Alice konnte nicht mehr an sich halten und weinte und seufzte laut. Der Onkel kam sofort herübergeeilt, um sie zu trösten.

Anschließend unterhielt sich Bannister fast mit jeder Person in dem Zimmer. Alle äußerten sich positiv über Dr. Lyons und Gails Behandlung im East End. Und es gab nicht das leiseste Anzeichen, daß jemand glaubte, ihr Tod stünde mit dem Krankenhaus in Zusammenhang. Die Verwandten gingen alle davon aus, daß es sich bei Gails Tod um einen schrecklichen Unfall gehandelt hatte.

Bannister versuchte, mehr über den Streit herauszufinden, den Gails Schwester Alice erwähnt hatte, hatte aber kein großes Glück. Aber er zählte eins und eins zusammen und kam zu dem Ergebnis, daß es eine schwere Auseinandersetzung gewesen sein mußte, sonst hätte Gail die Arbeit im Krankenhaus bestimmt nicht aufgegeben.

Auf dem Weg zurück in ihre schäbige Unterkunft beschlich Bannister ein böser Gedanke. Vielleicht war der sogenannte Unfall von Gail Weiders namenlosem Gegenspieler im East End angezettelt worden. Mord gab eine einleuchtende Erklärung für diesen Unfall ab, der Bannisters Meinung nach nicht eindeutig aufgeklärt war. Da gab es zu viele lose Enden. Da Gail sich vor dem Fahren gefürchtet hatte, war es völlig unlogisch, daß sie absichtlich schnell gefahren und über die Leitplanke hinausgeschossen war. Andererseits legten zerstrittene Parteien ihren Zwist normalerweise nicht dadurch bei, daß einer den anderen umbrachte.

Dieser Gedankengang beschäftigte ihn eine Weile, aber dann verabschiedete er sich wieder von ihm. Auf den kleinsten gemeinsamen Nenner reduziert, waren die Menschen nichts anderes als Tiere. Und es brauchte nicht viel, um Wölfe dazu zu bewegen, das Schafsfell abzulegen.

Und das war sein Glück, überlegte Bannister und grinste schadenfroh. Wenn sich jeder an die Regeln hielte und sich wie ein soziales Wesen verhielte, wäre er gezwungen, sich eine neue Arbeit zu suchen.

36. KAPITEL

Einen Großteil der alten Kassetten mit Berichten, die sie einmal diktiert hatte, warf Maggie weg. Manche löschte sie auch, und einige wenige hob sie auf. Glücklicherweise fand sie noch ein paar auf Band aufgezeichnete Zusammenfassungen von den Sitzungen mit Theodore Macklin.

Als sie sie zurückspulte und abhörte, wunderte sie sich über ihren scharfen Tonfall. Eigenartigerweise war es ihr wohl nicht gelungen, die Kontrolliertheit und innere Ruhe beizubehalten, nachdem ihr Patient das Büro verlassen hatte.

Mit Theodore Macklin war es ihr immer so ergangen. Und er hatte seine Macht über sie genossen, das war klar gewesen. Die meisten Patienten hielten sich an eine ungeschriebene Regel und räumten ihr freiwillig eine Position des Vertrauens und der Autorität ein. Selbst wenn es Situationen gab, wo sie sich gegen sie auflehnten, was durchaus normal und hilfreich war, wahrten sie eine gewisse Distanz zu ihr, der Ärztin. Aber Theodore Macklin hatte, sehr zu ihrem Verdruß, die unrühmliche Ausnahme gebildet …

Von Anfang an nahm er sich gewisse Freiheiten heraus, die darauf abzielten, ihre Position zu unterwandern. Zu Beginn der jeweiligen Sitzung schüttelte er ihre Hand länger, als die Höflichkeit es gebot, was ihr stets unangenehm war.

Beim ersten Mal reagierte Maggie verwirrt und viel zu langsam auf die unziemliche Begrüßung. Sein Verhalten zielte darauf ab, ihr Unbehagen zu verstärken, damit er einen Stich machen konnte. Wenn sie das kommentarlos hinnahm, lud sie ihn zu diesem ungebührlichen Verhalten geradezu ein. Oder tat so, als akzeptierte sie es.

In den darauffolgenden Sitzungen glaubte Maggie, es mit ihm aufnehmen zu können, aber der Mistkerl hatte sich ebenfalls vorbereitet. Einmal tat er so, als stolpere er über den Rand des Teppichs. Hilfsbereit wie immer sprang Maggie herbei und legte – ohne nachzudenken – die Hand um seinen muskulösen Oberarm, um ihn aufzufangen. Mit lüsternem Blick und feuchten Lippen wandte er sich zu ihr um und wartete auf eine Reaktion.

Am liebsten hätte Maggie ihm den Kopf abgeschlagen oder eine Ohrfeige verpaßt, aber sie wußte auch, daß er genau darauf spekulierte. Daher half sie ihm, sich zu setzen, und legte die Regeln für ihre Zusammenarbeit klar und deutlich fest, so daß selbst er sie verstehen konnte.

Macklin litt an einer klassischen Form sexueller Unsicherheit. Hinter dem knallharten Macho versteckte sich ein kleiner Junge mit stark ausgeprägter Angst vor physischem und psychischem Kontakt zum anderen Geschlecht. Ihrer Einschätzung nach vertraute er nicht auf seine Anziehungskraft auf Frauen. Vor Frauen fürchtete er sich genau so stark wie vor Brücken und Tunnels. Ob Freudianer oder nicht, es fiel Maggie nicht leicht, sich vorschnelle Interpretationen zu verkneifen.

Jede Frau, egal welches Alter sie hatte oder über welchen Status sie verfügte, hatte die Macht, Macklin in die Enge zu treiben und ihm angst zu machen. Seine Reaktion auf diese Furcht vor dem anderen Geschlecht war untypisch. Anstatt Frauen aus dem Weg zu gehen und den Kontakt mit ihnen zu meiden, hatte sich Macklin zu einem Sexprotz entwickelt.

Maggie versuchte sich auszumalen, ob dieses Geprotze sich hatte ins Extrem steigern können. Bestand die Möglichkeit, daß ein jugendlicher Ted Macklin Martha Rafferty brutal vergewaltigt und hinterher ermordet hatte? Bannister hatte ihr gesagt, daß diese Klassenkameradin ungewöhnlich freundlich zu Macklin gewesen war. Martha Rafferty hatte Macklin ermutigt, mehr aus sich herauszugehen, und die anderen Mitschüler gedrängt, den Jungen zu akzeptieren.

Wenn man Macklins Furcht vor dem weiblichen Geschlecht in Betracht zog, war es vorstellbar, daß das Wohlwollen des jungen Mädchens für ihn eine Bedrohung dargestellt hatte. Aber war er deshalb auch imstande gewesen, dieses Wohlwollen mit mörderischer Gewalt zu vergelten? Und wenn es so gewesen sein sollte, verfügte er ebenfalls über die Kaltblütigkeit, das Verbrechen zu vertuschen und aus seiner Erinnerung zu löschen?

Oder hatte dieser Mann überhaupt kein Gewissen gehabt?

Auf diese Frage konnte Maggie keine Antwort geben. Hatte es sich bei Theodore Macklin etwa um einen echten Psychopathen gehandelt, der frei von menschlichen Gefühlen wie Schuld oder Reue war?

Jeder Patient, der von der Klinik aufgenommen wurde, mußte sich einer gründlichen Untersuchung unterziehen. Sowohl medizinische als auch psychologische Tests wurden von den Ärzten durchgeführt. Bei Macklin waren Maggie keine Besonderheiten aufgefallen, aber das Programm war auch nicht darauf zugeschnitten, potentielle Kriminelle auszusortieren. Die meisten von Maggies Patienten fürchteten sich vor einer Alltäglichkeit wie einem Spaziergang. Vergewaltigung und Mord traute sie ihnen daher ohnehin nicht zu.

Sie zermarterte sich den Kopf und suchte nach Anzeichen für eine psychopathische Entwicklung in Macklins Geschichte. Aus seinen Schilderungen hatte sie entnommen, daß er von klein auf ein Einzelgänger gewesen war, der nur lose familiäre Beziehungen pflegte, die außerdem nicht einfach verliefen. Als kleiner Junge fiel es ihm schwer, mit anderen Kindern zurechtzukommen. Und in der Schule wurde er des öfteren für sein Betragen bestraft. Diese Punkte in seinem Lebenslauf gehörten sicherlich zu den Voraussetzungen, die die Entwicklung zum Psychopathen begünstigten.

Phobiker wurden normalerweise nicht befragt, ob sie in ihrer Kindheit gern Tiere gequält oder Feuer gelegt hatten, was bei Psychopathen häufig vorkommt. Aber falls Macklin sich um Menschen sorgte, ihnen freundlich begegnete und zu einer Empfindung wie Mitleid fähig war, hatte er das gut versteckt. Wenn er sich über Menschen äußerte, die in seinem Leben eine Rolle spielten, was selten genug vorkam, dann immer aus dem Blickwinkel, wie sie ihm, Theodore Macklin, von Nutzen sein konnten. Klienten nannte er »Portfolios«. Neue Bekannte »boten ihm Möglichkeiten«. Angestellte waren in seinen Augen Diener, die ihm das Leben leichter machten, indem sie ihm lästige Arbeit abnahmen. Andere Leute zu treffen, darunter verstand er lediglich Restaurantbesuche, bei denen sich ein Geschäft entwickeln konnte.

Die nächsten Stunden verbrachte Maggie mit der Rekonstruktion von Macklins Leben anhand ihrer Notizen, Bänder und Erinnerungen. Der Mann gehörte zu den wenigen Fällen in der Geschichte der Klinik, wo das Programm gescheitert war. Nach zehn Tagen, durchgeplant mit Einzeltherapie, Gruppensitzungen und praktischen Übungen, war es ihr nicht gelungen, ihn dazu zu bringen, seine Furcht als Teil seiner selbst zu akzeptieren. Und das bedeutete, daß er nicht mal die erste Stufe erreicht hatte.

Gegen Ende gab Macklin zu, daß Brücken gefährlich waren. Und Tunnels. Er verfügte über ein immenses Wissen über Amerikas zahllose Brückenkonstruktionen, die er alle für äußerst unsicher hielt. Wenn es nach ihm ging, waren Tiefbauarchitekten fahrlässige Gauner. Macklin führte eine persönliche Statistik über Gebäude, Brücken und Tunnels, die falsch konstruiert worden waren. Er kannte den Standort und die Einzelheiten jeder größeren Katastrophe im Bauwesen der letzten zwanzig Jahre.

Und er konnte stundenlang Vorträge über die Verletzungen und Todesfälle halten und jedes Opfer samt Wunden ausführlich beschreiben.

Für Henry, der ihn beraten und betreut hatte, war Ted Macklin eine Quelle tiefer Frustration gewesen. Dabei hatte Maggie ihrem Starassistenten mit dieser Aufgabe einen persönlichen Gefallen ganz besonderer Art abgerungen. Leider erwies dieser Patient sich im Verlauf der Behandlung als unmöglich. Und er reagierte schlimmer, als Maggie erwartet hatte. Tiere konnten Angst riechen, und Macklin machte da keine Ausnahme. Gleich beim ersten Zusammentreffen war er Henrys Ängsten auf die Schliche gekommen. Wie ein angriffslustiger Löwe fiel er über den armen, wehrlosen Mann her und suhlte sich in dieser Rolle.

Eine Situation ganz besonders würde Maggie nie vergessen. Henry wollte Macklin auf eine Stadtrundfahrt mitnehmen und ihm die schönsten Plätze der Stadt zeigen. Weil er ein vorsichtiger Autofahrer war, hielt er sich grundsätzlich in der rechten Spur und achtete auf die Geschwindigkeit. Macklin, der die Unsicherheit seines Beraters bemerkte, hatte die ganze Praxisstunde nichts anderes zu tun gehabt, als sich über das Schneckentempo zu ereifern, mit dem sie sich fortbewegten. Darum war es Henry auch nicht gelungen, ihn an das eigentliche Ziel der Rundfahrt heranzuführen.

Total aufgelöst hatte Henry ihr den Verlauf der Stunde geschildert. »Er hat die ganze Zeit darüber Witze gemacht, daß ich mein Leben auf der Rentnerspur vertrödele, und die Brücken keines Blickes gewürdigt«, beschwerte Henry sich bei ihr. »Ich begreif' es nicht, Maggie. Warum ist er eigentlich zu uns gekommen? Wie will er etwas für sich erreichen, wenn er sich weigert, mit uns zusammenzuarbeiten?«

»Wahrscheinlich hofft er, uns alle in den Wahnsinn treiben zu können.«

»Aber wie sollen wir dem Mann helfen, wenn er sich nicht die geringste Mühe gibt?«

»Das können wir nicht. Passen Sie auf, daß er Ihnen nicht auf die Nerven fällt, Henry. Und wenn Sie kurz vor dem Explodieren sind, führen Sie sich vor Augen, daß er bald auf Nimmerwiedersehen verschwindet und wir unsere Ruhe haben.«

Doch so bald verschwand der Mann leider nicht. Solange er das Programm absolvierte, brachte er die anderen Gruppenmitglieder auf die Palme, die seine Großmäuligkeit und Wichtigtuerei nicht ertragen konnten. Und er schaffte es sogar, den sanften Henry richtiggehend wütend zu machen, was eine Meisterleistung war. Die Krankenschwestern und anderen Patienten gingen Macklin bewußt aus dem Weg. Maggie, der das nicht möglich war, brachte für die täglichen Sitzungen ungefähr so viel Enthusiasmus auf wie für eine Wurzelbehandlung.

Nach zehn Tagen packte Macklin einfach seine Koffer und verließ das Krankenhaus, ohne sich offiziell abzumelden, ohne sich zu verabschieden. Der Mann hatte keine Manieren, keine Umgangsformen, nichts. Aber niemand im East End weinte diesem Großkotz eine Träne nach.

Langsam die müden Glieder reckend, wünschte Maggie sich, nie von diesem Mann gehört zu haben. Obwohl er vor sechs Monaten aus ihrem Leben verschwunden und mittlerweile auch noch gestorben war, bestimmte er im Augenblick ihre Zukunft. Wann hörte das endlich auf?

Und hörte es überhaupt auf?

Sie war bereit, alles daran zu setzen, dieses Durcheinander zu entwirren und zu Ende zu bringen. Vier Uhr. Zeit, die Tochter des Detectives anzurufen und selbst etwas herumzuschnüffeln.

37. KAPITEL

Pochende Kopfschmerzen. Zum Zerreißen angespannte Nerven. Zu wenig Schlaf, zuviel Kaffee. Aufreibende Sorgen, die sich nicht beiseite schieben ließen.

Die ersten zwei Punkte waren perfekt von der Hand gegangen.

Der nächste stand kurz vor der Vollendung. Der Plan mußte eingehalten werden, wie im voraus berechnet.

Die Taxifahrt verstärkte die innere Unruhe. Das Checker-Taxi hatte keine Stoßdämpfer und knallharte Sitze. Der Mann hinter dem Steuer drückte voll auf die Tube. In regelmäßigen Abständen drang unverständliches Gemurmel aus dem Lautsprecher des Funkgerätes, woraufhin der Taxifahrer das Mikrofon an die aufgesprungenen Lippen hielt und in ein befremdliches Kauderwelsch verfiel.

Diese schreckliche Stadt war im Winter schon unerträglich genug. Im Sommer war die verpestete Luft ozongeschwängert, und die gnadenlose Hitze brachte die gequälte Bevölkerung auf den Siedepunkt. Das Taxi schob sich an Horden von schwitzenden Menschen vorbei. Mit zusammengekniffenen Augen und grimmigen Mienen hetzten die Passanten über die Bürgersteige. Selbst die kleinen Kinder wirkten angespannt und müde. Es war scheußlich, zu diesem Ameisenhaufen zu gehören. Wie wunderbar, daß es diesen besonderen Ort gab, der friedlich und ruhig war. Aber erst wenn die Arbeit getan, die Ernte eingefahren war, konnte man sich dorthin zurückziehen.

Das Taxi hielt vor dem Geschäft. Die Tür quietschte beim Öffnen. Die notwendigen Bewegungen hatten ein stummes, metallisch klingendes Echo. Steig aus. Atme. Inhaliere die umherwandelnden Dämonen.

Nichts kann sich dir in den Weg stellen. Alles muß bis ins letzte Detail, bis auf die Sekunde geplant sein. Und alles muß perfekt sein, von Anfang bis Ende.

Die nächste Stunde stand für die letzten Details zur Verfügung. Zuerst mußten die wichtigsten Dinge eingekauft und dann gleich wieder ein Taxi gerufen werden. Warten auf einen gelben Wagen mit Freizeichen. Den Arm zum Winken heben. Unter Mühe ein Lächeln auf die Lippen zaubern.

Aber das Ende nahte. Noch ein paar Tage mußte der Schein gewahrt werden, und dann war die Zeit gekommen, der Beerdigung dieser Hexe beizuwohnen.

38. KAPITEL

Maggie fiel seine Unsicherheit sofort auf. Der Blick des Privatdetektivs wirkte bekümmert, und seine Muskeln waren angespannt. Sein Kiefer bewegte sich so energisch, als kaue er auf Steinen herum.

Nichts von dem, was sie ihm anvertraut hatte, zeigte eine Wirkung. Diesen Mann würde sie nicht davon überzeugen können, daß seiner Tochter nichts fehlte, was auch immer sie sagte. Er vertraute nur auf sein Gefühl, alles andere fegte er heftig gestikulierend beiseite. Falls ihm wirklich daran lag, seine Besorgnis abzubauen, mußte er einen langen und steinigen Weg gehen und erst einmal gründlich mit sich selbst ins Gericht gehen.

Als er vor zwei Stunden unangemeldet und unerwartet vor ihrer Haustür aufgetaucht war, hatte Maggie – milde gesagt – ziemlich verschnupft reagiert. Aber als ihr auffiel, wie besorgt und beunruhigt er war, verzieh sie ihm den Überfall.

Jetzt saß er mit gefalteten Händen auf ihrem Wohnzimmersofa und redete sich seine Sorgen von der Seele.

»Sie begreifen nicht. Chloe ist sehr intelligent. Sie ist clever genug, um Ihnen das zu sagen, was Sie ihrer Meinung nach hören wollen.«

»Aber so ist es nicht gewesen, Detective.«

»Wie können Sie sich nur so verdammt sicher sein?« brachte er energisch hervor.

Maggie antwortete nicht gleich. »Seit einer guten Stunde dreht unser Gespräch sich im Kreis. Ich meine nicht, daß Chloe ernste psychische Probleme hat. Wenn es so wäre, hätte sich ihr Verhalten abrupt geändert. Dann würde sie nicht mehr normal funktionieren. Wenn Sie mit Ihrer Annahme richtig lägen, hätte sie Schlafstörungen. Oder sie würde unter Appetitlosigkeit oder unter anderen psychosomatischen Symptomen leiden. Außerdem wäre sie bestimmt in sich gekehrt oder abwesend und hätte wahrscheinlich einen völlig neuen Freundeskreis. Aber Sie sagen selbst, daß keine der genannten Reaktionen eingetreten ist. Und dann haben Sie mir auch noch erzählt, daß Chloes Mutter der Meinung ist, daß kein Problem vorliegt.«

»Chloes Mutter ist das Problem!«

»Vielleicht. Aber Sie haben sie selbst als liebenden, anteilnehmenden Elternteil skizziert, als jemanden, dem am Wohl ihrer Tochter viel liegt. Glauben Sie allen Ernstes, daß sie die Anzeichen schwerwiegender Probleme leugnen würde, nur um Ihnen eins auszuwischen?«

»Nein.« Bannister schüttelte heftig den Kopf. »Aber Lila hört nicht, worüber ich mit meiner Tochter rede. Und Sie auch nicht.«

»Da haben Sie natürlich recht.«

Geduldig versuchte Maggie, ihm zu erklären, warum er die Unterhaltungen mit seiner Tochter falsch und anders als andere interpretierte. Wann immer er mit seiner Tochter sprach, kamen gewisse Umstände zum Tragen, die ihn die Lage in einem anderen Licht sehen ließen: Wegen der Scheidung empfand er tiefe Schuld, außerdem fühlte er sich unsicher und verängstigt.

»Es ist ganz natürlich, daß Sie sich Sorgen über die möglichen Auswirkungen machen, die Ihre Scheidung auf Ihre Tochter und Ihre Beziehung zu ihr haben könnte. Das Verhältnis zwischen Eltern und Kind ist sehr eng und außerordentlich kompliziert. Eine tiefgreifende Veränderung, wie zum Beispiel eine Scheidung, kann eine enge Beziehung selbstverständlich verändern. Es wird eine gehörige Anstrengung von Ihrer Seite erfordern, bis Sie Ihre eigenen Befürchtungen und Sorgen von den Gefühlen Ihrer Tochter unterscheiden können, Mr. Bannister.«

»Nennen Sie mich bitte Sam, ja? Diese formelle Anrede kommt mir lächerlich vor, zumal ich mich bis auf die Unterhosen vor Ihnen entblöße.«

»Welch interessanter Vergleich.«

»Hören Sie! Ich bin Ihnen dankbar dafür, daß Sie mit Chloe sprechen. Und es freut mich, daß sie Ihrer Einschätzung nach keine größeren Probleme hat, ob ich Ihnen das nun abkaufe oder nicht. Aber wenn Sie mit dem Gedanken spielen, mich zu behandeln, dann verschwenden Sie Ihre Zeit. Ich bin ein harter Brocken, falls Ihnen das inzwischen noch nicht aufgefallen sein sollte.«

Maggie unterdrückte ein Grinsen. »Ich behandle Menschen nicht gegen ihren Willen, Sam. Ich schlage nur vor, daß Sie sich über ein paar Dinge klarwerden. Das ist nichts Ungewöhnliches, ein paar Menschen machen das ab und an.«

»Nur ein paar?«

»Ich bin keine Mathematikerin. Und ich bin nicht Ihre Ärztin. Aber wenn Sie Ihre eigenen Probleme auf die Reihe kriegen, werden Sie Chloe gegenüber der Rolle als Vater eher gerecht, das garantiere ich Ihnen.«

»Ist die Werbesendung nun vorbei?«

Maggie störte sich an seiner sturen Miene und zuckte müde mit den Achseln. »Scheint so.«

»Dann wollen wir zum Normalprogramm zurückkehren«, forderte er sie auf.

Bannister zählte nun die Ungereimtheiten auf, die ihm an den Ermittlungen des Gesundheitsministeriums aufgefallen waren. Der Name des Beschwerdeführers und einige andere Fakten waren eindeutig falsch. Seit seinem Besuch bei den Weiders bezweifelte er, daß irgend jemand aus dieser Familie einen Groll gegen Maggie Lyons hegte und sich deshalb berufen fühlte, einen Rachefeldzug gegen sie anzuzetteln.

»Diese Menschen glauben, daß Sie über Wasser gehen können«, sagte Bannister.

»Nur, wenn es unumgänglich ist.« Maggie grinste über das ganze Gesicht. »Dann hatte ich also recht. Jemand aus dem Krankenhaus hat mich angeschwärzt.«

»So sieht es aus. Wer, das ist die Frage.«

»Und warum.«

»Ja«, sagte Bannister. »Aber Sie vergessen, daß diese Fragen nicht leicht zu beantworten sind. Meistens ist es jemand, auf den man nie im Leben kommen würde.«

Er berichtete Maggie, daß Price sich darum bemühte, eine Kopie der Beschwerde zu bekommen. Der genaue Wortlaut verriet ihnen möglicherweise etwas. Und er schloß damit, daß es fürs erste nicht mehr zu tun gab.

»Aber es muß doch eine Möglichkeit geben, herauszufinden, wer dahintersteckt«, sagte Maggie.

»Wir können nicht alle Angestellten vom East End verhören. Und selbst wenn das ginge, glaube ich nicht, daß sich der Betreffende verplappert. Es dürfte Ihnen doch klar sein, daß der Betreffende, der die Sache eingefädelt hat, um jeden Preis anonym bleiben wollte, sonst hätte er bestimmt keinen falschen Namen angegeben.«

Maggie schwieg eine Weile. »Mir kommt es vor, als müßte ich neuerdings Schattenboxen, nur daß in meinem Fall der Schatten im Vorteil ist. Ich muß unbedingt etwas dagegen unternehmen.«

»Warum erstellen Sie nicht eine Liste mit Ihren fünf Hauptverdächtigen?« schlug Bannister vor. »Dann kann ich mir diese Leute vorknöpfen und ihnen so lange Daumenschrauben anlegen, bis einer ›hier‹ schreit.«

»Kein Problem.« Mit deutlich spürbarem Ingrimm notierte Maggie die Kandidaten: Francis Kennedy, Drew Paulson, Alex Ivy und zwei Psychiater aus ihrer Abteilung, die auf ihren Posten als Leiterin der Phobien-Klinik scharf waren. Stirnrunzelnd reichte sie ihm die Liste.

»Brauchen Sie nicht mehr Zeit?« fragte Bannister.

»Nein. In den vergangenen Tagen habe ich über nichts anderes nachgedacht.«

Die Unterhaltung wandte sich dann Theodore Macklin zu. Maggie erzählte der Reihe nach von den Sitzungen mit diesem Patienten. Sie beschrieb Macklins soziales Verhalten, ein paar dunkle Punkte in seiner Vergangenheit und einige beunruhigende Facetten seiner Persönlichkeit.

»Wenn man Ihren Verdacht zugrunde legt und diesen Mann aus einem bestimmten Blickwinkel analysiert, kommt man zu dem Ergebnis, daß Macklin über einige Attribute des klassischen Psychopathen verfügt«, erläuterte Maggie. »Es würde mich nicht überraschen, wenn jemand mit seinem Profil gewalttätig und kriminell handelt.«

»Leider reicht das nicht.« Bannister blickte finster zu Boden. Er brauchte hieb- und stichfeste Beweise. Unumstößliche Fakten. Am liebsten wäre es ihm gewesen, wenn dieser Mistkerl während der Therapie die Vergewaltigung von Martha Rafferty gestanden hätte.

Maggie forstete noch mal ihre Erinnerungen durch. »Nein, tut mir leid, darüber hat er nichts gesagt.«

»Wirklich nicht?«

»Sie können mir glauben. An so etwas würde ich mich erinnern.«

»Sie würden sich an ein richtiges Geständnis erinnern. Aber vielleicht ist er subtiler vorgegangen. Vielleicht hat er Ihnen eine verschlüsselte Botschaft übermittelt. In einem Traum, den er beschrieb. Denken Sie nach, Doktor. Bitte.«

Bei diesem Stichwort fiel ihr nur ihr eigener Alptraum wieder ein. Sie ritt auf dem Rücken eines Adlers. Und wiederholte die Worte: *Faules Mädchen.* Faules Mädchen?

Es dauerte eine Minute, bis sie wieder klar denken konnte. Aber wie sehr sie sich auch bemühte, es fiel ihr nichts Neues ein, das Sam weitergeholfen hätte.

»Tut mir leid.«

»Verdammt. Warum ist denn nie etwas einfach?«

»Meine Mutter würde antworten: Weil die Welt dunkel und böse ist.«

Bannister mußte über ihre Antwort lachen. »Ihre Mutter scheint meiner ganz ähnlich zu sein – unmöglich.«

Sein Lachen steckte an. »Bestimmt nicht. Normalerweise liegt mir wenig daran, mich in den Vordergrund zu spielen, aber ich gebe Ihnen mein Wort, daß meine Mutter in dieser Hinsicht einzigartig ist.«

Maggie blickte dem Detective in die Augen. Was sie darin sah, veranlaßte sie, den Blick abzuwenden und das Thema zu wechseln. Unter anderen Umständen hätte ihr sein offenkundiges Interesse geschmeichelt, aber unter anderen Umständen konnte sie auch atmen und schlucken.

»Na, das wäre es dann wohl für heute«, sagte sie und stand auf.

Bannister warf einen Blick auf seine Uhr. »Ich bin hungrig. Möchten Sie mit mir essen gehen?«

»Tut mir leid. Heute paßt es mir nicht.«

»Und was ist mit morgen?«

»Da bin ich auch beschäftigt. Aber trotzdem vielen Dank.«

Bannister runzelte die Stirn. »Der Assistenzarzt?«

»Um ehrlich zu sein, ja. Woher wußten Sie das?«

»Unwichtig.« Er machte sich auf den Weg, blieb aber neben der Küchentür noch einmal stehen. »Da ist noch etwas.«

Bannister erzählte von dem Streit zwischen Gail Weider und jemandem aus dem East End, dessen Namen er nicht in Erfahrung gebracht hatte. Dieser Streit war der Grund dafür gewesen, daß Gail sich in den letzten Monaten vom Krankenhaus ferngehalten hatte. Gails Schwester hatte berichtet, daß sie von einem geheimnisvollen Mann beleidigt worden war, der laut Gails Aussage nicht mal Medizin studiert hatte.

»Was wissen Sie darüber?«

Maggie wußte nichts. »Ich hatte keine Ahnung, warum Gail nicht mehr kam. Eigentlich dachte ich, ich hätte mir etwas zuschulden kommen lassen.«

»Nach dem, was ich gehört habe, lag es nicht an Ihnen.«

Bannisters Blick fiel auf den Keksteller auf der Küchentheke. Da Maggie einladend nickte, nahm er sich eine Handvoll.

»Das ist seltsam«, rätselte Maggie. »Ich kann mir nicht vorstellen, daß eine so freundliche Person wie Gail mit jemandem Streit gekriegt haben soll. Mir ist jedenfalls nichts zu Ohren gekommen, obwohl im East End viel getratscht wird. Wenn jemand im zweiten Stock niest, wünscht einer im vierzehnten ›Gesundheit‹.«

»Und warum wurde diesmal nichts weitererzählt?«

Maggie antwortete nicht. Gedankenverloren blickte sie zum Fenster hinaus und fragte sich insgeheim, wann der Ärger endlich vorbei sein würde.

39. KAPITEL

Die tiefgreifende Verwirrung von Sam Bannister hielt die ganze nächste Stunde an. Abwesend marschierte er durch die Straßen New Yorks.

Jemand hatte seine Spielkarten durcheinandergebracht, und nun konnte er die Trumpfkarten nicht mehr von den Jokern unterscheiden. Ob richtig oder falsch, bisher hatte er immer instinktiv gewußt, wie er mit den Karten spielen mußte, die er erwischt hatte. Aber auf einmal funktionierte die Welt nach neuen und ihm unbekannten Regeln, die ihm ein Rätsel blieben.

Er zerbrach sich den Kopf und versuchte sich einen Reim auf die Veränderungen zu machen. Sauber war schmutzig. Schuldig stand für unschuldig. Oben war unten. Chloes Probleme waren nicht real, sondern existierten allein in seinem Kopf. Lila war der verständnisvolle Elternteil.

Und ihn beschlichen noch ganz andere Vorstellungen. Eine Psychologin mit smaragdgrünen Augen wollte ihm einfach nicht aus dem Kopf. Die Frau war klug, verfügte über einen schnellen Verstand und eine auf vollen Touren arbeitende Antenne, die jede Lüge, jedes auch noch so winzige Vergehen seismographisch aufzeichnete. All das beeindruckte Sam Bannister tief. Der Inhalt war prima, die Verpackung erstklassig.

Er versuchte, seine Phantasien in den Griff zu bekommen. Maggie Lyons interessierte sich nicht für ihn, das war deutlich. Aus irgendeinem ihm nicht nachvollziehbaren Grund hatte sie ein Techtelmechtel mit diesem verfluchten Assistenzarzt. Dieser langweilige Doktor war ihm gleich beim ersten Blick gewaltig gegen den Strich gegangen.

Aber der Assistenzarzt war nicht sein Problem. Und Maggie auch nicht. Ihm fiel ein, daß er Frauen abgeschworen hatte. Sie brachten nur Probleme. Die Gefahr, mit der falschen etwas anzufangen, war viel zu groß. Und dann gab es kein Zurück mehr. Das dicke Ende war unausweichlich. Was seine Gefühlswelt anbelangte, hatte er auf die harte Tour gelernt, seinem Instinkt nicht mehr zu trauen. Wie oft hatte er sich in die Falsche verliebt und teuer bezahlt. Wenn es ums andere Geschlecht ging, versagte seine Spürnase, und zwar total. Nur mit völliger Abstinenz gelang es ihm, Riesenproblemen aus dem Weg zu gehen.

Er mußte daran denken, wie es mit Lila gelaufen war. Gleich von Anfang an war er ohne Wenn und Aber auf diese Frau abgefahren. Als er endlich wieder zu Verstand kam, mußte er Unterhalt zahlen, Termine arrangieren, um seine Tochter und seinen Besitz zu sehen, und in einer schäbigen Einzimmerwohnung über einem Pizzaladen hausen. Die meisten Leute träumten schwarz-weiß. Seine Träume rochen nach Oregano und Knoblauch.

Bannister lief in Richtung Norden nach Spanisch-Harlem, nicht gerade die richtige Gegend, um sich nach Einbruch der Dunkelheit die Beine zu vertreten. Schließlich meldete sich sein Überlebenstrieb lautstark zu Wort und beschwor ihn, schleunigst umzukehren. Zu seiner Überraschung stellte er fest, daß ihm alles scheißegal war. Heute abend würde ihm niemand Scherereien machen, weil er dazu nicht in der Stimmung war.

Obwohl die Sonne verschwunden war, änderte sich nichts an der brütenden Hitze. Bannister wischte sich die Stirn ab und beschloß, durch einen kleinen, verlassenen Park zu gehen, der zwischen ein entmietetes Wohnhaus und eine kleine Bodega gezwängt war.

Der verdorrte Rasen und die belaubten Äste der Bäume waren in der Dunkelheit kaum zu erkennen. Die wenigen Straßenlaternen, die nicht mit Steinen zerschlagen worden waren, malten gedämpfte Lichtkegel auf den Weg. Fliegen umkreisten einen Mann, der sich am Fuß einer knorrigen Eiche zur Nacht gebettet hatte und den Schlaf der Gerechten schlief. Ein Junge mit einem voll aufgedrehten Gettoblaster, aus dessen Lautsprecher Worte des Hasses und Schwüre der Vergeltung krachten, kreuzte Bannisters Weg.

Lange, nachdem der Junge verschwunden war, hallten die Liedertexte in Bannisters Erinnerung nach, bis das Echo schwächer und durch beängstigende Bilder verdrängt wurde. Bannister sah Theodore Macklins häßliche Fresse im Leichenschauhaus und Gail Weiders Todesanzeige aus der *Times.* Obwohl er die beiden Bilder auseinanderhalten wollte, liefen sie wie feuchte Farbe auf einer Leinwand immer wieder ineinander.

Da muß es eine Verbindung geben, sagte er sich zum hundertsten Mal.

Wie sagte Price immer? *Je mehr Zeit du dir nimmst, desto eher erreichst du dein Ziel.* Und wie ging noch der andere Spruch, den sein Partner dauernd von sich gab? *Du kannst nur das finden, was vorhanden ist.* Die Wahrheit ist zu groß, als daß man sie ignorieren oder ihr aus dem Weg gehen könnte. Egal, wie man es anstellt, man kommt immer dahin, wo man hinkommen muß, selbst wenn man zahllose Umwege geht.

Warum war ihm das nicht schon eher aufgefallen?

Bannisters Verstand arbeitete auf Hochtouren. Sein Herz pochte rasend schnell, und sein Mund war staubtrocken. Er mußte auf der Stelle in ihr schäbiges Loch zurückkehren und sich mit Price besprechen.

Kurzentschlossen machte er auf dem Absatz kehrt und stieß beinah mit einem finster aussehenden Hispano-Jugendlichen zusammen. Der Junge hatte schlechte Zähne, aufgetürmtes Haar und einen fetten, silbernen Ohrring. Er trug eine Flickenlederweste auf dem nackten Oberkörper, der mit blauen Flecken und blutverkrusteten Kratzern überzogen war.

»Paß auf, Arschloch«, knurrte er.

Der Junge hatte einen fiesen, herausfordernden Blick drauf. Normalerweise reagierte Bannister auf derlei Anzeichen, aber heute blieb er stur.

»Was glaubst du, wen du hier Arschloch nennen kannst, Arschloch?«

»Das reicht, Mann. Jetzt bist du dran.«

Bannister betrachtete den Jungen spöttisch und lachte. An dem Kerl war alles durchgestylt. Ein wandelnder Trend. Das mattschwarze Leder paßte blendend zu den Augen. Die abstehenden Haare und der Silberdorn im Ohr paßten zu der Messerklinge.

Laut knurrend und mit beachtlicher Schnelligkeit zog der Jugendliche sein Messer, stürzte sich auf Bannister und stach zu. Die Bewegung kam dem Detective wie ein kokettes Zwinkern vor. Fast wie ein Flirt, nur daß der Punk überhaupt nicht sein Typ war.

Bannister packte den Kerl am Handgelenk, drehte die Klinge weg und wirbelte ihn herum. Dann nahm er ihn in den Schwitzkasten und drückte ihm mit dem Unterarm die Luftröhre zu.

Der Mistkerl machte Geräusche wie ein verstopfter Ausguß. Bannister atmete tief durch und widmete sich gleich wieder seinem Gegenüber. Der Hispano war gut zehn Zentimeter größer als er. Hatte einen harten, durchtrainierten Körper und bewegte sich anmutig wie eine Gazelle. In den Adern des Punks kochte das Blut hoch. Gleichzeitig wirkte er so aufgekratzt wie ein Junkie. Sein Angstschweiß stank zum Himmel. Nadeleinstiche zogen sich wie nasse Regenwürmer an den Innenseiten seiner Unterarme hoch. Der Kerl war ein wandelnder Müllhaufen.

»Hast du einen Namen?« wollte Bannister wissen.

»Laß mich los, Mann. Scheiße, ich kriege keine Luft mehr.«

»Das ist ein Schritt in die richtige Richtung.«

»He! Du erwürgst mich. Bist du plemplem, oder was ist mit dir?«

Sein Geisteszustand mochte tatsächlich fragwürdig sein, aber Bannister stand der Sinn nicht nach einer Diskussion über dieses Thema. Ihm tat sein Bauch höllisch weh. Außerdem hatte der Mistkerl eine Lektion verdient, und es war schon eine Zeit her, seit er in die Rolle des Lehrers geschlüpft war.

Den Jungen im Schwitzkasten haltend, schlitzte der Detective mit dem Messer die ausgebeulte Lederwestentasche auf, in der eine Brieftasche verstaut war. Nach einer kurzen Durchsuchung fand er, wonach er suchte.

In einem ungrazilen Tänzchen manövrierte Bannister den Jungen zu einem Münzfernsprecher hinüber. Diesmal hatte er Glück im Unglück, denn das Ding funktionierte. Zuerst rief er das örtliche Polizeirevier an und verlangte einen Streifenwagen. Aber erst sein zweiter Anruf lehrte den Jugendlichen wirklich das Fürchten.

»He. Tu das nicht, Mann, du hast keine Ahnung!«

Bannister lächelte vielsagend. »Oh, doch, Ernesto, ich weiß Bescheid. Ich weiß ganz genau Bescheid. Es klingelt, Ernesto. Gleich wird jemand abnehmen.«

»Nein, Mann. Lassen Sie den Mist!«

Der Punk wollte sich aus der Umklammerung befreien und wand sich wie ein wildgewordener Esel. Aber Bannister hatte ihn fest im Griff. Stumm dankte er Señor Feldman, seinem High School-Spanischlehrer, der im Unterricht großen Wert auf Sprachübungen gelegt hatte. Selbst nach all den Jahren hatte er keine Mühe, die richtigen Worte zu finden.

»Hola. Señora Nunez? Policia aqui. Tengo su hijo.«

Während sich am anderen Ende der Leitung ein Gewitter zusammenbraute, spürte er, wie der Junge weich wurde.

»Scheiße, Mann. Warum mußten Sie denn ausgerechnet meine alte Dame anrufen?«

»Weil ich sicher war, daß sie sich deinetwegen Sorgen macht, Ernesto. Um ehrlich zu sein, sie klang sehr besorgt.«

»Die Frau hat ein Temperament, das einen das Fürchten lehren kann. Die wird mir den Kopf abreißen.«

Bannister bemerkte die näher kommenden Scheinwerfer. »Vielleicht, aber sie wird warten müssen, bis sie drankommt.«

Er wartete, bis der Streifenwagen nah genug dran war und die Straße versperrte, bevor er den jugendlichen Punk losließ. Selbst wenn die Bullen ihn nicht einsperrten, würde wenigstens Mamacita dafür sorgen, daß Ernesto nicht seiner gerechten Strafe entging. Bannister hatte weder Zeit noch Lust, ihn aufs Polizeirevier zu begleiten und Anzeige zu erstatten. Er hatte auch ohne den Punk schon genug Probleme.

Genüßlich beobachtete er, wie die Polizisten Ernesto Handschellen anlegten, ihn auf die Rückbank setzten und mit heulenden Sirenen davonfuhren. Die Schmerzen an seinem Bauch wurden stärker.

Sein Hemd war aufgeschlitzt. Der Blutfleck wurde langsam größer. Leise aufstöhnend zupfte er den Stoff beiseite und inspizierte die blutende Wunde.

Er hatte doch nur etwas Genugtuung gewollt. Aber so, wie es aussah, hatte der gute Ernesto auch einen Stich gemacht.

40. KAPITEL

Sie konnte nicht schlafen. Flirrende Funken tanzten in der Luft. Daisy wußte nicht, was mit ihr geschah. Der Zustand, in dem sie sich jetzt befand, hatte keine Ähnlichkeit mit jenen Anfällen von Angst, an die sie sich in all den Jahren gewöhnt hatte. Sie hatte das Gefühl, unter Strom zu stehen, ein Hochspannungskabel zu sein. Glühend und verführerisch. Exotisch. Gefahr lauerte lockend hinter durchsichtigen Schleiern.

Sonderbar.

Daisy starrte an die Decke. Vielleicht hatte sie etwas Falsches gegessen. Oder vielleicht lag es daran, daß sie solche Unmengen in sich hineingestopft hatte. In den letzten drei Tagen hatte sie einen ungewöhnlichen Appetit verspürt, der kaum zu stillen gewesen war. Bis jetzt hatte sie aus Notwendigkeit gegessen, rein mechanisch, aber seit neustem war sie permanent hungrig. Zwischen den Mahlzeiten pilgerte sie zum Kühlschrank auf dem Flur neben dem Schwesternzimmer. Und sie bestellte jedes Gericht auf der Karte. Doppelte Portionen von allem, was Kohlehydrate hatte und süß war. Und trotzdem wartete sie gierig auf den Keksteller, den sie jeden Nachmittag auf ihrem Nachttisch vorfand. Zusammen mit einer Notiz von ihrem nicht ganz so geheimen Verehrer.

Anfänglich hatten seine Aufmerksamkeiten sie verwirrt, weil sie nicht wußte, wie sie darauf reagieren sollte. Der Gedanke, soviel Zuwendung zu erfahren, befremdete sie. Aber inzwischen erwartete sie die Aufmerksamkeiten, ja, sie rechnete sogar mit ihnen. Er war ja ein so netter Mensch. Genau der Typ, von dem man hoffte, daß er im sozialen Bereich tätig war. Die Komplimente und Geschenke, die er ihr machte, kamen ihr nicht mehr komisch vor. Im Gegenteil, sie freute sich darüber.

Merkwürdigerweise nahm sie nicht an Gewicht zu. Es kam ihr eher so vor, als hätte sie ein paar Pfund abgenommen. Sie wußte das, auch ohne sich auf die Waage zu stellen. Ihr Körper war straffer als gewöhnlich, und unter der glatten Haut zeigten sich die Muskeln.

Nicht, daß sie jemals besonderen Wert auf eine gute Figur gelegt hätte. Äußerlichkeiten sind nicht von Bedeutung, wenn einem die Angst der einzige zuverlässige Kamerad ist. Andererseits war es eine angenehme Abwechslung, daß sie sich in ihrer Haut wohlfühlte.

Wenn sie sich im Spiegel betrachtete, sah sie ihre Wangenknochen deutlich hervorteten. Das wabbelige Fleisch unter dem Kinn war verschwunden. Ihre Brüste fühlten sich fester an als früher, die Hüften waren schmaler geworden, und ihre Rippen zeichneten sich ab. Der Bauch zwischen den Beckenknochen war flach wie ein Teller.

Wo waren die Fettschichten an ihren Schenkeln geblieben? Früher hatte sie sich immer mit einem aufgedunsenen Marshmallow verglichen. Wo steckte die alte Daisy Tyler, die schon vor Ewigkeiten ihre Jugend hinter sich gelassen hatte?

Vielleicht lag es am Wasser, das hier im Krankenhaus aus den Hähnen kam. Oder am Weichspülmittel, durch das die Wäsche gezogen wurde. Sie war einem Jungbrunnen entstiegen. Oder war sie inzwischen vielleicht noch verrückter als vor ihrer Einlieferung? Gott hab Erbarmen!

Nein, das war zu weit hergeholt. Überhaupt, was bedeutete es schon, verrückt zu sein, und was war so schlimm daran? In den letzten Tagen hatte sie wiederholt ihr Zimmer verlassen, um die anderen Patienten dieser Abteilung zu beobachten. Ihrer Meinung nach unterschieden sie sich kaum von den sogenannten normalen Bürgern. Wie hatte ihre Mutter immer gesagt? *Wenn es dich nicht stört, dann zählt es auch nicht.* Ja, sie hatte völlig recht.

Daisy stieg aus dem Bett und ging ins Bad, schloß die Tür hinter sich und schaltete das kalte Neonlicht ein. Dann stellte sie sich dicht vor den Badezimmerspiegel und musterte sich kritisch.

Welch offensichtliche Verbesserung! Ihr Teint hatte einen wunderschönen Ton angenommen, ihre Augen funkelten und glänzten. Bildete sie sich das nur ein, oder waren ihre Falten tatsächlich zurückgegangen? Früher hatte ein dichtes Netz aus Furchen ihr Gesicht überzogen. Wo waren die tiefen Kerben, die von den Nasenflügeln zu den Mundwinkeln hinunterliefen? Und wo die Krähenfüßchen, die ihre Augen eingerahmt hatten?

»Was geht hier vor, Daisy Erin Tyler? Hast du dich nicht von Grund auf verändert?«

Sowohl die Worte als auch der Klang ihrer Stimme brachten sie zum Lachen. Unbewußt hatte sie den harten, irischen Dialekt ihres Vaters nachgemacht.

»Zieh dich sofort an, Mädchen. Deine schönsten Sonntagskleider, und dann wollen wir uns schnell auf den Weg machen, damit wir den Anfang vom Gottesdienst nicht verpassen.«

»Nearer my god to thee ...«, sang sie mit voller Stimme im Bad.

»So ist es schon besser, Mädchen. Verkriech dich doch nicht immer in deiner Ecke. Du fürchtest dich vor deinem eigenen Schatten, nicht wahr? Wahrlich, du bringst Schande über deine Familie. Ja, so ist es.«

Ja, Papa. Nein, Papa. Was immer du sagst, Papa.

Daisy schnitt eine Grimasse, um diese Erinnerung zu verscheuchen. Sie konnte nicht fassen, daß sie früher ein eingeschüchtertes, ängstliches Ding gewesen war, das sich nicht auf die Straße getraut hatte. Falls sie jetzt auch verrückt war, dann sollte ihr das nur recht sein.

Wieder im Zimmer, wählte sie den blauen Rock und die weiße Bluse und kleidete sich im Dunkeln an. Die Kleidungsstücke auf nackter Haut zu tragen, den Stoff auf den bloßen Brüsten und

Pobacken zu spüren, hatte etwas Sündiges, Herausforderndes und Wollüstiges an sich. Wie die sanften Fingerspitzen eines Liebhabers strich der Stoff im Gehen über ihre Haut.

»Verrückt wie eine Hornisse bist du, Daisy Erin.«

Darauf kannst du deinen Hintern verwetten, Papa.

Genießerisch strich sie mit den Zehen über den Boden. Weil er sich so wunderbar kalt anfühlte, verzichtete sie auf Perlonstrümpfe und Schuhe und kam sich ungeheuer wagemutig vor.

Sie spähte in den Gang und wartete, bis die Nachtschwester auf ihrem Kontrollgang um die nächste Ecke bog. Sobald die Frau verschwunden war, stahl Daisy sich aus ihrem Zimmer, hastete den Flur hinunter und öffnete die Tür zum Fluchtweg.

Die geriffelten Stufen der Metalltreppe massierten ihre Fußsohlen. Nur zwei Stockwerke bis zum Erdgeschoß. Im Treppenhaus gab es ein gespenstisches Echo. Sie mußte an das Läuten von Kirchenglocken denken, die ihre spontane Aktion lautstark untermalten.

Hört doch! So hört doch! Daisy Tyler sprüht vor Leben! Ja, Daisy Tyler ist heute von den lebenden Toten auferstanden!

Halleluja und ein lautes Amen!

Während sie abwartete, bis der Sicherheitsbeamte seinen Posten neben der Tür verließ, heckte sie einen Schlachtplan aus. Da die Furcht keine Macht mehr über sie hatte, konnte sie überall hingehen. Alles tun und lassen, was ihr gerade in den Sinn kam.

Die unerfüllten Träume eines ganzen Lebens geisterten ihr durch den Kopf. Sie konnte im Rainbow Room tanzen gehen. Im Helmsley Place einen Drink nehmen und hinterher im Lutece zu Abend essen. Sie konnte mit einer Droschke durch den Central Park fahren und bei der Tavern on the Green ein üppiges Dessert verschlingen. Oder sie konnte alles nacheinander machen und noch mehr. Und falls ihr nichts davon gefiel, dann ließ sie es eben bleiben, aber nicht, weil sie Angst davor hatte, sondern weil sie nicht wollte. Vielleicht sollte sie zum Springbrunnen am Rockefeller Center gehen und den Kopf unter den Wasserstrahl halten.

Oder stellten sie das Ding nur um die Weihnachtszeit an? Wen kümmerte das? Wenn sie ihren Kopf unter Wasser halten wollte, dann fand sie bestimmt eine Möglichkeit, das zu tun.

Endlich stand der schwergewichtige Wachmann auf, gähnte, ohne sich die Hand vor den Mund zu halten, und entschwand in Richtung Herrentoilette. Die kalten Kacheln unter den Fußsohlen spürte sie kaum. Wie ein Wirbelwind raste Daisy durch das Foyer und die Drehtür. Als sie draußen auf dem Bürgersteig stand, empfand sie überwältigende Freude. Die Nacht war atemberaubend schön, und die Straßenlaternen auf der Brücke funkelten fröhlich. Beim Anblick der Skyline verschlug es ihr den Atem. Eine leichte Brise linderte die Hitze des Tages.

An der Straßenecke schloß sie die Augen und lauschte den Geräuschen der Großstadt, die ihr so fremd waren. Das Weinen kleiner Kinder, die Gespräche der Menschen, die Motorengeräusche der vorbeifahrenden Wagen, das Quietschen der Busbremsen, all das war neu und aufregend für sie.

Eine verlockende Idee ließ alle anderen Möglichkeiten blaß und langweilig aussehen. Sie stemmte die Hände in die Seiten und lauschte auf ihren inneren Rhythmus. Wie eine Baßtrommel schlug ihr Herz, tief und durchdringend. Und das Blut schoß durch ihre Adern wie der fließende Verkehr außerhalb der Stoßzeiten.

Nichts konnte sie aufhalten. Nichts konnte ihr etwas anhaben. Sie war an einem Punkt angelangt, der jenseits von Vorsicht und Gefahr lag.

Sie bildete sich ein, daß die Menschen voller Bewunderung beiseite traten, um ihr Platz zu machen. Kaum merklich nickend, verließ sie die Ecke. Mit geschlossenen Augen ging sie weiter.

Die furchtlose Daisy Tyler. Die wagemutige Daisy. Welt, nimm dich in acht! Da kommt sie!

Sie war viel zu erstaunt, um sich der lauernden Gefahren bewußt zu sein. Mit beachtlicher Geschwindigkeit kam ein Lastwagen die Straße heruntergebrettert. Der Fahrer sah sie nicht.

»So warte doch, Mädchen. Niemand kann mit dir Schritt halten, Daisy Erin? Deine Unvorsichtigkeit wird dich noch einmal das Leben kosten, laß dir das gesagt sein.«

Geh zur Hölle, Papa. Und komm nicht wieder.

Schritt um Schritt näherte sie sich der verkehrsreichen Straße. Sie war wie die Flut, eine gewaltige, nicht aufzuhaltende Kraft.

Aber sie sollte aufgehalten werden. Der Lastwagen kam näher. Das Unheil war nicht mehr zu verhindern. Zwanzig Meter. Zehn.

Plötzlich griffen fremde Hände nach ihr und zerrten sie auf den Gehweg zurück in Sicherheit.

Der Lastwagen zischte vorbei. Sie konnte noch den Luftzug spüren.

Verwirrt drehte Daisy sich um und blickte Dr. Goldberg in die besorgten Augen. Sein Gesicht war angespannt, und sein Kiefer bewegte sich nervös. »Mein Gott, Daisy. Ist Ihnen auch nichts passiert?«

»Was? Nein, es geht mir gut. Bin nur ein wenig nach draußen gegangen, um frische Luft zu schnappen. Im Krankenhaus war es mir zu heiß.«

Ihr Herz schlug heftig. Gütiger Gott, was hatte sie sich nur gedacht? Warum trieb sie sich halbnackt in der Stadt herum? Barfüßig. War sie inzwischen völlig übergeschnappt? Sie hätte umkommen können!

Der Gedanke ließ sie zittern. Glücklicherweise legte der junge Arzt seinen Arm um ihre Schultern, brachte sie ins East End zurück und rief eine Krankenschwester herbei, die sie ins Bett bringen sollte. Ohne daß Daisy es mitkriegte, ordnete er ein stark wirkendes Schlafmittel an.

Die Schwester kehrte bald darauf zurück, um ihm zu sagen, Miss Tyler liege ruhig und friedlich im Bett und schlafe. Mit einem gekünstelten Lächeln trat Goldberg in Daisys Zimmer.

Und die Patientin schlug die Augen auf.

»Gut. Das ist viel besser!«

Daisy traten Tränen in die Augen. Sie war furchtbar böse auf sich. Verärgert wischte sie die Tränen weg. »Ich weiß nicht, was in mich gefahren ist, Dr. Goldberg. Offenbar habe ich nicht mehr alle Sinne beieinander.«

»Das ist doch nicht wahr«, beruhigte er sie und zog ihr die Decke bis zum Kinn hoch. »Sie wollten sich sicher nur die Hörner abstoßen.«

»Ist das Ihr Ernst? Sie meinen also wirklich, daß ich nicht unzurechnungsfähig bin?«

»Überhaupt nicht. Meiner Meinung nach werden Sie – ehe Sie sich's versehen – soweit sein, kleine Mitternachtsspaziergänge zu unternehmen und sonst noch einiges.«

Daisy atmete erleichtert auf. Dieser junge Mann war unglaublich nett zu ihr. Immer machte er ihr Mut und stand ihr zur Seite, was auch immer geschah. Wenn Dr. Goldberg sagte, daß alles in Ordnung war, dann wollte sie alles daransetzen, ihm zu glauben.

»Ich hoffe von ganzem Herzen, daß Sie recht haben, Dr. Goldberg.«

»Vertrauen Sie mir, Daisy. Schon bald werden Sie Dinge tun, von denen Sie früher nicht mal geträumt haben. Heute abend ist einfach noch etwas zu früh gewesen.«

41. KAPITEL

Price prustete empört. »Du hättest es doch wissen müssen, Sam. Du warst nicht bewaffnet, und da kommt so ein fieser Junkie-Typ auf dich zu. Mit einem Messer. Und dann mußt du dich gegen ihn zur Wehr setzen.«

»Habe ich ja getan, Lenny. Der hätte mich am liebsten aufgeschlitzt.«

»Was hast du eigentlich dort oben zu suchen gehabt? Weißt du nicht, daß man sich in so einer Gegend nachts nicht allein rumtreibt?«

Bannister zuckte mit den Schultern, was ihm aber eine Sekunde später schon leid tat. »Offenbar nicht.«

»Und außerdem hättest du mich anrufen sollen. Ich bin vor Sorge fast krank geworden.«

»Bitte, verzeih mir, Schätzchen. Ich weiß ja, was für empfindliche Nerven du hast, Liebling.«

»Laß die Witze, Sam. Bist du wirklich okay?«

Bannister winkte ab. »War doch nichts. Der Arzt in der Notaufnahme hat mich mit ein paar hundert Stichen wieder zusammengeflickt. Und jetzt bin ich so gut wie neu.«

Prices Stirn war tief gefurcht. »Ruh dich ein wenig aus. Los, mach schon. Du kriegst das Bett.«

»Und was ist mit deinem Rücken?«

»Bei mir ist es der Rücken, bei dir die Vorderseite. Wir sind echt ein Paar. Aber im Augenblick bist du schlimmer dran. Drum kriegst du das Bett. Schlaf gut.«

Der Vorschlag klang verführerisch. Bannister war kaputt. Die tätliche Auseinandersetzung im Park war schlimm genug gewesen. Und dann die Prozedur in der Notaufnahme des East End. Dieser Schuppen verfügte wahrhaftig über alle Annehmlichkeiten, die man von einem guten, modernen Krankenhaus erwartete. Eine schlechtgelaunte Empfangsdame, endloses Warten, einen meterhohen Stapel Formulare, die es auszufüllen galt. Bannister hatte die Wartezeit in netter Gesellschaft verbracht: Im Wartezimmer saß ein Mann mit einer Schußwunde, dazu einer, der sich permanent übergeben mußte, eine kreischende Frau, deren Arm die Form einer Bretze hatte, und ein Kind, das zwei Finger dem Müllzerkleinerer überlassen hatte. Die ganze Zeit hatte er sich bemüht, seine blutende Wunde zu stillen.

Als er endlich als letzter drankam, wurde er von einem hypernervösen Arzt mit unverständlichem Akzent untersucht. Nach Bannisters Einschätzung gehörte der Mann nicht gerade zu denen, die gut mit Nadel und Faden umgehen können. Eine Designerkarriere konnte der Kurpfuscher vergessen. Und dann mußte er sich auch noch einen Vortrag über Bluthochdruck anhören, eine Krankheit, unter der er bis jetzt nicht gelitten hatte und von der er im Moment auch nichts wissen wollte.

»Na gut, Lenny. Ich werde das Bett nehmen. Aber zuerst müssen wir uns noch über ein ernstes Thema unterhalten.«

Bannister plauderte über die Theorie, die er sich kurz vor Ernestos Überfall im Park gebildet hatte. Er und Price hatten sich bisher nur für Theodore Macklins Leben und kriminelle Machenschaften interessiert. Selbst als sie von Gail Weiders überraschendem Tod erfuhren, hatten sie nie einen Gedanken daran verloren, ob und inwieweit die beiden Verstorbenen etwas miteinander zu tun gehabt hatten. Für sie war das reiner Zufall gewesen. Aber nachdem Bannister erfahren hatte, daß die Frau sich heftig mit jemandem im Krankenhaus gestritten hatte, sah er die Sache in einem anderen Licht.

»Nehmen wir mal an, daß irgendein Verrückter durchgedreht ist und sie dann ermordet hat, Lenny. Wäre doch gut möglich, daß Macklin, ein Charmeur vor dem Herrn, damals, als er im East End die Therapie machte, auch diesen Wahnsinnigen kennengelernt hat.«

Price blickte ihn voller Erwartung an. »Und?«

»Und nichts. Reicht das nicht? Hast du überhaupt zugehört, was ich gesagt habe? Vielleicht haben wir es hier mit einem Doppelmord zu tun. Und falls jemand im East End eine Vorliebe dafür hat, Differenzen mit seinen Mitmenschen auf die Weise zu lösen, daß er die Leute von Brücken wirft und von der Straße abbringt, dann wäre es, verflucht nochmal besser, wenn wir herausfinden, wer das ist, und ihm einen Riegel vorschieben.«

Price schüttelte den Kopf. »Meinst du, ich bin mir darüber nicht im klaren, Sammy? Womit habe ich deiner Meinung nach die letzten acht Stunden zugebracht?«

»Dir ist also auch dieser Verdacht gekommen, und du hast dich gleich darum gekümmert?«

»Ich glaubte, du wüßtest das. Schon als du den Tod dieser anderen Patientin und die Ermittlung des Gesundheitsamtes erwähnt hast, habe ich dir doch gesagt, daß ich neugierig bin.«

Bannisters eigene Neugier war viel zu stark, als daß er sich jetzt auf eine Diskussion eingelassen hätte. »Na, dann rück mal mit der Sprache raus. Was hast du in Erfahrung gebracht?«

Zuerst hatte Price die Angelegenheit mit seinem Kumpel Joey McKenna, der als Detective für die Staatsanwaltschaft arbeitete, durchgesprochen. McKenna fand die Theorie einigermaßen glaubwürdig. Aber er bestätigte auch Prices Verdacht, daß aufgrund der momentanen Finanzengpässe die offiziellen Stellen sich nur dann einschalten würden, wenn stichhaltige Beweise vorlagen.

»Und Joey hat recht, Sam. Im Augenblick wissen wir nicht mal, ob es sich bei Macklins und Weiders Tod um Mord, Unfälle oder Selbsttötung handelt. Natürlich springen die Burschen von der Staatsanwaltschaft aber gern auf, wenn wir ein solides Fundament hinstellen.«

»Und wie viele Leichen brauchen wir, um eine Plattform zu zimmern, die solide genug ist?«

»Hoffentlich keine weiteren mehr.«

Price hatte nach dem Telefonat mit McKenna allerdings nicht die Flinte ins Korn geworfen. Er zog die richtigen Fäden, kam so an Kopien der Autopsieberichte und faxte diese einer Freundin, die als Toxikologin für einen Manhattaner Coroner arbeitete. Diese Freundin wiederum hatte eingewilligt, gleich am nächsten Morgen die Berichte eingehend zu studieren.

»Ich dachte mir, daß Doc Lepczek vielleicht auf etwas stößt, was die beiden Todesfälle verbindet, falls solch eine Verbindung existiert.«

»Gute Idee.«

»Und ich habe mir eine Liste von Dr. Lyons Patienten besorgt. Meiner Meinung nach macht es Sinn, daß wir alle überprüfen und uns vergewissern, daß keiner von ihnen als nächster dran ist. Falls uns das gelingen sollte.«

Bannister wurde mürrisch. »Ich habe dir schon mal gesagt, daß Maggie Lyons nichts damit zu tun hat, Lenny. Du kennst sie zwar nicht, aber sie ist bestimmt keine Mörderin. Darauf würde ich mein Leben verwetten.«

»Ich sage ja nur, daß Vorsicht die Mutter der Porzellankiste ist, das ist alles. Einmal abgesehen von Maggie Lyons, kümmern sich doch unter aller Garantie noch andere Ärzte um ihre Patienten. Und da will ich sichergehen.«

Bannister preßte die Lippen zusammen. »Nun gut. Das ist fair. Aber jetzt sollten wir uns besser aufs Ohr hauen. Sieht so aus, als hätten wir morgen einen hektischen Tag vor uns.«

Price machte es sich auf der Couch bequem, und mit dröhnendem Kopf und müden Gliedern legte Bannister sich ins Bett. In nur wenigen Stunden würde die Welt erneut erwachen, und dann konnten sie versuchen, herauszufinden, womit sie es eigentlich zu tun hatten.

Selbstmorde? Serienmorde? Bizarre Zufälle? Oder hing das alles irgendwie zusammen?

Hör auf, Bannister. Wenn du nicht wenigstens ein bißchen Schlaf kriegst, dann wirst du morgen früh wieder richtig beschissen aussehen.

Er versuchte, seinen Kopf abzuschalten. Als das nicht funktionierte, bemühte er sich, auf angenehmere Gedanken zu kommen. Aber auf jedem Kanal dieselbe Grütze. Zuerst sah er Ernesto mit dem Messer in der Hand. Dann Macklin mit der hübschen, jungen Martha Rafferty. An jeder Straßenecke lauerte ein verrückter Killer und wartete nur darauf zuzuschlagen.

Schafe zu zählen, das war etwas für Bauerntölpel. Der Stadtmensch Bannister lag ruhelos im Bett und zählte Leichen.

42. KAPITEL

Doppelprogramm.

Zweimal in dieser Nacht schreckte Maggie aus dem Schlaf auf. Der Fenstertraum ließ sie einfach nicht in Ruhe. Sie flog auf dem Rücken des Adlers. Verlor den Halt und fiel. Große Kreise beschreibend, näherte sie sich der Erde.

»Faules Mädchen. Faules, faules Mädchen!«

Nein!

Nach dem zweiten Traum hatte sie endgültig die Nase voll und stand unausgeschlafen auf. Irgendwann in nächster Zeit, wenn all ihre anderen Probleme gelöst waren, mußte sie sich von Dr. Grayboys unbedingt einen Termin geben lassen und herauszufinden versuchen, welchen Grund es hatte, daß dieser Traum sie immer wieder quälte. Während ihrer Supervision hatten sie des öfteren über seine unterschwellige Bedeutung gesprochen, aber Maggies Erinnerungsvermögen weigerte sich, das zugrundeliegende Schlüsselerlebnis preiszugeben.

Aber bis sie Dr. Grayboys sprechen konnte, hatte sie noch alle Hände voll zu tun, die gegenwärtige Situation zu ihrem Vorteil zu verändern. Im Augenblick fiel ihr nichts ein, was sie zur Lösung der Schwierigkeiten beitragen konnte. Sam Bannister hatte ihr versprochen, die Person zu finden, die hinter den Anschuldigungen steckte. Und Maggie blieb nichts anderes übrig, als herumzusitzen und zu warten, was bei den Untersuchungen des Detectives herauskam.

Aber geduldiges Warten gehörte nicht gerade zu ihren Lieblingsbeschäftigungen. Zu ihren Stärken schon gar nicht. In Wahrheit haßte sie es über alle Maßen, obwohl sie aus beruflichen Gründen den Eindruck erwecken mußte, ausgesprochen langmütig zu sein. Wenn sie nicht in diesem treibsandartigen Zustand ertrinken wollte, mußte sie sich Ablenkung verschaffen, um die langen Stunden zu überbrücken.

Gähnend zog sie Shorts, T-Shirt und Laufschuhe an. Um sechs Uhr früh war der Himmel über New York von einem rauchigen Silber. Der Horizont glühte orangerot. Die Stimmung in den Straßenschluchten hatte etwas Bedrohliches. Die Ruhe vor dem Sturm.

Mit ausladenden Schritten lief sie die 71. Straße hinunter und über die Brücke in Richtung East River Promenade. An einem Samstagmorgen um sechs Uhr früh begegneten ihr nur vereinzelt Menschen, und die wichen ihrem prüfenden Blick aus. In dieser

Stadt mißtraute jeder jedem. Die Hitze und die bloßliegenden Nerven trugen zur Vergiftung dieses bedrückenden Klimas unter den Menschen noch ihr Scherflein bei und schaukelten das Mißtrauen zu Paranoia hoch.

Maggie, die sich von diesem zwischenmenschlichen Verhalten abgestoßen fühlte, begann damit, alle Passanten freundlich zu grüßen und anzulächeln. Ein Pärchen wich erschrocken zurück, als teile sie Ohrfeigen aus. Aber die meisten reagierten instinktiv, lächelten verhalten und winkten vorsichtig. Ein paar murmelten gar ein leises »Guten Tag« oder »Guten Morgen«. Ein schwitzender junger Mann mit Stirnband blieb stehen und beklagte sich kurz übers Wetter.

Allein dadurch fühlte sie sich auf einmal besser. Auch wenn sie in einem Dschungel lebte, dachte sie nicht im Traum daran, auf allen vieren zu kriechen.

Der Dauerlauf und die erfolgreiche Übung in sozialem Verhalten verliehen Maggie Schwung und Energie. Als sie sich auf dem Heimweg befand, stellte sie erfreut fest, daß Eddie's Market bereits seine Pforten geöffnet hatte. Voller Vorfreude suchte sie ein paar Snacks aus, die sie am Abend zusammen mit frisch gemixten Cocktails ihrem Vater, seiner Freundin und Mitch Goldberg servieren wollte.

Knapp eine Viertelstunde später kam sie mit einer Riesentüte aus dem Laden. Auf dem kurzen Weg zu ihrer Wohnung zerbrach sie sich den Kopf darüber, was sie abends tragen wollte. Da ihre Abendgarderobe aus einem schwarzen und einem roten Kleid bestand, war die Auswahl nicht groß. Beide Kleider waren angenehm zu tragen und paßten zum Anlaß. Leider traf das jedoch nicht auf die Begleitung ihres Vaters zu.

Mit Erstaunen bemerkte Maggie, daß der Portier und der Hausverwalter vor der Eingangstür ihres Wohnhauses herumstanden. Zwar konnte sie nicht verstehen, worüber die beiden Männer sich unterhielten, aber Pete und Joe hatten grimmige Mienen und sprachen mit belegter Stimme. Joe gestikulierte wild wie ein fanatischer Wanderprediger.

Als sie nähertrat, hörte sie, worum es ging. Mickey Glover hatte wieder einmal zugeschlagen.

»Was war es denn diesmal, Joe?« fragte sie neugierig.

»Weil dieser kleine Rotzlöffel gestern abend herumgezündelt hat, tauchte heute morgen überraschend ein Inspektor der hiesigen Feuerpolizei auf. Der Kerl hat mich wirklich auf die Palme gebracht! Hat überall herumgeschnüffelt und zwar solange, bis er was gefunden hat, das er beanstanden konnte. Und jetzt müssen wir den Abstellraum ausräumen«, antwortete Joe und schüttelte entnervt den Kopf.

»Tut mir leid, Joe. Hört sich nach viel Arbeit an.«

Er nickte. »Ich werde alle Bewohner zusammentrommeln müssen und sie bitten, alles auszusortieren, was sie behalten wollen. Ich würde mich ja selbst darum kümmern, aber dazu fehlt mir die Zeit. Falls der Inspektor wieder einläuft, bevor wir den Keller leergeräumt haben, droht uns eine saftige Geldstrafe.«

»Ich habe dort unten nichts stehen«, sagte Maggie.

»Nicht?« Joe zog einen zusammengefalteten Zettel aus der Tasche. »Ich habe auf die Schnelle eine Liste gemacht. Meiner Meinung steht auch von Ihnen was dort unten. Ja. Hier ist es. Es gibt einen Karton mit Ihrem Namen drauf. Vielleicht stammt der noch von Ihren Eltern.«

Maggie folgte Joe die Hintertreppe in das Kellergeschoß hinunter, in dem auch die Waschküche untergebracht war. Der Abstellraum, ein Betonbunker, der mit alten Kinderwagen, ausgemusterten Sportutensilien und zugeschnürten Kartons vollgestopft war, lag ganz hinten am Ende des Flurs.

»Warten Sie hier. Ich denke, ich habe ihn gleich rausgesucht«, schlug Joe vor und zwängte sich in den Raum.

Einen Moment später kam er wieder heraus und reichte Maggie einen Karton, auf dem der Name Lyons stand.

Maggie nahm ihn entgegen und stellte die Einkaufstüte oben drauf.

»Schaffen Sie es allein?« fragte Joe höflich nach.

»Kein Problem.«

Ein paar andere Bewohner tauchten auf, um bei Joe ihre Habseligkeiten abzuholen.

Auf dem Weg nach oben weckte der Karton Maggies Neugier. Nach der Scheidung hatte ihre Mutter eine Säuberungsaktion durchgeführt. Aus dem Apartment wurde alles verbannt, was in irgendeiner Form an Maggies Vater erinnerte. Ihre Mutter verkaufte oder verschenkte die Möbel, die ihr Vater zurückgelassen hatte. Sie packte die Bücher und die Souvenirs von gemeinsamen Reisen zusammen und brachte sie zu dem nächsten Trödler. Aber trotz dieser gründlichen Entsorgungsaktion lauerten die Dämonen der Vergangenheit in der Wohnung. Schließlich verspürte ihre Mutter das dringende Bedürfnis, aus der Wohnung auszuziehen und stellte sie Maggie zur Verfügung.

Seit damals beneidete Maggie ihre Freunde, deren Wohnungen von nostalgischen Erinnerungsstücken übersät waren. Bei ihr gab es keine Fotoalben, vergoldete Babyschuhe und verstaubte Kartons mit kostbaren Schätzen. Manchmal kam sie sich wie eine Schauspielerin auf einer leeren Bühne vor, die ohne Hilfe und Unterstützung agieren muß. Weder ihre Mutter noch ihr Vater sprachen jemals über die Vergangenheit.

Aber auf einmal hielt sie etwas von früher in Händen.

Im Fahrstuhl inspizierte Maggie den Karton gründlich. Er war etwa sechzig zu neunzig Zentimeter groß und von dicker Pappe. Wenn sie ihn schüttelte, hörte sie den Inhalt hin und her rutschen.

Schwer beladen machte sie sich an den Türschlössern zu schaffen. Kaum drinnen, nahm sie den Telefonhörer ab und wählte eine Nummer. Gleich nach dem ersten Klingelzeichen meldete sich Tante Hannah. Als sie hörte, daß Maggie am anderen Ende der Leitung war, veränderte sich ihr Tonfall.

»Ich hoffe, daß du anrufst, um dich zu entschuldigen, Maggie. Deine Mutter ist sehr verletzt.«

»Ist sie da? Ich muß sie etwas fragen.«

»Sie wird nicht mit dir sprechen, es sei denn, du sagst, daß es dir leid tut.«

Maggie mußte sich zusammenreißen. »Würdest du ihr bitte ausrichten, daß ich sie sprechen möchte.«

Hannah legte den Hörer beiseite. Maggie hörte gedämpfte Stimmen und sah die beiden im Geiste vor sich. Eine Unterhaltung zwischen ihrer Mutter und ihrer Tante war alles andere als aufmunternd.

»Fran hat mich gebeten, dir auszurichten, daß sie zu betroffen ist, um mit dir sprechen zu können. Was wolltest du sie denn fragen, Maggie?«

Gütiger Gott, was sollte das nur? Widerwillig erzählte sie ihrer Tante von dem Karton aus dem Abstellraum, aber Hannah hörte nur mit halbem Ohr zu. Im Hintergrund jammerte Francine unablässig.

»Schhht, Fran. Bitte! Nimm es dir nicht so zu Herzen!« Hannah wandte sich wieder an Maggie. »Jetzt ist nicht der richtige Zeitpunkt für derlei belanglose Fragen, Maggie. Du hörst ja, wie schlecht es ihr geht.«

»Aber was ist in der Schachtel?«

»Das kann nicht besonders wichtig sein. Laß es liegen oder sieh es selbst durch. Das liegt ganz bei dir.«

»Na gut.«

Hannah senkte ihre Stimme. »Würde es dich sehr viel Überwindung kosten, dich zu entschuldigen?«

»Nein, aber eine fadenscheinige Entschuldigung ist nicht das, was sie braucht.«

»Was soll das nun wieder heißen? Um ehrlich zu sein, ich weiß nicht, was in dich gefahren ist, Maggie.«

»Vergiß es. Richte Mutter aus, daß sie mich jederzeit anrufen kann. Tust du das für mich?«

»Ja. Aber ich werde erst mit ihr sprechen, wenn sie sich etwas beruhigt hat.«

Als Maggie den Hörer auflegte, mußte sie daran denken, daß ihre Tante vielleicht ewig darauf warten konnte, daß es Francine besserging.

Sie setzte sich auf den Boden und betrachtete den Karton argwöhnisch. Seltsam. Wieso löste der Karton dieses sonderbare Gefühl in ihr aus? Falls etwas Wichtiges oder Privates darin verstaut war, hätten ihre Eltern ihn bestimmt nicht im Keller deponiert.

Mit einem scharfen Küchenmesser schnitt sie die Schnur auf und klappte den staubigen Deckel auf.

Ihr Blick fiel auf eine vergilbte Zeitung, eine Ausgabe der New York Times vom 15. November 1957, die knapp einen Monat nach Maggies zweitem Geburtstag erschienen war.

Darunter lagen ein paar Babysachen: zwei ausgeblichene Windeln, zwei Strickmützen mit dazu passenden Jäckchen, winzige Kimonos und zwei Schlafanzüge mit stoffbezogenen Knöpfen. Die Kleidungsstücke kamen Maggie unglaublich winzig vor. Sie konnte kaum glauben, daß ihre Füße jemals in diese kleinen Schühchen gepaßt hatten, die gerade mal so groß wie ihr Daumen waren. Sie mußte lächeln. Wie klein war sie einmal gewesen, unglaublich. Aber in jedem Menschen steckte etwas von dem kleinen Kind, das er oder sie früher einmal gewesen war. Erinnerungen und Gefühle aus jener Zeit lagen tief in ihr verborgen und lenkten auch heute noch ab und an ihr Handeln. Andererseits war sie auch eine erwachsene, selbstbestimmte Frau, und diese Frau war gespannt, was es in diesem Karton noch zu entdecken gab.

Unter den Kleidern lagen ein paar Kinderspielsachen: Rasseln, Holzwürfel mit aufgemalten Buchstaben, bunte Plastikringe. Mein Gott, wieviel Spielzeug. Und alles war doppelt vorhanden. Das paßte zu ihrer Mutter, die ungemein vorsichtig war und es liebte, auf alle Eventualitäten gerüstet zu sein.

Ganz unten lag noch eine Zeitungsseite. Maggie holte sie heraus. Während sie den Fund sichtete, überlegte sie, was die Sachen ihr früher bedeutet hatten. Aber ein riesiges schwarzes Loch trennte sie von dem kleinen Mädchen, das sie früher einmal gewesen war.

Wie so oft ließ ihre Erinnerung sie im Stich. Langsam legte sie die Spielsachen und Kleidungsstücke in den Karton zurück, klappte den Deckel zu, verschnürte den Karton und stellte ihn in den Schrank im Gästezimmer.

Erst als sie sich die Hände wusch, registrierte sie ihre Enttäuschung. Wie sehr hätte es sie gefreut, in dieser Schachtel ein paar Antworten zu finden. Aber da sie die menschliche Natur so gründlich studiert hatte, fiel es ihr nicht allzuschwer, sich mit der einsetzenden Ernüchterung abzufinden.

Voller Elan beschloß sie, die Wohnung aufzuräumen, um einen guten Eindruck auf die Gäste zu machen, die sie abends erwartete. Energisch schüttelte sie die Sofakissen auf. Sie sammelte die herumliegenden Zeitungen und Journale zusammen und legte sie ordentlich auf einen Stapel, um sie später, wenn sie einmal wieder richtig Zeit hatte, zu lesen. Alles, was uninteressant war, wanderte in den Müll.

Gerade als sie sie in den Mülleimer stecken wollte, fiel ihr Blick auf die Zeitungsseite, die im Flur liegengeblieben war. Auf der Rückseite prangte ein verblichenes Foto, unter das ihre Mutter mit Bleistift ein Datum geschrieben hatte. Darunter lag ein Schnappschuß, der anscheinend aus dem Karton gefallen war.

Und während sie das Foto betrachtete, begriff Maggie auf einmal, daß der Karton doch eine ganze Reihe Antworten für sie bereithielt. Plötzlich gab es eine Erklärung für all die Erinnerungslücken und Ungereimtheiten, die sie plagten, seit sie denken konnte.

Nun wußte sie, was es damit auf sich hatte, aber sie war sich gleichzeitig bewußt, wie schwierig es war, sich dieser neuen Erkenntnis zu stellen.

43. KAPITEL

Die Toxikologin verstaute ihre Brille in der Tasche ihres Laborkittels und faltete nachdenklich die Hände.

»Tut mir leid, Mr. Price. Ich wäre Ihnen gern behilflich, aber ich kann Ihnen nicht geben, was nicht vorhanden ist.«

Price nickte, aber Bannister war nicht bereit, so schnell aufzugeben. »Sie erwähnten doch, daß Sie in beiden Autopsieberichten auf ähnlich sonderbare Eigentümlichkeiten gestoßen sind.«

Imke Lepczek nickte zustimmend. Sie war eine breitschultrige Frau mit seidigem blonden Haar und einem schweren Akzent. Laut Price kannte sich in diesem Metier niemand so gut aus wie sie. Weil ihr alter Freund Lenny sie um einen Gefallen gebeten hatte, hatte sie eingewilligt, ihn und seinen Partner an ihrem freien Tag im Labor auf der 13. Straße, Ecke First Avenue, zu treffen. Hier hatte sie nun die letzten paar Stunden damit zugebracht, die Autopsieergebnisse von Gail Weider und Theodore Macklin durchzulesen und miteinander zu vergleichen.

»Das ist wahr, Mr. Bannister«, antwortete sie. »Beide Blutuntersuchungen ergaben stark erhöhte Werte eines bestimmten Streßhormons und eine leichte Senkung des normalen Endorphinspiegels. Meiner Meinung nach eine ziemlich seltsame Kombination.«

»Inwiefern seltsam?« hakte Bannister nach.

»Normalerweise erwartet man ein Ansteigen beider Faktoren. Diese erhöhten Werte sind bei Patienten mit posttraumatischen Störungen meistens vorhanden.«

Price kratzte sich bedächtig hinterm Ohr. »Macklin und Weider litten beide unter ausgeprägten Phobien. Heißt das, daß man auch bei ihnen mit denselben Symptomen rechnen muß wie bei Patienten mit posttraumatischen Störungen?«

»Absolut«, antwortete die Toxikologin. »Deshalb finde ich diese ungewöhnliche Kombination ja so seltsam. Aber, wie ich schon sagte, das Problem ist, daß ich sie nicht in einem sogenannten Vakuum analysieren kann. Ich bräuchte zusätzliche Daten, um sagen zu können, ob es sich dabei um eine vorübergehende Anormalität handelt oder um einen Indikator für externe Faktoren.«

Price konnte Bannisters Verwirrung nachvollziehen. »Sie will damit sagen, daß sie dies mit Blutproben, die dem lebenden Patienten mehrmals hintereinander abgenommen wurden, vergleichen müßte, um eine Aussage treffen zu können, Sammy. Ohne

Blutproben kann Dr. Lepczek mit diesen Werten nichts anfangen. Die sonderbaren Werte könnten dadurch entstanden sein, daß Weider und Macklin eine Art Droge verabreicht worden ist. Oder es handelt sich tatsächlich um einen Zufall.«

»Du meinst zwei Zufälle«, erwiderte Bannister. »Fällt mir schwer, das zu glauben.«

»Aber trotzdem könnte es so sein. Was, wenn Dr. Lyons ihnen eine Medizin verschrieben hat, die bei beiden Opfern diese Veränderungen hervorgerufen hat?«

»Unmöglich. Maggie würde ihren Patienten keine Droge verabreichen, die ihnen schaden könnte.«

»Immer mit der Ruhe, Sam. Ich beschuldige sie nicht, ich sage nur, daß es vielleicht einen überzeugenden Grund für diese eigenartigen Laborwerte gibt. Oder was meinen Sie, Dr. Lepczek?«

Die Toxikologin runzelte die Stirn. »Möglich wäre es, vermute ich. Aber nur, wenn sie ein neues Mittel ausgegeben hat, das noch in der Versuchsphase ist. Auf dem Arzneimittelmarkt ist mir nichts bekannt, daß einen solchen Effekt hat.«

»Kann ja nicht schaden, Dr. Lyons zu fragen«, schlug Price vor.

»Das werde ich übernehmen, Lenny. Kann ich Ihr Telefon benutzen?« Bannister ging zu Dr. Lepczeks Schreibtisch in dem kleinen Büro nebenan.

»Geh ran, verflucht noch mal! Geh doch bitte ran!« Bannister mußte sich vergewissern, daß Maggie ihren Patienten keine neuen Arzneimittel verschrieben hatte, deren Nebenwirkungen noch unbekannt waren. Den Gedanken, daß sie an diesen Todesfällen Schuld haben könnte, konnte er nicht ertragen. Selbst dann nicht, wenn sie nach bestem Wissen und Gewissen gehandelt haben sollte.

Paß auf, Sammy. Wenn du dich in diese Frau verliebst, fällst du garantiert wieder auf die Nase.

In Maggies Apartment meldete sich niemand. Er hinterließ eine Nachricht auf ihrem Anrufbeantworter und wählte dann die Nummer ihres Büros im Krankenhaus. Ihr Assistent sagte, sie sei heute noch nicht dagewesen und werde auch nicht mehr erwartet. Als Bannister von einem dringenden Notfall sprach, schnalzte der Mann genervt mit der Zunge.

»Für gewöhnlich kann sie über ihren Piepser erreicht werden, aber das versuche ich seit dem frühen Morgen vergeblich. Ist es nicht wie verhext, daß sie gerade jetzt, wo sich diese vielen Notfälle ereignen, nirgendwo erreichbar ist?«

»Warum? Was ist passiert?«

Bannister lauschte aufgeregt dem Bericht des Assistenten. Nachdem er aufgehängt hatte, kehrte er zu Price und der Toxikologin ins Labor zurück.

»Was ist denn, Sammy? Geht es dir nicht gut«, fragte Price, wie immer besorgt.

Bannister erstattete Bericht. Seine Wunde schmerzte aus Sympathie für die neusten Opfer. Am Abend zuvor hatte eine von Maggies Patientinnen barfuß das Krankenhaus verlassen und einen ausgiebigen Spaziergang gemacht. Dabei wäre sie beinah von einem Lastwagen überfahren worden.

Ein anderer Patient, ein Mitglied von Maggies Gruppensitzungen, hatte einen eingezäunten Privathof betreten, in dem drei Kampfhunde eingesperrt waren. Bannister meinte, die scharfen Zähne der Bestien spüren zu können, die ihm das Fleisch von den Knochen gefetzt hatten. Vor Angst schnürte es ihm die Kehle zu. Offenbar hatte Ernesto Nunez ihm nicht nur eine fiese Narbe verpaßt, sondern ihn auch das Fürchten gelehrt. Wahrhaftig, diese Arbeit hatte ihre schönen Momente, aber dieser gehörte gewiß nicht dazu.

»Was ist, Sammy? Jesus, du bist ja ganz grün im Gesicht. Setz dich. Steck den Kopf zwischen die Knie.«

Bannister versuchte, die Übelkeit zu überspielen. »Ich bin in Ordnung. Keine Ahnung, warum mir gerade so komisch ist.«

Jetzt war nicht der richtige Zeitpunkt, schlappzumachen. Sie mußten die Opfer im Krankenhaus besuchen. Vielleicht konnten sie ihnen etwas erzählen, das ihnen weiterhalf. Wenn sie dem Alptraum ein Ende machen wollten, mußten sie schleunigst ein paar Antworten finden.

44. KAPITEL

Maggie bewegte sich wie in Trance. Während der Taxifahrt von ihrer Wohnung zur Grand Central Station nahm sie überhaupt nichts wahr. Vor dem Pan Am-Gebäude änderte sie ihre Meinung und fragte den Fahrer, ob er sie nach Stamford in Connecticut fahren könnte. Als er den Kopf nach hinten drehte, verriet sein Blick, daß er sie für komplett verrückt hielt.

»Kostet Sie hundertundfünfzig Dollar.«

»Geht in Ordnung.«

»Brückengebühren gehen extra.«

»Schon recht.«

Geld hatte für sie im Augenblick keine Bedeutung. Das einzige, was zählte, war, daß sie ihr Ziel so schnell wie möglich erreichen mußte. Jede weitere Komplikation oder Verzögerung würde sie wahrscheinlich tatsächlich in den Wahnsinn treiben. Und außerdem hatte sie schon viel zu lange gewartet. Fast ihr ganzes Leben lang.

Das Radio im Taxi plärrte laut, die Musik war unerträglich, aber Maggie bekam kaum etwas davon mit. Alles erschien ihr banal und unwichtig, selbst die Zeit, die wie im Flug verging. Ehe sie sich's versah, hatten sie den Großteil des Wegs zurückgelegt und nahmen die zweite Stamford-Ausfahrt am Merritt Parkway. Nach Maggies Anweisungen fuhr das Taxi durch ein verwirrendes Netz aus verschlungenen Sträßchen zu Tante Hannahs Haus.

»Soll ich hier abbiegen?« erkundigte sich der Fahrer.

»An der Kirche. Und dann die zweite rechts.«

Der Taxifahrer klammerte sich am Lenkrad fest und schlich bedächtig durch die kleinen Straßen. Maggie hegte den Verdacht, daß er sich vor allem Neuen fürchtete. Ein Gefühl, das Maggie sehr gut verstehen konnte.

Vielleicht verstehe ich in Wirklichkeit gar nichts, schoß es ihr durch den Kopf.

Sie kramte die alte Fotografie heraus und starrte sie minutenlang an. Was sie bedeutete, war unverkennbar, und trotzdem konnte sie nichts damit anfangen. Wieder einmal ließ ihr Erinnerungsvermögen sie im Stich. Die unfaßliche Wahrheit wog zentnerschwer.

Tante Hannah lebte in einem niederländisch anmutenden Häuschen, das perfekt in Schuß gehalten war und durch eine dichte Hecke vor neugierigen Blicken abgeschirmt wurde. Maggie klopfte an die Tür und konnte kurz darauf durch die Butzenglasscheibe erkennen, daß ihre Tante näherkam. Mit über die Augen gehaltener Hand spähte Hannah durch den Insektenschutz nach draußen in den Garten. Es dauerte eine Weile, bis sie ihre Besucherin erkannte.

»Maggie? Bist du das?«

»Ich muß meine Mutter sprechen.«

Hannah schob den Riegel zurück und machte die Fliegentür auf. Als ihr das an der Ecke wartende Taxi auffiel, legte sie die Hand auf den Mund. »Mein Gott. Was ist passiert? Ist jemand gestorben?«

Maggies Mutter kam aus der Küche und trat zögernd in die Halle.

»Das würde ich gern erfahren. Wer war Elizabeth? Und was ist ihr zugestoßen?«

Flink wie ein Wiesel stellte Hannah sich neben ihre Schwester und nahm sie schützend in die Arme. »Schon gut, Fran! Laß mich nur machen!«

»Erzähl es mir, Mom«, befahl Maggie.

»Schhht«, flüsterte Hannah und strich ihrer Schwester übers Haar. »Reg dich bitte nicht auf.«

Maggie packte ihre Mutter am Ellbogen und riß sie von Hannah weg. »Ich will es wissen, Mom. Und ich möchte es aus deinem Mund erfahren.«

Ihre Mutter nickte benommen. »Wie hast du es herausgefunden?«

»Das hier lag in einem Karton im Abstellkeller.«

Maggie zog das alte Foto aus ihrer Brieftasche und legte es ihrer Mutter in die Hand. Eine Zeitlang starrte Francine wortlos darauf. In diesem Augenblick wirkte auch ihre Mutter wie ein regloses Standbild.

Inzwischen hatte sich die Szene auf dem Foto längst in Maggies Erinnerung gebrannt. Auf dem Foto war das Zimmer aus ihrem Alptraum zu sehen. Zwei Betten standen darin, und auf den Betten lagen zwei gleiche Überwürfe, die zu den Gardinen paßten. Und es gab auch den Teppich aus Maggies Traum. Die beiden Kissen auf den Betten kamen in ihrem Traum allerdings nicht vor, sonst hätte Maggie nicht lange Jahre im dunkeln gewartet. Auf eins war »Elizabeth«, auf das andere »Margaret« gestickt.

»Elizabeth war meine Schwester?«

»Deine Zwillingsschwester.«

»Zwillingsschwester?«

Auf dem Gesicht ihrer Mutter spiegelten sich Qual und Verzweiflung. »Ihr saht euch verblüffend ähnlich, man konnte euch kaum auseinanderhalten. Ich gab euch Armbänder, in die eure Namen graviert waren, damit es nicht zu einer Verwechslung kam.

Andererseits wart ihr vom Charakter her so verschieden. Total verschiedene Persönlichkeiten. Du warst die Mutige, Maggie. Immer die erste, wenn es darum ging, etwas Neues auszuprobieren. Dich mußten wir permanent im Auge behalten. Lizzie hingegen war schüchtern und ruhig. Weniger aktiv. Wir haben sie immer geneckt und ›faule Elizabeth‹ genannt.«

Faule Elizabeth. Faules Mädchen.

»Und was ist ihr zugestoßen?« fragte Maggie wütend.

Tante Hannah nahm wieder die Rolle ihres Lebens ein und fungierte als menschliches Schutzschild. Zum ersten Mal jedoch hob Maggies Mutter abwehrend die Hand und kam hinter ihrer Schwester hervor.

»Laß nur, Hannah. Einmal muß es ja ausgesprochen werden. Ich wußte immer, daß es früher oder später so kommen würde.«

Mit zitternder Stimme fuhr ihre Mutter fort. »Dein Vater und ich waren auf eine Dinnerparty eingeladen. Ein geschäftliches Treffen. Normalerweise ließen wir euch bei Tante Hannah und Onkel Bill, wenn wir ausgingen, aber an diesem Wochenende waren sie weggefahren.«

»Zur Hochzeit von Bills Nichte in Philadelphia«, warf Hannah ein.

»Deshalb bestellten wir bei einer Agentur einen Babysitter«, sagte Francine. »Sie schien eine nette junge Frau zu sein. Klug und verantwortungsbewußt. Und sie brachte gute Referenzen mit. Ich habe ihr detaillierte Instruktionen gegeben. Ihr gesagt, wie alles abzulaufen hat. Und natürlich habe ich ihr die Telefonnummer dagelassen, unter der wir zu erreichen waren. Die Dinnerparty fand in einem Hotel in Midtown statt, ein oder zwei Meilen von daheim entfernt. Trotzdem war ich besorgt. Als hätte ich eine Vorahnung gehabt. Dein Vater versicherte mir immer wieder, daß ich neurotisch sei. Und beschwor mich immer wieder, daß ich lernen müsse, Ruhe zu bewahren.«

Plötzlich weinte Maggies Mutter leise. Eine Minute lang ließ sie sich gehen, dann riß sie sich wieder zusammen.

»Während des Essens erhielten wir einen Anruf. Die junge Frau, die auf euch aufpaßte, war völlig hysterisch. Sie konnte kaum sprechen. Sie hatte euch ins Bett gebracht. Nachdem ihr euch still verhieltet, glaubte sie, daß alles in bester Ordnung sei. Sie hörte Radio und dann plötzlich Sirenen auf der Straße vor unserem Haus. Vom Fenster aus sah sie etwas auf der Straße liegen, das wie eine kaputte Puppe aussah. Wie schrecklich, dachte sie. Irgendein Kind muß hinuntergefallen sein. Noch als die Polizei an die Tür klopfte, hatte sie keine Ahnung, daß Elizabeth dort unten auf dem Gehweg lag.«

Maggies Kopf dröhnte. »Warum hast du mir nie etwas darüber erzählt, Mom?«

»Du warst doch noch so klein, als es passierte. Und obwohl du ihr so nahe standest, hörtest du nach ein paar Tagen auf, nach ihr zu fragen. Der Kinderarzt hielt es für das beste, fürs erste Stillschweigen zu bewahren. Wir hatten vor, dir später alles zu erzählen, aber irgendwie schien nie der richtige Zeitpunkt dafür zu kommen.«

»Aber ich habe dir doch schon so oft von meinen Alpträumen erzählt. Darüber, daß Elizabeth in meinem Traum fällt. Und du hast trotz allem jahrelang den Mund gehalten und mich völlig hilflos im dunkeln tappen lassen.«

»Ich konnte einfach nicht. Verstehst du das nicht, Maggie?«

Die Traumbilder drängten gegen den schwarzen Schleier, der schützend die grausamen Erinnerungen verhüllt hatte. Ohne Widerstand ließ sich das Fenster nach oben schieben. Sie stieg hinaus. Kletterte auf den Rücken des Adlers. Und sauste in schwindelerregendem Tempo nach unten.

Aber nicht sie war es, die fiel.

Faules Mädchen.

»Wie ist sie gefallen? Erzähl bitte weiter.« Der vielsagende Blick, den die beiden Schwestern sich zuwarfen, entging Maggie nicht.

»Es handelte sich um einen Unfall. Anscheinend stand das Fenster weit offen, so daß Elizabeth hinausklettern konnte.«

Anscheinend.

Maggie war wie benommen. Die Gedanken schwirrten ihr durch den Kopf, doch es gelang ihr nicht, sie zu ordnen.

Ihre Mutter konnte nicht mehr an sich halten und brach erneut in Tränen aus, aber diesmal gab sie sich der Trauer und Hannahs schützenden Armen hin.

»Sie wollte dich aus allem raushalten und dafür sorgen, daß du unbesorgt und fröhlich aufwächst. Was kann eine Mutter denn sonst noch für ihr Kind tun?« fragte Tante Hannah ihre Nichte mit flehendem, um Verständnis bittendem Blick.

»Nichts«, antwortete Maggie abwesend. »Ich muß nun gehen. Das Taxi wartet.«

Hannah rief ihr mit lauter, bestimmter Stimme eine Erklärung hinterher.

»Es war nicht ihre Schuld, Maggie. Begreifst du denn nicht? Verstehst du denn nicht?«

Maggie zog die Taxitür zu und bat den Fahrer, das Radio lauter zu stellen, weil sie hoffte, daß der Lärm die wiederkehrende Erinnerung auslöschen könnte. Aber das nutzte nichts. Die Fakten ließen sich nicht mehr so einfach leugnen, da halfen auch die banalen Songs nicht.

Maggie verstand sehr wohl. Sie hatte einmal eine Zwillingsschwester gehabt, eine identische andere Hälfte. Und vor langer, langer Zeit hatte ihr der Schalk im Nacken gesessen, und dafür hatte Elizabeth, dieser unschuldige Engel, mit dem Leben bezahlen müssen.

45. KAPITEL

Ordnung war entscheidend. Wenn man alles sorgfältig und bis ins kleinste Detail plante, stellte sich das Glück ganz wie von selbst ein. Wenn man aber – und sei es nur für einen kurzen Augenblick – lasch und unachtsam handelte, blieb eine Tragödie nicht aus. Ja, es bedurfte nur einer winzigen Unaufmerksamkeit, und schon war es um die Kontrolle geschehen.

Einmal war es so gekommen, aber das würde nie wieder geschehen.

In der Schule hatten die Lehrer endlose und langweilige Vorträge über den Wert der Sorgfaltspflicht gehalten und davon gesprochen, wie wichtig es war, die Dinge immer und immer wieder zu überprüfen. Nur wenn man alles wiederholt testete und kontrollierte, konnte man einigermaßen sichergehen, daß man Erfolg hatte.

Bereitsein war alles. Dann konnte man die Früchte seiner harten Arbeit ernten.

Es war notwendig, diese Zimtziege von Ärztin während der letzten Vorbereitungen aus ihrem Apartment zu vertreiben. Um dieses Ziel zu erreichen, gab es mehrere Möglichkeiten. Glücklicherweise dauerte es nur ein paar Minuten, bis alles arrangiert war.

Heute abend war die Gelegenheit außerordentlich günstig. Und es sollte auch der letzte Abend dieser Frau werden.

Obwohl es eine Reihe von narrensicheren Möglichkeiten gegeben hatte, sie aus ihrer Wohnung zu locken, löste sich das Problem von ganz allein. Lange vor Sonnenuntergang verließ die Schlampe ihre Wohnung und zwar so überstürzt, daß sie sogar ihren Piepser vergaß, der dort vorn auf dem Tischchen im Flur lag. Die Tür ließ sich mit den heimlich nachgemachten Schlüsseln problemlos öffnen. Die Originalschlüssel lagen ja immer irgendwo in ihrem Büro herum. Aber daß sie ihren Piepser nicht mitgenommen hatte, war wirklich ein glücklicher Zufall. Besser hätte es gar nicht kommen können! Jetzt, wo Dr. Lyons für die Außenwelt unerreichbar war, konnte der fein säuberlich ausgetüftelte Plan gar nicht mehr schiefgehen.

Dieses Schachspiel verlief besser als geplant. Die Königin war der Bauer. Der Bauer aber war der König. Und am Ende wurde aus dem Spiel Ernst.

46. KAPITEL

Nach zwanzig Jahren im Geschäft glaubte Bannister eine Art berufsbedingte Immunität gegenüber den Auswirkungen von Gewalt entwickelt zu haben. Aber seine ganze Erfahrung hatte ihn nicht auf den schrecklichen Anblick von Jason Childs vorbereitet.

Der Junge glich einer Mumie. Seine von den unterschiedlichsten Flüssigkeiten getränkten Verbände schillerten in allen Regenbogenfarben. Der arme Kerl hing an mehr als einem Tropf und einer Batterie von Sonden, mit denen er an Infusionen und Maschinen angeschlossen war. Die Monitore rauschten und piepten durcheinander, und in dem Krankenzimmer summte es wie in einem Bienenstock. Laut Mrs. Childs hatten die Killerhunde ein Stück von Jasons Unterlippe abgerissen, einen Teil seines rechten Ohres und drei Fingerkuppen. Ansonsten war sein Körper von blauen Flecken, Blutergüssen und tiefen Schrammen überzogen. Seine vollständige Genesung konnte nur dann garantiert werden, wenn er eine ganze Reihe von plastischen Operationen über sich ergehen ließ. Aber der Schaden, den seine Seele genommen hatte, war leider nicht so einfach zu beheben. Der Junge war immer noch nicht ansprechbar, reagierte auf keinerlei Stimuli, nicht einmal auf heftigen Schmerz.

Price schüttelte den Kopf. »Das ist eine Schutzreaktion, Sammy. Irgendwann wird er wieder zu sich kommen. Vielleicht schon bald, vielleicht erst in ein paar Tagen oder Wochen.«

»Verflucht noch mal, Lenny. Warum passiert uns immer so etwas?«

»Du schaust diesen armen Jungen an, und dir fällt nichts anderes ein, als dich darüber zu beklagen, was uns passiert?«

Bannister hielt den Mund und dachte, daß er auch im Krankenhaus liegen würde, wenn die kleine Auseinandersetzung mit Ernesto Nunez anders ausgegangen wäre. Sich mit solch einem Punk anzulegen, war genau so riskant gewesen, wie Jasons idiotischer Versuch, die Rottweiler aus der Nähe zu betrachten. Bannisters Reaktion an jenem Abend war nicht weniger dumm gewesen. Und nun stand er hier und durfte sich über Bauchschmerzen und siebenundzwanzig Stiche freuen, mit denen man ihn zusammengeflickt hatte. Aber alles war eben relativ.

»Ich wünschte nur, er könnte uns sagen, was sich zugetragen hat«, sagte Bannister zum fünfzehnten Mal.

»Vielleicht kann er das ja. Komm mal mit.«

Mrs. Childs wartete draußen auf dem Flur und drückte das kleine blonde Mädchen auf ihrem Schoß verzweifelt an sich. Nettes Kind, dachte Bannister. Es erinnerte ihn an Chloe. Aber das taten fast alle kleinen Mädchen.

»Sind Sie Polizisten?« zwitscherte die Kleine.

»Privatdetektive«, sagte Price.

»Werden Sie diese gemeinen Hunde bestrafen, die meinem Bruder weh getan haben?«

»Das ist die Arbeit des Tierarztes. Wir müssen herausfinden, was da passiert ist«, erzählte Price.

»Jason würde nie einen Hund ärgern«, sagte das Mädchen ernsthaft. »Nie im Leben.«

Price setzte sich neben die Mutter und stellte ihr vorsichtig Fragen. Nein, sagte sie. Jason nahm keine Medikamente. Nein. Sie konnte sich nicht vorstellen, daß er aus freien Stücken diesen Hof betreten hatte. Soweit sie wußte, hatte ihr Sohn keine Feinde. Eigentlich war er eher ein Einzelgänger. Und er hatte sich über niemanden aus dem Krankenhaus beschwert. Andererseits war es nicht seine Art, über irgend etwas offen zu sprechen.

»Er haßte Binnie«, warf das kleine Mädchen ein.

»Nein, das tat er nicht, Jess. Binnie war Jasons neue therapeutische Beraterin«, erläuterte Mrs. Childs. »Er haßte sie nicht, er wollte einfach nicht zu diesen Gruppensitzungen im Krankenhaus gehen, das ist alles. Wenn sein alter Berater oder die Ärzte zu uns kamen, um ihn zu behandeln, störte ihn das nicht. Aber es war eine Qual für ihn, das Haus zu verlassen.«

»Verläßt er denn sonst Ihr Haus überhaupt nicht?« wollte Bannister wissen.

»Nein, kaum. Während der letzten sechs Jahre mußte ich ihn zwingen, in die Schule zu gehen. Und ich konnte ihn nur dazu überreden, weil ich ihn dorthin gefahren und wieder abgeholt habe.«

»Aber er besuchte die Gruppensitzungen?« fragte Price.

Mißmutiges Nicken. »Aber auch nur, weil sein Vater und ich ihn monatelang deswegen genervt haben. Und nun fühle ich mich schuldig. Das alles wäre nicht passiert, wenn wir ihn nicht so gedrängt hätten.«

»Wie kommen Sie darauf?« hakte Price nach.

Nachdenklich kaute sie an ihrer Oberlippe. »Seit das Programm begonnen hat, hat Jason sich verändert. Er wurde schwieriger. Ich dachte, daß das wohl ein Zeichen für eine gewisse Weiterentwicklung wäre. Und jetzt das!« Tränen stiegen ihr in die Augen. »Nie und nimmer wäre er in diesen eingezäunten Hof gegangen, wenn wir ihm nicht so sehr im Nacken gesessen hätten. Ich könnte wetten, daß er das nur getan hat, um von uns und allen anderen in Ruhe gelassen zu werden.«

»Möglicherweise hat dieser Unfall nichts mit Ihnen oder der Klinik zu tun, Mrs. Childs. Und genau das wollen mein Partner und ich herausfinden.«

»Ich hätte ihn in Ruhe lassen sollen«, jammerte seine Mutter. »Das ist alles meine Schuld. Ich weiß es.«

Das kleine Mädchen streichelte die Wange ihrer Mutter. »Ist nicht wahr, Mami. Es ist ganz allein Jasons Schuld.« Mit entschlossener Miene wandte sie sich an Bannister und Price.

»Er hat Medizin genommen. Ich habe gesehen, wie er etwas von dem Zeug getrunken hat, das er immer im Keller zusammenmischt.«

»Im Keller zusammenmischt?« Bannisters Herz machte einen Satz.

Mrs. Childs tupfte ihre Augen ab und atmete tief durch. »Das ist doch dumm, Jessie. So etwas würde Jason nicht machen. Er hat dich bestimmt auf den Arm genommen.«

Das Mädchen schüttelte entschieden den Kopf. »Hat er nicht, Mami. Er wußte ja nicht, daß ich ihn beobachte. Er hat das Zeug genommen und wurde dann plötzlich ganz komisch.«

»Was für Experimente machte er denn, Mrs. Childs?« fragte Bannister.

»Er arbeitete an einem Projekt, das er schon vor einem Jahr begonnen hat. Damals für den Westinghouse-Wettbewerb«, sagte sie. »Er hat dann aber doch nicht teilgenommen. Trotzdem experimentiert er seit jener Zeit hin und wieder herum. Um ehrlich zu sein, ich weiß nicht, was er entwickeln will. Jason gibt sich sehr geheimnisvoll, was seine Experimente anbelangt.«

»Ich weiß es«, mischte sich das Mädchen ein. »Es ist eine Zaubermedizin, die einen sehr, sehr mutig macht.«

Bannister traute seinen Ohren nicht. Price warf ihm einen Blick zu, daß er vorsichtig weitermachen solle.

»Das ist doch Unsinn, Jessie. So etwas gibt es nicht.« Mrs.

Childs wandte sich an die beiden Männer. »Ich fürchte, sie hat eine ausgeprägte Phantasie.«

»Wie kommst du auf die Idee, daß das Zeug einen mutig macht, Kleines?« richtete Price sich an das Mädchen.

»Das steht in Jays Tagebuch.« Sie riß ihre Augen weit auf. »Bitte, erzählen Sie ihm nicht, daß ich es gelesen habe. Sonst wird er stinksauer.«

Die Frau schüttelte den Kopf. »Jason hat dich nur zum Narren gehalten, Jessie.«

»Aber er hält sein Tagebuch doch nicht zum Narren.«

»Wir brauchen dringend eine Probe dieser Medizin, Mrs. Childs«, sagte Price.

»Aber wozu? Jason würde nie etwas tun, das anderen schadet. Er ist der sanfteste Mensch, den Sie sich vorstellen können.«

Price blieb ganz ruhig. »Das glaube ich Ihnen gern. Aber ich habe eine Bekannte, die das Mittel analysieren und darauf untersuchen kann, ob es nicht Jasons Genesungsprozeß hemmt. Sie wissen doch sicherlich, daß gewisse Drogen sehr schlimme Nebenwirkungen haben können.«

»Richtig. Es geht um Jasons Wohl, Mrs. Childs«, fügte Bannister hinzu.

Sie überlegte kurz. »Na gut, wenn Sie meinen, daß das wichtig ist.«

»Ja, das denke ich. Und wir bräuchten eine Kopie von Jasons Krankenhausakte. Für den Fall, daß meine Bekannte ein paar Vergleiche anstellen muß.«

»In Ordnung, Detective. Ich werde die Krankenschwester darum bitten.«

Das kleine Mädchen wartete, bis seine Mutter außer Hörweite war. »Steckt Jay in Schwierigkeiten?« fragte sie neugierig.

»Wir möchten nur in Erfahrung bringen, was passiert ist, Kleines«, antwortete Price.

Laut klappernde Absätze kündigten Mrs. Childs Rückkehr an. Das kleine Mädchen senkte den Blick und flüsterte den beiden Männern etwas zu.

»Bitte, sagen Sie ihm nicht, daß ich es Ihnen erzählt habe«, raunte sie. »Jay wird mich umbringen, wenn er das erfährt. Das weiß ich ganz genau.«

47. KAPITEL

Maggie konnte nicht in ihre Wohnung zurück. Auf einmal hatte sie das Gefühl, entwurzelt zu sein, nirgendwohin zu gehören. Verloren war sie, aus ihrer normalen Umlaufbahn geworfen, vollkommen bindungslos und allein auf dieser Welt. Überflüssig wie ein ausgemustertes, altes Möbelstück am Straßenrand.

Sie bat den Taxifahrer, sie an der East River Promenade abzusetzen. Stundenlang wanderte sie ziellos durch die Straßen und versuchte die verwirrenden neuen Einsichten zu ordnen und ihre persönliche Vergangenheit neu zu strukturieren.

Sie war nicht die Person, für die sie sich gehalten hatte. Die Wahrheit hatte ihr Leben umgeschrieben, hatte es neu arrangiert. Ihr bisheriges Leben war nichts weiter als ein grober, erster Auszug gewesen, ungeschliffen, ungenau, schwammig.

Ab heute war sie jemand anders: Maggie Lyons, der Zwilling. Wie gern hätte sie sich an die verstorbene Elizabeth erinnert. Nur verschwommene Bilder, vage Gefühle konnte sie heraufbeschwören. Sie hielt eine patschige, kleine Hand mit kurzen Fingern. Stolperte über einen kleinen Körper, schnitt Grimassen, die sich auf dem Gesicht der anderen spiegelten.

Stimmen trällerten ein Geburtstagslied. Ein mit Rosen und dicker Glasur überzogener Kuchen stand auf einem Tisch. »Alles Gute zum Geburtstag ...«

»Du.«

Das Du hatte sich bestimmt auf Elizabeth bezogen.

Lizzie, die Faule.

Das faule Mädchen.

Lizzie, die gestorben war.

Daß sie eine Zwillingsschwester gehabt hatte, erklärte so manche Ungereimtheit in ihrem Leben. Seit Maggie denken konnte, hatte sie sehr stark auf Zwillingspärchen reagiert. Irgendwann hatte sie einmal einen Artikel über das Treffen einer landesweiten Zwillingsorganisation gelesen und war zu Tränen gerührt gewesen. Damals war ihr diese heftige Reaktion ziemlich übertrieben vorgekommen. Zumal der Artikel nichtssagend und schlecht geschrieben war. Und trotzdem war er ihr tagelang nicht aus dem Kopf gegangen. Sie hatte sogar mit Henry Witze darüber gerissen und den Verdacht geäußert, in ihrem früheren Leben ein Zwilling gewesen zu sein.

Und so war es dann auch gewesen.

»Hoppe, hoppe Reiter,
wenn er fällt, dann schreit er.
Fällt er in den Graben,
fressen ihn die Raben.«

Nun wußte sie endlich, wem die zweite Stimme gehört hatte. Es war kein Echo gewesen, was ihr da immer wieder in den Kopf gekommen war, sondern ihre Zwillingsschwester. Ihre Mutter hatte ihnen all die vielen Kinderlieder beigebracht und sie die Texte auswendig lernen lassen.

Auf dem Foto waren zwei gleiche Bettüberwürfe zu sehen, zwei gleiche Kissen. Die beiden kleinen Mädchen trugen Kleider mit großen Tupfen, geringelte Socken und auf Hochglanz polierte schwarze Lacklederschuhe mit Riemchen. Maggies Mutter hatte von Armbändern mit eingravierten Namen gesprochen und von unterschiedlichen Persönlichkeiten.

Aber einmal davon abgesehen, glichen sie sich aufs Haar. Kein Unterschied. Im Karton, der jahrelang im Abstellraum vor sich hingegammelt hatte, waren Spielsachen, Kleider und Decken in doppelter Ausführung verstaut gewesen.

Heutzutage hielt man es für richtig und wichtig, Zwillinge zu ermuntern, unterschiedliche Charaktereigenschaften zu entwickeln und herauszuarbeiten, was sie voneinander unterschied. Aber früher, als sie und Lizzie klein gewesen waren, war der Wissensstand anders gewesen. Ihre Mutter hatte nicht darauf geachtet, daß sie ihre Verschiedenheit auslebten und eigenständige und individuelle Persönlichkeiten wurden. Und nur einer von ihnen war es vergönnt gewesen, erwachsen zu werden und weiterzuleben.

Faule Lizzie. Fliegt auf dem Rücken eines Adlers. Falls ich sterben sollte ...

Der Vogel, der in Maggies Alpträumen vorkam, stand vielleicht für ein vorbeifliegendes Flugzeug, für eine dunkle Regenwolke. Aber auf jeden Fall repräsentierte er einen dunklen Punkt aus ihrer Kindheit.

Hatte sie ihre zweite Hälfte getötet und die kommenden Jahre damit zugebracht, die Auswirkungen, die diese Tat auch auf sie ganz persönlich gehabt hatte, zu vergessen?

Kleinkind hin oder her, sie war für den Tod ihrer Schwester verantwortlich. Der stumme Blick, den ihre Mutter und Tante Hannah ausgetauscht hatten, war ihrer Meinung nach sehr beredt gewesen. Er hatte ihr verraten, daß man ihr die Schuld für den tragischen Unfall gab und für all die familiären Probleme, die daraus resultierten. Maggie wurde auch für die erdrückende Ängstlichkeit und irrationale Furcht, unter der ihre Mutter litt, verantwortlich gemacht. Und anscheinend hatte Maggie die Selbstverleugnung, die ihre Mutter betrieb, immer wieder neu entfacht. Außerdem hatte sie die Ehe ihrer Eltern zerstört und ihre Mutter zu einem einsamen Leben voller Enttäuschungen verdammt.

Die faule Lizzie und die mordende Maggie. Maggie, die Zerstörerin von Heim und Familie.

Natürlich wußte Maggie ganz genau, daß das ungerecht war und nicht der Wahrheit entsprach. Zum Zeitpunkt von Lizzies Tod war sie ein Kleinkind gewesen. Und ihre Mutter war für ihr Glück wirklich allein zuständig, niemand sonst, auch nicht Maggie. Jeder mußte sein Schicksal in die eigene Hand nehmen. Aber im Augenblick gelang es ihr nicht, die Last, die sie trug, die Schuld und die Scham abzuschütteln. Maggie bemühte sich, den tragischen Abend vor ihrem inneren Auge ablaufen zu lassen. Mit unglaublicher Schärfe sah sie, wie sie das Fenster hochschob und dann ihre Zwillingsschwester in den Tod trieb.

Wie betäubt verließ sie die Promenade, marschierte in Richtung Westen, durchquerte den Central Park und ging dann die 81. Straße hoch. Vor vielen Jahren hatte ihre Familie in einem majestätischen, alten Wohnhaus mit dem Namen Beresford gelebt. In einer nach Norden gelegenen, großzügig geschnittenen Wohnung im zehnten Stockwerk. Und nun stand sie auf der Straße vor diesem Wohnhaus, zählte die Fenster und betrachtete dann die Fassade, hinter der sie früher einmal mit ihren Eltern und Lizzie gewohnt hatte.

In einem dieser Zimmer hatte sie mit Lizzie gespielt. In dem Zimmer mit den geblümten Bettüberwürfen, Vorhängen und dem Teppich. Sie gab sich alle Mühe, sich an die Gerüche, die Gefühle und die Geräusche jener Zeit zu erinnern, an eine Zeit der Sicherheit, an eine Zeit, in der die Welt noch nicht in unzählige Einzelteile zerbrochen war.

Der plötzliche Verlust von etwas, was sie – ohne es zu wissen – besessen hatte, ließ sie trotz der Hitze frösteln und an das Kindergebet denken, das ihre Mutter ihnen beigebracht hatte und sie jeden Abend aufsagen ließ:

Jetzt lege ich mich schlafen,
Und bitte dich, o Herr, über meine Seele zu wachen.
Sollte ich sterben vor dem Erwachen,
Bitte ich dich, o Herr, über meine Seele zu wachen.

48. KAPITEL

Während Bannister auf der Suche nach einem Parkplatz um den Block fuhr, raste Price in Dr. Lepczeks toxikologisches Labor und gab eine Probe von Jason Childs Wundermittel und die Kopie seiner Krankenhausakte bei der Ärztin ab.

Noch im Haus der Childs hatte Price Dr. Lepczek in ihrer Wohnung in Riverdale angerufen und mit ihr einen Termin abgemacht. Freundlicherweise willigte seine Bekannte ein, wieder in die Stadt zu kommen und im Labor sofort das Mittel zu untersuchen, das Jason erfunden und eingenommen hatte, und die Blutwerte des Jungen mit denen zu vergleichen, die in Macklins und Weiders Autopsieberichten aufgelistet waren.

An der Ecke 33. Straße machte Bannister eine vielköpfige Familie aus, die gerade in einen Minibus einstieg. Er parkte den Camaro in zweiter Reihe und wartete, bis die Eltern, drei Kinder, zwei Hunde, eine Großmutter und ein Berg Einkaufstaschen und Schachteln in dem Wagen untergebracht waren. Dabei stellte er Vergleiche zu sich an: Sein ganzes Hab und Gut konnte praktisch in einer Reisetasche verstaut werden. Das sprach Bände über seine vierzigjährige Anwesenheit auf diesem Planeten.

Wenigstens habe ich Chloe, dachte er. Seine Tochter war seine Eintrittskarte ins Reich der Unsterblichkeit. Und dieses Ticket war eindeutig erstklassig. Mein kleines Mädchen hat mehr zu bieten als die meisten anderen Menschen, die diese Welt bevölkern, dachte Bannister mit stolzgeschwellter Brust. Daß sie momentan abrupten Stimmungsschwankungen ausgesetzt war, änderte nichts an dieser Tatsache.

Bei Mrs. Childs war ihm dieser Stolz ebenfalls aufgefallen. Das Selbstbewußtsein und Auftreten ihrer Tochter genoß sie in vollen Zügen. Nachdem sie alle in Bayside eingetroffen waren, hatte Jessie die Sache sofort in die Hand genommen. Das kleine Mädchen führte sie schnurstracks in Jasons Zimmer und zeigte ihnen den Schrank, in dem die Wunderdroge versteckt war. Sie berichtete ausführlich, daß ihr Bruder den Talentwettbewerb aufgegeben hatte, nachdem er eine seiner Labormäuse tot im Käfig aufgefunden hatte.

»Ich habe gesehen, wie Jason diese Maus mit einer dieser Gartenschaufeln aus dem Keller gebracht hat. Das Tierchen war ganz vermatscht und sah ziemlich räudig aus. Er hat es die Toilette runtergespült. Und gleich danach rief er seinen Chemielehrer an und sagte ihm, daß er Grippe habe. Weißt du noch, Mami?«

Bannister mußte daran denken, daß man Kindern beibrachte, sich nicht in die Angelegenheiten anderer einzumischen. Glücklicherweise hatte sich Jasons kleine Schwester nicht an dieses Gebot gehalten.

Endlich fuhr der Minibus aus der Parklücke. Bannister parkte ein und raste zu Dr. Lepczeks Büro, das in einem blauweiß gekachelten Gebäude auf der First Avenue in der Nähe des Bellevue Hospitals lag.

Als er eintrat, beugten sich Price und seine Bekannte gerade über einen Computerausdruck.

»Sehen Sie, wie die Linie sich verändert, Lenny? Und da, an dieser Stelle, sausen die Werte plötzlich in den Keller«, sagte Dr. Lepczek.

»Sehr interessant. Siehst du das, Sammy? Findest du nicht auch, daß das ziemlich komisch aussieht. Meines Erachtens ist das ein eindeutiges Ergebnis.«

Bannister stierte auf das Papier. »Um ehrlich zu sein, ich kann damit nicht viel anfangen.«

Imke Lepczek fuhr mit dem Finger über die scharf gezackten Linien und erklärte ihm, was sie bedeuteten. »Dieses eigenwillige Muster ist uns auch bei Jason Childs' Blutprobe aufgefallen. Genau wie bei Macklin und Weider. Zum Glück verfügen wir auch über die Auswertungen der Blutproben, die bei Jason Childs seit Beginn der Therapie in regelmäßigen Abständen entnommen wurden. Und wir haben außerdem die Kopie seiner letzten turnusmäßigen Kontrolluntersuchungen. Jasons Arzt arbeitet im Elmhurst General, deshalb ist diese Akte schon ein paar Jahre alt.«

»Und was schließen wir daraus?«

Dr. Lepczek faltete andächtig die Hände. »Wir wissen nun, daß Jason eine Art Droge genommen hat, die das Streßhormonlevel angehoben und gleichzeitig die körpereigene Endorphinproduktion gesenkt hat. Kurz vor dem Therapiebeginn hat er eine größere Dosis eingenommen, was sich an den veränderten Werten ablesen läßt.«

»Wollen Sie damit sagen, daß dieser Childs-Junge tatsächlich eine Mutdroge erfunden hat?« fragte Bannister.

Price nickte ernst. »Ich würde es eher eine Selbstmorddroge nennen. Um was für eine Substanz es sich auch handeln mag, sie führt dazu, daß so etwas Normales wie Vorsicht auf der Strecke bleibt. Diese Droge verleitet Menschen dazu, Risiken einzugehen, die sie sonst nie und nimmer auf sich nehmen würden, das ist jedenfalls klar.«

»Nach dem, was ich hier erkennen kann, wurden zuerst kleine Dosen verabreicht, die erst später wirkten, und dann eine richtig große Menge der Substanz«, merkte Dr. Lepczek an.

»Sie meinen, wie bei dieser Erkältungsmedizin, die auch zeitverzögert wirkt?« wollte Bannister wissen.

Price zuckte mit den Schultern. »Das bezweifle ich, Sammy. Dieser Junge mag ja ein Wunderkind sein, was die Chemie betrifft, aber ich glaube nicht, daß er so etwas produzieren kann. Imke geht davon aus, daß die Substanz über die Haut in den Körper gelangt ist, wenn ich sie recht verstanden habe.«

Bannister rief im Elmhurst General an, um mit Mrs. Childs zu sprechen. Wieder war die kleine Schwester diejenige, die die richtigen Informationen bereithielt. Jessie hatte gesehen, daß Jason etwas von seiner Wunderdroge auf die Innenseite der Uhrenarmbänder gestrichen hatte, die er später den anderen Mitgliedern der Therapiegruppe schenkte.

Mit der Hand auf der Sprechmuschel leitete Bannister die Neuigkeiten an Dr. Lepczek weiter.

»Das könnte funktionieren. Möglicherweise hat er irgendeine absorbierende Substanz zwischen die Plastikschichten gelegt«, sagte sie.

Bannister riß triumphierend die Arme hoch. »Na, Partner, sieht so aus, als hätten wir endlich etwas Handfestes herausgefunden. Jason Childs ist unser Mann. Und im Augenblick ist er nicht in der Verfassung, jemandem Schaden zuzufügen. Wir nehmen den Gruppenmitgliedern die Uhren ab, und dann ist das Spiel endgültig vorbei.«

Price schien sich nicht richtig zu freuen. Sein Gesicht war wie ein heißes Soufflé in sich zusammengefallen.

»Da ist aber noch ein Haar in der Suppe, Sammy. Laut Mrs. Childs hat Jason das Haus nie ohne ihre Begleitung verlassen, erinnerst du dich?«

Bannister kehrte auf den Boden der Tatsachen zurück, obwohl ihm das nicht sonderlich gefiel: »Was also heißt, daß er mit Macklins und Weiders Unfällen nichts zu tun hatte.«

»Ganz genau.«

»Es könnte sein, daß die Mutter sich irrt. Vielleicht hat er sich heimlich aus dem Haus geschlichen, als sie gerade beim Einkaufen war.«

»Kaum vorstellbar, Sammy. Jeder bestätigt, daß Jason Childs ein Stubenhocker war, selbst seine kleine Schwester, die alles sieht und hört. Außerdem, in welcher Beziehung steht Jason zu Macklin und Weider oder zu dieser Patientin, die gestern abend aus dem Krankenhaus geflohen und dabei fast unter die Räder gekommen ist?«

Bannister fiel keine schlaue Antwort ein. »Keine Ahnung. Mist! Aber das muß noch lange nicht heißen, daß es keine Verbindung gibt. Bleust du mir nicht immer wieder ein, daß man den Dingen ihren Lauf lassen soll, Lenny? Und rätst du mir nicht andauernd, daß ich nichts übersehen oder außer acht lassen soll?«

»Ja, Sam, selbstverständlich werden wir allen Möglichkeiten nachgehen. Aber du darfst in diesem Fall nicht die Möglichkeit übersehen, daß der Übeltäter, den wir zu fangen versuchen, noch immer auf freiem Fuß sein könnte.«

49. KAPITEL

Den ganzen Tag über mußte Bannister Schmerztabletten schlucken. Leider milderte das nur die Schmerzen, die von der Bauchwunde herrührten, auf seine Frustration hatten sie jedoch keinen Einfluß. Price bestand darauf, bei Sergio's einen Happen zu essen. Lustlos stocherte Bannister in dem Essen auf seinem Teller herum. Wie immer langte Price mit unverwüstlichem Appetit zu und nickte Bannister auffordernd zu. Aber dem war nur daran gelegen, dieses Krebsgeschwür von Fall zu Ende zu bringen.

»So iß doch, Sammy. Du bist kreidebleich. Es fehlte gerade noch, daß du jetzt krank wirst.«

Bannister begriff nicht, worauf sein Partner hinauswollte. »Ja, eine richtige Mahlzeit würde mir bestimmt guttun. Aber diese Pampe hier?«

»Komm schon. Du mußt was essen, daran führt kein Weg vorbei.«

Wenn sie nur wüßten, hinter wem sie her waren. Jetzt gab es schon drei Opfer und eine Frau, die gerade noch dem Tod entronnen war, und falls Price recht hatte, was normalerweise immer der Fall war, bestand durchaus die Möglichkeit, daß noch ein paar Personen auf der Abschußliste standen.

Den Mund voller Thunfischsandwich umriß Price seinen Plan und kritzelte hektisch einige Details auf die Papierunterlage.

»Zuerst müssen wir die Namen des Krankenhauspersonals in Erfahrung bringen, die mit dem jungen Childs zu tun hatten. Dann müssen wir diejenigen aussortieren, die sich auch um Weider, Macklin und diese andere Patientin gekümmert haben, die gestern fast von dem Laster überrollt worden wäre. Wie hieß sie noch gleich, Sammy?«

»Tyler. Daisy Tyler.«

»Richtig. Ich schlage vor, wir rufen zuerst Mrs. Childs an und fragen sie, wer mit Jason gearbeitet hat. Muß jemand gewesen sein, der eine Menge Zeit mit dem Jungen verbracht hat, schätze ich. Wenigstens gehe ich nicht davon aus, daß Jason diese Mutdroge entwickelt hat, ohne darüber ein Wort zu verlieren. Andererseits erwähnte seine Mutter, daß er sehr verschwiegen war, was seine Experimente anbelangte. Dann wird er wohl kaum einem entfernten Bekannten was davon erzählt haben. Oder was meinst du?«

»Ich werde den Anruf erledigen.«

Bannister ging zum Telefonhäuschen im hinteren Teil des Restaurants und wählte zuerst Maggies Nummer. Den ganzen Tag versuchte er nun schon, sie zu erreichen. Eine einzige Unterhaltung würde so manches klären können, dachte er, während er ihrer Stimme auf dem Anrufbeantworter lauschte.

Maggie wußte, wer mit Jason Childs und den anderen Opfern gearbeitet hatte. Sie konnte ihm und Price etwas über den Verdächtigen erzählen und ihnen helfen, denjenigen zu fassen, der dem Jungen die Formel gestohlen und sie dazu benutzt hatte, diese Menschen aus dem Weg zu räumen.

Verflucht nochmal, wo steckte sie? Bannisters Magen krampfte sich zusammen. Was, wenn ihr etwas zugestoßen war? Aber nein, über diese Möglichkeit wollte er gar nicht erst nachdenken.

Mrs. Childs war zum Abendessen nach Hause zurückgekehrt. Sie willigte sofort ein, ihm die Namen von Jasons Beratern zu nennen. Von seinen Stippvisiten im Krankenhaus waren ihm ein paar der Namen geläufig. Damals war er allerdings nur darauf aus gewesen, Macklin des Mordes an Martha Rafferty zu überführen.

Danach rief er im East End an, um mit der selbstbewußten Krankenschwester zu sprechen, mit der er anfangs oft zu tun gehabt hatte. Leider war sie übers Wochenende verreist und somit auch privat nicht erreichbar. Bannister gab sich als Macklins neuer Arzt aus und quetschte die Schwester, die er am Apparat hatte, nach den Namen der Personen aus, die Macklin während seines Krankenhausaufenthaltes betreut hatten. Allerdings war dieser Versuch erfolglos. Mittlerweile hatte er längst begriffen, daß dort niemand bereit war, Informationen über Patienten weiterzugeben, was nichts anderes bedeutete, als daß er und Price wie üblich auf die altmodische Tour ermitteln mußten.

Als er an seinen Platz zurückkehrte, hatte Price ein dickes Stück Kirschkuchen bestellt und blickte erwartungsvoll zu ihm hinüber. Von einem Zettel las Bannister die Notizen ab, die er während des Telefonats mit Mrs. Childs gemacht hatte.

»Vor acht Monaten begann Jasons Therapie. Zuerst arbeitete er einmal wöchentlich mit einer Psychiaterin namens Pam Bassett, einer guten Freundin von Maggie Lyons. In regelmäßigen Abständen schaute ein Assistenzarzt vorbei, um ihn zu untersuchen, aber leider kann Mrs. Childs sich nicht daran erinnern, wie er geheißen hat. Francis Kennedy war sein Berater. Anscheinend ein netter junger Mann, der gut mit Jason umgehen konnte. Wenn Francis keine Zeit hatte oder krank war, sprang ein anderer Betreuer für ihn ein und zog mit Jason die praktischen Übungen durch. Sein Name fiel Mrs. Childs allerdings auch nicht ein.«

Price entfernte die rote Kirschmarmelade an seinem Kinn mit einem sauberen Taschentuch. »Und Dr. Lyons hast du nicht erreicht? Dann wissen wir also immer noch nicht, wer mit Macklin und Weider gearbeitet hat?«

»Nein, und um ganz offen zu sein, ich mache mir langsam Sorgen um sie.«

»Das brauchst du mir nicht zu sagen. Das fällt mir schon seit längerem auf.« Er rief den Kellner, um zu zahlen. »Laß uns mal mit dieser Daisy Tyler reden, sie ist noch im East End. Vielleicht hat sie ein paar Neuigkeiten für uns.«

50. KAPITEL

Sie überraschten Daisy Tyler im Bett. Die Patientin schaute gerade einen Fred Astaire/Ginger Rogers-Film im Fernsehen an. Als Price anklopfte, wirkte sie aufgeregt und voller Erwartung, aber als sie die beiden Männer sah, machte sich Enttäuschung auf ihrem Gesicht breit.

»Daisy Tyler? Ich bin Sam Bannister, und das hier ist mein Partner, Lenny Price. Wir sind als Berater für das Krankenhaus tätig. Falls wir nicht stören und Sie nicht zu beschäftigt sind, wären wir Ihnen sehr dankbar, wenn Sie uns behilflich sein könnten. Wir erstellen gerade einen Jahresbericht. Wird nur ein paar Minuten Ihrer Zeit in Anspruch nehmen.«

Die Frau reagierte skeptisch. »Was für einen Bericht?«

Price hatte gleich die richtige Story auf Lager. »Es geht um die Krankenhausbelegschaft. Reine Routine. Dr. Lyons hat uns an Sie verwiesen und uns vorgeschlagen, mit Ihnen zu sprechen.«

»Na gut. Wenn Dr. Lyons es für richtig hält, werde ich Ihnen behilflich sein.«

Sie traten ein und stellten sich an das Fußende des Bettes. Bannister überließ Price das Fragenstellen.

»Wir sind Ihnen für Ihre Mitarbeit außerordentlich dankbar, Miss Tyler. Können Sie uns verraten, mit welchen Ärzten und Beratern Sie hier in der Klinik zusammengearbeitet haben?«

Daisy kniff die Augen zusammen. »Darüber hätte Ihnen auch Dr. Lyons Auskunft geben können.«

»Reine Bürokratie. Wir müssen die Patienten leider Gottes noch einmal selbst befragen«, sprang Bannister ein.

Ihre Skepsis legte sich. »Okay. Meine Beraterin ist eine Frau namens Beverly Magida. Großartige Person. Hat wirklich Sinn für Humor. Und wie Sie wahrscheinlich wissen, werde ich von Dr. Lyons therapeutisch betreut. Und dann gibt es natürlich eine Menge Schwestern, die sich um mich kümmern. Immerhin gibt es hier drei Schichten pro Tag. Und wenigstens acht Schwestern sind pro Schicht auf dieser Station. Am Wochenende arbeitet hier anderes Personal. Aber alle sind mehr als nett zu mir gewesen.«

Price hakte gleich nach. »Wie steht es mit anderen Beratern? Was passiert, wenn Beverly Magida keine Zeit hat?«

»Bis jetzt hat sie keine Sitzung ausfallen lassen. Aber ich vermute, daß es eine Vertretung für sie gibt, falls sie mal krank wird oder Urlaub hat.«

»Hatten Sie je mit Francis Kennedy zu tun?«

»Mit diesem rothaarigen Betreuer? Er arbeitet mit anderen Patienten. Mit einer Liza. Wie hieß sie noch gleich? Sie hat mich ihm mal vorgestellt, als wir alle im Aufenthaltsraum waren. Freundlicher Mann. Schaut von Zeit zu Zeit bei mir rein, um zu fragen, wie es mir geht.«

»Haben Sie – außer mit Dr. Lyons – noch mit anderen Therapeuten gearbeitet?« wollte Bannister wissen.

»Ein oder zwei Mal mit einer Dr. Richards. Die war auch sehr nett. Um ehrlich zu sein, bisher ist jedermann hier überaus nett zu mir gewesen. Das können Sie ruhig fett gedruckt in Ihrem Bericht vermerken.«

Ihr Blick wanderte zu einem hübsch angerichteten Teller mit selbstgemachten Pralinen. Bannister las das Kärtchen, das daneben lag: »Von Ihrem gar nicht so geheimnisvollen Verehrer.«

Daisy kicherte nervös. »Ich weiß, daß es doof ist. Aber das gibt mir ganz schön Auftrieb.«

»Wissen Sie, von wem die sind?« fragte Price.

»Ich kann es nicht sicher sagen, aber ich habe eine ziemlich genaue Vorstellung von dem Mann. Jeden Tag schleicht er sich unbemerkt in mein Zimmer und hinterlegt eine kleine Aufmerksamkeit für mich.« Sie warf einen Blick auf ihre Armbanduhr. »Das war mein erstes Geschenk. Aber meistens bekomme ich Süßigkeiten oder Kekse.«

»Wer schickt die denn Ihrer Meinung nach?« fragte Bannister.

»Ich schäme mich fast, es zu sagen. Der Mann ist gerade mal halb so alt wie ich, und natürlich bin ich mir darüber im klaren, daß er kein echtes Interesse an mir hat«, rückte sie mit der Sprache heraus.

»Ein junger Assistenzarzt?« schlug Bannister vor.

»Woher wissen Sie das?«

»Und wie heißt er?«

Gespannt hielt Bannister den Atem an. Eigentlich kannte er

die Antwort schon. Ein junger Assistenzarzt hatte Jason des öfteren besucht. Und ein Assistenzarzt konnte sich im Krankenhaus frei bewegen und hatte Zugang zu allen Patienten.

Dieser Mistkerl mußte etwas im Schilde führen. Vielleicht war es eine Besessenheit, die ihn zwang, Patienten zu ermorden. Gleich als Bannister ihn das erste Mal zu Gesicht bekommen hatte, war der Kerl ihm unangenehm aufgefallen. Und außerdem hing er an Maggies Rockzipfel. Sein Herz raste auf einmal. Hätte er doch nur auf seine innere Stimme gehört! Warum hatte er Maggie nicht geraten, sich von diesem Typen fernzuhalten?

Daisy warf ihnen ein verschwörerisches Lächeln zu. »Er ist der süßeste junge Mann, der mir je begegnet ist, Mr. Bannister. Sein Name ist Mitch. Dr. Mitchell Goldberg.«

51. KAPITEL

Ein Päckchen und ein Stapel Briefe warteten auf Maggie vor ihrer Wohnungstür. Sie hob die Post auf, schloß auf und betrat die Wohnung, die ihr auf einmal unerträglich still erschien. Um die bedrückende Atmosphäre zu verbannen, wanderte sie von einem Zimmer ins andere, schaltete Lampen, Radios und Fernseher ein. Alles war ihr recht, solange es Lärm machte und ihr ein Gefühl von Geborgenheit gab.

In ihrem Arbeitszimmer schaute sie auf die Uhr und stellte verblüfft fest, daß es halb sieben war. Der Tag war im Nu vergangen, ohne daß sie sich an etwas erinnern konnte. Im Korridor sah sie die Post durch und öffnete behutsam das kleine Paket, in dem selbstgemachte Pralinen aus einer teuren Confisserie aus der Madison Avenue eingepackt waren. Das beiliegende Kärtchen stammte von einem »nicht so geheimnisvollen Verehrer«. Als sie sich darüber den Kopf zerbrach, wer dieser Verehrer sein könnte, fiel ihr auf einmal ein, daß sie an diesem Abend mit Mitch Goldberg zum Abendessen verabredet war. Sie mußte sich sputen, wenn sie ihn noch erreichen wollte, um ihm abzusagen.

Zuerst rief sie ihren Vater an und freute sich zum ersten Mal darüber, Tina am Apparat zu haben. Maggie sagte ihnen ab und begründete es mit einem Notfall im Krankenhaus. Tina reagierte freundlich auf die lahme Ausrede, gab sich leicht enttäuscht und versprach, sich in den nächsten Tagen zu melden, um sich neu zu verabreden. Mit ihrem Vater wäre das Gespräch nicht so glimpflich verlaufen.

Mitch Goldberg ging nicht ans Telefon. Und auch im Krankenhaus war er nicht zu erreichen. Daher rief sie unten beim Portier an und trug ihm auf, den Gast gleich unten abzuwimmeln.

»Sagen Sie ihm, daß ich mich nicht wohl fühle, Tony. Ich konnte ihn telefonisch nicht erreichen und denke, daß er schon unterwegs sein dürfte. Würden Sie das bitte für mich tun?«

»Klare Sache, Dr. Lyons. Kann ich Ihnen sonst noch irgendwie behilflich sein?«

»Nein, danke.«

Was sie brauchte, hatte die Apotheke an der nächsten Ecke leider nicht im Angebot. Es dürstete sie nach innerem Frieden. Nach einem geordneten Leben. Statt dessen kam sie sich wie ein aus der Bahn geworfener Stern vor, der lautlos das weite All durchquert.

Schwermütig stapfte Maggie ins Schlafzimmer, legte sich angezogen aufs Bett und versuchte, ihre wirren Gedanken und heftigen Gefühle zu ordnen oder wenigstens zu verdrängen. Aber es nützte nichts, alles war noch viel zu frisch und neu, um einfach beiseite geschoben zu werden.

Ohne es zu bemerken, fiel sie in einen traumlosen Schlaf. Eigentlich hätte sie sich mindestens eine Woche lang ausruhen müssen, doch wenige Minuten, nachdem sie weggesackt war, weckte die Türklingel sie wieder auf.

Gott behüte!

Maggie rührte sich nicht und wartete darauf, daß der Besucher kehrtmachte und verschwand. Aber die Klingel ertönte wieder.

Ihr war, als bohre jemand mit einem langen Messer in ihrem Kopf herum.

»Schon gut, ich komme.«

Sie schlurfte den Flur hinunter und spähte durch den Spion. Der junge Assistenzarzt stand im Korridor. Warum hatte Tony ihn nicht abgewimmelt? Schließlich hatte sie ihn extra darum gebeten. Heiliger Strohsack! Und wieso stand er überhaupt da draußen? Eigentlich wurde ein Besucher nur vorgelassen, nachdem der Portier ihn angemeldet hatte.

»Mitch? Es tut mir leid. Ich habe versucht, Sie anzurufen. Hat der Portier Ihnen nicht gesagt, daß ich mich nicht wohl fühle?« rief sie durch die verschlossene Tür.

»Umso mehr Grund haben Sie, die Gesellschaft eines fähigen Arztes zu suchen.«

Er hatte eine Flasche teuren Champagner mitgebracht.

»Vielen Dank, aber ich bin heute abend wirklich nicht in der richtigen Verfassung.«

»Kann ich nicht kurz reinkommen und Sie ein wenig aufmuntern?«

Maggies schlechtes Gewissen regte sich. »Na gut, ich denke, das wird schon gehen. Aber Sie hätten sich nicht solche Umstände machen sollen.«

Widerwillig schloß sie die Tür auf. Sofort fiel ihr auf, daß Goldberg sich richtig Mühe gegeben hatte. Neue Klamotten, neuer Haarschnitt, ein extravagantes Eau de Cologne. Und der Champagner war ein alter Dom Perignon.

»Sie übertreiben, Mitch. Ehrlich.«

»Ist mir eine Freude. Tut mir leid, daß es Ihnen nicht gutgeht.«

Es war wahrhaftig die Untertreibung des Jahres! Maggie fühlte sich beschissen! Seit dem Morgen hatte sie sich nicht umgezogen, und nun stand sie Mitch in Jogginghosen und Tennisschuhen gegenüber und fühlte sich ziemlich derangiert. Ihr T-Shirt war fleckig und hatte Schweißränder unter den Achseln. Ihr Outfit war eine einzige Katastrophe. Nicht mal Make-up hatte sie aufgelegt.

»Wie Sie sehen, bin ich nicht genügend herausgeputzt, um einen hübschen Abend außer Haus zu verbringen.«

Er rauschte an ihr vorbei und stellte die Champagnerflasche auf die Küchenkonsole. Geschickt und routiniert entkorkte er die Flasche.

»Sie hätten nicht so viel Geld ausgeben sollen!«

Er winkte lässig ab. »Setzen Sie sich und legen Sie Ihre Füße hoch. Anweisungen des Doktors.«

Dann suchte er ein paar Kissen zusammen und stopfte sie ihr in den Rücken. »Zuerst verschreibe ich Ihnen eine Kohlensäurekur.«

»Ich weiß nicht recht.«

»Aber ich«, antwortete er, während er die Küchenschränke nach zwei langstieligen Weingläsern durchforstete. Er schenkte ein und brachte Maggie ein Glas.

Sie nippte vorsichtig. Der Champagner schmeckte wunderbar. Das perlige Getränk stieg ihr sofort in den Kopf, und das war nicht unangenehm.

Goldberg schenkte schnell nach. Nachdem er sie um Erlaubnis gefragt hatte, öffnete er die Pralinenschachtel und hielt sie ihr unter die Nase. Nach zwei Gläsern Champagner und ein paar Kalorienbomben mußte sie zugeben, daß Dr. Goldbergs Therapie einen positiven Effekt erzielte.

»Besser?«

»Viel besser.«

»Gut. Warum ziehen Sie sich nicht etwas Bequemeres an. Ich werde im Restaurant anrufen und sagen, daß wir ein wenig später kommen.«

Maggie schüttelte den Kopf. »Dazu habe ich wirklich überhaupt keine Lust, Mitch.«

»Aber Frauen können sich nicht nur von Champagner und Pralinen ernähren«, gab er zu bedenken.

»Doch, das können sie. Und es macht ihnen sogar sehr viel Spaß, wenn ich das hinzufügen darf.«

Im Scherz wedelte er mit dem Zeigefinger. »Ich bin hier der

Arzt, liebe Frau Doktor. Und ich behaupte, daß Sie dringend eine richtige Mahlzeit brauchen.«

»Was halten Sie von einem Kompromiß? Ich könnte eine Pizza bestellen.«

»Mit Champignons und Peperoni?«

»Abgemacht.«

Maggie bestellte die Pizzas bei Ray's Original. Während Goldberg im Wohnzimmer auf die Lieferung wartete, sprang sie schnell unter die Dusche und zog ein frisches Paar Jeans und ein sauberes T-Shirt an.

Der junge Arzt war ihr jetzt nach diesem stürmischen Tag eine willkommene und angenehme Ablenkung. Seine Gesellschaft hinderte sie daran, über die Veränderungen nachzudenken, die ihr Leben in den letzten paar Tagen erfahren hatte. Und der Champagner legte einen elfenbeinfarbenen Schleier über die Ereignisse des Tages. Wie beschwipst sie war, begriff sie erst, als die Wände wackelten und ihr Puls zu rasen begann.

»Puh! Ich befinde mich anscheinend auf stürmischer See.«

Goldberg nickte. »Macht doch nichts. Ein bißchen frische Luft, und gleich fühlen Sie sich wieder besser.«

Er nahm Maggie am Arm und führte sie auf die Terrasse. »Aufgepaßt, immer mit der Ruhe.«

Maggie lehnte sich an einen Rotholzblumenkasten und wartete darauf, daß der Schwindel nachließ. Das Panorama verschwamm vor ihren Augen, und ihre Knie zitterten wie Espenlaub. Hatte sie wirklich so viel Champagner getrunken? Ihrer Meinung nach war die Flasche noch halb voll. Und schließlich hatte Mitch auch das eine oder andere Glas getrunken.

»Normalerweise werde ich nicht so schnell betrunken«, entschuldigte sie sich mit schwerer Zunge. Die Worte kamen ihr langsam über die Lippen, wie alte Zahnpasta, die man nur mit viel Mühe aus der Tube drücken kann.

Goldberg wirkte ernst. »Ich würde vorschlagen, daß Sie noch etwas essen. Ich werde den Rest Pizza in den Ofen schieben und heiß machen. Bin gleich wieder da.«

Ein seltsames Gefühl überwältigte sie. Es war ihr unangenehm, daß Mitch sie allein ließ. Weil sie betrunken war und dementsprechend langsam reagierte, war er schon nach drinnen verschwunden und hatte die Terrassentür hinter sich zugeschoben, als sie endlich die richtigen Worte fand.

»Mitch?«

Ihre Stimme klang dünn.

»Mitch!«

Die Dunkelheit auf dem Balkon wirkte so undurchdringlich wie dichter Novembernebel. Sie atmete tief ein und schüttelte sachte den Kopf.

Dann wurden ihre Beine ganz heiß. Die Hitze wanderte zu ihrem Bauch hoch, über die Brust bis zum Hals. Ihre Wangen glühten wie eine eingeschaltete Herdplatte.

Mit einem Mal funktionierte ihr Verstand wieder messerscharf. Ihr Herz schlug in einem lauten, wilden Rhythmus. Dschungeltrommeln.

Als sie sich umblickte, bemerkte sie, daß die Barrikade, die der Hausmeister notdürftig installiert hatte, zur Seite geschoben war. Das Loch im Terrassengeländer erinnerte an das gefletschte Maul einer Bestie.

Ungewöhnlich entschlossen machte Maggie sich daran, die Barrikade vor das Loch zu schieben. Aber als sie dicht am Abgrund stand, wurde ihr Bedürfnis nach Sicherheit von einem anderen Gefühl abgelöst.

Ihr Verstand vollzog eigenartige Kapriolen. Wenn sie wollte, würde sie auf das Geländer klettern können! In der lauen Brise tanzen! Das Himmelszelt erobern!

Maggie schlüpfte aus ihren Schuhen. Ihr Herz schlug noch lauter. Sie trat an das Geländer und fuhr mit der Hand über die Eisenpfosten. Auf die Idee, daß die Pfosten sie nicht tragen würden, kam sie gar nicht. Sie befand sich jenseits aller Gefahr.

Eine Hand auf das Geländer legend, hob sie den rechten Fuß. Hinter ihr wurde die Terrassentür aufgeschoben. Das Geräusch ließ sie in der Bewegung innehalten.

»He, Doc. Sie kommen gerade rechtzeitig, um meine große Vorstellung anzusehen. Passen Sie auf«, rief sie über die Schulter.

»Ich passe auf, Maggie.«

Die Stimme irritierte sie. Als sie sich umdrehte, war sie erstaunt. Nicht Mitch Goldberg stand in der Tür, sondern ein anderer Mann.

52. KAPITEL

Bannister raste zu Maggies Adresse. Immer wieder drückte er auf die Hupe, um andere Autos oder über die Straße springende Fußgänger zu verscheuchen. Der Verkehr war unglaublich dicht.

Wie ein Ertrinkender klammerte Price sich am Armaturenbrett fest und trat mit dem Fuß auf eine imaginäre Bremse.

»Gott behüte, Sammy! Fahr langsamer! Du wirst uns noch umbringen!«

»Maggie hat mir erzählt, daß sie heute abend mit Goldberg, diesem Abschaum, zum Essen verabredet ist. Sie schwebt in Lebensgefahr, Lenny!«

»Mag schon sein, aber wir werden ihr nur helfen können, wenn wir gesund und unversehrt dort ankommen.«

»Er muß sich am Telefon zu schaffen gemacht haben. Und genau aus diesem Grunde versuche ich seit Stunden vergeblich, sie zu erreichen. Dieser Hurensohn!«

»Ist ja gut, Sammy! Fahr bitte nicht so schnell! In ein paar Minuten sind wir dort! Heiliger Strohsack, du wärst beinah gegen den Bus gedonnert.«

Am Times Square bogen sie rechts ab und schossen die First Avenue hoch. Bannister wich einem auf der Straße parkenden Lastwagen aus, kurvte mit überhöhter Geschwindigkeit um eine Straßenbauabsperrung und rauschte knapp an einem betrunkenen Penner vorbei.

»Das ist doch Wahnsinn, Sam! Mach langsam! Wenn du so weitermachst, wirst du noch –«

In diesem Augenblick tauchte ein Streifenwagen aus dem Nichts auf. Mit eingeschalteter Sirene setzte er ihnen nach. Bannister warf einen Blick in den Rückspiegel, schaute zu Price hinüber und dann wieder auf die Straße.

»An deiner Stelle würde ich mit dem Gedanken nicht mal spielen, Sam.«

»Ich werde nur anhalten, wenn du mir versprichst, daß du dich um den Bullen kümmerst.«

»Wie soll ich dir das versprechen? Was ist, wenn ich zu dem Kerl keinen Draht kriege?«

Bannister drückte energisch aufs Gaspedal. Die Sirene wurde lauter.

Price hielt den Atem an. »Na gut. Okay. Jetzt fahr schon an den Straßenrand, bevor sie anfangen, auf uns zu schießen.«

Bannister reagierte sofort.

»Vielleicht können sie uns helfen.«

»Vergiß es, Lenny. Wir haben keine Zeit für lange Erklärungen. Außerdem wollen diese Typen uns bestimmt einen Strafzettel verpassen. Weißt du, was für eine Überredungskunst nötig ist, einen Streifenpolizisten davon zu überzeugen, daß es sinnvoll ist, einen Mord zu verhindern?«

Price nickte. »Da könntest du recht haben.«

»Ja, ich weiß.«

An der Ecke warf Bannister Price mehr oder minder aus dem Wagen. Mit der Marke in der Hand ging sein Partner auf den Streifenwagen zu. Natürlich war das eine ziemlich riskante Sache, aber lange nicht so gefährlich wie die Situation, in der Maggie seiner Meinung nach steckte. Sie mußten sich beeilen. Er wußte, daß die Uhr ablief. Hoffentlich kamen die Bullen nicht auf die Idee, das Nummernschild des Camaros durch den Computer zu jagen.

Bannisters Nerven waren kurz vor dem Zerreißen, während er seinen Partner beobachtete. Price lehnte sich an die Beifahrertür. Die beiden Streifenpolizisten nickten eifrig mit den Köpfen.

Komm schon, beeil dich! Wir müssen weiter!

Keine drei Minuten später kam Price wieder zum Camaro herüber und winkte den wegfahrenden Polizisten zu.

»Was für ein Zufall, Sam. Der Jüngere war Rick Devaneys Sohn. Kannst du dich noch an Rick erinnern? Er spielte früher Basketball. In dem Team, das ich trainiert habe.«

»Toll, Lenny, ganz toll! Ich denke an nichts anderes!«

Bannister fuhr in Richtung Norden. Die verlorene Zeit mußte er schleunigst wieder gutmachen. Seinem Gefühl nach dauerte es eine Ewigkeit, bis sie endlich in Maggies Straße einbogen.

Sie sprangen aus dem Wagen und rannten auf den Eingang zu. Die Halle war wie ausgestorben. Niemand bewachte die Tür. Bannisters Blick flog über das Mieterverzeichnis.

»Neun C, Lenny. Beeil dich.«

Glücklicherweise kam gerade der Fahrstuhl. Bannister stürmte in die Kabine, zog Price hinein und drückte auf die Neun. Das Gesicht seines Partners wurde leichenblaß, aber im Augenblick scherte Bannister sich einen feuchten Kehrricht um Price und dessen Platzangst. Er konnte nur an Maggie denken. Er mußte oben sein, bevor ihr etwas zustieß.

Oder war es schon zu spät?

Price keuchte wie ein altersschwacher Hund. Der verdammte Fahrstuhl brauchte ewig und blieb dann auch noch stehen.

Völlig entnervt drückte Bannister auf die verschiedenen Knöpfe und dann – als nichts passierte – auf den Notruf. Nichts.

»He, beweg dich schon!« Mit den Fäusten schlug er auf die Fahrstuhlwand ein. »Fahr schon!«

»Sind wir steckengeblieben?« Price konnte vor Angst kaum sprechen. Sein Gesicht war angstverzerrt.

»Vergiß es, Lenny! Denk lieber darüber nach, wie wir hier rauskommen.«

Price lockerte seinen Hemdkragen. »Ich kriege keine Luft mehr.«

»Denk nach, Lenny. Zur Hölle! Du weißt doch über alles Bescheid. Wie kriegen wir dieses Mistding wieder in Gang?«

Price wischte sich die Schweißperlen von der Stirn und schluckte schwer. Dann zeigte er nach oben an die Decke. »Ich weiß nicht. Aber vielleicht kannst du ja durch die Luke steigen«, brachte er zwischen zusammengepreßten Zähnen hervor.

Bannister inspizierte den Metalldeckel, kletterte auf den Handlauf und stieß die Luke auf. Dann hievte er sich hoch, drückte die Fahrstuhltür im nächsten Stockwerk auf und zwängte sich durch den schmalen Schlitz.

»Halte durch, Lenny. Ich schicke dir jemanden.«

Price hatte sich gegen die Wand fallen lassen. »Ja, Sammy. Danke. Dafür wäre ich dir echt dankbar.«

53. KAPITEL

Maggie begriff nicht, was vorging. »Henry? Was ist los? Was machen Sie denn hier?«

»Ich sehe Ihnen zu, Maggie. Machen Sie weiter. Klettern Sie auf das Geländer. Lassen Sie sich nicht von mir stören.«

Da war irgendetwas in seiner Stimme, das ihr einen kalten Schauer über den Rücken jagte. Sie nahm den Fuß vom Geländer und klammerte sich an den Metallverstrebungen fest.

»Wo ist Mitch?«

»Dr. Goldberg ist drinnen. Ich habe ihm gesagt, daß ich mich mit Ihnen kurz unter vier Augen unterhalten möchte.«

»Weshalb? Was gibt es denn?«

Die Hitze in ihrem Körper war ihr unerträglich. Maggies Haut glühte.

Henry schien nichts zu bemerken. Ein eigenartiges Lächeln lag auf seinen Lippen.

»Es ist alles in Ordnung. Um ehrlich zu sein, endlich kann ich dafür sorgen, daß meine Mutter in Frieden ruht.«

»Ich verstehe nicht ...«

»Natürlich nicht. Das haben Sie ja nie getan. Wenn Sie nur einen Funken Verständnis für andere hätten, hätten Sie mich der sein lassen, der ich früher einmal gewesen bin. Damals ging es mir gut. Ich war vollkommen zufrieden mit meinem Leben. Mutter und ich hatten eine wunderbare Zeit, und dann kamen Sie und Ihre verdammte Klinik und haben alles zerstört.«

»Das ist doch verrückt«, gab sie zu bedenken.

»Sie haben meine Mutter in den Tod getrieben, Sie haben sie auf dem Gewissen. Sie haben sie umgebracht, als hätten Sie sie die Treppe hinuntergeschubst.«

»Sie ist gestürzt. Das war ein Unfall.«

Er kam auf sie zu. »Nein, Maggie. *Sie* waren der Unfall. *Sie* haben mein Leben ruiniert und alles zerstört, was ich war, was ich hatte.«

»Nein, Henry. Das ist nicht wahr. Mitch? Mitch!«

Ihr jämmerlicher Hilferuf wurde von Henrys dämonischem Gelächter erstickt. »Er kann Ihnen jetzt nicht helfen, Maggie. Ihr junger Freund sah so müde aus, daß ich ihn erst einmal schlafen gelegt habe.«

Henry war so nah, daß er sie ohne große Anstrengung packen und durch das Geländerloch stoßen konnte. Amüsiert zog er die Augenbrauen hoch.

»Nur zu, Maggie. Geben Sie doch endlich Ihrem Verlangen nach.«

»Was? Was haben Sie mit mir angestellt?«

»Ich habe eine Art Wunderdroge entdeckt, mit der man tiefsitzende Ängste überwinden kann. Einer Ihrer Patienten hat sie selbst entwickelt. Das ist doch das, wovon Sie immer geträumt haben, nicht wahr? Mir und allen anderen die Furcht zu nehmen. Sie haben mir meine Angst *gestohlen,* verstehen Sie? Sie gehörte mir, aber Sie haben sie mir weggenommen.«

Auf leisen Sohlen kehrte Maggies eigene Angst zurück. Hinter ihrem Rücken spürte sie den tiefen, lauernden Abgrund. Die Angst wurde übermächtig, griff nach ihr und zerrte an ihr. Vielleicht erging es ihr, wie es Lizzie ergangen war. Vielleicht fiel sie und fand so den Tod.

Verzweifelt suchte sie nach einem Ausweg. Und dann zwang sie sich, an Henry vorbeizuschauen. »Oh, Mitch. Gott sei Dank!«

Überrascht drehte sich Henry um. Instinktiv grapschte Maggie nach einem Blumentopf ihrer Mutter und zielte damit auf den Kopf ihres Widersachers. Zu ihrem Unglück reagierte Henry schnell. Der Blumentopf krachte zu Boden und zerbrach in tausend Scherben. Maggie hob den nächsten Topf auf, aber wieder gelang es Henry, auszuweichen. Der Tontopf fiel gegen einen Blumenkasten. Beim dritten Versuch wagte sie ein Täuschungsmanöver und tat so, als werfe sie gleich die nächste Pflanze. Wieder versuchte Henry, sich zu ducken, verlor dabei aber das Gleichgewicht. Noch während er seine Balance zu finden suchte, fiel sie über ihn her und zerschlug einen Topf auf seinem Kopf. Ein Schrei kam ihm über die Lippen, und er taumelte nach hinten.

Maggie wartete nur darauf, daß er umfiel. Henry sank auf die Knie, und sie rannte um ihn herum, um sich in Sicherheit zu bringen. Doch da griffen Hände – übernatürlich starke Hände – nach ihr und legten sich um ihre Fesseln. Wie in Trance spürte sie, daß sie zum Geländerloch geschoben wurde. Nur noch Zentimeter bis zum Abgrund!

Ohne Hoffnung streckte Maggie die Hände nach den Geländerpfosten aus und hielt sich wie eine Todgeweihte voller Verzweiflung fest. Ihr Oberkörper wurde über den Terrassenboden hinausgeschoben. Unter ihr war nur noch gähnende Leere.

Wo war er? Sie mußte sich hochziehen und an ihm vorbei gelangen.

Warmer Wind kam auf und strich über ihre nackten Füße. Ihre Arme schmerzten, und ihre Finger brannten fürchterlich. Von der Terrasse drang kein Geräusch zu ihr hinunter. Sie rechnete damit, daß er sich jeden Augenblick zu ihr hinabbeugen würde, und dann würde es um sie geschehen sein. Er würde ihre Finger von den Pfosten lösen und sie fallen lassen – in den Tod.

In einer wachen Sekunde erkannte sie, daß sie die Angst abschütteln mußte. Um sich abzulenken, dachte sie an ihre Zwillingsschwester. Die faule Lizzie. Das faule Mädchen. Sie und Lizzie im Kinderzimmer, ihre Schwester auf der anderen Seite des Raumes. Maggie kniete auf dem Teppich neben ihrem Bett und sagte brav ihr Gebet auf.

Jetzt lege ich mich schlafen.

Sie sah, wie Lizzie kichernd das Fenster hochschob. Wie ihre kleine Schwester dann auf das Fensterbrett kletterte und nach unten schaute.

Und bitte dich, o Herr, über meine Seele zu wachen.

Langsam zog Maggie sich hoch, bis sie einen Blick auf die Terrasse werfen konnte. Henry kniete neben den Tonscherben und der Erde und räumte alles zusammen. Henry, der ordentliche Verrückte, der immer alles aufräumte und saubermachte, selbst noch in dieser Situation.

Sollte ich sterben vor dem Erwachen ...

Maggie zog sich höher. Nun berührten ihre Ellbogen den Betonboden. Sie mußte weitermachen. Winzige Tonscherben rissen die Haut an ihren Unterarmen auf, aber sie spürte keinen Schmerz. Der Film, der in ihrem Kopf ablief, fesselte sie. Lizzie stand auf der Fensterbank.

»Maggie, sieh doch!«

Das war Lizzies dünne, liebliche Stimme. Sie führte kindliche Pirouetten vor, aber Maggie sah nicht hin. Sie mußte sich auf das Gebet konzentrieren. Das Gebet war sehr, sehr wichtig, hatte Mami ihr eingetrichtert. Wenn man das Gebet richtig aufsagte, stieß einem nichts zu.

Und bitte dich, o Herr, über meine Seele zu wachen.

Maggie schob jetzt ein Knie auf die Terrasse. Beide Knie. Auf allen Vieren kroch sie zu Henry hinüber. Zum Glück hörte er sie nicht. Der Mann war viel zu sehr mit dem Saubermachen beschäftigt.

»Maggie, sieh doch!«

Wie durch eine glasklare, frisch geputzte Fensterscheibe sah Maggie ihre Schwester aus dem Fenster springen. Wie von Sinnen sprang Maggie auf, rannte zum Fenster und beobachtete fassungslos, wie ihre Schwester auf dem Rücken des Adlers nach unten rauschte. Obwohl sie sich alle Mühe gegeben hatte, die schreckliche Szene zu vergessen, hatte sie sich ständig vor ihrem geistigen Auge wiederholt. Lizzie fällt. Dreht sich im Fall. Schlägt auf dem Gehweg auf und ist tot.

Henry rührte sich.

Endlich kannte sie die Wahrheit. Sie hatte Lizzie nicht getötet. All die Jahre hatte man ihr die Schuld für den Tod ihrer Schwester gegeben. Und sie gleichzeitig im dunkeln tappen lassen. All die Jahre hatte sie unter diesem entsetzlichen und immer wiederkehrenden Alptraum gelitten.

Und endlich, nach all diesen Jahren, packte sie rasende Wut. Sie schnappte sich einen Salbeitopf und schlug damit wie ein Berserker auf Henrys Kopf ein.

Im Zeitlupentempo brach er zusammen, wie Eiskrem, die in der sengenden Sonne schmilzt.

»Wie oft muß ich dich töten, du dumme Kuh«, flüsterte er. Seine Stimme wurde leiser, als liefen seine Batterien aus. »Sie wissen, daß ich es Ihnen niemals heimzahlen kann, Maggie. Und Sie wissen auch, daß ich Ihnen niemals verzeihen kann.«

54. KAPITEL

Bannister raste die sieben Treppen hoch. Seine Lungen waren kurz vor dem Zerbersten, und sein Herz stach heftig.

Bitte, sorge dafür, daß ihr nichts zustößt. Bitte!

Die Flut der Gefühle, die auf ihn einströmten und über ihn hereinbrachen, als gebe ein Damm den Wasserfluten nach, konnte er nicht kontrollieren. Verdammt, ihm lag etwas an dieser Frau. Sie hatte den Platz in seinem Herz erobert, den er vor Jahren für geschlossen erklärt hatte. Einen Platz, den er aus seiner Erinnerung gelöscht hatte.

Aber vielleicht deutete er die Situation vollkommen falsch.

Vielleicht war nichts zwischen ihm und ihr. Vielleicht war da weniger als nichts. Auch egal! Das einzige, was ihn interessierte, war, daß ihr nichts zustieß, daß sie wohlauf war.

»Halte durch, Maggie. Ich bin gleich bei dir.«

Er stürzte im neunten Stock durch die Tür der Feuertreppe und lief den Flur hinunter. Die Tür des Apartment Neun C war geschlossen. Bannister nahm Anlauf und krachte mit der rechten Schulter dagegen, und die Tür sprang auf. Stechende Schmerzen schossen durch seinen eben erst zugenähten Bauch, und etwas Warmes, Klebriges lief an seinem Becken hinab.

Aber er hatte jetzt keine Zeit, sich darum zu kümmern. Sein Blick schweifte durch die Diele. Nichts zu sehen. Vorsichtig durchsuchte er die dunkle Wohnung. Wo bist du, Maggie? Verdammt, wo steckst du?

»Wer ist da?«

Er machte auf dem Absatz kehrt und folgte der Stimme in die Küche. Maggie lag auf dem Boden. Ihre Haare waren zerzaust. Ihr Gesicht war von einem Schmutzfilm überzogen. Blutige Kratzer und Striemen verunzierten ihre Arme. Ein purpurroter Bluterguß auf ihrem Kinn blitzte durch den Riß in ihrer Jeans. Die Frau war am Ende, ein totales Wrack. Und trotzdem sah sie besser aus als jede andere, die ihm in den letzten Jahren unter die Augen gekommen war. Mitch Goldberg lag neben ihr. Der Kerl murmelte mehr oder minder bewußtlos vor sich hin.

Bannister packte den Kerl an den Handgelenken und befahl Maggie, beiseite zu rücken. »Rufen Sie die Polizei, Maggie. Goldberg hat Weider und Macklin auf dem Gewissen. Er hat sich die Formel unter den Nagel gerissen, die Jason Childs entwickelt hat. Diese Wunderdroge bringt die Menschen dazu, verrückte Dinge zu tun.«

»Nein, Sam. Es war nicht Mitch. Es war Henry.«

»Henry?«

Am ganzen Leib zitternd, kämpfte Maggie mit der Wahrheit: »Er liegt draußen auf der Terrasse. Ich habe ihn mit einem Blumentopf niedergeschlagen und die Tür zugeschlossen.«

Auch Bannister machte die Wahrheit zu schaffen. Er hatte sich alles so schön zurechtgelegt. Sich vorgestellt, daß Goldberg überführt, bestraft und auf Rikers Island verbannt würde. Henry? In seinen Augen war der Mann ein gutmütiger, netter Trottel. Aber der erste Eindruck war längst nicht immer der richtige.

»Wir verständigen lieber die Polizei.«

»Habe ich schon. Henry hat die Telefonleitung durchgeschnitten, darum bin ich nach nebenan gegangen und hab' von dort aus die Polizei verständigt und einen Krankenwagen für Mitch gerufen. Ich glaube, er hat eine Gehirnerschütterung.«

Bannister kämpfte mit seiner Eifersucht. »Hoffe, es ist nichts Ernsthaftes.«

Maggie verstand, worauf er hinauswollte, und verkniff sich ein spöttisches Lächeln. »Das ist es nicht, Sam. Mitch ist nur ein Freund.« Ihr Blick wanderte zu seinem Bauch. »Was ist Ihnen denn zugestoßen? Sie bluten ja.«

»Nur ein Kratzer«, antwortete er heldenhaft.

Ihre grünen Augen wurden feucht. »Ich kann einfach nicht glauben, daß es Henry war. Er haßt mich, weil ich ihn von seiner Angst befreit habe. Und er gibt mir die Schuld am Tod seiner Mutter. Das ist alles ziemlich verrückt.«

Bannister nickte. »Gute Diagnose.«

Maggies Blick kehrte zu seinem Bauch zurück. »Das sieht schlimm aus. Setzen Sie sich. Lassen Sie mich einen Blick drauf werfen.«

»Nein, wirklich, ist schon okay. Jetzt ist endlich alles in Ordnung.«

Ihre Blicke trafen sich. Bannister wurde ganz warm ums Herz. Es fühlte sich prima an. Was hätte er darum gegeben, sich immer so wie jetzt zu fühlen.

»Kann ich Sie für einen Moment alleinlassen? Mein Partner steckt im Fahrstuhl fest.«

»Aber sicher, gehen Sie nur. Henry ist ausgesperrt, und die Polizei ist unterwegs.«

»Es ist nämlich so, daß der arme Lenny in Fahrstühlen Platzangst kriegt«, erklärte Bannister. Er schaute ihr in die Augen, und ihm wurde schwummerig, als ob er einen über den Durst getrunken hätte. »Danke, Maggie. Vielen Dank.«

»Wofür?«

Bannisters Meinung nach gab es keine logische Antwort auf Maggies Frage. Das hier ergab keinen Sinn, aber das war bei den guten Sachen, die einem im Leben zustießen, meistens der Fall.

Es war höchste Zeit, Price aus dem Fahrstuhl zu befreien. Und es war höchste Zeit, daß er sein Leben endlich wieder in Ordnung brachte.

55. KAPITEL

»Bezahl' ich. Bezahl' ich nicht.«

Bannister saß in seinem Büro und sortierte die Rechnungen. Obwohl der Stapel der Rechnungen, die er nicht zu bezahlen gedachte, zusehends größer wurde, hatte er seltsamerweise die Ruhe weg. Neuerdings war sein Leben geordneter und verlief in wesentlich ruhigeren Bahnen, als das in den letzten Jahren der Fall gewesen war.

Im Leben seiner Exfrau Lila gab es einen neuen Mann, was nicht unbeträchtlich dazu beigetragen hatte, daß der Umgang zwischen ihr und Bannister einfacher geworden war. Auf einmal reagierte sie auf seine Forderungen angemessen und gestand ihm sogar zu, seine Tochter öfter und ohne große vorherige Absprachen zu sehen. Chloe hatte ihre Sperenzchen abgelegt und verhielt sich wieder normal, was ihn besonders freute. Seit neustem konnte er wieder mit seiner Tochter sprechen, ohne gleich nervös zu werden und sich vor Sorgen den Kopf zu zermartern. Wenn er sie traf, wußte er in etwa, was auf ihn zukam, und das war ihm viel wert.

Seine finanzielle Situation war so katastrophal wie immer, aber wenigstens wußte er, woran er war. Nach monatelangen Diskussionen hatte Mrs. Rafferty ihm und Price endlich eine eindeutige

Antwort bezüglich der Belohnung im Fall Theodore Macklin gegeben.

Sie hatte sie abgelehnt.

Natürlich hatte Bannister sich alle Mühe gegeben, das Ergebnis der Ermittlungen auszuschmücken, aber es war ihnen leider nicht gelungen, Macklins Schuld an Martha Raffertys Ermordung zu beweisen. Immerhin hatte er es so hinbiegen können, daß Mrs. Rafferty für einen Teil der Unkosten aufkam, die sich im Lauf der Untersuchung angehäuft hatten.

Was Bannisters persönliche Geschichtsschreibung betraf, ging der Macklin-Fall in die Annalen ein. Seiner Meinung nach kam er auf Platz zwei, gleich nach dem Schildhauer-Debakel. Oder gar auf Platz eins? Als er seine Ausgaben zusammenrechnete, die Kosten für Unterbringung, für die »schmackhaften« Gerichte bei Sergio und die Strafzettel, die man in New York an jeder Ecke bekam, war ihm klar, daß er für diesen Auftrag noch eine Zeitlang bezahlen würde. Aber das einzige, was er an der ganzen Sache ehrlich bereute, waren die Arztrechnungen. Nachdem er zugegeben hatte, daß er wie ein Wilder die sieben Stockwerke zu Maggies Wohnung hochgestürmt war und die Wohnungstür mit der Schulter aufgesprengt hatte, hatte sich seine Krankenversicherung geweigert, die Kosten für die ambulante Behandlung zu zahlen, bei der er ein zweites Mal zusammengeflickt werden mußte. Soviel zur Ehrlichkeit.

Und damit war auch die Kreuzfahrt durch die Karibik endgültig gestorben. So, wie es lief, konnte er sich ab und an eine Fahrt mit dem Paddelboot leisten, was er und Chloe an den Tagen, die sie gemeinsam verbrachten, auch gern machten. Wann immer er an seine Tochter dachte, verspürte er das Bedürfnis, sie zu sehen. Vielleicht sollte er sie gleich mal anrufen und fragen, ob sie am Nachmittag etwas vorhatte. Und vielleicht sollte er sich auch bei der anderen Frau, die in seinem Leben eine große Rolle spielte, melden und in Erfahrung bringen, ob sie sich abends mit ihm treffen wollte.

Im großen und ganzen war der Macklin-Fall ein Erfolg gewesen. Ja, zweifellos, dachte er und grinste über beide Backen. Dieses Grinsen war schon fast nicht mehr aus seinem Gesicht wegzudenken.

Das Telefon klingelte. Bannister rechnete mit einem Anruf von der Bank und nahm widerwillig ab. Am anderen Ende meldete sich Price, der wie immer gutgelaunt war.

»Tag, Lenny. Haben lange nichts mehr voneinander gehört. Was steht an?«

»Ich habe gute Neuigkeiten und interessante Neuigkeiten, Sammy. Sitzt du gerade?«

Bannister rückte die Rechnungsstapel beiseite und setzte sich auf den Schreibtisch.

»Jetzt sitze ich. Dann schieß mal los.«

Price hatte eine höchst erstaunliche Geschichte zu erzählen. Nach ihrer Rückkehr aus New York hatten sie miteinander vereinbart, den Macklin-Fall endgültig ad acta zu legen. Keine Spur und kein Hinweis hatte zu etwas Handfestem geführt.

Aber Price, der seine Neugierde noch nie hatte bezähmen können, war einfach nicht in der Lage gewesen, die Sache ruhen zu lassen, zumal es seiner Ansicht nach eine Menge loser Enden gab. Während der letzten sechs Monate hatte er unablässig Informationen über die Winslow-Galerie, das Juwelengeschäft Nemichew, über Alter Ego und Fern Compton Harlow zusammengetragen.

»Und gestern abend ist es mir endlich gelungen, die Nuß zu knacken. So wie es aussieht, ist Macklin Mitglied einer Geldwäscherorganisation gewesen, an der auch Nemichew, Alter Ego und Winslow & Gray beteiligt gewesen sind. Die Gewinne aus kolumbianischen Drogengeschäften haben sie in Diamanten und Kunst investiert, diese dann wieder verkauft und das Geld in eine Reihe Briefkastenfirmen gesteckt. Außerdem gab es auch ein paar Schiebereien mit unechten Steinen und gefälschten Kunstwerken, was bei den beteiligten Parteien naheliegt. Sehr klug ausgeheckt das ganze Unternehmen! Brauchte einen langen Atem, um da durchzusteigen.«

»Und wo kommt Macklin ins Spiel?« wollte Bannister wissen.

»Die Beteiligten brauchten natürlich eine Firma, die in der Lage war, große Summen zu transferieren. Da Macklin im Investmentgeschäft tätig war, war er genau der Richtige. Er überwies das gewaschene Geld auf Banken in aller Welt.«

Bannister kratzte sich am Kopf. »Darf ich dir mal eine Frage stellen, Lenny?«

»Sicherlich. Was willst du wissen?«

»Wen interessiert's?«

Price kicherte. »Uns. Jetzt komme ich zu den interessanten Neuigkeiten. Erinnerst du dich an die Belohnung, die wir nicht gekriegt haben?«

»Vage.«

»Na, dann rate mal, wieviel der Staat Rhode Island für Informationen bereitgestellt hat, die zu einer erfolgreichen Wiederbeschaffung der Staatsgelder führen können, die ihnen durch Macklin durch die Lappen gegangen sind?«

»Sagst du damit, was ich meine, daß du es sagst, Lenny?«

Price lachte wieder. »Kannst du das glauben, Sammy?«

Bannister atmete erleichtert auf. Die Hälfte der Belohnung reichte gerade, um seinen Schuldenberg abzutragen und um eine Anzahlung für einen neuen Wagen zu machen. Sein alter Camaro gab immer öfter den Geist auf, vor allem jetzt, wo er so oft nach New York fuhr.

»Das ist ja großartig, Lenny. Wirklich, einfach großartig.«

»Wir können jederzeit nach Providence fahren und den Scheck abholen.«

»Ich begleite dich gern.«

»Natürlich begleitest du mich gern.«

Bannister wollte schon aufhängen, da fiel ihm noch etwas ein, was er seinen Partner fragen mußte. »Und welche Rolle spielte eigentlich diese Sängerin in der ganzen Sache?«

»Fern Compton Harlow? Komisch, daß du fragst. Genau dieser Punkt hat mich nämlich wochenlang in den Wahnsinn getrieben, weil ich mir keinen Reim drauf machen konnte. Hat mich eine Menge Zeit gekostet, dieses Puzzleteilchen unterzubringen. Wie sich rausstellte, hatte sie mit der Geldwäscherei gar nichts zu tun. Miss Harlow ist eine exklusive, teure Hure. Singen ist nur ein Nebenerwerb und eine Tarnung, damit ihr die Steuerbehörde nicht auf den Pelz rückt. In Wahrheit reist die Diva um die Welt und bedient reiche Männer wie Ted Macklin.«

Mit diesem Ergebnis war Bannister mehr als zufrieden. Seit er die Dame das erste Mal gesehen hatte, hatte er instinktiv gewußt, daß er sich so eine Frau nicht leisten konnte. Und so freute es ihn immerhin, daß sein Instinkt wieder mal recht gehabt hatte. Wann immer alles andere versagte, auf ihn konnte er sich allemal verlassen.

»Tschüß, Lenny. Und danke.«

»Ist mir eine Freude gewesen, Partner.«

Bannister beendete das Gespräch und rief gleich darauf seine Tochter an.

56. KAPITEL

Das abschließende Grußwort war für sechs Uhr angesetzt worden, aber noch um halb sieben machten die Besucher keine Anstalten zu gehen. Das Symposium war ein voller Erfolg gewesen. Die Resonanz hatte Maggies Hoffnungen bei weitem übertroffen. Mehr als fünfhundert Besucher aus dem In- und Ausland waren erschienen. Die Presse hatte ausführlich darüber berichtet, und die einzelnen Vorträge und Thesenpapiere hatten einen beachtlichen Enthusiasmus und einige neue Einsichten im Hinblick auf die Behandlung von Phobikern vermittelt.

Maggies schönster Augenblick war der Auftritt eines Giftzwergs namens Alex Ivy. Am Tag zuvor war der Winzling kurz vor dem Mittagessen ans Mikrofon getreten und hatte ein paar kurze Worte von sich gegeben.

»Das East End Hospital ist stolz auf seine Rolle bei dieser

denkwürdigen Veranstaltung«, begann er. »Wir alle möchten Ihnen für Ihr Kommen danken. Und wir alle wissen die beträchtlichen Anstrengungen zu schätzen, die unsere werte Kollegin, Dr. Margaret Lyons, auf sich genommen hat, um dieses Symposium möglich zu machen.«

Maggie hatte auf dem Podium gesessen und sich auf die Lippe beißen müssen, um sich zu beherrschen. Während Ivy weitersprach, ging ihr ein einziger Gedanke immer und immer wieder durch den Kopf: *Du kleines Stück Scheiße. Dir habe ich es gezeigt.*

Maggie trank einen Schluck Wein. Jetzt, wo die Konferenz vorbei war, konnte sie endlich einmal ausspannen und das Lob und die Glückwünsche ihrer Kollegen genießen. Und sie freute sich aus tiefem Herzen über die Ergebnisse, die erzielt worden waren.

Die Klinik war finanziell abgesichert. Sie konnten in Ruhe weiterarbeiten und Menschen wie Jason Childs und Daisy Tyler helfen. Die beiden hatten viel Zeit und Energie in die Konferenz gesteckt.

Nach Jasons Entlassung aus dem Krankenhaus war er mit einem MIT-Sweatshirt im East End aufgetaucht. Das aufgedruckte Emblem seiner zukünftigen Schule machte ihn unglaublich stolz. Als das College von seinen großartigen wissenschaftlichen Fähigkeiten erfahren hatte, wurde ihm ein Stipendium angeboten. Wie sich herausstellte, hatte Bannisters Partner Price einen alten Freund, der im Gremium des College saß.

Daisy hatte mit einer Kollegin die Schicht getauscht, um bei der Registrierung der Konferenzteilnehmer und bei anderen organisatorischen Problemen behilflich zu sein. Seit drei Monaten arbeitete sie in der Geschenkboutique im Erdgeschoß des Krankenhauses. Zwar war das nicht gerade ein nobles Geschäft auf der Madison Avenue, aber inzwischen hing Daisy doch zu sehr am East End. Und außerdem ermöglichte ihr diese Arbeit, hin und wieder auch noch als Betreuerin neuer Patienten zu fungieren.

Der Schock, den Maggie Henry zu verdanken hatte, ließ nur langsam nach. Vom Gericht war er wegen starker psychischer Störungen für unzurechnungsfähig erklärt und daraufhin in eine

Irrenanstalt eingewiesen worden. Maggie konnte das, was er ihr angetan hatte, nicht vergessen, aber glücklicherweise dachte sie meistens an weitaus erfreulichere Dinge.

Eine Hand schob sich unter ihren Arm. Als sie sich umdrehte, sah sie Sam.

»Hallo, Doc. Sind Sie bald fertig?« sagte er und zwinkerte ihr zu.

»Gleich.«

Er trat näher, so daß sie seinen Atem spüren konnte, der über ihren Hals strich. »Ich habe dich vermißt.«

»Das ist schön«, antwortete sie und dachte an die vergangenen Monate.

Es stimmte, er war ein ganz schöner Hitzkopf. Es stimmte auch, daß er drei Stunden weit weg wohnte und sie einander nur an den Wochenenden sahen. Aber in letzter Zeit hatte Maggie gelernt, die Dinge so zu akzeptieren, wie sie waren, weil sie sie ohnehin nicht ändern konnte. Ein gutes Beispiel dafür war die Tatsache, daß sie sich langsam an den Gedanken gewöhnte, daß Tina ihre Stiefmutter wurde. Es stimmte, ihre zweite Mutter war erst siebenundzwanzig Jahre alt. Aber was soll's, es hat schon seltsamere Dinge auf dieser Welt gegeben, dachte sie.

Wenn nur ihre Mutter einen Weg finden würde, ihr Leben in den Griff zu kriegen. Daß sie endlich über Lizzies Tod gesprochen hatte, half ein wenig. Außerdem hatte Francine sich für einen Fortgeschrittenen-Kurs eingeschrieben, der vom Botanischen Institut angeboten wurde. Der verantwortliche Professor, ein charmanter Hüne namens Nelson Long, umgarnte Maggies Mutter beharrlich. Und Maggie hatte alles getan, ihm in die Hände zu arbeiten und dafür zu sorgen, daß dieses zarte Beziehungspflänzlein aufblühte. Allerdings war ihre Mutter stur wie eh und je und wehrte sich mit Händen und Füßen dagegen, glücklich zu werden.

Aber das ist ihr Problem, führte Maggie sich vor Augen. Falls ihre Mutter jemals auf die Idee kommen sollte, ihre alten Angewohnheiten abzulegen, würde Maggie ihr jubelnd zur Seite stehen und Beifall klatschen. Aber bis das soweit war, wollte sie ihr eigenes Glück genießen.

Sie spürte Sams Blick auf sich ruhen. »Ich freue mich so sehr für dich, Maggie«, flüsterte er ihr ins Ohr.

»Das darfst du mir später beweisen.«

»Wann immer es dir genehm ist.«

»Ich würde vorschlagen, daß wir jetzt schnell von hier verschwinden.«

Sie hängte sich bei ihm unter und führte ihn durch die Menschenmenge in Richtung Ausgang.

GOLDMANN

Der Krimi-Verlag

1952 erschien im Goldmann Verlag der erste deutsche Taschen-Krimi: Edgar Wallace' »Der Frosch mit der Maske« war der Startschuß für das Erfolgsunternehmen »Goldmann-Taschenbücher« und die legendären »roten« Krimis.

Der Mann mit den zwei Gesichtern 5144

Der Pfad des Teufels 5195

Die Spur des Spielers 5113

Die Dame aus Potsdam 5176

Goldmann · Der Taschenbuch-Verlag